Ouvrages de
STEPHEN KING
aux Éditions Albin Michel

Cujo
Charlie
Simetierre
Différentes saisons
Brume
Running man
Ça (deux volumes)

STEPHEN KING

2

ROMAN

traduit de l'anglais par
William Desmond

Albin Michel

Édition originale américaine :

IT

Copyright © Stephen King, 1986
Viking Penguin Inc., New York

Traduction française :

© Éditions Albin Michel S.A., 1988
22, rue Huyghens, 75014 Paris

ISBN volume 1 : 2-226-03453-6
ISBN volume 2 : 2-226-03454-4

QUATRIÈME PARTIE

JUILLET 1958

Toi léthargique, qui m'attends, qui attends
le feu et moi
  qui m'occupe de toi, secoué par ta beauté

Secoué par ta beauté

Secoué.

William Carlos Williams
Paterson
(Tr. J. Saunier-Ollier, Aubier-Montaigne, 1981)

CHAPITRE 13

Une apocalyptique bataille de cailloux

1

Bill est là le premier. Il est assis sur l'une des chaises de la salle de lecture, et observe Mikey qui s'occupe des quelques derniers abonnés de la soirée — une vieille dame avec tout un assortiment de livres de poche sur le Moyen Âge, un homme qui tient un énorme volume sur la Guerre civile et un adolescent maigrichon avec un roman d'où dépasse le titre de prêt de sept jours. Sans la moindre impression qu'il s'agisse là d'un hasard extraordinaire, Bill constate que ce livre est son dernier roman. Il a le sentiment qu'il est au-delà de toute surprise, que les coïncidences stupéfiantes sont des réalités auxquelles on veut bien croire et qui se révèlent n'être que des rêves.

Une jolie jeune fille, sa jupe écossaise maintenue fermée par une grosse épingle de sûreté dorée (Seigneur, cela fait des années que je n'en ai pas vu, reviendraient-elles à la mode ? songe-t-il), alimente en pièces un photocopieur et reproduit des tirés à part, un œil sur la pendule placée derrière le bureau. Ce ne sont que bruits étouffés et rassurants de bibliothèque, chuintement des semelles sur le lino noir et rouge, battement régulier de l'horloge qui égrène les secondes à coups secs, ronronnement de petit félin du photocopieur.

Le garçon prend son roman de William Denbrough et va rejoindre la jeune fille en jupe écossaise ; elle vient de finir, et il range les pages photocopiées.

« Tu n'as qu'à laisser ce tiré à part sur mon bureau, Mary, lui dit Mike. Je le rangerai. »

Elle lui adresse un beau sourire. « Merci, Mr. Hanlon.

— *Bonsoir, Mary, bonsoir, Billy. Rentrez directement chez vous, les enfants.*

— *Le père Fouettard vous attrapera si vous ne faites pas attention ! chantonne Billy, le maigrichon, en passant un bras de propriétaire autour de la taille mince de la jeune fille.*

— *Il ne voudrait sûrement pas d'un couple aussi moche que vous, rétorque Mike, mais faites tout de même attention.*

— *Nous ferons attention, Mr. Hanlon, répond Mary sérieusement, en donnant un léger coup de poing à l'épaule de son compagnon. Allez, viens, espèce d'affreux », ajoute-t-elle avec un petit rire. Son geste la transforme : elle n'est plus tout à fait la collégienne mignonne et vaguement désirable d'il y a un instant, mais plutôt la pouliche nullement gauche qu'était Beverly Marsh à onze ans... et quand ils passent, Bill est troublé par sa beauté..., il a peur ; il voudrait dire au garçon, très sérieusement, qu'il ne doit passer que par des rues bien éclairées et ne répondre à aucune voix en rentrant chez lui.*

On ne peut pas être prudent sur un skate, m'sieur, *murmure une voix fantôme dans sa tête. Et Bill a un sourire d'adulte, un sourire lugubre.*

Le garçon tient la porte ouverte pour la jeune fille. Ils passent dans le vestibule, se rapprochant, et Bill est prêt à parier ses droits d'auteur sur le livre que ce Billy tient sous le bras, qu'il lui a volé un baiser avant de gagner la porte d'entrée. Bien fou si tu ne l'as pas fait, mon petit Billy. Et maintenant, ramène-la chez elle sans traîner. Sans traîner !

Mike l'interpelle : « Dans une minute je suis à toi, Grand Bill. Je finis de ranger ça. »

Bill acquiesce et croise les jambes. Sur ses genoux, le sac en papier fait un bruit de froissement. Il contient une pinte de bourbon ; jamais il n'a autant eu envie d'un verre de toute sa vie, se rend-il compte. Mike aura bien de l'eau, sinon de la glace. De toute façon, très peu d'eau suffira, vu son humeur.

Il pense à Silver, qu'il a laissée appuyée contre le mur du garage de Mike. De fil en aiguille, il pense à cette journée où ils s'étaient tous retrouvés (à l'exception de Mike) dans les Friches, et où chacun avait de nouveau raconté son histoire : le lépreux sous le porche, la momie qui marchait sur la glace, le sang dans le lavabo, les enfants morts du château d'eau, les photos qui s'animaient, le loup-garou qui poursuivait les petits garçons dans les rues désertes.

Ils s'étaient enfoncés plus profondément dans les Friches, se souvient-il, en cette veille de fête nationale du 4 Juillet. Il faisait chaud en ville, mais plus frais à l'ombre de la végétation luxuriante de la rive est de la Kenduskeag. Il se rappelle qu'il y avait à proximité l'un de ces cylindres de béton qui bourdonnait pour lui-même, comme la photocopieuse venait de ronronner pour la jolie jeune fille à l'instant. Il évoque tout cela et aussi comment, une fois les récits terminés, tous se sont tournés vers lui.

Ils avaient attendu de lui qu'il leur dise ce qu'ils devaient faire, comment procéder ; et lui n'en savait rien. Son ignorance l'avait rempli d'un sentiment de désespoir.

Bill voit l'ombre démesurée que projette Mike, maintenant dans la salle du catalogue, et il est brusquement envahi d'une certitude : il ne savait rien alors, parce qu'ils n'étaient pas encore au complet, ce 3 juillet. Ils ne le furent que plus tard, dans la gravière abandonnée, au-delà de la décharge, d'où l'on pouvait facilement quitter les Friches, soit par Kansas Street, soit par Merit Street. Exactement dans le coin au-dessus duquel passe maintenant la nationale. La gravière n'avait pas de nom ; elle était ancienne, et ses pentes rugueuses étaient envahies d'herbes et de buissons. Mais les munitions n'y manquaient pas : de quoi se lancer dans une apocalyptique bataille de cailloux.

Mais avant cela, sur la rive de la Kenduskeag, il n'avait su que dire — qu'attendaient-ils qu'il dise ? Il se souvient de les avoir regardés les uns après les autres : Ben, Bev, Eddie, Stan, Richie. Et la musique lui revient. Little Richard. « Whomp-bomp-a-lomp-bomp... »

2

Richie avait accroché son transistor à la branche la plus basse de l'arbre auquel il était adossé. L'eau de la Kenduskeag renvoyait le soleil sur les chromes de l'appareil, et de là, dans les yeux de Bill.

« En-enlève ce t-t-truc de là, R-Richie, dit Bill. Ça m'a-aveugle.

— Bien sûr, Bill », répondit aussitôt Richie, sans faire la moindre réflexion. Il décrocha le transistor et le coupa. Bill aurait préféré laisser la musique ; le silence, que ne rompaient que le clapotis de l'eau et le lointain ronronnement des stations de pompage, devenait oppressant. Tous les yeux étaient tournés vers lui ; il avait envie de leur dire de regarder ailleurs ; que croyaient-ils qu'il était, un monstre ?

Évidemment il n'en était pas question, car ils attendaient simplement de lui un verdict sur la conduite à tenir. Ils venaient de faire connaissance avec l'horreur et ils avaient besoin de savoir comment agir. *Pourquoi moi ?* aurait-il voulu leur crier ; mais bien sûr, là encore, il connaissait la réponse. Que cela lui plût ou non, il avait été choisi pour occuper ce poste. Parce qu'il était le type avec des idées, celui qui avait perdu un frère du fait de la chose, quelle qu'elle soit, mais surtout parce qu'il était devenu, par des détours obscurs qu'il ne comprendrait jamais tout à fait, le Grand Bill.

Il jeta un coup d'œil à Beverly et détourna rapidement les yeux de ce regard plein d'une confiance calme. Il se sentait tout drôle au creux de l'estomac quand il la regardait.

« On p-peut pas a-aller à la po-police », dit-il finalement. Sa voix avait quelque chose de rude et d'un peu trop fort, même à ses propres oreilles. « On p-peut rien di-dire n-non plus à n-nos pa-parents. À moins... » Une note d'espoir dans le regard, il se tourna vers Richie. « Si on en p-parlait aux t-tiens, Quat-Zyeux ? Ils ont l'air p-particulièrement c-corrects.

— Mon brave monsieur (voix de Toodles le maître d'hôtel), vous ne comprenez de toute évidence rien à Monsieur mon père et Madame ma mère. Ils...

— Parle américain, Richie », lança Eddie, assis à côté de Ben. Il avait choisi cet endroit pour la simple raison que l'ombre de Ben était suffisamment vaste pour l'abriter. Son petit visage, pincé et inquiet, lui donnait l'air vieux. Il tenait son inhalateur de la main droite.

« Ils me croiraient prêt pour un séjour à Juniper Hill », corrigea Richie. Il portait ce jour-là une vieille paire de lunettes. La veille, un copain de Henry Bowers, un certain Gard Jagermeyer, était arrivé dans le dos de Richie au moment où il sortait du Derry Ice Cream Bar, une glace à la pistache à la main.

« Touché, c'est à toi ! » avait crié ce Jagermeyer, qui rendait près de vingt kilos à Richie, en lui donnant une bourrade à deux mains dans le dos. Richie était allé atterrir dans le caniveau, dans lequel étaient tombées aussi ses lunettes et la glace à la pistache. Le verre gauche s'était brisé, et sa mère, qui accordait peu de foi aux explications de Richie, était furieuse. Elle n'avait rien voulu savoir, lui avait rappelé combien son père travaillait dur, et l'avait abandonné, tout malheureux, dans la cuisine, tandis qu'elle mettait la télé un peu trop fort dans le séjour.

C'est ce souvenir qui fit que Richie secoua de nouveau la tête. « Mes parents sont très bien, mais jamais ils n'avaleront une histoire comme ça.

— Et l-les autres mô-mô-mes ? »

Tous regardèrent autour d'eux, se souvint Bill des années plus tard, comme à la recherche d'un absent.

« Qui donc ? demanda Stan, dubitatif. Je ne vois personne à qui on peut faire confiance.

— C'est c-comme m-moi... », dit Bill d'un ton troublé. Le silence se fit, tandis que Bill se creusait la tête pour savoir ce qu'il allait bien pouvoir dire ensuite.

3

Si on le lui avait demandé, Ben aurait assuré que Henry Bowers le détestait plus que n'importe qui du Club des Ratés, non seulement à cause de la dégringolade dans les Friches, de la manière dont il lui avait échappé avec Bev et Richie, à la sortie du cinéma, mais surtout parce que, l'ayant empêché de copier pendant les examens, Ben avait en quelque sorte envoyé Henry en classe d'été. Et Henry avait dû faire face à la fureur de son père, Butch Bowers, qui passait pour cinglé.

Richie Tozier aurait pour sa part répondu que c'était lui que Henry détestait le plus, à cause du jour où il les avait semés, lui et ses mousquetaires, dans les rayons de Freese's.

Même chose pour Stan Uris qui aurait argué du fait qu'il était juif (quand Stan était en huitième, Henry l'avait une fois frotté avec de la neige jusqu'à le faire saigner, tandis qu'il pleurait hystériquement de peur et de douleur).

Bill Denbrough pensait que Henry le détestait plus que les autres parce qu'il était maigre, parce qu'il bégayait et parce qu'il aimait bien s'habiller. (« Re-re-re-gardez-moi ce f-f-foutu pé-pédé ! » s'était exclamé Henry le jour des Carrières et Métiers de l'école, en avril, pour lequel Bill était venu avec une cravate ; avant la fin de la journée, elle lui avait été arrachée et s'était retrouvée accrochée à une branche d'arbre.)

Il les haïssait tous les quatre, mais le garçon de Derry qui était en tête de liste dans le carnet personnel des haines inexpiables de Henry Bowers n'appartenait pas au Club des Ratés en ce 3 juillet ; il s'agissait d'un jeune Noir du nom de Mike Hanlon, qui vivait dans une ferme à cinq cents mètres de celle des Bowers.

Le père de Henry, qui était absolument aussi cinglé qu'il en avait la réputation, s'appelait Oscar, « Butch » de son surnom. Butch Bowers attribuait son déclin financier, physique et mental à la famille Hanlon en général et au père de Mike en particulier. Will Hanlon, aimait-il à rappeler à ses rares amis et à son fils, était l'homme qui l'avait fait jeter en prison à cause de quelques poulets crevés. « Comme ça, il a pu avoir l'argent de l'assurance, ajoutait Butch avec un regard de défi pour son auditoire. Il a été soutenu par les mensonges de ses copains et c'est comme ça que j'ai été obligé de vendre la Mercury. »

« Qui c'était, ses copains, Papa ? » avait demandé Henry quand il avait huit ans, outré de l'injustice faite à son père. Il s'était dit que quand il serait grand, il trouverait tous ces faux témoins, les enduirait de miel et les attacherait sur des fourmilières, comme dans certains de ces westerns qu'on projetait au Bijou le samedi après-midi.

Et comme en tant qu'auditoire, Henry était infatigable, Papa Bowers avait rebattu les oreilles de son fils avec la litanie de ses coups du sort et de ses haines. Il lui expliqua que bien que tous les nègres fussent stupides, certains étaient aussi très malins et détestaient les hommes blancs au fond d'eux-mêmes, ne rêvant que de baiser les femmes blanches. Ce n'était peut-être pas seulement pour l'argent de l'assurance après tout, disait Butch ; peut-être Hanlon jalousait-il son éventaire de fruits et légumes en bordure de route. Toujours est-il qu'il l'avait fait mettre en taule, et que tout un tas de nègres blancs en ville avaient fait de faux témoignages en sa faveur, le menaçant de la prison d'État au cas où il ne rembourserait pas ce négro. « Et pourquoi pas, hein ? demandait Butch à son fils qui le regardait en silence, les yeux ronds, le cou crasseux. Pourquoi pas ? Moi je ne suis qu'un homme qui a combattu les Japs pendant la guerre. Des types comme moi, il y en a des tas ; mais lui était le seul nègre du comté. »

L'affaire des poulets n'avait été que le premier d'une succession d'incidents malheureux ; le tracteur avait coulé une bielle ; sa meilleure charrue s'était brisée contre un rocher ; un bouton à son cou s'était infecté, il avait fallu l'inciser, mais il s'était de nouveau infecté et une intervention chirurgicale s'était avérée nécessaire ; le négro s'était mis à se servir de son argent mal acquis pour faire des prix plus bas que Butch, lui faisant perdre sa clientèle.

Pour Henry, c'était la litanie quotidienne : le nègre, le négro, le nègre, le négro. Tout était de la faute du nègre. Le nègre avait une jolie maison blanche à étage avec un poêle à mazout alors que Butch, sa femme et son fils vivaient dans une baraque qui n'aurait pas déparé un bidonville. Quand Butch ne gagnait pas assez d'argent avec la ferme et qu'il était obligé d'aller couper du bois en forêt, c'était la faute du nègre. Quand son puits se trouva à sec en 1956, c'était évidemment la faute du nègre.

Plus tard, cette même année, alors que Henry avait dix ans, il commença à donner des restes à Mr. Chips, le chien de Mike. Bientôt, Mr. Chips remuait la queue et accourait quand Henry l'appelait. Quand l'animal fut bien habitué à ces bons traitements, Henry l'appela un jour et lui donna une livre de steak haché à laquelle il avait mêlé du poison pour les insectes. Il avait trouvé l'insecticide au fond du hangar et économisé sou à sou pendant trois semaines pour acheter la viande chez Costello's.

Mr. Chips avait mangé la moitié de la viande empoisonnée et s'était arrêté. « Allez, finis ton festin, Clébard-de-Nègre », lui avait dit Henry. Mr. Chips remua la queue ; comme Henry l'appelait toujours comme ça, il pensait que c'était son surnom. Quand les douleurs commencèrent, Henry sortit du fil à linge et attacha Mr. Chips à un bouleau pour qu'il n'allât pas se réfugier chez lui. Puis il s'assit sur un rocher plat qu'avait chauffé le soleil et regarda mourir le chien, le menton appuyé dans la paume des mains. Cela prit un certain temps ; du point de vue de Henry, ce temps ne fut pas perdu. À la fin, Mr. Chips fut pris de convulsions et une bave verte se mit à couler de ses mâchoires.

« Alors, ça te plaît, Clébard-de-Nègre ? » lui demanda Henry. Au son de cette voix, le chien roula des yeux mourants et essaya de remuer la queue. « As-tu aimé ton déjeuner, sale cabot merdeux ? »

Quand le chien fut mort, Henry le détacha, revint chez lui et raconta son exploit à son père. Oscar Bowers atteignait les ultimes degrés de la folie à cette époque ; moins d'un an après, sa femme le quittait après qu'il l'eut presque tuée en la battant. Henry redoutait aussi son père et il lui arrivait parfois d'éprouver pour lui une haine terrible ; mais il l'aimait, pourtant. Et cet après-midi-là, après avoir parlé, il se rendit compte qu'il avait trouvé la clef qui lui ouvrait le cœur de son père, car celui-ci lui avait donné une claque dans le dos (si brutale que Henry avait failli tomber), puis l'avait emmené dans le séjour pour partager une bière avec lui. C'était sa première, et pendant tout le reste de sa vie, il allait associer la bière avec des émotions positives : triomphe et amour.

« Voilà du beau boulot bien fait », lui avait dit ce cinglé de Butch. Ils trinquèrent en entrechoquant leurs bouteilles et burent. Pour autant que Henry le sût, les nègres n'avaient jamais découvert qui avait tué leur chien, mais il supposait qu'ils avaient des soupçons. En fait, il l'espérait.

Ceux du Club des Ratés connaissaient Mike de vue — le contraire eût été étonnant dans une ville où il était le seul enfant noir — mais c'était tout, car Mike n'allait pas à l'école élémentaire de Derry. Baptiste dévote, sa mère l'envoyait à l'école confessionnelle de Neibolt Street. Entre les leçons de géographie, de lecture et d'arithmétique, on commentait la Bible ou on leur exposait des sujets comme la signification des dix commandements dans un monde sans Dieu ; il y avait aussi des discussions sur la façon d'aborder les problèmes moraux quotidiens (si on surprenait un copain à voler à l'étalage, par exemple, ou si on entendait un professeur invoquer hors de propos le nom de Dieu).

Mike ne voyait pas d'objection à fréquenter cette école. Il y avait bien des moments où il soupçonnait vaguement qu'il lui manquait certaines choses — plus de contacts avec des gosses de son âge, par exemple —, mais il était prêt à attendre le lycée pour que cela se produisît. Cette perspective le rendait un peu nerveux parce qu'il avait la peau brune, mais son père et sa mère avaient été traités correctement dans cette ville, autant que Mike pouvait en juger, et il pensait qu'il serait bien traité s'il traitait les autres bien.

L'exception à cette règle, bien entendu, s'appelait Henry Bowers.

Il avait beau s'efforcer de le dissimuler de son mieux, Mike vivait dans la terreur permanente de Henry. En 1958, il était mince et bien bâti, plus grand que Stan Uris mais pas autant que Bill Denbrough. Il était rapide et agile, ce qui lui avait permis déjà d'échapper à plusieurs corrections ; et, bien sûr, il fréquentait une autre école que celle de son ennemi. De ce fait et vu la différence d'âge, leurs chemins se croisaient rarement, et Mike prenait grand soin d'éviter toute rencontre. L'ironie du sort voulait que, bien que haï le plus par Henry Bowers, Mike était de tous celui qui avait eu le moins à souffrir de ses sévices.

Oh, il y avait bien eu quelques escarmouches. Le printemps qui suivit le meurtre de Mr. Chips, Henry bondit un jour des buissons alors que Mike partait à pied pour la bibliothèque. On était à la fin mars et il faisait assez doux pour prendre la bicyclette, mais à cette époque, Witcham Road n'était plus goudronnée après la ferme Bowers, ce qui signifiait qu'elle se transformait en vrai bourbier en cette saison. Mauvais pour les vélos.

« Salut, négro ! » lui avait lancé Henry en surgissant des buissons, sourire aux lèvres.

Mike recula, jetant des coups d'œil inquiets à droite et à gauche, à l'affût de la moindre chance de s'échapper. Il savait que s'il arrivait à feinter Henry, il pourrait le distancer. Henry était gros, Henry était costaud, mais Henry était lent.

« J' vais me faire un bébé-goudron, reprit Henry en s'avançant sur le petit garçon. Tu n'es pas assez noir, je vais t'arranger ça. »

Mike eut un bref coup d'œil à gauche, suivi d'un mouvement du corps dans la même direction. Henry mordit à l'hameçon et rompit de ce côté — avec trop d'énergie pour se reprendre. Mike, en revanche, dégagea avec aisance et rapidité sur la droite. Il aurait facilement semé Henry s'il n'y avait eu la boue, dans laquelle il tomba à genoux. Avant qu'il eût pu se relever, Henry était sur lui.

« *Négronégronégro !* » se mit à hurler Henry, pris d'une véritable extase religieuse en renversant Mike. De la boue passa par le col de la chemise de Mike et descendit jusque dans son pantalon ; il la sentait qui se glissait aussi, poisseuse, dans ses chaussures. Mais il ne commença à crier que lorsque Henry entreprit de lui jeter de la boue à la figure, lui bouchant les narines.

« Voilà, tu es noir, maintenant ! vociféra joyeusement Henry en lui frottant les cheveux de boue. Maintenant, tu es vraiment-vraiment noir ! » Il releva en la déchirant la veste de popeline et le T-shirt du garçonnet et lança un gros paquet de boue à la hauteur de son nombril. « Maintenant, tu es aussi noir qu'à minuit dans un tunnel ! » Henry hurla de triomphe et jeta encore de la boue dans les oreilles de Mike. Puis il se releva et passa ses mains encrassées dans sa ceinture. « *J'ai tué ton clébard, noiraud !* » hurla-t-il. Mais Mike ne l'entendit pas à cause de la terre qu'il avait dans les oreilles et de ses propres sanglots d'épouvante.

D'un coup de pied, Henry lança une dernière giclée de boue à Mike et repartit chez lui sans se retourner. Au bout d'un moment, le jeune Hanlon se leva et fit de même, toujours en larmes.

Évidemment furieuse, sa mère aurait voulu que Will Hanlon appelle le chef Borton ; que ce dernier vienne chez les Bowers avant le coucher du soleil : « Ce n'est pas la première fois qu'il attaque Mikey. » Il était assis dans le baquet de la salle d'eau, tandis que ses parents étaient dans la cuisine. C'était son deuxième bain, le premier était devenu tout noir dès qu'il y avait mis les pieds et s'y était assis. Dans sa colère, sa mère recourait à un épais patois texan et c'est à peine si Mike la comprenait : « Tu lui mets la loi dessus, Will Hanlon ! Ce chien enragé et son chiot ! La loi sur eux, tu m'entends ? »

Will entendit mais ne fit pas ce que lui demandait sa femme. Finalement, quand elle fut calmée (deux heures plus tard, Mike dormait déjà), il la mit en face de quelques vérités. Le chef Borton n'était pas le chef Sullivan. Si Borton avait été shérif lors de l'affaire des poulets empoisonnés, Will n'aurait jamais touché ses deux cents dollars. Certains hommes vous soutiennent, d'autres non. Borton était en fait mou comme une méduse.

« D'accord, Mike a déjà eu des ennuis avec ce morveux, dit-il à Jessica. Mais pas tant que ça ; il se méfie de ce Henry Bowers. Maintenant, il se méfiera encore plus. Je me doute bien que Bowers a raconté à son fils les ennuis qu'il a eus avec moi, et le gamin nous hait à cause de ça et aussi parce qu'il lui a dit qu'il était normal de haïr les nègres. Tout est là. Notre fils est un Noir et il devra faire avec pendant tout le reste de sa vie, comme toi et moi nous l'avons fait. Jusque dans cette école baptiste à laquelle tu tiens tant, on le lui rappelle. Un professeur leur a dit que les Noirs n'étaient pas aussi bien que les Blancs parce que le fils de Noé, Cham, a regardé son père pendant qu'il était ivre et nu, alors que les autres ont détourné les yeux. C'est pourquoi les fils de Cham ont été condamnés à rester coupeurs de bois ou porteurs d'eau, a-t-elle expliqué. Et, d'après le gosse, elle regardait Mikey en racontant son histoire. »

Jessica regardait son mari, muette et malheureuse. Deux grosses larmes coulèrent de ses yeux et roulèrent lentement sur ses joues. « N'y aura-t-il donc jamais moyen d'en sortir ? »

Il répondit avec douceur, mais implacablement ; c'était un temps où les épouses croyaient leur mari, et Jessica n'avait aucune raison de douter de son Will.

« Non, jamais. Le mot " nègre " nous colle à la peau. Non, pas dans le monde où nous vivons, toi et moi. Dans le Maine, les paysans noirs sont des nègres comme ailleurs. Il m'arrive de me dire que je suis revenu à Derry parce que c'était le meilleur endroit pour ne pas l'oublier. J'en parlerai à Mikey. »

Le lendemain, il appela son fils dans la grange. Will était assis sur le joug de sa charrue et invita Mike à prendre place à côté de lui.

« Ce que tu veux, c'est ne pas avoir affaire à ce Henry Bowers, hein ? »

Mike acquiesça.

« Son père est cinglé. »

Mike acquiesça de nouveau. C'était ce qu'on disait partout. Ce jugement n'avait fait que se renforcer les rares fois où il avait aperçu Mr. Bowers.

« Pas simplement un peu barjot, reprit Will en allumant une cigarette roulée à la main, avec un regard pour son fils. Il n'a qu'un pas à faire pour se retrouver à Juniper Hill. Il est revenu comme ça de la guerre.

— Henry aussi est cinglé, je crois », dit Mike. Il avait parlé à voix basse mais sans hésiter, et cela avait donné du courage à Will... bien qu'il fût, même après une vie émaillée d'incidents (y compris celui d'avoir failli brûler vif dans un clandé appelé le Black Spot), incapable de croire qu'un gosse comme Henry pût être cinglé.

« Qu'est-ce que tu veux, il a trop écouté son père, mais c'est bien naturel », répondit Will. Son fils, cependant, était plus proche de la vérité. Que ce fût la fréquentation constante de son père ou pour quelque raison plus profonde, Henry était en train de devenir cinglé, lentement mais sûrement.

« Je ne tiens pas à ce que tu passes ta vie à fuir, reprit Will, mais comme tu es un nègre, tu cours plus qu'un autre le risque de te faire malmener. Tu vois ce que je veux dire ?

— Oui, Papa. »

Mike pensa à son copain d'école Bob Gautier, qui avait tenté de lui expliquer que « nègre » n'était pas un mot péjoratif parce que son père l'employait tout le temps. En fait, avait-il continué, c'est même un très bon mot. Quand un type, dans une série policière à la télé, prenait une bonne raclée mais restait tout de même debout, son père disait : « Il a la tête aussi dure que celle d'un nègre » ; quand quelqu'un travaillait d'arrache-pied, son père disait : « Il travaille comme un nègre. » « Et mon père est tout aussi chrétien que le tien », avait conclu Bob. Mike n'avait pas oublié le petit visage blanc, pincé et sérieux de Bob, encadré par le capuchon de sa parka bordée de fourrure mitée : il n'avait pas ressenti de colère, mais une insondable tristesse qui lui avait donné envie de pleurer. Il avait lu honnêteté et bonnes intentions sur le visage de Bob, mais il n'avait éprouvé que solitude et déréliction, comme un grand vide entre lui-même et l'autre garçon.

« Je vois que tu comprends ce que je veux dire, dit Will en ébouriffant les cheveux de son fils. La conclusion, c'est que tu dois faire attention où tu mets les pieds. Il faut te demander si par exemple le jeu en vaut la chandelle avec Henry Bowers.

— Non, je ne crois pas », répondit Mike. Il allait falloir attendre le 3 juillet 1958, en fait, pour qu'il change d'idée.

4

Pendant que Henry Bowers, Huggins le Roteur, Victor Criss, Peter Gordon et un lycéen légèrement retardé du nom de Steve Sadler, dit « Moose », poursuivaient un Mike Hanlon hors d'haleine du dépôt de chemin de fer jusqu'aux Friches sur près d'un kilomètre, Bill et le reste du Club des Ratés étaient toujours assis au bord de la Kenduskeag, penchés sur le même cauchemardesque problème.

« Je s-sais où Ça s-se-se p-planque, déclara Bill, rompant enfin le silence.

— Dans les égouts », dit Stan. Il y eut un bruit soudain, une sorte de raclement brutal, et tous sursautèrent. Eddie eut un sourire embarrassé en reposant l'inhalateur sur ses genoux.

Bill acquiesça. « J'en ai-ai p-parlé avec mon p-père, il y a quelques j-jours. »

« À l'origine, lui avait expliqué Zack Denbrough, cette zone était entièrement marécageuse, et les fondateurs de la ville se sont arrangés pour placer le centre dans la pire partie. La section du canal qui passe sous Center et Main et débouche dans Bassey Park n'est qu'une évacuation qui sert aussi à faire couler les eaux de la Kenduskeag. Les canalisations sont presque vides pendant l'essentiel de l'année, mais elles jouent un rôle important au moment de la fonte des neiges et des inondations... (il s'était tu un instant à ce moment-là, songeant peut-être que c'était lors de la dernière inondation, à l'automne, qu'il avait perdu son plus jeune fils) à cause des pompes, termina-t-il.

— Des p-pompes ? » demanda Bill tout en détournant la tête sans même y penser. Quand il achoppait sur des occlusives, il envoyait des postillons.

« Oui, celles du système de drainage, dans les Friches. Des manchons de béton qui dépassent d'environ un mètre du sol...

— B-B-Ben Hanscom les appelle des t-trous de M-Morlock », le coupa Bill avec un sourire.

Son père lui rendit ce sourire... mais ce n'était plus que l'ombre de son ancien sourire. La scène se déroulait dans l'atelier de Zack, où celui-ci tournait des barreaux de chaise sans beaucoup s'y intéresser. « Ce ne sont que des pompes de puisard, mon gars. Elles sont placées dans des cylindres, environ à trois mètres sous terre. Elles pompent les eaux usées là où il n'y a pas de pente ou une pente négative. Ce sont de vieilles machines, et la ville devrait les faire remplacer, mais le conseil municipal ne trouve jamais le budget. Si on m'avait donné un dollar à chaque fois que j'ai été en rafistoler une, dans le caca jusqu'aux genoux... mais ça ne doit pas t'intéresser tellement, Billy. Pourquoi ne vas-tu pas regarder la télé ?

— S-Si, ça m'in-intéresse, avait répondu Bill, et pas seulement parce qu'il en était arrivé à la conclusion que quelque chose d'effroyable se terrait en dessous de Derry.

— Qu'est-ce que tu veux que je te raconte à propos d'un tas de pompes à merde ?

— Un-un ex-exposé pour l'é-école, expliqua précipitamment Bill.

— Mais vous êtes en vacances !

— C'est pour la r-r-rentrée.

— Ce n'est pas bien drôle comme sujet. Ton prof va sans doute te donner un cinq sur vingt pour l'avoir fait dormir. Regarde, voici la

Kenduskeag (il traça une ligne droite dans la sciure de son établi), et là les Friches. Comme le centre-ville est plus bas que les quartiers résidentiels, il faut pomper la plupart de ses déchets pour les rejeter dans la rivière. Les eaux usées des maisons, de leur côté, s'écoulent à peu près toutes seules dans les Friches. Tu vois ?

— Ou-Oui, dit Bill en se rapprochant légèrement de son père, assez près pour que son épaule vienne lui toucher le bras.

— Un jour, on finira par arrêter de pomper les déchets bruts de cette façon. Mais pour le moment, ce sont ces pompes que nous avons dans les..., comment appelle-t-il ça, ton copain ?

— Des trous de Morlock, répondit Bill sans bégayer, ce que ni lui ni son père ne remarquèrent.

— Ouais. C'est à ça que servent les pompes des trous de Morlock, et elles s'en tirent pas mal, sauf quand il a trop plu et que les rivières débordent. Parce que, même si en principe drainage par gravité et drainage par pompage sont des systèmes indépendants, en réalité ils s'entrecroisent partout. Tu vois ? » Il traça une série de X qui coupaient la Kenduskeag, et Bill acquiesça. « Il n'y a qu'une chose à savoir sur le drainage de l'eau : elle coule là où elle peut. Quand le niveau monte, elle remplit les canalisations aussi bien que les égouts ; quand elle est assez haute, dans les canalisations, pour atteindre ces pompes, elle les bloque. C'est là que commencent mes ennuis, car je dois les réparer.

— Dis, Papa, qu-quelle est la t-taille des é-égouts et des ca-canalisations ?

— Tu veux parler de leur diamètre ? »

Bill acquiesça.

« Les principaux collecteurs font un peu plus d'un mètre quatre-vingts de diamètre ; les égouts secondaires, ceux des quartiers résidentiels, entre un mètre et un mètre vingt, je crois. Certains sont peut-être un peu plus gros. Et crois-moi, Bill, et tu pourras le répéter à tes amis : n'allez jamais là-dedans, au grand jamais, ni pour jouer, ni pour faire les malins, jamais.

— Pourquoi ?

— Ce système a été construit sous douze conseils municipaux successifs depuis 1885, à peu près. Pendant la Crise, on a installé tout un réseau secondaire et tertiaire, à une époque où il y avait beaucoup d'argent pour les travaux publics. Mais le type qui avait dirigé les travaux est mort pendant la Deuxième Guerre mondiale, et cinq ans plus tard, le Service des eaux s'est aperçu que l'essentiel des plans avait disparu. Ce sont cinq kilos de plans qui se sont ainsi évaporés entre 1937 et 1950. Ce que je veux dire, c'est que plus personne ne sait où vont tous ces conduits souterrains.

« Tant qu'ils fonctionnent, tout le monde s'en fiche. Quand ça coince, ce sont trois ou quatre ploucs du Service des eaux qui doivent se débrouiller pour trouver la pompe en rideau ou le bouchon. Et quand ils descendent là-dedans, ils n'oublient pas le casse-croûte. Il fait noir, ça pue, et il y a des rats. Autant de bonnes raisons de ne pas y aller : mais la meilleure des raisons, c'est qu'on risque de s'y perdre. C'est déjà arrivé. »

Perdu sous Derry. Perdu dans les égouts. Perdu dans le noir. Il y avait quelque chose de si lugubre et inquiétant dans cette idée que Bill resta un moment silencieux. Puis il dit : « Mais est-ce qu'on a en-envoyé p-personne faire le p-plan de...

— Il faut que je finisse ces barreaux, le coupa abruptement Zack en lui tournant le dos. Va donc voir ce qu'il y a à la télé.

— Mais, Papa...

— Laisse-moi, Bill. » Et Bill sentit retomber l'habituelle chape glaciale. Ce froid qui transformait les repas en séances de torture, comme s'ils avaient mangé des aliments congelés sans les avoir fait passer par le four. Parfois, ensuite, il allait dans sa chambre et pensait, des crampes à l'estomac : *Les chemises de l'archiduchesse sont-elles sèches, archi-sèches.* Il se répétait souvent la phrase que sa mère lui avait apprise par jeu, il se la répétait souvent depuis la mort de Georgie. Son rêve secret (que pour tout l'or du monde, il n'aurait avoué à personne) était d'aller la lui réciter d'une traite. Sa mère lui sourirait, serait contente, elle se réveillerait comme la Belle au Bois dormant après le baiser du Prince Charmant.

Mais ce 3 juillet, il raconta simplement à ses amis ce que son père lui avait appris sur les égouts et le drainage de Derry. C'était un garçon à l'esprit inventif (qui trouvait même parfois plus facile d'inventer que de dire la vérité) et la scène qu'il dépeignit était assez différente de la réalité : lui et son paternel regardaient la télévision en prenant le café.

« Ton père te permet de boire du café ? demanda Eddie.

— Bien s-sûr.

— Eh bien ! Ma mère ne voudrait jamais. Elle dit qu'il y a de la caféine dedans et que c'est dangereux. » Il marqua une pause. « Pourtant elle en boit pas mal.

— Mon père me laisse boire du café quand je veux, intervint Beverly, mais il me tuerait s'il savait que je fume.

— Comment êtes-vous aussi sûrs que Ça se trouve dans les

égouts ? demanda Richie en regardant tour à tour Bill et Stan pour revenir à Bill.

— On retombe tou-toujours d-dessus, dit Bill. Les v-voix de Be-Beverly venaient de là. Et le s-sang. Quand le c-clown nous a p-poursuivis, les b-boutons orange étaient à-à côté d'une bouche d'é-égout. Et Ge-George...

— Ce n'était pas un clown, Grand Bill, l'interrompit Richie, je te l'ai déjà dit. Je sais bien que c'est fou, mais c'était un loup-garou. » Il regarda les autres, sur la défensive. « Je ne blague pas. Je l'ai vu.

— C'était u-un l-loup-garou p-pour toi.

— Quoi ?

— Tu comprends pas ? C-C'était un l-loup-garou p-pour toi, parce que tu-tu as v-vu ce f-film stupide à l'A-A-Aladdin.

— Je pige pas.

— Moi si, je crois, fit Ben doucement.

— J'ai été à-à la b-bibliothèque et j-j'ai cherché. Je crois que c-c'est un gl-gl (il s'arrêta, la gorge serrée par l'effort) un *glamour*, finit-il par cracher.

— Un glammer ? demanda dubitativement Eddie.

— Non, g-g-glamour », répondit Bill qui épela le mot. D'après les renseignements qu'il avait glanés, c'était le nom gaélique de la créature qui hantait Derry ; d'autres races et d'autres cultures lui donnaient d'autres noms, mais tous signifiaient la même chose. Pour les Indiens des plaines, c'était un manitou, qui pouvait prendre la forme d'un lion des montagnes, d'un élan ou d'un aigle ; ils croyaient que l'esprit d'un manitou pouvait les posséder ; ils étaient alors capables de donner aux nuages la forme des animaux d'après lesquels ils désignaient leurs demeures. Dans l'Himalaya, c'était un *tallus* ou *tællus*, un esprit mauvais ayant le pouvoir de lire dans vos pensées et de prendre la forme de la chose qui vous effrayait le plus. En Europe centrale, on parlait d'*eylak*, frère du *vurderlak*, ou vampire. Et si en France on disait « loup-garou », il pouvait en fait aussi bien prendre la forme d'un faucon, d'un mouton ou même d'un insecte que d'un loup.

« Expliquait-on dans tes bouquins comment battre un glamour ? » demanda Beverly.

Bill acquiesça, mais son expression ne fut pas rassurante. « Les Hi-Himalayens ont un ri-rituel pour s'en dé-débarrasser, mais c'est plutôt ré-répugnant. »

Tous le regardèrent, ne désirant l'écouter qu'à contrecœur.

« Ça s'a-appelle le r-ri-rituel de *Chü-Chüd* », reprit Bill, qui expliqua comment les chamans de l'Himalaya traquaient un tællus : le tællus tirait la langue ; le chaman la tirait à son tour ; les deux langues se superposaient, les deux protagonistes s'avançant l'un vers l'autre en mordant dedans, et bientôt se trouvaient en quelque sorte agrafés ensemble, œil contre œil.

« Oh, je crois que je vais dégueuler », fit Beverly en roulant sur elle-même. Ben lui tapota timidement le dos, puis regarda autour de lui pour voir si on l'avait observé, mais les autres, hypnotisés, ne quittaient pas Bill des yeux.

« Et alors ? demanda Eddie.

— Eh bien, ç-ça paraît i-idiot, mais le l-livre dit qu'ils co-commençaient alors à ra-raconter des b-blagues et à p-poser des de-devinettes.

— Quoi ? » s'exclama Stan.

Bill confirma d'un hochement de tête, avec l'expression de quelqu'un qui ne fait que rapporter une information et n'est pour rien dedans. « Si-si. T-Tout d'abord le m-monstre en dit u-une, après le ch-chaman en dit u-une, et ça c-continue comme ça, ch-chacun à-à son tour. »

Beverly se redressa et s'assit genoux contre la poitrine, mains aux chevilles. « Je ne vois pas comment les gens pourraient parler avec leurs langues... euh, clouées ensemble ! »

Richie tira immédiatement la langue, l'attrapa avec les doigts et s'écria : « Mon père travaille à la pompe à merde ! » ce qui les fit tous éclater de rire pendant un moment, même si c'était une blague de bébé.

« P-Peut-être est-ce p-par té-télépathie, dit Bill. Bref, s-si l'homme r-rit le p-premier en dé-dépit de la d-d-d-d...

— Douleur ? » proposa Stan.

Bill acquiesça. « Alors le tællus le t-t-tue et le m-mange. En-enfin son â-âme, je crois. Mais s-si l'ho-homme f-fait rire le t-tællus le p-premier, il d-doit disparaître p-pour c-cent ans.

— Est-ce que le livre disait d'où pouvait venir une chose pareille ? » demanda Ben.

Bill secoua la tête.

« Est-ce que t'y crois ? » demanda à son tour Stan — on aurait dit qu'il voulait en rire sans arriver à en trouver le courage ou la force.

Bill haussa les épaules et répondit : « P-Presque. » Il eut l'air de vouloir ajouter quelque chose mais garda le silence.

« Ça explique beaucoup de choses, fit Eddie, songeur. Le clown, le lépreux, le loup-garou... » Il regarda Stan. « Les garçons morts aussi, il me semble.

— Ça m'a tout l'air d'un boulot pour Richie Tozier, lança Richie avec la voix du speaker des actualités. L'homme aux mille blagues et aux six mille devinettes.

— Si c'est toi qu'on envoie, répliqua Ben, on claquera tous. Lentement, en souffrant beaucoup. » Cette repartie provoqua un nouvel accès de rire.

« En conclusion, qu'est-ce qu'on fait ? » demanda impérativement Stan ; mais une fois de plus, Bill ne put que secouer la tête... avec l'impression qu'il le savait presque. Stan se leva. « Allons donc ailleurs, je commence à avoir mal aux fesses.

— Moi, j'aime bien ce coin, objecta Beverly. Il y a de l'ombre, il est agréable. » Elle jeta un coup d'œil à Stan. « Je suppose que tu as envie de faire des bêtises de gosse, comme casser des bouteilles à coups de cailloux.

— J'adore casser des bouteilles à coups de cailloux, intervint Richie en ralliant Stan. C'est le voyou qui sommeille en moi. » Il releva son col et se mit à marcher comme James Dean dans *La Fureur de vivre.*

« J'ai des pétards », dit Stan. Et du coup, ils oublièrent glamours, manitous et autres mauvaises imitations de Richie comme Stan exhibait un paquet de Black Cats. Bill lui-même était impressionné.

« S-Seigneur Jé-Jésus, S-Stan, où les a-as-tu dénichés ?

— Je les ai échangés contre un lot de Superman et de Little Lulu. Au gros avec qui je vais parfois à la synagogue.

— Allons les faire péter ! s'écria Richie, quasiment apoplectique de joie. Allons les faire péter ! Stanny, je te promets que je ne dirai plus jamais que toi et ton paternel, vous avez tué le Christ, qu'est-ce que tu dis de ça, hein ? Je dirai que tu as un petit nez, Stanny ! Je dirai que tu n'es pas circoncis ! »

Là-dessus, Beverly se mit à hurler de rire, le visage écarlate avant d'avoir pu le cacher dans ses mains. Bill rit aussi, bientôt imité par Eddie, puis par Stan lui-même. Ce son joyeux traversa le cours large mais peu profond de la Kenduskeag à cet endroit, en cette veille du 4 Juillet, un son estival, aussi éclatant que les rayons lumineux qui rebondissaient sur l'eau comme des flèches ; et aucun d'eux ne vit les deux yeux orange qui les observaient depuis un fouillis de buissons et de ronciers sans mûres, sur leur gauche. Ce taillis occupait toute la rive de la Kenduskeag sur une dizaine de mètres, avec au centre l'un des trous de Morlock. C'était de ce cylindre vertical de béton que les yeux, espacés de plus de soixante centimètres, les observaient.

5

Ce fut précisément parce que le lendemain était le glorieux 4 Juillet que le 3, Mike tomba sur Henry Bowers et sa bande de lurons pas si joyeux que ça. L'école baptiste s'enorgueillissait d'une clique dans laquelle Mike jouait du trombone. La clique devait participer à la parade annuelle et jouer *L'Hymne de bataille de la République, En avant, soldats du Christ*, et *Amérique la Belle*. Cela faisait plus d'un mois que Mike en rêvait. Il se rendait à pied à l'ultime répétition, car il avait cassé la chaîne de son vélo. La répétition ne devait avoir lieu qu'à deux heures et demie mais il était parti en avance car il voulait polir son instrument, remisé dans la salle de musique de l'école, jusqu'à ce qu'il fût éclatant. Il avait un flacon de Miror dans une poche et deux ou trois chiffons qui dépassaient d'une autre. Jamais Henry Bowers n'avait été aussi loin de ses pensées.

Un seul coup d'œil par-dessus son épaule au moment où il approchait de Neibolt Street lui aurait immédiatement rendu le sens des réalités : Henry, Victor, le Roteur, Peter Gordon et Moose Sadler occupaient toute la largeur de route derrière lui. Auraient-ils quitté la ferme Bowers cinq minutes plus tard, Mike aurait été hors de vue à cause d'un mouvement de terrain ; l'apocalyptique bataille de cailloux n'aurait pas eu lieu, et tout ce qui s'ensuivit se serait déroulé différemment, ou pas du tout.

C'est cependant Mike lui-même qui, des années plus tard, émit l'idée qu'aucun d'eux, peut-être, n'avait été le maître des événements au cours de cet été-là ; et que si la chance et le libre arbitre avaient joué un rôle, les leurs avaient alors été bien circonscrits. Au déjeuner des retrouvailles, il avait fait remarquer aux autres un certain nombre de ces étonnantes coïncidences, mais il en était au moins une dont il n'avait pas conscience. La réunion dans les Friches, ce jour-là, s'interrompit lorsque Stan Uris sortit des Black Cats et que le Club des Ratés se dirigea vers la décharge pour les faire sauter. De leur côté, Victor et les autres s'étaient rendus à la ferme Bowers, parce que Henry détenait non seulement des pétards ordinaires, mais aussi des « bombes-cerises » et des M-80 (qui furent frappés d'interdiction quelques années plus tard). La bande à Bowers envisageait de descendre de l'autre côté du tas de charbon du dépôt pour faire exploser les trésors de Henry.

Aucun d'eux, pas même le Roteur, ne venait d'ordinaire à la ferme — tout d'abord à cause du cinglé de père de Henry, mais aussi parce qu'ils se trouvaient toujours embrigadés pour aider Henry dans ses corvées, désherber, enlever sans fin les cailloux, ranger le bois, tirer de l'eau, rentrer le foin, cueillir ce qui était mûr à ce moment-là, pois, concombres, tomates ou pommes de terre. Ces garçons n'étaient pas vraiment allergiques au travail, mais ils ne manquaient pas de corvées chez eux et n'éprouvaient aucun besoin, en plus, de suer pour le père de Henry qui frappait facilement au hasard. Recevoir une bûche de bouleau (c'était arrivé à Victor pour avoir renversé un panier de tomates) dans les jambes était déjà assez désagréable ; mais le pire était que Butch Bowers s'était mis à hululer : « Je vais tuer tous les Japs ! Je vais tuer tous ces salauds de Japs ! » après avoir lancé la bûche.

Aussi bête qu'il fût, c'était Huggins qui avait le mieux exprimé son sentiment. « Je fais pas joujou avec des cinglés », avait-il déclaré à Victor deux ans auparavant. Ce dernier avait ri et acquiescé.

Mais le parfum de ces pétards avait exercé un attrait trop puissant.

« On se retrouve au tas de charbon à une heure, si tu veux, avait répondu Victor lorsque Henry l'avait invité, vers neuf heures du matin.

— Pointe-toi là à une heure, et tu me verras pas. J'ai trop de corvées. Si t'arrives au tas de charbon à trois heures, j'y serai. Et mon premier M-80 sera pour tes fesses, mon pote. »

Vic hésita, puis accepta de venir l'aider à terminer ses corvées.

Les autres vinrent aussi, et à cinq, tous de solides gaillards se démenant comme des diables, ils en avaient terminé en tout début d'après-midi. Lorsque Henry demanda à son père la permission de s'en aller, Bowers l'aîné eut un simple geste languide de la main pour son fils. Retranché sous le porche arrière, une bouteille de lait pleine d'un cidre maison quasiment aussi fort que du calva, le poste de radio portatif à portée de la main, il attendait sur sa chaise berçante la retransmission d'un match qui promettait : les Red Sox contre les Washington Senators. En travers de ses genoux, était dégainé un sabre japonais, souvenir de guerre qu'il prétendait avoir saisi sur un Japonais mourant, dans l'île de Tarawa, mais qu'il avait en réalité échangé à Honolulu contre six bouteilles de bière et trois joints. Depuis quelque temps, Butch Bowers sortait presque toujours son sabre quand il buvait. Et étant donné que les garçons, y compris Henry, étaient secrètement convaincus qu'il finirait un jour ou l'autre par s'en servir sur quelqu'un, il valait mieux être loin de là quand l'arme apparaissait sur ses genoux.

À peine les garçons avaient-ils mis le pied sur la route que Henry remarqua Mike, à quelque distance devant eux. « Hé, c'est le nègre ! » lança-t-il, ses yeux s'allumant comme ceux d'un enfant qui attend l'arrivée imminente du Père Noël le 24 décembre.

« Le nègre ? » Huggins eut l'air perplexe. Il n'avait vu les Hanlon qu'à de rares occasions ; puis un peu de lumière se fit dans son regard éteint. « Ah, oui ! Le nègre ! On se le fait, Henry ? »

Huggins voulut partir sans attendre, imité par les autres, mais Henry le saisit au collet. Henry avait plus d'expérience qu'eux dans la chasse au Hanlon, et savait que l'attraper était plus facile à dire qu'à faire. Un vrai lièvre, ce négrillon.

« Il ne nous a pas vus. Marchons simplement rapidement, jusqu'à ce qu'on soit le plus près possible de lui. »

Ce qu'ils firent. Un observateur aurait été amusé : on aurait dit que tous les cinq s'étaient lancés dans une compétition de marche à pied. La considérable bedaine de Moose Sadler rebondissait sous son T-shirt aux armes du lycée de Derry. De la sueur coulait sur le visage du Roteur, de plus en plus rouge. Mais la distance qui les séparait de Mike diminuait. Deux cents mètres, cent cinquante, cent — et jusqu'ici le petit Bamboula n'avait pas jeté un regard en arrière. Ils l'entendaient siffler.

« Qu'est-ce que tu vas lui faire, Henry ? » demanda Victor Criss à voix basse. Il avait l'air simplement intéressé, mais en réalité il était mal à l'aise. Depuis quelque temps, Henry l'inquiétait. Il lui était égal que Henry veuille flanquer une raclée au petit Hanlon, voire même lui déchirer la chemise, et jeter son pantalon et ses sous-vêtements dans un arbre ; il craignait que Henry n'ait pas que ça en tête. Un certain nombre d'affrontements désagréables avaient eu lieu cette année avec les gosses de l'école élémentaire de Derry, désignés comme « les petits merdeux » par Henry. Ce dernier avait l'habitude de les terroriser, mais depuis mars, il avait été tenu en échec à plusieurs reprises. Henry et ses copains avaient poursuivi l'un d'eux, Quat-Zyeux Tozier, jusqu'à chez Freese's et l'avaient perdu au moment où ils étaient sur le point de le coincer. Puis le dernier jour d'école, le môme Hanscom...

Mais Victor n'aimait pas y penser.

Ce qui l'inquiétait s'énonçait simplement : Henry risquait d'aller TROP LOIN. Victor n'aimait pas trop penser à ce que ce « TROP LOIN » pouvait être... mais un sentiment de malaise lui avait fait se poser la question.

« On va le choper et l'amener au tas de charbon, dit Henry. On mettra une paire de pétards dans ses chaussures pour voir s'il sait danser.

— Mais pas des M-80, tout de même ? »

Si c'était ce qu'envisageait Henry, Victor préférait prendre la poudre d'escampette. Un M-80 dans chaque chaussure arracherait les pieds du nègre, et ça, c'était aller TROP LOIN.

« Je n'en ai que quatre », répondit Henry sans quitter des yeux le dos de Mike Hanlon. Ils n'étaient plus qu'à quelque soixante-quinze mètres de lui, et il parlait aussi à voix basse. « Tu ne crois pas que je vais en gaspiller deux sur un foutu négro ?

— Non, Henry, évidemment.

— On foutra juste une paire de Black Cats dans ses pompes. Puis on le mettra cul nu et on enverra ses fringues dans les Friches. Pour qu'il se brûle les fesses sur le lierre-poison.

— On devrait aussi le rouler dans le charbon, fit le Roteur, son regard jusqu'ici atone devenu tout brillant. D'accord, Henry ? C'est pas chouette ?

— Très chouette, répondit Henry sur un ton détaché qui ne plut pas à Victor. On le roulera dans le charbon, comme je l'avais roulé dans la boue l'autre fois. Et... (Henry sourit, exhibant des dents qui commençaient à pourrir alors qu'il n'avait que douze ans) j'ai quelque chose à lui dire. Je crois qu'il n'a pas entendu la première fois.

— C'est quoi, Henry ? » demanda Peter Gordon, intéressé et excité. Peter appartenait à l'une des « bonnes familles » de Derry ; il vivait à West Broadway et dans deux ans, irait au lycée de Groton — c'était du moins ce qu'il croyait en ce 3 juillet. Il était plus intelligent que Victor, mais n'avait pas suffisamment fréquenté Henry pour se rendre compte à quel point il se dégradait.

« Tu le verras bien, répondit Henry. Maintenant la ferme. On se rapproche. »

Ils étaient à vingt-cinq mètres derrière Mike et Henry était sur le point de donner l'ordre de charger quand Moose Sadler fit partir le premier pétard de la journée. Il avait descendu trois assiettes de haricots la veille, et le pet fut une véritable détonation d'arme à feu

Mike tourna la tête. Henry vit ses yeux s'agrandir.

« Chopez-le ! » hurla-t-il.

Mike resta un instant pétrifié ; puis il démarra, courant pour sauver sa peau.

6

Les Ratés suivaient un itinéraire sinueux parmi les bambous des Friches, dans cet ordre : Bill, Richie, Beverly (mince et gracieuse dans son jean et sa blouse blanche sans manches, sandales aux pieds), Ben (s'efforçant de ne pas souffler trop fort ; en dépit des vingt-six degrés qu'affichait le thermomètre, il portait l'un de ses volumineux haut de survêt), Stan ; Eddie fermait la marche, l'embout de son inhalateur dépassant de la poche droite de son pantalon.

Comme cela lui arrivait souvent dans cette partie des Friches, Bill avait décidé qu'ils étaient en safari dans la jungle. Hauts et blancs, les bambous limitaient la visibilité sur le sentier qu'ils avaient fini par ouvrir. La terre était noire et s'enfonçait avec un bruit de succion sous le pied, avec des flaques tellement détrempées qu'il fallait les franchir d'un bond pour ne pas avoir de boue dans les chaussures. Ces flaques présentaient d'étranges arcs-en-ciel aplatis. Une odeur lourde flottait, mélange des effluves de la décharge et de la végétation pourrissante.

Bill s'arrêta à un coude et se tourna vers Richie. « Un t-tigre devant, T-To-Tozier. »

Richie acquiesça et se tourna vers Beverly. « Tigre, souffla-t-il.

— Tigre, dit-elle à Ben.

— Mangeur d'hommes ? demanda Ben en déployant des efforts pour ne pas haleter.

— Il est tout couvert de sang, répondit Beverly.

— Tigre mangeur d'hommes », murmura Ben à Stan, lequel transmit l'information à Eddie dont le petit visage était empourpré d'excitation.

Ils se fondirent parmi les bambous, laissant magiquement vierge le sentier boueux qui serpentait dans cette jungle. Le tigre passa devant eux et ils le virent presque : lourd (deux cents kilos, peut-être), sa musculature jouant avec grâce et puissance sous son pelage rayé à l'aspect soyeux. Ils virent presque ses yeux verts, les taches de sang sur son museau datant de son dernier repas, une poignée de Pygmées qu'il avait dévorés vivants.

Les bambous s'entrechoquèrent légèrement, un son à la fois musical et fantastique et de nouveau tout fut calme. Ce pouvait être le passage d'une bouffée de brise estivale... ou celui d'un tigre africain.

« Parti ! » dit Bill, qui laissa échapper une profonde expiration et retourna sur le chemin, suivi des autres.

Richie était le seul à être venu armé (d'un pistolet à bouchon à la détente réparée à l'adhésif). « J'aurais pu l'avoir si tu n'avais pas bougé, Grand Bill », dit-il, maussade. Il repoussa ses vieilles lunettes sur le haut de son nez.

« Il y a des cannibales dans le s-secteur. V-Veux-tu nous f-faire re-repérer ?

— Oh ! » dit Richie, convaincu.

Bill leur fit signe d'avancer, et ils reprirent leur marche sur le chemin qui se rétrécissait. Puis ils retrouvèrent la rive de la Kenduskeag, qu'ils franchirent sur une série de pierres ; Ben leur avait montré comment les disposer.

« Bill ! s'écria Beverly, au milieu de la rivière.

— Quoi ? dit Bill, s'immobilisant sur sa pierre, bras écartés, sans se retourner.

— Y a des piranhas ! Je les ai vus dévorer une vache entière, il y a deux jours. Une minute après, il ne restait plus que les os. Ne tombe pas !

— Bien, dit Bill. Faites attention, les mecs. »

Avec des mouvements d'équilibristes sur un fil, ils poursuivirent leur progression. Un train de marchandises passa sur le remblai de la voie ferrée, et son brutal coup de sifflet fit sursauter Eddie, alors à mi-chemin. Presque déséquilibré, il regarda dans l'eau brillante et pendant un instant, entre les flèches aiguës que lui lançaient les reflets du soleil, il vit vraiment les piranhas qui rôdaient. Ils ne faisaient pas partie de la fiction inventée par Bill, il en était sûr. Les poissons qu'il aperçut ressemblaient à des poissons rouges géants avec les énormes affreuses mâchoires des poissons-chats ou des mérous. Des crocs en dents de scie dépassaient de leurs lèvres épaisses et ils avaient la même nuance orange que les poissons rouges. Orange comme les pompons duveteux qui ornaient parfois le costume des clowns.

Ils décrivaient des cercles dans l'eau peu profonde, claquant des dents.

Eddie se mit à faire des moulinets avec les bras. *Je vais me ficher à l'eau*, pensa-t-il, *et ils vont me bouffer vivant...*

Mais Stan Uris le rattrapa fermement par un poignet et le remit d'aplomb.

« C'était moins une, dit Stan. Si jamais t'étais tombé, qu'est-ce que ta mère t'aurait passé ! »

Pour une fois, sa mère était la dernière de ses préoccupations. Les autres, déjà sur la rive, comptaient les wagons du train. Eddie jeta un regard affolé à Stan, puis se tourna de nouveau vers l'eau. Il vit un sachet de chips vide passer en bouchonnant, et rien d'autre. Il leva les yeux vers Stan.

« Stan, j'ai vu...

— Quoi ? »

Eddie secoua la tête. « Oh rien, je crois. Je suis juste un peu

(mais ils y étaient oui ils y étaient et ils m'auraient bouffé vivant)
nerveux. C'est l'histoire du tigre, sans doute. Continuons. »

Cette rive occidentale de la Kenduskeag (rive d'Old Cape)
devenait une vraie fondrière en période de pluie ou de fonte des
neiges, mais il n'avait presque pas plu depuis plus de quinze jours et
elle s'était transformée en une espèce de sol lunaire vitrifié et
craquelé, d'où sortaient plusieurs cylindres de béton, jetant leur
ombre sinistre. À une vingtaine de mètres, un conduit de ciment qui
surplombait la rivière rejetait un filet régulier d'une eau brune à
l'aspect peu engageant.

D'un ton calme, Ben dit : « Ça fiche la trouille, ici », et les autres
acquiescèrent.

Sous la conduite de Bill, ils quittèrent la rive pour s'enfoncer dans
l'épaisseur des broussailles où les insectes bourdonnaient et stridulaient. De temps en temps, un brusque et puissant battement d'ailes
signalait l'envol d'un oiseau. Un écureuil leur coupa à un moment
donné le chemin et, cinq minutes plus tard, alors qu'ils se rapprochaient du talus bas qui ceinturait la décharge, à l'arrière, ils virent
passer un rat, un morceau de cellophane encore pris dans la
moustache, trottinant sur son itinéraire secret vers sa propre jungle
microscopique.

Les relents des détritus s'imposaient maintenant avec force ; une
colonne de fumée noire s'élevait dans le ciel. En dépit de la
végétation, toujours dense (sauf sur leur étroite sente), le sol était de
plus en plus couvert de débris. (« La tête de la décharge a des
pellicules », avait déclaré Bill au grand ravissement de Richie, qui lui
avait conseillé de noter ça.)

Pris dans les branches, des papiers s'agitaient et claquaient comme
des drapeaux au rabais ; des boîtes de conserve renvoyaient un reflet
argenté du fond d'un trou envahi d'herbes ; une bouteille de bière
brisée lançait un rayon aveuglant. Beverly aperçut une poupée, dont
la peau de celluloïd était tellement rose qu'elle avait l'air ébouillantée.
Elle la ramassa puis la relâcha avec un petit cri en voyant les bestioles
grisâtres qui grouillaient sous son jupon moisi et le long de ses
jambes en décomposition. Elle s'essuya les doigts sur son jean.

Ils grimpèrent sur le talus et regardèrent en contrebas, vers la
décharge.

« Oh, merde ! » dit Bill, qui enfonça les mains dans ses poches
tandis que les autres se regroupaient autour de lui.

On faisait brûler le secteur nord ce jour-là, mais ici, de leur côté,
Armando Fazio (frère célibataire du concierge de l'école élémentaire
de Derry), le responsable de la décharge, était en train de bricoler son

vieux bulldozer datant de la Deuxième Guerre mondiale. Il avait enlevé sa chemise, et sa radio sur piles, posée sous la toile qui protégeait le siège de l'engin du soleil, débitait bruyamment des informations sur le match imminent entre les Red Sox et les Senators ; Fazio était dur d'oreille.

« On peut pas y descendre », conclut Ben. Mandy Fazio n'était pas un mauvais bougre, mais il chassait impitoyablement de la décharge tous les enfants qu'il voyait — à cause des rats, à cause du poison qu'il répandait régulièrement pour limiter la population des rongeurs, à cause des risques de coupure, de chute, de brûlure… mais avant tout parce qu'il estimait que la décharge publique n'était pas un terrain de jeux pour des enfants.

« On peut vraiment pas. Va falloir changer de programme », admit Richie.

Ils restèrent quelque temps à regarder Mandy réparer son bulldozer, dans l'espoir qu'il y renoncerait et s'en irait, mais sans y croire vraiment : la présence du poste de radio attestait qu'il avait prévu d'y passer l'après-midi. De quoi faire chier le pape, pensa Bill. Il n'y avait pas de meilleur endroit, pour les pétards, que la décharge. On les plaçait dans des boîtes de conserve que l'explosion envoyait valdinguer, ou bien dans des bouteilles — après quoi il fallait courir comme un dératé. Les bouteilles n'éclataient pas toujours, mais presque.

« Si seulement on avait des M-80 ! soupira Richie, loin de se douter qu'il n'allait pas tarder à en recevoir un sous peu à la tête.

— Ma mère dit que les gens devraient se trouver heureux de ce qu'ils ont », fit Eddie d'un ton tellement sentencieux qu'ils éclatèrent tous de rire.

Quand les rires s'arrêtèrent, tous regardèrent de nouveau vers Bill.

Bill réfléchit pendant quelques instants et dit : « J-Je connais un c-coin. Il y a u-une an-ancienne gra-gra-vière dans les F-Friches, à côté du d-dépôt de ch-chemin de f-fer…

— Ouais ! s'exclama Stan, bondissant sur ses pieds. Je la connais aussi ! T'es un génie, Bill !

— On peut être sûr qu'il y aura de l'écho, remarqua Beverly.

— Eh bien, allons-y », conclut Richie.

Tous les six — le nombre magique, à un près — partirent à la queue leu leu le long du talus qui contournait la décharge. Mandy Fazio leva une fois le nez et vit leurs silhouettes d'Indiens sur le sentier de la guerre se découper sur le ciel bleu. Il fut sur le point de les apostropher — les Friches n'étaient pas un endroit pour des gosses — mais au lieu de cela il se remit à son moteur. Au moins n'étaient-ils pas dans la décharge.

7

Mike Hanlon passa en courant devant l'école baptiste et fonça dans Neibolt Street, en direction de la gare de Derry. Il y avait bien un concierge à l'école, mais il était vieux et encore plus sourd que Mandy Fazio. En plus, il aimait à faire la sieste par les chaudes journées d'été dans la fraîcheur du sous-sol, alors que la chaudière était silencieuse, installé dans un vieux fauteuil inclinable, son journal sur les genoux. Mike aurait pu rester des heures à cogner à la porte, et Bowers et sa bande auraient eu tout le temps de le rattraper et de lui tordre le cou.

C'est pourquoi Mike ne ralentit même pas.

Mais il ne donnait pas tout ce qu'il pouvait ; il essayait d'adopter un rythme régulier et de contrôler sa respiration. Henry, Huggins et Sadler ne présentaient aucun problème ; même relativement frais, ils couraient comme des bisons blessés. Criss et Gordon, en revanche, étaient rapides. En passant devant la maison où Bill et Richie avaient vu le clown — ou le loup-garou —, il jeta un coup d'œil derrière lui et constata avec angoisse que Peter Gordon se rapprochait dangereusement. Il arborait un sourire joyeux — sourire de vainqueur de course ou de match, sourire devant un spectacle réussi — et Mike se dit : *Je me demande s'il sourirait comme ça s'il savait ce qui va se passer, au cas où ils m'attraperaient... Est-ce qu'il croit que Henry va juste dire : « Touché, c'est à toi ! » et repartir dans l'autre sens ?*

Une fois en vue du portail du dépôt (PROPRIÉTÉ PRIVÉE LES CONTREVENANTS SERONT POURSUIVIS), Mike se vit forcé de mettre toute la gomme. Il n'avait pas mal ; sa respiration, rapide, restait contrôlée. Mais il savait qu'il allait souffrir s'il lui fallait garder ce rythme trop longtemps.

Le portail était entrouvert. Il jeta un autre coup d'œil en arrière et vit qu'il avait repris un peu de terrain par rapport à Peter. Victor était à une dizaine de pas derrière lui, et les autres à quarante ou cinquante mètres en arrière. Ce bref coup d'œil suffit à Mike pour lire une colère noire sur le visage de Henry.

Il se glissa dans l'entrebâillement, et claqua le portail derrière lui ; il entendit le *clic !* du verrou. L'instant suivant, Peter se heurtait au grillage, bientôt suivi de Criss. Peter ne souriait plus et affichait une expression boudeuse et contrariée. Le loquet était à l'intérieur, et ils ne pouvaient pas ouvrir.

Il eut le culot de dire : « Allons, le môme, ouvre ce portail. Ce n'est pas du jeu.

— C'est quoi pour toi, du jeu ? À cinq contre un ? demanda Mike.

— Ce n'est pas du jeu », répéta Peter, comme s'il n'avait pas entendu la question de Mike.

Mike regarda Victor, et vit dans son regard qu'il était troublé. Il voulut parler, mais les autres arrivèrent à ce moment-là.

« Ouvre-moi ça, négro ! » vociféra Henry. Il se mit à secouer le grillage avec une telle férocité que Peter le regarda, inquiet. « Ouvre ça tout de suite, t'entends ?

— J'ouvrirai pas, répliqua Mike tranquillement.

— Ouvre ! hurla le Roteur. Ouvre donc, espèce de foutu bamboula ! »

Mike recula, le cœur cognant dans la poitrine. Jamais il n'avait eu aussi peur, jamais il n'avait été aussi bouleversé. Ils étaient alignés le long du grillage du portail, criant, lui jetant des épithètes méprisantes pour sa négritude qu'il n'aurait jamais soupçonnées — Oubangui, as de pique, panier de mûres, rat de jungle, sac de café. À peine se rendit-il compte que Henry tirait un objet de sa poche, enflammait une allumette avec l'ongle et que quelque chose de rond et rouge volait vers lui à travers le grillage ; il s'écarta instinctivement et la bombe-cerise alla exploser à sa gauche, en soulevant de la poussière.

La détonation les fit taire quelques instants ; Mike les regardait à travers le grillage, incrédule, et eux lui rendaient son regard. Peter Gordon avait l'air complètement sous le choc, et la stupéfaction se lisait jusque sur le visage du Roteur.

Ils ont peur de lui, maintenant, se rendit-il brusquement compte, et une voix nouvelle s'éleva en lui, peut-être pour la première fois, une voix adulte au point d'en être inquiétante. *Ils en ont peur, mais ce n'est pas ça qui va les arrêter. Il faut que tu fiches le camp, Mikey, ou ça va mal tourner. Tous ne veulent peut-être pas que ça tourne mal, Victor, par exemple, Peter Gordon sans doute, mais ça tournera mal tout de même parce que Henry fera tout pour ça. Alors fiche le camp, Mikey, fiche le camp très vite.*

Il recula de nouveau de deux ou trois pas, et c'est alors que Henry Bowers lâcha : « C'est moi qui ai tué ton clébard, négro. »

Mike resta pétrifié, avec l'impression d'avoir été atteint à l'estomac par une boule de bowling. Il scruta le regard de Henry et comprit qu'il disait la vérité : il avait tué Mr. Chips.

Cet instant parut se prolonger indéfiniment pour Mike ; tandis qu'il contemplait les yeux fous, auréolés de sueur, et l'expression brûlante de haine de Henry, il lui sembla que d'innombrables choses, tout d'un coup, s'éclairaient pour la première fois, et le fait que Henry était bien plus cinglé que tout ce qu'il avait pu imaginer n'était pas le moindre. Il prit par-dessus tout conscience que le monde était sans tendresse et ce fut surtout cette prise de conscience qui lui arracha ce cri : « Espèce de salopard de bâtard de Blanc ! »

Henry poussa un hurlement de rage et se jeta sur la barrière, à laquelle il monta avec une terrifiante vigueur de brute. Mike attendit encore un instant, voulant savoir si la voix adulte qui avait parlé en lui était bien réelle ; et effectivement, après la plus légère des hésitations, les autres commencèrent l'escalade.

Mike fit demi-tour et repartit en courant, sprintant au milieu des voies de triage, suivi d'une ombre courte. Le train qu'avaient vu les Ratés depuis les Friches était maintenant loin, et les seuls bruits qui parvenaient aux oreilles de Mike étaient sa propre respiration et les grincements du grillage sous le poids de Henry et des autres.

Mike traversa ainsi trois voies, ses tennis soulevant des scories de charbon. Il trébucha sur la deuxième, et une douleur, vive et passagère, monta de sa cheville. Il se releva et repartit. Il entendit le bruit mat produit par Henry Bowers, retombé de l'autre côté de la grille. « Attends un peu que je t'attrape, négro ! » hurla-t-il.

Ce qui raisonnait encore logiquement dans Mike avait décidé que sa seule chance de salut restait les Friches. S'il arrivait à se cacher dans l'épaisseur des fourrés ou parmi les bambous... ou si la situation devenait désespérée, il pourrait toujours chercher refuge dans une canalisation et attendre.

Il y arriverait peut-être... mais il avait sur le cœur un charbon ardent de rage qui n'avait rien à voir avec le raisonnement. Il comprenait à la rigueur que Henry le poursuive à l'occasion, mais Mr. Chips ?... Pourquoi tuer Mr. Chips ? *Mon chien n'était pas un négro, espèce de fumier de bâtard !* pensa Mike tout en courant : sa colère ne fit que se déchaîner.

Il entendait maintenant une autre voix, celle de son père. *Je ne tiens pas à ce que tu passes ta vie à fuir... La conclusion, c'est que tu dois faire attention où tu mets les pieds. Il faut te demander si par exemple le jeu en vaut la chandelle avec Henry Bowers...*

Mike avait couru en ligne droite vers les entrepôts, derrière lesquels un autre grillage séparait le dépôt de chemin de fer des Friches. Il avait tout d'abord pensé escalader cette barrière pour sauter de l'autre côté ; mais au lieu de cela, il obliqua brusquement à droite, en direction du trou de la gravière.

Celui-ci avait servi à remiser le charbon jusqu'en 1935, environ ; Derry était alors un point de ravitaillement pour les trains qui y transitaient. Puis vinrent les moteurs diesel, puis les locomotives électriques. Le charbon disparut (ce qu'il en restait fut pillé par les possesseurs de poêles à charbon) ; un entrepreneur reprit l'exploitation de la grave, puis déposa son bilan en 1955. Elle fut ensuite abandonnée ; l'embranchement qui y conduisait existait toujours, mais les rails rouillaient et l'herbe poussait entre les traverses qui pourrissaient. Ces mêmes herbes folles prospéraient dans la gravière elle-même, en compétition avec les solidages et les tournesols à la tête inclinée. Les scories de charbon abondaient encore au milieu de cette végétation.

Tout en courant, Mike ôta sa chemise. Une fois en bordure du trou, il regarda derrière lui. Henry commençait de traverser les voies, entouré de ses copains. Peut-être pas si mal, au fond.

Aussi vite qu'il put, avec sa chemise comme sac, Mike ramassa une demi-douzaine de poignées de mâchefer bien dur. Puis il retourna jusqu'au grillage qui dominait les Friches, tenant sa chemise par les manches. Mais au lieu d'escalader la barrière, il s'y adossa, fit rouler les petits blocs de mâchefer en tas, se baissa et en prit un dans chaque main.

Henry ne vit pas les projectiles : simplement que le nègre était acculé au grillage. Il courut sur lui en hurlant.

Celui-là est pour mon chien, salopard ! cria Mike sans même s'en rendre compte. Il lança le morceau de mâchefer, qui suivit une trajectoire tendue et vint frapper Henry au front avec un *bonk !* sonore et rebondit en l'air. Henry tomba à genoux et porta les mains à la tête. Du sang se mit à couler entre ses doigts, comme par magie.

Les autres freinèrent brutalement et s'immobilisèrent, une expression d'incrédulité sur le visage. Henry poussa un terrible cri de douleur et se releva, se tenant toujours la tête. Mike lui lança un deuxième projectile, qu'il repoussa d'une main, presque nonchalamment. Il souriait, maintenant.

« Tu vas voir un peu la surprise qui t'attend, dit-il. Oh, mon Dieu ! » Henry voulut ajouter quelque chose, mais ne réussit à émettre que des gargouillis.

Mike l'avait bombardé une troisième fois et atteint directement à la gorge. Henry retomba à genoux. Peter Gordon poussa un soupir d'effroi. Moose Sadler avait le front tout plissé, comme s'il essayait de résoudre un difficile problème de math.

Mais qu'est-ce que vous attendez, les mecs ? arriva à articuler Henry, tandis que le sang continuait de couler entre ses doigts. Il avait une voix étrange, rouillée. « Mais attrapez-le ! Attrapez-moi ce petit fumier ! »

Mike n'attendit pas de voir s'ils obéissaient ou non. Il abandonna sa chemise et se lança sur le grillage. Il était sur le point d'arriver en haut, lorsque des mains le saisirent rudement par un pied. Abaissant les yeux, il vit le visage déformé de Henry, couvert de sang et de débris charbonneux. Mike tira sur sa jambe et sa chaussure de tennis resta entre les mains de Henry. Alors il lança son pied nu au visage de celui qui avait tué son chien, et entendit un bruit de craquement. Henry poussa de nouveau un hurlement affreux, et tituba en arrière, tenant cette fois-ci son nez dégoulinant.

Une autre main — celle de Huggins — s'accrocha un instant à l'ourlet de son jean, mais là aussi il put se libérer. Il lança une jambe par-dessus le grillage et quelque chose le frappa alors sur le côté du visage avec une force qui l'aveugla. Un liquide chaud coula sur sa joue. Quelque chose d'autre le frappa à la hanche, à l'avant-bras, à la cuisse. Ils lui lançaient ses propres munitions.

Il resta un instant suspendu par les mains puis se laissa tomber, roulant deux fois sur lui-même. A cet endroit, le terrain broussailleux était en pente, ce qui lui sauva la vue et peut-être même la vie ; Henry s'était de nouveau approché de la barrière et lançait par-dessus l'un de ses M-80. Il explosa avec une détonation terrifiante dont l'écho se répercuta, et mit un grand cercle de sol à nu.

Des tintements dans les oreilles, Mike roula cul par-dessus tête et se remit avec peine sur ses pieds. Il était maintenant dans une végétation plus haute, à la limite des Friches. La main qu'il passa sur sa joue se couvrit de sang. Ce sang ne l'inquiétait pas particulièrement ; il ne s'était pas attendu à s'en sortir intact.

Henry lança une bombe-cerise, mais Mike la vit venir et s'en éloigna facilement.

« Chopons-le ! rugit Henry qui entreprit d'escalader le grillage.

— Bon sang, Henry, je ne sais pas si... » Les choses étaient allées trop loin pour Peter Gordon, qui jamais ne s'était trouvé dans une situation d'une telle sauvagerie. Normalement, le sang n'aurait pas dû couler — au moins pour son équipe, qui avait la supériorité d' nombre et de la force.

« Fallait y penser avant ! » gronda Henry, déjà à mi-hauteur de la barrière. Il restait accroché là comme une araignée humaine venimeuse, congestionnée. Il jeta un regard sinistre à Peter, le tour des yeux rouge de sang. Le coup de pied de Mike lui avait cassé le nez, mais il lui faudrait quelque temps pour s'en apercevoir. « Fallait y penser avant, ou c'est moi qui vais m'occuper de toi, après, espèce d'enfoiré minable ! »

Les autres se mirent à escalader le ᴏrillage, Peter et Victor à contrecœur, Huggins et Moose toujours aussi bêtement ravis de l'aventure.

Mike n'attendit pas d'en savoir davantage. Il fit demi-tour et s'enfonça dans les broussailles, tandis que Henry beuglait derrière lui : « Je te trouverai, négro ! Je te trouverai ! »

8

Les Ratés venaient d'atteindre le côté opposé de la gravière qui, trois ans après l'enlèvement du dernier chargement de cailloux, n'était plus qu'une vaste dépression herbeuse. Ils entouraient Stan, examinant en connaisseurs son paquet de Black Cats, lorsque se produisit la première détonation. Eddie sursauta : il était toujours sous l'effet des piranhas qu'il croyait avoir vus (il ignorait à quoi ressemblaient de vrais piranhas, mais sûrement pas, à son avis, à des poissons rouges géants munis de dents).

Ils étaient tous excités à la perspective de faire sauter les pétards et supposèrent que d'autres gamins avaient eu la même idée qu'eux. « Ouvre-les, dit Beverly. J'ai des allumettes.\»

Stan procéda avec précaution. Des caractères chinois exotiques figuraient sur l'étiquette noire, ainsi qu'un laconique avertissement en anglais qui fit pouffer de nouveau Richie. « Ne pas garder à la main après allumage », disait-il.

« Ils font bien de m'avertir, gloussa Richie. Moi qui croyais que ça servait à se débarrasser des doigts qu'on a en trop. »

Lentement, presque religieusement, Stan retira l'enveloppe de cellophane rouge et posa dans le creux de sa main le bloc de petits tubes, rouges, bleus et verts ; leurs mèches étaient tressées ensemble.

« Je vais défaire les... », commença Stan, lorsqu'il y eut une deuxième détonation, beaucoup plus forte, dont l'écho se répercuta dans les Friches. Un nuage de mouettes s'éleva côté est de la décharge, avec de véhémentes protestations. Cette fois-ci, ils sursautèrent tous. Stan lâcha les pétards et dut les ramasser.

« Est-ce que c'était de la dynamite ? » demanda nerveusement Beverly. Elle regardait Bill qui, la tête redressée, les yeux grands ouverts, ne lui avait jamais paru aussi beau — avec cependant quelque chose de trop tendu dans son attitude. Comme un daim humant l'odeur de l'incendie.

« Je crois que c'était un M-80, fit calmement Ben. Le 4 Juillet dernier, j'étais dans le parc, et des grands en ont mis un dans une poubelle en acier. C'était le même bruit.

— Je parie que la poubelle a été trouée, Meule de Foin, dit Richie.

— Non, mais un côté s'est déformé. Comme si quelqu'un avait donné un coup de poing dedans. Ils se sont enfuis.

— La deuxième explosion était plus proche, remarqua Eddie, lui aussi tourné vers Bill.

— Dites, les gars, est-ce que vous voulez qu'on lance ceux-là ou non ? » demanda Stan. Il venait de préparer une douzaine de pétards et avait remis le reste dans le papier ciré.

« Bien sûr, dit Richie.

— Non, r-range-les. »

Tous regardèrent Bill, intrigués et un peu effrayés — plus par son ton abrupt que par ce qu'il avait dit.

« J-Je t'ai d-dit de les r-r-ranger », répéta Bill, le visage déformé par l'effort qu'il faisait pour cracher les mots. Des postillons volaient de sa bouche. « I-Il v-va se p-p-produire quel-quel-quelque chose. »

Eddie se passa la langue sur les lèvres, Richie repoussa ses lunettes du pouce sur l'arête en sueur de son nez et Ben se rapprocha de Beverly sans même y penser.

Stan ouvrit la bouche pour dire quelque chose lorsque se produisit une troisième explosion, plus faible, celle d'une bombe-cerise.

« Des c-cailloux, dit Bill.

— Quoi ? demanda Stan.

— C-Cailloux. Mu-Munitions. » Bill se mit aussitôt à ramasser des cailloux, qui bientôt gonflèrent ses poches. Les autres le regardaient comme s'il était devenu fou... et Eddie sentit la sueur qui perlait à son front. Il sut tout d'un coup à quoi ressemblait une attaque de malaria. Il avait ressenti quelque chose du même genre le jour où Bill avait rencontré Ben (que lui aussi commençait à appeler Meule de Foin), et où Henry Bowers l'avait fait saigner du nez : mais aujourd'hui c'était pire. Comme si l'heure d'Hiroshima était arrivée pour les Friches.

Ben se mit à son tour à ramasser des cailloux, imité par Richie ; ils faisaient vite, en silence. Les lunettes de Richie dévalèrent la pente de son nez et tombèrent sans se casser sur les graviers ; il les ramassa machinalement et les glissa dans la poche de sa chemise.

« Pourquoi tu fais ça ? lui demanda Beverly d'une petite voix un peu trop tendue.

— J' sais pas, la môme, dit Richie en continuant de sélectionner des cailloux.

— Beverly ? fit Ben. Il vaudrait peut-être mieux que, euh, tu retournes vers la décharge.

— Tu peux toujours courir, Ben Hanscom », répondit-elle en se mettant elle-même à ramasser des munitions.

Stan les regardait, l'air pensif, comme si c'étaient des paysans fous cueillant des pierres. Puis il s'y mit lui-même, lèvres serrées, imité au bout d'un instant par Eddie. *Pas cette fois, pas si mes amis ont besoin de moi,* songeait-il, tandis que se manifestait la sensation familière de son gosier se réduisant à un trou d'épingle.

9

Henry Bowers avait grandi trop vite pour pouvoir faire preuve de vitesse et d'agilité dans des circonstances ordinaires. Mais celles-ci ne l'étaient pas. Il était pris d'une véritable frénésie, faite de douleur et de rage, ce qui décupla brièvement ses forces physiques. Toute pensée consciente avait été bannie de son esprit, devenu comme ces crépuscules rose-rouge et gris de fumée lors des incendies de prairie, à la fin de l'été. Il fonça vers Mike Hanlon comme un taureau sur un chiffon rouge. Mike suivait un sentier rudimentaire sur l'un des bords de la gravière, sentier qui finirait par le conduire à la décharge, mais Henry n'en était plus au stade où l'on se soucie d'un sentier : il chargeait en ligne droite au travers des buissons et des ronces, sans sentir ni les minuscules coups d'aiguilles des épines ni les gifles des jeunes rameaux qui lui fouettaient le visage, le cou et les bras. Une seule chose comptait, la tête de ce sale nègre qui se rapprochait. Henry tenait un M-80 de la main droite et une allumette de la main gauche. Quand il aurait attrapé le nègre, il allumerait le gros pétard et le lui fourrerait dans son pantalon.

Mike savait que Henry gagnait du terrain, sans compter que les autres étaient sur ses talons. Il essaya d'accélérer. Il était maintenant terrifié, et devait déployer de terribles efforts de volonté pour ne pas être pris de panique. Il s'était fait bien plus mal à la cheville, en traversant les voies, qu'il l'avait cru sur le moment, et il commençait à traîner la jambe. Les craquements et froissements qui signalaient la progression de Henry lui donnaient la désagréable impression d'être poursuivi par un chien dressé pour tuer ou par un ours solitaire.

Le sentier s'ouvrit juste devant lui, et Mike tomba plutôt qu'il ne courut dans la gravière. Il roula jusqu'au fond, se remit sur ses pieds et l'avait déjà à moitié traversée lorsqu'il se rendit compte qu'il y avait d'autres gosses, six en tout, alignés, avec une curieuse expression sur le visage. Ce ne fut que plus tard, lorsqu'il eut le temps de revenir sur ce qui s'était passé, qu'il comprit ce qu'il y avait eu de si curieux dans cette expression : on aurait dit qu'ils l'attendaient.

« Aidez-moi ! » haleta Mike tout en boitillant vers eux. Instinctivement, il s'adressa au plus grand, celui aux cheveux roux. « Des grands, des costauds... »

C'est à ce moment-là que Henry déboucha dans la gravière. Il aperçut le groupe et s'arrêta en dérapant. Il manifesta un instant de l'incertitude et regarda par-dessus son épaule. Il vit ses troupes, et quand il se tourna de nouveau vers les Ratés (Mike se tenait maintenant à côté et légèrement en arrière de Bill Denbrough), il avait le sourire.

« Je te connais, morveux, dit-il en s'adressant à Bill. Et toi aussi. Où sont tes lunettes, Quat-Zyeux ? » Et avant que Richie ait pu lui répondre, il vit Ben. « Fils de pute ! Y a aussi le gros lard et le juif ! C'est ta petite amie, gros lard ? »

Ben tressaillit devant cette obscénité.

Peter Gordon arriva alors à hauteur de Henry, suivi de Victor qui se plaça de l'autre côté de son chef, puis de Huggins et Moose Sadler. Les deux groupes se faisaient maintenant face, alignés comme à la parade ou presque.

Hors d'haleine, avec encore quelque chose d'un minotaure, Henry leur lança par à-coups : « J'ai des comptes — à régler — avec pas mal d'entre vous — mais ça peut — attendre. C'est le nègre — que je veux — aujourd'hui. Alors — tirez-vous — petits merdeux ! »

— Ouais, tirez-vous ! parada le Roteur.

— Il a tué mon chien ! cria Mike d'une voix suraiguë et brisée. C'est lui qui l'a dit !

— Toi, tu te ramènes — tout de suite, lui dit Henry. Et peut-être que je te tuerai pas. »

Mike tremblait mais ne bougeait pas.

Parlant sans forcer mais clairement, Bill intervint : « Les Friches, c-c'est notre t-territoire. C'est v-vous qui allez vous barrer. »

Les yeux de Henry s'agrandirent, comme s'il venait d'être frappé de manière inattendue.

« Et qui va nous virer ? demanda-t-il. Toi peut-être, gros malin ?

— O-Ou-Oui. On en a-a notre c-claque de tes c-conneries, B-Bowers. Ti-Tire-toi.

— Espèce de bégayeur à la con ! » repartit Henry, qui baissa la tête et chargea. Bill tenait une poignée de cailloux ; tous en tenaient une, sauf Beverly, qui n'avait qu'un caillou à la main, et Mike, qui n'en avait aucun. Bill commença à les lancer vers Henry, sans précipitation, mais avec vigueur et une belle précision, sauf pour le premier, qui le rata de peu. Le deuxième l'atteignit à l'épaule, et le troisième à la tête. Si ce dernier l'avait manqué, peut-être Henry aurait-il eu le temps d'arriver jusqu'à Bill et de le jeter à terre.

Henry poussa un cri de surprise et de douleur, leva les yeux... et reçut une volée de quatre pierres : une de Richie Tozier à la poitrine, une d'Eddie qui ricocha sur son épaule, une de Stan au tibia, et celle de Beverly qui l'atteignit au ventre.

Il les regardait, incrédule, et soudain l'air fut plein de missiles. Henry s'effondra en arrière, avec toujours la même expression de souffrance et d'incrédulité sur le visage. « Hé, les mecs ! hurla-t-il. Venez m'aider !

— On ch-charge ! » dit Bill à voix basse. Sans attendre de voir s'il serait ou non obéi, il fonça.

Tous le suivirent, lançant leurs cailloux non seulement à Henry mais aux autres ; ceux-ci s'étaient penchés, cherchant frénétiquement des munitions, mais ils furent bombardés avant d'avoir pu en rassembler beaucoup. Peter Gordon poussa un cri : un caillou lancé par Ben venait de rebondir sur sa pommette et le sang coulait. Il recula de quelques pas, lançant à son tour un ou deux cailloux sans conviction... puis s'enfuit. Il en avait son content. Ce n'était pas ainsi que se passaient les choses, sur West Broadway.

Henry, gêné par le M-80 qu'il tenait toujours, rassembla en balayant du bras un monceau de munitions qui, heureusement pour les Ratés, était surtout constitué de petits galets. Il jeta l'un des plus gros sur Beverly et lui entailla le bras ; elle poussa un cri.

Avec un mugissement, Ben fondit sur Bowers, qui eut le temps de le voir arriver mais pas de sortir de son chemin. Henry n'était pas bien calé sur ses jambes et Ben dépassait déjà les soixante-dix kilos. Résultat inévitable : Henry ne s'étala pas, il vola, atterrit sur le dos et glissa. Ben courut de nouveau sur lui, n'ayant que vaguement conscience d'une sensation douloureuse montant de son oreille, que venait de toucher un projectile de la taille d'une balle de golf, lancé par le Roteur.

Henry se remettait en chancelant sur ses genoux lorsque Ben le rejoignit et lui allongea un coup de pied violent qui le heurta à la hanche. Il foudroya Ben du regard.

« On ne lance pas de cailloux à une fille ! » rugit Ben. Il ne se souvenait pas d'avoir jamais été autant scandalisé de sa vie. « Tu ne... »

C'est alors qu'il vit une flamme dans la main de Henry, qui venait de gratter son allumette. Il enflamma le gros cordon du M-80 et jeta l'explosif à la tête de Ben. Instinctivement, Ben repoussa l'engin de la paume de la main, comme un volant avec une raquette de badminton. La grenade — le mot n'est pas trop fort — retomba. Henry la vit venir. Ses yeux s'élargirent, et il plongea pour s'en écarter. Le M-80 explosa une fraction de seconde plus tard, noircissant le dos de la chemise de Henry et la lui déchirant.

L'instant suivant, un caillou lancé par Moose Sadler touchait Ben, qui tomba à genoux. Ses dents se refermèrent sur sa langue, qui se mit à saigner. Sonné, il regarda autour de lui. Moose se précipitait vers lui, mais avant d'avoir pu l'atteindre, Bill arrivait par-derrière et bombardait le gros garçon de cailloux. Moose pivota et vociféra. « Tu m'as frappé par-derrière, espèce de ventre-jaune ! Espèce de lâche ! »

Il s'apprêtait à charger Bill, lorsque Richie intervint et lui lança une rafale de projectiles. La rhétorique de Sadler sur le comportement des ventres-jaunes n'impressionna pas Richie ; il avait vu cinq gros gaillards lancés aux trousses d'un gosse affolé, et il n'y avait pas là, à son avis, de quoi le faire admettre à la Table ronde du Roi Arthur. L'un des cailloux de Richie ouvrit l'arcade sourcilière de Moose, lequel poussa un hurlement.

Eddie et Stan arrivèrent à la rescousse, suivis de Beverly, dont le bras saignait, mais dont le regard brillait de détermination. Les cailloux volèrent. Huggins cria quand l'un d'eux l'atteignit à la pointe du coude ; il se mit à danser comme un ours, se frottant le bras. Henry se releva, le dos de sa chemise en haillons, mais la peau, en dessous, miraculeusement intacte. Cependant, avant d'avoir fini son mouvement, Ben Hanscom le touchait à la nuque et il retomba à genoux.

C'est finalement Victor Criss qui fit le plus de dégâts parmi les Ratés, en partie parce qu'il était bon lanceur, mais surtout — paradoxalement — parce qu'il était de tous les assaillants celui qui s'impliquait le moins dans les événements. Il avait de plus en plus envie d'être ailleurs. On pouvait se blesser sérieusement dans une bataille de cailloux, avoir le crâne fendu, des dents cassées, même perdre un œil. Mais tant qu'à s'y trouver, il entendait bien ne pas se laisser faire.

Son sang-froid lui avait donné trente secondes de plus pour ramasser une poignée de pierres de bonne taille. Il en lança une à Eddie qui l'atteignit au tibia, au moment où les Ratés se regroupaient. Eddie tomba en pleurant ; le sang se mit à couler tout de suite. Ben se tourna vers lui mais Eddie se relevait déjà, les yeux plissés, son sang brillant avec un éclat affreux sur sa peau pâle.

Victor s'attaqua à Richie et l'atteignit à la poitrine ; Richie répliqua, mais Vic évita facilement le caillou et en lança un autre à Bill Denbrough. Ce dernier rejeta la tête de côté, mais pas tout à fait assez vite ; le projectile lui ouvrit la joue.

Bill se tourna vers Victor ; leurs regards se croisèrent et Vic lut dans le regard du Bègue quelque chose qui l'épouvanta. Bêtement, les mots *Pouce, je dis pouce !* lui vinrent aux lèvres... sauf que ce n'était pas ce qu'on disait à de petits morveux. Pas si l'on refusait d'être relégué au banc d'infamie par ses copains.

Bill commença alors à s'avancer vers Victor, et Victor à marcher vers Bill. Au même instant, comme sur le déclenchement d'un signal télépathique, ils commencèrent à se lancer des cailloux, toujours en se rapprochant l'un de l'autre. Autour d'eux, la bataille fléchit au fur et à mesure que les autres se tournaient pour regarder. Henry lui-même tourna la tête.

Victor esquivait, sautillait ; Bill, non. Les cailloux de Victor vinrent l'atteindre à la poitrine, à l'épaule, à l'estomac ; un autre lui frôla l'oreille. Indifférent en apparence à ce bombardement, Bill lançait pierre après pierre, en y mettant toute sa force. La troisième toucha Victor au genou ; il y eut un craquement sec. Victor laissa échapper un gémissement étouffé ; il était à court de munitions, alors qu'il restait un caillou dans la main de Bill. Il était lisse et blanc, avec des éclats de quartz, et à peu près de la taille d'un œuf de cane. Il paraissait extrêmement dur.

Bill était maintenant à moins de deux mètres de Criss.

« V-Vous v-vous barrez d'ici, t-tout de suite, ou-bien j-je te fends le c-crâne. Je-Je suis s-sérieux. »

Victor vit dans son regard que Bill était en effet sérieux. Sans un mot, il fit demi-tour et déguerpit par le même chemin qu'avait emprunté Peter Gordon.

Huggins et Moose Sadler jetaient des coups d'œil incertains autour d'eux. Le premier saignait abondamment du cuir chevelu, le second du coin de la bouche.

Les lèvres de Henry bougèrent, mais il n'émit aucun son.

Bill se tourna alors vers lui. « B-Barre-toi, dit-il.

— Sinon ? » demanda Henry, s'efforçant de prendre un ton menaçant, mais Bill lut quelque chose de différent dans ses yeux. Il avait la frousse et il allait partir. Bill aurait dû s'en réjouir, éprouver même un sentiment de triomphe — mais il ne se sentait que fatigué.

« Si-Sinon, c'est n-nous qui a-a-allons te t-t-omber dessus. A n-nous six, on se-sera b-bien capables de t-t-t'envoyer à-à-à l'hosto.

— Nous sept », le corrigea Mike, qui venait de rejoindre le groupe des Ratés. Il tenait dans chaque main une pierre de la taille d'une balle de base-ball. « Amène-toi donc, Bowers. J'adorerais ça.

— Espèce de fumier de nègre ! » Les vociférations de Henry s'étranglèrent, comme s'il allait pleurer. Ce timbre de voix fit perdre à Huggins et à Moose leur reste de combativité ; ils battirent en retraite, laissant tomber les cailloux qu'ils tenaient encore. Le Roteur regarda autour de lui, comme s'il ne savait pas exactement où il se trouvait.

« Barrez-vous de notre coin ! dit Beverly.

— La ferme, connasse ! gronda Henry. Tu... » Quatre cailloux volèrent en même temps et frappèrent Henry en quatre endroits différents. Il hurla et recula frénétiquement, à quatre pattes sur le sol où poussaient quelques rares touffes d'herbe, les restes de sa chemise lui battaient les flancs. Il regarda les visages enfantins vieillis d'une expression sinistre, puis se tourna vers ceux, pleins d'effroi, du Roteur et de Moose. Aucune aide à attendre de là, aucune. Gêné, Moose se détourna.

Henry se remit sur ses pieds, sanglotant et reniflant comme il pouvait par son nez cassé. « Je vous tuerai tous ! » dit-il, prenant tout d'un coup le pas de course en direction du sentier. En quelques instants, il avait disparu.

« F-Fiche le camp ! dit Bill à Huggins. Di-Disparaissez et n-ne remettez p-plus les pieds i-ici. Les F-Friches sont à n-nous.

— Vous allez regretter d'avoir foutu Henry en colère, les mômes, répondit le Roteur. Allez, viens », ajouta-t-il à l'intention de Moose.

Ils s'éloignèrent, la tête basse, sans regarder derrière eux.

Ils se tenaient tous les sept en un demi-cercle approximatif ; aucun sans plaie saignante sur le corps. L'apocalyptique bataille de cailloux avait duré moins de quatre minutes, mais Bill se sentait comme s'il venait de faire la Deuxième Guerre mondiale sur les deux fronts, sans une seule permission.

Les hoquets et les râles d'Eddie Kaspbrak à la recherche de son air rompirent le silence. Ben se dirigea vers lui, puis sentit l'assortiment de confiseries (trois Twinky et quatre Ding-Dong) qu'il avait englouti en chemin sur la route des Friches qui se mettait à jouer au yo-yo dans son estomac ; il courut alors jusqu'aux buissons où il vomit de manière aussi privée et discrète que possible.

Mais Richie et Bev entouraient déjà Eddie. Beverly passa un bras autour de la taille mince du garçonnet, tandis que Richie extrayait l'inhalateur de sa poche. « Mords là-dedans, Eddie », dit Richie. Et Eddie prit une aspiration entrecoupée et hoquetante, tandis que Richie appuyait sur la détente.

« Merci », réussit à dire Eddie.

Ben ressortit des buissons, écarlate, s'essuyant la bouche du pan de son survêt. Beverly s'approcha de lui et lui prit les mains.

« Merci pour ce que tu as fait pour moi », dit-elle.

Ben acquiesça, les yeux sur la pointe de ses tennis toutes sales. À ton service, môme », répondit-il.

Les uns après les autres, ils se tournèrent vers Mike, Mike et sa peau noire. Ils l'observaient avec soin et prudence, songeurs. Mike avait déjà été l'objet d'une telle curiosité (en réalité, il en avait toujours été ainsi) et il leur rendit leurs regards en toute candeur.

Bill se tourna vers Richie ; leurs yeux se rencontrèrent. Et Bill crut presque entendre le *clic!* qui signalait que l'ultime pièce d'une machine aux fonctions inconnues venait de se mettre en place. Il sentit de petites pointes de glace lui picorer le dos. *Nous voici tous réunis, maintenant*, pensa-t-il ; cette idée détenait une telle force, une telle *justesse*, que pendant un instant il ne sut plus s'il l'avait ou non exprimée à voix haute. Mais il n'y avait bien sûr nul besoin de parler ; il lisait la même chose dans les yeux de Richie, dans ceux de Ben, dans ceux d'Eddie, dans ceux de Beverly, dans ceux de Stan.

Nous voici tous réunis, maintenant, songea-t-il à nouveau. *Que Dieu nous vienne en aide. Maintenant ça commence vraiment. Je t'en supplie, mon Dieu, aide-nous !*

« Comment tu t'appelles, petit ? demanda Beverly.

— Mike Hanlon.

— T'as pas envie de faire sauter des pétards avec nous ? » intervint alors Stan. Le sourire que leur adressa Mike répondait assez pour lui

CHAPITRE 14

L'Album

1

Bill n'est pas le seul à avoir apporté de l'alcool : tout le monde a eu la même idée.

Outre la bouteille de bourbon de Bill, il y a celle de Ben, la vodka (plus le jus d'orange) de Beverly, le pack de bières de Richie, ainsi que celui qui est déjà dans le petit frigo de la salle du personnel de Mike.

Eddie arrive le dernier, tenant lui aussi un sac en papier brun.

« Que caches-tu là-dedans, Eddie ? lui demande Richie. Sirop pour la toux ou infusions ? »

Avec un sourire nerveux, Eddie en tire tout d'abord une bouteille de gin, puis une de jus de prune.

Dans le silence foudroyant qui s'ensuit, s'élève, calme, la voix de Richie : « Il faut appeler d'urgence les hommes en blouse blanche. Eddie Kaspbrak a fini par basculer.

— Il se trouve que le gin au jus de prune est très bon pour la santé », réplique Eddie, sur la défensive... puis ils éclatent tous d'un rire tonitruant qui se répercute en interminables échos dans la bibliothèque silencieuse, et roule, par le couloir en plexi, jusqu'à la bibliothèque des enfants.

« Tu pars au quart de tour, Eddie, au quart de tour, dit Ben en essuyant les larmes qui lui coulent des yeux. Prêt à parier que ça te débourre aussi les intestins. »

Sourire aux lèvres, Eddie remplit une tasse en carton, aux trois quarts, de jus de prune, auquel il ajoute parcimonieusement deux bouchons de gin.

« *Oh, Eddie je t'adore !* » *lui dit Beverly ; Eddie lève les yeux, surpris, mais toujours souriant. Du regard, elle fait le tour de la table.* « *Je vous aime* TOUS, *ajoute-t-elle.*

— *N-Nous t'aimons au-aussi, B-Bev, murmure Bill.*

— *Oui, convient Ben, nous t'aimons.* » *Ses yeux s'agrandissent légèrement, et il rit.* « *Je crois que nous nous aimons tous les uns les autres... Imaginez-vous à quel point ce doit être rare ?* »

Il y a un moment de silence, et Mike constate sans surprise que Richie porte des lunettes.

« *Mes lentilles ont commencé à me brûler et j'ai dû les enlever, répond brièvement Richie à la question de Mike. Si on passait aux choses sérieuses ?* »

Tous se tournent alors vers Ben, comme ils avaient fait dans la gravière, et Mike pense : Ils regardent Bill quand ils ont besoin d'un chef, Eddie quand ils ont besoin d'un navigateur. Passer aux choses sérieuses, voilà une sacrée expression. Dois-je leur dire que les corps d'enfants qui ont été retrouvés ici et là n'avaient subi aucun sévice sexuel, qu'ils n'étaient même pas vraiment mutilés mais partiellement dévorés ? Que j'ai sept casques de mineurs, de ceux qui sont dotés d'une puissante lampe électrique, rangés chez moi et dont l'un était destiné à Stan Uris, le type qui a raté son entrée en scène ? Ou suffit-il de les envoyer se coucher pour prendre une bonne nuit de sommeil, car tout sera terminé demain, au plus tard dans la nuit — pour Ça ou pour nous ?

Peut-être rien de tout cela n'est-il indispensable à déclarer, et pour une raison déjà avancée : ils s'aiment toujours tous. Bien des choses ont changé, au cours des vingt-sept dernières années, mais cela, miraculeusement, est demeuré. Voilà, *songe Mike,* notre seul véritable espoir.

Reste seulement à en finir avec Ça, à achever notre tâche, à faire se refermer le présent sur le passé, à boucler cette boucle mal foutue. Oui, *pense Mike,* c'est ça. Notre boulot, ce soir, c'est de reconstituer cette boucle ; nous verrons demain si elle tourne toujours... comme elle a tourné quand on a chassé les grands de la gravière, dans les Friches.

« *Le reste t'est-il revenu ?* » *demande Mike à Richie.*

Richie avale un peu de bière et secoue la tête. « Je me suis souvenu du jour où tu nous as parlé de l'oiseau... et de la cheminée. » *Un sourire apparaît sur le visage de Richie* « Je m'en suis souvenu en venant ici à pied ce soir, avec Bev et Ben. Un véritable film d'horreur...

— *Bip-bip* », *fait Beverly avec un sourire.*

Richie sourit aussi, et repousse les lunettes sur son nez d'un geste qui évoque surnaturellement le Richie d'autrefois. Il cligne de l'œil en direction de Mike. « Toi et moi, pas vrai, Mikey ? »

Mike a un grognement de rire et acquiesce.

« Miss Sca'lett, Miss Sca'lett ! Y commence à fai're un peu chaud là-dedans, Miss Sca'lett ! » s'écrie Richie de sa voix négrillon du Sud.

En riant, Bill dit : « Encore un triomphe architectural et technologique de Ben Hanscom. »

Beverly acquiesce à son tour. « On était en train de creuser le trou pour le Club, quand tu as apporté l'album de photos de ton père, Mike.

— Oh, Seigneur ! s'exclame Bill, se redressant soudain, droit comme un I. Et les photos... »

Richie hoche la tête, sinistre. « Le même truc que dans la chambre de Georgie. Sauf que cette fois, nous l'avons tous vu. »

Ben dit alors : « Je me souviens de ce qui est arrivé au dollar d'argent qui manquait. »

Tous se tournent et le regardent.

« J'ai donné les trois autres à un ami avant de venir ici, explique calmement Ben. Pour ses gosses. Je savais qu'il y en avait eu un quatrième, mais impossible de me rappeler ce qu'il était devenu. Maintenant, c'est revenu. » Il regarde en direction de Bill. « Nous en avons fait une balle d'argent, hein ? Toi, moi et Richie. »

Bill acquiesce lentement. Le souvenir s'est mis naturellement à sa place, et il entend encore le même clic ! bas mais distinct à ce moment-là. On se rapproche, songe-t-il.

« Nous sommes retournés sur Neibolt Street, reprend Richie. Tous.

— Tu m'as sauvé la vie, Grand Bill, dit soudain Ben, mais Bill secoue la tête. Si, pourtant », insiste Ben. Et cette fois-ci, Bill ne bouge pas. Ça ne lui paraît pas impossible, mais il ne se souvient pas encore... et était-ce bien lui ? Il pense que peut-être Beverly... mais on n'en est pas encore là.

« Excusez-moi un instant, dit Mike. J'ai un pack de six dans mon frigo.

— Prends une des miennes, lui propose Richie.

— Hanlon pas boi'e la biè'e de l'homme blanc, parodie Mike. Pas la tienne en pa'ticulier, G'ande Gueule.

— Bip-bip, Mikey ! » dit solennellement Richie, et Mike part chercher sa bière sur la houle chaude de leurs rires.

Il allume la lumière dans la salle du personnel, une petite pièce minable aux sièges fatigués, équipée d'un réchaud auquel un coup de paille de fer ferait le plus grand bien, et d'un tableau d'informations *où sont épinglés vieilles notices, horaires et dessins humoristiques aux coins racornis découpés dans le* New Yorker. *Il ouvre le petit frigo et sent le coup s'enfoncer en lui et le glacer à blanc jusqu'aux os — comme glace février quand on a l'impression qu'avril ne viendra jamais. Des ballons orange et bleus surgissent à la douzaine, par grappes entières, et au milieu de sa terreur, lui vient absurdement l'idée qu'ils n'ont besoin que d'une chose,* Guy Lombardo *susurrant* Auld Lang Syne. *Ils effleurent son visage et montent vers le plafond. Il essaie de crier, ne peut pas, car il voit ce qui a été placé derrière les ballons, ce que* Ça *a fait surgir derrière ses bières, comme pour un casse-croûte nocturne, après que ses vauriens d'amis auront raconté leurs histoires insignifiantes avant de regagner leur lit de location dans cette ville natale qui n'est plus la leur.*

Mike recule d'un pas, portant les mains au visage pour ne plus voir. Il trébuche sur une chaise, manque de tomber de peu et ses mains quittent ses yeux ; toujours là, Ça. *La tête de* Stan Uris, *coupée, posée à côté des six canettes de bière, non pas la tête d'un homme, mais celle d'un garçon de onze ans, dont la bouche est ouverte sur un cri silencieux.* Mike *n'y voit ni dents ni langue, car elle a été bourrée de plumes brun clair d'une taille aberrante. Il ne sait que trop bien de quel oiseau elles proviennent. Oh oui ! Il l'a vu en mai 1958, tous l'ont vu au début août, cette même année, et, bien des années plus tard, sur son lit de mort, son père lui a confié l'avoir vu aussi, au moment de l'incendie du* Black Spot. *Le sang du cou déchiqueté de* Stan *a dégouliné et s'est figé en une mare sur l'étagère la plus basse du frigo. Il luit, rubis sombre, dans la lumière brutale qui éclaire l'intérieur de l'appareil.*

« Euh... euh... euh... », réussit, en tout et pour tout, à articuler Mike. *La tête alors ouvre les yeux ; ce sont ceux, argentés, de* Grippe-Sou le Clown. *Ils roulent dans sa direction et les lèvres de la bouche se tortillent autour du paquet de plumes. Il essaie de parler, il tente peut-être de prophétiser, comme l'oracle d'une tragédie grecque.*

Je viens juste de penser que je devais me joindre à vous, Mike ; vous ne pouvez pas gagner sans moi. Vous auriez eu une chance si j'étais venu, mais mon cerveau américain grand teint n'a pas pu supporter la tension, si tu vois ce que je veux dire, mon mignon. Tout ce que vous pourrez faire tous les six, c'est remâcher vos vieux souvenirs et aller ensuite à l'abattoir. Alors je me suis dit que vous auriez besoin d'une tête pour vous diriger. Une tête ! Drôle, non ? T'as pigé, vieille branche ? T'as pigé, espèce d'immonde négro ?

Tu n'es pas réel ! *crie-t-il, mais aucun son ne sort de sa bouche, comme lorsque le volume du son, à la télé, est ramené à zéro.*

Grotesque, insupportable, la tête lui adresse un clin d'œil.

Je suis tout ce qu'il y a de plus réel. Et tu sais de quoi je parle, Mikey. Vous savez ce que vous faites, tous les six ? Vous essayez de faire décoller un avion sans train d'atterrissage. Stupide de prendre l'air si on ne peut pas redescendre, non ? Stupide de se poser si on ne peut redécoller, aussi. Jamais vous ne trouverez les bonnes blagues et les bonnes devinettes. Jamais vous ne me ferez rire, Mikey. Vous avez oublié comment crier à l'envers. Bip-bip, Mikey, qu'est-ce que t'en dis ? Tu te souviens de l'oiseau ? Un simple moineau, ouais, mais tu parles d'un morceau ! Grand comme une grange, comme un monstre dans ces films japonais imbéciles qui te faisaient peur, quand tu étais petit. L'époque où tu as su détourner cet oiseau de ta porte est révolue pour toujours. Crois-moi, Mikey. Si vous savez vous servir de votre tête, vous allez ficher le camp de Derry sur-le-champ. Et si vous ne savez pas, vous terminerez comme celle-là. Aujourd'hui, le panneau indicateur sur la grand-route de ta vie te dit : Sers-t'en avant de la perdre, bonhomme.

La tête s'effondre sur elle-même (avec un affreux bruit d'écrasement des plumes dans la bouche) et tombe du frigo ; elle fait un bruit mat sur le sol et roule vers lui comme une abominable boule de bowling, cheveux poisseux de sang, visage grimaçant un sourire ; elle roule vers lui en laissant une traînée de sang gluant et des fragments de plumes, tandis que s'agite la bouche.

Bip-bip, Mikey ! crie-t-elle, tandis que Mike bat en retraite, affolé, mains tendues devant lui comme pour l'écarter. Bip-bip, bip-bip, bip-bip, bordel de bip-bip !

Bruit soudain de bouchon de bouteille de mousseux bon marché. La tête disparaît (réelle, elle était réelle, rien de surnaturel dans ce bruit, celui de l'air qui remplit un espace soudain vide, se dit Mike, horrifié). Un filet de gouttelettes de sang reste suspendu en l'air et retombe. Inutile de nettoyer la salle ; Carole ne verra rien quand elle viendra demain, même si elle doit s'ouvrir un chemin au milieu des ballons pour aller jusqu'au réchaud préparer sa première tasse de café. Comme c'est pratique ! Il part d'un rire suraigu.

Il lève les yeux : les ballons sont toujours là. On lit sur les bleus : LES NÈGRES DE DERRY SIFFLÉS PAR L'OISEAU. *Et sur les orange :* LES RATÉS RATENT TOUJOURS MAIS STAN URIS NE S'EST PAS RATÉ.

Absurde de s'envoler si l'on ne peut atterrir et d'atterrir si l'on ne peut s'envoler, a affirmé la tête qui parlait. Il repense soudain aux casques de mineurs. Puis à ce premier jour où il est retourné dans les Friches après la bataille de cailloux. Le 6 juillet, deux jours après avoir défilé pour la parade du 4 Juillet, deux jours après avoir vu Grippe-

Sou le Clown en personne pour la première fois. Ce fut après cette journée dans les Friches, après avoir écouté leurs histoires puis, avec hésitation, raconté la sienne, qu'il était revenu chez lui et avait demandé à son père s'il pouvait regarder son album de photos.

Pourquoi exactement était-il retourné dans les Friches, ce 6 juillet? Savait-il qu'il les y trouverait? Il le lui semblait; et pas seulement qu'ils y seraient, mais où. Ils avaient mentionné un lieu, le Club, lui donnant l'impression qu'ils en parlaient à cause de quelque chose d'autre qu'ils ne savaient comment aborder.

Mike lève la tête vers les ballons, qu'il ne voit plus réellement, essayant de se souvenir de ce qui s'est précisément passé ce jour-là, alors qu'il faisait si chaud. Il lui paraît tout d'un coup très important de se rappeler tout dans le moindre détail, jusqu'à l'état d'esprit dans lequel il se trouvait.

Car c'est à ce moment-là que les choses sérieuses avaient commencé. Auparavant, les autres avaient bien parlé de tuer Ça, mais sans plan, sans début d'action. Avec l'arrivée de Mike, le cercle s'était refermé, la roue avait commencé à rouler. Ce fut plus tard, ce même jour, que Bill, Richie et Ben se rendirent à la bibliothèque et entreprirent de sérieuses recherches à partir d'une idée qu'avait eue Bill — un jour, une semaine ou un mois auparavant. Tout avait com...

« Mike? lance Richie depuis la salle du catalogue où les autres sont réunis. T'es mort ou quoi? »

Presque, pense Mike, contemplant les ballons, le sang et les plumes restées dans le frigo.

Il répond: « Je crois, les gars, que vous feriez mieux de venir faire un tour ici. »

Frottements de chaises repoussées, murmures de voix. Richie: « Oh, Seigneur! Qu'est-ce qui arrive encore? » Et une autre oreille, celle de sa mémoire, entend Richie dire quelque chose d'autre: soudain, il se souvient de ce qu'il cherchait; mieux, il comprend pourquoi cela lui échappait. La réaction des autres lorsqu'il s'était avancé dans la petite clairière, au milieu de la partie la plus touffue et la plus inextricable des Friches, avait été... une absence de réaction. Pas de surprise, aucune question sur la manière dont il les avait trouvés. Bill mangeait un Twinkie, Bev et Richie fumaient, Bill était allongé sur le dos, mains derrière la tête, perdu dans la contemplation du ciel, et Eddie et Stan regardaient, dubitatifs, les cordes reliées à des piquets, qui délimitaient un carré d'environ un mètre cinquante de côté.

Ils n'en avaient pas fait tout un plat. Il s'était montré, on l'avait

accepté. Comme si, sans même le savoir, ils l'attendaient. Et dans
cette oreille supplémentaire de la mémoire, il entendit s'élever la voix
négrillon du Sud de Richie, comme quelques instants auparavant :
« Dieu me pa'donne, Miss Sca'lett, voici qu'a'ive

2

enco'e ce petit Noi' ! Doux Jésus, n'impo'te qui f'équente les
F'iches, de nos jou's ! » Bill ne détourna même pas la tête. Il continua
sa contemplation rêveuse des gros nuages d'été qui défilaient dans le
ciel. Richie ne s'en offensa pas et il fallut un « Bip-bip ! » énergique
de Ben, entre deux bouchées de Twinkie, pour le faire taire.

« Salut ! » dit Mike d'un ton peu rassuré. Son cœur battait un peu
trop fort, mais il était déterminé à ne pas reculer. Il leur devait des
remerciements, et son père disait qu'il fallait toujours payer ses dettes
— et le plus tôt possible, avant que les intérêts ne deviennent trop
élevés.

Stan leva la tête. « Salut ! » Puis il revint aux cordes fichées par
leurs piquets au centre de la clairière. « Es-tu sûr que ça va marcher,
Ben ?

— Oui, dit Ben. Salut, Mike.

— Tu veux une cigarette ? demanda Beverly. Il m'en reste deux.

— Non, merci. » Il prit une profonde inspiration. « Je voulais
tous vous remercier pour votre aide, l'autre jour. Ces types étaient
prêts à m'amocher sérieusement. Je suis désolé de ce que vous avez
pris pour moi. »

D'un geste de la main, Bill rejeta ces explications. « N-Ne t'en f-
fais pas pour ça. Ils s-sont a-après nous de-depuis u-un an au m-
moins. » Il se rassit, et regarda Mike, une soudaine lueur d'intérêt
dans les yeux. « Est-ce q-que je p-peux te de-demander que-quelque
chose ?

— Ouais, bien sûr », répondit Mike. Il s'assit avec précaution. Il
avait déjà entendu ce genre de préambule. Le gars Denbrough allait
lui demander quel effet ça fait d'être noir.

Mais au lieu de cela, Bill dit : « Quand Larsen a fait s-son coup fa-
fameux dans les s-séries m-mondiales, il y a d-deux ans, crois-tu que
c'était j-juste un coup de p-pot ? »

Richie tira une grosse bouffée sur sa cigarette et se mit à tousser.
Beverly lui tapa sans façon dans le dos. « T'es un débutant, Richie, ça
viendra.

— J'ai peur que ça s'écroule, déclara Eddie d'un ton inquiet, en regardant les piquets. Je peux pas dire que l'idée d'être enterré vivant me tente beaucoup.

— Tu ne seras pas enterré vivant, dit Ben. Sinon, t'auras qu'à sucer ton foutu inhalateur jusqu'à ce qu'on vienne te chercher, c'est tout ! »

Cette repartie parut délicieusement comique à Stan Uris qui, appuyé sur un coude, se mit à rire à gorge déployée, la tête tournée vers le ciel, jusqu'à ce qu'Eddie, d'un coup de pied dans le tibia, le fît taire.

« Le pot, finit par dire Mike. Dans ce genre de coup, il y a plus de chance que d'adresse, c'est ce que je pense.

— M-Moi aussi », approuva Bill. Mike attendit la suite, mais Bill avait l'air satisfait et s'allongea de nouveau, mains croisées sous la nuque, et se remit à l'étude des nuages.

« Qu'est-ce que vous mijotez, les gars ? demanda Mike en examinant le carré délimité par les ficelles.

— Oh, c'est la trouvaille de la semaine de Ben, expliqua Richie. La dernière fois, il a inondé les Friches, c'était assez réussi ; mais ça, c'est le grand jeu ! Creusez vous-mêmes votre Club, et...

— T'as p-pas besoin de te m-moquer de B-Ben, le coupa Bill, les yeux toujours au ciel. C'est u-une bonne i-idée. »

Ben expliqua alors son plan à Mike : creuser un trou de pas plus d'un mètre cinquante (pour ne pas tomber sur la nappe phréatique), renforcer les parois (coup d'œil à Eddie, l'air toujours aussi inquiet), fabriquer un plafond solide avec une trappe, et camoufler le tout sous de la terre et des aiguilles de pin. « On pourra s'y cacher, termina-t-il, et les gens — des gens comme Henry Bowers — pourront marcher dessus sans savoir que nous y sommes.

— C'est toi qui as trouvé ça ? s'exclama Mike. Bon sang, c'est fantastique ! »

Ben sourit — et rougit.

Bill se mit soudain sur son séant et regarda Mike. « Tu es d'a-d'accord pour nous ai-aider ?

— Oui... bien sûr. Ça sera marrant. »

Les autres échangèrent des regards que Mike sentit autant qu'il les vit. *Voici que nous sommes sept, ici,* pensa-t-il. Sans raison aucune, il frissonna.

« Quand est-ce qu'on attaque ?

— Dans pas longtemps », répondit Bill et Mike comprit — très clairement — qu'il ne parlait pas seulement du Club souterrain de Ben. Ce dernier le comprit aussi, comme Richie, Beverly et Eddie. Stan Uris, souriant l'instant d'avant, redevint sérieux. « On v-va lancer c-ce projet d-dans t-t-très bientôt. »

Il y eut un silence, et Mike prit conscience qu'ils voulaient lui dire quelque chose..., quelque chose qu'il était loin d'être sûr de vouloir entendre. Ben avait ramassé un bout de bois et griffonnait dans la terre, le visage caché par les cheveux. Richie se rongeait les ongles, pourtant déjà bien entamés. Seul Bill regardait directement Mike.

« Quelque chose ne va pas ? » demanda le garçon.

Parlant très lentement, Bill répondit : « N-Nous sommes un c-club. T-Tu peux en f-faire partie si tu v-veux, mais t-tu dois ga-garder nos s-secrets.

— Comme l'emplacement du Club ? fit Mike, plus mal à l'aise que jamais. Bien sûr, je...

— On a un autre secret, môme, intervint Richie, sans regarder Mike. Et ce que veut dire le Grand Bill, c'est que nous aurons des choses plus importantes à faire, cet été, que de creuser des clubs souterrains.

— C'est exact », confirma Ben.

Il y eut un hoquet sifflant et soudain Mike sursauta. Ce n'était qu'Eddie qui s'envoyait une giclée. Il eut une expression pour s'excuser, haussa les épaules et acquiesça.

« Eh bien, dit Mike, ne me faites pas languir. Parlez. »

Bill regarda les autres. « Y a-t-il qu-quelqu'un qui n-ne le v-veut pas au Club ? »

Personne ne répondit ni ne leva la main.

« Qui v-veut p-parler ? » demanda Bill.

Il y eut un silence prolongé et cette fois-ci, Bill ne le rompit pas. Beverly finit par pousser un soupir et leva les yeux vers Mike.

« Les gosses qui ont été tués, dit-elle. On sait qui a fait ça. Ce n'est pas un être humain. »

3

Ils lui racontèrent un par un : le clown sur la glace, le lépreux sous le porche, le sang et les voix des évacuations, les gamins morts du château d'eau. Richie parla de ce qui s'était passé lorsqu'il était revenu avec Bill sur Neibolt Street et Bill prit la parole en dernier pour expliquer l'histoire des photos, celle qui s'était animée, celle dans laquelle il avait mis la main. Il finit par expliquer comment Ça avait tué son frère Georgie et que le Club des Ratés s'était voué à la destruction du monstre... quel qu'il fût en réalité.

En rentrant chez lui ce soir-là, Mike se dit qu'il aurait dû les écouter avec une incrédulité grandissante, puis avec horreur et finalement prendre ses jambes à son cou sans un regard en arrière, convaincu soit d'être mené en bateau par une bande de morveux blancs n'aimant pas les Noirs, soit d'être la victime de six authentiques cinglés à la folie communicative, virulente comme une grippe dans une classe.

Mais il ne s'était pas enfui, car en dépit de l'horreur, il éprouvait un étrange sentiment de soulagement. Et quelque chose de plus fondamental : l'impression d'être enfin chez soi. *Voici que nous sommes sept, ici,* pensa-t-il de nouveau lorsque Bill se tut.

Il ouvrit la bouche sans trop savoir encore ce qu'il allait dire.

« J'ai vu le clown, déclara-t-il.

— Quoi ? demandèrent en chœur Richie et Stan, tandis que Beverly tournait la tête si vivement que sa queue de cheval passa d'une épaule à l'autre.

— Le 4 Juillet », reprit Mike lentement. Il garda quelques instants de silence, pensant à part lui : *Mais je le connaissais. Je le connaissais car ce n'était pas la première fois que je le voyais. Et ce n'était pas la première fois que je voyais quelque chose... quelque chose qui clochait.*

Il pensa alors à l'oiseau ; ce fut la première fois qu'il s'y autorisa (ses cauchemars exceptés) depuis le mois de mai. Il avait cru avoir une crise de folie. Ce fut un soulagement de voir qu'il n'était pas fou, mais un soulagement peu rassurant, à la vérité. Le regard aigu et concentré de Bill ne le quittait pas, exigeant qu'il continuât. Il se mouilla les lèvres.

« Vas-y, dit Bev, impatiente. Dépêche-toi.

— Eh bien voilà. J'étais dans la parade. Je...

— Je t'ai vu, le coupa Eddie. Tu jouais du saxophone.

— Non, en fait, du trombone. Je joue dans la clique de l'école baptiste de Derry, l'école de Neibolt Street. Bref, j'ai vu le clown. Il donnait des ballons aux gosses au carrefour des trois rues, dans le centre-ville. Il était exactement comme Ben et Bill ont dit. Costume argenté, boutons orange, maquillage blanc sur la figure, grand sourire rouge. Je ne sais pas si c'était du rouge à lèvres ou du maquillage, mais on aurait dit du sang. »

Les autres acquiesçaient, tout excités à présent, mais Bill continuait d'observer attentivement Mike. « Des t-touffes de cheveux o-range ? » lui demanda-t-il, avec un geste de la main inconscient au-dessus de la tête.

Mike hocha la tête.

« À le voir comme ça, j'ai eu peur... Et tandis que je le regardais, il s'est tourné et m'a fait signe de la main, comme s'il avait lu dans mes pensées, ou dans mes sentiments, comme vous voulez. Je ne savais pas pourquoi, à ce moment-là, mais il m'a flanqué une telle frousse que pendant deux ou trois secondes, je n'ai pas pu souffler dans mon trombone. Je n'avais plus une goutte de salive dans la bouche et j'ai senti... »

Il eut un bref coup d'œil pour Beverly. Il se souvenait de tout, maintenant, avec la plus grande clarté ; comment le soleil lui avait paru brusquement aveuglant et insupportable sur le laiton de son instrument et les chromes des voitures, la musique trop bruyante, le ciel trop bleu. Le clown avait soulevé une main gantée de blanc (l'autre retenait une grappe de ballons) et l'avait agitée lentement d'avant en arrière, son sourire ensanglanté trop rouge et trop épanoui, comme un cri inversé. La peau de ses testicules s'était mise à se plisser, une impression de chaleur et de relâchement était montée de son ventre comme s'il allait négligemment faire caca dans son pantalon. C'était cependant des choses qu'il ne pouvait raconter devant Beverly. Des choses à ne pas dire en présence des filles, même quand elles sont du genre devant lesquelles on s'autorise à jurer. « ... je me suis senti effrayé », conclut-il, se rendant compte que cette répétition était un peu faible, mais ne sachant pas comment expliquer le reste. Tous acquiesçaient, néanmoins, comme s'ils avaient compris et une indescriptible impression de soulagement le balaya. D'une certaine manière, voir ce clown le regarder, avec son sourire ensanglanté, sa main agitée d'un mouvement ralenti de pendule... avait été pire que d'être poursuivi par Henry Bowers et sa bande. Bien pire.

« Puis on l'a dépassé, poursuivit Mike. Nous avons remonté Main Street Hill. En haut, je l'ai revu, qui tendait des ballons aux gosses ; sauf que la plupart ne voulaient pas les prendre. Les plus petits pleuraient, parfois. Je n'arrivais pas à comprendre comment il avait pu arriver si vite. Je me suis dit qu'en réalité il devait y avoir deux clowns habillés de la même manière. Une équipe. Mais quand il s'est tourné et m'a encore salué de la main, j'ai bien vu que c'était lui. Le même homme.

— Ce n'est pas un homme », dit Richie, et Beverly frissonna. Bill passa un bras autour de ses épaules et elle le regarda avec gratitude.

« Il m'a fait signe... puis il a cligné de l'œil. Comme si nous avions un secret. Ou peut-être... comme s'il savait que je l'avais reconnu. »

Bill abandonna l'épaule de Beverly. « Tu l'as re-re-reconnu ?

— Je crois. Il faut que je vérifie quelque chose avant de dire que j'en suis sûr. Mon père a quelques photos... il les collectionne... écoutez, les gars, vous jouez souvent ici, non ?

— Bien sûr, répondit Ben. C'est pour ça qu'on veut construire le Club souterrain. »

Mike acquiesça. « Je vérifierai pour voir si j'ai raison. Si j'ai raison, je pourrai amener les photos.

— De v-v-vieilles photos ?

— Oui.

— Et q-quoi en-encore ? »

Mike ouvrit la bouche, puis la referma. Il les regarda, une expression d'incertitude sur le visage. « Vous allez vous dire que je suis cinglé. Ou que je mens.

— Est-ce que t-tu crois que n-nous so-sommes cinglés ? »

Mike secoua la tête.

« Pas un poil, dit Eddie. J'ai bien des trucs qui vont de travers, mais je n'ai pas d'araignée dans le plafond, je ne crois pas.

— Je ne le crois pas non plus, dit Mike.

— Eh bien, on-on n-ne croira pas que t'es ci-cin-cin... fou, nous n-non plus. »

Mike les regarda à nouveau, s'éclaircit la gorge et dit : « J'ai vu un oiseau. Il y a deux ou trois mois. Un oiseau. »

Stan Uris leva la tête. « Quel genre d'oiseau ? »

Parlant plus à contrecœur que jamais, Mike répondit : « On aurait dit un moineau, au fond, ou un rouge-gorge ; il avait la poitrine orange.

— Mais qu'est-ce qu'il avait de spécial ? demanda Ben. On trouve plein d'oiseaux comme ça à Derry. » Il se sentait cependant mal à l'aise et, en regardant Stan, il eut la certitude que ce dernier se souvenait de ce qui s'était passé dans le château d'eau, comment il avait réussi à arrêter ce qui était en train de se produire en criant des noms d'oiseaux. Mais il oublia tout cela et le reste quand Mike reprit la parole.

« Cet oiseau était plus grand qu'un camion », dit-il.

Le choc et la stupéfaction se peignirent sur les visages. Il attendit leurs rires, mais rien ne vint. Stan avait l'air d'avoir reçu une brique sur la tête. Il avait la couleur d'un soleil voilé de novembre tant il était pâle.

« Je jure que c'est vrai, reprit Mike. C'était un oiseau géant, comme dans les films avec des monstres de la préhistoire.

— Ouais, comme dans *The Giant Claw*, dit Richie.

— Sauf qu'il n'avait pas l'air préhistorique du tout. Ni d'un de ces oiseaux de la mythologie grecque ou romaine, sais plus comment on les appelle...

— Oi-Oiseau r-roc ? proposa Bill.

— Oui, il me semble. Eh bien, pas du tout comme ça. Un mélange de moineau et de rouge-gorge, les deux oiseaux les plus communs..., ajouta-t-il avec un petit rire nerveux.

— Où-Où... ? commença Bill.

— Raconte », dit simplement Beverly. Mike réfléchit quelques instants et entreprit son récit ; et de voir leurs visages qui devenaient de plus en plus inquiets et effrayés au lieu d'afficher de l'incrédulité et de la dérision au fur et à mesure qu'il parlait, il sentit un poids formidable ôté de sa poitrine. Comme Ben avec sa momie, Eddie avec son lépreux ou Stan avec les petits noyés, il avait vu quelque chose qui aurait rendu un adulte fou, non pas simplement de terreur, mais du fait d'un sentiment d'irréalité d'une puissance fracassante, impossible à ignorer comme à expliquer de façon rationnelle. La lumière de Dieu avait noirci le visage d'Élie ; c'était du moins ce que Mike avait lu. Mais Élie était vieux, à ce moment-là, et peut-être cela faisait-il une différence. Mais est-ce qu'il n'y avait pas un autre type dans la Bible, à peine plus grand qu'un gamin, qui s'était battu avec un ange ?

Il l'avait vu et avait poursuivi son existence ; le souvenir s'était intégré à sa vision du monde. Du fait de sa jeunesse, le champ de cette vision demeurait encore très vaste. Mais ce qui s'était passé ce jour-là n'en avait pas moins hanté les recoins les plus sombres de son esprit, et parfois, dans ses rêves, il lui arrivait de fuir cet oiseau grotesque dont l'ombre venait le recouvrir. Il gardait le souvenir de certains de ses rêves, pas de tous ; cependant ils étaient là, comme des ombres qui se seraient déplacées d'elles-mêmes.

À quel point il l'avait peu oublié et à quel point il en avait été troublé (alors qu'il accomplissait ses tâches quotidiennes, coups de main à son père, école, courses pour sa mère, attente des groupes noirs dans l'émission de jazz) ne pouvait peut-être se mesurer que d'une façon : à l'intensité du soulagement qu'il ressentait en partageant ce souvenir avec les autres. Il s'aperçut que c'était la première fois qu'il s'autorisait à l'évoquer sans réserve, depuis ce jour où, tôt le matin, il avait vu les étranges empreintes... et le sang.

4

Mike raconta l'histoire de l'oiseau dans la vieille aciérie et comment il s'était réfugié dans un conduit de cheminée pour y échapper. Un peu plus tard, trois des Ratés — Ben, Richie, Bill — partirent pour la bibliothèque de Derry. Ben et Richie étaient sur leurs gardes, redoutant Bowers et Compagnie, mais Bill restait perdu, sourcils froncés, dans la contemplation du trottoir. Mike les avait quittés environ une heure après avoir fait son récit, disant que son père l'attendait à quatre heures pour récolter des pois. Beverly avait des courses à faire et devait préparer le dîner de son père, Eddie et Stan leurs propres obligations. Mais avant de se séparer, ils commencèrent à creuser ce qui allait devenir, si les calculs de Ben étaient justes, leur Club souterrain. Un acte symbolique, songea Bill, qui soupçonna les autres d'avoir eu la même idée que lui. Ils avaient commencé. Quoi que ce fût qu'ils eussent à faire en tant que groupe, en tant qu'unité, le départ était pris.

Ben demanda à Bill s'il croyait à l'histoire de Mike Hanlon. Ils passaient devant la maison communautaire de Derry et la bibliothèque n'était plus très loin, vaisseau de pierre dans l'ombre agréable d'ormes centenaires que n'avait pas encore atteints la maladie.

« Ouais, dit Bill. Je c-crois que c'était v-vrai. Dé-Dément, mais vrai. Et t-toi, Ri-Richie ?

— Moi aussi. Ça me fait horreur d'y croire, si vous voyez ce que je veux dire, mais je ne peux pas m'en empêcher. Vous vous souvenez de ce qu'il a dit à propos de la langue de l'oiseau ? »

Bill et Ben acquiescèrent. Des pompons orange dessus.

« C'est l'indice, reprit Richie. Comme le méchant dans une BD. Il laisse toujours une carte de visite. »

Bill hocha la tête, songeur. Comme un méchant de BD. Parce qu'ils le voyaient ainsi ? L'imaginaient ainsi ? Oui, peut-être. C'étaient des mômeries, mais il semblait bien que c'était grâce à des mômeries que la chose prospérait.

Ils traversèrent la rue, en direction de la bibliothèque.

« J'ai de-demandé à Stan s'il a-avait jamais entendu p-parler d'oiseaux c-comme ça. Pas f-f-forcément aussi gros, mais...

— Un véritable oiseau ? suggéra Richie.

— Oui. Il a dit p-peut-être en A-Amérique du Sud ou en Afrique, m-mais pas p-par ici.

— Il ne l'a pas cru, alors ?

— Si. » Puis Bill lui parla d'une idée qui était venue à Stan, et dont il lui avait parlé lorsqu'il l'avait accompagné à l'endroit où il avait laissé sa bicyclette. Pour Stan, personne n'aurait pu voir cet oiseau avant Mike ; c'était son monstre personnel, en quelque sorte. Mais maintenant, cet oiseau était la propriété de tout le Club des Ratés, non ? N'importe qui d'entre eux pouvait le voir. Pas forcément sous la même forme, mais voir un oiseau géant. Bill avait alors fait remarquer à Stan que dans ce cas tous pourraient voir le lépreux d'Eddie, la momie de Ben, ou même les enfants morts.

« Ce qui veut dire qu'on a intérêt à agir vite si on veut arriver à quelque chose, avait répondu Stan. Ça est au courant...

— Qu-quoi ? avait protesté Bill. De t-tout ce que nous sa-savons ?

— Bon Dieu, si Ça est au courant, on est foutus, avait répondu Stan. Mais tu peux parier que Ça sait que nous sommes au courant de son existence. Je pense qu'il va essayer de nous avoir. Tu n'as pas oublié ce dont nous avons parlé hier ?

— Non.

— Je voudrais pouvoir vous accompagner.

— Il y aura B-Ben et R-Ri-Richie. B-Ben est v-vraiment bien et Ri-Richie aussi, quand il n-ne fait pas l'i-idiot. »

Maintenant, juste devant la porte de la bibliothèque, Richie demandait à Bill ce qu'il avait exactement en tête. Bill le leur expliqua, parlant lentement afin de ne pas trop bafouiller. L'idée lui trottait dans la tête depuis deux semaines, mais l'histoire de l'oiseau de Mike l'avait en quelque sorte cristallisée.

Que faire pour se débarrasser d'un oiseau ?

Un coup de fusil paraissait une solution radicale.

Que faire pour se débarrasser d'un monstre ?

D'après les films, lui tirer dessus une balle d'argent était une solution radicale.

Ben et Richie prêtèrent une oreille attentive à Bill. Puis Richie lui demanda : « Et comment se procure-t-on une balle en argent, Grand Bill ? Par correspondance ?

— T-Très drôle. Il f-faudra la fa-fabriquer nous-mêmes.

— Comment ?

— Je suppose que c'est pour ça que nous sommes à la bibliothè-que », dit Ben.

Richie acquiesça et repoussa ses lunettes sur son nez. Il avait une expression concentrée et songeuse... mais aussi dubitative, jugea Ben. Lui-même était assailli de doutes. Au moins ne lisait-on pas de folie dans le regard de Richie ; c'était déjà ça.

« Tu es en train de penser au Walther de ton père ? demanda Richie. Celui que nous avons amené à Neibolt Street ?

— Oui, dit Bill.

— Admettons que nous sachions fabriquer une balle en argent, objecta Richie. Où allons-nous trouver le métal ?

— Ça, je m'en occupe, dit calmement Ben.

— Ah... parfait. On laisse Meule de Foin s'en occuper. Et ensuite ? Neibolt Street ? »

Bill acquiesça. « Oui. On re-retourne sur N-N-Neibolt Street et on l-lui fait sau-sauter la t-t-tête. »

Ils restèrent immobiles encore quelques instants, se regardant solennellement, puis ils pénétrèrent dans la bibliothèque.

5

Une semaine venait de s'écouler ; on était presque à la mi-juillet, et le Club souterrain était en bonne voie.

Quand Mike Hanlon arriva, en début d'après-midi, il trouva Ben qui étayait le trou et Richie qui faisait une pause cigarette. (« Mais tu n'as pas de cigarettes », avait objecté Ben. « Ça ne change rien au principe », avait rétorqué Richie.)

Mike tenait l'album de photos de son père sous le bras. « Où sont les autres ? » demanda-t-il. Il savait que Bill au moins devait être dans les parages, ayant laissé sa bicyclette rangée sous le pont à côté de Silver.

« Bill et Eddie sont partis pour la décharge tâcher de dégoter d'autres planches, expliqua Richie, et Stannie et Bev sont à la quincaillerie. Pour les gonds. Je ne sais pas ce que mijote Meule de Foin, mais ce doit être un sacré potage — mijoter, potage, t'as pigé ? Ah-ah ! Il faut garder un œil sur lui, tu comprends. Au fait, tu nous dois vingt-trois cents si tu veux toujours faire partie du Club. Participation pour les gonds. »

La cotisation payée, il restait en tout et pour tout dix cents à Mike, qui s'avança jusqu'au trou et l'examina.

Mais ce n'était plus un vulgaire trou. Les côtés étaient bien droits et avaient été étayés. Les planches étaient toutes de récupération, mais Bill, Ben et Stan les avaient très bien retaillées aux bonnes dimensions grâce aux outils de l'atelier de Zack Denbrough (outils que Bill ramenait scrupuleusement tous les soirs après les avoir nettoyés). Ben et Beverly avaient cloué des entretoises. Le trou rendait encore Eddie un peu nerveux, mais Eddie était nerveux de nature. Soigneusement rangées de côté, il y avait des mottes de terre engazonnées ; elles seraient plus tard collées sur le toit.

« Je suppose que vous savez ce que vous faites, les gars, dit Mike.

— Bien sûr, répondit Ben qui montra l'album. C'est quoi, ce truc ?

— L'album que mon père a fait sur Derry. Il collectionne les vieux documents et les articles sur la ville. C'est son passe-temps. Je vous avais dit qu'il me semblait y avoir vu le clown. Il y est bien, j'ai vérifié. Alors je vous l'ai amené. » Il eut honte d'ajouter qu'il n'avait pas osé demander la permission à son père pour cela. Redoutant les questions que cette requête aurait pu susciter, il l'avait sorti de la maison pendant que son père était au champ et que sa mère étendait du linge dans la cour de derrière. « J'ai pensé que ça vous intéresserait.

— Eh bien, voyons, dit Richie.

— Je préférerais attendre que tout le monde soit là. Je crois qu'il vaut mieux.

— D'accord. » À la vérité, Richie ne tenait pas tellement à voir encore des images de Derry, pas après ce qui s'était passé dans la chambre de Georgie. « Veux-tu nous aider à finir le talus ?

— Et comment ! » Mike posa l'album sur un endroit propre suffisamment loin du trou pour être à l'abri d'une malencontreuse pelletée de terre et s'empara de la pelle de Ben.

« Creuse juste ici, dit Ben en lui montrant un emplacement, sur trente centimètres à peu près. Après quoi je tiendrai une planche bien serrée contre le bord pendant que tu remettras la terre.

— Astucieux, mec », commenta Richie avec componction. Il était assis au bord de l'excavation, les pieds pendants.

« Qu'est-ce qui t'arrive ? lui demanda Mike.

— Un os. J'ai un os dans la jambe, répondit-il, imperturbable.

— Et ton projet avec Bill ? » Mike s'interrompit, le temps de retirer sa chemise, puis se mit à creuser. Il faisait chaud, même ici, au fond des Friches. Les grillons striduaient paresseusement dans les broussailles, comme des réveils d'été mal remontés.

« Eh bien... pas trop mal », dit Richie. Mike eut l'impression qu'il lançait à Ben un regard plus ou moins de mise en garde. « Enfin, je crois.

— Pourquoi tu branches pas ta radio, Richie ? demanda Ben en mettant une planche en place.

— Les piles sont fichues. J'ai dû te refiler mes derniers vingt-cinq cents pour les gonds. Cruel Meule de Foin, très cruel ! Après tout ce que j'ai fait pour toi. Et puis tout ce que j'attrape, c'est la WABI et son rock à la gomme.

– Hein ? fit Mike.

— Meule de Foin s'imagine que Tommy Sands et Pat Boone jouent du rock, mais c'est parce qu'il est malade. Elvis chante du rock ; Ernie K. Doe, Carl Perkins, Bobby Darin, Buddy Holly chantent du rock. " *Ah-oh, Peggyyyy... my Peggyyyy Su-uh-oo...* "

— Richie, arrête ! dit Ben.

— Y a aussi Fats Domino, fit Mike en s'appuyant sur sa pelle, Chuck Berry, Little Richard, Shep et les Limelights, LaVerne Baker, Frankie Lymon, Hank Ballard, les Coasters, les frères Isley, les Crests, les Chords, Stick McGhee... »

Ils le regardaient avec une telle expression de stupéfaction qu'il éclata de rire.

« Tu m'as largué après Little Richard », admit Richie. Il l'aimait bien, mais son héros secret de rock, cet été-là, c'était Jerry Lee Lewis. Il fit retomber ses cheveux devant sa figure et commença à chanter : « *Come on over Baby all the cats are at the high school rocking...* »

Ben se mit à tituber au bord du trou, mains sur le ventre comme s'il allait vomir. Mike se pinçait le nez, mais riait tellement fort que les larmes lui coulaient des yeux.

« Qu'est-ce qui cloche, les gars ? demanda Richie. Qu'est-ce qui vous prend ? C'était bien, vraiment très bien, pourtant !

— Oh, mon vieux, hoqueta Mike, presque incapable de parler, ça n'avait pas de prix... aucun prix !

— Les nègres n'ont aucun goût, renifla Richie. Je crois même que c'est écrit dans la Bible.

— Oui, Maman ! » dit Mike, se tenant toujours les côtes. Lorsque Mike, sincèrement étonné, lui demanda ce qu'il voulait dire, Mike s'assit lourdement et commença à se balancer d'avant en arrière, hurlant de rire.

« Tu t'imagines que je suis jaloux, dit Richie. Tu crois que je voudrais être un nègre. »

Ce fut au tour de Ben de s'effondrer en s'esclaffant de manière irrépressible. Tout son corps ondulait et tressautait de manière alarmante. Les yeux lui sortaient de la tête. « Arrête, Richie, réussit-il à dire, je vais faire dans mon froc ! Je vais crever si t'arrêtes pas...

— Je n'ai aucune envie d'être un nègre, reprit Richie. Qui voudrait habiter Boston, porter des pantalons roses et acheter des pizzas en tranches ? Je veux être juif comme Stan. J'ouvrirais une brocante et je vendrais aux gens des crans d'arrêt, des crottes de chien en plastique et des guitares cassées. »

Ils étaient maintenant deux à hurler de rire. Des rires dont les échos se répercutaient dans les frondaisons et les ravines broussailleuses des Friches les mal nommées ; les oiseaux s'envolaient, les écureuils se pétrifiaient sur leur branche. C'était un son jeune, vif, pénétrant, vivant, sans apprêt, libre. Tout ou presque de ce qui était en vie aux alentours y réagit de la même manière ; cependant, la chose que cracha un gros collecteur qui se déversait dans la Kenduskeag n'était pas vivante. La veille, s'était produit un orage violent (qui n'avait guère affecté le futur Club souterrain, protégé par une bâche subtilisée derrière le Wally's Spa) et le niveau avait monté pendant deux ou trois heures dans les canalisations, en dessous de Derry. C'était un bref mascaret qui avait poussé le déplaisant colis au soleil, pour la plus grande joie des mouches.

Il s'agissait du corps de Jimmy Cullum, neuf ans. À part le nez, il n'avait plus de visage, remplacé par un magma sanglant. Ses chairs à vif étaient couvertes de profondes marques noires que seul, sans doute, Stan Uris aurait identifiées : des coups de bec. Des coups d'un très gros bec.

L'eau ruisselait sur le pantalon boueux de Jimmy. Ses mains blanches flottaient comme des poissons morts. Elles avaient aussi été picorées, quoique un peu moins. Sa chemise à motifs se gonflait et s'affaissait, se gonflait et s'affaissait, comme une vessie.

Bill et Eddie, chargés des planches qu'ils avaient barbotées dans la décharge, traversèrent la rivière sur les pierres à moins de quarante mètres de là. Ils entendirent Mike, Ben et Richie qui riaient à gorge déployée, sourirent et pressèrent le pas, sans voir ce qui restait de Jimmy Cullum, afin d'apprendre ce qu'il y avait de si drôle.

6

Ils riaient encore lorsque Bill et Eddie arrivèrent dans la clairière, en sueur sous leur chargement. Même Eddie, dont le teint était généralement plus proche du fromage blanc, avait des couleurs aux joues. Ils laissèrent tomber les nouvelles planches sur le peu qui restait de la réserve. Ben sortit du trou pour les inspecter.

« Bien joué, les gars ! Ouah ! Excellent ! »

Ben avait apporté son propre outillage et se mit aussitôt à inspecter le nouvel arrivage, arrachant les clous et retirant les vis. Il jeta l'une des planches parce qu'elle était fendue, une autre parce qu'elle rendait un son creux de bois pourri. Eddie l'observait, assis sur un tas de terre. Il prit une giclée de son inhalateur au moment où Ben retirait un clou rouillé avec le côté griffe de son marteau ; le clou protesta par un grincement, comme un petit animal que l'on aurait piétiné.

« Tu risques d'attraper le tétanos si tu te coupes avec un clou rouillé, déclara Eddie à l'intention de Ben.

— Ah oui ? dit Richie. Qu'est-ce que c'est, le téton-en-os ? On dirait une maladie de femme, plutôt.

— T'es un idiot. J'ai dit le " tétanos ", pas le " téton-en-os ". Ça veut dire " les mâchoires serrées ". Ce sont des microbes particuliers qui vivent dans la rouille et qui entrent dans ton corps si tu te coupes, et qui te bousillent les nerfs. » Eddie devint encore plus rouge et s'envoya une nouvelle giclée.

« Mâchoires serrées, Seigneur ! fit Richie, impressionné. Ça ne doit pas être marrant.

— Tu l'as dit. Au début, tu as les mâchoires tellement serrées que tu ne peux plus les ouvrir, même pas pour manger. On te fait un trou dans la joue pour t'alimenter avec des liquides, par un tuyau.

— Nom de Dieu ! » s'exclama Mike en se redressant dans la fosse du futur Club. Les yeux agrandis, la cornée en paraissait d'autant plus blanche à côté de sa peau brune. « Tu blagues pas ?

— Non, c'est ma mère qui me l'a dit. Après, c'est ta gorge qui se serre et tu ne peux plus du tout manger. Et tu meurs. »

En silence, ils songèrent à cette horrible perspective.

« Il n'y a aucun remède », dit Eddie pour parachever le tableau. Nouveau silence.

« C'est pourquoi je fais toujours attention aux clous rouillés et aux saloperies comme ça, reprit Eddie. J'ai été une fois vacciné contre le tétanos et ça m'a fait drôlement mal.

— Dans ce cas, demanda Richie, pourquoi es-tu allé à la décharge pour chercher toutes ces cochonneries de planches ? »

Eddie eut un bref regard pour Bill, qui lui-même contemplait la fosse en train de prendre forme, et il y avait dans ce regard tout l'amour et toute l'adoration pour un héros qui suffisaient à répondre à la question. Mais Eddie ajouta doucement : « Il y a des trucs qu'il faut faire, même si c'est risqué. C'est la première chose importante que j'aie apprise et que je ne tienne pas de ma mère. »

Le silence qui suivit n'était pas du tout désagréable. Puis Ben se mit à écraser ou arracher les clous rouillés, et au bout d'un instant, Mike vint l'aider.

Le transistor de Richie, muet (du moins jusqu'à ce que Richie touche son argent de poche ou trouve une pelouse à tondre), se balançait au bout de sa branche, dans la brise légère. Bill songeait (il en avait le temps) à l'étrangeté de tout ceci ; à ce mélange d'étrangeté et de perfection : qu'ils soient tous ici ensemble, cet été. Des gosses qu'ils connaissaient étaient allés chez des parents ; d'autres étaient en vacances à Disneyland ou à Cape Cod, voire même à des distances inimaginables dans le cas de l'un d'eux : à Gstaad. D'autres encore étaient en colo, en camp d'été, chez les scouts, en camp pour riches où l'on apprenait à jouer au golf ou au tennis, et à dire : « Bien joué ! » et non : « Espèce d'enfoiré ! » quand votre adversaire vous matraquait d'un service gagnant. Il y avait enfin des gosses que les parents avaient emmenés LOIN d'ici. Pour Bill, c'était compréhensible. Il connaissait des gamins ayant envie d'être LOIN d'ici par peur du père Fouettard qui patrouillait Derry cet été-là, mais soupçonnait que les parents qui le redoutaient étaient encore plus nombreux...

Et malgré tout, aucun de nous n'est parti LOIN d'ici, songea Bill tout en observant Ben et Mike qui débarrassaient de leurs vieux clous de vieilles planches tandis qu'Eddie allait faire un tour pour pisser (il faut y aller dès qu'on a envie, avait-il expliqué une fois à Bill, afin de ne pas fatiguer sa vessie, mais il fallait aussi faire attention au lierre-poison, parce que sur la quéquette...). *Nous sommes tous ici, à Derry. Pas de colos, pas de parents, pas de vacances, pas de LOIN d'ici. Tous bel et bien présents et prêts à participer.*

« Il y a une porte là-bas, dit Eddie qui revenait en remontant la fermeture de sa braguette.

— J'espère que tu l'as bien secouée, Eds, lança Richie. On attrape le cancer si on ne la secoue pas à chaque fois. C'est ce que m'a dit ma maman. »

Eddie parut surpris, légèrement inquiet, même, puis il vit le sourire de Richie. Il essaya de le traiter par le mépris et poursuivit son idée : « Elle était trop lourde pour être portée à deux. Mais Bill a dit qu'à tous on pouvait y arriver.

— Évidemment, on peut jamais se la secouer complètement, insista Richie. Tu veux savoir ce que m'a dit un jour un petit malin, Eds ?

— Non, et arrête de m'appeler Eds. Je ne t'appelle pas Rics, moi, et...

— Il m'a dit : " Secoue-la tant que tu veux, Oscar, la dernière goutte est pour le falzar ", et c'est pour ça qu'il y a tant de cancers dans le monde, Eddie mon chou.

— Non, c'est parce qu'il y a des crétins comme toi et Beverly Marsh qui fument des cigarettes, répliqua Eddie.

— Beverly n'est pas une crétine, intervint Ben d'un ton sans réplique. Fais gaffe à ce que tu dis, Eddie.

— Bip-bip, les mecs, fit Bill d'un ton absent. Et à propos de B-Beverly, elle est ru-rudement costaud. Elle p-pourrait nous d-donner un coup de m-main pour cette p-p-porte. »

Ben demanda quel genre de bois c'était.

« De l'a-a-acajou, je c-crois.

— Quelqu'un a balancé une porte *en acajou* ? » s'exclama Ben, estomaqué mais non incrédule.

« Les gens jettent absolument n'importe quoi, dit Mike. Moi, ça me tue d'aller dans cette décharge. Ça me tue vraiment.

— Ouais, convint Ben. Y a des tas de trucs qu'on pourrait facilement réparer. Et dire qu'il y a des gens en Asie et en Afrique qui n'ont rien ! C'est ce que dit ma mère.

— On trouve des gens qui n'ont rien ici, dans le Maine, mon bon monsieur, remarqua, très sérieux, Richie.

— Qu'est-ce que c-c'est q-que ce t-truc ? » demanda Bill qui venait d'apercevoir l'album. Mike le lui expliqua, et dit qu'il montrerait la photo où figurait le clown lorsque Stan et Beverly seraient de retour avec les gonds.

Bill et Richie échangèrent un regard.

« Qu'est-ce qu'il y a ? demanda Mike. C'est à cause de ce qui est arrivé dans la chambre de ton frère, Bill ?

— Ouais », répondit Bill qui ne s'expliqua pas davantage.

Ils travaillèrent chacun leur tour dans la fosse jusqu'au retour de Stan et Beverly. Pendant que Mike parlait, Ben resta assis en tailleur et bricola des trappes qui s'ouvraient dans deux des plus fortes planches. Seul Bill, peut-être, remarqua à quelle vitesse et avec quelle aisance bougeaient ses doigts ; ils avaient la précision et la sûreté de ceux d'un chirurgien. Bill était admiratif.

« Certaines de ces images remontent à plus de cent ans, d'après mon père, leur expliqua Mike, l'album ouvert sur les genoux. Il les trouve dans les ventes aux enchères que les gens font dans leur garage, ou chez des brocanteurs. Parfois il en échange avec d'autres collectionneurs. Il y en a même en relief, et il faut cet appareil comme des jumelles pour les voir.

— Qu'est-ce qui l'intéresse, là-dedans ? » demanda Beverly. Elle portait un jean ordinaire, si ce n'est qu'elle avait cousu deux bandes de tissu à motif aux revers, ce qui leur donnait un petit air fantaisie.

« Ouais, Derry, c'est plutôt la barbe, en général, dit Eddie.

— Eh bien, je ne sais pas exactement, mais je crois que c'est parce qu'il n'est pas né ici, répondit Mike, non sans hésiter. C'est un peu comme... tout est nouveau pour lui... vous comprenez, comme s'il était arrivé au milieu d'un film...

— On v-veut voir le dé-début, ouais, dit Bill.

— C'est ça. Il y a toute une histoire de Derry, vous savez. Moi aussi, ça m'intéresse. Et je crois que ça a quelque chose à voir avec la chose, le Ça, puisque vous voulez l'appeler ainsi. »

Il regarda vers Bill et celui-ci acquiesça, songeur.

« C'est pourquoi je l'ai regardé après la parade du 4 Juillet ; je savais. Tenez, regardez. »

Il ouvrit l'album, le feuilleta et le tendit à Ben, assis à sa droite.

« Ne t-touchez p-pas aux pages ! » s'écria Bill avec une telle intensité qu'il les fit tous sursauter. La main qui avait eu les doigts coupés était maintenant serrée en un poing, vit Richie. Un poing farouche, protecteur.

« Bill a raison », dit à son tour Richie. Le ton de sa voix lui ressemblait tellement peu qu'il parut d'autant plus convaincant. « Faites attention. C'est comme Stan l'a dit. Si nous l'avons vu se produire, vous pouvez le voir aussi.

— Le sentir », compléta Bill.

L'album passa de main en main, chacun le prenant avec la plus extrême précaution, comme un vieux paquet de dynamite qui aurait sué des gouttes de nitroglycérine.

Il revint à Mike, qui l'ouvrit sur l'une des premières pages.

« Papa dit qu'il n'y a aucun moyen de dater ce dessin, mais il remonte probablement au début du XVIIIᵉ siècle, commença-t-il. Il a réparé la scie à ruban d'un type en échange d'une caisse pleine de vieux bouquins et d'images. C'est là qu'il l'a trouvé. Il dit qu'il vaut quarante billets, sinon plus. »

Il s'agissait d'une gravure sur bois, de la taille d'une grande carte postale. Quand ce fut au tour de Bill de l'examiner, il constata avec soulagement que le père de Mike, méticuleux, plaçait ses documents sous des feuilles de plastique transparent. Il regarda, fasciné, et pensa : *Eh bien, voilà. Je le vois — ou plutôt je vois Ça. Je le vois vraiment. C'est le visage de l'ennemi.*

La gravure montrait un type à l'allure comique qui jonglait avec des quilles géantes au milieu d'une rue boueuse, avec quelques maisons de part et d'autre et une poignée de baraques qui devaient être, supposa Bill, des magasins ou des entrepôts commerciaux, il ne savait plus comment on les appelait à l'époque. Ça ne ressemblait en rien à Derry, exception faite du canal ; il y était, pavé avec soin sur les deux bords. À l'arrière-plan, en haut, on voyait un attelage de mules sur le chemin de halage, en train de tirer une péniche.

Un groupe d'une demi-douzaine d'enfants, environ, entourait le personnage comique. L'un d'eux portait un chapeau de paille de paysan ; un autre tenait un cerceau avec le bâton pour le faire rouler — une simple branche d'arbre. On distinguait encore les nœuds de bois à vif, là où les branchettes avaient été coupées grossièrement. *Ce truc-là n'a pas été fabriqué au Japon ou à Taïwan*, songea Bill, fasciné à l'image de ce garçon qu'il aurait pu être, s'il était né quelques générations auparavant.

Le type marrant arborait un large sourire. On ne distinguait pas de maquillage (néanmoins pour Bill ce visage n'était que maquillage), mais il était chauve, à l'exception de deux touffes de cheveux qui se dressaient comme des cornes au-dessus de ses oreilles, et Bill n'eut pas de difficultés à l'identifier. *Deux cents ans, sinon davantage*, se dit-il, tandis qu'il était pris d'un brusque accès de terreur, de colère et d'excitation mêlées. Vingt-sept ans plus tard, dans la bibliothèque de Derry, évoquant ce premier coup d'œil à l'album du père de Mike, il se rendit compte qu'il avait ressenti ce que devait éprouver un chasseur en tombant sur les premières déjections récentes d'un vieux tigre mangeur d'hommes. *Deux cents ans... si longtemps, et Dieu seul sait depuis combien plus de temps encore.* Cela le conduisit à se demander depuis quand l'esprit de Grippe-Sou le Clown hantait Derry — mais il n'eut pas envie d'explorer davantage cette voie.

« Donne-le-moi, Bill ! » disait Richie ; mais Bill conserva l'album quelques instants de plus, ne pouvant détacher les yeux de la gravure, sûr qu'elle allait s'animer : les quilles (s'il s'agissait bien de quilles) allaient s'élever et retomber, les gamins s'esclafferaient et applaudiraient, les mules qui tiraient la péniche franchiraient la limite de l'image. Certains des enfants, loin de rire et d'applaudir, crieraient et s'enfuiraient, peut-être.

Mais rien ne se produisit, et Mike tendit l'album à Richie.

Quand il revint à Mike, celui-ci tourna d'autres pages. « Ici, dit-il. Celle-là date de 1856, quatre ans avant l'élection de Lincoln à la présidence. »

L'album circula de nouveau. Il s'agissait d'une image en couleurs — sorte de dessin humoristique — où l'on voyait un groupe d'ivrognes devant un saloon qui écoutaient un gros politicien aux favoris en côtelettes d'agneau, en train de discourir, juché sur une planche posée sur deux barriques. Il tenait une chope de bière débordant de mousse à la main ; la planche pliait considérablement sous son poids. À quelque distance, un groupe de femmes en bonnet contemplait avec réprobation cette démonstration d'intempérance et de bouffonnerie. En dessous, une légende disait : À DERRY LA POLITIQUE DONNE SOIF, DÉCLARE LE SÉNATEUR GARNER !

« Papa dit que ce genre d'images était très populaire avant la guerre de Sécession, dit Mike. On les appelait " cartes de fous " et les gens se les envoyaient. Elles étaient comme les blagues dans *Mad*, au fond.

« — C'étaient des d-dessins sa-satiriques.

— Ouais. Mais regarde donc dans le coin de celui-ci. »

L'image rappelait également *Mad,* mais d'une autre manière ; elle était remplie de détails comme une page de Mort Drucker dans la partie cinéma du magazine. On voyait un gros bonhomme versant de la bière dans la gueule d'un chien tacheté ; une femme tombée sur le derrière au milieu d'une flaque ; deux petits voyous qui glissaient en douce des allumettes soufrées dans les semelles d'un homme d'affaires à la mine prospère ; une fille se balançant à un orme et qui exhibait ses sous-vêtements. Mais en dépit du fouillis de détails qui composaient ce dessin, Mike n'eut besoin de montrer à personne où se trouvait le clown. Habillé d'une pesante tenue à carreaux de tambour, il jouait au bonneteau avec un groupe de bûcherons ivres. Il clignait de l'œil à l'adresse de l'un d'eux, qui, à en juger par son expression étonnée et sa bouche grande ouverte, venait de soulever la mauvaise carte. Le clown-tambour se faisait donner une pièce.

« Encore lui, dit Ben. Environ... un siècle après, non ?

— À peu près, oui. Et en voici une autre de 1891. »

Il s'agissait cette fois d'une première page du *Derry News.* HOURRA ! proclamait avec exubérance la manchette. DÉMARRAGE DES ACIÉRIES ! En dessous, un sous-titre disait : *Toute la ville au pique-nique d'inauguration.* Le dessinateur avait immortalisé l'instant où avait été coupé le ruban à l'entrée des aciéries Kitchener. Un bonhomme en jaquette et haut-de-forme brandissait une paire d'énormes ciseaux au-dessus du ruban, en présence d'une foule d'environ cinq cents personnes. Sur la gauche se tenait un clown — leur clown — lancé dans une acrobatie devant un groupe d'enfants ; l'artiste l'avait saisi au moment où il rebondissait sur les mains, si bien que son sourire avait l'air d'un cri.

Bill passa rapidement le livre à Richie.

L'image suivante était une photo sous-titrée par Will Hanlon : FIN DE LA PROHIBITION À DERRY — 1933. Les garçons n'avaient qu'une vague idée de ce qu'avait été la prohibition, mais le document parlait de lui-même ; il avait été pris devant le Wally's Spa, dans le Demi-Arpent d'Enfer. Le débit était plein à craquer d'hommes en chemise blanche à col ouvert, d'autres en tenue de bûcheron, d'autres en costume de banquier. Tous brandissaient verres et bouteilles d'un air de victoire. Deux calicots annonçaient en grandes lettres : BIENVENUE FRÈRE GNOLE et CE SOIR BIÈRE GRATUITE ! Le clown, habillé en mauvais garçon caricatural (chaussures blanches, guêtres, pantalon étroit), un pied sur le marchepied d'un coupé, buvait du champagne dans la chaussure à talon aiguille d'une femme.

« Mille neuf cent quarante-cinq », dit Mike.

De nouveau le *Derry News*. Manchette : REDDITION DU JAPON. FINI ! GRÂCE À DIEU, FINI ! Une parade zigzaguait le long de Main Street en direction de Up-Mile Hill. Le clown se trouvait au second plan, avec son costume d'argent aux boutons orange, immobilisé dans l'entrecroisement de points du bélino, et paraissait suggérer — au moins aux yeux de Bill — que rien n'était terminé, que personne ne s'était rendu, que rien n'était gagné, qu'on en était toujours au point zéro, et surtout, que tout était perdu d'avance.

Bill eut une impression de froid, de peur.

Soudain, les points de l'image disparurent et elle commença à bouger.

« R-regardez ! s'exclama Bill, le mot tombant de sa bouche comme un glaçon en train de fondre. *Tous ! R-Regardez-m-moi tous Ça !* »

Ils se massèrent autour de lui.

« Oh, mon Dieu ! murmura Beverly, épouvantée.

— C'est Ça ! » cria presque Richie en tambourinant du poing sur le dos de Bill, tant il était excité. Il regarda le visage blanc et tiré d'Eddie, celui, pétrifié, de Stan Uris. « C'est ce que nous avons vu dans la chambre de Georgie ! C'est exactement ce que...

— Chut ! dit Ben. Écoutez ! » Puis il ajouta, presque en sanglots : « On peut les entendre, Seigneur, on peut les entendre ! »

Et dans le silence que rompait à peine la brise légère de l'été, ils se rendirent tous compte que c'était vrai. La clique jouait un air martial, ténu à cause de la distance... ou du passage du temps... ou de quoi que ce fût. Les cris de la foule étaient comme le son qui sort d'un poste mal réglé. On entendait aussi de petits bruits secs, faisant penser à des claquements de doigts étouffés.

« Des pétards, murmura Beverly qui se passa devant les yeux des mains qui tremblaient. Ce sont des pétards, non ? »

Personne ne répondit. Ils scrutaient la photo, la figure mangée par les yeux.

La parade s'avançait vers eux, mais juste au moment où les premiers rangs allaient atteindre le point où ils auraient dû sortir du cadre et pénétrer dans un monde plus vieux de treize ans, ils disparurent, comme avalés par quelque courbe invisible. Les autres suivirent, tandis que la foule se déplaçait. Confettis et pages d'annuaire tombaient en pluie des immeubles de bureaux qui bordaient la rue. Le clown faisait des cabrioles et des sauts périlleux le long du défilé, mimant un tireur, un salut militaire. Et Bill, pour la première fois, remarqua que les gens s'écartaient de lui, non pas tout à fait comme s'ils l'avaient vu, mais plutôt comme s'ils avaient senti un courant d'air ou une mauvaise odeur.

Seuls les enfants le voyaient — et s'en éloignaient.

Ben tendit la main vers l'image mouvante, comme l'avait fait Bill dans la chambre de George.

« N-N-NON ! cria Bill.

— Je crois que ça ne risque rien, Bill. Regarde. » Et Ben posa quelques instants sa main sur le revêtement de plastique.

« Mais si on enlevait la protection... »

Beverly poussa un cri. Le clown avait abandonné son numéro quand Ben avait retiré sa main. Il se ruait vers eux, maintenant, sa bouche ensanglantée se tordant en grimaces et ricanements. Bill fit aussi la grimace mais ne s'écarta pas pour autant du livre, car il pensait que le clown allait disparaître comme la parade avec ses soldats, sa clique, ses scouts et la Cadillac exhibant Miss Derry 1945.

Mais il ne s'évanouit pas selon la courbe qui semblait délimiter cette ancienne existence. Au lieu de cela, il bondit avec une grâce effrayante sur un réverbère au tout premier plan de la photo, sur la gauche. Il l'escalada comme un singe et son visage vint soudain se presser contre la solide feuille de plastique qui recouvrait chacune des pages de l'album de Will Hanlon. Beverly cria de nouveau, imitée cette fois par Eddie qui ne poussa qu'un faible couinement. Le plastique se déforma : tous, plus tard, durent admettre l'avoir vu se gonfler. Le bulbe rouge de son nez s'aplatit, comme lorsque l'on s'appuie contre une vitre.

Le clown riait et criait : « *Tous vous tuer ! Essayez de m'arrêter et je vous tuerai tous ! Vous rendrai fou et vous tuerai tous ! Pouvez pas m'arrêter ! Je suis le bonhomme en pain d'épice ! Je suis le loup-garou des adolescents !* »

Et pendant un instant, il fut le loup-garou — une tête de lycanthrope argentée par le clair de lune les observant à la place de celle du clown, babines retroussées sur des crocs.

« *Pouvez pas m'arrêter, je suis le lépreux !* »

C'était maintenant le visage hanté et pelé du lépreux, couvert de plaies purulentes qui les regardait avec les yeux d'un mort-vivant.

« *Pouvez pas m'arrêter, je suis la momie !* »

Le visage du lépreux se mit à vieillir et à se couvrir de fissures. D'antiques bandelettes se détachèrent à moitié de sa peau et se pétrifièrent ainsi. Ben détourna à demi la tête, blanc comme un linge, une main collée à l'oreille.

« *Pouvez pas m'arrêter, je suis les garçons morts !* »

« *Non !* » hurla Stan Uris. Pris dans deux croissants de chair meurtrie, ses yeux s'exorbitèrent — *choc somatique*, pensa Bill, hagard. Il utiliserait l'expression dans un roman, douze ans plus tard, sans la moindre idée de son origine, se contentant de l'adopter comme le font les écrivains de ces cadeaux qui arrivent des espaces extérieurs

(autres espaces)

d'où viennent parfois les bonnes expressions.

Stan lui arracha l'album des mains et le referma sèchement, pressant si fort les deux couvertures que les tendons de ses avant-bras et de ses poignets saillaient. Il se mit à dévisager les autres avec dans les yeux quelque chose de presque dément. « Non, non, non, non, non », répéta-t-il rapidement.

Et Bill se rendit soudain compte que les dénégations répétées de Stan l'inquiétaient davantage que le clown ; il comprit que c'était précisément le genre de réaction que Ça cherchait à provoquer, parce que...

Parce qu'il a peut-être peur de nous... Ça a peut-être peur pour la première fois de sa longue, longue vie.

Il saisit Stan aux épaules et le secoua sèchement par deux fois, sans le lâcher. Les dents du garçon s'entrechoquèrent et il laissa échapper l'album. Mike le ramassa et le déposa plus loin, vivement, peu enclin à le toucher après ce qu'il avait vu. Mais ce n'en était pas moins la propriété de son père, et il comprenait, intuitivement, que celui-ci ne verrait jamais ce qu'il venait de voir lui-même.

« Non, dit Stan doucement.

— Si, dit Bill.

— Non.

— Si. Nous l'a-a...

— Non.

— a-vons t-tous vu, Stan, termina Bill en regardant les autres.

— Si, dit Ben.

— Si, dit Richie.

— Si, dit Mike, oh, si !

— Si, dit Beverly.

— Si », réussit à gargouiller Eddie avant que sa gorge ne se referme davantage.

Bill regarda Stan, l'obligeant à ne pas détourner les yeux. « Ne t-te laisse pas a-avoir par Ça, m-mec. T-Tu l'as vu, t-toi aussi.

— Je ne voulais pas ! » gémit Stan. Des perles de sueur huileuses brillaient à son front.

« Mais t-tu l'as v-vu. »

Stan les dévisagea tous, tour à tour. Il passa les mains dans ses cheveux courts et poussa un profond soupir tremblé. La pointe de folie qui avait tant inquiété Ben parut disparaître de son regard.

« Oui, dit-il, d'accord. Oui, c'est ce que vous voulez ? Oui. »

Bill pensa : *Nous sommes toujours ensemble. Ça ne nous a pas arrêtés. Nous pouvons toujours tuer Ça. Nous pouvons toujours le tuer... si nous sommes courageux.*

Bill parcourut à son tour les visages qui l'entouraient et découvrit quelque chose de l'hystérie de Stan dans chaque paire d'yeux. Pas aussi manifeste, mais là tout de même.

« Ou-Ouais », dit-il avec un sourire qui s'adressait à Stan. Au bout d'un instant, Stan lui rendit son sourire et ce qu'il y avait d'encore horrifié dans son regard disparut. « C'est ce-ce que n-nous voulons, espèce d'i-idiot.

— Bip-bip, gros malin », répliqua Stan, et tous éclatèrent de rire. Un rire nerveux et hystérique, certes, mais qui valait mieux que pas de rire du tout, admit Bill.

« A-Allons ! fit-il, parce qu'il fallait bien que quelqu'un dise quelque chose. Fi-Finissons le C-Club souterrain. D'a-accord ? »

Il lut de la gratitude dans leurs yeux, mais la joie qu'il en éprouva fut de peu d'effet sur l'horreur qu'il ressentait. En fait, il y avait dans cette gratitude quelque chose qui lui donnait envie de les haïr. Pourrait-il jamais exprimer sa propre terreur, sans risquer de faire sauter les fragiles soudures qui maintenaient leur cohésion ? Était-il seulement juste de penser cela ? Car, au moins dans une certaine mesure, il se servait d'eux, ses amis ; il risquait leur vie pour venger son frère mort. Mais n'y avait-il pas autre chose ? Si : car George était mort, et ce n'était qu'au nom des vivants qu'on pouvait exercer une vengeance. N'était-il donc pas, en fin de compte, qu'un simple petit morveux égoïste agitant son épée de bois et essayant de se faire passer pour le Roi Arthur ?

Oh, Seigneur, grogna-t-il en lui-même, *si ce sont là les trucs auxquels pensent les adultes, je préfère ne jamais grandir !*

Sa détermination était toujours aussi forte, mais s'était chargée d'amertume.

Oui, d'amertume.

CHAPITRE 15

La cérémonie de la petite fumée

1

Richie Tozier repousse ses lunettes sur son nez (un geste qui déjà lui paraît parfaitement familier, même si cela fait vingt ans qu'il porte des verres de contact) et constate avec stupéfaction que l'atmosphère de la salle s'est transformée pendant que Mike leur rapportait ses mésaventures avec l'oiseau, dans l'aciérie en ruine, et leur rappelait comment la photo s'était animée dans l'album de son père.

Richie a senti une sorte d'énergie démente et roborative monter et croître. Il a pris de la cocaïne huit ou neuf fois au cours des deux dernières années — surtout pendant des soirées ; il faut se méfier de la coke, en particulier quand on est un disc-jockey en vue — et la sensation était presque la même. Sauf que celle qu'il éprouve aujourd'hui lui semble plus pure, avoir quelque chose de plus fondamental ; c'est comme une impression d'enfance, celle qu'il ressentait quotidiennement et qui lui paraissait alors aller de soi. Il suppose que s'il avait pu jamais s'interroger sur ce flux souterrain d'énergie, étant enfant (il ne se souvient pas l'avoir fait), il l'aurait considéré comme parfaitement naturel, comme la couleur de ses yeux et ses horribles doigts de pieds trop gros.

Mais cela ne s'est pas avéré. Cette énergie dans laquelle on puise avec tant de profusion quand on est enfant, cette énergie qui paraît inépuisable, elle disparaît en douce entre dix-huit et vingt-quatre ans pour être remplacée par quelque chose qui n'en a pas l'éclat, loin s'en faut, et d'aussi factice qu'une euphorie à la coke : des intentions ou des buts, peu importe le terme, c'est l'esprit chambre de commerce.

Ça se passe sans histoires, la disparition n'est pas instantanée, elle ne s'accompagne d'aucun éclat. Et peut-être, se dit Richie, est-ce là ce qui fait le plus peur. Cette façon de ne pas arrêter d'un seul coup d'être un enfant, avec un gros boum ! *comme un de ces ballons de clown qui explosent pour les besoins d'un gag. L'enfant qui est en soi fuit comme crève un pneu sans chambre : lentement. Un jour, on se regarde dans un miroir, et c'est un adulte qui vous renvoie votre regard. On peut continuer à porter des blue-jeans, à écouter Bruce Springsteen, on peut se teindre les cheveux, mais dans le miroir, c'est toujours un adulte qui vous regarde. Peut-être que tout se passe pendant le sommeil, comme la visite de la petite souris, la fée des dents de lait.*

Non, *pense-t-il,* pas la fée des dents de lait, la fée de l'Âge.

Il rit de l'absurdité de cette image, tout fort, et lorsque Beverly l'interroge du regard, il agite la main. « Ce n'est rien, mon chou, juste une idée stupide. »

Mais maintenant cette énergie est de retour. Non, pas entièrement, mais en cours de reconstitution. Et il n'est pas seul en cause ; il la sent qui remplit la salle. Pour la première fois depuis ce déjeuner épouvantable où ils se sont tous retrouvés, Mike lui paraît aller bien. Lorsque Richie est arrivé dans la salle de réception du restaurant et qu'il y a vu Mike assis avec Ben et Eddie, il a ressenti un choc et s'est dit : Voici un homme en train de devenir fou, peut-être bientôt prêt à se suicider. *L'impression a disparu ; elle ne s'est pas simplement sublimée, elle a vraiment disparu. Assis ici, Richie vient de voir ce qu'il en restait s'évanouir au fur et à mesure que Mike revivait les épisodes de l'oiseau et de l'album. Ses batteries se sont rechargées. Il en est de même pour tous. Cela se lit sur leur visage, dans leur voix, dans leurs gestes.*

Eddie se prépare un autre gin au jus de prune. Bill se verse une nouvelle rasade de bourbon et Mike ouvre une deuxième bière. Beverly jette un bref coup d'œil à la grappe de ballons que Mike a attachée à l'appareil à microfilms et finit hâtivement sa vodka-orange. Tous ont bu avec enthousiasme, mais aucun n'est ivre. Richie ignore d'où provient cette énergie, mais en tout cas ce n'est pas de la bouteille.

LES NÈGRES DE DERRY SIFFLÉS PAR L'OISEAU : *bleus.*

LES RATÉS RATENT TOUJOURS MAIS STAN URIS NE S'EST PAS RATÉ : *orange.*

C'est finalement Eddie qui rompt le silence. « Que pensez-vous que Ça sache au juste de ce que nous tramons ? demande-t-il.

— Ça... il était présent, non ? dit Ben.

— Je ne suis pas sûr que cela veuille dire quelque chose », répond Eddie.

Bill acquiesce. « Ce ne sont que des images. Rien ne prouve que Ça puisse nous voir, ou que Ça sache ce que nous avons l'intention de faire. On peut voir un journaliste à la télé, mais lui ne peut pas nous voir.

— Ces ballons ne sont pas de simples images, remarque Beverly avec un geste du pouce. Ils sont bien réels.

— Et pourtant, ce n'est pas exact, dit Richie ; tous le regardent. Les images sont réelles. Bien sûr. Elles... »

Et soudain, quelque chose se met en place — quelque chose de nouveau — avec une telle force qu'il en porte les mains aux oreilles. Derrière ses lunettes, ses yeux s'agrandissent.

« Oh, mon Dieu ! » s'écrie-t-il. Il cherche à tâtons la table, se redresse à moitié puis retombe sur sa chaise, lourdement. Il renverse sa bière en voulant la prendre, la redresse, et boit ce qu'il en reste. Il se tourne vers Mike tandis que les autres le regardent avec inquiétude.

« La brûlure ! crie-t-il presque. Les yeux qui me brûlaient ! Mike, la brûlure... »

Mike hoche la tête, un demi-sourire aux lèvres.

« R-Richie ? demande Bill. De q-quoi s'agit-il ? »

Mais Richie l'entend à peine. La force du souvenir le balaie comme une vague, le faisant passer par des alternatives de chaud et de froid, et il comprend brusquement pour quelle raison ces souvenirs sont remontés un par un. Si tout lui était revenu d'un coup, il aurait subi l'équivalent psychologique d'une détonation d'arme à feu déclenchée à deux centimètres de son oreille — de quoi vous faire sauter le haut du crâne.

« On l'a vu venir, dit-il à Mike. On l'a vu venir, n'est-ce pas ? Toi et moi... ou bien juste moi ? (Il saisit la main de Mike, posée sur la table.) L'as-tu vu, toi aussi, ou moi seulement ? L'incendie de forêt ? Le cratère.

— Je l'ai vu », répond paisiblement Mike en serrant la main de Richie, qui ferme un instant les yeux. Il lui semble n'avoir jamais ressenti une aussi chaude et puissante impression de soulagement de sa vie, même pas quand le vol de la PSA, au décollage, a dérapé audehors de la piste et s'est arrêté là, sans casse ; quelques bagages à main étaient simplement tombés des casiers. Il avait bondi jusqu'à la sortie d'urgence et aidé une femme à quitter l'avion. La femme s'était foulé une cheville en courant dans l'herbe ; elle riait et n'arrêtait pas de dire : « Je n'arrive pas à croire que je suis vivante, je n'y arrive pas ! » Sur quoi Richie, qui la portait à moitié d'un bras et qui de l'autre faisait signe aux pompiers, dont les gestes leur enjoignaient de

s'éloigner de l'appareil, avait répondu : « D'accord, vous êtes morte, morte, est-ce que vous vous sentez mieux, maintenant ? » Et tous deux avaient ri comme des fous... un rire de soulagement. Mais le soulagement qu'il éprouve en ce moment est encore plus grand.

« De quoi parlez-vous, les gars ? » demande Eddie en les regardant tour à tour.

Richie interroge Mike du regard, mais celui-ci secoue la tête. « C'est à toi, Richie. J'ai déjà assez parlé pour la soirée.

— Vous ne le savez pas ou vous l'avez oublié, car vous étiez partis, explique Richie aux autres. Mikey et moi avons été les deux derniers Injuns dans la petite fumée.

— La petite fumée, répète Bill songeur, le regard perdu.

— La sensation de brûlure dans mes yeux, sous mes lentilles de contact... je l'ai ressentie tout de suite après le coup de fil de Mike en Californie. J'ignorais alors ce que c'était, mais maintenant je le sais. C'était la fumée. Une fumée vieille de vingt-sept ans. » Il se tourne vers Mike. « Psychologique ? Psychosomatique ? Quelque chose remonté de l'inconscient ?

— Je ne dirais pas cela, répond tranquillement Mike. Mais plutôt que la sensation avait la même réalité que les ballons ou que la tête que j'ai vus dans le frigo, ou que le cadavre de Tony Tracker vu par Eddie. Explique-leur, Richie.

— C'était quatre ou cinq jours après l'incident de l'album du père de Mike. Peu après la mi-juillet, très probablement. Le Club souterrain était achevé. Mais... la petite fumée, c'était ton idée, Meule de Foin. Tu avais trouvé ça dans un de tes bouquins. »

Ben a un léger sourire et acquiesce.

Richie pense : Il faisait très gris ce jour-là ; pas de vent. De l'orage dans l'air. Comme le jour, un mois plus tard environ, où nous avons formé le cercle dans la rivière et où Stan a entaillé nos mains avec cet éclat d'une bouteille de Coke. L'atmosphère était comme écrasée au sol, dans l'attente d'un événement, et plus tard, Bill a dit que c'est devenu suffocant aussi rapidement parce qu'il n'y avait aucun appel d'air.

Le 17 juillet, oui, le 17. Le jour de la petite fumée. Un mois après le début des vacances et alors que le noyau des Ratés — Bill, Eddie et Ben — s'était formé dans les Friches. Voyons..., pense Richie, les prévisions météo pour cette journée vieille de presque vingt-sept ans... Je peux dire ce qu'elles annonçaient avant de les avoir lues. Richard Tozier, ou le Grand Mentaliseur. « Chaud, humide, risque d'orages. Surveiller les visions qui peuvent naître de la petite fumée... »

Cela se passait deux jours après la découverte du corps de Jimmy Cullum, le lendemain du jour où Mr. Nell était redescendu dans les Friches et s'était assis juste au-dessus du Club sans s'en douter un instant car le toit avait été installé et Ben en personne avait veillé à son camouflage. À moins de se mettre à quatre pattes et de tout examiner à la loupe, jamais on n'aurait pu deviner quoi que ce fût. Comme le barrage, le Club souterrain de Ben avait été un succès retentissant, mais cette fois-ci, Mr. Nell n'en sut rien.

Il les avait interrogés avec soin, officiellement, notant toutes les réponses dans son carnet noir, mais ils n'avaient que peu de chose à déclarer — du moins en ce qui concernait Jimmy Cullum — et le policier était reparti en leur rappelant une fois de plus qu'ils ne devaient jamais venir jouer seuls dans les Friches, au grand jamais. Sans doute les en aurait-il chassés si on avait cru, au département de police de Derry, que le petit Cullum avait été tué ici ; mais tout le monde savait bien qu'avec ce système d'égouts et de canalisations, tout finissait par y être rejeté.

Mr. Nell était venu le 16, oui, par une journée également chaude et humide, mais ensoleillée. Le ciel s'était couvert le 17.

« Vas-tu nous parler ou non, Richie ? » demande Bev. Elle esquisse un sourire, les lèvres pleines, maquillées en rouge-rose pâle, le regard animé.

« Je me demandais par où commencer », répond-il en enlevant ses verres qu'il essuie sur un pan de chemise. Et tout d'un coup, il sait : au moment où le sol s'est ouvert devant lui et Bill. Il connaissait pourtant le Club, mais ça l'impressionnait toujours de voir cette fente noire s'entrebâiller dans la terre.

Il se souvient que Bill l'avait pris sur le porte-bagages de Silver à leur point de rendez-vous habituel de Kansas Street, puis comme ils avaient rangé la bicyclette sous le pont. Il se souvient de leur marche jusqu'à la petite clairière, sur un sentier si étroit qu'il fallait avancer de profil par moments dans l'enchevêtrement des broussailles — on était en plein été et la végétation des Friches était à son apogée. Il se souvient des claques qu'il se donnait pour chasser les moustiques qui zonzonnaient à ses oreilles, de quoi rendre fou ; il se souvient même de Bill disant (oh, comme tout lui revient avec clarté, non pas comme si c'était arrivé hier, mais comme si c'était en train de se produire) :

« B-Bouge pas, R-R-

2

« Richie, y a-a un g-gros ba-balèze sur ton c-cou.

— Oh, bon Dieu ! » s'exclama Richie qui détestait les moustiques.
Des saloperies de petits vampires volants, pas autre chose. « Tue-le,
Bill. »

La main de Bill s'abattit sur la nuque de son ami.

« Houlà !

— Re-regarde. »

Un moustique écrasé gisait au cœur d'une tache irrégulière de sang
dans la paume de Bill. *Mon sang, que j'ai versé pour toi et pour bien
d'autres*, pensa Richie. « Beurk, fit-il.

— T'en f-fais pas. Ce pe-petit b-branleur ne redansera p-plus
jamais le t-tango. »

Ils poursuivirent leur chemin ponctué de gifles (pour les moustiques) et de moulinets (contre les nuages de mouches noires sans
doute attirées par leur odeur de transpiration).

« Quand vas-tu parler aux autres des balles en argent, Bill ? »
demanda Richie au moment où ils approchaient de la clairière. « Les
autres » étaient en l'occurrence Bev, Eddie, Mike et Stan, même s'ils
se doutaient que ce dernier soupçonnait quelque chose. Stan était
brillant, trop brillant pour son propre bien, se disait parfois Richie. Il
avait pratiquement paniqué le jour où Mike avait amené l'album de
son père et Richie aurait parié, sur le coup, que le Club des Ratés
allait perdre un membre et devenir un sextuor. Stan avait néanmoins
fait sa réapparition, le lendemain, et Richie l'en respectait d'autant
plus. « Tu vas leur dire aujourd'hui ?

— N-Non, pas aujourd'hui.

— T'as peur que ça ne marche pas, hein ? »

Bill haussa les épaules et Richie, qui fut peut-être celui qui comprit
le mieux Bill Denbrough jusqu'à l'arrivée d'Audra Phillips dans la vie
de ce dernier, eut l'intuition de tout ce qu'il lui aurait répondu s'il n'y
avait eu la barrière de son bégaiement : que les gosses qui fondent des
balles d'argent, c'est des trucs romanesques, des trucs de BD,
même... en un mot, que c'était que dale. Bien sûr, ils pouvaient
toujours essayer. Dans un film, ça marcherait, ouais. Mais...

« Alors ?

— J'ai une i-i-idée. Plus s-simple. Mais seulement si B-Be-verly...

— Si Beverly quoi ?

— L-Laisse tomber. »

Et Bill n'en dit pas plus sur la question.

Ils pénétrèrent dans la clairière. En y regardant de près, on aurait peut-être remarqué que l'herbe avait un air légèrement piétiné ; on aurait pu même se dire qu'il y avait quelque chose d'artificiel — presque un peu trop bien disposé — dans la façon dont étaient éparpillées feuilles et aiguilles de pin sur le gazon. Bill ramassa l'emballage d'une confiserie (venant sans aucun doute de Ben) et le mit machinalement dans sa poche.

Au moment où les garçons allaient atteindre le milieu de la clairière, un fragment de sol d'une trentaine de centimètres se souleva dans un désagréable grincement de charnières, révélant une paupière noire. Des yeux apparurent sur ce fond de ténèbres et Richie ne put retenir un frisson. Mais ce n'étaient que ceux d'Eddie Kaspbrak, à qui il rendrait visite, une semaine plus tard, à l'hôpital, Eddie qui entonna d'une voix creuse : « Qui heurte si fort à ma porte ? »

Rires étouffés d'en dessous, bref éclair d'une lampe de poche.

« Cé sonne les *rurales*, Señor, répondit Richie (qui s'était accroupi et tortillait une moustache invisible) en prenant sa voix Pancho Vanilla.

— Ah oui ? fit Beverly. Montrez-nous vos insignes.

— Nos cent signès ? cria Richie, ravi. Nous n'avons pas béssoin, dé cent signès ! Ouné seul souffit !

— Va te faire foutre, Pancho ! » répliqua Eddie en refermant sèchement la grosse paupière. D'autres rires étouffés montèrent du sol.

« *Sortez tous les mains en l'air !* » gronda Bill d'une voix basse et autoritaire d'adulte. Il se mit à piétiner lourdement le toit de gazon du Club. C'est à peine si l'on voyait bouger le sol sur son passage ; ils avaient fait du bon travail. « *Vous n'avez pas l'ombre d'une chance !* » reprit-il sur le même ton, se voyant lui-même comme l'intrépide Joe Friday de la police de Los Angeles. « *Sortez tous de là, bande de rats ! Ou bien on ouvre le feu !* »

Il sauta lourdement sur place pour accentuer l'effet. Cris et rires d'en dessous. Bill souriait, sans se rendre compte que Richie l'observait attentivement — non pas comme un enfant regarde un autre enfant, mais, pendant un bref instant, comme un adulte regarde un enfant.

Il ne sait pas qu'il ne le fait pas toujours, pensa Richie.

« Laisse-les entrer, Ben, avant qu'ils démolissent tout », dit Bev. Bientôt s'ouvrit une trappe comme une écoutille de sous-marin. La tête de Ben apparut, toute rouge. Richie comprit aussitôt que Ben devait être assis à côté de Beverly.

Bill et Richie descendirent par la trappe que Ben referma Ils

étaient tous réunis, assis contre les parois de planches, genoux
remontés, la lumière de la lampe de poche de Ben révélant mal les
visages.

« A-Alors, qu'est-ce qui s-se p-pa-passe ? demanda Bill.

— Pas grand-chose », répondit Ben. Il était bien assis à côté de
Beverly, et si sa figure était écarlate, il avait aussi l'air heureux. « On
était juste...

— Dis-leur, Ben, l'interrompit Eddie. Dis-leur l'histoire ! Faut
voir ce qu'ils en pensent.

— Ce ne serait pas recommandé pour ton asthme », remarqua
Stan du ton il-faut-bien-qu'il-y-ait-quelqu'un-de-raisonnable-ici.

Richie était assis entre Mike et Ben, mains jointes aux genoux.
L'endroit était délicieusement frais, et avait quelque chose de
délicieusement secret. « De quoi parliez-vous ?

— Ben nous a raconté une histoire de cérémonie indienne,
répondit Bev. Mais Stan a raison ; ça ne serait pas très bon pour ton
asthme, Eddie.

— Ça me fera peut-être rien, objecta Eddie, d'un ton dont
l'assurance, remarqua Richie, lui faisait honneur. En général, les
crises se produisent quand je m'énerve. Je voudrais bien essayer, de
toute façon.

— Mais es-essayer quoi ?

— La cérémonie de la petite fumée, dit Eddie.

— Qu'est-ce q-que c'est ?

— Eh bien, j'ai trouvé ça dans un livre de la bibliothèque, la
semaine dernière, commença Ben. *Fantôme des Grandes Plaines*. Il
parle des tribus indiennes qui vivaient dans l'Ouest, il y a cent
cinquante ans. Les Paioutes, les Pawnees, les Kiowas, les Otoes, les
Commanches. C'est vraiment un bon livre. Qu'est-ce que j'aimerais
aller dans les États où ils vivaient, l'Iowa, le Nebraska, le Colorado,
l'Utah...

— Arrête et parle-nous de la cérémonie de la petite fumée, fit
Beverly en le poussant du coude.

— Oui, d'accord. » Et Richie se dit qu'il aurait répondu la même
chose si Bev lui avait demandé de boire une fiole de poison.

« Presque tous ces Indiens avaient des cérémonies spéciales, et
c'est notre Club souterrain qui m'y a fait penser. À chaque fois qu'ils
avaient des décisions importantes à prendre — s'il fallait ou non
suivre les troupeaux de bisons, trouver de nouvelles sources, ou faire
la guerre à leurs ennemis —, ils creusaient un grand trou, qu'ils
recouvraient de branches en laissant juste un petit passage pour la
fumée. Quand l'installation était terminée, ils allumaient un feu dans

la fosse. Ils se servaient de bois vert pour qu'il y ait beaucoup de fumée, et tous les braves s'asseyaient autour de ce feu. Le trou ne tardait pas à se remplir de fumée. Le livre dit que c'était une cérémonie religieuse, mais on peut aussi parler de compétition, je crois. Au bout d'une demi-journée, à peu près, la plupart des braves en sortaient à quatre pattes, ne pouvant plus supporter la fumée. Il en restait deux ou trois. Ceux-ci, dit-on, avaient des visions.

— Ouais, je crois que j'en aurais aussi si je respirais de la fumée pendant cinq ou six heures, remarqua Mike, ce qui les fit tous rire.

— En principe, ces visions expliquaient à la tribu ce qu'elle devait faire, reprit Ben. Et je ne sais pas si c'est vrai ou non, mais d'après le livre, elles faisaient presque toujours prendre la bonne décision. »

Il y eut un silence et Richie regarda Bill. Il se rendit compte qu'ils le regardaient tous et il eut l'impression, une fois de plus, que l'histoire de la petite fumée de Ben était quelque chose de plus qu'un exemple qu'on prend dans un livre pour ensuite jouer soi-même à l'apprenti chimiste ou magicien. Il le savait, tous le savaient. C'était quelque chose qu'ils étaient censés faire.

Ceux-ci, dit-on, avaient des visions... ces visions faisaient presque toujours prendre la bonne décision.

Richie pensa : *Je parie que si on lui demande, Ben nous dira que c'est tout juste si ce livre ne lui a pas sauté dans les mains. Comme si quelque chose avait voulu lui voir lire celui-ci et pas un autre, pour qu'il nous parle ensuite de la cérémonie de la petite fumée. Parce qu'il y a bien une tribu, ici, non ? Ouais. Nous. Et nous avons bougrement besoin de savoir ce que nous devons faire.*

Cette réflexion en amena une autre : *Tout cela était-il censé arriver ? Depuis le moment où Ben a eu l'idée du Club souterrain au lieu de la cabane dans les arbres, cela devait-il arriver ? Qu'est-ce qui relève de notre initiative, là-dedans, et qu'est-ce qui... vient d'ailleurs ?*

Il se dit que d'une certaine manière, cette idée avait quelque chose de réconfortant. Il était agréable d'imaginer que quelque chose de plus puissant que soi, de plus intelligent que soi, réfléchissait à votre place, comme les adultes font quand ils prévoient les repas, achètent les vêtements et organisent l'emploi du temps des enfants ; et Richie était convaincu que la force qui les avait rassemblés, celle qui s'était servie de Ben pour leur faire connaître la cérémonie de la petite fumée, n'était pas la même que celle qui tuait les enfants. C'était une sorte de contre-force qui s'opposait à... Ça. Néanmoins, il ne trouvait pas très agréable cette impression de ne pas contrôler ses propres actions, d'être dirigé, utilisé.

Tous regardaient Bill ; tous attendaient de voir ce qu'il allait dire.

« V-Vous savez, ça m'a-a l'air p-pas mal du t-tout. »

Beverly soupira et Stan s'agita, mal à l'aise ; ce fut tout.

« P-Pas m-mal du t-tout », répéta Bill en se regardant les mains. Peut-être cela tenait-il à la lumière vacillante de la lampe que Ben tenait à la main, mais Richie trouva que Bill, en dépit de son sourire, était un peu pâle et avait l'air d'avoir très peur ; c'était peut-être aussi son imagination. « U-Une vision peut n-nous être utile pour s-savoir quoi f-faire. »

Et si quelqu'un doit avoir une vision, pensa Richie, *ce sera Bill.* Mais sur ce point il se trompait.

Ben intervint : « Ça ne marche probablement que pour les Indiens, mais on peut toujours essayer.

— Ouais, on va sans doute tous s'évanouir à cause de la fumée et crever dans notre trou, fit Stan d'un ton sinistre. Ça vaudra vraiment le coup.

— Tu ne veux pas, Stan ? demanda Eddie.

— Si, même si je ne suis pas très enthousiaste. » Il soupira. « Vous êtes en train de me rendre cinglé, les mecs, savez-vous ? Quand ? ajouta-t-il en regardant Bill.

— Il ne f-faut ja-jamais remettre à-à plus t-tard... »

Il y eut un silence stupéfait, puis songeur. Finalement Richie se redressa et ouvrit la trappe, laissant pénétrer dans le Club la lumière grise et brillante de cette tranquille journée d'été.

« J'ai ma hachette, dit Ben en le suivant à l'extérieur. Qui veut m'aider à couper un peu de bois vert ? »

En fin de compte, tout le monde donna un coup de main.

                                    3

Il leur fallut environ une heure pour être prêts. Ils coupèrent quatre ou cinq brassées de branchages que Ben débarrassa de leurs feuilles. « Pour fumer, ça devrait fumer, remarqua-t-il. Je me demande même si on arrivera à les faire brûler. »

Beverly et Richie se rendirent sur la rive de la Kenduskeag dont ils ramenèrent plusieurs gros galets, la veste d'Eddie servant de sac. (Sa mère lui donnait toujours une veste, même s'il faisait plus de vingt-cinq degrés ; il pouvait pleuvoir, et avec une veste, le cher petit ne serait pas mouillé.) Au retour, une idée traversa l'esprit de Richie. « Tu ne peux pas participer à la cérémonie, Bev. Tu es une fille. Ben a dit que c'étaient les braves qui descendaient dans le trou, pas les squaws. »

Beverly s'arrêta, et regarda Richie avec une expression où se mêlaient l'amusement et l'irritation. Une mèche de cheveux s'était détachée de sa queue de cheval. Elle avança la lèvre inférieure et souffla, la chassant de son front.

« Je te prends à la lutte quand tu veux, Richie. Tu le sais parfaitement bien.

— Aucun 'appo't, Miss Sca'lett, fit Richie en ouvrant de grands yeux. V' sêtes toujou's une fille et vous se'ez toujou's une fille ! Jamais un b'ave Injun !

— Alors je serai une bravette. Et maintenant on ramène ces cailloux au Club, ou tu préfères que je démolisse ta sale caboche avec ? »

Richie n'avait été qu'à demi sérieux lorsqu'il avait parlé d'exclure Bev de la cérémonie du fait de son sexe, mais apparemment Bill l'était tout à fait.

Elle se tenait debout devant lui, mains sur les hanches, rouge de colère. « Tu ne vas pas t'en sortir comme ça, Bill le Bègue ! Ou je suis dans le coup, ou je ne fais plus partie de votre foutu Club ! »

Patiemment, Ben répondit : « Ce n'est p-pas co-comme ça, Be-Beverly, et t-tu le sais b-bien. Il faut q-que quelqu'un r-reste à-à l'extérieur.

— Pourquoi ? »

Bill voulut répondre, mais sentit son bégaiement empirer ; il se tourna vers Eddie pour chercher de l'aide.

« À cause de ce qu'a dit Stan, expliqua calmement Eddie, à propos de la fumée. Bill dit que ça peut réellement arriver. Qu'on s'évanouisse tous, et qu'on meure. Il dit que c'est ce qui arrive la plupart du temps dans les incendies. Les gens meurent d'asphyxie, pas brûlés. Ils...

— Bon, d'accord, le coupa Bev en se tournant vers lui. Et il veut que quelqu'un reste dehors, c'est ça ? »

L'air d'un chien battu, Eddie acquiesça.

« Dans ce cas, pourquoi ce ne serait pas toi ? C'est toi qui as de l'asthme, pas moi. »

Eddie ne répondit rien. Elle se tourna à nouveau vers Bill. Les autres se tenaient un peu plus loin, regardant la pointe de leurs tennis.

« C'est parce que je suis une fille, hein ? c'est bien ça ?

— Be-Be-Be-Be...

— T'as pas besoin de parler, lança-t-elle sèchement. Hoche la tête si c'est oui. Ta tête ne bégaie pas, je suppose ? C'est parce que je suis une fille ? »

À contrecœur, Bill hocha la tête.

Elle le regarda quelques instants, lèvres tremblantes, et Richie eut l'impression qu'elle était sur le point de pleurer. Au lieu de cela, elle explosa.

« Eh bien, allez vous faire foutre ! » Elle se tourna brusquement vers les autres, et aucun n'osa soutenir son regard. « Allez tous vous faire foutre si vous pensez la même chose ! » Elle revint vers Bill et se mit à parler à toute vitesse : « C'est autre chose tout de même que les petits jeux de gosses comme chat perché, le gendarme et les voleurs ou les cow-boys ! Tu le sais très bien, Bill ! C'est quelque chose que nous devons faire, nous le devons ! La petite fumée en fait partie. Et tu ne vas pas me virer juste parce que je suis une fille, tu comprends ça ? T'as intérêt, parce que sinon, je me barre tout de suite. Et si je pars, c'est définitif. C'est pour de bon. Tu comprends ? »

Elle s'arrêta. Bill la regarda ; il avait l'air d'avoir retrouvé son calme, mais Richie eut peur. Il avait l'impression qu'ils étaient en train de perdre le peu de chances qu'ils avaient de gagner, de trouver un moyen d'en finir avec la chose qui avait tué Georgie Denbrough et les autres enfants, de trouver Ça et de le tuer. Il se dit : *Sept, c'est le nombre magique. Il faut que nous soyons sept. C'est comme ça que cela doit être.*

Quelque part un oiseau chanta, s'interrompit, recommença.

« T-Très b-bien, dit Bill, et Richie poussa un soupir. Mais il f-faut q-que quelqu'un r-reste dehors. Qui v-veut le f-faire ? »

Richie pensa que Stan ou Eddie allaient se porter volontaires, mais personne ne bougea. Eddie ne dit rien, Stan garda un silence songeur et Mike passa les pouces dans sa ceinture comme Steve McQueen dans *Wanted : Dead or Alive*. Ben n'avait même pas relevé la tête.

« A-Allons, les g-gars », dit Bill, et Richie prit conscience que tous les masques étaient tombés, maintenant ; le discours passionné de Bev et l'expression sérieuse et adulte de Bill ne permettaient plus de se faire d'illusions. La cérémonie de la petite fumée faisait partie intégrante des événements et présentait peut-être les mêmes dangers que ceux que Bill et lui-même avaient courus lors de l'expédition au 29, Neibolt Street. Ils le savaient… et personne ne reculait. Il fut soudain très fier d'eux, très fier d'être avec eux. Après tant d'années d'exclusion, il était enfin admis. Étaient-ils encore des ratés ou non ? Il l'ignorait, mais il savait en revanche qu'ils étaient ensemble, qu'ils étaient amis. De sacrés bons amis. Richie enleva ses lunettes et les essuya vigoureusement à un pan de sa chemise.

« Je sais comment faire », dit Beverly en sortant une boîte d'allumettes de sa poche. Elle prit une allumette, l'enflamma et l'éteignit aussitôt ; puis elle en prit six autres intactes, se détourna, et y ajouta l'allumette brûlée, tenant le tout dans son poing fermé. Quand elle leur fit de nouveau face, les sept allumettes, à l'envers, dépassaient de son poing. « Prends-en une, dit-elle en s'adressant tout d'abord à Bill. Celui qui aura l'allumette brûlée restera dehors et se chargera de sortir ceux qui s'évanouiraient. »

Bill la regarda droit dans les yeux. « T-Tu es sûre que c'est ce-ce que tu v-veux ? »

Elle lui sourit, et son visage rayonna. « Ouais, gros bêta, c'est ce que je veux. Et toi ?

— J-Je t'aime, B-Bev », dit-il, et les joues de Beverly s'empourprèrent vivement.

Bill ne parut pas s'en rendre compte. Il étudiait les extrémités des allumettes dépassant de son poing, et finit par en prendre une. Elle était intacte. Bev se tourna vers Ben et lui tendit les six qui restaient.

« Moi aussi je t'aime », déclara Ben, la voix enrouée. Il avait rougi jusqu'à la racine des cheveux et paraissait sur le point d'avoir une attaque. Mais personne ne rit. Un peu plus loin dans les Friches, l'oiseau chanta de nouveau. *Stan sait sûrement de quelle espèce il est*, pensa Richie sans savoir pourquoi.

« Merci », dit-elle avec un sourire, et Ben prit une allumette. Intacte.

Ce fut le tour d'Eddie. Il sourit, un sourire timide d'une extraordinaire douceur qui trahissait une vulnérabilité à fendre le cœur. « Je crois bien que je t'aime, moi aussi, Bev », dit-il en prenant une allumette au hasard. Intacte.

Elle se tourna vers Richie. « Ah, je vous aime, Miss Sca'lett ! » minauda Richie d'une voix suraiguë et avec un geste exagéré des lèvres comme un baiser. Puis il se sentit soudain tout honteux. « Je t'aime vraiment, reprit-il en effleurant ses cheveux de la main. T'es une chouette fille.

— Merci. »

Il prit une allumette et l'examina, convaincu d'avoir tiré la mauvaise. Intacte aussi.

« Je t'aime », dit aussi Stan quand vint son tour ; l'allumette qu'il tira était également intacte.

« C'est entre toi et moi, Mike », dit-elle en lui tendant les deux allumettes restantes.

Il fit un pas en avant. « Je ne te connais pas assez pour t'aimer, dit-il, mais je t'aime tout de même. Tu pourrais donner des leçons de gueulante à ma mère, je crois. »

Tous éclatèrent de rire, et Mike tira son allumette. Intacte.

« En f-fin de compte, ce se-sera toi », dit Bill.

L'air écœuré — toute cette comédie pour rien —, Beverly ouvrit la main.

La tête de la dernière allumette était également intacte.

« T-Tu les as tra-trafiquées ! l'accusa Bill.

— Non, je n'ai rien trafiqué du tout. » Elle avait parlé non pas sur un ton de colère et de protestation, ce qui aurait été suspect, mais sur celui de la plus grande surprise. « Je le jure devant Dieu, je n'ai pas triché. »

Elle leur montra alors sa paume ; tous virent la légère trace noire laissée par le bout charbonneux.

« Bill, je te le jure sur la tête de ma mère ! »

Bill l'étudia quelques instants et acquiesça. Sans se concerter, ils tendirent tous leur allumette à Bill. Aucune des sept n'était brûlée. Stan et Eddie se mirent à examiner le sol de près, mais aucune allumette brûlée n'y traînait.

« Je n'ai pas triché, dit fermement Beverly, sans s'adresser à quiconque en particulier.

— Qu'est-ce que nous faisons, alors ? demanda Richie.

— Nous descendons t-t-tous de-dedans, répondit Bill. P-Parce que c'est ce que n-nous sommes cen-censés f-faire.

— Et si on tombe tous dans les pommes ? » demanda Eddie.

Bill regarda Beverly. « S-Si B-Bev dit la vé-vérité, et elle la d-dit, ça n'a-arrivera p-pas.

— Comment tu le sais ? demanda Stan.

— Je l-le sais, c'est t-tout. »

Le chant de l'oiseau s'éleva de nouveau.

4

Ben et Richie descendirent les premiers, et les autres leur tendirent les galets un par un. Richie les passait à Ben, qui les disposa en cercle au milieu du sol en terre du Club souterrain. « Parfait, dit-il, ça suffit. »

Les autres le rejoignirent, chacun tenant une poignée de bran-chettes prises dans celles qui avaient été préparées. Bill descendit le dernier. Il ferma la trappe et ouvrit la petite fenêtre sur charnières. « V-Voilà, dit-il, ce sera n-notre trou de f-fumée. Est-ce qu'on a d-de quoi l'a-allumer ?

— On peut se servir de ça, dit Mike en tendant une BD toute froissée. Je l'ai déjà lue. »

Bill arracha les pages une à une, avec lenteur et gravité. Les autres étaient alignés le long du mur, épaule contre épaule, genou contre genou. Il régnait une tension à la fois lourde et tranquille.

Bill déposa des brindilles et des branches sur le papier et regarda Beverly. « C'est t-toi qui as les a-allumettes », dit-il.

Elle en enflamma une, petite lueur jaunâtre vacillante, dans la pénombre. « Cette fichue cochonnerie ne va sans doute pas prendre », dit-elle d'une voix qui manquait d'assurance en mettant le feu au papier à plusieurs endroits. Quand la flamme de l'allumette s'approcha trop de ses doigts, elle la jeta au milieu du foyer.

Les flammes s'élevèrent, jaunes, avec des craquements, accusant les reliefs de leurs visages, et dès cet instant-là, Richie n'eut aucun mal à admettre la véracité de la légende indienne ; il se dit qu'il en avait été ainsi en ces temps où l'idée d'un homme blanc n'était rien de plus qu'une rumeur, une histoire à dormir debout, pour ces Indiens qui suivaient des troupeaux de bisons tellement énormes que leur passage secouait la terre comme un séisme. Il se les représentait, Kiowas, Pawnees ou autres, accroupis dans la fosse de la petite fumée, genou contre genou et épaule contre épaule, les yeux sur le feu qui s'enfonçait avec des sifflements dans les plaies qu'il s'ouvrait dans le bois, à l'écoute du léger chuintement régulier de la sève bavant à l'extrémité des tiges humides. Attendant la vision.

Ouais. Assis ici, maintenant, Richie pouvait y croire... et à voir la sombre expression avec laquelle tous contemplaient les flammes en train de dévorer la BD de Mike, il comprenait que chacun le croyait aussi.

Les branches prenaient. Le Club souterrain commença à se remplir de fumée. Une partie de celle-ci, blanche comme des signaux d'Indiens dans un western de série B, s'échappa par l'ouverture. Mais au-dehors, il n'y avait pas le moindre souffle susceptible de créer l'appel d'air qui aurait assuré un minimum de tirage, si bien que presque toute la fumée resta à l'intérieur. Sa morsure âcre piquait les yeux et prenait à la gorge. Richie entendit Eddie tousser par deux fois — un son sec comme deux planches heurtées — puis le silence retomba. *Il n'aurait pas dû rester ici...,* pensa-t-il, mais quelque chose d'autre, apparemment, voyait le problème différemment.

Bill jeta une nouvelle poignée de branches vertes sur le feu hésitant et demanda, d'une voix ténue, très inhabituelle chez lui : « Quelqu'un a-a-t-il une vi-vision ?

— La vision que je sors d'ici ! » dit Stan Uris, ce qui fit rire Beverly — mais son rire se transforma en quinte de toux.

Richie s'appuya de la nuque contre la paroi et leva les yeux sur le trou de fumée, mince rectangle de ciel gris. Il pensa à la statue de Paul Bunyan, en mars dernier... mais sans doute n'était-ce qu'un mirage, une hallucination, une

(*vision*)

« La fumée me tue, oh là là ! s'exclama Ben.

— Alors sors », murmura Richie sans quitter des yeux le trou de fumée. Il avait l'impression de maîtriser en partie ce qui se passait, d'avoir perdu cinq kilos. Et il aurait juré que le Club souterrain était devenu plus vaste. Là-dessus, il aurait été catégorique. Il était assis avec la grosse cuisse de Ben calée contre la sienne et l'épaule osseuse de Bill qui lui rentrait dans le bras ; or maintenant, il ne touchait aucun des deux. Il regarda paresseusement à sa droite et à sa gauche pour vérifier qu'il ne se trompait pas, et il avait raison : Ben était à trente centimètres de lui sur la gauche, environ. À sa droite, Bill paraissait encore plus éloigné.

« Nous avons plus de place, amis et voisins », dit-il. Il prit une profonde inspiration et se mit à tousser violemment. Cela lui faisait mal, très mal dans la poitrine, comme lorsqu'on a une bronchite ou la grippe ou un truc comme ça. Pendant un moment, il crut que jamais il ne s'arrêterait, et qu'il continuerait à tousser jusqu'à ce qu'on le tire de là. *S'ils en sont encore capables,* pensa-t-il ; mais l'idée lui parut tellement lointaine qu'elle en perdit tout ce qu'elle avait d'effrayant.

Bill lui tapa alors sur l'épaule et la toux passa.

« Tu ne sais pas que tu ne le fais pas toujours », dit Richie. Il regardait toujours le trou de fumée, et non Bill. Comme l'ouverture lui paraissait éclatante ! Quand il fermait les yeux, il voyait toujours le rectangle de lumière, flottant dans le noir, mais d'un vert brillant et non plus gris-blanc.

« Qu'est-ce que t-tu veux di-dire ?

— Ton bégaiement. » Il se tut, conscient que quelqu'un toussait sans qu'il puisse dire qui. « C'est toi qui devrais imiter des voix, Bill, pas moi. Tu... »

La toux devint plus forte. La lumière du jour envahit soudain le Club, avec une telle force que Richie dut plisser les yeux. C'est à peine s'il distingua Stan Uris qui se précipitait à l'extérieur.

« Désolé, réussit à dire Stan au milieu des spasmes de sa toux. Désolé, j'peux pas...

— T'en fais pas, Richie, s'entendit-il dire. T'as pas besoin de t'excuser. » Il avait l'impression que sa voix venait d'un autre corps que le sien.

La trappe se referma, mais suffisamment d'air frais avait pénétré pour lui éclaircir un peu les idées. Avant que Ben ne se fût déplacé pour profiter de la place libérée par Stan, Richie prit conscience de la pression de la cuisse du gros garçon contre la sienne ; comment avait-il pu éprouver l'impression que le Club s'était agrandi ?

Mike Hanlon jeta encore un peu de bois sur le feu. Richie recommença à respirer à petits coups, les yeux toujours tournés vers le trou de fumée. Il n'avait aucune idée du temps qui pouvait s'être écoulé, mais il se rendait compte que, en plus d'être enfumé, le Club devenait agréable et chaud.

Il regarda autour de lui, vers ses amis. On les devinait mal, dans les volutes de fumée et le peu de lumière terne qui tombait du trou de fumée. Bev avait la tête rejetée en arrière contre un étai, mains aux genoux, les yeux fermés, des larmes coulant sur ses joues jusqu'au lobe de ses oreilles. Bill était assis en tailleur, le menton sur la poitrine. Quant à Ben…

Mais soudain Ben sauta sur ses pieds et ouvrit de nouveau la trappe.

« L'ami Ben nous quitte », commenta Mike ; il était assis à l'indienne, directement en face de Richie, et avait les yeux aussi rouges que ceux d'une belette.

Une fraîcheur relative leur arriva une fois de plus, tandis que des volutes de fumée sortaient par l'ouverture. Ben toussait et éructait, et Stan dut l'aider à sortir. Avant qu'ils n'eussent eu le temps de refermer la trappe, Eddie s'était levé en chancelant, le visage d'une pâleur mortelle, sauf sous les yeux. Sa poitrine étroite se soulevait spasmodiquement, sur un rythme rapide. Il attrapa à tâtons le bord de la trappe et il serait retombé si Ben ne l'avait saisi d'une main et Stan de l'autre.

« Désolé », réussit à couiner faiblement Eddie, soudain aspiré à l'extérieur. La trappe se referma.

Il y eut une longue période tranquille. La fumée s'épaissit jusqu'à former un épais brouillard. *Une vraie purée de pois, mon cher Watson*, pensa Richie qui, pendant quelques instants, se prit pour Sherlock Holmes remontant d'un pas décidé Baker Street ; Moriarty n'était pas loin, un fiacre l'attendait et tout était en place.

Le tableau était d'une stupéfiante solidité. Il avait presque du poids et ne ressemblait en rien à ces petites rêveries qu'il s'octroyait souvent ; c'était quelque chose de presque réel.

Il lui restait encore assez de bon sens pour se dire que si tout ce qu'il tirait d'une vision était de se voir en Sherlock Holmes arpentant Baker Street, la notion de vision était rudement surfaite.

Sauf bien sûr que ce n'est pas Moriarty qui nous attend dehors. Ce qui nous attend, c'est Ça. Et c'est réel, Ça.

La trappe s'ouvrit alors et Beverly sortit, toussant sèchement, une main devant la bouche. Ben la prit par une main et Stan la souleva par-dessous le bras. Se poussant, tirée, elle disparut de son champ de vision.

« C'est p-p-plus g-grand », dit Bill.

Richie regarda autour de lui. Il vit le cercle de pierres à l'intérieur duquel le feu se consumait pauvrement, dégageant des volutes de fumée. En face de lui, Mike était assis, jambes croisées comme un totem taillé dans de l'acajou, et le regardait à travers le feu de ses yeux rougis. Sauf que Mike se trouvait à vingt mètres de lui, au bas mot, et que Bill était encore plus loin sur sa droite. Le Club souterrain avait maintenant les dimensions d'une salle de bal.

« Cela n'a pas d'importance, dit Mike. Ça va venir rapidement ; quelque chose va venir.

— Ou-Oui, dit Bill. Mais je... je... je... »

Il se mit à tousser. Il essaya de se contrôler, mais la toux empira, irrépressible, un vrai bruit de crécelle. Vaguement, Richie vit Bill se lever, repousser la trappe et l'ouvrir.

« Bo-Bonne ch-ch-ch... »

Puis il disparut, soulevé par les autres.

« On dirait bien que ça va se jouer entre toi et moi, mon vieux Mikey, dit Richie, qui se mit lui-même à tousser. J'étais sûr que ce serait Bill... »

La toux redoubla. Il se plia en deux, incapable de respirer, la tête bourdonnant d'élancements violents, les yeux pleins de larmes.

De loin, très loin, il entendit la voix de Mike : « Sors d'ici s'il le faut, Richie. Tu vas pas te laisser crever, tout de même. »

Il leva la main et adressa un signe de dénégation à Mike. Peu à peu, il réussit à reprendre le contrôle de sa toux. Mike avait raison ; quelque chose était sur le point de se passer. Il voulait être encore sur place à ce moment-là.

Il pencha la tête en arrière et regarda de nouveau le trou de fumée. La quinte de toux l'avait laissé la tête allégée et il avait maintenant l'impression de flotter sur un coussin d'air. Une impression agréable. Il respira à petites bouffées et se dit : *Je deviendrai un jour une star du rock and roll. Oui, c'est ça. Je serai célèbre. Je ferai des disques, des albums, des films. J'aurai une veste de sport noire, des chaussures blanches et une Cadillac jaune. Et quand je reviendrai à Derry, ils en crèveront tous de jalousie, Henry Bowers en particulier. Je porte des lunettes, mais qu'est-ce que j'en ai à foutre ? Buddy Holly aussi porte des lunettes. Je vais blueser jusqu'à ce que je devienne noir. Je serai la première étoile du rock à venir du Maine. Je...*

La rêverie s'effilocha. Peu importait. Il découvrit qu'il n'avait même plus besoin de respirer à petits coups. Ses poumons s'étaient adaptés. Il pouvait respirer autant de fumée qu'il voulait. Peut-être venait-il de Vénus.

Mike jeta d'autre bois dans le feu. Pour ne pas être en reste, Richie en fit autant.

« Comment tu te sens ? » demanda Mike.

Richie sourit. « Mieux. Presque bien. Et toi ? »

Mike lui rendit son sourire et acquiesça. « Je me sens bien. T'as pas eu des idées marrantes ?

— Si. Je me suis pris pour Sherlock Holmes pendant une minute. Puis pour une star du rock. Tes yeux sont tellement rouges que c'en est incroyable.

— Les tiens aussi. Un vrai couple de belettes dans un poulailler, c'est nous, ça.

— Ah oui ?

— Ouais.

— Tu veux dire que ça va bien ?

— Très bien. Tu veux dire que tu as le mot ?

— Je l'ai, Mikey.

— Ouais, OK. »

Ils échangèrent un sourire et Richie laissa sa tête retomber en arrière, contre le mur, les yeux perdus sur le trou de fumée. Presque tout de suite, il se mit à dériver... Non, pas à dériver, à monter. Il dérivait vers le haut. Comme

(nous flottons tous là en bas)

un ballon.

« Di-dites, les g-gars, ça va, là en bas ?

La voix de Bill leur parvenait par le trou de fumée. Leur arrivait de Vénus, inquiète. Richie se sentit retomber brusquement à l'intérieur de lui-même.

« Très bien, s'entendit-il dire de très loin, d'un ton irrité. Très bien, on te dit très bien, calme-toi, Bill, laisse-nous attraper le mot, on te dit qu'on va attraper le

(monde)

mot. »

Le Club souterrain était plus vaste que jamais, avec maintenant un plancher de bois poli. La fumée était redevenue une purée de pois, et c'est à peine si l'on voyait le feu. Ce plancher ! Seigneur Jésus ! On aurait dit qu'ils étaient dans la salle de bal d'une superproduction de la MGM. Mike le regardait depuis l'autre côté, silhouette qu'il distinguait à peine dans le brouillard.

On y va, mon vieux Mikey.

Quand tu voudras, Richie.

T'as toujours envie de dire que ça va bien ?

Ouais... mais prends ma main... est-ce que tu peux l'attraper ?

Je crois.

Richie tendit la main et bien que Mikey fût de l'autre côté de cette énorme salle de bal, il sentit ses solides doigts bruns se refermer sur son poignet. Et c'était un bon contact, c'était bon de trouver la consolation dans le désir et le désir dans la consolation, la substance dans la fumée et la fumée dans la substance...

Il pencha la tête en arrière et regarda le trou de fumée, si blanc, si petit. Il était très loin, maintenant, à des kilomètres de hauteur. Un ciel vénusien.

Ça y était. Il commença à flotter. *Allons-y donc,* pensa-t-il ; et il se mit à s'élever de plus en plus vite dans la fumée, la brume, le brouillard — peu importait ce que c'était.

5

Ils ne se trouvaient plus à l'intérieur.

Ils se tenaient tous les deux au milieu des Friches, et le crépuscule tombait.

C'étaient bien les Friches, il le savait, mais tout paraissait différent. Le feuillage était plus luxuriant, plus profond et sauvagement parfumé. Il y poussait des plantes qu'il n'avait jamais vues et Richie se rendit compte que dans certains cas, ce qu'il avait pris pour des arbres était en fait des fougères géantes. On entendait un bruit d'eau courante, mais plus fort que ce qu'il aurait dû être ; ce n'était pas le babil paresseux de la Kenduskeag mais plutôt le rugissement du Colorado (tel qu'il se l'imaginait) s'ouvrant un chemin dans le Grand Canyon.

Il faisait aussi très chaud. Certes il pouvait faire chaud dans le Maine, pendant l'été ; une chaleur humide telle, parfois, que l'on gisait, moite, dans son lit, jusqu'au milieu de la nuit ; cependant, jamais de sa vie il n'avait ressenti une telle impression de chaleur et d'humidité. Des lambeaux d'une brume épaisse et fumeuse stagnaient dans les dépressions du relief et s'enroulaient autour de leurs jambes. Elle avait l'odeur âcre du bois vert qui brûle.

Mike et lui se dirigèrent en silence vers le grondement de l'eau, s'ouvrant un chemin dans l'étrange végétation. Des lianes comme des cordes pendaient entre certains arbres, semblables à des hamacs de toile d'araignée, et Richie entendit une fois un bruit de branche écrasée, dans les buissons, qui évoquait un animal plus gros qu'un daim.

Il s'arrêta, le temps de regarder autour de lui et de faire le tour de l'horizon. Le gros cylindre blanc du château d'eau ne se dressait pas à son emplacement. Le dépôt aux multiples voies de la gare avait également disparu, tout comme le lotissement d'Old Cape, remplacés par des monticules de grès rouge qui dépassaient au milieu des fougères géantes et des pins.

Il y eut un bruit de battements d'ailes au-dessus d'eux ; les deux garçons se tapirent au passage d'une escadrille de chauves-souris. Jamais Richie n'en avait vu d'aussi gigantesques et pendant un instant il fut encore plus terrifié que le jour où Bill bataillait pour faire prendre de la vitesse à Silver tandis que le loup-garou se lançait à leur poursuite. La tranquillité et la totale étrangeté de ce paysage étaient quelque chose de terrible, mais son abominable familiarité avait quelque chose de pire encore.

Pas besoin de paniquer, se dit-il à lui-même, ce n'est qu'un rêve, une vision ou quelque chose comme ça. Le vieux Mike et moi, on se trouve en réalité dans le Club souterrain, en train de s'étrangler avec la fumée. Le Grand Bill ne va pas tarder à être pris de frousse de ne pas entendre de réponse et il va venir nous tirer de là avec Ben. Tout ça, comme dit l'autre, c'est juste pour faire semblant.

N'empêche, l'une des chauves-souris avait une aile en lambeaux au point qu'il voyait le soleil brumeux briller à travers, et quand ils passèrent en dessous d'une des fougères géantes, ils aperçurent une chenille jaune bien grasse qui arpentait une large feuille verte, laissant son ombre derrière elle. Des bestioles minuscules grouillaient sur le corps de la chenille. Si ce n'était qu'un rêve, jamais il n'en avait fait d'aussi clair.

Ils continuèrent en direction du bruit de l'eau et le tapis de brume qui recouvrait le terrain jusqu'à la hauteur des genoux était tellement épais qu'il ignorait si ses pieds touchaient ou non le sol. Ils arrivèrent à un endroit où il n'y avait plus ni brouillard ni sol. Richie n'en croyait pas ses yeux ; ce n'était pas la Kenduskeag, et pourtant c'était elle. Le torrent dévalait en bouillonnant une passe étroite ouverte dans cette même roche friable — sur l'autre rive, on voyait les strates de pierre érodée qui marquaient l'enfoncement du lit, rouge, orange, rouge encore. Pas question de traverser ce tumulte sur des rochers ;

un pont suspendu en corde aurait été nécessaire. En cas de chute, on aurait été immédiatement entraîné. Le grondement de l'eau dénotait une sorte de rage folle et amère et tandis que Richie contemplait ce spectacle bouche bée, un poisson rose argenté bondit, faisant un saut d'une hauteur vertigineuse, pour engloutir les insectes qui tourbillonnaient en nuage au-dessus de l'eau. Jamais, non plus, il n'avait vu de poissons semblables de sa vie, même pas dans un livre.

Les oiseaux se mirent à pulluler dans le ciel en poussant des cris rauques, non pas par douzaines, mais par myriades, au point qu'à un moment donné, leur nuage noir cacha le soleil. Quelque chose d'autre produisit un bruit pesant d'écrasement dans les buissons, un bruit qui se prolongea, cette fois. Richie fit vivement demi-tour, le cœur battant à tout rompre, et vit un animal qui avait l'air d'une antilope passer en un éclair, en direction du sud-est.

Quelque chose va se produire. Les animaux le savent.

Les oiseaux passèrent, sans doute pour aller se poser en masse un peu plus loin au sud. D'autres bêtes bondirent à grand bruit près d'eux... puis il se fit un silence que ne troublait que le grondement régulier de la rivière. Mais c'était un silence d'attente, lourd de menace, que Richie n'aimait pas. Il sentit se hérisser les cheveux de sa nuque et chercha de nouveau la main de Mike.

« *Sais-tu où nous sommes?* cria-t-il à Mike. *Est-ce que tu as le mot?*

— *Seigneur oui! Je l'ai! Nous sommes autrefois, Richie, autrefois!* » répondit Mike sur le même ton.

Richie acquiesça. Autrefois, comme dans « il était une fois » ; il y avait très, très longtemps, quand nous vivions tous dans la forêt et que personne ne vivait ailleurs. Ils se trouvaient dans les Friches, Dieu seul savait combien de milliers d'années avant Jésus-Christ ; dans quelque inimaginable passé, bien avant l'époque glaciaire, quand la Nouvelle-Angleterre connaissait un climat aussi tropical que l'Amazonie aujourd'hui... si aujourd'hui existait toujours. Il regarda encore autour de lui, nerveusement, s'attendant presque à voir un brontosaure redresser son cou immense contre le ciel et baisser son regard sur eux, la gueule pleine de boue et de plantes déracinées, ou un tigre à dents de sabre bondir du sous-bois.

Nous sommes autrefois, il y a un million d'années, peut-être, ou dix millions, mais nous y sommes bien et quelque chose va se produire, j'ignore quoi, mais quelque chose et j'ai très peur je veux que ça finisse je veux revenir je t'en prie, Bill, je t'en prie, tire-nous de là c'est comme si on était tombés dans une image je t'en supplie aide-nous...

La main de Mike se raidit dans la sienne et il se rendit compte que le silence venait d'être rompu. Il ressentait plus qu'il n'entendait une vibration grave et régulière qui triturait la peau tendue de son tympan et croissait régulièrement. Elle n'avait aucune tonalité ; elle était simplement là :

(*au commencement était le verbe, au commencement le mot, le monde le*)

un son sans âme. À tâtons, sa main alla toucher l'arbre auprès duquel ils se tenaient, et sa paume, incurvée sur l'arrondi de l'écorce, sentit la vibration prisonnière à l'intérieur du tronc. Il se rendit compte au même instant qu'il la ressentait par les pieds sous la forme d'un picotement régulier qui montait le long de ses chevilles, de ses mollets, de ses genoux et transformait ses tendons en diapasons excités.

La vibration augmentait, augmentait.

Elle venait du ciel. Incapable de s'en empêcher, Richie leva la tête. Le soleil était une pièce fondue, un cercle de feu dans les brumes basses, entouré d'un halo d'humidité. En dessous, la luxuriante et verdoyante étendue qu'étaient les Friches gardait un silence absolu. Richie crut comprendre ce que signifiait cette vision : ils étaient sur le point d'assister à l'arrivée de Ça.

La vibration se dota d'une voix — un grondement grave qui alla crescendo jusqu'à devenir insupportable. Richie se boucha vivement les oreilles et cria sans entendre son cri. A côté de lui Mike Hanlon faisait la même chose et Richie vit qu'il saignait un peu du nez.

À l'ouest, les nuages n'étaient plus qu'un rougeoiement d'incendie se dirigeant vers eux, un ruisseau de flammes qui devint rivière, puis fleuve à la couleur menaçante ; puis un objet en feu rompit dans sa chute la couche nuageuse et un vent s'éleva. Un vent brûlant, desséchant, âcre de fumée et suffocant. La chose dans le ciel était gigantesque, tête de chalumeau trop éclatante pour être regardée. Des arcs électriques en jaillissaient comme des coups de fouet au sillage de tonnerre.

« *Un vaisseau spatial !* s'écria Richie qui tomba à genoux et se cacha les yeux. *Oh, mon Dieu, c'est un vaisseau spatial !* »

Il croyait cependant — ce qu'il tenterait d'expliquer aux autres, plus tard, le mieux possible — qu'en fait il ne s'agissait pas vraiment d'un vaisseau spatial, même s'il s'était déplacé à travers l'espace pour arriver là. Quelle que fût la chose tombée du ciel en ce jour de temps si reculés, elle était venue d'un lieu bien plus loin qu'une autre étoile ou une autre galaxie, et si le terme « vaisseau spatial » était ce qui lui était tout d'abord venu à l'esprit, peut-être cela venait-il de ce que son esprit n'avait pas d'autre moyen de catégoriser ce que ses yeux voyaient.

Il y eut ensuite une explosion, un rugissement prolongé suivi d'une secousse séismique qui les jeta tous les deux à terre. Ce fut Mike, cette fois-ci, qui chercha à tâtons la main de Richie. À la deuxième explosion, Richie ouvrit les yeux et vit une boule flamboyante surmontée d'une colonne de fumée qui se perdait dans le ciel.

« *Ça !* » cria-t-il à Mike, pris d'une terreur extatique. Jamais dans sa vie, avant ou après, il n'éprouverait aussi profondément une émotion, jamais ne le submergerait autant un sentiment. « *C'est Ça ! Ça ! Ça !* »

Mike l'aida à se remettre debout et ils coururent le long de la rive surélevée de la jeune Kenduskeag sans une seule fois prendre garde à quel point ils étaient près du bord. Mike trébucha, à un moment donné, et glissa à genoux ; puis ce fut au tour de Richie de tomber ; il se pela le tibia et déchira son pantalon. Avec le vent, leur parvenait l'odeur de la forêt qui brûlait. La fumée alla s'épaississant et Richie prit conscience, vaguement, qu'ils n'étaient pas les deux seuls à courir. Les bêtes couraient aussi, fuyant la fumée, le feu et la mort dans le feu. Fuyaient aussi Ça, peut-être ; le nouvel arrivant dans leur monde.

Richie commença à tousser et entendit Mike, à côté de lui, qui en faisait autant. La fumée était plus dense et oblitérait les verts, les gris et les rouges du jour. Mike tomba une fois de plus, et Richie perdit sa main. Il la chercha à tâtons, sans pouvoir la trouver.

« *Mike !* cria-t-il, pris de panique, secoué par la toux. *Mike, où es-tu ? Mike ! MIKE !* »

Mais Mike avait disparu ; Mike n'était nulle part.

« Richie ! Richie ! Richie ! »

(!!SENSAS!!)

« Richie ! Richie, tu te

6

sens bien ? »

Ses yeux papillonnèrent et il vit Beverly agenouillée à côté de lui qui lui essuyait la bouche avec un mouchoir. Les autres — Bill, Eddie, Stan et Ben — se tenaient derrière elle, l'expression grave et inquiète. Il avait très mal d'un côté de la figure ; il voulut parler mais ne put émettre qu'un croassement. Il essaya de s'éclaircir la gorge et crut qu'il allait vomir. Son gosier et ses poumons lui donnaient l'impression d'être tapissés de fumée.

Il réussit finalement à dire : « Tu m'as giflé, Beverly ?

— C'est la seule chose qui m'est venue à l'esprit, répondit-elle

— Sensas, la sensation, murmura-t-il.

— J'ai cru que... que ça tournait mal pour toi, c'est tout », fit Beverly en éclatant soudain en larmes.

Richie lui tapota maladroitement l'épaule et Bill posa une main sur sa nuque. D'un geste vif elle la prit dans la sienne et la serra de toutes ses forces.

Richie se redressa péniblement sur son séant. Le monde se mit à être agité de vagues. Quand il s'immobilisa, Richie vit Mike adossé à un arbre, tout à côté, l'air sonné et le visage couleur de cendre.

« Est-ce que j'ai dégobillé ? » demanda Richie à Bev.

Elle acquiesça entre deux sanglots.

« J' t'en ai foutu dessus, mignonne ? » fit-il avec sa voix de flic irlandais, une voix râpeuse et bafouillante.

Bev éclata de rire à travers ses larmes et secoua la tête. « Je t'ai tourné la tête de côté. J'avais peur... p-peur que tu-tu t'étouffes avec, expliqua-t-elle en se remettant à sangloter de plus belle.

— C'est p-pas s-sympa, dit Bill, qui lui tenait toujours la main. C'est m-moi qui bé-bégaye ici, p-pas toi.

— Bien envoyé, Grand Bill », apprécia Richie. Il essaya de se mettre debout mais retomba lourdement sur les fesses. Le monde s'était remis à ondoyer. Il commença à tousser et détourna la tête, se rendant compte qu'il allait vomir de nouveau d'un instant à l'autre. Cette fois-ci, ce ne fut qu'un mélange d'écume verdâtre et de salive épaisse qui sortit en filets de sa bouche. Il ferma très fort les yeux et croassa : « Qui veut un casse-croûte ?

— Oh merde, c'est pas vrai! s'exclama Ben, dégoûté, sans pouvoir s'empêcher de rire.

— Plutôt du dégueulis, à mon avis, riposta Richie, les yeux cependant toujours fermés. La merde sort en général par l'autre bout chez moi. J' sais pas pour toi, Meule de Foin. »

Quand finalement il rouvrit les yeux, il vit qu'il était à une vingtaine de mètres du Club souterrain dont la trappe et la fenêtre étaient toutes les deux grandes ouvertes. Il en montait encore un peu de fumée.

Cette fois-ci, Richie fut capable de se lever. Il eut un instant l'impression qu'il allait encore vomir, ou s'évanouir, ou les deux. « Sensas », murmura-t-il en voyant le monde qui ondulait devant ses yeux. Quand il se stabilisa, le garçon se rendit comme il put auprès de Mike. Ce dernier avait toujours ses yeux rouges de belette, et à ses ourlets de pantalon mouillé, Richie se dit que lui aussi devait avoir eu des ennuis avec son estomac.

« Pour un Blanc, tu ne t'en es pas mal sorti », croassa Mike en lui donnant un faible coup de poing sur l'épaule.

Richie se trouva à court de mots — une situation d'une exquise rareté.

Bill les rejoignit, suivi des autres.

« C'est vous qui nous avez sortis ? demanda Richie.

— B-Ben et moi. Vouv v-vous êtes m-mis à-à crier, tous les deux. M-M-Mais... » Il leva les yeux sur Ben.

« C'était sans doute la fumée, Bill », fit le gros garçon avec un indéniable manque de conviction.

Froidement, Richie leur lança : « Est-ce que tu veux dire ce que je crois que tu veux dire ? »

Bill haussa les épaules. « Qu-Quoi ? »

C'est Mike qui répondit : « Nous n'y étions pas, hein ? Vous êtes descendus parce que vous nous avez entendus crier, mais il n'y avait personne.

— C'était vraiment très enfumé, objecta Ben. Rien que de vous entendre crier comme ça, qu'est-ce que ça nous a fichu la trouille ! Mais ces cris... ils avaient l'air... euh...

— De ve-venir de t-très loin », termina Bill. Bégayant abominablement, il leur dit que lorsqu'ils étaient descendus tous les deux, ils n'avaient vu ni Richie ni Mike. Ils s'étaient mis à les chercher frénétiquement, pris de panique et terrifiés à l'idée qu'ils risquaient de mourir étouffés par la fumée. Bill avait fini par agripper une main, celle de Richie. Il avait tiré de toutes ses forces et Richie était sorti en vol plané de la pénombre, à peine conscient. Quand Bill s'était tourné, il avait vu Ben qui étreignait Mike dans ses bras, chacun toussant à qui mieux mieux. Ben avait littéralement propulsé Mike par la trappe.

Ben hocha la tête et prit la parole :

« Je n'arrêtais pas de refermer mes mains sur le vide, comme si je voulais serrer des mains dans tous les sens. C'est alors que tu m'as pris au poignet, Mike. Il était fichtrement temps que tu m'attrapes, mon vieux. Un peu plus, et tu étais dans les pommes.

— À vous entendre, tous les deux, remarqua Richie, on croirait que le Club était beaucoup plus grand ; vous dites que vous avez cherché dans tous les sens, hein ? Et pourtant, il ne fait qu'un mètre cinquante de côté. »

Il y eut un moment de silence pendant lequel tous regardèrent Bill, sourcils froncés de concentration.

« Il é-é-était p-plus grand, admit-il finalement. N'est-ce p-pas, B-Ben ? »

Ben haussa les épaules. « On aurait dit, c'est sûr. Mais c'était peut-être la fumée.

— Ce n'était pas la fumée, dit Richie. Juste avant que ça arrive — avant notre sortie —, je me souviens d'avoir pensé qu'il était au moins aussi grand qu'une salle de bal dans un film, comme dans ces comédies musicales à grand spectacle. C'est à peine si je pouvais voir Mike sur la paroi opposée.

— Avant votre sortie ? demanda Beverly.

— Euh... ce que je veux dire... c'est que... »

Elle saisit Richie par le bras. « C'est arrivé, hein ? C'est vraiment arrivé ! Vous avez eu une vision, comme dans le livre de Ben ? » Elle rayonnait. « C'est vraiment arrivé ! »

Richie s'examina, puis regarda Mike. L'une des jambes du pantalon de velours de Mike était déchirée au genou et la peau que l'on voyait par le trou était égratignée et saignait.

« Si c'était une vision, j'aime autant ne jamais en avoir d'autre, dit-il. J' veux pas parler pour le grand chef, là, mais je sais que quand je suis descendu dans ce truc, mes pantalons n'étaient pas troués. Ils sont pratiquement neufs, bon sang ! Qu'est-ce que ma mère va me passer !

— Qu'est-ce qui est arrivé ? » demandèrent ensemble Ben et Eddie.

Richie et Mike échangèrent un regard, mais Richie commença par demander une cigarette à Beverly. Il lui en restait deux, mais à la première bouffée Richie se mit à tousser avec une telle violence qu'il lui rendit celle qu'il venait d'allumer. « J' peux pas, dit-il, désolé.

— C'était le passé, dit Mike.

— Des clous, oui. Ce n'était pas juste le passé. C'était il y a très, très longtemps.

— Ouais, c'est vrai ; on se trouvait dans les Friches, mais la Kenduskeag coulait à cent à l'heure et était très profonde. C'était sauvage comme vous pouvez pas imaginer. Et il y avait du poisson dedans. Du saumon, je crois.

— Mon p-père dit que ça f-fait une paye qu'y a-a pas eu un s-seul poisson dans la K-Kenduskeag. À cause d-des égouts.

— Vous n'avez pas compris, c'était il y a vraiment très longtemps, fit Richie en les regardant tous, une expression d'incertitude sur le visage. Il y a au moins un million d'années, à mon avis. »

Un silence stupéfait suivit. C'est Beverly, au bout d'un moment, qui le rompit : « Mais qu'est-ce qui s'est passé ? »

Richie sentit les mots monter dans sa gorge, mais il eut de la peine à les faire sortir ; c'était comme s'il allait encore vomir. « Nous avons vu Ça venir, finit-il par dire. En tout cas je pense que c'était Ça.

— Mon Dieu, murmura Stan. Oh, mon Dieu. »

Il y eut un bref chuintement sifflé sonore ; Eddie venait de se servir de son inhalateur.

« C'est descendu du ciel, reprit Mike. J'espère bien ne plus jamais revoir un truc pareil de toute ma vie. Ça dégageait une telle chaleur qu'on ne pouvait même pas le regarder, et Ça lançait des éclairs, Ça faisait du tonnerre. Le bruit... » Il secoua la tête et regarda Richie. « On aurait dit la fin du monde. Et quand Ça a atterri, Ça a mis le feu à la forêt. On n'en a pas vu davantage.

— Est-ce que c'était un vaisseau spatial ? demanda Ben.

— Oui, dit Richie.

— Non », dit Mike.

Les deux garçons se regardèrent.

« Eh bien, je suppose qu'il s'agissait d'un vaisseau spatial », dit Mike au moment où Richie admettait que ce n'en était pas réellement un mais que...

Ils se turent tous les deux tandis que les autres les regardaient, perplexes.

« Raconte, toi, dit Richie à Mike. Je crois qu'on veut dire la même chose mais ils ne pigent pas. »

Mike toussa dans sa main puis leva les yeux sur ses amis, presque comme s'il s'excusait. « Je ne sais pas comment vous expliquer tout ça.

— Essaie, au-au m-moins, l'encouragea Bill.

— C'est bien arrivé du ciel, répéta Mike, mais ce n'était pas un vaisseau spatial, pas exactement. Ce n'était pas non plus un météore. C'était plutôt comme... eh bien... comme l'Arche d'Alliance dans la Bible... qui est censée contenir le Saint-Esprit de Dieu... sauf que ce n'était pas Dieu. Juste le seul fait de sentir Ça, de voir Ça arriver, on savait que Ça n'avait que de mauvaises intentions, que c'était mauvais. »

Il les regarda tous.

Richie acquiesça. « Ça venait de... de l'extérieur. C'est l'impression que j'ai eue : d'ailleurs, de l'extérieur.

— De l'extérieur de quoi, Richie ? demanda Eddie.

— De l'extérieur de tout. Et quand Ça a touché terre..., Ça a fait le trou le plus énorme que tu aies jamais vu de ta vie. La colline a été transformée en beignet, tu sais, ceux avec un trou au milieu... Ça a atterri exactement à l'endroit où se trouve maintenant le centre-ville de Derry. »

Il se tut, les regarda et ajouta : « Est-ce que vous pigez ? »

Beverly laissa tomber la cigarette à demi fumée et l'écrasa du talon.

Mike prit la parole : « Ça s'est toujours trouvé là, depuis le commencement des temps... avant même l'apparition des premiers hommes sur la Terre, ou peut-être il y en avait quelques-uns en Afrique qui bondissaient dans les arbres ou se cachaient dans des grottes. Le cratère a disparu, aujourd'hui. Ce sont sans doute les glaciers qui ont tout raboté. La vallée s'est creusée et le trou s'est bouché d'une manière ou d'une autre... mais il était toujours ici, endormi, peut-être, attendant la fonte des glaciers, attendant la venue des hommes.

— Voilà pourquoi Ça utilise les égouts et les canalisations, remarqua Richie. Pour Ça, ce doit être comme des autoroutes.

— Vous n'avez pas vu à quoi Ça ressemblait ? » demanda abruptement Stan, d'une voix un peu étranglée.

Ils secouèrent la tête.

« Peut-on tuer Ça ? demanda Eddie dans le silence qui se prolongeait. Un truc pareil ? »

Personne ne répondit.

CHAPITRE 16

Eddie passe un mauvais quart d'heure

1

Le temps que Richie finisse, tous acquiescent de la tête. Eddie fait comme les autres, se souvient comme les autres, quand soudain une douleur court le long de son bras gauche. Court? Non : le déchire. On dirait que quelqu'un est en train d'essayer d'aiguiser une scie rouillée sur l'os. Il grimace et porte la main à la poche de sa veste, trie plusieurs fioles et flacons au toucher et sort l'Excedrine. Il en avale deux cachets à l'aide d'une gorgée de gin au jus de prune. Ce bras l'a fait souffrir de manière irrégulière pendant toute la journée. Il a tout d'abord attribué cela aux petites douleurs qui l'assaillent souvent par temps humide. Mais alors que Richie est au milieu de son récit, un nouveau souvenir se met en place et il comprend l'origine de la douleur. Ce n'est plus le chemin des souvenirs que nous arpentons, pense-t-il, ça ressemble de plus en plus à l'autoroute de Long Island.

Cinq ans auparavant, pendant une visite médicale de routine (comme toutes les six semaines), le médecin lui avait déclaré : « Dis donc, Ed, tu as une vieille fracture, là... N'es-tu pas tombé d'un arbre étant gosse ?

— Quelque chose comme ça, avait-il répondu, peu soucieux d'expliquer au Dr Robbins que sa mère aurait eu un transport au cerveau à la seule idée que son fils monte aux arbres. Mais à la vérité, il ne s'était pas rappelé exactement dans quelles conditions il s'était cassé le bras. Cela ne lui avait pas paru important (même si, pense maintenant Eddie, ce manque d'intérêt était en lui-même tout à fait étrange de la part d'un homme qu'inquiète un éternuement ou le

moindre changement de couleur de ses selles). Mais c'était une fracture ancienne, une irritation mineure, quelque chose qui s'était produit bien des années auparavant, au cours d'une enfance dont il ne se souvenait guère et dont il n'avait aucune envie de se souvenir. Cela le faisait un peu souffrir lorsqu'il devait conduire pendant de longues heures, les jours de pluie. Deux aspirines en venaient à bout. Pas de quoi fouetter un chat.

Mais maintenant ce n'est plus une irritation mineure ; il y a un fou qui veut absolument aiguiser cette scie, débiter ses os, et il se rappelle que c'est ce qu'il a ressenti à l'hôpital, tard dans la nuit, en particulier au cours des trois ou quatre premiers jours... allongé dans le lit, transpirant dans la chaleur de l'été, dans l'attente de l'infirmière et de calmants, tandis que des larmes silencieuses coulaient le long de ses joues et allaient s'accumuler dans le creux de ses oreilles. Et il se disait : On dirait un branquignole qui aiguise sa scie là-dedans.

Si c'est ça le chemin du Souvenir, je l'échange tout de suite pour un grand lavage de cerveau.

« *C'est Henry Bowers qui m'a cassé le bras, dit-il soudain sans savoir qu'il allait parler. Est-ce que vous vous en souvenez ?* »

Mike acquiesce. « *Juste avant la disparition de Patrick Hockstetter. La date ne me revient pas.*

— *Moi si, dit sobrement Eddie. Le 20 juillet. La disparition du petit Hockstetter a été signalée... quand ?... le 23 ?*

— *Non, le 22* », *intervient Beverly Rogan, qui n'explique pas comment elle est aussi sûre d'elle : c'est parce qu'elle a vu Ça s'emparer de l'enfant. Elle ne leur dit pas non plus qu'elle croyait alors et qu'elle croit toujours que ce Patrick Hockstetter était cinglé, peut-être encore plus cinglé que Henry Bowers. Elle leur dira, mais c'est maintenant le tour d'Eddie. Elle parlera ensuite puis, suppose-t-elle, ce sera Ben qui racontera les moments paroxystiques des événements de juillet... la balle d'argent, celle qu'ils n'auraient jamais imaginé fabriquer. Un calendrier cauchemardesque s'il en fut jamais un, se dit-elle, mais ce sentiment de folle jubilation persiste. Quand s'est-elle sentie aussi jeune pour la dernière fois ? Elle a du mal à rester assise sur sa chaise.*

« *Le 20 juillet, répète Eddie, songeur. Trois ou quatre jours après l'affaire de la petite fumée. J'ai passé le reste de l'été avec un plâtre, vous vous rappelez ?* »

Richie se frappe le front d'un geste qui évoque pour tous l'ancien temps. « *Mais bien sûr ! Tu l'avais quand nous avons été faire un tour sur Neibolt Street, non ? Et plus tard... dans le noir... » Richie, cependant, secoue la tête doucement, intrigué.*

« Qu'y a-t-il, R-Richie ? demande Bill.

— Impossible de me souvenir de la suite, pour l'instant, admet Richie. Et toi ? » Bill secoue lentement la tête.

« Hockstetter était avec eux ce jour-là, dit Eddie. C'est la dernière fois que je l'ai vu vivant. Peut-être était-il là pour remplacer Peter Gordon. Je crois que Henry n'en voulait plus depuis le jour où il s'était enfui, pendant la bataille de cailloux.

— Ils sont tous morts, non ? demande tranquillement Beverly. Après Jimmy Cullum, tous ceux qui sont morts étaient des amis... ou d'anciens amis de Bowers.

— Tous sauf Bowers, confirme Mike en jetant un coup d'œil aux ballons accrochés au lecteur de microfilms. Quant à lui, il se trouve à Juniper Hill. Un asile d'aliénés privé d'Augusta. »

Bill intervient : « Co-Comment ç-ça s'est p-p-passé quand i-ils t'ont c-cassé le b-bras, E-E-Eddie ?

— Ton bégaiement empire, Grand Bill, dit Eddie le plus sérieusement du monde avant de finir son verre d'une seule lampée.

— T'occupe pas de ç-ça. Raconte-n nous.

— Raconte-nous », répète Beverly en posant une main légère sur son bras. Un élancement douloureux le traverse.

« Très bien », dit Eddie. Il se verse un autre verre, l'étudie et reprend : « Deux jours après ma sortie de l'hôpital, vous êtes venus chez moi pour me montrer vos espèces de billes en argent. Tu t'en souviens, Bill ? »

Bill acquiesce.

Eddie regarde Beverly. « Bill t a demandé si tu les tirerais, s'il fallait en arriver là... parce que tu avais le meilleur coup d'œil. Il me semble que tu as refusé, en disant que tu aurais trop peur. Mais tu as ajouté autre chose, dont je n'arrive pas à me souvenir. C'est... » Eddie tire la langue et se la pince entre deux doigts, comme s'il y avait eu quelque chose de collé dessus. « Est-ce que ça ne concernait pas Hockstetter ?

— Oui, répond Beverly. J'en parlerai quand tu auras fini. Continue.

— C'est après votre départ ce jour-là que ma mère est arrivée et que nous avons eu une sacrée bagarre. Elle ne voulait plus me voir traîner avec aucun de vous. Et elle aurait pu finir par me faire accepter — elle avait une manière de présenter les choses, vous savez... »

Bill acquiesce encore. Il se rappelle Mrs. Kaspbrak, une femme énorme avec un étrange visage de schizophrène : capable d'avoir l'air de marbre et furieux, et pitoyable et effrayé en même temps.

« *Ouais, elle aurait pu me forcer à accepter, reprend Eddie. Mais quelque chose s'était passé le jour même où Henry Bowers m'avait cassé le bras. Quelque chose qui m'avait rudement secoué.* »

Il émet un petit rire et songe en lui-même : Tu parles si ça m'a secoué... C'est tout ce que tu trouves à dire ? À quoi sert de parler si tu n'es pas capable de dire ce que tu as réellement ressenti ? Dans un livre ou dans un film, cette découverte aurait transformé ma vie pour toujours et rien ne se serait passé de la même manière... Dans un livre ou un film, j'aurais été libéré, je ne me serais pas trimbalé une pleine valise de médicaments, je n'aurais pas épousé Myra et ce foutu inhalateur ne me déformerait pas les poches. Car...

Soudain, sous leurs yeux, l'inhalateur d'Eddie se met à rouler de lui-même sur la table où il était posé ; il produit un petit crépitement sec, comme des maracas ou des osselets... sorte de rire sardonique. Lorsqu'il atteint le bout, entre Richie et Ben, l'objet saute en l'air tout seul et retombe sur le sol. Richie a un geste pour le rattraper mais Bill lui crie vivement : « *Ne l-le t-touche pas !*

— *Les ballons !* » *s'exclame Ben. Tous tournent la tête.*

Sur les ballons accrochés au lecteur de microfilms, on lit maintenant : LES MÉDICAMENTS POUR L'ASTHME DONNENT LE CANCER ! *Des crânes grimacent en dessous du slogan. Les ballons explosent simultanément.*

Eddie, la bouche sèche, sent monter en lui la sensation familière de suffocation, comme si un étau se refermait sur sa gorge et sa poitrine.

Bill se tourne vers lui. « *Qui t-t-t'a parlé et q-qu'est-ce qu'on t'a d-dit ?* »

Eddie se passe la langue sur les lèvres, désirant, sans oser le faire, récupérer son inhalateur. Qui sait ce qu'il peut y avoir à l'intérieur, maintenant ?

Il repense à ce 20 juillet, à la chaleur qu'il faisait, à sa mère qui lui avait donné un chèque signé sans inscrire le montant et un dollar, son argent de poche.

« *Mr. Keene, dit-il d'une voix qui paraît lointaine à sa propre oreille, dépourvue de puissance. C'était Mr. Keene.*

— *Pas vraiment l'homme le plus sympathique de Derry* », *remarque Mike. Perdu dans ses pensées, Eddie l'entend à peine.*

Oui, il faisait très chaud ce jour-là, mais agréablement frais dans la pharmacie de Center Street, dont les ventilateurs de bois tournaient paresseusement, brassant les odeurs rassurantes de pommades et d'orviétan. C'était le lieu où l'on vendait la santé — telle était la conviction jamais formulée mais clairement communiquée de sa mère ; avec une horloge interne marquant onze ans et demi, Eddie ne soupçonnait pas que sa mère pût se tromper en ceci comme en tout le reste.

Eh bien, Mr. Keene a mis un terme à tout ça, pour sûr, se dit-il maintenant avec une sorte de douce colère.

Il se souvient s'être arrêté devant le rayon BD du magasin, pour voir s'il n'y avait pas quelque nouveau numéro de Batman *ou de* Superboy *ou encore de son préféré,* Plastic Man. *Il avait ensuite donné la liste de sa mère (qui l'envoyait à la phamarcie comme d'autres envoient leurs enfants à l'épicerie) et le chèque à Mr. Keene, qui apposait l'ordre et le montant et lui rendait un reçu — tout cela était pure routine pour Eddie. Trois ordonnances différentes pour sa mère plus une bouteille de Geritol, car, lui avait-elle dit mystérieusement : « C'est plein de fer, Eddie, et les femmes ont besoin de davantage de fer que les hommes. » La liste comprenait également des vitamines et l'élixir du Dr Swett pour les enfants, ainsi, bien entendu, qu'une recharge pour son inhalateur.*

Les choses se passaient toujours de la même façon. Il s'arrêterait ensuite au Costello Avenue Market, achèterait des confiseries et un Pepsi. Il mangerait les uns, boirait l'autre et repartirait en tripotant la monnaie au fond de sa poche. Mais cette journée était différente ; elle allait se terminer pour lui à l'hôpital, ce qui était indiscutablement inhabituel, mais elle commença aussi inhabituellement, quand Mr. Keene l'appela. Car au lieu de lui tendre le sac blanc imposant plein de médicaments et les ordonnances (en lui intimant de mettre ces dernières dans sa poche pour ne pas les perdre), Mr. Keene le regarda pensivement et lui dit : « Viens

2

donc une minute dans mon bureau, Eddie. Il faut que je te parle. »

Eddie resta quelques instants à le regarder, clignant des yeux, un peu effrayé. L'idée l'effleura brièvement que le pharmacien le soupçonnait peut-être de vol à l'étalage. Près de l'entrée, un panneau qu'il lisait chaque fois disait (en caractères si gros que même Richie Tozier, était-il prêt à parier, les aurait déchiffrés sans lunettes) : LE VOL À L'ÉTALAGE N'EST PAS UN JEU, MAIS UN DÉLIT. LES CONTREVENANTS SERONT POURSUIVIS !

Eddie n'avait jamais rien volé de sa vie dans un magasin, mais cet avertissement avait le don de le faire se sentir coupable — comme si Mr. Keene savait sur lui des choses que lui-même ignorait.

Puis Mr. Keene ne fit qu'accroître sa confusion en ajoutant :
« Qu'est-ce que tu dirais d'un soda à la crème glacée ?

— Euh...

— Oh, c'est sur le compte de la maison. J'en prends toujours un
au bureau à ce moment de la journée. C'est riche en énergie, sauf si
l'on doit surveiller son poids, ce qui n'est ni ton cas ni le mien. Ma
femme dit que j'ai l'air d'une ficelle engraissée. Ce serait plutôt ton
ami Hanscom qui devrait faire attention à son poids. Quel parfum,
Eddie ?

— Euh, ma mère m'a dit de revenir tout de suite à la maison et...

— Tu as une tête à aimer le chocolat. Au chocolat, ça te va ? »
Mr. Keene cligna de l'œil, mais c'était un clignement sec, comme un
reflet de mica sous le soleil du désert. C'est du moins ainsi que
l'interpréta Eddie, grand amateur de la littérature de Max Brand et
Archie Jocelyn.

« Bien sûr », dit Eddie en renonçant à discuter. La façon dont
Mr. Keene remonta ses lunettes cerclées d'or sous son nez le rendit
nerveux ; et la façon dont le pharmacien avait lui-même l'air nerveux
mais aussi satisfait ne lui plut pas. Il n'avait aucune envie de se rendre
dans le bureau de Mr. Keene. La glace, ce n'était qu'un prétexte.
Pour quelle affaire ? — ce ne devait pas être très réjouissant.

Il va peut-être me dire que j'ai un cancer ou un truc comme ça,
pensa Eddie, affolé. *Le cancer des enfants, la leucémie. Seigneur !*

Oh, tu es vraiment trop bête, se répondit-il lui-même en esprit,
s'efforçant de trouver le ton autoritaire de Bill le Bègue. En tant que
héros aux yeux d'Eddie, Bill avait remplacé Jock Mahoney, le ranger
d'un feuilleton télévisé. Même s'il n'arrivait pas à s'exprimer
correctement, le Grand Bill paraissait toujours tout contrôler. *Ce
type est un pharmacien, pas un médecin, bon Dieu.* Mais Eddie restait
nerveux.

Mr. Keene avait soulevé le rabat du comptoir et lui faisait signe de
passer, d'un doigt osseux. Eddie s'avança à contrecœur.

Ruby, la vendeuse, installée derrière la caisse, lisait une revue de
cinéma. « Pouvez-vous nous en préparer deux, Ruby ? Un au
chocolat, l'autre au café ?

— Bien sûr », répondit la jeune femme, qui marqua la page de sa
revue avec un emballage de chewing-gum.

« Apportez-les au bureau.

— D'accord.

— Suis-moi, fiston. Je ne vais pas te mordre. » Sur quoi
Mr. Keene cligna vraiment de l'œil, ce qui laissa Eddie estomaqué.

Il n'était jamais passé derrière le comptoir, et il étudiait bouteilles, flacons et pots avec intérêt. S'il l'avait pu, il se serait attardé pour examiner le mortier et son pilon, la balance et ses poids, le bocal à poissons plein de capsules. Mais Mr. Keene le poussa jusque dans le bureau et ferma la porte derrière eux. Au claquement de la serrure, Eddie ressentit la raideur annonciatrice dans sa poitrine et la combattit. Il y avait une nouvelle recharge pour son inhalateur dans la commande, et il pourrait s'envoyer une longue et satisfaisante pulvérisation en sortant d'ici.

Un flacon plein de bandes de réglisse se trouvait sur le coin du bureau de Mr. Keene, qui en offrit à Eddie.

« Non, merci », refusa-t-il poliment.

Mr. Keene s'installa dans la chaise pivotante, derrière le meuble, et en prit une. Puis il ouvrit l'un des tiroirs du bureau et en sortit un objet qui déclencha l'alarme chez Eddie : un inhalateur. Mr. Keene s'inclina dans sa chaise pivotante, au point que sa tête touchait presque le calendrier, sur le mur derrière lui. Et...

... et pendant un cauchemardesque instant, pendant que Mr. Keene ouvrait la bouche pour parler, Eddie se souvint de ce qui était arrivé dans le magasin de chaussures quand il était petit et que sa mère avait crié parce qu'il avait posé le pied sur la machine à rayons X. Pendant cet instant de cauchemar, il crut que Mr. Keene allait lui dire : « Eddie, sur dix médecins, neuf admettent que ce médicament pour l'asthme provoque le cancer, comme la machine à rayons X du magasin de chaussures. Tu dois déjà l'avoir essayé. Je me suis dit que tu devais être mis au courant. »

Mais ce que Mr. Keene lui dit, en fait, fut si étrange qu'Eddie resta sans réaction, assis comme un nigaud sur sa chaise à dossier droit, de l'autre côté du bureau.

« La comédie a duré assez longtemps. »

Eddie ouvrit la bouche et la referma.

« Quel âge as-tu, Eddie ? Onze ans, n'est-ce pas ?

— Oui, monsieur », dit faiblement Eddie. Sa respiration devenait réellement plus courte. Il ne sifflait pas encore comme une bouilloire (plaisanterie favorite de Richie : *Vite, sortez la bouilloire du feu ! Eddie bout !*), mais cela pouvait arriver n'importe quand. Il eut un regard d'envie pour l'inhalateur posé sur le bureau, et comme il lui semblait qu'il devait ajouter autre chose, il précisa : « J'aurai douze ans en novembre. »

Mr. Keene acquiesça puis se pencha en avant comme un pharmacien dans une pub à la télé, mains serrées. Ses lunettes brillaient dans la forte lumière des tubes fluo du plafonnier.

« Est-ce que tu sais ce qu'est un placebo, Eddie ? »

Nerveusement, Eddie répondit ce qui lui parut le plus probable :
« C'est pas ce qu'on met en place sur les vaches pour les traire ? »

Mr. Keene partit d'un petit rire et se renversa dans sa chaise.
« Non », dit-il. Eddie se sentit rougir jusqu'à la racine des cheveux. Il
avait l'impression de sentir le sifflement se glisser dans sa respiration.
« Un placebo, c'est... »

Deux coups rapides frappés à la porte interrompirent Mr. Keene.
Sans attendre la réponse, Ruby entra avec un verre de soda-crème
glacée à l'ancienne mode dans chaque main. « Celui au chocolat est
sans doute pour toi », dit-elle à Eddie avec un sourire. Il le lui rendit
du mieux qu'il put, mais jamais, dans toute son histoire personnelle,
son intérêt pour les crèmes glacées n'avait été aussi faible. Il se sentait
effrayé d'une manière à la fois vague et précise : comme lorsqu'il était
assis sur la table d'examen du Dr Handor, en sous-vêtements,
attendant l'arrivée du médecin et sachant que sa mère était installée
dans la pièce à côté, occupant l'essentiel du canapé, un livre (sur les
pouvoirs de la pensée ou la médecine traditionnelle) à la main, tenu
solidement comme un psautier. Dévêtu, sans défense, il se sentait pris
entre les deux.

Il avala un peu de crème glacée au moment où Ruby sortait, mais
en sentit à peine le goût.

Mr. Keene attendit que la porte fût refermée, et eut de nouveau ce
sourire reflet-de-mica. « Détends-toi, Eddie ; je ne vais ni te mordre
ni te faire mal. »

Eddie acquiesça, car Mr. Keene était un adulte et parce qu'il fallait
à tout prix toujours être d'accord avec les adultes (sa mère le lui avait
appris), mais en son for intérieur, il pensait : *J'ai déjà entendu ce
genre de baratin.* Le médecin disait à peu près la même chose au
moment où il ouvrait le stérilisateur et où lui parvenait l'odeur
entêtante et redoutée de l'alcool, piquant ses narines. C'était l'odeur
des piqûres et c'était l'odeur du baratin et ça revenait au même.
Quand on vous disait : « Rien qu'une petite égratignure », on était
sûr que cela allait faire effroyablement mal.

Il aspira sans conviction un peu de soda avec la paille, mais ça ne
lui fit aucun bien ; il avait besoin de toute la place qui restait dans son
gosier pour respirer. Il jeta un coup d'œil à l'inhalateur posé au
milieu du sous-main de Mr. Keene, songea à le lui demander, mais
n'osa pas. Une idée bizarre lui passa par la tête : Mr. Keene savait
peut-être qu'il le voulait et n'osait pas le lui dire, et peut-être
Mr. Keene était-il en train de le

(*torturer*)

taquiner. Sauf que c'était là une idée stupide, n'est-ce pas ? Un adulte — en particulier un adulte qui soignait les gens — ne se serait pas amusé à taquiner un petit garçon de cette manière. Sûrement pas. Ce n'était même pas envisageable, car envisager une telle hypothèse aurait pu l'obliger à une terrifiante réévaluation du monde tel qu'Eddie se le figurait.

Mais il était posé là, juste là, à la fois tout proche et très loin, comme l'eau que ne peut atteindre un homme mourant de soif dans le désert. Posé là, sur le bureau, sous les yeux au sourire de mica de Mr. Keene.

Plus que tout au monde, Eddie aurait voulu se trouver au milieu de ses amis, dans les Friches. L'idée d'un monstre, d'un monstre gigantesque rôdant sous la ville où il était né et avait grandi, rôdant par les collecteurs et les égouts — une telle idée était terrifiante, et encore plus terrifiante celle de le combattre et de l'affronter… mais ceci était d'une certaine façon encore pire. Comment combattre un adulte qui disait qu'il n'allait pas vous faire mal alors qu'on était sûr du contraire ? Comment combattre un adulte qui vous posait des questions bizarres et disait des choses vaguement menaçantes comme : *La comédie a duré assez longtemps* ?

Et presque par hasard, comme une simple idée secondaire, Eddie découvrit l'une des grandes vérités de son enfance. *Ce sont les adultes les véritables monstres.* Cette pensée ne lui fit pas l'effet d'une flamboyante révélation, annoncée à grand renfort de trompettes et de carillons. Elle lui vint à l'esprit et s'évanouit, presque complètement submergée par une autre, bien plus forte : *Je veux mon inhalateur et je veux partir d'ici.*

« Détends-toi, reprit Mr. Keene. La plupart de tes ennuis, Eddie, viennent de ce que tu es si tendu et si raide, tout le temps. Tiens, ton asthme, par exemple. Regarde. »

Mr. Keene ouvrit le tiroir de son bureau, fouilla à l'intérieur et en retira un ballon. Gonflant autant qu'il le pouvait son buste étroit, Mr. Keene souffla dedans. Puis il le pinça au col et le tint devant lui. « Imagine un instant que ceci est un poumon, reprit-il, ton poumon. Évidemment, je devrais normalement en gonfler deux, mais étant donné que c'est le dernier qui me reste…

— Est-ce que je peux avoir mon inhalateur, Mr. Keene ? » le coupa Eddie. Ça commençait à cogner dans sa tête ; sa trachée-artère se refermait. Son cœur battait à toute vitesse et de la sueur perlait à son front. Le soda à la crème glacée restait sur le coin du bureau, tandis que la cerise s'enfonçait lentement dans la crème fouettée.

« Dans un instant, répondit Mr. Keene. Écoute-moi bien, Eddie. Je veux t'aider. Il est temps que quelqu'un le fasse. Si Russ Handor n'a pas le courage de le faire, alors ce sera moi. Ton poumon est comme ce ballon, sauf qu'il est entouré par un ensemble de muscles ; ces muscles sont comme les bras de quelqu'un qui fait fonctionner un soufflet, vois-tu ? Chez une personne en bonne santé, les muscles n'ont aucune peine à aider les poumons à se dilater et se contracter. Mais si le propriétaire de ces poumons, pourtant sains, est constamment raide et contracté, les muscles se mettent à travailler contre les poumons au lieu de cela. Regarde ! »

Mr. Keene entoura le ballon d'une main osseuse et serra. Le ballon se bossela sous la pression et Eddie grimaça, s'attendant à le voir éclater. Simultanément, il sentit sa respiration s'arrêter complètement. Il se pencha sur le bureau et s'empara de l'inhalateur. Son épaule heurta le lourd verre de soda à la crème glacée qui tomba sur le sol, où il explosa comme une bombe.

C'est à peine si Eddie entendit quelque chose. Il étreignait l'appareil dont il fourra l'embout dans sa bouche. Il appuya sur la détente et inspira de toutes ses forces, ses pensées saisies de la même panique qu'un rat pris au piège, comme c'était toujours le cas dans ces moments-là : *Je t'en supplie Maman je suffoque je peux pas* RESPIRER *oh mon Dieu oh Seigneur Jésus je vous en prie je ne veux pas mourir je ne veux pas mourir je vous en prie...*

Puis la brume de l'inhalateur se condensa sur les parois gonflées de sa gorge et il put de nouveau respirer.

« Je vous demande pardon, dit-il, les larmes aux yeux. Je vous demande pardon pour le verre... je nettoierai et je paierai pour les dégâts... mais je vous en prie, ne dites rien à ma mère, d'accord ? Je suis désolé, Mr. Keene, mais je n'arrivais plus à respirer... »

Sa respiration recommençait à siffler dans sa gorge. Il prit une autre inhalation et repartit dans ses excuses maladroites. Il ne se tut que lorsqu'il vit que Mr. Keene lui souriait de ce sourire si particulier. Mr. Keene avait les mains croisées sur lui. Le ballon, dégonflé, était posé sur le bureau. Une idée vint à l'esprit d'Eddie ; une idée qu'il aurait voulu chasser, sans y parvenir. À voir Mr. Keene, on avait l'impression qu'il appréciait davantage la crise d'asthme d'Eddie que sa crème glacée au café à demi finie.

« Ne t'inquiète pas, dit-il finalement. Ruby nettoiera tout ça plus tard ; et pour te dire la vérité, je suis plutôt content que tu aies brisé ce verre. Car je te promets de ne rien dire à ta mère si toi tu me promets de ne pas lui raconter notre petit entretien.

— Oh, je vous le promets, fit vivement Eddie.

— Très bien. Nous nous sommes compris. Et tu te sens bien mieux maintenant, non ? »

Eddie acquiesça.

« Pourquoi ?

— Pourquoi ? Eh bien... à cause de mon médicament. » Il regarda Mr. Keene de la même manière qu'il regardait Mrs. Casey, à l'école, quand il donnait une réponse dont il n'était pas sûr.

« Mais tu n'as pris aucun médicament, dit Mr. Keene. Ce que tu as pris, c'est un placebo. Un placebo, Eddie, est quelque chose qui ressemble à un médicament, qui a le goût d'un médicament mais qui n'en est pas un. Un placebo ne contient aucun élément actif. Ou alors, si c'est un médicament, il est d'un type très particulier : c'est un médicament psychologique. » Mr. Keene souriait. « Comprends-tu ça, Eddie ? Psychologique. »

Eddie comprenait très bien ; Mr. Keene lui disait qu'il était cinglé. Pouvant à peine articuler, il répondit : « Non, je ne vous suis pas.

— Laisse-moi te raconter une petite histoire. En 1954, on a effectué une série d'expériences médicales sur des malades atteints d'ulcère à l'estomac, à l'université DePaul. On a donné à cent d'entre eux des pilules en leur disant qu'elles soigneraient leur ulcère, mais cinquante d'entre eux, en réalité, avaient reçu des placebos... autrement dit de la mie de pain sous un glaçage de sucre. Sur les cent malades, quatre-vingt-treize ont déclaré éprouver une amélioration certaine de leur état, et quatre-vingt-un se portaient réellement mieux. Alors, qu'est-ce que tu en penses ? Quelles conclusions peut-on tirer d'une telle expérience, Eddie ?

— Je sais pas », fit Eddie d'une toute petite voix.

D'un geste solennel, Mr. Keene se tapota le front. « La plupart des maladies commencent ici, voilà ce que je pense. Cela fait bien longtemps que je suis pharmacien et j'en connaissais un sacré bout sur les placebos avant cette expérience des médecins de DePaul. En général, ce sont les gens âgés qui fonctionnent aux placebos ; ils vont voir leur médecin, convaincus qu'ils souffrent de diabète ou qu'ils ont un cancer. Mais dans la plupart des cas, ils n'ont rien. Ils ne se sentent pas bien parce qu'ils sont vieux, c'est tout. Cependant, qu'est-ce que le médecin doit faire ? Leur dire qu'ils sont comme des montres dont le ressort est au bout du rouleau ? Sûrement pas. Les médecins ont besoin de leurs honoraires. » Le sourire de Mr. Keene, maintenant, tenait davantage du ricanement muet.

Eddie restait pétrifié sur sa chaise, attendant que ça finisse, que ça finisse, que ça finisse. *Mais tu n'as pris aucun médicament :* les mots résonnaient encore dans sa tête.

« Les médecins ne leur disent pas, et je ne le leur dis pas moi non plus. Pourquoi se mettre martel en tête ? Parfois, je vois arriver des vieux avec une ordonnance sur laquelle il y a carrément écrit : *Placebo*, ou : *25 cachets de Ciel bleu*, comme disait le vieux docteur Pearson. »

Mr. Keene eut un rire bref et caquetant, puis prit un peu de crème glacée.

« Eh bien, qu'est-ce qu'il y a de mal à ça ? » demanda-t-il à Eddie, qui resta muet comme une carpe, si bien qu'il répondit à sa propre question : « Rien, rien du tout ! Du moins, normalement. Les placebos sont une bénédiction pour les personnes âgées. Mais il y a les autres. Les gens avec un cancer, avec une maladie cardiaque dégénérative, des gens avec des choses épouvantables que nous ne comprenons pas encore, des enfants comme toi, parfois, Eddie ! Dans ces cas-là, si un placebo permet au malade de se sentir mieux, où est le mal ? Vois-tu le mal, Eddie ?

— Non, monsieur », dit Eddie en baissant les yeux sur le gâchis de crème glacée au chocolat, de crème fouettée, de soda et de débris de verre sur le plancher. Au milieu, accusatrice comme une tache de sang sur les lieux du crime, se tenait la cerise au marasquin. Ce spectacle le fit de nouveau se sentir bloqué.

« Alors on est parfaitement d'accord. Il y a cinq ans, lorsque Vernon Maitland a eu son cancer de l'œsophage — une forme de cancer particulièrement douloureuse — et que les médecins se sont trouvés à bout de ressources en matière d'analgésiques, les produits contre la douleur, je suis allé lui rendre visite à l'hôpital avec une bouteille de pilules au sucre. C'était un ami, comprends-tu. Et je lui ai dit : " Vern, ce sont des pilules expérimentales spéciales. Tes médecins ne savent pas que je te les ai apportées, alors pour l'amour du ciel, pas de blague : ne va pas me trahir. Elles ne marcheront peut-être pas, mais moi j'ai bon espoir. N'en prends pas plus d'une par jour, et seulement si la douleur est trop insupportable. " Il m'a remercié avec des larmes dans les yeux. Des larmes, Eddie ! Et elles ont marché pour lui, oui ! Ce n'était que de la mie de pain sucrée, mais elles faisaient disparaître une bonne partie de la douleur.... parce que la douleur, c'est là. »

Du même geste solennel, Mr. Keene se tapota le front.

Eddie remarqua : « Mon médicament aussi fait de l'effet.

— Je le sais, répondit Mr. Keene avec un irritant sourire condescendant d'adulte. Il fait de l'effet sur ta poitrine parce qu'il fait de l'effet sur ta tête. Ton HydrOx, Eddie, c'est de l'eau avec une pointe de camphre pour lui donner un goût de médicament.

— Non », dit Eddie, dont la respiration sifflait de nouveau.

Mr. Keene but un peu de soda, prit quelques cuillerées de crème en train de fondre et se tamponna méticuleusement les lèvres avec son mouchoir pendant qu'Eddie prenait une inhalation de plus.

« Je veux partir, maintenant, reprit Eddie.

— Laisse-moi finir, s'il te plaît.

— Non ! Je veux partir, vous avez votre argent et je veux partir !

— Laisse-moi finir ! » répéta Mr. Keene d'un ton si autoritaire qu'Eddie retomba sur sa chaise. Les adultes pouvaient être tellement détestables avec leurs abus de pouvoir, par moments. Tellement détestables.

« Une partie de ton problème tient à ce que ton médecin, le Dr Russ Handor, est un faible. Une autre partie tient à ce que ta mère est bien déterminée à ce que tu sois malade. Tu es pris entre deux feux, Eddie.

— Je ne suis pas cinglé ! » murmura Eddie d'une voix voilée.

La chaise de Mr. Keene grinça comme un grillon monstrueux. « Quoi ?

— Je dis que je ne suis pas cinglé ! » cria Eddie. Il se mit aussitôt à rougir, honteux.

Mr. Keene sourit. Pense ce que tu veux, disait ce sourire ; moi aussi je pense ce que je veux.

« Tout ce que je te dis, Eddie, c'est que tu n'es pas malade physiquement. Ce ne sont pas tes poumons qui ont de l'asthme, c'est ta tête.

— Vous voulez dire que je suis cinglé. »

Mr. Keene se pencha en avant, le regardant attentivement par-dessus ses mains croisées.

« Je ne sais pas, dit-il doucement. Le crois-tu ?

— Tout ça c'est des mensonges ! » cria Eddie, surpris que les mots puissent sortir avec une telle force de sa poitrine comprimée. Il pensait à Bill, comment Bill réagirait devant des accusations aussi stupéfiantes. Bill saurait que répondre, bégaiement ou non. Bill saurait se montrer courageux. « Rien que de gros mensonges ! J'ai de l'asthme, j'ai de l'asthme !

— Oui, admit Mr. Keene, dont le sourire sec avait maintenant quelque chose de la grimace d'une tête de mort, mais qui te l'a donné, Eddie ? »

Dans la tête d'Eddie, ça cognait et tourbillonnait. Il se sentait pris de nausées, il se sentait très malade.

« Il y a quatre ans, en 1954 — la même année que l'expérience de DePaul, par une curieuse coïncidence —, le Dr Handor t'a fait ta première ordonnance d'HydrOx. HydrOx, c'est pour hydrogène et oxygène, les deux composants de l'eau. J'ai toléré cette tromperie depuis lors, mais je ne la tolérerai plus. Ton médicament pour l'asthme fait de l'effet au niveau de ta tête et non à celui de ton corps. Ton asthme n'est que le résultat d'une contraction nerveuse de ton diaphragme qui a son origine dans ta tête... ou dans celle de ta mère. Tu n'es pas malade. »

Il se fit un silence terrible.

Eddie ne bougeait pas de sa chaise, l'esprit chaotique. Il envisagea un instant cette possibilité : que Mr. Keene disait la vérité. Mais cela entraînait tellement de conséquences qu'il ne pouvait que refuser une telle idée. Et cependant, pourquoi Mr. Keene mentirait-il, en particulier à propos de quelque chose d'aussi sérieux ?

Mr. Keene ne bougeait pas davantage, arborant toujours son sourire sec venu du désert, dépourvu de cordialité.

J'ai de l'asthme. J'ai vraiment de l'asthme. Le jour où Henry Bowers m'a donné un coup de poing sur le nez, le jour où Bill et moi nous avons essayé de faire un barrage sur la rivière, j'ai failli mourir. Comment croire que c'est mon esprit qui... simulait tout cela ?

Mais pourquoi mentirait-il ? (Ce ne fut que plus tard, à la bibliothèque, qu'Eddie se posa la question la plus angoissante : *Pourquoi me dirait-il la vérité ?*)

Vaguement, il entendit Mr. Keene qui disait : « Je n'ai jamais cessé de t'observer, Eddie. Je t'ai expliqué tout cela parce que tu es maintenant assez grand pour comprendre, mais aussi parce que j'ai remarqué que tu t'étais fait des amis, finalement. Et ce sont de bons amis, non ?

— Oui.

— Et je parie que ta mère ne les aime pas beaucoup, n'est-ce pas ? fit Mr. Keene en inclinant sa chaise en arrière.

— Elle les aime beaucoup. » (En répondant, Eddie pensa aux propos qu'elle avait tenus sur Richie Tozier : « cet insolent qui doit fumer, j'ai senti son haleine », sur Stan Uris à qui il ne fallait pas prêter d'argent « parce qu'il était juif » et à son mépris manifeste pour Bill Denbrough et « ce gros ».)

« Elle les aime beaucoup, répéta-t-il.

— Vraiment ? » Mr. Keene ne cessait de sourire. « Peut-être a-t-elle raison, peut-être a-t-elle tort, mais au moins, tu as des amis. Pourquoi ne leur parlerais-tu pas de ton problème..., de cette faiblesse mentale ? Pour voir ce qu'ils en pensent. »

Eddie ne répondit pas. Ça lui paraissait plus sûr. Il en avait sa claque de parler avec Mr. Keene. Il craignait de se mettre à pleurer s'il ne s'en allait pas rapidement.

« Bon, dit Mr. Keene en se levant. Je pense qu'il n'y a plus rien à ajouter, Eddie. Si je t'ai bouleversé, j'en suis désolé. Je ne faisais que mon devoir tel que je le conçois. Je... »

Mais avant qu'il ait pu ajouter un mot de plus, Eddie s'était emparé de l'inhalateur, du sac plein de pilules et autres panacées et s'enfuyait. L'un de ses pieds glissa dans la flaque de crème, sur le sol, et il faillit tomber. Il courut, s'éloignant de la pharmacie comme un boulet de canon en dépit de sa respiration sifflante. Ruby lui jeta un regard effaré par-dessus sa revue de cinéma et resta bouche bée.

Il avait l'impression que Mr. Keene, derrière lui, était debout dans l'entrée de son arrière-boutique et suivait des yeux, par-dessus le comptoir, sa pitoyable retraite. Mr. Keene, très maigre, impeccable, songeur, souriant. De ce sourire sec de mica dans le désert.

Il ne s'arrêta qu'une fois rendu au triple carrefour de Main, Center et Kansas Streets. Il prit une nouvelle grande bouffée de son inhalateur, assis sur le mur bas près de l'arrêt du bus ; il avait maintenant la gorge poisseuse et le goût du médicament

(rien que de l'eau avec une pointe de camphre)

était tellement écœurant qu'il se dit qu'il allait vomir tripes et boyaux s'il devait y avoir recours encore une fois.

Il glissa l'appareil dans sa poche et regarda la circulation. Le soleil lui tapait sur la tête, brûlant. Chaque voiture qui passait lui envoyait un éclair aveuglant dans les yeux, et la migraine commença à battre à ses tempes. Il n'arrivait pas à trouver un moyen de se mettre en colère contre Mr. Keene, mais n'avait aucune peine à se sentir désolé pour Eddie Kaspbrak. Il se dit que Bill Denbrough ne perdait sans doute jamais de temps à se plaindre sur soi, mais Eddie ne voyait pas comment s'en empêcher.

Plus que tout, il aurait voulu faire ce que lui avait suggéré le pharmacien : se rendre dans les Friches et tout raconter à ses amis, voir comment ils réagiraient, les réponses qu'ils lui fourniraient. Mais c'était pour le moment impossible ; sa mère l'attendait avec les médicaments

(dans ta tête... ou dans celle de ta mère)

et s'il ne rentrait pas

(ta mère est bien déterminée à ce que tu sois malade)

les ennuis ne tarderaient pas. Elle supposerait qu'il était allé retrouver Bill, Richie ou « ce petit juif », comme elle appelait Stan (en faisant bien remarquer que ce n'était pas par préjugé qu'elle le désignait ainsi, qu'elle ne faisait que jouer « cartes sur table » — son expression favorite quand il s'agissait de dire la vérité dans des situations difficiles). Tout seul à ce carrefour, multipliant les efforts désespérés pour mettre de l'ordre dans ses pensées, Eddie se douta de ce qu'elle dirait si elle apprenait qu'un autre de ses amis était un nègre et un autre une fille — une fille assez grande pour avoir des nénés.

Il partit lentement en direction de Up-Mile Hill, angoissé à l'avance à l'idée de grimper le raidillon par une chaleur telle qu'on aurait pu faire cuire un œuf sur le trottoir. Pour la première fois, il en vint à souhaiter la reprise des classes et la fin de cet épouvantable été.

Il s'arrêta à mi-chemin dans la montée, à peu de distance de l'endroit où Bill retrouverait Silver vingt-sept ans plus tard, et tira l'inhalateur de sa poche. *Brumisateur HydrOx. Utiliser selon les besoins*, lisait-on sur l'étiquette.

Un nouvel élément se mit en place. *Utiliser selon les besoins.* Il n'était encore qu'un gamin et du lait lui sortait du nez quand on le pressait (comme le lui disait parfois sa mère dans les séances où elle jouait « cartes sur table »), mais même à onze ans on peut comprendre qu'un médicament dont on peut user à volonté n'est pas un vrai médicament. Avec un vrai médicament, on pourrait se tuer en cas d'abus ; cela pouvait même arriver, soupçonnait-il, avec la bonne vieille aspirine.

Il regarda fixement l'inhalateur, sans prêter attention aux coups d'œil que lui jeta une vieille dame qui passait, son sac à provisions sous le bras. Il se sentait trahi. Il fut un instant sur le point de jeter le flacon de plastique dans le caniveau — mieux encore, dans la bouche d'égout qui s'ouvrait un peu plus loin. Et pourquoi pas, en effet ? Il n'avait qu'à le lui filer, à Ça, le balancer dans ses boyaux et ses tunnels. Tape-toi ce placebo, hé, ordure aux cent têtes ! Il éclata d'un rire de forcené et fut à deux doigts de le faire. Mais en fin de compte, l'habitude fut la plus forte. Il remit l'inhalateur dans la poche droite de son pantalon et reprit sa marche, sans prêter attention aux coups d'avertisseur occasionnels ou au ronronnement du bus de Bassey Park quand il le croisa. Il n'avait pas la moindre idée qu'il était sur le point de découvrir ce que voulait dire avoir mal — avoir vraiment mal.

3

Quand il sortit du Costello Avenue Market, vingt-cinq minutes plus tard, avec deux barres de confiserie et un Pepsi, Eddie eut la désagréable surprise de voir Henry Bowers, Victor Criss, Moose Sadler et Patrick Hockstetter agenouillés sur les gravillons, à la droite de la boutique, en train de mettre leurs fonds en commun sur la chemise de Victor. Les livres des cours d'été étaient empilés en désordre à côté d'eux.

En temps ordinaires, Eddie aurait subrepticement battu en retraite dans le magasin et demandé à Mr. Gedreau de passer par l'arrière-boutique. Mais on n'était pas en temps ordinaires. Eddie se pétrifia sur place, une main sur la porte à moustiquaire avec ses réclames de cigarettes, l'autre tenant le sac blanc de la pharmacie et le sac brun de l'épicerie.

Victor Criss le vit et donna du coude à Henry, qui leva les yeux, ainsi que Patrick Hockstetter. Moose, dont les rouages fonctionnaient au ralenti, continua de compter les piécettes pendant quelques secondes avant de remarquer le silence et de redresser à son tour la tête.

Henry se leva en chassant de la main les gravillons restés pris aux genoux de sa salopette. Il arborait un gros pansement sur le nez et sa voix avait une tonalité nasillarde de corne de brume. « Hé ! Que j' sois pendu si ça n'est pas l'un de nos lanceurs de cailloux ! Où sont tes potes, trou-du-cul ? Dedans ? »

Eddie secoua la tête négativement, hébété, avant de se rendre compte qu'il venait de commettre une deuxième erreur.

Le sourire de Henry s'élargit. « Eh bien, c'est parfait. Ça m'est égal de vous prendre un par un. Viens donc un peu par ici, trou-du-cul. »

Victor se tenait à côté de Henry ; Patrick était un peu en arrière, avec ce même air porcin et abruti qu'Eddie connaissait bien depuis l'école. Moose n'avait pas fini de se relever.

« Allez, viens, trouduc, dit Henry. Si on parlait un peu de lancer des cailloux, hein ? Si on en parlait ? »

Maintenant qu'il était trop tard, Eddie décida qu'il serait sage de retourner à l'intérieur du magasin. Là où se trouvait un adulte. Mais au premier geste qu'il fit, Henry fonça et l'attrapa. Il tira sur le bras d'Eddie, violemment, et son sourire se transforma en ricanement. La main du gamin fut arrachée au montant de la porte. Il serait allé s'étaler la tête la première sur les gravillons si Victor ne l'avait saisi brutalement sous les bras. Eddie réussit à rester sur ses pieds, mais en tournant par deux fois sur lui-même. Les quatre garçons l'entouraient maintenant, le plus près de lui étant Henry, sourire aux lèvres. Un épi de cheveux se dressait sur sa tête.

Un peu en arrière, sur sa gauche, se tenait Patrick Hockstetter, un gosse authentiquement sinistre. Eddie, jusqu'à ce jour, ne l'avait jamais vu avec personne. Gros, il avait l'estomac qui débordait de sa ceinture à grosse boucle et un visage parfaitement rond, aussi pâle, d'ordinaire, que du fromage blanc. Un coup de soleil lui avait cependant donné des couleurs, et son nez pelait. À l'école, Patrick aimait à tuer les mouches à coups de règle ; il les plaçait ensuite dans son plumier. Il montrait parfois sa collection de cadavres à un nouveau, dans un coin de la cour de récré, un sourire étirant ses lèvres épaisses, une expression songeuse et tranquille dans son regard gris-vert. Jamais il ne parlait dans ces cas-là, quoi que l'autre gosse lui dise. C'était cette expression qu'il avait maintenant.

« Comment ça va, le mec aux cailloux ? demanda Henry en faisant un pas en avant. T'as pas de cailloux sur toi ?

— Laisse-moi tranquille, fit Eddie d'une voix tremblante.

— Laisse-moi tranquille ! » reprit Henry d'un ton moqueur, agitant les mains pour feindre la peur. Victor rit. « Et qu'est-ce que tu vas faire, sinon, l'homme aux cailloux, hein ? » Sa main s'envola, vive comme l'éclair, et vint atterrir sur la joue d'Eddie avec un bruit de détonation ; sa tête partit en arrière, et des larmes commencèrent à couler de son œil gauche.

« Mes amis sont dedans, dit Eddie.

— Mes amis sont dedans ! cria Patrick d'une voix de fausset. Ooooh ! Ooooh ! Ooooh ! » Puis il contourna Eddie par la droite.

Eddie voulut partir dans cette direction ; mais la main de Henry s'abattit de nouveau et c'est son autre joue, cette fois-ci, qui se mit à le brûler.

Ne pleure pas, c'est ce qu'ils veulent, mais il ne faut pas, Bill ne pleurerait pas, lui, Bill ne pleurerait pas, ne pleu...

Victor avança d'un pas et lui donna une bourrade du plat de la main, au milieu de la poitrine. Eddie partit en arrière, trébuchant, et s'effondra par-dessus Patrick qui s'était accroupi juste derrière lui. Il heurta sèchement les gravillons et s'écorcha les bras. Il en eut le souffle coupé.

L'instant suivant, Henry Bowers était à califourchon sur lui, les fesses pesant sur son estomac, les genoux clouant ses bras au sol.

« T'as pas de munitions, l'homme aux cailloux ? » lui cracha Henry à la figure. Eddie éprouva plus de peur à voir la lueur de folie dans les yeux de Henry qu'aux difficultés qu'il avait à retrouver sa respiration ou à la douleur dans ses bras. Henry était cinglé. Quelque part tout près, Patrick gloussa.

« T'as envie de lancer des cailloux, hein ? Je vais t'en donner, moi, des cailloux ! Tiens ! Voilà des cailloux ! »

Henry ramassa une poignée de gravillons et les jeta au visage d'Eddie. Puis il les frotta sur sa peau, lui entaillant les joues, les paupières, les lèvres. Eddie ouvrit la bouche et hurla.

« Tu veux des cailloux ? Je vais t'en donner, moi ! Tiens, l'homme aux cailloux ! Tiens, bouffe ! Bouffe ! »

Projetés dans sa bouche, les gravillons écorchèrent ses gencives, frottèrent sur ses dents, crissèrent sur ses plombages. Il hurla encore et recracha les graviers.

« Comment, t'en as pas assez ? T'en veux encore ? Qu'est-ce que tu dirais de...

— Arrête ! Arrête ça tout de suite ! Tu m'entends ! Sale gosse ! Laisse-le tout de suite ! Laisse-le tranquille ! »

À travers les larmes qui brouillaient sa vue, Eddie vit une grosse main descendre et saisir Henry par le col de sa chemise et la bretelle droite de sa salopette. La main tira et Henry fut soulevé ; à peine avait-il atterri sur le sol qu'il se relevait. Eddie se remit plus lentement sur pied. Il voulait aller vite, mais l'accélérateur était temporairement hors d'usage. La respiration entrecoupée de hoquets, il recracha des gravillons ensanglantés.

C'était Mr. Gedreau, avec son grand tablier blanc, et il avait l'air furieux. Il n'y avait pas la moindre trace de peur sur son visage, alors que Henry faisait bien huit centimètres et probablement vingt kilos de plus que lui. Aucune trace de peur parce qu'il était un adulte et que Henry était un enfant. Sauf que, pensa Eddie, ça ne signifiait peut-être rien. Mr. Gedreau ne comprenait pas ; il ne comprenait pas que Henry était cinglé.

« Fichez-moi le camp d'ici, fit Mr. Gedreau en avançant jusqu'à se trouver face à face avec le garçon à la mine boudeuse et au gros pansement sur le nez. Fichez le camp d'ici et que je ne vous revoie plus. J'ai les brimades en horreur. J'ai en horreur qu'on se mette à quatre contre un. Qu'est-ce que penseraient vos mères ? »

Il les regarda tour à tour, la colère toujours dans les yeux. Moose et Victor se mirent à étudier le bout de leurs chaussures. Seul Patrick soutint le regard de Mr. Gedreau, avec toujours cette même expression vacante. Mr. Gedreau revint à Henry et put encore dire : « Prenez vos bicyclettes et... »

À ce moment-là, Henry lui donna une puissante bourrade. Une expression de surprise, qui aurait pu être comique en d'autres circonstances, se peignit sur le visage de Mr. Gedreau, tandis qu'il trébuchait à reculons en faisant jaillir des gravillons sous ses semelles. Il heurta du talon la première marche qui conduisait au magasin et s'assit rudement dessus.

« Comment oses-tu... ? »

L'ombre de Henry vint le recouvrir. « Rentrez, dit-il.

— Tu... », commença Mr. Gedreau, qui cette fois s'arrêta spontanément. Il l'avait finalement vue, se dit Eddie, la petite lueur dans les yeux de Henry. Il se leva rapidement, tablier au vent, grimpa les marches aussi rapidement qu'il le put, trébuchant sur la deuxième et retombant brièvement sur un genou. Il se releva aussitôt, mais ce faux pas, aussi court qu'il eût été, parut le dépouiller de ce qui lui restait de son autorité de grande personne.

Il fit demi-tour avant d'entrer et cria : « J'appelle les flics ! »

Henry fit comme s'il s'apprêtait à lui bondir dessus, et Mr. Gedreau recula. Cette fois-ci, c'était bel et bien fichu, se rendit compte Eddie. Aussi incroyable et impensable que cela pût paraître, il était ici sans la moindre protection. Il était temps de filer.

Pendant que Henry se tenait au pied des marches en train de fusiller l'épicier des yeux et que les autres, pétrifiés, contemplaient cette scène qui les horrifiait — Patrick excepté — plus ou moins, Eddie comprit qu'il fallait saisir sa chance. Il fit demi-tour et prit ses jambes à son cou.

Il avait déjà parcouru la moitié de la distance jusqu'au prochain coin de rue lorsque Henry se retourna, les yeux jetant des éclairs. « Chopez-le ! » beugla-t-il.

Asthme ou non, Eddie fit un sacré parcours ce jour-là. Il ne savait plus très bien, par moments, si les semelles de ses tennis touchaient encore terre. Il crut même à un moment donné, chose inouïe, qu'il arriverait à les distancer.

Au moment où il allait s'engager dans Kansas Street et peut-être trouver la sécurité, un petit, monté sur un tricycle, déboucha d'une allée privée droit dans les jambes d'Eddie. Celui-ci essaya de l'éviter, mais à la vitesse à laquelle il était lancé, il aurait été mieux inspiré de sauter par-dessus le bambin (dont le nom était Richard Cowan ; il allait grandir, se marier et avoir un fils du nom de Frederick qui finirait noyé dans des toilettes, à demi dévoré par une chose montée de la porcelaine comme une fumée noire avant de prendre une forme abominable), ou du moins d'essayer.

L'un des pieds d'Eddie se prit dans l'arrière du tricycle ; grâce aux roulettes latérales, le jeune Cowan oscilla à peine, alors qu'Eddie partait en vol plané. Il atterrit sur l'épaule, rebondit sur le trottoir, retomba et glissa sur trois mètres en se pelant la peau des coudes et des genoux. Il essayait de se relever au moment où Henry lui rentra dedans comme une charge de bazooka et l'étendit à nouveau par terre. Le nez d'Eddie vint heurter sèchement le trottoir. Du sang jaillit.

Henry fit un roulé-boulé de parachutiste et se remit debout. Il saisit Eddie à la nuque et par le poignet droit. Sa respiration, qui passait difficilement, bruyante, à travers les épaisseurs du pansement, était chaude et humide.

« Tu veux des cailloux, mec ? Merde ! » fit-il en tordant le bras d'Eddie derrière son dos. Eddie cria. « Des cailloux pour l'homme aux cailloux, hein ? » Il remonta encore d'un cran le bras du garçon. Eddie hurla, cette fois. Il entendit vaguement, derrière lui, les autres qui approchaient et le gamin, sur son tricycle, qui se mettait à brailler. *Bienvenu au club, morveux !* pensa-t-il ; et en dépit de la douleur, en dépit des larmes et de la peur, il ne put retenir un rire comme un braiment d'âne.

« Tu trouves ça marrant ? s'exclama Henry, l'air encore plus étonné que furieux. Tu trouves ça marrant ? » Mais n'y avait-il pas une note de peur dans la voix de Henry ? Des années plus tard, Eddie répondrait à cette question : *Oui, il y avait une note de peur dans sa voix.*

Eddie essaya d'arracher son poignet à la prise de Henry ; la transpiration l'avait rendu glissant, et il y arriva presque. C'est peut-être à cause de cela que Henry lui tordit un peu plus le bras ; il y eut un craquement, comme celui d'une branche qui se brise sous le poids de la neige. Une onde de douleur, grise et puissante, remonta du membre cassé. Il poussa un hurlement, mais le son lui parut lointain. Le monde se décolorait sous ses yeux et quand Henry le lâcha d'une bourrade, il eut l'impression de flotter jusqu'au trottoir, que sa chute n'en finissait pas. Il distingua toutes les craquelures du revêtement, il eut le temps d'admirer la façon qu'avait le soleil de juillet de se refléter sur les particules de mica prises dans les vieilles dalles. Il eut même celui de relever la présence, presque complètement effacée, d'une ancienne marelle tracée à la craie rose. Celle-ci, pendant un bref instant, se mit à ondoyer, prenant la forme de quelque chose d'autre. La forme, aurait-on dit, d'une tortue.

Il se serait sans doute évanoui s'il n'était retombé sur son bras cassé ; un nouvel élancement, aigu, éclatant, brûlant, terrible, le parcourut. Il sentit les esquilles des deux parties de la fracture frotter les unes contre les autres et se mordit la langue. Un goût salé lui emplit la bouche. Il roula sur le dos et vit Henry, Victor, Moose et Patrick qui le dominaient de toute leur hauteur. Ils lui paraissaient incroyablement grands, incroyablement hauts, comme des croque-morts contemplant le fond d'une tombe.

« Ça te plaît, l'homme aux cailloux ? demanda Henry dont la voix lui parvint de loin, flottant à travers la masse cotonneuse de la douleur. Le numéro t'a plu, l'homme aux cailloux ? C'est pas du boulot, ça ? » Patrick Hockstetter gloussa.

« Ton père est complètement cinglé, s'entendit dire Eddie. Et toi aussi. »

Sur le visage de Henry le sourire disparut aussi vite que s'il venait de recevoir une gifle. Il leva un pied pour frapper... et l'appel d'une sirène retentit dans le calme et la chaleur de l'après-midi. Henry arrêta son mouvement. Victor et Moose regardèrent autour d'eux, mal à l'aise.

« Je crois qu'on ferait mieux de se barrer, Henry, dit Moose.

— Je sais très bien que je vais me barrer, moi », déclara Victor à son tour. Comme ces voix lui paraissaient lointaines ! Semblables aux ballons du clown, elles avaient l'air de flotter. Victor partit en direction de la bibliothèque, en coupant par le McCarron Park pour ne pas rester dans la rue.

Henry hésita encore un instant, espérant peut-être que les flics étaient appelés ailleurs et qu'il pourrait continuer tranquillement. Mais la sirène s'éleva de nouveau, plus insistante. « T'as de la chance, tête de nœud », dit-il avant de prendre avec Moose la même direction que Victor.

Patrick attendit encore un peu. « Tiens, fit-il de sa voix basse et râpeuse, un petit supplément pour toi. » Il se racla la gorge et cracha un énorme mollard verdâtre sur le visage ensanglanté et couvert de sueur d'Eddie, tourné vers le ciel. « T'es pas obligé de tout bouffer tout de suite, reprit Patrick, son sourire de zombie aux lèvres. Tu peux en garder pour le dessert. »

Puis il se détourna lentement et partit.

Eddie essaya de se débarrasser du crachat avec son bras valide, mais même ce simple mouvement suffit à faire flamboyer une nouvelle onde de douleur.

Dis donc, quand tu es parti pour la pharmacie, tu n'aurais jamais imaginé te retrouver sur le trottoir de Costello Avenue avec un bras cassé et la morve de Patrick Hockstetter sur la figure, hein ? Tu n'as même pas eu le temps de boire ton Pepsi. La vie est pleine de surprises, non ?

L'incroyable est qu'il trouva la force de rire de nouveau. Un son bien faible, qui se transmit douloureusement à son bras, mais qui lui fut agréable. Et il y avait quelque chose d'autre : pas trace d'asthme. Il respirait librement, au moins pour l'instant. Une bonne chose. Il aurait été incapable d'atteindre son inhalateur. Totalement incapable.

La sirène était maintenant très proche, un hurlement lancinant. Eddie ferma les yeux, et ne vit plus que du rouge derrière ses paupières. Puis le rouge devint noir, et une ombre vint le recouvrir. C'était le petit garçon au tricycle.

« T'es pas bien ?

— Est-ce que j'ai l'air bien ?

— Non, t'as pas l'air bien », répondit le bambin en s'éloignant d'un coup de pédale, une comptine à la bouche.

Eddie se mit à pouffer. La voiture des flics arrivait : il entendit le grincement des freins. Il se prit à espérer vaguement que Mr. Nell serait du nombre, alors qu'il savait bien que Mr. Nell patrouillait à pied.

Au nom du ciel, qu'est-ce qui peut bien te faire rire ?

Il l'ignorait, tout comme il ignorait pour quelles raisons, en dépit de la douleur, il éprouvait une aussi intense impression de soulagement. Peut-être était-ce parce qu'il était encore en vie et qu'il ne s'en tirait qu'avec un bras cassé, qu'on pouvait encore le raccommoder ? Il ne chercha pas plus loin, mais des années plus tard, alors qu'assis dans la bibliothèque, un verre de gin au jus de prune à la main, son inhalateur posé devant lui, il décrivait la scène aux autres, il leur dit qu'il y avait eu quelque chose de plus, qu'il avait été assez âgé pour ressentir mais non pour comprendre ou exprimer.

Je crois que c'était la première fois de ma vie que j'avais réellement mal, leur dirait-il. *Ce n'était pas du tout ce que j'aurais cru. Cela ne me détruisait pas en tant que personne... Il me semble que... cette expérience m'a donné une base de comparaison : j'ai découvert que l'on pouvait continuer à exister à l'intérieur de la douleur, en dépit de la douleur.*

Eddie tourna lentement la tête sur sa droite et vit de gros pneus Firestone, des enjoliveurs aveuglants et des lumières bleues qui clignotaient. Puis il entendit la voix de Mr. Nell, une voix à l'accent irlandais épais, on ne peut plus irlandais, plus proche de la parodie de Richie que de la voix véritable de Mr. Nell... mais peut-être était-ce la distance.

« Seigneur Jésus ! Mais c'est le petit Kaspbrak ! »

C'est à cet instant-là qu'Eddie perdit connaissance.

4

À une exception près, il demeura longtemps dans cet état.

Il reprit en effet brièvement conscience dans l'ambulance. Il aperçut Mr. Nell assis à côté de lui, qui prenait une rasade à sa petite bouteille brune et feuilletait un livre de poche avec, sur la couverture, une fille avec des seins énormes comme Eddie n'en avait jamais vu. Ses yeux se portèrent sur le chauffeur, qui se tourna à ce moment-là et lui adressa un grand sourire grimaçant ; il avait la peau livide, fardée de blanc et de talc, les yeux aussi brillants que des pièces neuves. C'était Grippe-Sou.

« Mr. Nell... », grogna Eddie.

Le flic leva les yeux et sourit. « Comment te sens-tu, mon bonhomme ?

— ... le conducteur... le conducteur...

— T'en fais pas, on arrive dans une minute, dit Mr. Nell en lui tendant la petite bouteille brune. Prends-en un coup. Tu te sentiras encore mieux après. »

Eddie eut l'impression d'avaler un feu liquide. Il toussa, ce qui lui fit mal au bras. Il regarda vers l'avant et revit le chauffeur. Un type ordinaire aux cheveux taillés en brosse. Pas un clown.

Il plongea de nouveau.

Beaucoup plus tard, il se retrouva en salle d'urgence, tandis qu'une infirmière le débarrassait du sang, de la terre, de la morve et des gravillons avec un linge frais. Cela le piquait, mais la sensation était en même temps merveilleuse. Il entendit sa mère qui mugissait, trompettait et tempêtait à l'extérieur, et il voulut dire à l'infirmière de ne pas la laisser entrer ; mais, en dépit de tous ses efforts, les mots refusaient de franchir ses lèvres.

« ... s'il est mourant, je veux le savoir ! rugissait Mrs. Kaspbrak. Vous m'entendez ? J'ai le droit de savoir, comme j'ai le droit de le voir ! Je peux vous poursuivre, figurez-vous ! Je connais des avocats, des tas d'avocats ! Certains de mes meilleurs amis sont avocats !

— N'essaie pas de parler », dit l'infirmière à Eddie. Elle était jeune, et il sentait ses seins peser contre son bras valide. Pendant un instant, il s'imagina, stupidement, que cette infirmière était en réalité Beverly Marsh, puis il plongea de nouveau dans l'inconscience.

Lorsqu'il revint à lui, sa mère était dans la pièce et parlait à deux cents à l'heure au Dr Handor. Sonia Kaspbrak était une montagne de femme. Ses jambes, gainées de solides bas de maintien, étaient de vrais troncs d'arbre, mais bizarrement lisses. Deux taches rouges à ses pommettes faisaient d'autant plus ressortir la pâleur générale de ses traits.

« M'man, réussit à proférer Eddie,... suis bien... suis très bien...

— Non, tu vas mal, très mal ! » gémit Mrs. Kaspbrak en se tordant les mains. Eddie entendit ses articulations qui craquaient et grinçaient. Il commença à sentir sa respiration qui se raccourcissait à la voir — à voir dans quel état elle se trouvait, à quel point elle était atteinte par son accident. Il aurait voulu lui dire de ne pas s'en faire, qu'elle allait avoir une attaque cardiaque, mais il en fut incapable. Il avait la gorge trop sèche. « Tu n'es pas bien du tout, tu viens d'avoir un accident sérieux, un accident TRÈS sérieux, mais tout ira TRÈS bien, même s'il faut faire venir tous les spécialistes de l'annuaire, oh, Eddie, ton bras... Eddie, ton pauvre bras.. »

Elle éclata en sanglots sonores, trompettants. Eddie remarqua que l'infirmière qui s'était occupée de lui la regardait sans aménité.

Tout au long de son numéro, le Dr Handor n'avait cessé de bafouiller : « Sonia... je vous en prie... Sonia... Sonia... » C'était un homme maigre à l'air fragile doté d'une petite moustache étique et de plus mal taillée, plus longue d'un côté que de l'autre. Il avait l'air nerveux. Eddie se souvint de ce que Mr. Keene lui avait dit ce matin même et fut peiné pour le Dr Handor.

Finalement, rassemblant toute son énergie, il finit par lâcher : « Si vous n'arrivez pas à vous contrôler, vous allez devoir sortir, Sonia ! »

Elle se tourna brusquement vers lui. « Jamais de la vie, vous m'entendez ! Comment osez-vous ? C'est mon fils qui est ici à l'agonie ! MON FILS QUI GÎT SUR SON LIT DE DOULEUR ! »

Eddie prit tout le monde par surprise en retrouvant sa voix : « Je veux que tu sortes, M'man. S'ils me font quelque chose qui me fait crier, et ça va sûrement arriver, ce sera mieux si tu n'es pas là. »

Elle se tourna vers lui, à la fois stupéfaite et blessée. À voir cette expression de chagrin sur son visage, il sentit sa poitrine se contracter inexorablement. « Il n'en est pas question ! s'écria-t-elle. C'est odieux de ta part de dire une chose pareille, Eddie ! Tu délires ! Tu ne comprends pas ce que tu dis, c'est la seule explication possible !

— Je ne sais pas quelle est la bonne explication et je m'en moque, intervint l'infirmière. Tout ce que je sais, c'est que nous restons là à ne rien faire alors que nous devrions être en train de remettre le bras de votre fils en place.

— Insinueriez-vous..., commença Sonia, dont la voix monta à des hauteurs stratosphériques, comme à chaque fois qu'elle était au comble de l'énervement.

— Je vous en prie, Sonia, dit le Dr Handor. Ne nous disputons pas ici. Il faut aider Eddie. »

Sonia se retint, mais son regard meurtrier — les yeux d'une lionne qui voit son petit en danger — promettait toutes sortes d'ennuis à l'infirmière, pour l'avenir. Voire même un procès. Puis ses yeux s'embrumèrent, noyant ou cachant la colère. Elle prit la bonne main d'Eddie et l'écrasa si rudement qu'il grimaça.

« Tu vas mal, mais tu iras bien très vite, dit-elle. Très vite, je te le promets.

— Bien sûr, M'man, fit Eddie, la voix sifflante. Est-ce que je peux avoir mon inhalateur ?

— Évidemment. » Sonia Kaspbrak adressa un regard de triomphe à l'infirmière, comme si elle venait d'être lavée d'une accusation criminelle ridicule. « Mon fils a de l'asthme. C'est très sérieux, mais il réagit magnifiquement.

— Parfait », répondit sèchement l'infirmière.

Sa maman lui tint l'inhalateur pour qu'il puisse aspirer. Un moment plus tard, le Dr Handor entreprenait d'explorer le bras cassé ; il faisait aussi doucement que possible, mais la douleur était encore terrible. Pour s'empêcher de crier, Eddie grinçait des dents ; il avait peur que sa mère se mette à hurler si lui-même criait. De grosses gouttes de sueur se formaient sur son front.

« Vous lui faites mal, intervint Mrs. Kaspbrak. Je sais que vous lui faites mal ! Arrêtez ! C'est inutile ! C'est inutile de lui faire mal ! Il est très délicat ! Il est incapable de supporter de telles souffrances ! »

Eddie vit l'infirmière, furieuse, croiser les yeux inquiets et fatigués du Dr Handor. Il déchiffra la conversation silencieuse qui prit place : *Virez-moi cette bonne femme d'ici, docteur. — Je ne peux pas, je n'ose pas.*

Il y avait une grande clarté au milieu de toute cette douleur (même si c'était une clarté, en vérité, dont Eddie ne souhaitait pas faire l'expérience trop souvent, car le prix à payer était trop élevé), et pendant cette conversation silencieuse, il accepta tout ce que Mr. Keene avait dit. Son inhalateur d'HydrOx ne contenait que de l'eau parfumée. Son asthme n'était pas dans sa gorge ou sa poitrine, mais dans sa tête. D'une façon ou d'une autre, c'était une vérité qu'il allait devoir affronter.

Il regarda sa mère, et la vit avec la plus grande précision dans sa douleur : chaque fleur de sa robe à ramages, les taches de transpiration à ses aisselles, chaque éraflure de ses chaussures. Il vit combien ses yeux étaient rétrécis dans leurs poches de chair et une pensée terrible lui vint à l'esprit : ces yeux étaient presque ceux d'un prédateur, comme les yeux du lépreux qui avait rampé d'en dessous du porche, au 29, Neibolt Street. *J'arrive, j'arrive... ça ne te servira à rien de courir ; Eddie...*

Le Dr Handor plaça ses mains délicatement autour du bras d'Eddie et appuya. Explosion de douleur.

Eddie sombra.

5

On lui donna quelque chose à boire et le Dr Handor réduisit la fracture. Eddie l'entendit déclarer à sa mère que c'était une fracture tout à fait bénigne, comme s'en font les gosses qui montent aux arbres. « Eddie ne grimpe jamais aux arbres ! protesta-t-elle avec fureur. Je veux savoir la vérité ! Comment va-t-il vraiment ? »

Puis l'infirmière lui donna une pilule. Il sentit de nouveau ses seins contre son épaule et goûta leur pression rassurante. Même dans la brume dans laquelle il se trouvait, il se rendait compte que l'infirmière était en colère et il crut lui dire : *Elle n'est pas le lépreux, je vous en supplie, ne pensez pas cela, elle me dévore simplement parce qu'elle m'aime*, mais peut-être qu'aucun son ne sortit de sa bouche parce que l'expression de colère, sur son visage, ne changea pas.

Il eut vaguement conscience d'être poussé le long d'un corridor, dans une chaise roulante, tandis que la voix de sa mère, derrière lui, s'estompait : « Qu'est-ce que ça veut dire, les heures de visite ? Vous n'allez tout de même pas m'imposer des heures de visite, non ? C'est mon FILS ! »

S'estompait..., il était content qu'elle s'estompât, que lui-même s'estompât. La douleur avait disparu, et avec elle la clarté. Il ne voulait pas penser ; il voulait flotter. Il se rendait compte que son bras droit était très lourd et il se demanda si on avait déjà posé le plâtre. Il n'arrivait pas à s'en assurer. On le glissa ensuite entre deux draps frais et raides. Une voix lui dit qu'il aurait sans doute mal dans la nuit, mais de ne sonner que si cela devenait vraiment insupportable. Eddie demanda s'il pouvait avoir de l'eau. On lui en donna à l'aide d'une paille avec un coude en accordéon, ce qui permettait de la plier ; l'eau était fraîche et bonne, il but tout.

Il souffrit au cours de la nuit, il souffrit même beaucoup. Il resta réveillé dans son lit, la main gauche sur le bouton d'appel qu'il ne pressa pas. Le temps était à l'orage, et au premier éclair bleu il détourna le visage des fenêtres de crainte de voir apparaître, gravée au feu électrique contre le ciel, une tête monstrueuse et grimaçante.

Il finit par s'endormir et par faire un rêve dans lequel il vit Bill, Ben, Richie, Stan, Mike et Bev — ses amis — arriver à l'hôpital à bicyclette (Richie sur le porte-bagages de Silver). Ils venaient dans son rêve pour la visite de deux heures, et sa mère, qui attendait patiemment depuis onze heures, criait tellement fort que tout le monde se tournait pour la regarder.

Si vous vous imaginez que vous allez entrer, vous vous faites des illusions ! hurlait-elle ; et le clown, resté jusqu'ici tranquillement assis dans la salle d'attente (mais loin dans un coin, la figure cachée par un magazine), bondit sur ses pieds et mima des applaudissements de ses mains gantées de blanc. Il dansait et cabriolait, poussant un chariot ici, exécutant un saut périlleux là, pendant que Mrs. Kaspbrak vitupérait les compagnons-Ratés d'Eddie, lesquels, l'un après l'autre, s'étaient réfugiés derrière Bill. Bill ne bougeait pas ; il était pâle mais d'un calme absolu, les mains profondément enfoncées dans les poches de son jean (afin peut-être que personne, même pas Bill lui-même, ne voie si elles tremblaient ou non). Personne ne voyait le clown sauf Eddie... cependant un bébé, qui dormait paisiblement dans les bras de sa mère, s'éveilla et se mit à piailler à gorge déployée.

Vous avez fait suffisamment de dégâts comme ça ! hurlait la mère d'Eddie. *Je sais qui sont ces garçons ! Ils ont eu des problèmes à l'école, ils ont eu des problèmes avec la police ! Et ce n'est pas une raison parce que ces voyous ont quelque chose contre vous pour qu'ils s'en prennent à* LUI. *C'est ce que je lui ai dit, et il est d'accord avec moi. Il vous fait dire qu'il ne veut plus vous voir, qu'il en a fini avec vous. Il ne veut plus de votre soi-disant amitié ! D'aucun de vous ! Je savais que ça se terminerait mal, et regardez ce qui est arrivé ! Mon Eddie est à l'hôpital ! Un garçon si délicat...*

Le clown bondissait et cabriolait, marchait sur les mains. Son sourire était bien réel maintenant et Eddie comprit, dans son rêve, que c'était bien entendu ce que voulait le clown : semer la zizanie entre eux, les disperser et détruire toute possibilité d'action concertée. Dans une sorte d'ignoble extase, il exécuta une double cabriole et alla embrasser sa mère sur la joue de façon burlesque.

C-Ces g-garçons qui ont f-fait..., commença Bill.

Je t'interdis de me répondre ! s'égosilla Mrs. Kaspbrak. *Comment oses-tu ? C'est terminé avec vous, j'ai dit !* TERMINÉ !

Un interne arriva à cet instant au pas de course dans la salle d'attente et intima à la mère d'Eddie soit de se taire, soit de quitter l'hôpital. Le clown commença à s'estomper, à se délaver et ce faisant, il se transforma. Eddie vit le lépreux, la momie, l'oiseau ; il vit le loup-garou et un vampire dont les dents étaient des lames de rasoir Gillette, plantées selon des angles aberrants comme les miroirs dans un labyrinthe de glaces ; il vit la créature de Frankenstein, et quelque chose de charnu faisant penser à un coquillage, qui s'ouvrait et se fermait comme une bouche ; il vit une douzaine d'autres choses épouvantables, il en vit une centaine. Mais juste avant la disparition définitive du clown, il vit la plus terrible de toutes : le visage de sa mère.

Non ! voulut-il crier. *Non ! Non ! Pas elle ! Pas ma maman !*

Mais personne ne détourna la tête, personne n'entendit. Et dans ces instants où le rêve s'effaçait, il comprit, saisi d'une horreur froide et grouillante, qu'on ne pouvait pas l'entendre. Il était mort. Ça l'avait tué, et il était mort. Un fantôme.

6

Le sentiment de triomphe doux-amer éprouvé par Sonia Kaspbrak, une fois débarrassée des soi-disant amis de son fils, fut de courte durée, car il disparut presque dès l'instant où elle mit le pied dans la chambre d'Eddie, en ce 21 juillet. Elle n'aurait su dire pour quelle raison il s'évanouit ainsi, pour quel motif une peur sans objet était venue le remplacer ; cela tenait à quelque chose dans les traits pâles du garçon, dont les yeux, loin d'être brouillés par la douleur ou l'anxiété, avaient une expression qu'elle ne se souvenait pas lui avoir jamais vue. Aiguë. Oui, aiguë, alerte et composée.

La confrontation entre la mère et les amis d'Eddie n'avait pas eu lieu dans la salle d'attente, comme dans son rêve ; elle s'était doutée qu'ils allaient venir — ces « amis » qui lui apprenaient certainement à fumer malgré son asthme, ces « amis » qui avaient une telle emprise sur lui qu'ils étaient son seul sujet de conversation quand il rentrait le soir, ces « amis » à cause desquels il avait eu le bras cassé. C'était ce qu'elle avait expliqué à sa voisine, Mrs. Van Prett. « Le moment est venu, lui avait-elle dit, de jouer cartes sur table. » Mrs. Van Prett, qui souffrait d'horribles problèmes de peau et sur qui elle pouvait compter pour l'approuver avec enthousiasme, en général, avait eu en l'occurrence le toupet de ne pas être d'accord.

« J'aurais cru que vous seriez contente de lui voir se faire des amis », lui avait dit Mrs. Van Prett pendant qu'elles étendaient leur linge dans la fraîcheur du matin, avant de partir au travail (on était alors dans la première semaine de juillet). « En plus, il est plus en sécurité avec d'autres enfants, vous ne pensez pas, Mrs. Kaspbrak ? Avec tout ce qui se passe en ville, et tous ces pauvres enfants qui ont été assassinés... »

La réponse de Mrs. Kaspbrak s'était réduite à un reniflement de colère (en fait, rien ne lui était venu à l'esprit, même si par la suite elle avait trouvé une douzaine de répliques, certaines mordantes à souhait), et quand Mrs. Van Prett l'avait appelée le soir avant leur sortie habituelle, elle avait répondu qu'elle préférait rester chez elle.

Elle avait donc traîné sous l'auvent de la façade de l'hôpital, sachant qu'ils finiraient par se montrer, froidement déterminée à mettre un terme définitif à cette soi-disant « camaraderie » qui s'était terminée par un bras cassé et des souffrances pour son petit.

Ils vinrent, en effet, comme elle savait qu'ils le feraient, et vit avec horreur que l'un d'eux était nègre. Oh, elle n'avait rien contre les nègres ; elle estimait qu'ils avaient tout à fait le droit de monter dans le bus de leur choix, là-bas dans le Sud, ou de manger dans les mêmes restaurants que les Blancs, ou encore qu'on ne devait pas les obliger à s'installer au poulailler, dans les cinémas, sauf s'ils ennuyaient les *(Blanches)* les gens ; elle croyait cependant en ce qu'elle appelait la théorie des oiseaux : les merles volent avec les autres merles, pas avec les rouges-gorges ; les mainates nichent avec les mainates, pas avec les rossignols. Chacun chez soi, telle était sa devise, et voir Mike Hanlon au milieu d'eux sur son vélo, comme s'il était des leurs, ne fit que la conforter dans ses convictions en accroissant sa colère et son dépit. Elle se dit, avec un ton de reproche comme si Eddie pouvait l'entendre : *Tu m'avais caché que l'un de tes « amis » est un nègre.*

Eh bien, pensa-t-elle vingt minutes plus tard en pénétrant dans la chambre où son fils gisait, le bras pris dans un énorme plâtre collé à sa poitrine (elle avait mal rien que de le voir), elle les avait expédiés en moins de deux. Aucun d'eux, mis à part le petit Denbrough, celui qui était affligé d'un horrible bégaiement, n'avait eu le culot de lui répondre. La fille, d'où qu'elle sorte *(de Lower Main Street ou d'un endroit encore pire)*, l'avait bien fusillée du regard avec ses yeux verts d'aguicheuse, mais avait eu la sagesse de ne rien dire. Eût-elle simplement ouvert la bouche, Sonia Kaspbrak lui aurait donné un échantillon de son bagout ; elle ne se serait pas gênée pour lui dire comment on appelle les filles qui traînent avec les garçons. Et elle ne voulait pour rien au monde que son fils ait affaire avec elle.

Les autres s'étaient contentés de contempler leurs chaussures en frottant le sol. Elle n'en attendait pas moins. Quand elle en eut fini avec ce qu'elle avait à dire, ils avaient repris leurs bicyclettes et étaient repartis. Le petit Denbrough avait pris le petit Tozier sur le porte-bagages de son énorme engin (certainement dangereux), et Mrs. Kaspbrak dut réprimer un frisson à l'idée que peut-être son Eddie en avait fait autant, au risque de se rompre le cou.

J'ai fait cela pour toi, Eddie, se dit-elle tout en entrant dans l'hôpital, la tête haute. *Je sais que tu te sentiras peut-être un peu déçu, tout d'abord ; c'est bien naturel. Mais les parents sont plus avertis que les enfants ; Dieu a fait les parents avant tout pour les guider, les instruire... les protéger.* Après cette déception passagère, il comprendrait. Et si elle éprouvait un certain soulagement, c'était pour Eddie, pas pour elle. On devait se sentir soulagé d'avoir arraché son enfant à de mauvais camarades.

Si ce n'est que cette impression de soulagement était contrariée par un sentiment de malaise, maintenant qu'elle regardait le visage de son enfant. Il ne dormait pas, comme elle l'avait pensé. Au lieu de l'état de somnolence artificielle où il aurait été diminué, désorienté et psychologiquement vulnérable, qu'elle s'était attendue à trouver, il y avait ce regard aigu et attentif, si différent de ses habituels coups d'œil timides et doux. Comme Ben Hanscom (mais elle l'ignorait), Eddie était du genre à regarder rapidement un visage, comme pour en jauger le climat émotionnel, et à détourner les yeux tout de suite après. Mais il l'observait fixement, maintenant (*Ce sont peut-être les médicaments, bien sûr, ce sont les médicaments ; il va falloir que j'en parle au Dr Handor*), et c'est elle qui se sentit obligée de détourner les yeux. *On dirait qu'il m'attendait*, pensa-t-elle, ce qui aurait dû lui faire grand plaisir (un petit garçon qui attend sa maman est certainement le plus grand cadeau du ciel).

« Tu as renvoyé mes amis. » Il avait parlé d'un ton calme et ferme, sans nuancer la phrase d'un doute ou d'une interrogation.

Elle marqua le coup comme si elle se sentait coupable, et la première idée qui lui vint à l'esprit trahissait en effet un sentiment de culpabilité : *Comment peut-il le savoir ? Il n'avait aucun moyen de deviner...* Sur quoi elle fut immédiatement furieuse (contre elle et contre lui) d'avoir eu cette réaction. Elle lui sourit donc.

« Comment te sens-tu aujourd'hui, Eddie ? »

Cela, c'était la bonne réaction. Quelqu'un — un écervelé colporteur de ragots, voire même cette infirmière incompétente et agressive d'hier — avait raconté des histoires. Quelqu'un.

Eddie ne répondait toujours pas.

Elle s'avança un peu plus dans la pièce, détestant l'hésitation, presque la timidité qu'elle ressentait et s'en méfiant, elle qui ne s'était jamais sentie hésitante et timide auparavant devant Eddie. Elle éprouvait aussi une pointe de colère. De quel droit la faisait-il se sentir ainsi, après ce qu'elle avait fait pour lui, après tout ce qu'elle lui avait sacrifié ?

« J'ai parlé avec le Dr Handor, et il m'a assuré que tu irais parfaitement bien, dit Sonia précipitamment en s'asseyant sur la chaise droite en bois, juste à côté du lit. Bien entendu, s'il y a le moindre problème, nous irons voir un spécialiste à Portland. À BOSTON, même, s'il le faut. » Elle sourit, comme si elle lui accordait une grande faveur. Eddie ne lui rendit pas son sourire et continua de garder le silence.

« Eddie, tu m'écoutes ?

— Tu as renvoyé mes amis, répéta-t-il.

— Oui », admit-elle, cessant de simuler une surdité sélective. Elle n'ajouta rien. C'était un jeu que l'on pouvait jouer à deux. Elle se contenta de le regarder.

Mais une chose étrange se produisit ; une chose terrible, en vérité. Les yeux d'Eddie parurent... s'agrandir d'une façon mystérieuse. Les paillettes d'argent de ses iris avaient l'air de se déplacer, comme des nuages d'orage. Elle se rendit soudain compte qu'il ne « faisait pas la tête », qu'il n'était pas simplement « grognon ». Il était furieux contre elle... et Sonia eut soudain peur car on aurait dit qu'il y avait quelque chose d'autre que son fils dans cette pièce. Elle baissa les yeux et ouvrit maladroitement son sac, se mettant à la recherche d'un Kleenex.

« Oui, je les ai renvoyés, dit-elle, et elle trouva que son ton était aussi ferme et assuré qu'il le fallait... tant qu'elle ne le regardait pas. Tu as été gravement blessé, Eddie. Pour l'instant, tu n'as besoin d'aucune visite en dehors de celle de ta mère, et de toute façon, tu n'as pas besoin de visites de ce genre. Sans eux, tu serais maintenant à la maison en train de regarder la télé ou de construire ta voiture à pédales dans le garage. »

Eddie caressait le rêve de construire une voiture à pédales et d'aller concourir à Bangor ; s'il gagnait, il irait, tous frais payés, à Akron, dans l'Ohio, pour le Derby national des « caisses à savon ». Sonia n'avait rien contre ce rêve, du moins tant que l'achèvement de l'engin (à base de caisses d'oranges et de roulettes de récupération) restait purement hypothétique. Elle n'avait aucune intention de laisser Eddie risquer sa vie dans un engin aussi dangereux, pas plus à Derry qu'à Bangor ou qu'à Akron — encore moins à Akron puisque le voyage se faisait en avion et que la course se déroulait dans une pente terrible alors que les véhicules n'avaient même pas de freins. Mais, comme sa mère le répétait souvent, on ne pouvait souffrir de quelque chose que l'on ignorait (ce qui ne l'empêchait pas de déclarer aussi que « toute vérité est bonne à dire » quand cela l'arrangeait).

« Ce ne sont pas mes amis qui m'ont cassé le bras, répondit Eddie de ce même ton ferme et froid. C'est ce que j'ai dit au Dr Handor hier au soir et c'est ce que j'ai dit à Mr. Nell quand il est venu ce matin. C'est Henry Bowers qui m'a cassé le bras. Il y avait d'autres garçons avec lui, mais c'est Henry Bowers qui l'a fait. Si j'avais été avec mes amis, ça ne serait jamais arrivé. C'est arrivé parce que j'étais tout seul. »

Du coup, Sonia pensa à la remarque de Mrs. Van Prett sur le fait qu'il était plus sûr d'avoir des amis, ce qui eut le don de la mettre en rage. Elle releva brusquement la tête. « C'est sans importance et tu le sais bien. Qu'est-ce que tu t'imagines, Eddie ? Que ta maman est née de la dernière pluie ? C'est ça ? Je sais très bien que c'est Henry Bowers qui t'a cassé le bras. Cette espèce d'Irlandais est aussi venu à la maison. Ce voyou t'a cassé le bras parce que toi et tes amis vous l'avez embêté les premiers. Te rends-tu compte que tout cela ne serait pas arrivé si tu m'avais écouté, si tu étais resté tranquillement à la maison ?

— Non. Et je crois que quelque chose de bien pire encore aurait pu arriver.

— Tu ne crois pas à ce que tu dis, Eddie.

— Si, j'y crois. » Elle sentit le pouvoir qui émanait de lui, comme des ondes. « Bill et mes autres amis vont revenir, M'man. J'en suis absolument sûr. Et quand ils viendront, tu les laisseras tranquilles. Tu ne leur diras rien. Ce sont mes amis, et tu ne vas pas me séparer de mes amis sous prétexte que tu as peur de te retrouver toute seule. »

Elle écarquilla les yeux, estomaquée et terrifiée. Puis elle se mit à pleurer, et les larmes coulèrent sur ses joues, dont elles humectèrent la poudre. « Alors, c'est comme ça que tu parles à ta maman maintenant ! sanglota-t-elle. C'est peut-être ainsi que tes amis parlent à leurs parents ; tu as dû apprendre cela avec eux, je m'en doute bien. »

Pleurer la rassura. D'habitude, quand elle pleurait, Eddie en faisait autant. Une arme méprisable, aurait-on pu estimer, mais quelle arme était méprisable, quand il s'agissait de protéger son enfant ? Aucune, à son avis.

Elle le regarda, les yeux débordant de larmes, se sentant indiciblement triste, dépossédée, trahie... et sûre d'elle. Eddie ne pourrait pas résister à une telle manifestation de chagrin. Son visage se dépouillerait de ce regard froid et aigu. Peut-être se mettrait-il à mal respirer et à siffler un peu, et ce serait un signe — le signe, comme toujours, que la bagarre était terminée et qu'elle avait une fois de plus remporté la victoire... pour son plus grand bien, cela va de soi. Toujours pour son plus grand bien.

Elle éprouva un tel choc en se rendant compte qu'il n'avait pas changé d'expression — et si elle avait changé, elle n'avait fait que se durcir — qu'elle s'étrangla au milieu d'un sanglot. Il y avait bien du chagrin sous son expression, mais même ce chagrin l'effrayait : il avait quelque chose d'adulte, remarqua-t-elle, et penser à Eddie en tant qu'adulte, de toute manière, avait tendance à lui donner le tournis. C'était ce qu'elle ressentait, les rares fois où elle se demandait ce qui se passerait si Eddie voulait aller poursuivre ses études dans une institution d'où il ne pourrait pas rentrer tous les soirs, ce qui se passerait s'il rencontrait une fille, tombait amoureux et voulait se marier. *Où est ma place dans tout cela ?* piaillait le petit oiseau pris de panique qui voletait dans sa tête, lorsque ces pensées étranges, presque cauchemardesques, lui venaient à l'esprit. *Où serait ma place dans une telle existence ? Je t'aime, Eddie ! Je t'aime ! Je m'occupe de toi et je t'aime ! Tu ne sais ni faire la cuisine, ni changer les draps, ni laver tes sous-vêtements ! Et pourquoi le saurais-tu ? Puisque je m'en charge ! Je m'en charge parce que je t'aime !*

Il le lui dit à ce moment-là : « Je t'aime, M'man. Mais j'aime aussi mes amis. Je crois... il me semble que tu te fais pleurer toute seule.

— Tu me fais tellement de mal, Eddie », murmura-t-elle, tandis que de nouvelles larmes venaient sillonner son visage pâle. Si ses premiers pleurs avaient été calculés, ceux-ci ne l'étaient pas. Elle était solide à sa manière : elle avait accompagné la dépouille de son époux jusqu'à sa tombe sans s'effondrer, elle avait décroché du travail dans une période où les emplois ne se trouvaient pas facilement, elle avait élevé son fils et s'était battue pour lui quand il avait fallu. Ces larmes étaient les premières, depuis bien des années, qu'elle versait sans la moindre affectation, sans le plus petit calcul ; peut-être depuis cette bronchite d'Eddie, alors qu'il avait cinq ans : elle avait été sûre qu'il allait mourir quand elle l'avait vu gisant sur son lit de douleur, rouge de fièvre, toussant à perdre haleine. Elle pleurait maintenant à cause de cette expression terriblement adulte et d'une certaine façon tout à fait étrangère, apparue sur son visage. Elle avait peur pour lui, mais avait aussi peur de lui, peur de cette aura qui émanait de lui... et qui semblait exiger quelque chose d'elle.

« Ne m'oblige pas à choisir entre toi et mes amis, M'man », dit Eddie. Il parla d'un ton inégal, tendu, mais qu'il contrôlait toujours. « Parce que ce n'est pas honnête.

— Mais ce sont de MAUVAIS amis ! cria-t-elle, à la limite de la frénésie. Je le sais, je le sens avec tout mon cœur, ils ne te vaudront que peines et chagrins ! » Et ce qu'il y avait de plus horrible était qu'elle en était convaincue ; elle en avait eu l'intuition en croisant le regard du petit Denbrough, celui qui était resté debout devant elle les mains dans les poches, sa chevelure de rouquin flamboyant au soleil. Des yeux si graves, si distants, si étranges..., comme les yeux d'Eddie, maintenant.

Et n'y avait-il pas eu autour de lui la même aura qu'elle découvrait en ce moment autour d'Eddie ? La même, mais encore plus forte ? Elle pensait que oui.

« M'man... »

Elle se leva si brusquement qu'elle faillit renverser la chaise. « Je reviendrai ce soir, dit-elle. C'est le choc, l'accident, la douleur, toutes ces choses, qui te font parler comme ça. Je le sais. Tu... tu... » Elle allait à tâtons, recherchant le bon texte dans la confusion de son esprit. « Tu as eu un accident sérieux, mais tu vas aller parfaitement bien. Et tu verras que j'ai raison, Eddie. Ce sont de MAUVAIS amis. Ils ne sont pas de notre genre. Ils ne sont pas pour toi. Réfléchis, et demande-toi si ta maman s'est jamais trompée jusqu'ici. Réfléchis et... et... »

Et voilà que je fuis ! se dit-elle, prise d'une affreuse et douloureuse consternation. *Je fuis mon propre fils ! Ô, mon Dieu, ne laissez pas faire cela !*

« M'man... »

Elle fut un instant sur le point de réellement s'enfuir, épouvantée par lui, par ce garçon qui n'était plus son Eddie ; elle sentait les autres à travers lui, ses « amis » et quelque chose d'autre au-delà d'eux ; elle redoutait l'éclair qui pourrait l'atteindre. C'était comme s'il se trouvait sous l'emprise de quelque chose, de quelque sinistre fièvre, comme il avait été sous l'emprise de la bronchite quand, à cinq ans, il avait failli mourir.

Elle s'immobilisa, la main sur le bouton de porte, ne voulant pas entendre ce qu'il avait à dire... et quand il le dit, ce fut tellement inattendu qu'elle resta quelques instants sans comprendre. Mais quand la lumière se fit, elle lui tomba dessus comme un chargement de ciment et elle crut qu'elle allait s'évanouir.

« Mr. Keene dit que mon médicament pour l'asthme, c'est juste de l'eau.

— Quoi ? Quoi ? » Elle le regarda, une flamme de colère dans les yeux.

« Juste de l'eau. Avec un truc ajouté dedans pour lui donner un goût de médicament. Il dit que c'est un placebo.

— C'est un mensonge ! Un pur mensonge ! Pourquoi Mr. Keene est-il allé te raconter un mensonge pareil ? Il y a d'autres pharmacies à Derry, figure-toi. Je...

— J'ai eu le temps d'y réfléchir, reprit Eddie d'une voix douce mais implacable, sans la quitter des yeux, et je crois, moi, qu'il dit la vérité.

— Je te dis que non, Eddie ! » La panique était de retour et voletait dans sa tête.

« Je crois que c'est la vérité, car sinon il y aurait écrit dessus les précautions qu'il faut prendre, pas plus de tant de fois par jour, par exemple. Pour ne pas en mourir ou être malade. Même...

— Je ne veux pas entendre ça, Eddie ! cria-t-elle en portant les mains à ses oreilles. Tu es... tu es... tu n'es pas toi-même et c'est tout ce qu'il y a à dire !

— Même quand c'est quelque chose qu'on peut acheter sans

ordonnance, il y a toujours des recommandations spéciales »,
continua-t-il sans élever la voix. Il avait toujours ses yeux gris fixés
sur elle, et elle était incapable de les lui faire baisser ou même de le
faire ciller. « Même sur les bouteilles de sirop Vicks... ou sur ton
Geritol. »

Il se tut. Elle laissa retomber les mains ; cela lui paraissait trop
pénible de les garder en l'air. Elles lui semblaient peser un poids
énorme, tout d'un coup.

« Et aussi... tu devais être certainement au courant, M'man.

— Eddie ! » Ce fut presque un gémissement.

« Parce que, continua-t-il comme si elle n'avait rien dit (il fronçait
les sourcils, maintenant, concentré sur le problème), parce que les
parents sont forcément au courant pour les médicaments. Je me
servais de l'appareil cinq ou six fois par jour ; tu ne m'aurais pas laissé
faire s'il y avait eu un danger. Parce que c'est ton travail de me
protéger. Je le sais, c'est ce que tu dis tout le temps. Alors... est-ce
que tu le savais, M'man ? Est-ce que tu savais que c'était juste de
l'eau ? »

Elle ne répondit rien. Ses lèvres tremblaient ; tout son visage,
aurait-on dit, tremblait. Elle ne pleurait plus. Elle avait trop peur
pour cela.

« Parce que si tu le savais, continua Eddie, toujours sourcils
froncés, je veux savoir pourquoi. Il y a des choses que j'arrive à
comprendre, mais pas pourquoi ma maman veut que je croie que de
l'eau est un médicament... ou que j'aie de l'asthme ici (il indiqua sa
poitrine) alors que Mr. Keene dit que c'est là seulement. » (Il montra
sa tête.)

Elle pensa pouvoir tout lui expliquer ; elle le ferait calmement, avec
logique. Comment elle avait cru qu'il allait mourir quand il avait cinq
ans, et comment cette idée l'avait rendue folle, alors qu'elle venait de
perdre son mari à peine deux ans avant. Comment elle en était venue
à se rendre compte que l'on ne pouvait protéger son enfant qu'en
veillant constamment sur lui et en l'aimant, qu'il faut s'occuper d'un
enfant comme d'un jardin ; qu'il faut le fertiliser, le désherber et
aussi, oui, l'émonder et l'éclaircir de temps en temps, même si c'est
douloureux. Elle allait lui dire qu'il vaut mieux parfois qu'un enfant
— en particulier un enfant délicat comme lui — pense être malade
plutôt que l'être vraiment. Et elle conclurait en lui parlant de la folie
meurtrière des médecins et du merveilleux pouvoir de l'amour ; elle
lui dirait qu'elle savait, elle, qu'il avait de l'asthme et que peu
importait ce qu'en pensaient les médecins et ce qu'ils lui donnaient
contre cela. Elle lui dirait qu'on peut préparer des médicaments avec

autre chose qu'avec un vulgaire mortier de pharmacien. Elle lui dirait : *Eddie, c'est un médicament parce que l'amour de ta mère en fait un médicament et c'est quelque chose que je pourrais réussir tant que tu le voudras et que tu me le permettras. C'est un pouvoir que Dieu accorde aux mères aimantes et attentives. Je t'en prie, Eddie, je t'en prie, amour de mon cœur, tu dois me croire.*

Mais en fin de compte elle ne dit rien. Elle avait trop peur.

« Au fond, nous n'avons peut-être pas besoin d'en parler, reprit Eddie. Mr. Keene a pu vouloir plaisanter avec moi. Des fois les adultes... tu sais, ils aiment faire des blagues aux enfants. Parce que les enfants croient presque tout. C'est moche de faire ça aux enfants, mais ça arrive tout de même.

— Oui, fit vivement Sonia Kaspbrak. Ils aiment faire des blagues et elles sont parfois stupides... moches... et...

— Alors je continuerai de voir Bill et mes autres copains et je continuerai à prendre mon médicament pour l'asthme. C'est probablement la meilleure solution, non ? »

Elle comprit seulement maintenant, alors qu'il était trop tard, qu'elle venait de se faire piéger, impeccablement, cruellement. Il se livrait à un véritable chantage avec elle, mais quel choix avait-elle ? Elle voulut lui demander comment il pouvait se montrer aussi calculateur, aussi machiavélique. Elle ouvrit la bouche... puis la referma. Il était vraisemblable que, dans son état d'esprit actuel, il répondît.

Il y avait cependant une chose qu'elle savait. Oui. Et sans conteste. Jamais au grand jamais elle ne remettrait de sa vie les pieds dans la pharmacie de Parker Keene-le-Fouineur.

Soudain étrangement timide, la voix d'Eddie l'interrompit dans ses pensées. « M'man ? »

Elle releva la tête et elle vit que c'était son Eddie, rien que son Eddie qui la regardait : elle alla avec joie vers lui.

« Tu ne veux pas m'embrasser, M'man ? »

Elle le serra contre elle, mais avec précaution, pour ne pas lui faire mal (ou risquer de déplacer une esquille qui, sait-on jamais, se glissant dans une veine remonterait jusqu'à son cœur — quelle mère tuerait son fils par trop d'amour ?) et Eddie lui rendit son baiser.

7

Pour ce qui était d'Eddie, il était grand temps que sa mère parte. Pendant l'horrible confrontation avec elle, il avait senti l'air s'accumuler et s'accumuler dans ses poumons ; ses voies respiratoires, paralysées, rances et saumâtres, menaçaient de l'étouffer.

Il tint jusqu'à ce que la porte fût refermée sur elle et commença alors à hoqueter et siffler. L'air vicié prisonnier de sa gorge allait et venait comme un tisonnier tiède. Il saisit son inhalateur (il se fit mal au bras, mais peu importait) et propulsa une longue bouffée dans sa bouche. Il aspira profondément la brume camphrée, se disant : *Qu'est-ce que ça fait si c'est un placebo ? Les mots ne comptent pas, si un truc marche.*

Il se laissa retomber sur ses oreillers, les yeux fermés, respirant pour la première fois librement depuis qu'elle était entrée. Il avait peur, très peur. Les choses qu'il lui avait dites, la manière dont il avait agi — c'était lui, et pourtant pas lui du tout en même temps. Il y avait eu quelque chose à l'œuvre à l'intérieur de lui, à l'œuvre à travers lui, comme une force… et sa mère l'avait également senti. Il l'avait vu à son regard, à ses lèvres tremblantes. Rien ne lui laissait supposer que cette puissance était maligne, mais son énorme force avait quelque chose de terrifiant. Comme s'il était monté sur un de ces engins de foire conçus pour donner des sensations fortes et s'était aperçu que c'était réellement dangereux seulement une fois dedans ; impossible de faire quoi que ce soit, sinon attendre la fin du tour, advienne que pourra.

Pas la peine de tourner autour du pot, pensa Eddie, oppressé par le poids du plâtre qui lui tenait chaud et le démangeait déjà. *Personne ne retournera à la maison tant que ce ne sera pas fini. Mais que j'ai peur, oh mon Dieu que j'ai peur !* Et il se rendit compte que la raison profonde pour laquelle il avait exigé de ne pas être séparé de ses amis était quelque chose qu'il n'aurait jamais pu lui expliquer : *Je ne peux pas y faire face tout seul.*

Il pleura alors un petit peu, avant de tomber progressivement dans un sommeil agité. Il rêva de ténèbres dans lesquelles des machines, des pompes, tournaient sans relâche.

8

La pluie menaçait encore, ce soir-là, lorsque Bill et la bande des Ratés retournèrent à l'hôpital. Eddie ne fut pas surpris de les voir débarquer. Il avait toujours su qu'ils reviendraient.

Il avait fait chaud toute la journée (on convint plus tard que la troisième semaine de juillet avait été la plus chaude d'un été exceptionnellement chaud) et les cumulus d'orage commencèrent à s'empiler vers seize heures, violacés, colossaux, gros d'averses et d'éclairs. Les gens se pressaient de terminer leurs courses, un peu mal à l'aise, un œil surveillant le ciel. Il allait certainement tomber des hallebardes vers l'heure du dîner, disait-on, ce qui débarrasserait cette suffocante humidité de l'atmosphère. Les parcs et les terrains de jeux de Derry, déjà sous-peuplés pendant l'été, se retrouvèrent complètement désertés vers dix-huit heures. Mais la pluie ne tombait toujours pas, et les balançoires pendaient, immobiles et sans faire d'ombre, dans une bizarre lumière jaunâtre. Le tonnerre roulait sourdement ; ce bruit, l'aboiement d'un chien et la rumeur étouffée de la circulation sur Outer Main Street étaient les seuls sons à parvenir jusqu'à Eddie par la fenêtre de sa chambre jusqu'à l'arrivée des Ratés.

Bill entra le premier, suivi de Richie, puis de Beverly, Stan et Mike ; Ben entra le dernier. Il avait l'air de souffrir le martyre dans un sweater à col roulé blanc.

Ils s'approchèrent de son lit, le visage grave ; même Richie ne souriait pas.

Leurs figures, bon Dieu, leurs figures ! pensa Eddie, fasciné.

Il voyait sur ces visages ce que sa mère y avait vu l'après-midi même : une étrange combinaison de force et d'impuissance. La lumière blême et jaunâtre de l'orage qui montait leur donnait l'air de spectres, lointains et ténébreux.

Nous allons franchir une étape. Nous allons passer dans quelque chose de nouveau — nous sommes sur la frontière. Mais qu'y a-t-il de l'autre côté ? Où allons-nous nous retrouver ? Où ? pensa Eddie.

« S-Salut, E-E-Eddie, dit Bill, co-comment ça v-va ?

— Bien, Grand Bill, répondit Eddie en essayant de sourire.

— Sacrée journée, hier, hein ? » remarqua Mike. Un roulement de tonnerre souligna sa phrase. Ni le plafonnier ni la lampe de chevet n'étaient allumés et leurs traits s'estompaient ou se précisaient avec les changements de lumière, une lumière malsaine. Eddie imagina cette lumière répandue en ce moment même au-dessus de Derry, recouvrant paisiblement le McCarron Park, s'infiltrant par les trous du pont des Baisers en rayons maniérés et troubles, transformant la Kenduskeag en verre fumé, dans son lit large et peu profond au milieu des Friches ; il pensa aux jeux de bascule dans la cour de récré de l'école élémentaire de Derry, immobilisés selon des angles divers tandis que continuaient à s'accumuler les nuages violacés ; il pensa à cette lumière jaunâtre et orageuse, à ce calme, comme si toute la ville s'était endormie... ou venait de trépasser.

« Oui, répondit-il, une sacrée journée.

— M-Mes parents i-iront au ci-cinéma a-après-demain s-soir. Quand l-le programme ch-change. On l-les fe-fera à ce m-moment-là. Les b-b-b...

— Les billes d'argent, compléta Richie

— Des billes ? Je croyais...

— C'est mieux comme ça, intervint Ben. Il me semble toujours que nous aurions pu faire des balles, mais il ne suffit pas de le croire. Si nous étions des grandes personnes...

— Oh ! ouais, le monde serait chouette si nous étions des adultes, le coupa Beverly. Les adultes peuvent faire tout ce qu'ils veulent, non ? Tout ce qu'ils veulent, et ce n'est jamais mal. (Elle rit, mais d'un rire nerveux et haché.) Bill veut que ce soit moi qui tire. Non mais, est-ce que tu te rends compte, Eddie ? Appelle-moi Calamity Bev, maintenant !

— Je ne vois pas de quoi vous parlez », dit Eddie qui pensait cependant avoir son idée — ou du moins quelque chose qui s'en rapprochait.

Ben lui donna les explications. Leur projet était de faire fondre l'un de ses dollars en argent et d'en tirer deux billes légèrement plus petites que dans des roulements. Après quoi, s'il y avait réellement un loup-garou au 29, Neibolt Street, Beverly lui colle-rait une bille dans la tête avec la fronde de Bill, une Bullseye. À dégager, le loup-garou ! Et s'ils avaient raison en ce qui concernait la créature aux multiples visages, à dégager, Ça !

L'expression qui se peignit sur le visage d'Eddie devait être assez pittoresque, car Richie éclata de rire en acquiesçant.

« Je comprends ce que tu ressens, mec ! J'ai commencé par me dire que Bill était en train de perdre définitivement les pédales quand il s'est mis à nous parler d'utiliser sa fronde au lieu du revolver de son père. Mais cet après-midi (il s'interrompit et s'éclaircit la gorge : *Cet après-midi, après que ta mère nous ait virés avec perte et fracas,* avait-il été sur le point de dire, ce qui n'aurait pas été convenable), nous sommes descendus à la décharge. Bill avait pris sa Bullseye avec lui. Regarde. » De sa poche-revolver, Richie tira une boîte de conserve aplatie, bosselée, qui, en des temps meilleurs, avait contenu des tranches d'ananas. Elle était déchiquetée par un trou d'environ cinq centimètres de diamètre en plein milieu. « Beverly a fait ça avec un caillou, à plus de six mètres. Un vrai trou de calibre 38, à mon avis. Voilà qui a convaincu la Grande Gueule ; et quand la Grande Gueule est convaincue, elle est vraiment convaincue.

— Démolir une boîte de conserve, c'est une chose, dit Beverly.

Mais si c'était… un être vivant. Bill, il vaudrait mieux que ce soit toi, vraiment.

— Non. N-Nous avons t-tous tiré à-à notre tour. Tu as b-bien vu ce que ç-ça donnait.

— Et qu'est-ce que ça a donné ? » demanda Eddie.

Lentement, en bafouillant, Bill expliqua pendant que Bev regardait par la fenêtre, les lèvres tellement serrées qu'elles en étaient blanches. Pour des motifs qu'elle n'arrivait pas à s'expliquer elle-même, elle était plus qu'effrayée : comme profondément gênée par ce qui s'était produit aujourd'hui. En chemin pour l'hôpital, elle avait passionnément tenté de les convaincre de revenir à leur première idée : des balles… non pas parce qu'elle les croyait plus efficaces que le pensaient Bill ou Richie, mais parce que — s'il se passait quelque chose dans la maison abandonnée — l'arme serait dans les mains de

(Bill)

quelqu'un d'autre.

Mais les faits étaient les faits. Chacun avait pris dix cailloux et tiré sur dix boîtes posées à six mètres de distance. Richie en avait touché une sur dix (en fait purement par hasard), Ben en avait atteint deux, Bill quatre, Mike cinq.

Beverly, tirant apparemment sans conviction, et donnant l'air de ne même pas viser, en avait descendu neuf sur dix, en plein milieu. Son dixième caillou avait touché le bord de la boîte et l'avait renversée simplement.

« Mais i-il f-faut co-commencer par fa-fabriquer les munitions.

— Après-demain ? Normalement, je devrais être sorti », dit Eddie. Sa mère allait protester que… mais il pensait qu'elle ne protesterait pas trop. Pas après ce qui s'était passé.

« Est-ce que ton bras te fait mal ? » demanda Beverly. Elle portait une robe rose (pas comme celle, bleue, qu'elle avait dans le rêve où il avait vu sa mère les renvoyer), sur laquelle elle avait attaché des petites fleurs, ainsi que des bas de soie ou en nylon ; elle avait l'air à la fois très adulte et très enfantine, comme une fillette qui se serait déguisée. Elle le regardait, l'expression rêveuse et distante. Eddie pensa : *Je parie que c'est l'air qu'elle a quand elle dort.*

« Pas trop », répondit-il.

Ils parlèrent encore un moment, la conversation ponctuée par les roulements du tonnerre. Eddie ne leur demanda pas ce qui s'était passé lors de leur première tentative pour lui rendre visite, en début d'après-midi, et aucun d'eux n'y fit allusion. Richie prit son yo-yo, le fit « dormir » deux fois, puis le remit dans sa poche.

Bientôt, les échanges se ralentirent, et pendant l'un des silences, il y eut un petit cliquetis qui attira l'attention d'Eddie. Bill tenait quelque chose à la main, et pendant un instant, Eddie sentit son cœur battre plus fort : il avait cru que c'était un couteau. Stan se décida à ce moment-là à allumer le plafonnier, et il se rendit compte que Bill tenait tout simplement un stylo à bille. Dans la lumière, ils venaient tous de retrouver leur naturel, leur réalité ; c'étaient ses amis.

« Je pense qu'on devrait signer ton plâtre, Eddie », fit Bill sans bégayer, fixant son ami des yeux.

Mais c'est pas du jeu, pensa le garçonnet avec une soudaine et alarmante clarté d'esprit. *C'est un contrat. C'est un contrat, Grand Bill, ou en tout cas c'est ce qui y ressemble le plus, non ?* Il avait peur... puis il eut honte et se sentit en colère contre lui-même. S'il s'était cassé le bras avant cet été, qui aurait signé son plâtre ? Qui, en dehors de sa mère et peut-être du Dr Handor ? Ses tantes de Haven ?

Ces six gosses étaient ses AMIS, et sa mère avait tort : ce n'étaient pas de mauvais amis. *Peut-être que ces histoires de bons et mauvais amis, cela n'existe pas ; peut-être n'y a-t-il que des amis, un point c'est tout, c'est-à-dire des gens qui sont à vos côtés quand ça va mal et qui vous aident à ne pas vous sentir trop seul. Peut-être vaut-il toujours la peine d'avoir peur pour eux, d'espérer pour eux, de vivre pour eux. Peut-être aussi vaut-il la peine de mourir pour eux, s'il faut en venir là. Bons amis, mauvais amis, non. Rien que des personnes avec lesquelles on a envie de se trouver ; des personnes qui bâtissent leur demeure dans votre cœur.*

« D'accord, répondit Eddie, d'une voix un peu enrouée. C'est une bonne idée, Bill. »

Le plus sérieusement du monde, Bill s'inclina alors sur le lit et écrivit son nom sur le moulage bosselé en plâtre de Paris dans lequel était enfermé le bras de son ami, en grosses lettres à boucles. Richie signa avec des fioritures. L'écriture de Ben était aussi minuscule qu'il était gros, et les lettres penchaient en arrière, l'air prêtes à s'effondrer à la moindre poussée. Le griffonnage de Mike Hanlon fut maladroit, car il était gaucher et écrivait sous un angle défavorable pour lui. Il plaça son nom au-dessus du coude d'Eddie et l'entoura d'un cercle. Quand Beverly se pencha sur lui, il sentit se dégager d'elle un léger parfum floral. Elle signa avec application, en lettres script. Puis Stan, enfin, apposa son nom en petites lettres serrées à la hauteur du poignet d'Eddie.

Tous s'écartèrent alors un peu, comme s'ils prenaient conscience de ce qu'ils venaient de faire. À l'extérieur, le tonnerre grommelait de façon de plus en plus menaçante. De grands éclairs bégayants vinrent illuminer brièvement la façade de bois de l'hôpital.

« Ça y est ? » demanda Eddie.

Bill acquiesça. « V-viens chez m-moi après le d-dîner, dans d-deux j-jours si t-tu peux, d'accord ? »

Eddie acquiesça à son tour, et la question fut réglée.

Il y eut encore quelques moments d'une conversation décousue, sans but. Elle porta en partie sur les sujets à sensation de l'été, à Derry — le procès de Richard Macklin, accusé d'avoir battu à mort son beau-fils Dorsey, et la disparition du frère aîné de Dorsey, Eddie Corcoran. Il allait falloir attendre encore deux jours pour voir Macklin s'effondrer et se confesser, en larmes sur le banc des témoins, mais les membres du Club des Ratés étaient tous d'accord pour dire que Macklin n'avait probablement rien à voir avec la disparition d'Eddie Corcoran. Soit le gamin avait fugué…, soit il s'était fait avoir par Ça.

Ils le quittèrent aux environs de sept heures moins le quart ; la pluie ne s'était pas encore décidée à tomber. Elle continua de menacer pendant longtemps : la mère d'Eddie eut le temps de venir lui rendre visite et de rentrer chez elle (non sans avoir été horrifiée à la vue des signatures sur le plâtre de son fils, et encore plus horrifée de ce qu'il était bien déterminé à quitter l'hôpital le lendemain : elle avait envisagé un séjour d'au moins une semaine dans une absolue tranquillité, afin que les deux bouts puissent se « recoller », comme elle disait).

Finalement, les nuages se dissipèrent et furent emportés par le vent. Pas une goutte d'eau n'était tombée sur Derry. L'humidité demeura et cette nuit-là, les gens dormirent sous leur porche, dans leur jardin ou dans les champs.

La pluie ne tomba que le lendemain, peu de temps après que Beverly eut assisté à ce qui était arrivé à Patrick Hockstetter. Quelque chose de terrible.

CHAPITRE 17

Autre affaire de disparu :
La mort de Patrick Hockstetter

1

Quand il en a terminé, Eddie se prépare un autre verre d'une main plus tout à fait sûre. Il regarde Beverly et dit : « Tu as vu Ça, n'est-ce pas ? Tu as vu Ça prendre Patrick Hockstetter le lendemain du jour où vous avez signé mon plâtre ? »

Les autres se tournent vers elle.

Beverly repousse en arrière le nuage flamboyant de sa chevelure. Son visage, en dessous, paraît d'une pâleur extrême. Elle extirpe maladroitement une nouvelle cigarette de son paquet — la dernière — et allume son briquet. Mais elle ne semble pas capable de guider la flamme jusqu'à la pointe de sa cigarette. Au bout de quelques instants, Bill lui prend le poignet, délicatement mais avec fermeté, et dirige le briquet au bon endroit. Beverly le remercie d'un regard et exhale un nuage de fumée gris-bleu.

« Ouais, j'ai assisté à ce spectacle. »

Elle est parcourue d'un frisson.

« Il était cin-cinglé », dit Bill, qui pense aussi : Le seul fait que Henry se soit promené en compagnie d'un maboul comme Patrick Hockstetter pendant cet été en dit déjà assez long, non ? Soit Henry était en train de perdre de son charme, de son pouvoir de séduction, soit sa propre folie avait accompli de tels progrès que le Patrick en question lui paraissait tout à fait bien. De toute façon, cela revient au même. À la... quel est le mot ? la dégradation, la dégénérescence ? Oui, à la lumière de ce qui s'est passé et dont cela s'est terminé pour lui, il s'agit bien d'une dégringolade, à mon sens.

Il y a également autre chose qui vient renforcer cette hypothèse, *songe Bill ; mais pour l'instant, c'est encore trop vague.* Lui, Richie et Beverly s'étaient rendus jusque sur le périmètre des frères Tracker — on était au tout début d'août, alors, et les cours d'été qui leur avaient épargné d'avoir Henry Bowers en permanence à leurs trousses étaient sur le point de s'achever — et n'était-ce pas Victor Criss qui les avait approchés ? Un Victor Criss sincèrement terrifié ? Oui, c'était bien cela. Déjà les événements se précipitaient et Bill en vient à penser, maintenant, que tous les gosses de Derry l'avaient senti — en particulier les Ratés et la bande à Bowers. Mais là il anticipe.

« Oh, pour être cinglé, il était cinglé, approuve Beverly d'un ton net. Pas une fille ne voulait s'asseoir devant lui en classe. Tu étais tranquillement assise là, à faire un devoir d'arithmétique ou de grammaire, et tout d'un coup tu sentais cette main... presque aussi légère qu'une plume, mais chaude et humide de sueur et — comment dire ? — trop charnue. » Elle déglutit avec un petit clappement de gorge ; tout le monde, autour de la table, garde son sérieux. « Tu la sentais sur tes hanches, ou bien sur ta poitrine. Pourtant, aucune de nous n'avait grand-chose dans le genre, à l'époque. Mais Patrick avait l'air de s'en foutre.

« Tu sentais ce... contact, et tu sursautais pour t'en éloigner ; et quand tu te retournais, tu voyais Patrick, un sourire épanoui sur ses grosses lèvres caoutchouteuses. Il possédait un plumier...

— Plein de mouches, la coupe brusquement Richie. En effet. Il les tuait avec cette espèce de règle verte qu'il avait, puis il les mettait dans ce plumier. Je me rappelle même à quoi il ressemblait : il était rouge, avec comme couvercle une glissière en plastique. »

Eddie a un hochement de tête d'approbation.

« On s'écartait brusquement, reprend Beverly, et il arrivait alors qu'il ouvre son plumier pour nous montrer ce qu'il y avait dedans. Et ce qu'il y avait de pire, de vraiment horrible, c'était la manière qu'il avait de sourire sans dire un seul mot. Mrs. Douglas était au courant ; Greta Bowie le lui avait dit, et je crois que Sally Mueller lui en avait aussi parlé une fois. Cependant... je reste avec l'impression que Mrs. Mueller en avait également peur. »

Ben s'est incliné sur les pieds arrière de sa chaise, les mains croisées derrière la nuque. Elle n'arrive toujours pas à croire qu'il puisse être mince à ce point. « Ton impression est justifiée, j'en ai la certitude, dit-il.

— Et qu'est-ce q-qui lui est a-arrivé, Beverly ? »

Elle déglutit de nouveau, dans un effort pour lutter contre la force *cauchemardesque de ce qu'elle a vu ce jour-là dans les Friches, ses patins à roulettes attachés ensemble et pendant à son épaule, un genou encore douloureux de la chute qu'elle avait faite sur Saint Crispin's Lane, encore une de ces rues bordées d'arbres qui se terminent en cul-de-sac, maintenant comme autrefois, au-dessus des Friches. Elle se rappelle (oh, comme ces souvenirs sont clairs et puissants quand ils remontent à l'esprit !) qu'elle portait un short en toile — un short qui méritait bien son nom parce qu'il était vraiment très court : les ourlets cachaient à peine la bordure de sa petite culotte. Elle commençait à prendre conscience de son corps, depuis un an — depuis surtout les six derniers mois, en réalité, son corps qui se mettait à prendre des courbes et à se féminiser. Le miroir était l'une des raisons de cette prise de conscience renforcée, bien entendu, mais pas la principale ; la principale raison était que son père paraissait plus violent depuis quelque temps, plus enclin à la gifler, voire à se servir de ses poings sur elle. Il paraissait agité, come une bête en cage, et elle était de plus en plus nerveuse quand il tournait autour d'elle, de plus en plus sur ses gardes. C'était comme s'ils avaient fabriqué une odeur entre eux deux, une odeur qui n'existait pas quand elle était seule dans l'appartement, et qui n'avait jamais existé quand ils étaient ensemble avant cet été-là. Et lorsque sa mère s'absentait, c'était pire. S'il existait une odeur, une certaine odeur, alors il le savait aussi car Bev le vit de moins en moins tandis que persistaient les chaleurs, en partie à cause des tournois de bowling auxquels il participait, en partie parce qu'il aidait son ami Joe Tammerly à réparer des voitures... mais elle soupçonnait que c'était aussi en partie à cause de cette odeur, cette odeur qu'ils produisaient quand ils étaient ensemble, sans qu'aucun des deux ne le voulût, ce qui ne les empêchait cependant pas de la distiller : ils étaient aussi impuissants à ne pas la produire qu'ils l'étaient à s'empêcher de transpirer dans la chaleur de ce mois de juillet.*

La vision de centaines d'oiseaux, de milliers même, s'abattant sur le toit des maisons et les antennes de télévision, sur les fils du téléphone, s'imposa de nouveau à elle.

« Et le lierre-poison, dit-elle à voix haute.

— Q-Quoi ? demanda Bill.

— Quelque chose à propos du lierre-poison, répond-elle avec lenteur en le regardant. Mais ce n'en était pas. Cela donnait juste l'impression d'en être. Mike ?

— Ne t'inquiète pas. Ça reviendra. Raconte-nous ce dont tu te souviens, Bev. »

Je me souviens de mon short bleu, *aurait-elle voulu dire, et* combien il était délavé ; comme il me serrait aux hanches et aux fesses. J'avais un demi-paquet de Lucky Strike dans une poche et la Bullseye dans l'autre...

« *Est-ce que tu te souviens de la Bullseye ? demande-t-elle à Richie — mais tous acquiescent. C'est Bill qui me l'avait donnée.* » *Elle adresse un sourire un peu incertain à Bill.* « *Impossible de dire non au Grand Bill, ça ne se discutait pas. Je l'avais donc sur moi, et c'est à cause d'elle que j'étais sortie ce jour-là. Pour m'exercer. Je pensais encore que je n'aurais pas le courage de m'en servir le moment voulu. Sauf que... je m'en suis servie ce jour-là. Je n'avais pas le choix. J'ai tué l'un d'eux... l'une des parties de Ça. C'était terrible. Maintenant encore, je trouve très dur de l'évoquer. Et l'un des autres m'a eue. Regardez.* »

Elle lève le bras et le tourne de façon à ce qu'ils puissent tous voir la cicatrice qui boursoufle la partie la plus ronde de son avant-bras. On dirait qu'un objet circulaire brûlant, de la taille d'un havane, a été appliqué contre sa peau. La cicatrice comporte une petite dépression en son milieu, et Mike Hanlon est pris d'un frisson en la voyant. C'est l'un des épisodes de l'histoire dont il a soupçonné les grandes lignes sans jamais l'avoir entendu raconter, comme le face-à-face à contrecœur entre Eddie et Mr. Keene.

« *Tu avais raison sur un point, Richie, reprend-elle. Cette fronde pouvait tirer des coups mortels. J'en avais peur, mais d'une certaine façon, je l'aimais bien aussi.* »

Richie éclate de rire et la frappe légèrement dans le dos. « *Nom de Dieu ! Je le savais bien !*

— *Vraiment ?*

— *Oui, vraiment. Quelque chose dans ton regard, Bevvie.*

— *Ce que je veux dire, c'est qu'on aurait dit un jouet, mais elle était bien réelle. On pouvait faire des trous dans les choses, avec.*

— *Et tu as fait un trou dans une chose ce jour-là, n'est-ce pas ?* hasarde Ben.

— *Est-ce Patrick Hocks...*

— *Non, grands dieux, non !* s'exclame Beverly. *C'était l'autre... attendez.* » *Elle éteint sa cigarette, prend une gorgée dans son verre et retrouve le contrôle d'elle-même. Enfin, pas tout à fait. Elle a cependant l'impression qu'en la matière, c'est ce qu'elle pourra faire de mieux de la soirée.* « *J'étais partie à patins à roulettes, voyez-vous. J'ai fait une chute et je me suis salement écorché le genou. C'est alors que j'ai décidé de descendre m'exercer dans les Friches. J'ai commencé par me rendre au Club souterrain, voir si quelqu'un s'y trouvait déjà. Personne. Rien que cette odeur de fumée. Je ne sais pas si vous vous en souvenez, mais cette odeur est restée très longtemps.* »

Tous acquiescent avec des sourires.

« *Je suis donc partie pour la décharge, puisque c'était là que nous... procédions aux essais — je crois que c'est comme cela que nous disions —, étant donné qu'il y avait des tas de choses sur lesquelles tirer. Peut-être bien aussi des rats.* » *Elle se tait un instant ; une fine brume de transpiration imprègne maintenant son front.* « *C'était là-dessus, en réalité, que j'avais envie de tirer, dit-elle finalement. Sur quelque chose de vivant. Pas une mouette — je sais que je n'aurais pas pu tirer sur une mouette — mais un rat... je voulais voir si j'en étais capable.*

« *La chance a voulu que j'arrive par le côté de Kansas Street et non par celui d'Old Cape, près du remblai de la voie de chemin de fer ; là, il n'y avait guère de végétation et ils m'auraient vue. Dieu sait alors ce qui se serait passé.*

— *Qui t-t'aurait v-vue ?*

— Eux, *répond Berverly. Henry Bowers, Victor Criss, Huggins le Roteur et Patrick Hockstetter. Ils étaient en bas, dans la décharge, et...* »

Soudain, à la stupéfaction générale, elle se met à pouffer de rire comme une enfant, et ses joues deviennent toutes roses. Elle rit jusqu'à ce que les larmes lui viennent aux yeux.

« *Bon Dieu, qu'est-ce qu'il y a, Beverly ? demande Richie. On aimerait connaître cette bonne blague !*

— *Oh, pour une blague, c'en était une, d'accord. Une blague, mais je crois qu'ils auraient pu me tuer s'ils avaient su que j'avais vu.*

— *Je m'en souviens maintenant ! s'écrie Ben en se mettant aussi à rire. Je me rappelle que tu nous l'as raconté !* »

Toujours secouée d'un irrépressible fou rire, Beverly lâche : « *Ils avaient baissé leurs culottes et mettaient le feu à des pets.* »

Suit un instant de silence absolu — et tous se mettent à s'esclaffer avec elle, les échos de leurs rires se répercutant dans la bibliothèque.

Beverly réfléchit à la meilleure manière de leur raconter la mort de Patrick Hockstetter ; la première chose qui lui vient à l'esprit est que lorsque l'on approchait de la décharge municipale depuis Kansas Street, on avait l'impression de pénétrer dans une sorte de ceinture d'astéroïdes démente. Un chemin creusé d'ornières (en réalité l'une des voies de la ville, puisqu'elle portait même un nom : Old Lyme Street) courait de Kansas Street jusqu'au dépôt d'ordures ; c'était d'ailleurs le seul véritable chemin carrossable qui pénétrait dans les Friches, à l'usage des camions des éboueurs. Beverly marchait à proximité d'Old Lyme Street, et non sur le chemin lui-même ; elle était devenue plus prudente (elle supposait que tous l'étaient devenus) depuis l'affaire du bras cassé d'Eddie. En particulier lorsqu'elle était seule.

Elle suivait donc un itinéraire sinueux dans l'épaisseur des taillis, évitant les zones de lierre-poison et ses feuilles rougeâtres et huileuses, l'odeur de putréfaction et de fumée de la décharge dans les narines, tandis que des mouettes criaient au-dessus d'elle. Sur sa gauche, elle apercevait de temps en temps Old Lyme Street.

Les autres la regardent et attendent. Elle ouvre son paquet de cigarettes, et découvre qu'il est vide. Sans un mot, Richie lui lance une des siennes.

Elle l'allume, regarde autour d'elle et dit : « Partir de Kansas Street en direction de la décharge municipale, c'était un peu comme

2

entrer dans une ceinture d'astéroïdes démente. La ceinture d'orduroïdes. Tout d'abord, on ne remarquait rien sur le sol spongieux sur lequel foisonnaient buissons et arbustes, puis on tombait sur un premier orduroïde : une boîte de conserve rouillée ayant autrefois contenu de la sauce à spaghetti, peut-être, ou une bouteille de limonade sur laquelle grouillaient des bestioles attirées par les restes de sucre ; un fragment de papier d'aluminium, pris dans des branchages, envoyait des reflets de soleil. On pouvait voir un ressort de matelas (ou trébucher dessus, si on ne faisait pas attention où l'on mettait les pieds), un gros os à demi rongé, amené et abandonné par un chien... »

La décharge elle-même n'était pas si terrible ; Beverly estimait même, au fond, qu'on pouvait la trouver intéressante. Ce qui était désagréable (et quelque peu inquiétant) était la façon qu'elle avait de s'étendre ; de créer cette ceinture d'orduroïdes.

Elle se rapprochait, maintenant ; les arbres, surtout des sapins, devenaient plus gros et les buissons s'éclaircissaient. Les mouettes n'arrêtaient pas de piailler de leur voix querelleuse et suraiguë et l'air était imprégné de l'odeur lourde des déchets qui brûlaient.

Sur sa droite, Beverly vit à ce moment-là un vieux réfrigérateur Amana, appuyé de guingois contre une sapinette, mangé de rouille. Elle y jeta un coup d'œil, pensant vaguement à ce policier qui était venu leur faire un laïus en classe, quand elle était plus petite. Il leur avait dit que des objets abandonnés comme les vieux réfrigérateurs pouvaient être dangereux — un gosse s'y dissimule pendant un jeu de cache-cache, par exemple, et y meurt à petit feu, incapable d'en ressortir seul. Bien qu'on se demande qui pourrait avoir l'idée d'aller se planquer dans un vieux frigo rouillé qui...

Elle entendit un cri, si proche qu'il la fit sursauter, suivi d'un éclat de rire. Ils étaient donc ici ! Sans doute avaient-ils quitté le Club souterrain à cause de l'odeur de la fumée pour venir casser des bouteilles à coups de cailloux ou simplement prospecter les richesses de la décharge.

Elle commença à marcher un peu plus vite, sa méchante écorchure oubliée, dans sa hâte de les voir... de le voir, avec ses cheveux roux comme les siens, et peut-être ce curieux sourire qui remontait plus d'un côté que de l'autre qu'elle aimait tant. Elle savait qu'elle était trop jeune pour aimer ce garçon, trop jeune pour vivre autre chose que des « toquades », mais elle n'en aimait pas moins Bill. Elle accéléra donc le pas, les patins se balançant brutalement contre son dos, le cuir de la fronde battant légèrement sa fesse gauche.

Elle faillit bien leur tomber dessus avant de se rendre compte que ce n'était pas sa bande, mais celle de Bowers.

Quand elle déboucha de l'abri des buissons, la partie la plus escarpée de la décharge se trouvait à environ soixante-dix mètres devant elle — avalanche scintillante de détritus qui dévalaient sur la gravière. Le bulldozer de Mandy Fazio ronronnait plus loin sur la gauche. Mais juste devant elle, s'étendait une jungle d'un autre genre : elle était faite d'épaves de voitures. À la fin de chaque mois, elles étaient compressées et expédiées à Portland pour la récupération ; mais pour le moment elles gisaient là, posées sur des jantes sans pneus, sur le côté ou encore sur le toit, comme des chiens crevés. Au nombre d'une douzaine, environ, elles étaient disposées en deux rangées et Beverly s'avançait dans l'allée grossièrement dessinée et tapissée de détritus qui les séparait, comme la petite fiancée-souillon d'un avenir de science-fiction, se demandant au passage si la Bullseye serait assez puissante pour casser un pare-brise. Le renflement d'une des poches de devant de son short bleu indiquait la présence de ses munitions d'entraînement, de petits roulements à bille.

Voix et rires venaient d'un point situé au-delà des épaves et sur la gauche, c'est-à-dire de la limite de la décharge proprement dite. Beverly fit le tour de la dernière voiture, une Studebaker à laquelle manquait tout l'avant, mais son bonjour mourut sur ses lèvres et la main qu'elle s'apprêtait à agiter retomba, ou mieux, parut brusquement se faner.

Sa première pensée trahit avant tout sa gêne : *Oh, mon Dieu, pourquoi sont-ils tout nus ?*

Ce n'est qu'ensuite qu'elle vit à qui elle avait affaire. Elle se pétrifia devant la demi-Studebaker, son ombre collée à ses talons. Pendant un instant, elle resta parfaitement visible pour eux ; il aurait suffi que l'un ou l'autre lève les yeux — ils étaient en cercle, accroupis — et ils n'auraient pas pu ne pas la découvrir : une fille plutôt grande pour son âge, une paire de patins jetée par-dessus une épaule, du sang perlant encore à l'un des genoux de ses longues jambes de pouliche, bouche bée, les joues empourprées.

Avant de plonger à l'abri de la Studebaker, elle se rendit compte qu'en réalité ils n'étaient pas complètement nus ; ils avaient leur chemise sur eux et n'avaient fait qu'abaisser pantalons et sous-vêtements sur leurs chevilles, comme s'ils étaient allés faire leurs grosses commissions (sous le choc de cette vision, l'esprit de Beverly s'était replié sur l'expression que l'on utilisait avec elle quand elle était petite). Mais comment imaginer quatre garçons ayant besoin de faire en même temps leurs grosses commissions ?

Une fois hors de vue, sa première idée fut de battre en retraite, et vite. Son cœur battait à tout rompre, et des flots d'adrénaline inondaient ses muscles. Elle regarda autour d'elle, étudiant ce qu'elle n'avait pas pris garde d'examiner en arrivant, quand elle croyait que les voix qu'elle entendait étaient celles de ses amis. La rangée des épaves, sur sa gauche, n'avait en réalité rien de compact ; les véhicules étaient bien loin d'être rangés porte à porte, comme ils le seraient juste avant l'arrivée de l'épaviste chargé de les transformer en blocs grossiers de métal scintillant. Elle avait été visible à plusieurs reprises en avançant jusqu'au point où elle se trouvait actuellement. Elle le serait de nouveau si elle repartait et courait le risque d'être repérée.

Elle éprouvait également quelque chose comme de la curiosité, même si elle en avait honte : que diable pouvaient-ils bien fabriquer ainsi ?

Elle avança un œil prudent le long de la carrosserie.

Henry et Victor Criss étaient plus ou moins placés face à elle. Patrick Hockstetter était sur la gauche de Henry, et Huggins lui tournait le dos. Elle eut tout le loisir d'observer que le Roteur avait un derrière à la fois très imposant et très velu, et elle sentit soudain bouillonner dans sa gorge, comme montent les bulles dans un verre de bière, les premières contractions d'un fou rire à demi hystérique. Elle dut s'appuyer des deux mains sur la bouche et se remettre à l'abri de la Studebaker pour contenir la crise qui montait.

Il faut que tu te tires d'ici, Beverly. Si jamais ils t'attrapent...

Elle examina de nouveau la rangée d'épaves, les mains toujours serrées sur la bouche. L'allée faisait quelque chose comme trois mètres de large, avec éparpillés dessus des boîtes de conserve et des débris de verre Securit semblables à des pièces de puzzle ; quelques touffes d'herbe poussaient ici et là. Au moindre bruit qu'elle ferait, ils risquaient l'entendre...

Mais que diable peuvent-ils bien fabriquer ?

Calmée, elle regarda de nouveau, et vit la scène dans tous ses détails. Livres et cahiers étaient éparpillés n'importe comment autour d'eux ; ils venaient de sortir des classes d'été, autrement dit, de ce que la plupart des gosses appelaient « classes d'idiots » ou « classes bidons ». Et comme Henry et Victor lui faisaient face, elle pouvait voir leurs choses. C'étaient les premières *choses* qu'elle voyait de sa vie, en dehors des images d'un petit ouvrage maculé que Brenda Arrowsmith lui avait montrées l'année précédente, images sur lesquelles, en fait, on ne pouvait pas voir grand-chose. Elle remarqua que ces choses étaient comme de petits tubes leur pendant entre les jambes. Celle de Henry était petite et glabre, mais celle de Victor, en revanche, était de belle taille et surmontée d'un fin nuage de duvet noir.

Bill est fait comme ça, pensa-t-elle — et tout d'un coup, on aurait dit que tout son corps rougissait : la vague de chaleur qui monta en elle eut une telle puissance que la tête lui tourna et qu'elle se sentit faible et comme prise de mal au cœur. À cet instant-là, elle éprouva quelque chose de très semblable à ce que Ben Hanscom avait ressenti le dernier jour des classes, lorsqu'il avait remarqué son bracelet de cheville et la manière dont il brillait au soleil... il n'avait cependant pas éprouvé, en même temps, le sentiment de terreur qui était le sien à ce moment-là.

Une fois de plus, elle regarda derrière elle. Le chemin qui, entre les voitures, conduisait vers le salut — le sous-bois des Friches — lui parut beaucoup plus long. Elle avait peur de bouger. S'ils se doutaient qu'elle avait vu leurs *choses*, il fallait s'attendre au pire. Ils allaient lui faire mal, et pas qu'un peu.

Le Roteur poussa soudain un mugissement qui la fit sursauter et Henry s'écria : « Un mètre ! C'est pas des blagues, Roteur ! Elle faisait un mètre ! C'est pas vrai, Vic ? »

Victor répondit que oui, et tous s'esclaffèrent d'un gros rire de troll.

Beverly passa de nouveau un œil par l'avant de la Studebaker en ruine.

Patrick Hockstetter s'était tourné et à moitié relevé, si bien qu'il avait les fesses pratiquement à la hauteur du nez de Henry. Ce dernier tenait dans les mains un objet argenté et brillant ; Bev finit par comprendre qu'il s'agissait d'un briquet.

« Je croyais que t'en avais un qui venait, dit Henry.

— J'en ai un, répondit Patrick, j'en ai un. Tiens-toi prêt !... Tiens-toi prêt ! Tiens... maintenant ! »

Henry alluma le briquet. Au même moment, il y eut la détonation, parfaitement reconnaissable, que produit un vrai gros pet. On ne pouvait s'y tromper ; c'est un bruit que Beverly avait entendu assez souvent à la maison, notamment le samedi soir après les saucisses de Francfort et les haricots. Les haricots agissaient avec une régularité de métronome sur les intestins de son père. Au moment où Patrick se soulageait à la hauteur de la flamme du briquet, elle vit quelque chose qui la laissa bouche bée. Une autre flamme, bleue et brillante, parut sortir directement du cul de Patrick. Une flamme du même genre que celle d'une veilleuse de chauffe-eau à gaz, pensa Beverly.

Les garçons partirent de leurs gros rires de troll, et Beverly dut de nouveau se retirer à l'abri de l'épave, pour retenir un fou rire nerveux. Elle riait, certes, mais non pas parce qu'elle était amusée. Certes, il y avait bien quelque chose de marrant dans cette scène, mais elle riait avant tout car elle éprouvait des sentiments de révulsion et d'horreur mêlés. Elle riait car elle ne trouvait aucun autre moyen de réagir face à la situation. Ce n'était pas sans rapport avec le fait d'avoir vu les « choses » des garçons, mais en tout état de cause, ce n'était qu'un élément secondaire dans ce qu'elle ressentait. Après tout, elle n'ignorait pas que les garçons avaient des « choses » comme ça, de même que les filles avaient les leurs, qui étaient différentes. Cette vision n'avait fait que confirmer ce qu'elle savait déjà. En revanche, leur comportement lui paraissait si étrange, si grotesque et en même d'un tel primitivisme, qu'en dépit de son accès de fou rire, elle se retrouva en train de désespérément rechercher ce qui était au cœur d'elle-même.

Arrête, se dit-elle, comme si là était la réponse, *arrête, sinon ils vont t'entendre ! Arrête tout de suite, Bevvie !*

Mais c'était impossible. Le mieux qu'elle pût faire était de rire en comprimant ses cordes vocales, si bien qu'elle ne produisait que des sons étouffés, les mains écrasées sur la bouche, les joues aussi rouges que des cerises, les yeux baignés de larmes.

« Nom de Dieu, ça brûle ! rugit Victor.

— Quatre mètres ! vociféra Henry. Je te le jure par Dieu, Vic, quatre putains de mètres ! Sur la tête de ma mère !

— J'en ai rien à foutre même si c'était dix mètres ! Tu m'as brûlé le cul ! » rugit Victor, et tous de s'esclaffer encore plus fort. Toujours en train de s'efforcer de contenir ses rires, Beverly, à l'abri de l'épave de voiture, pensa tout d'un coup à un film qu'elle avait vu à la télé. Il y était question d'une tribu dans la jungle et de son rituel secret : si un étranger y assistait, il était sacrifié à leur dieu, une idole de pierre gigantesque. Cela ne lui coupa pas l'envie de rire, la rendant au contraire encore plus frénétique. Elle était secouée de spasmes qui ressemblaient de plus en plus à des sanglots. Son ventre lui faisait mal, et des larmes coulaient le long de ses joues.

3

C'est à cause de Rena Davenport que Henry, Victor, le Roteur et Patrick s'étaient retrouvés à la décharge, ce jour-là, en train de se faire brûler mutuellement leurs pets.

Henry savait quelles étaient les conséquences d'une ingestion trop copieuse de haricots. Rien n'illustrait mieux ce résultat, peut-être, qu'une petite chansonnette que lui avait apprise son père alors qu'il portait encore des culottes courtes : *Fayots, fayots, fruit des poètes ! Plus t'en bouffes et plus tu pètes ! Et plus tu pètes, plus ça fait de bien ! T'es alors prêt à rebouffer, petit vaurien !*

Butch Bowers avait courtisé Rena Davenport pendant près de huit ans. Elle était grasse, quadragénaire et habituellement crasseuse. Henry supposait que son père devait la baiser de temps en temps, bien qu'incapable d'imaginer comment on pouvait en avoir envie.

Sa façon de cuisiner les haricots faisait l'orgueil de Rena. Elle les mettait à tremper le samedi soir et les faisait cuire à petit feu pendant tout le dimanche. Henry n'y voyait rien à redire — c'était quelque chose à s'enfourner dans le gosier et sur quoi se faire les dents, après tout — mais au bout de huit ans, n'importe quel plat finit par perdre de son charme.

En plus, Rena ne se contentait pas d'en faire un plat ; elle les préparait en quantités industrielles. Quand elle arrivait le dimanche soir dans sa vieille De Soto verte (une poupée en caoutchouc, nue, pendait à son rétroviseur, ressemblant tout à fait à la plus jeune personne jamais victime d'un lynchage), les haricots destinés à la maison Bowers fumaient en général sur le siège à côté d'elle, dans une bassine en acier galvanisé qui devait bien contenir quarante litres. Ils mangeaient tous les trois leurs haricots le soir même (Rena se complimentant elle-même sur sa cuisine, ce cinglé de Butch Bowers grommelant et sauçant le jus avec une tranche de pain précoupé ou lui disant simplement de la fermer s'il y avait une retransmission de match à la radio, Henry dévorant son assiettée, le regard perdu par la fenêtre, plongé dans ses propres pensées — c'était d'ailleurs en se bâfrant de haricots qu'il avait conçu le projet d'empoisonner le chien de Mike Hanlon, Mr. Chips), et Butch faisait réchauffer le reste le lendemain soir. Les mardis et les mercredis, Henry en amenait à l'école, dans une boîte Tupperware pleine à ras bord. Vers le jeudi et le vendredi, ni le père ni le fils ne pouvaient en avaler. Les deux chambres de la maison empestaient le pet moisi en dépit des fenêtres ouvertes. Butch prenait alors les restes des restes et les mélangeait à des détritus et des épluchures pour les donner à Bip et Bop, les deux cochons de la ferme Bowers. Rena revenait ou non le dimanche soir suivant, et si oui, le cycle recommençait.

Ce matin-là, Henry avait récupéré une énorme quantité de haricots de rabiot, et les quatre garçons avaient tout nettoyé en guise de déjeuner, assis sur la pelouse du terrain de jeux, à l'ombre du grand orme ; ils avaient bâfré jusqu'à s'en faire péter la sous-ventrière.

C'était Patrick qui avait eu l'idée de descendre jusqu'à la décharge, un endroit où ils auraient toutes les chances d'être bien tranquilles au milieu de l'après-midi d'un jour ouvrable de l'été. Le temps qu'ils arrivent, les haricots commençaient à produire leur effet de manière tout à fait satisfaisante.

4

Peu à peu, Beverly finit par reprendre le contrôle d'elle-même. Elle savait qu'il lui fallait sortir de ce guêpier ; en fin de compte, il lui paraissait moins dangereux de battre en retraite que de rester à traîner dans le coin. Ils étaient très absorbés par leur petit jeu, et si le pire devait se produire, elle aurait au moins une longueur d'avance, le temps qu'ils remontent leurs pantalons (et elle avait également décidé, tout au fond d'elle-même, que quelques billes lancées par la Bullseye pourraient les décourager).

Elle était sur le point de s'esquiver en catimini, lorsque Victor déclara qu'il devait partir : son père le réclamait pour l'aider à ramasser son maïs.

« Oh merde, dit Henry, il peut bien se passer de toi.

— Non, il est furieux contre moi, déjà. À cause de ce qui s'est passé l'autre jour.

— Qu'il aille se faire foutre, s'il peut pas comprendre une plaisanterie. »

Beverly écouta plus attentivement, soupçonnant qu'il s'agissait de l'échauffourée qui s'était terminée par le bras cassé de Mike.

« Non, il faut que j'y aille.

— Il doit avoir mal au cul, remarqua Patrick.

— Fais gaffe à ce que tu dis, tête de nœud, répliqua Victor, tu pourrais le payer cher.

— Moi aussi je dois partir, dit le Roteur.

— Ton paternel a du maïs à ramasser ? » lui demanda Henry d'un ton de colère. C'était sans doute une réflexion qui devait passer pour humoristique dans l'esprit de Henry ; le père de Huggins était mort.

« Non, mais j'ai un boulot. La distribution d'un journal, ce soir. Le *Weekly Shopper*.

— Qu'est-ce que c'est encore que cette merde de journal ? » Cette fois, il y avait autant d'inquiétude que de colère dans la voix de Henry.

« Un boulot, répondit Huggins sans s'impatienter. Un boulot pour se faire un peu de fric. »

Henry émit un son dégoûté et Beverly hasarda un autre coup d'œil depuis sa cachette. Victor et le Roteur étaient debout, en train de boucler leur ceinture. Henry et Patrick, toujours accroupis, avaient encore les fesses à l'air ; le briquet brillait dans les mains de Henry.

« Tu te tires pas comme un froussard, toi ? demanda Henry à Patrick.

— Mais non, répondit Patrick.

— T'es sûr que t'as pas de maïs à ramasser ou un boulot idiot à faire ?

— Mais non, répéta Patrick.

— Bon, eh bien... salut ! fit le Roteur d'une voix incertaine. À bientôt, Henry.

— Ouais, c'est ça, à bientôt », fit Henry qui lança un crachat à quelques centimètres des sabots de Huggins.

Vic et le Roteur partirent en direction de la double rangée d'épaves... en direction de la Studebaker derrière laquelle Beverly était accroupie. Elle ne fut tout d'abord capable que de se recroqueviller, pétrifiée de peur comme un lapin. Puis elle se faufila le long du côté gauche de la Studebaker et recula jusqu'à la Ford bosselée et privée de portes qui se trouvait juste après. Elle s'arrêta un instant, jetant des regards éperdus de droite et de gauche, les entendant se rapprocher. Elle hésita, la bouche sèche comme de l'amadou, le dos lui démangeant tant elle transpirait. Hébétée, une partie de son esprit se demandait de quoi elle aurait l'air avec un plâtre comme celui d'Eddie, enjolivé de la signature de tous les Ratés. Puis elle plongea du côté passager de la Ford. Elle se roula en boule sur le plancher crasseux du véhicule et s'efforça de se faire aussi petite que possible.

Il faisait une chaleur à crever dans l'habitacle et il y régnait une telle puanteur — un mélange d'odeur de poussière, de garnitures de sièges pourries et d'anciennes crottes de rat — qu'elle manqua s'étrangler en luttant pour éviter d'éternuer ou de tousser. Elle entendit passer les deux garçons, qui parlaient tranquillement ; puis il n'y eut plus rien.

Elle éternua trois fois rapidement et sans bruit, les mains en coupe contre sa bouche.

Elle supposa qu'elle pouvait filer, maintenant, en étant prudente. La meilleure façon de s'y prendre consistait à se glisser du côté du conducteur, à repasser dans l'allée, puis à faire un fondu au noir dans le décor. Elle croyait pouvoir y parvenir, mais le choc d'avoir failli de peu être découverte lui avait enlevé tout courage, du moins pour l'instant. Elle se sentait plus en sûreté dans la Ford. Par ailleurs, maintenant qu'il y en avait deux de partis, peut-être que Henry et Patrick ne tarderaient pas à s'éloigner aussi. Elle retournerait alors au Club souterrain. Elle avait perdu tout désir de tirer à la fronde.

Et puis, elle avait envie de faire pipi.

Allez, bon sang, dépêchez-vous de partir ! Fichez le camp, je vous en supplie ! pensa-t-elle.

« Deux mètres ! vociféra Henry. Une vraie torche de chalumeau ! J' te jure devant Dieu ! »

Un moment de silence. De la sueur coule le long de son dos. À travers le pare-brise craquelé, le soleil tombe sur sa nuque. Sa vessie s'alourdit.

Henry poussa un tel hurlement que Beverly, qui venait de sombrer dans une espèce de somnolence en dépit de sa situation inconfortable, faillit elle-même crier. « Nom de nom de Dieu, Patrick ! Tu m'as brûlé le cul ! Qu'est-ce que tu fabriques avec ce foutu briquet ?

— Trois mètres ! s'exclama en pouffant l'autre garçon (rien que ce ricanement suffit à Beverly pour le trouver répugnant, comme si elle avait vu un ver sortir en se tortillant de sa salade). Trois mètres, largement ! Bleu brillant, Henry ! Trois mètres largement ! J' te jure !

— Donne-moi ça », grogna Henry.

Il y eut un nouveau silence.

Je ne veux pas regarder, je ne veux pas voir ce qu'ils trafiquent maintenant, en plus ils pourraient me voir, en fait ils vont sûrement me voir parce que j'ai épuisé toutes mes réserves de chance pour la journée. Alors reste ici bien tranquille, ma fille. On n'est pas au spectacle...

Mais sa curiosité fut plus forte que son bon sens. Ce silence avait une qualité étrange, quelque chose d'un peu inquiétant. Elle leva la tête, centimètre par centimètre, jusqu'à ce qu'elle pût voir la scène à travers le pare-brise craquelé. Elle n'avait nul besoin de s'inquiéter d'être vue ; les deux garçons étaient beaucoup trop concentrés sur ce que Patrick était en train de faire. Elle ne comprenait pas ce qu'elle voyait, mais devinait tout de même que c'était sale... elle ne s'attendait d'ailleurs pas à autre chose de la part de Patrick, qui était tellement tordu.

Il avait placé une main entre les cuisses de Henry et une autre entre les siennes. Avec la première il tripotait doucement la chose de Henry, avec la seconde, la sienne. Ce n'était pas exactement comme une caresse ; il serrait avec un mouvement de va-et-vient, laissant retomber la chose de Henry.

Mais qu'est-ce qu'ils peuvent bien fabriquer ? se demanda une nouvelle fois Beverly, effarée.

Elle l'ignorait, ou du moins ce n'était pas clair, mais elle avait peur. Elle ne pensait pas avoir eu aussi peur depuis le jour où l'évacuation de la salle de bains avait régurgité tout ce sang et éclaboussé les murs. Quelque chose, tout au fond d'elle-même, lui criait que s'ils découvraient jamais qu'elle avait assisté à ça (quoi que ce fût), ils seraient capables de lui faire plus que mal ; ils seraient capables de la tuer.

Et cependant, elle n'arrivait pas à détourner son regard.

Elle s'aperçut que la chose de Patrick était devenue un peu plus longue, mais guère ; elle pendait toujours entre ses jambes comme un serpent sans colonne vertébrale. Celle de Henry, en revanche, avait grossi dans des proportions stupéfiantes. Elle s'était redressée et se tenait, raide et dure contre son nombril dans lequel elle rentrait presque. La main de Patrick montait et descendait, montait et descendait, s'arrêtant parfois pour la presser et chatouiller ce bizarre petit sac qui pendait lourdement sous la chose de Henry.

C'est ça qu'ils appellent les couilles, pensa Beverly. *Est-ce que les garçons se promènent toujours avec ces trucs-là ? Bon Dieu, je deviendrais cinglée !... Bill a les mêmes choses,* lui murmura un autre coin de son cerveau. De lui-même, son esprit l'imagina en train de faire ce que faisait Patrick ; elle se voyait les tenant dans ses mains, les soupesant, en éprouvant le contact... et cette sensation brûlante lui parcourut de nouveau tout le corps, la faisant rougir furieusement.

Henry contemplait la main de Patrick, comme hypnotisé. Le briquet, posé à côté de lui sur des cailloux, renvoyait la lumière du soleil.

« Tu veux que je la mette dans ma bouche ? » demanda Patrick.

Ses grosses lèvres, semblables à des tranches de foie, s'étirèrent sur un sourire de satisfaction.

« Hein ? fit Henry, comme si on le tirait d'une profonde rêverie.

— Je peux te la mettre dans la bouche, si tu veux. Ça m'est égal de... »

La main de Henry jaillit, pas tout à fait refermée en un poing. Patrick alla s'étaler et sa tête heurta le gravier avec un bruit mat. Beverly plongea de nouveau sous le tableau de bord, le cœur battant la chamade, les dents serrées pour retenir le gémissement qui montait en elle. Après avoir renversé Patrick, Henry s'était tourné et pendant un instant, juste avant qu'elle ne se roulât en boule à côté de la bosse faite par la boîte de vitesses, elle eut l'impression que son regard et celui de Henry se croisaient.

Je vous en supplie, mon Dieu, il avait le soleil dans les yeux. Je vous en supplie, mon Dieu, je me repens d'avoir regardé, je vous en supplie, mon Dieu.

Il y eut un nouveau et angoissant silence. La transpiration collait sa blouse blanche à sa peau. Des gouttelettes, comme des grains de perle, brillaient sur la peau cuivrée de ses bras. Sa vessie lui faisait de plus en plus mal ; elle sentait qu'elle n'allait pas tarder à mouiller son pantalon. Elle attendait de voir apparaître d'un instant à l'autre la figure démente de Henry dans l'encadrement dépouillé de la porte de la vieille Ford, elle était sûre qu'il allait venir — comment aurait-il pu ne pas la voir ? Il la tirerait au-dehors et il la battrait. Il lui...

Une nouvelle et encore plus terrifiante idée lui vint soudain à l'esprit tandis qu'elle luttait désespérément pour ne pas mouiller son pantalon. Et si jamais il décidait de lui faire quelque chose avec sa chose ? Si jamais il lui prenait la fantaisie de la mettre dans sa chose à elle ? Elle savait que la chose des garçons devait aller dans celle des filles — un savoir qui lui était venu à l'esprit tout d'un coup, complet. Elle pensa que si jamais Henry essayait de faire cela, elle deviendrait folle.

Je vous en supplie, mon Dieu, faites qu'il ne m'ait pas vue, je vous en supplie, d'accord ?

C'est alors que Henry parla et elle se rendit compte avec une horreur croissante qu'il s'était rapproché. « Je ne marche pas dans ces trucs de tapette ! »

Puis la voix de Patrick lui parvint, d'un peu plus loin : « T'aimerais ça, tu verras.

— J'aime pas ça ! Et si tu racontes que tu me l'as fait, je te tuerai, espèce de sale tantouze !

— T'as triqué comme un âne. » À la voix de Patrick, on sentait son sourire, un sourire qui n'aurait pas surpris Beverly. Patrick était cinglé, peut-être même encore plus que Henry, et des gens cinglés à ce point n'ont peur de rien, même pas d'un Henry Bowers. « Je l'ai vu. »

Bruits de pas écrasant le gravier, de plus en plus proches. Beverly leva la tête, les yeux exorbités. À travers le pare-brise craquelé de la Ford, elle apercevait maintenant la nuque de Henry, qui tournait la tête ; il regardait en direction de Patrick mais si jamais il avait l'idée de se retourner...

« Si t'en parles à quelqu'un, je dirai que t'es rien qu'un suceur de pines, et après je te tuerai.

— Tu me fais pas peur, Henry, dit Patrick avec un ricanement. Peut-être que je dirai rien si tu me donnes un dollar. »

Henry eut un mouvement énervé, ce qui le fit changer de position ; Beverly le voyait maintenant de trois quarts. *Je vous en supplie, mon Dieu, je vous en supplie*, pria-t-elle, incohérente, tandis que sa vessie lui élançait encore plus douloureusement.

« Si tu parles, fit alors Henry à voix basse mais d'un ton délibéré, j'irai raconter ce que tu as fait avec les chats. Et aussi avec les chiens. Je leur parlerai de ton frigo. Et tu sais ce qui se passera, Hockstetter ? Ils viendront te prendre pour t'enfermer chez les cinglés. »

Silence de Patrick.

Des doigts, Henry tambourinait sur le capot de la Ford dans laquelle Beverly se cachait. « T'as bien compris ?

— Ouais, ouais. » Patrick parlait maintenant d'un ton boudeur. Boudeur et un peu effrayé. Puis il éclata : « Mais ça t'a plu ! T'as bandé ! La plus grosse queue que j'aie jamais vue !

— Ouais, je suis sûr que t'en as vu pas mal, espèce de petit enculé de pédé. Souviens-toi simplement de ce que je t'ai dit pour le frigo. Ton frigo. Et si je te retrouve dans les parages, je te casse la tête. »

Nouveau silence de Patrick.

Henry se déplaça. Beverly tourna la tête et le vit passer du côté conducteur de la Ford. S'il avait jeté un simple coup d'œil à gauche, il l'aurait vue à coup sûr. Mais il ne regarda pas. L'instant suivant, elle l'entendait qui s'éloignait dans la même direction que Victor et Huggins.

Ne restait plus que Patrick.

Beverly attendit, mais rien ne se produisit. Cinq minutes s'écoulèrent. Elle éprouvait maintenant un besoin désespéré d'uriner. Elle ne se sentait pas capable de se retenir plus de deux ou trois minutes. Et elle était mal à l'aise à l'idée qu'elle ignorait où Patrick se trouvait exactement

Elle regarda de nouveau au ras du pare-brise et le vit qui était assis toujours au même endroit. Henry avait oublié son briquet. Patrick avait replacé ses livres dans un petit sac de toile qu'il avait passé autour de son cou comme un livreur de journaux, mais il avait toujours sous-vêtements et pantalons sur les chevilles. Il jouait avec le briquet. Il faisait tourner la roulette, laissait un instant brûler une flamme presque invisible dans la clarté du jour, puis rabattait le couvercle. Ensuite il recommençait ; il paraissait hypnotisé. Un filet de sang allait de sa bouche à son menton et ses lèvres gonflaient du côté droit. Il paraissait ne pas s'en rendre compte et Beverly éprouva de nouveau le même sentiment de répulsion grouillante. Patrick était cinglé, c'était un fait ; jamais de sa vie elle n'avait autant souhaité être loin de quelqu'un.

Se déplaçant avec le plus grand soin, elle recula jusque sous le volant en passant par-dessus la bosse du changement de vitesses. Puis elle posa un pied sur le sol et se glissa jusqu'à l'arrière de la Ford. Une fois là, elle partit en courant sur le chemin qu'elle avait emprunté pour venir. Quand elle entra sous le couvert des pins, juste au-delà des épaves de voitures, elle jeta un coup d'œil par-dessus son épaule. Personne en vue. La décharge somnolait sous le soleil. Elle sentit avec soulagement se détendre les cercles de tension qui lui comprimaient la poitrine et l'estomac, et ne se retrouva plus qu'avec le besoin d'uriner, qui avait atteint de telles proportions qu'elle en avait mal au cœur.

Elle fit encore quelques pas rapides sur le chemin puis obliqua sur la droite ; le sous-bois ne la dissimulait pas encore complètement qu'elle dégrafait son short. Elle jeta un regard rapide autour d'elle pour vérifier l'absence de tout lierre-poison, puis elle s'accroupit, accrochée au tronc solide d'un gros buisson pour garder l'équilibre.

Elle était en train de se rhabiller lorsqu'elle entendit un bruit de pas qui se rapprochait, en provenance de la décharge. Elle ne put apercevoir, à travers l'épaisseur des broussailles, que le bleu d'un jean et le motif écossais décoloré d'une chemise d'écolier. C'était Patrick. Elle se dissimula et, accroupie, attendit qu'il regagnât les abords de Kansas Street. Elle se sentait plus sûre de la position où elle se trouvait ; elle était bien cachée, l'envie de faire pipi ne la lancinait plus, et Patrick était perdu dans son univers de barjot. Quand il aurait disparu, elle ferait demi-tour pour se rendre au Club.

Mais Patrick, au lieu de continuer, s'arrêta sur le chemin, à peu près à la hauteur de l'endroit où elle se tenait, et resta là à contempler le vieux frigo Amana tout rouillé.

Beverly pouvait l'observer par une trouée dans le feuillage avec peu de chances d'être vue elle-même. Soulagée et rassérénée, sa curiosité lui était revenue ; de toute façon, si jamais Patrick l'apercevait, elle se croyait capable de le distancer. S'il n'était pas aussi gros que Ben, il était assez replet. Elle prit cependant la précaution de sortir la Bullseye de sa poche-revolver et glissa une douzaine de billes d'acier dans la poche de poitrine de son vieux chemisier. Cinglé ou pas, un bon coup dans le genou découragerait sans doute un type comme Patrick en cas de poursuite.

Elle se souvenait parfaitement bien du réfrigérateur. Ce n'étaient pas les vieux frigos au rebut qui manquaient, dans la décharge, mais il lui vint soudain à l'esprit que celui-ci était le seul, à sa connaissance, que Mandy Fazio n'eût pas achevé soit en en détruisant le mécanisme de fermeture d'une torsion de pince, soit en enlevant complètement la porte.

Patrick se mit alors à fredonner en se balançant d'avant en arrière en face du vieux frigo, et un frisson glacé parcourut Beverly. On aurait dit un personnage de film d'horreur occupé à faire apparaître les morts au fond d'une crypte.

Qu'est-ce qu'il peut bien faire ?

Si elle avait connu la réponse à cette question et su ce qui allait se passer une fois que Patrick aurait terminé son rituel et ouvert le vieil Amana rouillé, elle aurait pris la poudre d'escampette, aussi vite que possible.

5

Personne — même pas Mike Hanlon — ne se doutait à quel point Patrick Hockstetter était réellement cinglé. Âgé de douze ans, il était le fils d'un marchand de peintures. Sa mère, une catholique pratiquante, mourut d'un cancer du sein en 1962, quatre ans après que la ténébreuse entité qui hantait Derry et son sous-sol eut consommé son fils. Avec un quotient intellectuel normal (bien que légèrement en dessous de la moyenne), Patrick avait déjà redoublé deux classes, la dixième et la huitième, et s'il prenait des cours d'été cette année-là, c'était pour ne pas avoir à redoubler une fois de plus. « Élève apathique », inscrivirent plusieurs de ses professeurs sur les maigres six lignes que leur réservait l'administration dans le carnet de notes, sous la rubrique : COMMENTAIRES DES PROFESSEURS. Ceux-ci le trouvaient également inquiétant, même si, en revanche, aucun n'en fit la remarque ; il s'agissait d'un sentiment trop vague, trop diffus pour être exprimé en soixante lignes et encore moins en six. S'il était né dix

ans plus tard, un psychologue scolaire aurait sans doute envoyé
Patrick consulter un psychiatre pour enfants qui aurait (ou n'aurait
pas : Patrick était bien plus malin que ne le laissaient croire ses
médiocres résultats aux tests du Q.I.) pu prendre conscience des
gouffres effrayants que dissimulait ce visage blême et mou.

C'était un psychopathe qui était peut-être bien parvenu, en ce
brûlant été de 1958, à pleine maturité — si l'on peut dire. Il n'avait
aucun souvenir d'un temps où les autres — ce qui comprenait non
seulement les êtres humains mais toutes les créatures vivantes —
avaient eu une présence réelle pour lui. Il se considérait lui-même
comme une créature véritable, probablement la seule de l'univers,
sans être pour autant convaincu que cela lui conférait la moindre
« réalité ». Il ignorait totalement ce qu'était faire mal tout comme ce
qu'était avoir mal (son indifférence au violent coup de poing de
Henry, pendant leur querelle, était une illustration de ce trait).
Cependant, si le concept de réalité était complètement dépourvu de
sens à ses yeux, il comprenait par contre à la perfection celui de
« règles ». Et alors que tous ses professeurs l'avaient trouvé bizarre
(Mrs. Douglas, son institutrice actuelle, et Mrs. Weems, qui l'avait eu
en huitième, connaissaient l'existence du plumier plein de cadavres
de mouches, et si aucune d'elles n'en ignorait les implications, elles
avaient chacune près de trente autres élèves, et tous avaient leurs
problèmes particuliers), pas un seul n'avait de sérieux problème de
discipline avec lui. Il lui arrivait de rendre des copies parfaitement
blanches — ou alors simplement décorées d'un grand point d'interrogation — et Mrs. Douglas s'était aperçue qu'il valait mieux le
garder à l'écart des filles à cause de ses mains pleines de doigts : mais
il était tranquille, si tranquille, même, qu'on aurait pu parfois le
prendre pour un gros tas d'argile sommairement modelé afin de
ressembler à un garçon. Il était facile d'ignorer Patrick, qui échouait
paisiblement, quand on avait à faire face à des énergumènes comme
Henry Bowers ou Victor Criss, insolents et toujours prêts à semer la
pagaille, garnements capables de voler l'argent du lait, vandales qui
ne demandaient qu'à détériorer le matériel scolaire à la moindre
occasion, ou encore à des filles comme la malheureuse qui s'appelait
Elizabeth Taylor, une épileptique dont les neurones ne fonctionnaient que par intermittence et qu'il fallait empêcher de soulever sa
robe dans la cour de récréation afin de montrer sa nouvelle petite
culotte. En d'autres termes, l'école élémentaire de Derry était assez
typique de la foire éducative et de sa confusion, un cirque avec tant
de pistes que Grippe-Sou lui-même y serait passé inaperçu. Aucun de
ses professeurs (pas plus que ses parents, en l'occurrence) n'avait en

tout cas le moindre soupçon sur le fait qu'à l'âge de cinq ans, Patrick avait assassiné son petit frère, Avery, alors encore bébé.

Patrick s'était senti très mécontent lorsque sa mère était revenue de l'hôpital avec Avery dans les bras. Peu lui importait (c'est tout du moins ce qu'il se dit tout d'abord) que ses parents aient deux, cinq ou douze gosses, tant que le ou les gosses en question n'interféraient pas avec le bon déroulement de son existence. Mais Avery interférait. Les repas se trouvaient retardés. Les pleurs du bébé le réveillaient la nuit. On aurait dit que ses parents passaient leur temps autour du berceau, et il constata qu'il échouait souvent à attirer leur attention. Ce fut l'une des rares fois de sa vie où Patrick eut peur. Il lui vint à l'esprit que si ses parents l'avaient amené, lui, Patrick, de l'hôpital et qu'il était bien « réel », alors Avery pouvait bien être « réel » lui aussi. Il pourrait également se faire que, lorsque Avery serait assez grand pour parler et marcher, pour ramener à son père le journal posé sur les marches du perron et pour tendre les récipients à sa mère quand elle cuisait le pain, ils décident de se débarrasser définitivement de lui Patrick. Il ne craignait pas qu'ils aiment Avery davantage que lui (pour lui, il était évident qu'ils l'aimaient plus, en fait, en quoi il ne se trompait probablement pas). Non, ce qui l'inquiétait, c'était que : (1) les règles avaient été rompues ou changées depuis l'arrivée d'Avery, (2) qu'il y ait une possibilité qu'Avery soit réel et (3) qu'il puisse être jeté au rancart en faveur d'Avery.

Patrick se rendit dans la chambre d'Avery un après-midi vers quatorze heures trente, peu après être descendu du bus scolaire qui le ramenait de la maternelle. On était en janvier. À l'extérieur, la neige commençait à tomber. Un vent puissant soufflait en rafales dans le McCarron Park, et faisait vibrer les doubles vitrages des fenêtres du premier étage. Sa mère faisait une sieste dans sa chambre ; Avery l'avait gardée éveillée une bonne partie de la nuit précédente. Son père était au travail. Avery dormait sur le ventre, la tête tournée de côté.

Patrick, le visage lunaire, dépourvu de toute expression, déplaça la tête d'Avery de manière à ce que le visage du bébé s'enfonçât directement dans l'oreiller ; Avery eut un petit reniflement et remit la tête de côté. Patrick resta à l'observer un moment pendant que la neige de ses bottes fondait et laissait une flaque sur le plancher. Environ cinq minutes s'écoulèrent ainsi (Patrick ne se caractérisait pas par une pensée rapide), après quoi Patrick tourna de nouveau le visage du bébé contre l'oreiller et le maintint ainsi quelques instants. Avery s'agita et se débattit sous ses mains, mais sans beaucoup de force. Patrick le lâcha. Avery tourna de nouveau la tête de côté, émit un petit cri reniflé et se rendormit. Les rafales de vent se succédaient à la vitre qu'elles secouaient. Patrick attendit de voir si ce cri unique avait réveillé sa mère ; celle-ci ne bougea pas.

Une puissante vague d'excitation l'envahit alors. Pour la première fois, il avait une vision précise du monde en face de lui. Ses capacités émotives étaient gravement défectueuses, et pendant ce court instant, il fut comme une personne totalement incapable de voir les couleurs... ou comme un drogué en manque quand la piqûre tant attendue commence à produire son effet sur son cerveau. Il avait affaire à quelque chose de nouveau, dont il n'avait pas soupçonné l'existence.

Très doucement, il remit le visage du bébé le nez dans l'oreiller. Cette fois-ci, quand il se débattit, Patrick ne le lâcha pas. Il enfonça au contraire plus profondément la tête de l'enfant dans le coussin. Avery poussait maintenant des cris réguliers mais étouffés et Patrick sut qu'il était réveillé. Il avait vaguement dans l'idée que son petit frère pourrait le dénoncer à sa mère s'il le lâchait maintenant. Il le maintint. Un vent échappa au bébé, qui se débattait de moins en moins. Mais Patrick ne bougea pas, attendant son immobilité complète. Quand elle arriva, il garda la même position pendant encore cinq minutes, sentant le paroxysme d'excitation qui l'avait envahi commencer à refluer : l'effet de la piqûre se dissipait, le monde redevenait gris, tout retrouvait sa somnolence habituelle.

Patrick retourna au rez-de-chaussée, se prépara une assiette de biscuits maison et un verre de lait ; sa mère descendit une demi-heure plus tard et lui dit qu'elle ne l'avait même pas entendu rentrer tellement elle était fatiguée (*Tu ne le seras plus jamais, M'man, ne t'en fais pas, je m'en suis occupé*, pensa-t-il). Elle s'assit avec lui, grignota l'un des biscuits et lui demanda comment l'école s'était passée. Patrick lui répondit : « Très bien », et lui montra un dessin où l'on voyait une maison et un arbre. Il était recouvert de boucles griffonnées informes faites aux crayons noir et brun. Sa mère lui dit qu'il était très joli. Patrick ramenait à la maison les mêmes gribouillis brun et noir tous les jours. Il disait parfois que c'était une dinde, parfois que c'était un arbre de Noël, parfois que c'était un garçon. Sa mère lui répondait toujours qu'il était très joli... bien que de temps en temps, dans un recoin profondément enfoui au fond d'elle-même, elle s'inquiétât. Il y avait quelque chose d'angoissant dans ces grosses boucles de noir et de brun qui s'emmêlaient.

Elle ne découvrit la mort d'Avery que vers dix-sept heures ; jusque-là, elle avait simplement supposé qu'ayant mal dormi la nuit précédente, il faisait une sieste un peu plus longue que d'ordinaire. À ce moment-là, Patrick regardait un programme pour enfants à la télé, et il ne quitta pas des yeux le petit écran de vingt-cinq centimètres pendant toute la tempête qui suivit. Une série venait de commencer quand Mrs. Henley, la voisine, fit irruption (sa mère s'était précipitée, hurlante, à la porte de la cuisine, croyant follement que l'air frais pourrait le rendre à la vie ; Patrick eut froid et alla prendre un chandail dans le placard du bas). *Highway Patrol*, l'émission favorite de Ben Hanscom, avait remplacé la série précédente lorsque Mr. Hockstetter arriva de son travail. Le temps que le médecin débarque, *Science Fiction Theater* prenait la place des flics de la route. « Qui peut savoir les choses étranges que contient l'univers ? » était en train de dire le présentateur, Truman Bradley, tandis que la mère de Patrick poussait des cris suraigus et se débattait dans les bras de son mari, dans la cuisine. Le médecin remarqua bien le calme profond et le regard fixe, nullement interrogateur, de Patrick, mais il attribua son attitude à un état de choc ; il voulut lui faire prendre une pilule, et Patrick n'y vit pas d'objection.

On diagnostiqua une mort subite pendant le sommeil. Quelques dix ou vingt ans plus tard, on se serait sans doute posé des questions sur ce décès, qui ne présentait pas la gamme habituelle des symptômes caractérisant la mort subite des nourrissons. Mais cette fois-là, le médecin constata simplement la mort, signa le permis d'inhumer et le bébé fut enterré. Une fois le calme revenu, Patrick eut la satisfaction de constater que l'on mangeait de nouveau à des heures régulières dans la maison.

Dans la folle agitation de la fin de l'après-midi et de la soirée — des gens entrant et sortant, les portes qui claquaient, la lumière rouge de l'ambulance de l'hôpital qui se reflétait sur les murs, Mrs. Hockstetter hurlant et gémissant tour à tour, refusant de se laisser consoler —, seul le père de Patrick fut à un cheveu de découvrir la vérité. Il se tenait debout, hébété, auprès du berceau vide d'Avery, environ vingt minutes après que l'on eut emporté le petit corps ; il se tenait simplement là, incapable d'admettre ce qui venait de se passer. Ses yeux finirent par tomber sur deux empreintes sur le plancher ; celles laissées par la neige ayant fondu des bottes jaunes de Patrick. Il les contempla, et soudain une ignoble pensée s'éleva dans son esprit, un bref instant, comme les gaz délétères qui montent d'un puits de mine. Sa main se porta lentement à sa bouche et ses yeux s'agrandirent ; une image se forma dans son cerveau. Mais avant qu'elle ait pu se préciser, il quitta la pièce en claquant si violemment la porte que l'encadrement de bois se fendilla.

Il ne posa jamais la moindre question à son fils.

Patrick s'était abstenu de renouveler ce genre d'exploit depuis, mais il n'aurait pas hésité si l'occasion s'en était présentée. Il n'éprouvait aucune culpabilité, ne faisait aucun cauchemar. Comme le temps passait, il devint néanmoins de plus en plus conscient de ce qui lui serait arrivé s'il s'était fait prendre. Des règles existaient. Des choses désagréables s'ensuivaient si on ne les respectait pas... ou si on était pris à ne pas les respecter. On risquait de se retrouver derrière des barreaux, voire même sur une chaise électrique.

Mais le sentiment d'excitation qu'il n'avait pas oublié — sensation de couleurs dans un univers de grisaille — restait quelque chose de trop puissant et de trop merveilleux pour qu'il y renonce complètement. Patrick se mit à tuer des mouches. Il commença en se servant de la tapette à mouches de sa mère, puis découvrit un jour la plus grande efficacité d'une règle plate en plastique. Il s'initia également aux joies du papier tue-mouches. Un long ruban gluant ne coûtait que deux cents au Costello Avenue Market et Patrick était capable de rester deux heures d'affilée dans le garage à contempler les mouches qui atterrissaient dessus et se débattaient ; il restait là, bouche bée, une étincelle d'excitation brillant dans ses yeux habituellement embrumés, la sueur coulant sur son visage poupin et son corps grassouillet. Patrick tuait également d'autres insectes, coléoptères et autres, mais de préférence après les avoir capturés vivants. Il dérobait parfois une longue aiguille dans la travailleuse de sa mère, empalait dessus un scarabée et, assis jambes croisées sur le sol, suivait son agonie. Son expression, dans ces moments-là, était celle d'un garçon qui lit un ouvrage passionnant. Il découvrit une fois un chat qu'une voiture avait fauché, en train de mourir dans un caniveau de Lower Main Street, et était resté à l'observer jusqu'à ce qu'une vieille femme le vît pousser du pied la chose broyée et miaulante ; elle lui donna un coup du balai dont elle se servait pour dégager le trottoir devant chez elle. *File à la maison ! T'es cinglé, ou quoi ?* lui avait-elle lancé. Il n'en avait pas voulu à la vieille femme ; elle n'avait fait que le surprendre à transgresser les règles, un point c'est tout.

Puis, l'année dernière (Mike Hanlon et tous les autres, au point où ils en étaient, n'auraient pas été surpris d'apprendre que c'était ce même jour que George Denbrough avait été assassiné), Patrick avait découvert le vieux réfrigérateur Amana rouillé — l'un des plus gros orduroïdes dans la ceinture entourant la décharge municipale proprement dite.

Comme Beverly, il avait entendu les mises en garde contre ce genre de matériel abandonné et appris comment chaque année des ribambelles d'enfants stupides s'y faisaient piéger comme des rats. Il était resté longtemps à le contempler tout en se tripotant lui-même à travers la poche. Son excitation était revenue, plus forte qu'elle n'avait jamais été, mis à part la fois où il s'était occupé d'Avery. Excitation qui tenait à ce que Patrick, dans le désert glacial et cependant troué de fumerolles qui lui tenait lieu de cerveau, avait découvert une idée.

Les Luces, une famille qui habitait à trois maisons de celle des Hockstetter, constatèrent la disparition de leur chat, Bobby, une semaine plus tard. Les enfants des Luces, qui ne se souvenaient même pas d'un temps où Bobby n'était pas là, passèrent la maison et le voisinage au peigne fin pendant des heures. Ils allèrent même jusqu'à se cotiser pour faire passer une annonce dans le *Derry News* (Animaux perdus). Sans résultat. Et si l'un d'eux avait aperçu Patrick ce jour-là, plus volumineux que jamais dans sa parka d'hiver qui sentait l'antimite (après les inondations de l'automne 1957, il s'était mis brusquement à faire très froid), une boîte en carton sous le bras, il n'en aurait rien pensé de particulier.

Les Engstrom, qui habitaient dans une rue parallèle, si bien que leur jardin jouxtait pratiquement celui des Hockstetter, perdirent leur chiot, un cocker, environ dix jours avant le Thanksgiving. D'autres familles perdirent des chats et des chiens au cours des six ou huit mois qui suivirent, et c'était bien entendu Patrick le responsable de toutes ces disparitions ; on mentionnera pour mémoire la douzaine d'animaux errants du Demi-Arpent d'Enfer qui subit le même sort.

Il plaça ses victimes une à une dans le vieil Amana près de la décharge. Chaque fois qu'il amenait un nouveau supplicié, le cœur cognant dans la poitrine, les yeux brûlants et humides d'excitation, il s'attendait à constater que Mandy Fazio venait de détruire la serrure de l'appareil ou avait fait sauter les gonds avec son marteau de trois livres. Mais Mandy ne toucha jamais le réfrigérateur en question. Peut-être ne s'était-il pas rendu compte de sa présence, peut-être la force de volonté de Patrick l'en éloignait... à moins que ce ne fût une autre force qui obtînt ce résultat.

C'est le cocker des Engstrom qui tint le plus longtemps. En dépit du froid, descendu largement en dessous de zéro, il était encore en vie lorsque Patrick revint le lendemain, puis le surlendemain, puis le troisième jour, même s'il avait perdu toute envie de folâtrer. (Il avait remué la queue en lui léchant frénétiquement les mains lorsque, le premier jour, il l'avait tiré de la boîte pour le placer dans le réfrigérateur.) Le lendemain, ce fichu chiot avait bien failli se faire la belle. Patrick avait dû le poursuivre pratiquement jusqu'à la décharge avant de pouvoir plonger sur lui et l'attraper par une patte arrière. Le chiot l'avait pincé avec ses petites dents aiguës, mais Patrick s'en moquait. Sans se soucier des morsures, il avait ramené l'animal dans l'appareil. Il était en érection à ce moment-là. Cela lui arrivait souvent.

Le deuxième jour, le chiot avait une fois de plus tenté de s'évader, mais il avait perdu de sa vivacité. Patrick le repoussa à l'intérieur, claqua la porte du frigo et s'appuya contre elle. Il entendait l'animal qui grattait à l'intérieur, il entendait ses gémissements étouffés. « Bon chien, murmura Patrick, les yeux fermés, la respiration rapide. Ça c'est un bon chien. » Le troisième jour, le petit cocker ne put que rouler les yeux vers Patrick quand celui-ci ouvrit la porte ; ses côtes se soulevaient rapidement, d'un mouvement sans amplitude. Lorsque le garçon y retourna le lendemain, le chien était mort et une mousse pétrifiée par le froid s'était accumulée sur son museau. Elle fit penser à Patrick à du sorbet à la noix de coco, et c'est en riant à gorge déployée qu'il sortit le cadavre glacé de sa machine à tuer pour aller le jeter dans les buissons.

Son contingent de victimes (que Patrick évoquait, quand il y pensait, en les traitant « d'animaux d'expérimentation ») s'était amenuisé avec l'été. En dehors de ce sens de la réalité qui lui faisait défaut, il avait celui de sa propre conservation et une intuition fort développée. Il soupçonnait qu'on le soupçonnait. Qui, il n'en était pas sûr. Mr. Engstrom ? Peut-être. Mr. Engstrom s'était retourné et l'avait longuement observé, au cours du printemps, un jour qu'il l'avait croisé dans le supermarché du coin. Mr. Engstrom achetait des cigarettes, et on avait envoyé Patrick chercher du pain. Mrs. Joseph ? Peut-être. Elle restait parfois dans son salon à lorgner à travers son télescope et c'était, d'après Mrs. Hockstetter, une « fouine qui mettait son nez partout ». Mr. Jacubois, qui avait un autoadhésif de la SPA collé à son pare-chocs arrière ? Mr. Nell ? Quelqu'un d'autre ? Patrick n'en était pas absolument certain, mais son intuition lui disait qu'il était soupçonné et il prenait toujours ses intuitions au sérieux. Il ne s'était emparé que de quelques animaux errants qu'il avait dégottés, amaigris, malades, parmi les constructions en ruine du Demi-Arpent, et c'était tout.

Il avait cependant découvert que le réfrigérateur rouillé de la décharge exerçait une puissante et étrange attraction sur lui. Il se mit à le dessiner à l'école quand il s'ennuyait. Il lui arrivait d'en rêver la nuit, et dans ses rêves, l'Amana mesurait vingt-cinq mètres de haut : sépulcre blanchi, crypte pesante pétrifiée dans la lumière glaciale du clair de lune. La porte s'ouvrait, et il voyait deux yeux énormes dont le regard tombait sur lui. Il se réveillait, couvert d'une sueur froide, mais était incapable de renoncer complètement aux joies que lui procurait le réfrigérateur.

Il avait découvert aujourd'hui que ses soupçons étaient fondés : Bowers savait. Et savoir que Henry détenait le secret de la machine à tuer mettait Patrick dans un état aussi proche de la panique qu'il était pour lui possible de l'être. Ce qui n'était pas très proche, à la vérité, mais il trouvait néanmoins cette impression — il ne s'agissait pas tant de peur que d'une sorte de vague inquiétude — oppressante et désagréable. Henry savait. Savait que Patrick, parfois, ne respectait pas les règles.

Sa dernière victime était un pigeon qu'il avait découvert deux jours auparavant sur Jackson Street. Il s'était heurté à une voiture et ne pouvait plus voler. Patrick était allé chez lui récupérer sa boîte dans le garage, et y avait enfermé le pigeon. Le pigeon avait piqué à plusieurs reprises du bec la main du garçon, y laissant de petites écorchures, mais il n'en avait cure. Quand il était revenu visiter le réfrigérateur, le lendemain, le pigeon était tout à fait mort, mais il n'avait pu se résoudre à se débarrasser du cadavre. Néanmoins, après les menaces de dénonciation de Henry, il décida qu'il valait mieux se débarrasser tout de suite de cette preuve. Peut-être allait-il même revenir avec un seau d'eau et des chiffons pour nettoyer l'intérieur de l'appareil. Il sentait vraiment mauvais. Si Mr. Nell, averti par Henry, décidait de venir vérifier, il en déduirait que quelque chose (plusieurs quelque chose) était mort là-dedans.

S'il me dénonce, pensa Patrick, debout au milieu du bouquet de pins, tout en contemplant l'Amana rouillé, *je dirai que c'est lui qui a cassé le bras d'Eddie Kaspbrak*. Évidemment, tout le monde le savait déjà, mais on n'avait rien pu prouver contre eux car ils avaient déclaré qu'ils étaient en train de jouer ce jour-là à la ferme de Henry ; son cinglé de père les avait soutenus. *Mais s'il parle, je parlerai. Un prêté pour un rendu.*

Pour l'instant, peu importait. Il devait avant tout commencer par se débarrasser de l'oiseau. Il laisserait la porte ouverte et reviendrait avec des chiffons et de l'eau pour le nettoyer. Bien.

Patrick ouvrit la porte du réfrigérateur, la porte qui donnait sur sa propre mort.

Il fut tout d'abord simplement intrigué, incapable de se figurer ce qu'il voyait exactement. Pour lui, cela ne signifiait rien ; le spectacle avait quelque chose d'indéchiffrable. Patrick le contemplait sans bouger, la tête penchée d'un côté, ouvrant de grands yeux.

Le pigeon se réduisait à un squelette d'oiseau entouré d'un chaos de plumes. Il ne restait pas la moindre trace de chair sur les os. Et tout autour, collés sur les parois intérieures de l'appareil, pendant d'en dessous du compartiment de congélation, ou se balançant à la grille des différentes étagères, il y avait des douzaines d'objets couleur chair qui faisaient penser à d'énormes moules à macaronis, ou à des coquillages. Le garçon les vit osciller, légèrement, comme si soufflait une brise. Si ce n'est qu'il n'y avait pas le moindre souffle d'air. Il fronça les sourcils.

Soudain l'une des choses qui ressemblaient à des moules ou des coquillages se mit à déplier des ailes d'insecte. Avant que Patrick eût seulement le temps d'enregistrer le phénomène, la chose les avait déployées, s'était envolée et franchissait l'espace qui séparait Patrick du réfrigérateur pour se cogner à son bras gauche avec un son mat. Il éprouva une brève sensation de chaleur et tout lui parut redevenir normal... mais l'étrange créature vira alors de couleur pour devenir rose puis, avec une étonnante rapidité, rouge carmin.

Patrick avait beau n'avoir peur à peu près de rien, au sens le plus commun de l'expression (difficile de redouter des choses qui ne sont pas « réelles »), il existait au moins une créature qui l'emplissait d'un dégoût profond. Il était sorti du lac Brewster, par une chaude journée de l'été de ses sept ans, et avait découvert quatre ou cinq sangsues accrochées à son estomac et à ses jambes. Il avait hurlé à en perdre la voix jusqu'à ce que son père les lui ait retirées.

Actuellement, pris d'une soudaine et mortelle inspiration, il se rendait compte avoir affaire à quelque variété monstrueuse de sangsues volantes. Elles s'étaient multipliées dans son frigo.

Il se mit à crier et tapa sur la chose collée à son bras ; elle avait plus que doublé de volume et atteignait la taille d'une balle de tennis. Au troisième coup elle se déchiqueta avec un bruit mouillé écœurant. Du sang — son sang — inonda son bras du poignet au coude mais la tête sans yeux et gélatineuse de la chose maintint sa prise. Elle évoquait d'une certaine manière une tête étroite d'oiseau du fait de la structure allongée qui la terminait ; elle n'était cependant ni plate ni pointue comme un bec, mais tubulaire et ouverte, comme la trompe d'un moustique. Cette trompe s'enfonçait dans le bras du garçon.

Toujours hurlant, il pinça les débris sanguinolents de la créature entre ses doigts et tira. La trompe sortit sans casser, suivie d'un mélange aqueux teinté de sang et d'un liquide blanc jaunâtre comme du pus. Le trou dans son bras, bien qu'indolore, avait la taille d'une pièce de cinq cents.

Et la créature, en dépit de son corps déchiqueté, continuait de se tordre et de se tortiller dans ses doigts comme pour le piquer encore.

Patrick la jeta, se retourna et... d'autres sangsues volantes se précipitèrent sur lui tandis qu'il cherchait désespérément la poignée de l'Amana. Elles atterrirent sur ses mains, ses bras, son cou. Une se posa sur son front. Lorsque Patrick leva le bras pour la chasser, il en vit quatre sur sa main, agitées d'un minuscule tremblement, qui devenaient roses puis d'un beau rouge carmin.

Il ne ressentait aucune douleur... mais éprouvait en revanche une sensation hideuse, celle de se vider. Hurlant, tournant sur lui-même et se donnant des coups sur la tête et le cou de ses mains où s'incrustaient les sangsues, son esprit se mit à geindre : *Ce n'est pas réel, c'est juste un mauvais rêve, ne t'en fais pas, ce n'est pas réel, rien n'est réel...*

Mais le sang qui dégoulinait des sangsues écrasées ne paraissait que trop réel, le vrombissement de leurs ailes ne semblait que trop réel... et sa propre épouvante ne lui semblait que trop réelle.

L'une des bestioles tomba à l'intérieur de sa chemise et se colla à sa poitrine. Tandis qu'il la frappait frénétiquement et voyait s'élargir la tache de sang là où elle l'avait piqué, une autre se posa sur son œil droit. Patrick le ferma, mais cela n'arrangea pas les choses ; il éprouva une brève sensation de brûlure comme la trompe de la chose s'enfonçait à travers sa paupière et se mettait à sucer le fluide de son globe oculaire. Il sentit son œil qui s'affaissait sur lui-même dans son orbite, et il hurla de plus belle. Une sangsue vint alors atterrir dans sa bouche et se ficher dans sa langue.

Tout se passa presque sans douleur.

Patrick partit en titubant le long du sentier qui conduisait aux épaves de voitures. Il était couvert de parasites. Certains d'entre eux buvaient au point de finir par éclater comme des ballons de baudruche ; lorsque cela se produisait, c'était un quart de litre de sang ou presque qui se répandait sur le garçon, chaud et poisseux. Il sentit la sangsue à l'intérieur de sa bouche qui gonflait et il écarta les mâchoires, la seule pensée cohérente qui lui fût venue à l'esprit étant qu'il ne fallait pas qu'elle éclatât à l'intérieur. Il ne le fallait pas, il ne le fallait pas.

Mais elle éclata. Patrick cracha un énorme jet de sang auquel étaient mêlés des débris de chair du parasite, comme s'il vomissait. Il s'effondra sur le sol couvert de gravillons et se mit à rouler sur lui-même, sans s'arrêter un instant de crier. Mais peu à peu sa plainte devint moins vigoureuse et parut plus lointaine.

Juste avant de s'évanouir, il aperçut une silhouette qui s'avançait entre la double rangée d'épaves. Patrick crut tout d'abord que c'était quelqu'un, Mandy Fazio, peut-être ; il allait être sauvé. Mais comme la silhouette se rapprochait, il vit qu'elle possédait un visage qui dégoulinait comme s'il était fait de cire. Par instants il donnait l'impression de durcir et se figer, si bien qu'il ressemblait à quelque chose — ou à quelqu'un — mais il se remettait aussitôt à dégouliner, comme s'il n'arrivait pas à se décider sur le personnage ou la chose qu'il voulait être.

« Bonjour et au revoir », fit une voix pleine de grosses bulles à l'intérieur de la coulée de suif de ses traits évanescents. Patrick voulut crier encore. Il refusait de mourir comme cela ; en tant que seule personne « réelle », il n'était pas censé mourir. S'il mourait, tous les autres, dans le monde, mourraient avec lui.

La silhouette humaine le prit par ses bras sur lesquels grouillaient les sangsues et commença à le traîner vers les Friches. Le sac qu'il avait toujours accroché autour du cou, couvert de sang, rebondissait et se heurtait aux bosses du sol derrière lui. Patrick, qui s'efforçait toujours de crier, perdit connaissance.

Il ne s'éveilla qu'une fois : lorsque, dans quelque enfer ténébreux, nauséabond, fangeux, Ça commença à s'alimenter.

6

Sur le coup, Beverly ne fut pas sûre de comprendre ce qu'elle voyait et ce qui se passait... elle aperçut simplement Patrick Hockstetter qui se mettait à se débattre, danser sur place et crier. Elle se redressa avec précaution, tenant la fronde d'une main et deux billes de l'autre. Puis elle entendit le garçon s'éloigner lourdement sur le sentier sans cesser de hurler comme un possédé. En cet instant précis, Beverly eut tout de la jeune femme ravissante qu'elle allait devenir, et si Ben Hanscom s'était trouvé dans les parages pour la voir ainsi, on peut se demander si son cœur aurait été capable de le supporter.

Elle se redressait de toute sa taille, la tête tournée vers la gauche, les yeux agrandis, ses cheveux tressés retenus par deux petits rubans de velours rouge qu'elle avait achetés chez Dahlie pour cinq cents. Son attitude était celle d'une concentration et d'une attention absolues : un lynx aux aguets. Elle avait esquissé un pas en avant du pied gauche, le corps à demi tourné, comme si elle s'apprêtait à courir derrière Patrick ; son short remonté laissait apparaître l'ourlet de sa petite culotte de coton jaune. Délicatement musclées, ses jambes étaient déjà superbes en dépit des bleus, des croûtes d'écorchures et des salissures de terre.

C'est un piège. Il m'a vue, et il se doute qu'il ne pourra pas m'attraper en me courant simplement après, alors il essaie de me faire sortir. N'y va pas, Bevvie !

Mais quelque chose d'autre, en elle, lui faisait remarquer qu'il y avait trop de douleur et de terreur dans ces cris. Elle regrettait de n'avoir pas vu exactement ce qui lui était arrivé — s'il lui était arrivé quelque chose. Mais par-dessus tout, elle aurait bien aimé s'être rendue dans les Friches par un itinéraire différent et avoir échappé à tout ce bazar dément.

Les cris de Patrick cessèrent ; l'instant suivant, Beverly entendit quelqu'un parler, mais comprit que ce ne pouvait être que son imagination. C'était en effet la voix de son père disant : « Bonjour et au revoir. » Son père ne se trouvait même pas à Derry ce jour-là, puisqu'il était parti pour Brunswick dès huit heures du matin, avec son ami Joe Tammerly, afin de prendre livraison d'un camion Chevrolet dans cette ville. Elle secoua la tête comme pour s'éclaircir les idées. La voix ne reparla plus. Son imagination, évidemment.

Elle sortit des buissons et s'engagea sur le sentier, prête à s'enfuir si elle voyait Patrick la charger, ses réflexes tendus à craquer, aussi sensibles que des moustaches de chat. Elle baissa les yeux sur la piste, et ils s'agrandirent encore : du sang s'y trouvait répandu. Beaucoup de sang.

C'est du faux sang, lui vint-il à l'esprit. *On peut en acheter une bouteille chez Dahlie pour quarante-neuf cents. Fais attention, Bevvie !*

Elle s'agenouilla et d'un geste vif trempa un doigt dans le liquide rouge. Elle l'examina attentivement. C'était du vrai sang.

Un éclair de chaleur parcourut son bras gauche, juste en dessous du coude. Elle baissa les yeux et vit quelque chose qu'elle prit tout d'abord pour un bouton de bardane, ces teignes qui s'accrochent partout. Mais ce n'en était pas un. Les boutons de bardane sont des plantes : ils ne se tortillent pas, ils ne volettent pas. Il s'agissait d'une bestiole vivante — qui, se rendit-elle soudain compte, était en train de la mordre. Elle la frappa sèchement du dos de sa main gauche, et la chose éclata, répandant du sang. Elle recula d'un pas, prête à crier maintenant que c'était fini... mais vit alors que cela ne l'était pas. La tête informe de la chose restait accrochée à son bras, à moitié enfouie dans sa chair.

Avec un cri aigu de peur et de dégoût, elle la retira et aperçut la trompe qui sortait de son bras comme une petite dague de son fourreau, dégoulinante de sang. Elle comprit alors la présence de sang sur le sentier, oh oui ! et ses yeux se portèrent sur le réfrigérateur.

La porte était refermée et verrouillée, mais un certain nombre de parasites, restés à l'extérieur, rampaient paresseusement sur la carrosserie blanche piquée de rouille. Pendant que Beverly regardait, l'une des bestioles déploya ses ailes — membranes délicates semblables à celles des mouches — et fonça en bourdonnant sur elle.

Beverly agit sans réfléchir, introduisant une bille dans le cuir de la fronde et tendant les caoutchoucs. Tandis que les muscles de son bras gauche se contractaient, elle vit du sang s'écouler de la plaie ouverte dans son bras par la chose. Elle lâcha automatiquement la bille en direction de la bestiole volante.

Merde ! Manquée ! pensa-t-elle au moment où le cuir de la fronde claqua sur la fourche et où la bille fila, petite pointe argentée dans la lumière diffuse du soleil. Elle raconterait plus tard aux autres qu'elle *savait* qu'elle l'avait manquée, de la même manière qu'un joueur de bowling sait qu'il a manqué son coup dès que la boule a quitté sa main. Elle vit alors la trajectoire de la bille s'incurver et frapper la chose volante qu'elle réduisit en bouillie. Il y eut une pluie de débris jaunâtres qui vinrent consteller le chemin.

Beverly partit à reculons, lentement tout d'abord, les yeux exorbités, les lèvres tremblantes, le visage d'un blanc de craie. Son regard ne se détachait pas du vieux réfrigérateur, avide de savoir si les autres bestioles l'avaient sentie d'une manière ou d'une autre. Mais elles se contentaient d'arpenter lentement l'appareil, comme des insectes à demi paralysés par le froid à la fin de l'automne.

Finalement elle fit demi-tour et courut.

Elle sentait les ténèbres de la panique venir battre à sa raison, mais elle ne s'y abandonna pas complètement. Elle gardait la Bullseye à la main gauche et regarda de temps en temps par-dessus son épaule. Elle découvrit de nouvelles traînées de sang qui brillaient sur le chemin mais aussi parfois sur les feuilles des buissons, de chaque côté, comme si Patrick avait zigzagué d'un bord à l'autre tout en s'enfuyant.

Beverly déboucha de nouveau dans le secteur des épaves. Devant elle s'étendait une tache de sang plus grosse que les autres, en train de s'infiltrer entre les graviers du sol qui paraissait avoir été bouleversé, et des sillons de terre noire s'ouvraient au milieu de sa surface d'un blanc poudreux. Comme si un combat s'y était déroulé. Deux sillons plus profonds, séparés d'environ cinquante centimètres, partaient de l'endroit.

Beverly s'arrêta, hors d'haleine. Elle examina son bras et fut soulagée de constater qu'elle saignait moins abondamment, même si tout son avant-bras, jusqu'à la paume de la main, était ensanglanté et gluant. En revanche, il commençait à lui faire mal, à coups d'élancements sourds et réguliers. Cette même impression que l'on a dans la bouche en sortant de chez le dentiste, quand l'effet de la novocaïne commence à se dissiper.

Elle regarda de nouveau derrière elle, ne vit rien, et reporta ses yeux sur le double sillon qui s'éloignait des épaves et de la décharge pour s'enfoncer dans les Friches.

Ces choses étaient dans le réfrigérateur. Patrick avait dû en avoir partout sur lui, certainement, il n'y a qu'à voir tout ce sang. Il a couru jusqu'ici et alors

(bonjour et au revoir)

il est arrivé quelque chose d'autre. Mais quoi ?

Elle redoutait de le savoir. Les sangsues étaient une partie de Ça, et elles avaient entraîné Patrick dans une autre des parties de Ça, tout à fait comme un bovin pris de panique est entraîné dans le conduit d'où il tombe à l'intérieur de l'abattoir.

Barre-toi d'ici ! Barre-toi, Bevvie !

Au lieu de cela, elle suivit les sillons dans le sol, étreignant la fronde dans sa main en sueur.

Va au moins chercher les autres !

Je vais le faire... dans un petit moment.

Elle continua d'avancer ; les sillons descendaient le long d'une pente dont le sol était plus mou, pour s'enfoncer de nouveau sous le feuillage. Une cigale commença à striduler quelque part, très fort, puis s'arrêta, rendant le silence pesant. Des moustiques vinrent se poser sur son bras couvert de sang. Elle les chassa. Ses dents s'enfonçaient dans sa lèvre inférieure.

Quelque chose était posé sur le sol, devant elle, qu'elle ramassa et examina. Il s'agissait d'un portefeuille fabriqué à la main, du genre de ceux que faisaient les enfants dans le cadre des exercices de travaux manuels de la Maison communale. À ceci près que le gosse qui avait peiné sur celui-ci n'était guère doué pour les travaux manuels. La couture grossière de plastique commençait à se défaire et le compartiment réservé aux billets était à moitié détaché et pendait. Elle trouva une pièce de vingt-cinq cents dans celui réservé à la monnaie. Le portefeuille ne contenait qu'une seule autre chose, une carte d'abonnement à la bibliothèque au nom de Patrick Hockstetter. Elle jeta le portefeuille dans les fourrés, avec tout ce qu'il contenait, et s'essuya les mains sur son short.

Vingt mètres plus loin, elle découvrit une chaussure de tennis. Le sous-bois était maintenant trop dense pour qu'il fût possible de suivre les sillons, mais il n'y avait nul besoin d'être un trappeur expérimenté pour se fier aux traînées de sang qui dégoulinaient des buissons.

La piste dévalait ensuite une courte ravine. Bev perdit à un moment donné l'équilibre, glissa, et alla se frotter aux ronces. De petites lignes de sang apparurent sur le haut de sa cuisse. Elle respira vite, et la sueur collait des mèches de cheveux sur son front et son crâne. Les taches de sang reprenaient sur l'une des sentes à peine visibles qui serpentaient dans les Friches. La Kenduskeag coulait non loin de là.

L'autre chaussure de Patrick, les lacets pleins de sang, gisait abandonnée sur la sente.

Elle approcha de la rivière, la fronde à demi tendue. Les sillons avaient fait leur réapparition, moins profonds. *C'est parce qu'il a perdu ses tennis,* pensa-t-elle.

Une dernière courbe et elle arriva en vue de la rivière. Les sillons descendaient sur la rive et arrivaient finalement à l'un de ces cylindres de béton — ceux des stations de pompage. Le couvercle de fonte était entrouvert.

Elle y jeta un coup d'œil. À ce moment-là, un éclat de rire monstrueux, épais, monta brièvement jusqu'à elle.

C'en était trop. La panique qui couvait depuis un moment fut la plus forte. Elle fit demi-tour et s'enfuit vers la clairière et le Club, son bras gauche ensanglanté levé pour se protéger des branches qui la fouettaient au passage.

Moi aussi des fois je m'inquiète, Papa, pensa-t-elle dans son affolement. *Des fois je m'inquiète BEAUCOUP.*

7

Quatre heures plus tard, tous les Ratés, à l'exception d'Eddie, se retrouvaient accroupis près de l'endroit où Beverly s'était cachée au moment où elle avait aperçu Patrick Hockstetter s'approcher du vieux réfrigérateur et l'ouvrir. Au-dessus d'eux, de lourds cumulus étaient venus assombrir le ciel, et l'odeur de la pluie se répandait de nouveau dans l'air. Bill tenait à la main l'extrémité d'une longue corde à linge. Les six enfants avaient mis leurs ressources en commun pour l'acheter, ainsi qu'une petite trousse de secours pour soigner Beverly ; Bill avait délicatement placé sur la blessure une triple épaisseur de gaze maintenue par du sparadrap.

« T-Tu diras à t-tes pa-parents que t-tu es tombée en f-faisant du pa-patin à r-r...

— Mes patins ! » s'exclama Beverly, affolée. Elle les avait complètement oubliés.

« Là-bas », dit Ben avec un geste de la main. Ils gisaient en tas, non loin d'eux, et elle bondit pour aller les récupérer avant qu'aucun des autres n'eût le temps de bouger. Elle venait de se souvenir qu'elle les avait posés ainsi avant d'uriner, et ne voulait pas les voir aller dans le coin.

Bill avait lui-même attaché l'autre extrémité de la corde à linge à la poignée de l'Amana, même s'ils s'en étaient tous approchés ensemble, à pas prudents, prêts à détaler au premier signe suspect. Beverly avait proposé à Bill de lui restituer la fronde, mais il avait insisté, au contraire, pour qu'elle la gardât. Rien, néanmoins, n'avait bougé. Bien que la partie du chemin à la hauteur du réfrigérateur fût couverte de sang, les parasites avaient disparu. Peut-être avaient-ils pris leur vol pour aller plus loin.

« On pourrait bien faire venir ici le chef Borton, Mr. Nell et cent autres flics, que ça n'y changerait strictement rien, fit Stan Uris d'un ton amer.

— Strictement rien. Ils ne trouveraient pas la moindre anomalie, approuva Richie. Comment va ton bras, Bev ?

— Ça fait mal. » Elle se tut un instant, et son regard alla de Bill à Richie et retourna sur Bill. « Est-ce que tu crois que mon père et ma mère vont voir le trou que la chose a fait dans mon bras ?

— Je n-ne c-crois pas, répondit Bill. S-Soyez prêts à vous b-barrer. J-Je vais l'a-attacher. »

Il passa l'extrémité en boucle de la corde à linge sur la poignée chromée et piquée de rouille de l'Amana, travaillant avec la précision d'un artificier qui désamorcerait une bombe. Puis il serra le nœud coulant et commença à reculer en déroulant la corde.

Il eut un petit sourire contraint pour les autres quand ils furent à une certaine distance. « Ouf ! Je-Je suis b-bien content que ç-ça soit fait. »

Maintenant qu'ils étaient à distance de sécurité (espéraient-ils) de l'appareil, Bill leur répéta d'être prêts à fuir en courant. Le tonnerre éclata à cet instant juste au-dessus de leurs têtes, et tous sursautèrent. Les premières grosses gouttes de pluie commencèrent à tomber.

Bill tira sur la corde à linge aussi sèchement qu'il le put. Son nœud coulant se détacha de la poignée, mais seulement après avoir ouvert le mécanisme de la porte. Une avalanche de pompons orange dégringola de l'appareil, vision qui arracha un gémissement douloureux à Stan. Les autres se contentèrent d'ouvrir de grands yeux, bouche bée.

La pluie se mit à tomber plus drue. Le tonnerre claqua comme un fouet au-dessus de leurs têtes — instinctivement ils se recroquevillè-rent — puis un éclair bleu violacé zébra l'air au moment où la porte du réfrigérateur s'ouvrait en grand. Richie vit le premier ce qu'il y avait dessus, et laissa échapper un cri aigu d'animal blessé. Bill ne put retenir un grognement où se mêlaient peur et colère. Les autres gardèrent le silence.

Écrits sur l'intérieur de la porte, écrits en lettres de sang en train de sécher, il y avait ces mots :

ARRÊTEZ MAINTENANT SINON JE VOUS TUE
AVIS AUX PETITS MALINS DE LA PART DE
GRIPPE-SOU

De la grêle se mit à se mêler à la pluie. La porte du réfrigérateur oscillait au gré du vent qui se levait ; les lettres grossièrement tracées commençaient à dégouliner et couler, et prenaient l'aspect dépe-naillé, menaçant, d'une affiche de film d'horreur.

Ce n'est que lorsqu'elle le vit s'avancer sur le chemin que Bev se rendit compte que Bill n'était plus à ses côtés. Il se dirigeait vers le réfrigérateur, secouant ses deux poings. La pluie lui collait la chemise sur le dos.

« Nous a-allons te t-tuer ! » hurla-t-il. Le tonnerre craqua vio-lemment. Il y eut un éclair aveuglant si proche qu'elle en sentit l'odeur ; il fut suivi du bruit déchirant du bois qui éclate. Un arbre tomba.

« Reviens, Bill ! cria Richie. Reviens, mec ! » Il voulut se lever mais Ben l'obligea à rester accroupi.

« *Tu as tué mon frère George, espèce de salopard ! Espèce de fumier, de tas d'ordures ! Montre-toi, maintenant, qu'on voie un peu ta sale gueule !* »

L'averse de grêle se fit plus serrée ; elle les atteignait même à travers la protection du feuillage. Beverly leva un bras pour se protéger le visage ; elle aperçut de petits points rouges sur les joues de Ben, dégoulinantes de pluie.

« Bill, reviens ! » lança-t-elle à son tour, au désespoir ; mais il y eut un nouveau coup brutal de tonnerre qui, en roulant sur les Friches, noya son appel.

« *Montre-toi et nous t'attendrons au tournant, salopard !* »

Bill donna de grands coups de pied dans les pompons qui s'étaient déversés du réfrigérateur. Puis il fit demi-tour et revint plus lentement vers eux, tête baissée ; il paraissait ne pas sentir la grêle qui couvrait pourtant le sol comme de la neige.

Il fonça à l'aveuglette dans les buissons, et Stan dut le saisir par un bras pour lui éviter d'atterrir dans les ronces. Il pleurait.

« Tout va bien, Bill, dit Ben en passant maladroitement un bras autour de ses épaules.

— Ouais, fit à son tour Richie. Ne t'en fais pas. On va pas se dégonfler. » Il les regarda tous, une expression sauvage dans les yeux. « Y en a qui veulent se dégonfler ? »

Les Ratés secouèrent la tête.

Bill leva alors les yeux tout en se les essuyant. Ils étaient tous trempés jusqu'aux os et avaient l'air d'une portée de chiots qui viendraient de traverser une rivière à gué. « Ç-Ça a p-peur de nous, dit-il. C'est un t-truc que j-je peux s-sentir. Je j-jure par D-Dieu que je l-le sens ! »

Beverly acquiesça sans emphase. « Je crois que tu as raison.

— Ai-Aidez-m-moi, j-je vous en p-prie. Ai-Ai-Aidez-moi.

— Nous t'aiderons », répondit Beverly en prenant Bill dans ses bras. Elle ne s'était pas figuré comme il serait facile à ses bras de l'entourer, combien il était mince. Elle sentait son cœur battre sous la chemise ; elle le sentait battre, proche du sien. Jamais aucun contact ne lui avait paru à la fois si doux et si fort.

Richie passa un bras autour de leurs deux épaules, inclina la tête sur celle de Beverly. Ben fit la même chose de l'autre côté. Mike hésita un instant, puis passa un bras autour de la taille de Beverly et posa l'autre sur les épaules frissonnantes de Bill. Stan en fit autant entre Richie et Ben. Ils restèrent ainsi, s'étreignant tandis que la grêle laissait peu à peu la place à un abat d'eau incroyablement violent. Les éclairs arpentaient le ciel, le tonnerre grondait. Personne ne disait mot. Beverly gardait les yeux fermés, paupières serrées. Agglutinés, ils restaient sous la pluie, à l'écouter siffler sur les buissons. De tous, ce souvenir était le plus précis : le bruit de la pluie, le silence qu'ils partageaient et la peine vague qu'Eddie ne fût pas avec eux. Oui, cela, elle se le rappelait.

Elle se souvenait aussi s'être sentie très jeune et très forte.

CHAPITRE 18

La Bullseye

1

« *D'accord, Meule de Foin, dit Richie. À ton tour. Les deux rouquins ont fumé toutes leurs sèches et une bonne partie des miennes. Il commence à se faire tard.* »

Ben jette un coup d'œil à l'horloge. Oui, il est tard : près de minuit. Juste le temps de raconter une autre histoire, se dit-il. Une autre histoire avant minuit. Histoire de nous garder en forme. Mais quelle histoire ? Cette dernière remarque n'est bien entendu qu'une plaisanterie, et encore fort médiocre ; il ne reste qu'une histoire, ou du moins, il ne se souvient que d'une histoire, celle des chevrotines d'argent : comment ils les fabriquèrent dans l'atelier de Zack Denbrough dans la nuit du 23 juillet et comment ils les utilisèrent le 25.

« *J'ai aussi mes cicatrices, dit-il. Vous vous souvenez ?* »

Beverly et Eddie secouent négativement la tête, mais Bill et Richie acquiescent. Mike reste silencieux, le regard attentif, les traits tirés de fatigue.

Ben se lève et déboutonne la chemise de travail qu'il porte. Il en écarte les pans, et une ancienne cicatrice en forme de H apparaît. Même si les lignes zigzaguent — son ventre était beaucoup plus rebondi à l'époque où la cicatrice a été faite —, on peut encore en identifier la forme.

Mais une deuxième cicatrice, plus profonde et plus nette, part de la barre du H. Elle a l'air d'une corde de pendu tire-bouchonnée dont on aurait coupé le nœud coulant.

Beverly porte une main à la bouche. « *Le loup-garou ! Dans cette maison ! Ô, Seigneur Jésus ! » Elle se tourne vers la fenêtre, comme pour vérifier s'il ne rôde pas dans les ténèbres.*

« C'est exact, dit Ben. Et veux-tu que je te dise quelque chose de *drôle ? Cette cicatrice n'était pas là il y a deux nuits de ça. La carte de visite de Henry s'y trouvait bien ; je le sais, parce que je l'ai montrée à l'un de mes amis, un barman du nom de Ricky Lee, chez moi, à Hemingford. Mais celle-ci... (il a un petit rire sans joie et se reboutonne), celle-ci vient juste de revenir.*

— *Comme celles sur nos mains.*

— *Ouais, approuve Mike. Le loup-garou. Nous avons tous vu qu'il s'agissait du loup-garou, cette fois-là.*

— *P-Parce que c'est co-comme ç-ça que Ri-Richie l'avait vu la f-fois précédente, murmure Bill. C'est bien cela, non ?*

— *Oui, dit Mike.*

— *Nous étions très proches, n'est-ce pas ? s'émerveille Beverly d'un ton nostalgique. Proches au point de lire dans la pensée les uns des autres.*

— *L'ignoble Gros-Poilu a bien failli se faire une jarretière avec tes intestins, Ben », dit Richie. Mais il est loin de sourire. Il repousse ses lunettes rafistolées sur le haut de son nez ; il a l'air hagard derrière ses verres. Cela, plus son teint blême, lui donne l'air d'un spectre.*

« Bill t'a sauvé la mise, dit Eddie abruptement. Je veux dire, c'est *Bev qui nous a tous sauvés, mais si tu n'avais pas été là, Bill...*

— *Oui, vient confirmer Ben. J'étais comme perdu dans un palais des glaces. »*

Bill a un geste bref en direction de la chaise vide. « Stan Uris m'a donné un coup de main. Et il a payé pour cela. Il est même peut-être mort à cause de cela. »

Ben Hanscom secoue la tête. « Ne dis pas ça, Bill.

— *M-Mais c'est vrai. Et si c'est t-ta faute, c'est aussi la m-mienne, c'est la faute de t-tout le monde, parce qu'on a continué. Même après Patrick et ce qu'il y avait d'écrit sur le réfrigérateur, nous avons continué. Au fond, c'est s-surtout m-ma faute, a-vant tout, je crois, car je v-voulais que nous c-continuions tous. À cause de G-Geo-George. Peut-être aussi p-parce que j-je croyais que s-si je t-tuais ce qui a-avait tué G-George, mes parents m'-m'-m'...*

— *T'aimeraient de nouveau ? demande doucement Beverly.*

— *Oui, bien sûr. Mais p-pour St-Stan, ce n'était la faute de p-personne en particulier, à-à mon avis. Cela t-tenait à ce qu'il é-était.*

— *Il était incapable d'y faire face », intervient Eddie. Il pense aux révélations de Mr. Keene sur son asthme, ce qui ne l'a pas empêché de continuer à se servir de son médicament. Il se dit qu'il aurait pu se* défaire de l'habitude d'être malade ; c'est l'habitude de CROIRE dont il n'a pas pu se débarrasser. Et étant donné la manière dont les choses ont évolué, cette habitude lui a peut-être sauvé la vie.

« Il a été magnifique ce jour-là, dit Ben. Stan... Stan et ses oiseaux. »

Le groupe est parcouru d'un murmure rieur, et tous regardent en direction de la chaise où il aurait dû se trouver assis, dans un monde juste et sain, un monde où les bons gagnent tout le temps. Il me manque, pense Ben. Dieu qu'il me manque ! « Richie, tu te souviens de la fois, dit-il à voix haute, où tu lui as répété qu'on t'avait raconté quelque part qu'il avait tué le Christ, et qu'il t'a répondu, sérieux comme un pape : " Moi ? Non. Je pense que c'était mon père. "

— Je m'en souviens », dit Richie, si bas que sa réponse est à peine audible. Il tire un mouchoir de sa poche, enlève ses lunettes, range son mouchoir. Et c'est sans quitter ses mains des yeux qu'il reprend : « Pourquoi ne leur racontes-tu pas, Ben ?

— Ça fait mal, hein ?

— Et comment, murmure Richie la voix enrouée. Et comment. »

Ben regarde autour de lui, puis acquiesce. « Très bien. Encore une histoire avant minuit. Juste pour nous garder en forme. Bill et Richie avaient eu l'idée des balles...

— Pas tout à fait, l'interrompt Richie. C'est Bill qui y a pensé le premier, et il a été le premier à devenir nerveux.

— J'ai co-commencé à-à m'inquiéter...

— Cela n'a pas réellement d'importance, je crois, le coupe Ben. On a rudement bossé à la bibliothèque tous les trois, cet été-là. Nous voulions découvrir comment fabriquer des balles en argent. Le métal, je le possédais : quatre dollars d'argent qui me venaient de mon père. Puis Bill a commencé à se faire du mouron, quand il s'est mis à s'imaginer dans quels sales draps nous serions si jamais l'arme s'enrayait au moment où une espèce de monstre serait sur le point de nous sauter à la gorge. Et quand il s'est rendu compte que Beverly était d'une stupéfiante adresse avec sa fronde, nous avons fini par renoncer aux balles pour fabriquer à la place des billes, comme de la grosse chevrotine. Nous avons pris ce qu'il fallait, puis nous nous sommes tous rendus chez Bill. Toi aussi, Eddie...

— J'ai raconté à ma mère que nous allions jouer au Monopoly, confirme Eddie. Mon bras me faisait vraiment mal, et il me fallait marcher. Elle était tellement furieuse contre moi qu'elle ne m'aurait pas amenée. Je sautais en l'air chaque fois que j'entendais des pas derrière moi, croyant que c'était Bowers. Ce n'était pas ça qui me soulageait. »

Bill sourit. « Et en réalité nous avons regardé Ben fabriquer les munitions. Je c-crois que B-Ben aurait été capable de fa-fa-briquer des balles d'argent.

— Oh, je n'en suis pas aussi convaincu », proteste Ben, qui cependant en est encore sûr. Il se souvient du crépuscule, qui s'avançait paisiblement dehors (Mrs. Denbrough avait promis de tous les ramener en voiture), du chant des grillons dans l'herbe, du clignotement des premiers vers luisants, au-delà des fenêtres. Bill avait soigneusement disposé le Monopoly sur la table de la salle à manger, comme s'ils jouaient déjà depuis une bonne heure.

Il se rappelle cela, il se rappelle aussi le rond net de lumière jaune qui tombait sur l'établi de Zack. Il se rappelle Bill déclarant : « Faut f-faire b-bien a-a...

2

attention. Pas q-question de l-laisser de ba-bazar. Mon père serait f- (il fit chuinter un certain nombre de f) furax », finit-il par dire.

Richie, d'une manière burlesque, esquissa le geste de s'essuyer les joues. « Tu ne fournis pas les serviettes avec les douches, Bill la Bafouille ? »

Bill fit semblant de lui donner un coup de poing. Richie prétendit avoir très peur et protesta de sa voix négrillon du Sud.

Ben ne s'occupait pas d'eux. Il surveillait simplement les gestes de Bill qui déposait, un par un, les outils sur l'établi, à côté du matériel. Plus ou moins consciemment, il se disait qu'il aimerait bien avoir un jour une installation aussi perfectionnée ; mais l'essentiel de ses réflexions allait à la tâche qui l'attendait. Elle ne posait pas autant de problèmes que la fabrication de balles d'argent, mais elle n'en était pas pour autant facile. On n'est pas excusable de faire un mauvais boulot. Ce n'était pas quelque chose qu'on lui avait appris, ou qu'il aurait entendu dire : il le savait, un point c'est tout.

Bill avait exigé que Ben fût responsable de la fabrication des billes, tout comme il avait exigé que Beverly fût responsable de la fronde. C'étaient des choses dont on pouvait discuter (elles l'avaient été), mais ce n'est que vingt-sept ans plus tard, en racontant l'histoire, que Ben prit conscience que pas un seul d'entre eux n'avait émis le moindre doute sur le fait qu'une balle ou une bille d'argent arrêterait automatiquement un monstre — ils avaient de leur côté le poids de ce qui paraissait être des milliers de films d'horreur.

« Parfait, dit Ben en faisant craquer ses articulations, les yeux levés sur Bill. As-tu les moules ?

— Oh ! fit Bill, sursautant légèrement. Les v-voici. » Il porta la main à la poche de son pantalon et en sortit un mouchoir qu'il déplia sur l'établi. À l'intérieur se trouvaient deux boulettes d'acier de couleur terne, chacune avec un petit trou ; c'étaient des moules à roulements.

Après s'être décidé pour des billes au lieu de balles, Bill et Richie étaient retournés à la bibliothèque pour s'initier à la fabrication des roulements à billes. « Vous êtes débordants d'activité, les garçons ! s'était exclamée Mrs. Starrett. Les balles une semaine, les roulements à billes une autre ! Et dire que ce sont les grandes vacances !

— On aime bien apprendre des choses, répondit Richie. N'est-ce pas, Bill ?

— E-Exact. »

Il s'avéra que la fabrication de roulements était la simplicité même, une fois que l'on disposait de moules adéquats. Une ou deux questions anodines (apparemment) posées à Zack Denbrough étaient venues à bout de ce problème... et aucun des Ratés ne fut tellement surpris d'apprendre que le seul endroit de Derry où l'on pouvait se procurer des moules de ce genre était l'entreprise d'outillage de précision Kitchener & Cie. Le Kitchener qui la dirigeait était un arrière-arrière-petit-neveu des frères Kitchener, propriétaires des aciéries du même nom.

Bill et Richie s'étaient rendus ensemble avec tout l'argent liquide que les Ratés avaient été capables de réunir en vingt-quatre heures — soit dix dollars et cinquante-neuf cents — dans la poche de Bill. Lorsque Bill demanda combien coûteraient deux moules pour des roulements de cinq centimètres, Carl Kitchener — qui avait l'air d'un vétéran des championnats d'ivrognerie et dégageait une odeur de vieille couverture de cheval — demanda quel usage deux gamins entendaient faire de moules de ce calibre. Richie eut l'habileté de laisser Bill s'expliquer, sachant qu'ils s'en tireraient mieux par ce moyen : les enfants se moquaient du bégaiement de Bill, qui avait en revanche le don de mettre les adultes mal à l'aise. Ce détail se révélait parfois fort utile.

Bill n'en était pas à la moitié de ses laborieuses explications, que Richie avait complétées en parlant d'un modèle réduit de moulin à vent pour le projet de travaux pratiques de l'année prochaine, que

Kitchener lui faisait signe de se taire et déclarait qu'il leur en coûterait le prix incroyable de cinquante cents le moule.

Ayant toutes les peines du monde à croire à cet heureux coup du sort, Bill tendit un billet d'un dollar.

« Ne vous attendez pas à ce que je vous donne un sac pour ce prix », dit Carl Kitchener avec tout le mépris imbibé d'un homme qui croit avoir tout vu dans le monde, et la plupart des choses deux fois. « Il faut dépenser au moins cinq dollars pour avoir droit à un sac.

— Ça i-ira très b-bien comme ça, m'sieur, dit Bill.

— Et ne traînez pas devant le magasin, ajouta Kitchener, vous avez besoin de vous faire couper les cheveux, tous les deux. »

Une fois à l'extérieur, Bill dit : « T'-T'as pas remarqué, Ri-Richie, qu'en d-dehors des bonbons et des b-bandes dessinées, p-peut-être aussi des b-billets de ci-cinéma, les a-adultes ne te v-vendent ja-jamais rien s-sans de-demander d'abord ce-ce que l'on v-veut en faire ?

— Si.

— M-Mais p-pourquoi ?

— Parce qu'ils nous croient dangereux.

— Ah o-oui ? T-Tu crois ?

— Ouais, répondit Richie en se mettant à pouffer. Si on traînait un peu devant la vitrine, hein ? On se relèverait les cols, on ferait la grimace aux gens et on se laisserait pousser encore plus les cheveux !

— T'es c-con », dit Bill.

3

« Très bien », dit Ben. Il examina soigneusement les moules avant de les reposer. « Bon. Maintenant... »

Ils lui laissèrent un peu plus de place, le regard plein d'espoir — le regard qu'un homme qui a des ennuis de moteur et qui ne connaît rien aux automobiles a pour un mécanicien. Ben ne remarqua pas leur expression ; il se concentrait sur son travail.

« Donne-moi cet obus, dit-il, et la lampe à souder. »

Bill lui tendit un culot d'obus. Il s'agissait d'un souvenir de guerre que Zack avait ramassé cinq jours après la traversée du Rhin par les troupes du général Patton, auxquelles il appartenait. Il y avait eu une époque, quand Bill était très jeune et George encore un nourrisson, où son père s'en était servi comme cendrier. Puis il avait arrêté de fumer, et le culot d'obus avait disparu. Bill l'avait retrouvé au fond du garage, moins d'une semaine auparavant.

Ben disposa le culot d'obus dans l'étau de Zack, le bloqua, et prit la lampe à souder des mains de Beverly. De sa poche, il retira un dollar d'argent qu'il laissa tomber dans le creuset improvisé, où il rendit un son creux.

« C'est ton père qui te l'a donné, n'est-ce pas ? demanda Beverly.

— Oui, dit Ben, mais je ne me souviens pas très bien de lui.

— Es-tu bien sûr que tu veux t'en servir pour ça ? »

Il leva les yeux sur elle, sourit et répondit : « Tout à fait. »

Elle lui rendit son sourire ; cela suffisait à Ben. Lui eût-elle souri deux fois, il aurait coulé suffisamment de billes pour descendre un escadron de loups-garous. Il détourna vivement le regard. « C'est bon. On y va. Pas de problème. Simple comme bonjour, hein ? »

Non sans hésitation, ils acquiescèrent.

Des années plus tard, en racontant tout cela, Bill pensa : *À notre époque, un gamin n'a pas de problème pour acheter une lampe à souder au propane... ou alors son père en possède une dans son atelier.*

En 1958, les choses n'étaient pas aussi simples ; l'idée de se servir en cachette des outils de Zack Denbrough rendait Beverly nerveuse. Ben sentait cette nervosité ; il aurait voulu lui dire de ne pas s'en faire, mais redoutait que sa voix tremblât.

« Ne t'inquiète pas, dit-il en s'adressant à Stan, qui se tenait à côté d'elle.

— Quoi ? fit Stan, qui le regarda en clignant des yeux.

— Je te dis de ne pas t'en faire.

— Je ne m'en fais pas.

— Ah. Je croyais. Je voulais simplement que tu saches qu'il n'y a pas le moindre danger, juste au cas où. Au cas où tu te serais inquiété, je veux dire.

— Tu te sens bien, Ben ?

— Impec, grommela Ben. Donne-moi les allumettes, Richie. »

Richie lui tendit la pochette. Ben ouvrit le robinet de la bonbonne de gaz et enflamma une allumette juste en dessous de l'ajustage de la torche. Il y eut un *flump !* suivi d'un embrasement bleu et orange. Ben régla la flamme vers le bleu et commença à chauffer la base du culot d'obus.

« Tu as bien l'entonnoir ? demanda-t-il à Bill.

— S-sous la m-main. » Bill lui montra l'objet que Ben avait fabriqué lui-même un peu plus tôt. Le petit conduit, à la base, s'adaptait presque parfaitement au trou des moules. Ben l'avait bricolé sans prendre une seule mesure. Bill en était resté littéralement baba, émerveillé, mais il avait craint de gêner son ami en le lui disant.

Absorbé dans ce qu'il faisait, Ben était capable d'adresser la parole à Beverly — s'exprimant avec la précision d'un chirurgien qui parle à une infirmière.

« C'est toi qui as la main la plus sûre, Bev. Place l'entonnoir sur le trou du moule. Mets l'un de ces gants pour ne pas risquer de te brûler. »

Bill lui tendit l'un des gants de travail de son père. Beverly emboîta l'entonnoir de tôle dans le minuscule trou du moule. Personne ne disait mot. Le sifflement de la lampe à souder paraissait démesurément bruyant. Tous regardaient en plissant fortement les yeux.

« A-Attends ! » dit tout à coup Bill, qui fonça dans la maison. Il revint quelques instants plus tard avec une paire de lunettes enveloppantes — à bon marché — qui traînaient dans un tiroir de la cuisine depuis un an sinon davantage. « M-Mets ça sur t-tes yeux, M-Meule de Foin. »

Ben les prit, sourit et les enfourcha sur son nez.

« Merde, on dirait Fabian ! s'exclama Richie. Ou Frankie Avalon, ou l'un des Ritals de *Bandstand* !

— La ferme, Grande Gueule ! » dit Ben, sans toutefois pouvoir s'empêcher de pouffer. L'idée d'être comparé à Fabian ou à un héros de ce genre était trop délirante. La flamme se mit à zigzaguer et il reprit son sérieux ; d'un seul coup, toute son attention fut ramenée à un seul point.

Deux minutes plus tard, il tendit la torche à Eddie qui la tint avec précaution de sa bonne main. « C'est prêt, dit-il à Bill. Passe-moi l'autre gant, vite ! Vite ! »

Bill le lui tendit. Ben l'enfila et retint le culot d'obus de sa main gantée tout en desserrant l'étau de l'autre.

« Ne bouge surtout pas, Bev.

— Je suis prête. Pas la peine de m'attendre », rétorqua-t-elle.

Ben inclina le culot d'obus au-dessus de l'entonnoir. Les autres regardèrent le filet d'argent fondu couler d'un récipient à l'autre. Ben versa avec précision, sans en répandre une goutte à côté. Et pendant un instant, il se sentit galvanisé. Il lui semblait qu'un rayonnement blanc éclatant magnifiait toutes choses. Pendant cet unique moment il oublia qu'il était ce bon gros Ben Hanscom, le garçon qui portait d'amples sweat-shirts pour dissimuler sa bedaine et ses nénés ; il se sentait comme Thor, martelant éclairs et tonnerre à la forge des dieux.

Puis cette impression s'évanouit.

« Bien, dit-il. Il va falloir que je fasse réchauffer l'argent. Que quelqu'un enfonce ce clou dans le bout de l'entonnoir pour empêcher qu'il reste bouché par le métal en fusion. »

Stan manipula le clou que Ben avait prévu.

Puis Ben replaça le culot d'obus dans l'étau et reprit la torche des mains d'Eddie.

« Parfait, numéro deux, maintenant. »

Et il se remit au travail.

4

Dix minutes après, tout était terminé.

« Qu'est-ce qu'on fait, maintenant ? demanda Eddie.

— On joue au Monopoly pendant une heure, répondit Ben, le temps que l'argent durcisse dans les moules. Je les ouvrirai ensuite au ciseau à froid. Un sillon est prévu pour cela. Et ce sera tout. »

Richie jeta un regard inquiet au cadran craquelé de sa Timex qui, en dépit de tout ce qu'elle avait subi, continuait vaillamment de lui donner l'heure. « Quand tes parents rentreront-ils, Bill ?

— P-Pas a-avant dix heures ou-ou d-dix heures t-trente. Il y a d-deux f-films à l'A-A-A...

— À l'Aladdin, dit Stan.

— Ouais. Et après, ils iront manger une p-pizza. Ils le f-font presque t-toujours.

— On a donc tout notre temps », remarqua Ben.

Bill acquiesça.

« Alors, allons-y, dit Bev. J'ai promis d'appeler chez moi, et je veux le faire. Et vous, fermez-la pendant ce temps. Il croit que je suis à la Maison communale et que quelqu'un me ramènera en voiture.

— Et si jamais l'idée lui prenait de venir te prendre un peu plus tôt ? demanda Mike.

— Eh bien, je serais dans un fichu pétrin », répondit Beverly.

Ben songe : *Je te protégerai, Bev.* Dans sa tête, commence alors à se jouer un scénario improvisé, un scénario dont la fin est tellement suave qu'il en frissonne. Le père de Bev, au début, fait passer un sale quart d'heure à Beverly (même dans son fantasme, Ben est fort loin d'imaginer ce que peut-être un sale quart d'heure pour Bev entre les mains d'Al Marsh). Ben se jette alors entre elle et lui, et intime à Al Marsh l'ordre de laisser tomber.

Si tu veux des ennuis, mon gros bonhomme, continue donc à vouloir protéger ma fille.

Hanscom, quelqu'un d'ordinairement tranquille, le nez toujours plongé dans les livres, peut se transformer en un tigre redoutable si on le met en colère. Il répond à Al Marsh avec la plus grande sincérité : *Si vous voulez l'attraper, il faudra d'abord me passer dessus.*

Marsh fait un pas en avant... et là, la lueur farouche dans l'œil de Hanscom l'empêche d'aller plus loin.

Tu le regretteras, grommelle-t-il, mais il est évident qu'il a perdu toute combativité. Ce n'est qu'un tigre de papier, en fin de compte.

Voilà qui m'étonnerait, rétorque Hanscom avec un sourire ironique à la Gary Cooper ; le père de Beverly se défile.

Qu'est-ce qui t'est arrivé, Ben ? s'écrie Bev, dont les yeux brillent et sont pleins d'étoiles. *Tu avais l'air prêt à le tuer !*

Le tuer ? dit Hanscom, le sourire à la Gary Cooper encore sur les lèvres. *Jamais de la vie, mignonne. C'est peut-être une fripouille, mais c'est tout de même ton père. Je l'aurais peut-être un peu bousculé, mais c'est simplement parce que les mains me démangent très vite quand on n'est pas correct avec toi. Tu piges ?*

Elle jette ses bras autour de lui et lui donne un baiser (sur les lèvres, sur les LÈVRES !). *Je t'aime, Ben,* dit-elle dans un sanglot. Il sent ses petits seins qui viennent peser fermement contre sa poitrine et...

Il eut un léger frisson et dut faire un effort pour chasser de son esprit cette image lumineuse, terriblement précise. Richie, dans l'encadrement de la porte, lui demandait ce qu'il fabriquait ; Ben se rendit compte alors qu'il était tout seul dans l'atelier.

« Rien, rien. J'arrive, dit-il en sursautant légèrement.

— Tu commences à devenir sénile, ma parole, Meule de Foin », le taquina Richie. Mais il lui donna une claque sur l'épaule au moment où il passa la porte. Ben sourit, et le prit un instant par le cou.

5

Il n'y eut pas de problème avec le père de Beverly. Il était rentré tard de son travail, lui répondit sa mère au téléphone. Il s'était endormi en regardant la télévision, et s'était ensuite réveillé juste assez longtemps pour se mettre au lit.

« Tu as quelqu'un pour te ramener, Bevvie ?

— Oui. Le père de Bill Denbrough a toute une tournée à faire. »

Une note d'inquiétude se glissa dans la voix de Mrs. Marsh. « Tu... tu n'es pas sortie avec un garçon, au moins, Bevvie ?

— Non, M'man, bien sûr que non ! » protesta Beverly. Elle se tenait dans la pénombre à l'entrée, et regardait à travers l'arche qui la séparait de la salle à manger, où les autres étaient assis autour du jeu

de Monopoly. *Mais je préférerais, oh oui !* « Les garçons, beurk !
Mais ils ont organisé un tour, ici. Chaque soir, un des parents est
chargé de ramener les enfants à la maison. » Ce détail, au moins, était
exact. Le reste n'était qu'un tissu de mensonges si éhontés qu'elle se
sentit rougir dans l'obscurité du hall.

« Très bien, reprit sa mère. Je voulais simplement en être sûre.
Parce que si ton père te prenait avec un garçon à ton âge, il serait fou
furieux. Moi aussi, d'ailleurs, ajouta-t-elle après coup.

— Ouais, je sais », répondit Bev, regardant toujours vers la salle à
manger. Et effectivement, elle le savait ; et néanmoins, elle se trouvait
ici, non pas avec un garçon, mais avec six, dans une maison d'où les
parents étaient absents. Elle vit Ben qui la regardait, anxieux, et elle
esquissa un petit salut à son intention, accompagné d'un sourire. Il
rougit mais lui rendit aussitôt son petit salut.

« Et est-ce que tes copines sont là aussi ?
Quelles copines, M'man ?

— Eh bien oui, il y a Patty O'Hara ; et aussi Ellie Geiger, je crois.
Elles jouent aux galets, en bas. » L'aisance avec laquelle les mensonges lui venaient aux lèvres lui fit honte. Elle aurait préféré parler à
son père ; elle aurait eu davantage la frousse mais éprouvé moins de
honte. Elle se dit qu'au fond elle ne devait pas être une très bonne
fille.

« Je t'aime, Maman, dit-elle.

— Moi aussi, Bev », répondit sa mère, qui ajouta, après un bref
silence : « Fais attention. Le journal dit qu'il y en a peut-être un
autre. Un garçon du nom de Patrick Hockstetter. Il a disparu. Est-ce
que tu le connaissais, Bevvie ? »

Un instant, elle ferma les yeux. « Non, M'man.

— Bon... eh bien, à tout à l'heure.

— À tout à l'heure, M'man. »

Elle rejoignit les autres à la table ; pendant une heure, ils jouèrent
au Monopoly. Pour le moment, c'était Stan le grand gagnant.

« Les juifs sont très doués pour les affaires », commenta Stan en
plaçant un hôtel sur la rue de la Paix et deux autres maisons sur la rue
de Vaugirard. Tout le monde sait cela.

— Seigneur Jésus, faites-moi juif ! » s'exclama aussitôt Ben, et
tous se mirent à rire. Ben était au bord de la faillite.

De temps en temps, Beverly jetait par-dessus la table un coup
d'œil en direction de Bill. Elle remarqua ses mains impeccables, ses
yeux bleus, ses cheveux roux si fins. Tandis qu'il déplaçait la
minuscule chaussure argentée qui lui servait de pion sur les cases du
jeu, elle pensa : *S'il me prenait la main, je crois que je serais tellement*

contente que j'en mourrais. Une chaude lumière rayonna un bref instant dans sa poitrine, et elle sourit secrètement en regardant ses mains.

6

La fin de la soirée se déroula presque dans la banalité. Ben emprunta l'un des ciseaux à froid de Zack et ouvrit facilement, en quelques coups de marteau, les moules des billes. Quand elles en tombèrent, on pouvait encore distinguer, en les regardant de près, les trois derniers chiffres d'une date : 925 sur l'une, et sur l'autre, des lignes sinueuses dans lesquelles Beverly voulut voir absolument ce qui restait de la chevelure de la statue de la Liberté. Ils les examinèrent pendant un moment sans parler, puis Stan en saisit une.

« C'est pas très gros, dit-il.

— Tout comme le caillou dans la fronde de David avant qu'il le lance sur Goliath, remarqua Mike. Moi, elles me paraissent redoutables. »

Ben se retrouva en train d'acquiescer ; il éprouvait la même impression.

« Ça y est, on est prêts ? demanda Bill.

— Fin prêts, répondit Ben. Tiens. » Il lui lança l'une des billes que Bill, surpris, manqua laisser tomber.

Les deux billes circulèrent. Chacun les examina à loisir, s'émerveillant de leur rondeur, leur poids, leur réalité. Quand elles revinrent dans les mains de Ben, celui-ci regarda Bill. « Et qu'est-ce qu'on en fait, maintenant ?

— Do-Donne-les à B-Beverly.

— Non ! »

Bill se tourna vers elle. S'il y avait de la gentillesse dans son expression, on trouvait aussi de la fermeté. « On a dé-déjà discuté de t-tout cela, B-Bev, et...

— Je le ferai, dit-elle. Je tirerai ces foutus bidules quand le moment sera venu. Si le moment vient jamais. On y passera sans doute tous, mais je le ferai. Simplement je ne veux pas les amener à la maison. L'un de mes parents

(mon père)

pourrait les trouver. Je vous dis pas les ennuis !

— Tu n'as pas une cachette secrète ? demanda Richie. Bon sang, j'en ai au moins trois ou quatre !

— J'ai bien un coin », admit Beverly. Au fond de son placard, une fente dans laquelle elle glissait cigarettes, illustrés, et, depuis quelque temps, journaux de cinéma. « Mais je ne la trouve pas assez sûre pour quelque chose comme ça. Garde-les, Bill. Jusqu'à ce qu'on en ait besoin, garde-les.

— D'a-accord », dit doucement Bill. À cet instant précis, la lumière de phares vint balayer l'allée de la maison. « S-Sainte-merde, i-ils rentrent tôt ! Ti-Tirons-nous d'ici ! »

Ils venaient tout juste de s'asseoir autour de la table du Monopoly lorsque Sharon Denbrough fit son entrée par la porte de la cuisine.

Richie se mit à rouler des yeux et fit semblant d'essuyer la sueur de son front ; les autres rirent de bon cœur. Richie en avait encore sorti une bien bonne.

L'instant suivant, Mrs. Denbrough faisait son apparition dans la salle à manger. « Ton père attend tes amis dans la voiture, Bill.

— T-Très bien, M'man. On ve-venait j-uste de finir, de toute fa-façon.

— Qui a gagné ? » demanda Sharon, en adressant un sourire chaleureux aux amis de son fils. La fillette allait être ravissante, songea-t-elle. Dans une année ou deux, ces enfants auraient besoin d'être discrètement surveillés, si des filles se joignaient à la bande des garçons. Mais il était certainement trop tôt pour craindre de voir pointer l'ignoble tête de la sexualité.

« C'est S-Stan qui a gagné, dit Bill. Les j-juifs sont t-très forts en a-affaires.

— Bill... ! » s'exclama-t-elle, scandalisée, le rouge aux joues, puis elle les regarda, stupéfaite, tandis qu'ils éclataient tous de rire, Stan y compris. Mais sa stupéfaction se teinta d'appréhension, même si plus tard, au lit, elle n'en dit mot à son mari. Il y avait quelque chose dans l'air, quelque chose comme de l'électricité statique, simplement en beaucoup plus violent, beaucoup plus inquiétant ; terrifiant, presque. Elle avait l'impression que si elle touchait n'importe lequel d'entre eux, elle allait recevoir une décharge formidable. *Qu'est-ce qui leur est arrivé ?* pensa-t-elle, interloquée — et elle ne fut pas loin de poser la question à voix haute. Puis Bill dit qu'il était désolé (mais il avait gardé cet éclat diabolique au coin de l'œil), et Stan ajouta que ce n'était qu'une plaisanterie qu'il avait été le premier à faire ; sur quoi elle se trouva tellement confuse qu'elle ne sut que répondre.

Elle se sentit soulagée quand tous les enfants furent partis et lorsque son propre fils, bègue et inquiétant, fut enfermé dans sa chambre.

7

Le jour où le Club des Ratés affronta Ça en combat rapproché, le jour où Ça manqua de peu se faire des jarretières avec les intestins de Ben Hanscom, fut le 25 juillet 1958. L'air était calme, et il faisait chaud et humide. Ben se souvenait avec précision du temps qu'il faisait. Ce jour-là avait été le dernier d'une longue période de canicule ; lui avait succédé un temps plus frais et couvert.

Ils arrivèrent au 29, Neibolt Street vers dix heures du matin, Bill avec Richie sur le porte-bagages de Silver, Ben les fesses débordant largement de part et d'autre de la selle de sa Raleigh. Beverly arriva sur sa bicyclette de fille, une Schwinn, ses cheveux roux retenus par un bandeau vert qui voletait derrière elle. Mike fit ensuite son apparition, seul aussi, et Stan et Eddie, venus à pied, furent cinq minutes plus tard les derniers à se présenter.

« C-Comment va t-ton bras, E-Eddie ?

— Assez bien. Ça me fait mal si je me tourne de côté quand je dors. Tu as amené les trucs ? »

Il y avait un paquet entouré de tissu dans le sac du porte-bagages de Silver. Bill le prit et le déroula. Il tendit la fronde à Beverly, qui eut une grimace en la prenant mais ne dit rien. Restait une petite boîte métallique que Bill ouvrit, pour leur montrer les deux billes d'argent. Ils les regardèrent en silence, serrés les uns contre les autres sur le gazon pelé du 29, Neibolt Street — un gazon sur lequel seul le chiendent avait l'air de vouloir pousser. Bill, Richie et Eddie connaissaient déjà la maison, les autres l'examinaient avec curiosité.

Les fenêtres ressemblent à des yeux, pensa Stan, dont la main alla machinalement au livre de poche qu'il portait sur lui. Il le toucha comme un porte-bonheur. Il traînait cet ouvrage presque partout : il s'agissait de son *Guide des oiseaux d'Amérique du Nord. Elles ressemblent à d'ignobles yeux aveugles.*

Ça pue, pensa Beverly. *Je le sens, même si ce n'est pas exactement avec mon nez.*

C'est comme la fois où j'ai été sur les ruines de l'aciérie, songea Mike. *J'ai la même impression... comme si Ça nous invitait à entrer.*

Ben aussi se fit une réflexion : *C'est l'un de ses coins, c'est sûr. Comme les trous de Morlock. Un coin par lequel il peut entrer et sortir. Il sait que nous sommes là dehors. Il attend que nous entrions.*

« V-Vous voulez tous t-toujours ? » demanda Bill.

Leur regards convergèrent sur lui; ils étaient pâles, sérieux. Personne ne dit non. Eddie alla pêcher son inhalateur au fond de sa poche et s'en envoya une bonne giclée sifflante.

« Passe-m'en un peu », dit soudain Richie.

Eddie le regarda, surpris, attendant l'astuce.

Richie tendit la main. « C'est pas des blagues, Coco. Je peux en avoir un peu ? »

Eddie haussa sa bonne épaule — un mouvement curieusement décalé — et lui tendit l'appareil. Richie en prit une profonde inhalation. « J'en avais besoin », ajouta-t-il en le lui rendant. Il toussa un peu, mais il n'y avait pas trace d'humour dans ses yeux.

« Moi aussi, dit Stan. D'accord ? »

Si bien que tous, les uns après les autres, utilisèrent l'inhalateur d'Eddie. Quand l'appareil lui revint, il le glissa dans sa poche arrière, laissant dépasser l'embout.

« Y a des gens qui habitent dans cette rue ? demanda Beverly.

— Non, pas sur cette partie, répondit Mike. Plus personne, sinon les clochards. Ils y restent quelque temps, puis ils repartent avec un train de marchandises.

— Ils ne doivent rien voir, remarqua Stan. Ils ne risquent rien, à mon avis. Au moins dans la plupart des cas. » Il regarda Bill. « Qu'est-ce que tu en penses, Bill ? Crois-tu que les adultes peuvent voir Ça ?

— Je n-ne s-sais pas. Certains d-oivent p-pouvoir, sans d-doute.

— J'aimerais bien qu'il y en ait un avec nous, fit Richie, la mine sombre. C'est pas un boulot pour des gosses, un truc pareil, si vous voyez ce que je veux dire... »

Bill ne le voyait que trop bien. Dans tous les illustrés, dans toutes les bandes dessinées, dans tous les feuilletons télévisés où des enfants étaient mis en scène, il y avait toujours une héroïque grande personne pour intervenir au dernier moment, à l'instant fatidique, pour empêcher les méchants de triompher — d'expédier par exemple la jeune fille, poings et pieds liés, au fond d'un puits de mine abandonné.

« Dommage qu'il n'y en ait pas un dans le secteur », reprit Richie, tout en examinant la maison fermée avec sa peinture qui s'écaillait, ses vitres sales, son porche sinistre. Il poussa un soupir. Pendant quelques instants, Ben sentit leur résolution vaciller.

Puis Bill prit la parole : « Venez d-donc f-faire un tour par i-ici. Regardez ce-cela. »

Ils contournèrent le côté gauche du porche, à l'endroit où le treillis de bois était arraché. Les rosiers épineux, à demi retournés à l'état sauvage, étaient toujours là... et ceux que le lépreux d'Eddie avait touchés toujours noirs et morts.

« Ça les a juste touchés et ils sont devenus comme ça ? » demanda Beverly, horrifiée.

Bill acquiesça. « A-Alors les g-gars, vous êtes s-sûrs ? »

Pendant un moment, personne ne répondit. Ils étaient loin d'être sûrs d'eux ; ils avaient beau savoir, rien qu'à regarder le visage de Bill, que celui-ci irait tout seul, au besoin, ils n'étaient pas sûrs. On devinait aussi quelque chose comme de la honte dans l'expression de Bill. Comme il le leur avait dit auparavant, il était le seul à avoir perdu un frère ainsi.

Mais tous les autres gosses, pensa Ben. *Betty Ripsom, Cheryl Lamonica, le petit Clement, Eddie Corcoran (peut-être), Ronnie Grogan... et même Patrick Hockstetter. Ça tue des enfants, nom de Dieu, des* ENFANTS !

« Je viens avec toi, Grand Bill, dit-il.

— Merde, moi aussi, fit Beverly.

— Bien sûr, déclara à son tour Richie. Si tu t'imagines qu'on va te laisser te marrer tout seul ! »

Bill les regarda, déglutit, et acquiesça de la tête avant de tendre la petite boîte de métal à Beverly.

« Tu sais ce que tu fais, Bill ?

— Tout à-à fait. »

Elle hocha la tête, à la fois terrifiée par sa responsabilité et ensorcelée par la confiance qu'il lui faisait. Elle ouvrit la boîte, en retira les billes et glissa la première dans la poche de devant de son jean. Elle mit l'autre dans le cuir de la Bullseye, et c'est par le cuir qu'elle porta la fronde. Elle sentait la bille, bien serrée dans son poing, qui se réchauffait peu à peu.

« Allons-y, dit-elle d'une voix mal affermie. Allons-y avant que je me dégonfle. »

Bill acquiesça, puis regarda attentivement Eddie. « Pourras-t-tu f-faire ça, E-Eddie ?

— Pas de problème. J'étais tout seul, la dernière fois. Aujourd'hui, je suis avec mes amis, non ? » Il les regarda et eut un sourire hésitant. Fragile, timide, son expression était émouvante.

Richie lui donna une petite claque dans le dos. « Bien dit, Señor, fit-il avec son accent Pancho Vanilla. Le premier qui veut te piquer ton inhalateur, on le zigouille. Mais on le zigouille lentement, promis.

— C'est terrible, Richie, fit Bev, ne pouvant s'empêcher de rire un peu.

— S-Sous le p-porche, dit Bill. T-Tous derrière m-moi. Ensuite d-dans la ca-cave.

— Si tu descends le premier et que la chose te saute dessus, demande Beverly, qu'est-ce que je fais ? Je tire à travers toi ?

— S'il l-le f-faut, oui, dit Bill. M-Mais je te s-suggère d'essayer de m-me contourner d'a-bord. »

Cette réplique eut le don de faire rire Richie aux éclats.

« On f-fera tout le-le tour de c-cette ba-baraque s'il le f-faut. » Il haussa les épaules. « S-Si ça se t-trouve, il n'y aura r-rien.

— C'est ce que tu crois ? lui demanda Mike.

— Non. C'est là », répondit-il brièvement.

Ben était du même avis. C'est comme si la maison du 29, Neibolt Street était prise dans un fourreau empoisonné. Une enveloppe invisible, mais que l'on sentait. Il se passa la langue sur les lèvres.

« P-Prêts ? » leur demanda Bill.

Tous le regardèrent. « Prêts, Bill, répondit Richie.

— A-Alors, on y v-va. Reste j-juste derrière m-moi, B-Bev. » Il se laissa tomber à genoux, et pénétra sous le porche entre les rosiers flétris.

8

Ils s'avancèrent dans cet ordre : Bill, Beverly, Ben, Eddie, Richie, Stan et Mike. Sous le porche, les feuilles mortes craquaient et dégageaient une odeur de choses vieilles et rances. Ben plissa les narines. Des feuilles mortes ont-elles jamais eu cette odeur ? Il pensait que non. Une idée déplaisante le frappa alors : elles avaient la puanteur qu'il imaginait être celle d'une momie, juste au moment où l'on soulève pour la première fois le couvercle de son cercueil, toute de poussière et d'antique acide tannique.

Bill venait d'atteindre la fenêtre cassée donnant sur la cave, par laquelle il regarda. Beverly rampa à côté de lui. « Tu vois quelque chose ? »

Il secoua la tête. « Mais ça ne s-signifie pas qu'il n'y a r-rien là-dedans. Re-Regarde, c'est le t-tas de charbon dont on s'est s-servis avec R-Ri-Richie pour s-sortir. »

Ben l'aperçut également en regardant entre eux. Il sentait l'excitation le gagner, se faire aussi intense que sa peur ; il s'en réjouit, car il se rendit compte, instinctivement, qu'il disposait là d'une arme. Apercevoir ce tas de charbon, c'était comme se trouver en face d'un monument célèbre que l'on n'aurait connu que par les livres ou les témoignages des autres.

Bill pivota, et se glissa par la fenêtre. Beverly confia la Bullseye à Ben, refermant sa main sur le cuir et la bille qui y était prise. « Donne-la-moi dès que j'ai le pied par terre, dit-elle. À la seconde même.

— Bien compris. »

Elle se faufila facilement, en souplesse. Il y eut — au moins pour Ben — un instant palpitant pendant lequel sa blouse sortit de son jean, laissant voir un ventre plat et blanc. Puis ce fut l'excitation de sa main se posant sur la sienne au moment où il lui tendit la fronde.

« C'est bon, je la tiens. À ton tour. »

Ben se tourna et commença à se tortiller pour franchir la fenêtre. Il aurait dû prévoir ce qui ne manqua pas d'arriver : il resta coincé. C'était inévitable. Son derrière heurtait l'encadrement rectangulaire et refusait de s'effacer davantage. Il voulut ressortir et se rendit compte alors, pour sa plus grande horreur, qu'il risquait d'y laisser son pantalon, sinon son caleçon ; autrement dit, de se retrouver avec le derrière à l'air pratiquement à la hauteur du nez de sa bien-aimée — son si gigantesque derrière...

« Dépêche-toi ! » gronda Eddie.

Bill poussa des deux mains, une expression féroce sur le visage. Le blue-jean lui remonta douloureusement dans l'entrejambes, lui écrasant les roustons. Le haut de la fenêtre lui retroussa la chemise jusqu'aux omoplates. C'était maintenant à la hauteur de la bedaine qu'il était coincé.

« Allez, rentre le ventre, Meule de Foin, fit Richie avec un rire hystérique. T'as intérêt, sans quoi, il va falloir que Mike aille chercher son paternel avec la remorque et le treuil !

— Bip-bip, Richie ! » répliqua Ben, les dents serrées. Il rentra le ventre autant qu'il put, ce qui le fit avancer d'un cran ; puis il resta de nouveau bloqué.

Il fit pivoter sa tête de côté et dut lutter contre la panique et la claustrophobie qui le gagnaient. Il était écarlate, en sueur. L'âcre odeur des feuilles mortes lui emplissait les narines, étouffante. « Bill ! Vous pouvez me tirer, là en bas ? »

Il sentit Bill le prendre par une cheville, Beverly par l'autre. De nouveau il rentra le ventre, et l'instant suivant, il dégringolait de la fenêtre. Bill le rattrapa, et les deux garçons furent à deux doigts de tomber. Ben se sentait incapable de regarder Beverly. Jamais de sa vie il n'avait été aussi embarrassé.

« Tout v-va b-bien, mec ?

— Ouais. »

Bill émit un rire chevrotant, imité par Beverly ; Ben fut lui-même capable de rire un peu, aussi, mais il allait lui falloir des années avant de découvrir ce qu'il pouvait bien y avoir de drôle là-dedans.

« Hé ! lança Richie depuis l'extérieur. Eddie a besoin d'un coup de main, d'accord ?

— D'a-a-accord. » Bill et Ben prirent position en dessous de la fenêtre, dans laquelle Eddie se glissa sur le dos. Bill le saisit par les jambes, juste au-dessus du genou.

« Fais gaffe à ce que tu fais, dit Eddie d'une voix maussade et nerveuse. Je crains les chatouilles.

— Ramon mucho chatouilleux, Señor ! » leur parvint la voix de Richie.

Ben attrapa de son côté Eddie par la taille en s'efforçant de ne pas appuyer sur le plâtre et l'écharpe. Bill et lui descendirent leur camarade comme si c'était un cadavre. Eddie lâcha un cri, une fois, et ce fut tout.

« E-E-Eddie ?

— Ouais, dit Eddie, tout va bien, c'était pas trop dur. » Cependant, de grosses gouttes de sueur perlaient à son front, et il parlait d'une voix haletante. À coups d'œil rapides, il parcourut la cave du regard.

Bill recula d'un pas. Beverly se tenait près de lui, agrippant maintenant la fronde à deux mains, prête à tirer si nécessaire. Elle ne cessait de parcourir la cave des yeux. Richie arriva ensuite, suivi de Stan et de Mike, et tous se faufilèrent par la fenêtre avec une grâce et une aisance que Ben leur envia profondément. Ils se retrouvèrent alors tous en bas, dans cette cave où Bill et Richie s'étaient trouvés face à face avec Ça à peine un mois auparavant.

La pièce était sombre, mais pas obscure. Des rayons d'une lumière crépusculaire pénétraient par les vitres et faisaient des taches claires sur le sol de terre battue. Cette cave parut très grande à Ben, presque trop grande, comme s'il était victime de quelque illusion d'optique. Des chevrons poussiéreux s'entrecroisaient au-dessus de leurs têtes ; les tuyaux de la chaudière étaient mangés de rouille. Quelque chose ressemblant à un chiffon blanc crasseux pendait, accroché à un tuyau d'eau, complètement effiloché. La même puanteur régnait dans le sous-sol. Une puanteur de boues jaunâtres. Ben pensa : *Il est ici, Ça est ici. Oh oui.* Bill se dirigea vers l'escalier ; les autres le suivirent. Il s'arrêta en bas de la première marche, et regarda en dessous. Du pied, il en fit sortir quelque chose, qu'ils contemplèrent tous sans un mot. C'était un gant blanc de clown, couvert de terre et de boue.

« En haut », dit Bill.

Ils montèrent l'escalier et arrivèrent dans une cuisine crasseuse. Une chaise ordinaire à dossier droit était abandonnée au milieu du vieux linoléum bosselé : c'était le seul mobilier de la pièce. Des bouteilles d'alcool vides gisaient dans un coin. Ben en aperçut d'autres dans le placard. La pièce dégageait une odeur de gnole — ou de vin — et de tabac froid. Ces odeurs étaient dominantes, mais la puanteur devenait plus forte à chaque instant.

Beverly alla ouvrir la porte du placard. Elle poussa un cri perçant au moment où en jaillit, presque à la hauteur de son visage, un énorme rat d'égout au pelage brun noirâtre. L'animal les regarda de son œil noir et féroce. Toujours criant, Beverly tendit la fronde.

« NON ! » rugit Bill.

Elle se tourna vers lui, pâle et terrifiée. Puis elle acquiesça et détendit son bras, sans avoir tiré la balle d'argent. Mais Ben pensa qu'il s'en était fallu de très très peu. Elle recula lentement, heurta Ben et sursauta. Il passa un bras autour d'elle et la serra fort.

Le rat courut le long de son étagère, sauta sur le sol et disparut par le fond du placard.

« Ça voulait que je tire dessus, fit Beverly d'une petite voix. Que je gaspille la moitié de nos munitions dessus.

— Ouais, dit Bill. C'est comme l-le centre d'en-entraînement du FBI à Q-Quantico, un p-peu. Il f-faut descendre cette r-rue et i-ils font re-relever des ci-cibles. Si t-tu tires s-sur d'honnêtes ci-citoyens, au l-lieu des b-bandits, t-tu perds des p-points.

— J'y arriverai pas, Bill, dit-elle. Je vais tout gâcher. Tiens. Prends-la, ajouta-t-elle en lui tendant la Bullseye, mais Bill secoua la tête.

— C'est toi qui dois le f-faire, Be-Beverly. »

Un vagissement monta d'un autre placard.

Richie s'en approcha.

« Ne va pas trop près ! aboya Stan. Il pourrait... »

Richie regarda à l'intérieur, et une expression de dégoût se dessina sur son visage. Il claqua la porte du placard, et le bruit se répercuta comme un écho mort dans la maison vide.

« Une nichée, fit Richie, du ton de quelqu'un qui va avoir mal au cœur. La plus énorme que j'aie jamais vue... que quiconque ait jamais vue, probablement. Ils sont des centaines là-dedans. » Il regarda ses amis, sa lèvre soulevée d'un tic d'un côté. « Leurs queues... elles étaient toutes emmêlées ensemble, Bill. Nouées (il fit la grimace). Comme des serpents. »

Le son des gémissements était étouffé, mais encore audible. *Des rats,* pensa Ben, regardant le visage blanc comme un linge de Bill, et, par-dessus l'épaule de ce dernier, celui couleur de cendres de Mike. *Tout le monde a peur des rats ; Ça le sait, aussi.*

« A-Allez, venez ! dit Bill. I-Ici, sur N-Neibolt Street, la f-fête ne s'a-a-arrête jamais. »

Ils gagnèrent l'entrée. Là régnait un mélange peu appétissant d'odeurs ; celle du plâtre qui pourrit et celle de l'urine éventée. À travers les salissures des vitres, ils virent la rue et leurs bicyclettes. Celles de Ben et de Beverly reposaient sur leur béquille. Celle de Bill s'appuyait à un érable tronqué. Aux yeux de Ben, ces bicyclettes se trouvaient à des milliers de kilomètres, comme des choses regardées par le mauvais bout d'un télescope. La rue déserte, avec ses fondrières approximativement comblées, son ciel gris et chargé d'humidité, le *ding-ding-ding* d'une locomotive haut le pied en manœuvre..., tout cela lui faisait l'effet d'un rêve, d'hallucinations. La seule réalité était cette entrée sordide avec sa puanteur et ses ombres.

Il y eut un bruit de bouteilles brisées en provenance d'un coin — des bouteilles de bière.

Dans un autre coin, gonflée d'humidité, traînait une revue, de celles dites de charme. Sur la couverture, on voyait une femme courbée sur une chaise, les jupes relevées pour exhiber des bas résille et une petite culotte noire. Ben ne trouva pas cette image excitante et ne fut même pas gêné que Beverly eût le temps de l'apercevoir. L'humidité avait jauni la peau de la femme et plissé le papier de rides qui déformaient son visage. Son expression salace n'était plus que le ricanement d'une putain morte.

(Des années plus tard, tandis que Ben racontait cet épisode, Beverly s'écria soudain, les faisant tous sursauter — ils revivaient l'histoire plus qu'ils ne l'écoutaient : « C'était elle ! Mrs. Kersh ! C'était elle ! »)

Pendant que Ben regardait, la vieille/jeune femme de la couverture lui adressa un clin d'œil, puis tortilla des fesses en une invite obscène.

Couvert d'une transpiration glacée, Ben détourna les yeux.

Bill poussa une porte sur la gauche ; tous le suivirent dans une pièce qui donnait une impression de crypte et qui aurait pu autrefois être un salon. Un pantalon fripé pendait de la suspension électrique ; comme la cave, cette salle parut beaucoup trop grande à Ben ; elle donnait l'impression d'avoir la taille d'un wagon ; autrement dit, d'être beaucoup trop longue pour une maison qui leur était apparue de dimensions modestes de l'extérieur.

Oui, mais c'était à l'extérieur, fit une nouvelle voix dans sa tête. Une voix paillarde, au ton facétieux ; avec un sentiment de certitude absolue, Ben prit soudain conscience que c'était celle de Grippe-Sou lui-même. Grippe-Sou s'adressait à lui, comme par quelque délirant système de transmission mentale. *Vues de l'extérieur, les choses ont toujours l'air plus petites qu'elles ne le sont réellement, n'est-ce pas, Ben ?*

« Va-t'en », fit Ben entre ses dents.

Richie se tourna vers lui, le visage tendu et pâle. « T'as dit quelque chose ? »

Ben secoua la tête. La voix avait disparu. C'était une chose importante, une bonne chose. Cependant

(à l'extérieur)

il avait compris. Cette maison était un lieu spécial, une sorte d'étape, de relais, l'un des endroits de Derry (et peut-être l'un des nombreux endroits de Derry) à partir duquel Ça était capable de gagner le monde du dessus. Oui, cette maison pourrie et nauséabonde où tout sonnait faux. Ce n'était pas le seul fait qu'elle paraisse plus grande ; les angles étaient faux, les perspectives aberrantes. Ben se tenait encore dans l'encadrement de la porte qui, de l'entrée, donnait sur le salon : les autres s'éloignaient de lui dans un espace qui lui semblait maintenant aussi vaste que Bassey Park... mais au lieu de paraître devenir plus petits, leur taille allait croissant ! Le plancher donnait l'impression d'être en pente et...

Mike se tourna. « Ben ! » cria-t-il. Ben lut de l'inquiétude sur son visage. « Ben ! Rejoins-nous ! Nous te perdons ! » À peine put-il distinguer les derniers mots ; on aurait dit qu'ils lui avaient été lancés d'un train s'éloignant à toute vitesse.

Soudain terrifié, il se mit à courir. Derrière lui, la porte se referma avec un bruit soud. Il hurla... et quelque chose, crut-il, balaya l'air juste dans son dos, faisant gonfler sa chemise. Il se retourna un instant, mais ne vit rien. Il resta cependant convaincu qu'il y avait eu quelque chose.

Il rattrapa les autres. Il haletait, hors d'haleine, et aurait juré qu'il venait de courir au moins sur huit cents mètres... mais quand il regarda derrière lui, la cloison du salon n'était pas à trois mètres.

Mike le prit par l'épaule si vigoureusement qu'il lui fit mal. « Tu m'as fichu la frousse, mec », dit-il. Richie, Stan et Eddie jetèrent un coup d'œil interrogateur à Mike, qui reprit : « Il avait l'air petit. Comme s'il était à un kilomètre.

— Bill ! »

Bill se retourna.

« Nous devons absolument rester les uns à côté des autres, fit Ben, toujours soufflant. Cet endroit... c'est comme le palais des glaces d'une foire, ou le labyrinthe. On risque de se perdre. Je crois que Ça veut que nous nous perdions. Que nous soyons séparés. »

Bill le regarda quelques instants, les lèvres serrées. « Très bien, dit-il. On n-ne se sé-sépare plus. Pas de t-traînards. »

Tous acquiescèrent, effrayés. La main de Stan alla tâter son encyclopédie des oiseaux, dans sa poche arrière. Eddie tenait son inhalateur à la main ; ses doigts se contractaient dessus puis le relâchaient, comme un poids plume en train de faire de la musculation sur une balle de tennis.

Bill ouvrit la porte suivante et ils tombèrent sur un autre hall, plus étroit. Le papier peint, qui s'ornait d'un motif de roses et d'elfes en bonnet vert, se détachait en grands lambeaux du revêtement de plâtre spongieux. Des taches d'humidité dessinaient des ronds séniles au plafond. À l'autre bout de la pièce, une fenêtre couverte de crasse laissait filtrer une lumière brouillée.

Le corridor parut soudain s'allonger. Le plafond s'éleva et se mit à rapetisser comme une fusée démente. Les portes croissaient avec le plafond, étirées comme du caramel. Les visages d'elfes, en s'allongeant, prenaient des airs d'extraterrestres et leurs yeux devenaient des trous noirs sanguinolents.

Stan cria et se cacha les yeux dans les mains.

« C-Ce n'est p-pas R-R-RÉEL ! hurla Bill.

— Si ! répondit Stan sur le même ton, ses petits poings serrés contre ses yeux. C'est réel, tu sais bien que c'est réel ! Mon Dieu, je deviens fou, tout ça c'est fou, fou…

— Regarde ! » rugit alors Bill à l'adresse de Stan, mais aussi des autres. Ben, pris de tournis, vit le rouquin s'accroupir, puis bondir en l'air. Son poing gauche fermé ne frappa rien, absolument rien, mais il y eut pourtant un craquement bruyant. Des débris de plâtre tombèrent d'un endroit où l'on ne voyait plus de plafond… lequel réapparut alors. Le corridor-hall était redevenu ce qu'il était auparavant : étroit, bas de plafond, sale, et ses murs ne reculaient plus à l'infini. Il n'y avait que la main gauche de Bill qui saignait, couverte de poussière de plâtre. Au-dessus de leurs têtes, la marque laissée par son poing dans le revêtement ramolli par l'humidité se voyait parfaitement.

« C-Ce n'est p-pas r-r-réel, reprit-il pour Stan et pour tous les autres. C'est un-un f-faux visage. C-Co-Comme un masque de Ha-Halloween.

— Pour toi, peut-être », répondit Stan d'un ton lugubre. Ses traits trahissaient un état de choc et de l'épouvante. Il regardait autour de lui, comme s'il ne savait plus où il se trouvait. À le voir ainsi, avec l'odeur âcre de la peur qui sourdait de tous ses pores, Ben, que la victoire de Bill avait revigoré, se sentit de nouveau envahi par la terreur. Stan était sur le point de craquer. Il n'allait pas tarder à devenir hystérique, à pousser des hurlements, peut-être, et que se passerait-il alors ?

« Pour toi, répéta Stan. Mais si je n'avais pas essayé cela, rien ne serait arrivé. Parce que... il y a eu ton frère, Bill ; mais moi je n'ai rien. » Il regarda autour de lui, tout d'abord en direction du salon, dans lequel régnait maintenant une atmosphère sombre, brunâtre, si dense et brumeuse qu'ils distinguaient à peine la porte par laquelle ils étaient entrés ; puis ses regards revinrent dans le corridor, où il faisait clair, mais d'une clarté appauvrie, sale, avec quelque chose de totalement dément. Les elfes, sur le papier peint moisi, cabriolaient entre les cascades de rosiers. Le soleil brillait sur les vitres, à l'autre bout du hall, et Ben sut que s'ils se rendaient jusque-là, ils trouveraient des mouches mortes... des morceaux de verre brisé... et puis quoi ? Le plancher s'écarterait, les faisant basculer dans des ténèbres mortelles où des doigts crochus n'attendaient que de les saisir ? Stan avait raison ; Dieu, pourquoi étaient-ils donc venus dans son antre sans rien d'autre que deux stupides billes d'argent et une fronde de merde ?

Il vit la panique de Stan sauter de l'un à l'autre, semblable à un incendie de prairie attisé par un vent brûlant ; elle s'élargit dans les yeux d'Eddie, fit tomber la mâchoire de Bev en un hoquet blessé et contraignit Richie à repousser à deux mains ses lunettes sur son nez, puis à regarder autour de lui comme s'il avait été poursuivi par le démon.

Ils restaient là, tremblants, sur le point de s'enfuir, l'avertissement de Bill déjà presque oublié, n'entendant plus que le vent de panique qui hurlait à leurs oreilles. Comme dans un rêve, Ben crut percevoir la voix de Miss Davies, l'assistante bibliothécaire, qui lisait pour les tout-petits : *Qui heurte si fort à ma porte ?* Et il les vit, tous les bambins, penchés en avant, le visage calme et sérieux, leurs yeux reflétant l'éternelle fascination provoquée par les contes de fées : le monstre serait-il vaincu, ou bien aurait-il sa pâture ?

« Je n'ai rien, rien du tout ! » gémit Stan Uris, qui parut soudain très petit, si petit qu'il aurait presque pu passer par l'une des fentes du plancher, comme une lettre humaine. « Toi tu as ton frère, mon vieux, moi je n'ai rien !

— Si, tu as quelque ch-chose ! » cria à son tour Bill qui attrapa Stan de telle façon que Ben crut qu'il allait lui en balancer une dans la figure ; et dans sa tête, il le supplia : *Non, Bill, je t'en prie, ce sont les méthodes de Henry, si tu fais un truc pareil, Ça va nous tuer sur-le-champ !*

Mais Bill ne frappa pas Stan. Il lui fit faire sèchement demi-tour et arracha de sa poche le livre des oiseaux.

« Rends-moi ça ! » hurla Stan en se mettant à pleurer. Les autres restaient là, frappés de stupeur, avec un mouvement de recul pour ce nouveau Bill dont les yeux paraissaient jeter des flammes. Son front brillait comme une lampe et il brandissait le livre de Stan comme un prêtre la croix destinée à repousser un vampire.

« T-Tu a-a-as tes o-oi-oi-oi... »

Il redressa la tête ; dans son cou, les tendons saillaient et sa pomme d'Adam avait l'air d'une pointe de flèche fichée dans sa gorge. Ben se sentit pris à la fois de peur et d'une pitié débordante pour son ami Bill Denbrough ; mais il éprouvait également un intense soulagement. Aurait-il douté de Bill ? Auraient-ils tous douté de lui ? *Oh, Bill, dis-le, je t'en supplie, Bill, ne peux-tu pas le dire ?*

Et finalement, il y arriva : « Tu as t-tes oi-oiseaux, tes OI-OISEAUX ! »

Il jeta le livre dans les mains de Stan qui s'en empara, regardant Bill d'un air stupide. Des larmes brillaient sur ses joues. Il serrait tellement l'ouvrage qu'il en avait les doigts blancs. Bill le regarda, puis regarda les autres.

« V-Venez, dit Bill.

— Est-ce que les oiseaux vont marcher ? demanda Stan d'une voix basse et enrouée.

— Ils ont bien marché dans le château d'eau, non ? » lui fit remarquer Beverly.

Stan lui jeta un regard incertain.

Richie lui donna une claque sur l'épaule. « Allons, Stanec le Mec. Sommes-nous un homme ou une souris ?

— Je dois être un homme, répondit Stan d'une voix tremblante en s'essuyant les mains du revers de la main gauche. Et pour ce que j'en sais, les souris ne font pas dans leur froc ! »

Ils rirent tous, et Ben aurait juré avoir senti la maison se rétracter, s'éloigner de ce son joyeux. Mike se tourna. « La grande pièce ! Celle par laquelle nous venons de passer ! Regardez ! »

Ils regardèrent. Le salon était maintenant presque totalement noir. Ce n'était ni de la fumée, ni aucune sorte de gaz ; rien que des ténèbres, des ténèbres dotées d'une consistance presque solide. Elles semblaient onduler et se contracter, comme une gelée qui aurait pris sous leurs yeux.

« V-Venez ! »

Ils tournèrent le dos aux ténèbres et avancèrent dans le corridor. Trois portes s'y ouvraient : deux avec des boutons de porte en porcelaine, sales, et la troisième dépouillée de son système de fermeture, dont ne restait que le trou. Bill saisit la première poignée, la tourna et poussa la porte. Bev, juste à côté de lui, leva la fronde.

Ben suivit, imité par les autres qui se massaient autour de Bill comme un vol de cailles apeurées. La pièce était une chambre — à en juger par le matelas taché qui en était le seul mobilier. Les ressorts d'un sommier disparu depuis longtemps avaient laissé leur empreinte sur la toile jaunâtre du matelas. De l'autre côté de la fenêtre, les tournesols s'inclinaient et hochaient la tête.

« Il n'y a rien... », déclara Bill, au moment où le matelas se mit à s'agiter de gonflements rythmiques. Soudain, il se déchira par le milieu. Un fluide noir et gluant commença à s'en écouler, salissant le matelas, puis à se diriger vers la porte, en étirant de longues vrilles poisseuses.

« Ferme cette porte, Bill ! cria Richie. Ferme cette putain de porte ! »

Bill la claqua violemment, les regarda tous et hocha la tête. « Venez ! » À peine avait-il touché le deuxième bouton de porte — de l'autre côté, cette fois, de l'étroit corridor — que s'élevait, derrière le contre-plaqué, un gémissement comme un bourdonnement.

9

Bill lui-même eut un mouvement de recul devant ce cri inhumain. Ben eut l'impression qu'il pouvait devenir fou ; il s'imaginait un grillon géant tapi derrière la porte, comme dans ces films où la radioactivité transforme les insectes en animaux géants — *The Beginning of the End*, peut-être, ou *The Black Scorpion*, ou encore celui sur les fourmis qui envahissent les égouts de Los Angeles. Il aurait été incapable de courir, même si cette horreur au bourdonnement rugueux avait fait éclater les panneaux de la porte et commencé à le caresser avec ses grandes pattes poilues. Il sentait Eddie, à côté de lui, qui respirait en hoquets entrecoupés.

Le cri se fit plus aigu, sans rien perdre de son timbre de bourdonnement d'insecte. Bill recula d'un autre pas, pâle comme un linge, les yeux exorbités, les lèvres réduites à une cicatrice violette sous le nez.

« Tire, Beverly ! s'entendit crier Ben. Tire à travers la porte, tire avant qu'il nous chope ! » La lumière qui tombait de la fenêtre sale, à l'autre bout du couloir, avait quelque chose de pesant et de fiévreux.

Beverly tendit la fronde comme une fille dans un rêve tandis que le bourdonnement devenait plus fort, plus fort, plus fort.

Mais avant qu'elle eût fini son mouvement, Mike lui cria : « Non ! Non ! Ne tire pas, Bev ! Ô Seigneur ! J'ai failli me faire avoir ! » Chose incroyable, il riait en disant cela. Il s'avança, saisit la poignée et poussa. La porte se dégagea avec un bref grincement de son encadrement gonflé d'humidité. « C'est juste un sifflet à orignaux ! Un simple sifflet à orignaux ! C'est tout, un truc pour faire peur aux corbeaux ! »

La pièce n'était qu'un cube vide. Sur le plancher, gisait le cylindre d'une boîte de conserve vide dont les deux couvercles avaient été découpés. Au milieu, tendue sur deux axes fichés dans des trous percés sur les côtés, il y avait une corde enduite de cire. Bien qu'il n'y eût pas le moindre souffle d'air dans la salle — l'unique fenêtre, fermée, était en outre aveuglée de planches clouées n'importe comment, qui laissaient filtrer ici et là des rayons de soleil —, le bourdonnement provenait sans aucun doute de cette boîte.

Mike entra et alla lui donner un vigoureux coup de pied. Le bourdonnement s'interrompit et la boîte valsa jusque dans le coin de la pièce.

« Un vulgaire sifflet à orignaux, dit-il aux autres, comme s'il s'excusait. On en met contre les corbeaux. C'est rien. Rien qu'une blague minable. J' suis pas un corbeau. » Il regarda Bill et s'il ne riait plus, il souriait encore. « J'ai toujours peur de Ça, comme tout le monde, je suppose, mais Ça a aussi peur de nous. Et à dire la vérité, je crois que Ça a même une sacrée frousse.

— M-Moi aussi, j-je le c-crois », dit Bill.

Ils se rendirent jusqu'à la dernière porte du corridor, et tandis que Ben regardait Bill introduire un doigt dans l'orifice de l'axe du bouton de porte absent, il comprit que c'était ici que tout allait se jouer ; ce n'était pas quelque stupide plaisanterie qui les attendait derrière cette porte. L'odeur ne faisait qu'empirer, et l'impression parfumée au tonnerre de deux puissances opposées tourbillonnant autour d'eux se faisait plus forte. Il jeta un coup d'œil à Eddie, avec son bras en écharpe, qui étreignait l'inhalateur de sa bonne main ; il regarda Bev de l'autre côté qui, le visage de craie, tenait sa fronde comme l'os de chance d'un poulet. Il pensa : *S'il faut nous enfuir, j'essaierai de te protéger, Beverly. Je jure que j'essaierai.*

On aurait dit qu'elle avait senti sa pensée, car elle se tourna vers lui et lui adressa un sourire contraint, que Ben lui rendit.

Bill ouvrit la porte. Les gonds émirent un grincement sinistre puis se turent. C'était une salle de bains… mais il y avait quelque chose qui n'allait pas. *Quelqu'un a dû casser quelque chose là-dedans,* fut la seule conclusion qui vint tout d'abord à l'esprit de Ben. *Pas une bouteille de gnole… Quoi ?*

Des éclats et des échardes, de couleur blanche, parés d'inquiétants reflets, gisaient sur le sol, éparpillés partout. Puis il comprit. C'était l'énormité qui couronnait le tout. Il rit, imité par Richie.

« On dirait que quelqu'un a lâché l'ancêtre de tous les pets », remarqua Eddie. Mike acquiesça avec un petit rire.

Les débris blancs qui jonchaient le sol étaient des fragments de porcelaine. La cuvette des toilettes avait explosé ; le réservoir baignait dans une flaque d'eau et n'avait évité un effondrement total que parce qu'il se trouvait coincé dans un angle de la pièce où il était resté, de guingois.

Ils se regroupèrent derrière Bill et Beverly, leurs chaussures écrasant les restes de porcelaine. *Je ne sais pas comment cela s'est passé, mais ces pauvres chiottes ont dégusté,* pensa Ben. Il imagina Henry Bowers jetant deux ou trois de ses M-80 dedans, rabaissant le couvercle et prenant la poudre d'escampette. En dehors de la dynamite, il ne voyait vraiment pas ce qui avait pu produire un tel cataclysme. Il y avait quelques débris plus gros, mais en bien petit nombre ; pour l'essentiel, on ne voyait que de minuscules éclats effilés et tranchants. Le papier mural — cascades de roses et elfes, comme dans le corridor — était grêlé de trous tout autour de la pièce ; on aurait dit qu'il avait subi le feu d'un fusil de chasse tirant du petit plomb, mais Ben savait que ce n'était que des débris de porcelaine que la force de l'explosion avait enfoncés dans le mur.

Il y avait une baignoire trônant sur des pieds de griffon, avec des générations de crasse déposées entre les griffes grossières. Bill jeta un coup d'œil dedans et y découvrit un dépôt bourbeux desséché, comme si, après une marée basse, la mer n'était jamais remontée. Une pomme de douche rouillée la surplombait. Un lavabo, surmonté d'une armoire à pharmacie aux portes entrouvertes exhibant des étagères vides, s'appuyait contre un mur. On voyait des ronds couleur de rouille sur ces étagères, à l'endroit où avaient été posés flacons et fioles.

« Je ne m'approcherai pas trop de ce truc, Grand Bill », fit Richie d'une voix tendue, et Ben tourna la tête.

Bill se dirigeait vers le trou, dans le sol, au-dessus duquel s'était auparavant trouvé le siège des toilettes. Il s'inclina au-dessus... puis se retourna vers les autres.

« On en-entend le b-bruit des ma-machines de p-pompage, c-co-comme dans les F-Friches ! »

Bev se rapprocha de Bill, et Ben la suivit ; oui, il pouvait l'entendre, ce bourdonnement régulier. Sauf que l'écho qui se répercutait dans la tuyauterie n'évoquait nullement un bruit de machine. Ce bourdonnement semblait émis par quelque chose de vivant.

« C'est d-de là qu'il v-vient », dit Bill. Il avait toujours la figure d'une pâleur mortelle, mais une lueur d'excitation brillait dans ses yeux. « C'est de l-là qu'il est v-venu ce j-jour-là, et c'est de là qu'il est t-toujours ve-venu ; des t-tuyaux d'évacuation ! »

Richie rectifia : « On était dans la cave, mais ce n'est pas de là qu'il est arrivé, puisqu'il est descendu par l'escalier.

— Et c'est Ça qui a provoqué cette explosion ? demanda Beverly.

— À m-mon avis il était p-pressé », répondit gravement Bill.

Ben regarda dans le conduit. Il faisait trente centimètres de diamètre et était aussi noir qu'un puits de mine. Une croûte de matière dont il préférait ignorer la provenance exacte recouvrait la paroi intérieure de la céramique. Le bourdonnement sourd avait quelque chose d'hypnotique... et soudain, il vit quelque chose ; non pas avec ses yeux, matériellement, mais avec un sens profondément enfoui dans son esprit.

Ça se précipitait vers eux, se déplaçant à la vitesse d'un train express, remplissant d'un bord à l'autre le sombre conduit. C'était sous sa forme réelle, quelle qu'elle fût, que Ça fonçait, maintenant. Ça prendrait une forme tirée de leur esprit le moment venu. Ça venait, venait des noires catacombes, de son antre ignoble sous la terre, une lueur féroce de prédateur dans ses yeux d'un jaune verdâtre. Ça venait, venait.

Puis, tout d'abord comme deux étincelles, Ben aperçut ses yeux dans l'obscurité. Ils prirent forme, flamboyants, mauvais. Un autre son vint se superposer au bourdonnement de machine. *Whoooooooooo...* L'ouverture déchiquetée de l'évacuation éructa une odeur nauséabonde, et il fit un bond en arrière, toussant et s'étouffant.

« Ça vient, hurla-t-il, je l'ai vu, Bill, Ça vient ! »

Beverly mit la fronde en position. « Bien », dit-elle.

Ce fut une explosion à la bouche de la tuyauterie. Ben, lorsqu'il tenta plus tard de se souvenir de cette première confrontation, n'arriva à se rappeler que d'une vague forme couleur orange argenté et changeante. Elle n'avait rien d'un spectre ; elle était solide, mais il sentait la présence d'autre chose, d'une forme ultime derrière Ça... si ce n'est que ses yeux ne pouvaient saisir ce qu'ils voyaient, en tout cas pas avec précision.

C'est alors que Richie trébucha en reculant, une expression de terreur répandue sur le visage, et se mit à répéter en s'égosillant : « Le loup-garou, Bill ! Le loup-garou ! C'est le loup-garou ! » Et soudain cette forme devint réelle pour Ben et pour tous les autres.

Le loup-garou se tenait au-dessus de l'évacuation, un pied posé sur chaque bord. Au milieu de ce visage animal, deux yeux les regardaient ou plutôt les fusillaient. Ses babines se retroussaient et une écume d'un blanc jaunâtre se mit à dégouliner entre ses crocs. Il émit un hurlement assourdissant. Ses bras se tendirent en direction de Beverly, et les manches de son blouson d'étudiant remontèrent sur ses avant-bras couverts de poils. Son odeur brûlante et brutale avait quelque chose de meurtrier.

Beverly hurla à son tour. Ben la saisit par le dos de sa blouse et tira si violemment que les coutures cédèrent sous les bras. Une main griffue vint balayer l'air à l'endroit exact où elle se trouvait l'instant auparavant. Beverly partit à reculons et en trébuchant contre un mur. La bille d'argent surgit du cuir de la fronde, brillant pendant une brève seconde avant de tomber vers le sol. Mike, rapide comme l'éclair, la rattrapa au moment où elle l'effleurait et la lui rendit.

« Descends-moi Ça, ma poulette, dit-il d'une voix parfaitement calme, presque sereine. Descends-moi Ça tout de suite. »

Le loup-garou poussa un deuxième rugissement encore plus assourdissant que le premier, qui se transforma en un ululement à faire dresser les cheveux sur la tête, le museau tourné vers le plafond.

Puis le ululement devint un rire. Il tendit un bras vers Bill au moment où celui-ci se tournait pour regarder Beverly. Ben lui donna une bourrade pour l'écarter, et Bill alla s'étaler.

« Tire, Bev ! brailla Richie. Pour l'amour de Dieu, tire ! »

Le loup-garou fit un bond en avant et pour Ben il fut évident (sentiment qu'il conserva toujours) qu'il savait parfaitement qui était le chef de leur groupe. C'est sur Bill qu'il se jeta. Beverly tendit sa fronde et tira. La bille fila dans une mauvaise direction, mais le miracle de la trajectoire qui s'incurvait ne se produisit pas. Elle manqua Ça de plus de trente centimètres et fit un trou dans le papier mural au-dessus de la baignoire. Bill, les bras saupoudrés de débris de porcelaine et saignant par une douzaine de plaies différentes, lança une malédiction tonitruante.

Le loup-garou tourna brusquement la tête ; il examina Beverly de

ses yeux verts brillants. Sans réfléchir, Ben alla se placer devant elle
tandis qu'elle fouillait dans sa poche pour prendre la deuxième bille
d'argent. Elle portait un jean trop serré. Il ne s'agissait pas de
provocation de sa part ; c'était simplement comme ça (comme pour le
short un peu trop court qu'elle portait le jour de la mort de Patrick
Hockstetter). Ses doigts glissèrent une première fois sur la bille
d'argent ; elle la saisit de nouveau, retourna sa poche en tirant et
éparpilla quatorze cents, deux billets d'entrée usagés pour l'Aladdin
et une certaine quantité de ces débris mystérieux qui s'accumulent
dans les coutures des poches.

Le loup-garou s'avança alors sur Ben qui se tenait devant elle,
protecteur... et lui bloquait son angle de tir. Ça tenait sa tête avec
l'attitude prédatrice et mortelle de l'attaque ; ses mâchoires claquaient. Ben le frappa à l'aveuglette. Dès cet instant, aurait-on dit, il
n'y eut plus de place pour la terreur dans ses réactions ; il ressentait
au contraire une sorte de colère lucide mêlée d'une immense
stupéfaction, et avait le sentiment que, de manière incompréhensible,
le temps venait brusquement de s'arrêter. Ses mains s'enfoncèrent
dans un crin épais — sa fourrure, pensa-t-il, je touche la fourrure de
Ça — sous lequel il sentit les os épais du crâne. Il repoussa de toute sa
force cette tête lupine, sans le moindre effet. S'il n'avait pas trébuché
en arrière (allant heurter le mur), la chose lui aurait ouvert la gorge
d'un coup de dents.

Ça vint sur lui, le flamboiement jaunâtre rallumé dans ses yeux
verts, rugissant à chaque respiration. Il dégageait une puanteur
d'égout mais aussi de quelque chose d'autre, odeur sauvage et
néanmoins désagréable de noisettes pourrissantes. L'une de ses
lourdes pattes s'éleva et Ben l'esquiva du mieux qu'il put. Les grosses
griffes ouvrirent des sillons dans le papier mural ainsi que dans le
plâtre en dessous, aussi mou que du fromage. Il entendit vaguement
Richie qui hurlait quelque chose, tandis qu'Eddie, d'une voix
suraiguë, disait à Beverly de tirer sur Ça. Mais Beverly ne tirait pas.
Cette bille était sa dernière chance ; peu importait : il s'agissait de
n'avoir besoin que de celle-là. Sa vision acquit soudainement une
froide clarté, un phénomène unique qui ne se reproduisit jamais pour
elle. Toute chose lui apparaissait avec une précision absolue dans ses
trois dimensions. Elle maîtrisait chaque nuance colorée, chaque
angle, chaque intervalle d'espace. Sa peur s'était évanouie. Elle
n'éprouvait que cette simple convoitise du chasseur pour la consom-
mation finale quand il est sûr de son coup. Son pouls s'était ralenti.
Le tremblement hystérique qui avait agité la main qui étreignait la
Bullseye cessa, pour laisser la place à une saisie ferme et assurée. Elle

inspira profondément, et on aurait dit que ses poumons ne se rempliraient jamais complètement. Lointain et vague, le bruit lui parvint de petites explosions. Peu importait, peu importait. Elle se tourna vers la gauche, attendant que la tête improbable du loup-garou tombât exactement au milieu de la fourche de la fronde et du V étiré des deux gros élastiques.

Toutes griffes dehors, la patte s'abattit de nouveau. Ben fit ce qu'il put pour y échapper, mais se retrouva brusquement pris dans une poigne puissante qui se mit à le secouer comme s'il n'était qu'une poupée de chiffons. Les lourdes mâchoires s'ouvrirent en claquant.

« Salopard ! »

Ben enfonça un pouce dans l'un des yeux de Ça, qui poussa un mugissement de douleur tandis que de son autre patte il déchirait la chemise du garçon. Celui-ci rentra le ventre tant qu'il put, mais l'une des griffes ouvrit une longue entaille brûlante sur son buste ; du sang s'écoula sur son pantalon, ses chaussures de sport et jusque sur le sol. Le loup-garou le jeta alors dans la baignoire. Ben se cogna la tête, vit des étoiles, se débattit pour reprendre la position assise et s'aperçut qu'il avait du sang partout.

Le loup-garou fit brusquement demi-tour. Avec toujours la même lucidité démente, Ben remarqua qu'il portait un jean Levi-Strauss décoloré dont les coutures avaient craqué. Un gros mouchoir rouge raide de mucosités, du genre de ceux qui servent de foulards aux mécaniciens de locomotive, pendait de sa poche arrière. Sur le dos de son blouson d'université, on lisait : ÉQUIPE DES TUEURS DU LYCÉE DE DERRY. En dessous : GRIPPE-SOU. Et au milieu un numéro : 13.

Ça s'attaqua de nouveau à Bill, qui s'était remis debout ; appuyé contre le mur, il le regardait sans ciller.

« Mais tire donc, Beverly ! hurla de nouveau Richie.

— Bip-bip, Richie ! » s'entendit-elle répondre d'une distance qui s'évaluait au moins en milliers de kilomètres. Et la tête du loup-garou s'encadra soudain dans la fourche de la fronde ; elle cacha l'un des yeux verts avec le cuir et lâcha. Elle ne ressentit pas la moindre secousse ; elle avait tiré avec autant de souplesse et de naturel que le jour où ils s'étaient tous entraînés, dans la décharge, à viser de vieilles boîtes de conserve pour voir qui serait le meilleur.

Ben eut tout juste le temps de penser : *Oh Beverly, si tu le rates cette fois, on est tous foutus et je ne veux pas crever dans cette baignoire immonde dont je ne peux pas sortir.* Mais elle ne le manqua pas. Un œil rond — non pas vert mais d'un noir absolu — s'ouvrit soudain haut dans son museau : elle avait frappé à moins de deux centimètres à peine de l'œil droit qu'elle avait visé.

Son cri — un cri presque humain où se mêlaient surprise, douleur, peur et rage — fut assourdissant. Ben en eut les oreilles qui tintèrent. Puis le trou noir parfaitement rond disparut, inondé de sang. Un sang qui ne coulait pas simplement mais jaillissait de la plaie comme jaillit l'eau d'une conduite forcée. Le jet noya le visage et les cheveux de Bill sous un flot de sang. *Ça n'a pas d'importance*, pensa follement Ben. *Ne t'en fais pas, Bill. Personne ne pourra le voir quand nous serons sortis d'ici. Si nous en sortons jamais.*

Bill et Beverly avancèrent sur le monstre, tandis que derrière eux, d'une voix hystérique, Richie criait : « Tire encore, Beverly, tue Ça !

— Tue Ça ! rugit à son tour Mike.

— Oui, tue Ça ! fit Eddie de sa voix aiguë.

— Tue Ça ! » gronda Bill, la bouche étirée en un arc renversé par son ricanement. De la poussière de plâtre, d'un blanc jaunâtre, striait ses cheveux roux. « Tue Ça, Beverly, ne le laisse pas échapper. »

Plus de munitions, pensa alors Ben. *Plus une seule bille. De quoi parlez-vous donc ?* Mais il regarda Beverly et comprit. Si son cœur ne lui avait déjà appartenu, il aurait été instantanément conquis ce jour-là. Elle avait de nouveau tendu la fronde ; ses doigts, refermés sur le cuir, dissimulaient le fait qu'il était vide.

« Tue Ça ! » cria à son tour Ben en se hissant maladroitement par-dessus le rebord de la baignoire. Son jean et son caleçon étaient imbibés de sang ; il n'avait aucune idée de la gravité de sa blessure. L'impression de brûlure avait été fugitive, et depuis la plaie ne lui faisait pas très mal ; mais il pissait une impressionnante quantité de sang.

Les yeux verdâtres du loup-garou allaient de l'un à l'autre ; on y lisait maintenant autant d'incertitude que de souffrance. Un flot de sang coulait sur le devant de son blouson.

Bill Denbrough sourit. Un sourire doux, plutôt charmant... à condition de ne pas regarder ses yeux. « Tu n'aurais jamais dû toucher à mon frère, dit-il. Envoie-moi cette ordure au diable, Beverly. »

L'incertitude quitta le regard de la créature : Ça les croyait, maintenant. Avec un mouvement souple et gracieux, Ça tourna et plongea dans le trou d'évacuation, se transformant pendant l'opération. Le blouson du lycée de Derry se fondit dans son pelage, lequel perdit toute couleur. La forme de son crâne s'allongea, comme s'il avait été fait d'une cire qui serait en train de s'assouplir et de fondre. Sa silhouette générale changea. Pendant un instant, Ben crut bien qu'il avait été sur le point de voir quelle était réellement sa forme, et il sentit son cœur s'arrêter dans sa poitrine tandis qu'un hoquet bloquait sa respiration.

« Je vous tuerai tous ! » rugit une voix dans l'évacuation. Une voix épaisse, sauvage, nullement humaine. « Tuerai tous... Tuerai tous... Tuerai tous... » Les mots s'estompèrent, se brouillèrent, diminuèrent, s'éloignèrent... et finirent par se fondre avec le ronronnement bas et grave des stations de pompage qui emplissait les conduits.

La maison parut reprendre sa position, avec un choc aux limites de l'audible. Mais elle ne reprenait pas simplement position, se rendit compte Ben : d'une manière étrange, elle rétrécissait, retrouvait sa taille normale. La magie employée par Ça pour faire paraître plus grande la maison du 29, Neibolt Street ne jouait plus. La maison se rétracta comme un élastique. Ce n'était plus qu'une baraque ordinaire, maintenant, sentant le moisi et pourrissante, une baraque sans mobilier où les ivrognes et les clochards venaient parfois boire, parler et dormir à l'abri de la pluie.

Ça était parti.

Dans son sillage, le silence paraissait très bruyant.

10

« Il f-faut qu'on s-sorte d'i-ici », dit Bill. Il se dirigea vers Ben qui essayait de se relever et saisit l'une des mains qu'il lui tendait. Beverly se tenait près du trou d'évacuation. Elle s'examina et toute la froideur qui s'était emparée d'elle disparut, emportée par une vague qui la drapa d'une chaleur retrouvée. Elle avait réellement pris une très profonde inspiration. Les petits bruits d'explosion qu'elle avait vaguement entendus étaient venus des boutons de sa blouse qui tous, sans exception, avaient sauté. Les pans s'étaient écartés et révélaient nettement sa poitrine naissante. Elle les referma vivement.

« R-R-Richie, dit Bill, v-viens m'aider a-avec B-Ben. Il est... »

Richie obtempéra, imité par Mike et Stan ; à tous les quatre, ils remirent Ben sur ses pieds. Eddie était allé rejoindre Beverly et avait passé, maladroitement, un bras autour de ses épaules. « Tu as été formidable », lui dit-il. Elle éclata en larmes.

Ben fit deux grandes enjambées titubantes jusqu'au mur, contre lequel il s'appuya pour ne pas s'effondrer de nouveau. La tête lui tournait, comme si elle était trop légère ; le monde perdait ses couleurs pour les retrouver l'instant d'après, et il se sentait sur le point de vomir.

Puis il y eut le bras de Bill autour de ses épaules, solide et réconfortant.

« Est-ce q-que c'est gr-grave, M-Meule de Foin ? »

Ben s'obligea à regarder son estomac. Il trouva qu'accomplir ces deux gestes — ployer le cou et ouvrir les pans de sa chemise — lui demandait plus de courage que ce qu'il lui en avait fallu pour entrer dans la maison. Il s'attendait à voir ses entrailles pendre comme un pis grotesque. Au lieu de cela, il s'aperçut que le flot de sang s'était presque tari et se réduisait à un filet paresseux. L'entaille faite par le loup-garou était longue et assez profonde mais pas mortelle, apparemment.

Richie s'était approché ; il examina l'estafilade, qui suivait un tracé sinueux sur la poitrine de Ben et venait mourir sur le renflement supérieur de sa bedaine, puis il leva les yeux, l'expression sévère, sur son ami. « Un peu plus, et il se taillait des bretelles dans tes tripes, Meule de Foin. Savais-tu cela ?

— Arrête tes conneries, Richie. »

Les deux garçons se regardèrent, songeurs, pendant un long moment, puis éclatèrent en même temps d'un rire hystérique, s'arrosant mutuellement de postillons. Richie prit Ben dans ses bras et lui donna des claques dans le dos. « Nous l'avons eu, Meule de Foin ! Nous l'avons eu !

— N-Non, nous ne-ne l'avons pas eu, corrigea Bill, la mine sévère. C'est d-de la ch-chance que nous a-avons eue. B-Barrons-nous d'i-ici avant qu'il dé-décide de r-revenir.

— Où ? demanda Mike.

— Dans les F-Friches. »

Beverly s'approcha d'eux, retenant toujours sa blouse par la main ; elle avait les joues écarlates. « Au Club ? »

Bill acquiesça.

« Est-ce que quelqu'un peut me passer une chemise ? » demanda-t-elle, rougissant de plus belle. Bill lui jeta un coup d'œil et le sang lui monta brusquement au visage. Il détourna à la hâte son regard, mais cet instant avait suffi pour que Ben comprenne et ressente de la jalousie ; oui, il avait suffi de cette brève seconde pour que Bill prenne conscience d'elle d'une manière que jusqu'ici seul Ben avait perçue.

Les autres aussi avaient regardé et détourné les yeux. Richie se mit à tousser, la main devant la bouche. Stan devint tout rouge. Et Mike Hanlon recula d'un ou deux pas comme si la vue du renflement latéral de cette petite poitrine que la main de Beverly ne dissimulait pas entièrement lui avait fait peur.

Beverly releva la tête, secouant ses cheveux ébouriffés pour les rejeter en arrière. Elle rougissait toujours, mais son visage n'en était pas moins ravissant.

« J'y peux rien si je suis une fille, dit-elle, et si je commence à... changer du haut... Bon, est-ce que quelqu'un veut bien me prêter sa chemise ?

— B-Bien sûr », dit Bill, qui fit passer son T-shirt blanc par-dessus sa tête, découvrant une poitrine étroite, des côtes bien visibles et des épaules couvertes de taches de rousseur. « Tiens.

— Merci, Bill », dit-elle ; et pendant un court instant, brûlant, fumant, leurs regards se rencontrèrent. Bill ne détourna pas les yeux, cette fois ; son expression était ferme, adulte.

« A-Avec plaisir », dit-il.

Bonne chance, Grand Bill, songea Ben qui se tourna pour ne plus voir ce regard. Il lui faisait mal, mal en un endroit bien plus profond que ce que serait capable d'atteindre n'importe quel vampire ou loup-garou. Mais cela ne l'empêchait pas de ressentir quelque chose comme un sentiment de propriété. Il ignorait par quelle expression le traduire, mais l'idée en était claire. Les observer pendant qu'ils se regardaient ainsi aurait été aussi indécent que de regarder les seins de Beverly pendant qu'elle lâchait les pans de sa blouse pour enfiler le T-shirt de Bill. *Puisqu'il faut qu'il en soit ainsi. Mais jamais tu ne l'aimeras comme moi. Jamais.*

Le T-shirt de Bill lui descendait presque jusqu'aux genoux ; sans le jean qui dépassait, on aurait pu croire qu'elle ne portait qu'une petite culotte en dessous.

« P-Partons, p-partons, répéta Bill. Je n-ne sais p-pas pour vous, les m-mecs, mais moi, j-j'en ai m-ma claque pour la j-journée. »

Tous en avaient leur claque.

11

Une heure plus tard, ils se retrouvaient tous dans le Club souterrain, fenêtre et trappe ouvertes. Il faisait frais à l'intérieur, et le silence qui régnait ce jour-là sur les Friches était une bénédiction. Ils restaient assis, ne parlant guère, chacun perdu dans ses propres pensées. Richie et Bev firent circuler un paquet de Marlboro. Eddie prit une petite giclée de son inhalateur. Mike éternua à plusieurs reprises et s'excusa. Il expliqua qu'il prenait froid.

« C'est la sola cosa qué té capablé de prener, Señor ! » dit Richie, mais le cœur n'y était pas vraiment.

Ben continuait d'attendre que l'intermède délirant de la maison de Neibolt Street prenne les nuances atténuées d'un rêve. *Le souvenir va s'éloigner et s'éparpiller,* songeait-il, *comme un cauchemar. On se* réveille, *haletant et en sueur, mais un quart d'heure plus tard, on ne se rappelle même pas ce que l'on vient de rêver.*

Le phénomène, cependant, ne se produisit pas. Tout ce qui s'était passé, depuis le moment où il avait dû forcer son chemin par la fenêtre de la cave jusqu'à celui où Bill s'était servi de l'unique chaise de la cuisine pour démolir une fenêtre afin qu'ils pussent sortir, tout restait fixé, clair et précis, dans sa mémoire. Il ne s'était pas agi d'un rêve. La blessure sur son ventre et sa poitrine, avec son sang figé, n'était pas un rêve, et peu importait que sa mère la vît ou non.

Finalement Beverly se leva. « Il faut que je rentre à la maison. Je veux me changer avant que ma mère rentre. Si elle me voit avec un T-shirt de garçon, elle va me tuer.

— Té touer, Señorita, si, mais lento.

— Bip-bip, Richie. »

Bill la regardait, l'air grave.

« Je te rendrai ton T-shirt, Bill. »

Il acquiesça avec un geste de la main pour signifier que c'était sans importance.

« Tu ne vas pas te faire attraper, si tu rentres comme cela chez toi ?

— N-non. C'est à-à peine s'ils m-me remarquent quand j-je suis l-là. »

Beverly hocha la tête et se mordit la lèvre inférieure ; elle avait onze ans, était grande pour son âge et tout simplement ravissante.

« Qu'est-ce qu'on va faire, Bill ?

— J-Je sais p-pas.

— Ce n'est pas terminé, dis ? »

Bill secoua la tête.

« Il va vouloir plus que jamais nous avoir, maintenant, remarqua Ben.

— D'autres billes d'argent ? » lui demanda-t-elle. Il se rendit compte qu'il avait toutes les peines du monde à soutenir son regard. *Je t'aime, Beverly... laisse-moi au moins cela. Tu peux avoir Bill, le monde, tout ce que tu veux. Mais laisse-moi continuer de t'aimer, c'est tout, je crois que ce sera suffisant.*

« Je ne sais pas, dit Ben. On pourrait bien, mais... » Il ne finit pas sa phrase et haussa les épaules. Il n'arrivait pas à expliquer ce qu'il éprouvait, se sentait incapable de trouver les mots pour le dire — que c'était comme dans un film d'horreur et pourtant pas vraiment. La momie lui avait paru différente, à certains points de vue... des points de vue qui confirmaient sa réalité fondamentale. Il en allait de même avec le loup-garou : de cela il pouvait en témoigner, car il l'avait vu en un gros plan paralysant qui n'était pas du cinéma, même pas en cinémascope, même pas en relief ; il avait plongé les mains dans les crins ébouriffés de son pelage, il avait aperçu une petite lueur orange maléfique (comme un pompon !) briller dans l'un de ses yeux verts. Ces choses étaient... comment dire ?... des rêves concrétisés. Et une fois que de tels rêves accédaient à la réalité, ils échappaient à la maîtrise du rêveur et acquéraient une autonomie mortelle leur permettant d'agir indépendamment. La bille d'argent avait été efficace parce qu'ils partageaient tous les sept la conviction absolue qu'elle le serait. Mais elle n'avait pas tué Ça. Et la prochaine fois, Ça se présenterait sous une autre forme, sur laquelle les billes d'argent seraient sans aucun pouvoir.

Le pouvoir, le pouvoir, pensa Ben en regardant Beverly. Tout allait bien, maintenant. De nouveau, les yeux de la fillette et de Bill s'étaient croisés, et ils se regardaient, perdus en un même songe. Cela ne dura que quelques instants, qui parurent très longs à Ben.

On en revient toujours au pouvoir. J'aime Beverly Marsh, et elle détient un pouvoir sur moi. Elle aime Bill Denbrough et il détient un pouvoir sur elle. Mais — je crois — il commence à l'aimer. Peut-être cela est-il venu de son visage, de l'expression qu'elle a eue quand elle a dit qu'elle n'y pouvait rien si elle était une fille. Peut-être était-ce d'avoir aperçu l'un de ses seins pendant une seconde. Peut-être est-ce simplement son aspect dans un certain éclairage, ou ses yeux. Ça n'a pas d'importance. Mais s'il commence à l'aimer, elle commence aussi à détenir un certain pouvoir sur lui. Superman a du pouvoir, sauf lorsqu'il y a de la kryptonite dans le secteur. Batman a du pouvoir, mais malgré tout il ne peut ni voler, ni regarder à travers les murs. Ma mère détient du pouvoir sur moi, et son patron, à l'usine, détient du pouvoir sur elle. Tout le monde en détient un peu... sauf peut-être les petits enfants et les bébés.

Puis il se fit la remarque que même les petits enfants et les bébés détenaient du pouvoir ; ils pouvaient pleurer jusqu'à ce que l'on agisse pour les faire taire.

« Ben ? l'interpella Beverly. Le chat t'a mangé la langue ?

— Hein ? Ah, non. Je réfléchissais au pouvoir. Au pouvoir des billes. »

Bill l'observait attentivement.

« Je me demandais d'où leur venait ce pouvoir, dit Ben.

— I-I-Il v-... », commença Bill, qui ne poursuivit pas. Son visage prit une expression songeuse.

« Cette fois, il faut vraiment que je parte, dit Beverly. On se revoit tous, hein ?

— Bien sûr, dit Stan. Reviens demain. On cassera le deuxième bras d'Eddie. »

Tout le monde rit ; Eddie fit semblant de lancer son inhalateur sur Stan.

« Eh bien, salut ! » dit Beverly en se hissant par la trappe.

Ben regarda Bill et s'aperçut qu'il ne s'était pas joint aux rires des autres. Il arborait toujours la même expression songeuse, et Ben comprit qu'il allait devoir l'appeler deux ou trois fois avant d'obtenir une réponse. Il savait à quoi pensait Bill. Il y penserait lui-même au cours des jours à venir. Pas tout le temps, non. Il y aurait le linge à étendre et à rentrer pour sa mère, les jeux dans les Friches et des parties démentes de Parcheesi au cours des quatre premiers jours d'août, à cause d'une pluie battante, dans la maison de Richie Tozier. Sa mère lui annoncerait que Pat Nixon était à son avis la plus jolie femme des États-Unis et aurait une réaction horrifiée lorsque Ben porterait son choix sur Marilyn Monroe (en dehors de la couleur des cheveux, il trouvait que Bev ressemblait à Marilyn Monroe). Il aurait le temps de dévorer toutes les confiseries sur lesquelles il pourrait mettre la main — Twinkies, Ring-Dings, Devil Dogs — et le temps de rester assis sous le porche à lire *Lucky Starr and the Moons of Mercury*. Il aurait le temps pour toutes ces choses pendant que guérirait la blessure sur son buste et son ventre — se transformant en une cicatrice qui se mettrait à le démanger —, parce que la vie continuait et qu'à onze ans, aussi brillant et doué que l'on soit, on n'a pas encore le sens des perspectives. Il pouvait continuer à vivre après ce qui s'était passé au 29, Neibolt Street. Le monde, après tout, était rempli de merveilles.

Mais il y avait ces étranges moments, ces arrêts dans le temps pendant lesquels il exhumait de nouveau les questions pour les examiner : le pouvoir des billes, le pouvoir de l'argent — d'où un tel pouvoir pouvait-il provenir ? D'où provenait le pouvoir, quelque forme qu'il prît ? Comment l'obtenait-on ? Comment s'en servait-on ?

Il lui semblait que c'était leur vie même qui dépendait peut-être de la réponse à ces questions. Une nuit, alors que le sommeil commençait à le gagner et tandis que la pluie produisait son crépitement régulier et apaisant sur le toit et contre les fenêtres, il lui vint à l'esprit qu'il existait une autre question, laquelle était peut-être la seule question, au fond. Ça possédait une forme réelle ; il avait presque réussi à voir Ça sous cette forme ultime. Voir sa forme était découvrir son secret. Cela était-il également vrai du pouvoir ? C'était possible. Car n'était-il pas vrai que le pouvoir, comme Ça, avait le don de transformation ? Qu'il s'agisse d'un bébé se mettant à pleurer au milieu de la nuit, d'une bombe atomique, d'une bille d'argent, de la manière dont Beverly regardait Bill ou de la manière dont celui-ci lui rendait son regard.

En fin de compte, le pouvoir, qu'est-ce que c'était exactement ?

12

Rien de bien remarquable ne se produisit au cours des deux semaines suivantes.

DERRY

QUATRIÈME
INTERMÈDE

Faut bien perdre,
On peut pas gagner tout le temps
Faut bien perdre,
On peut pas gagner tout le temps, non ?
Je sais, mignonne,
Les embêtements se pointent.

John Lee Hooker
You Got to Lose

Je vais vous dire un truc, chers amis et voisins : je suis fin saoul ce soir. Rond comme une balle. Whisky, bourbon, etc. Suis descendu chez Wally's, et c'est là que j'ai démarré. Puis j'ai été dans la boutique de Central Street une demi-heure avant la fermeture et je me suis offert une bouteille de whisky. Je sais ce que je fais. Je bois à bon marché ce soir, je paierai cher demain. Voilà le tableau : un nègre ivre, installé dans une bibliothèque après la fermeture, ce cahier ouvert en face de lui et la bouteille d'Old Kentucky à sa gauche. « Dis la vérité, et honte au diable ! » avait l'habitude de dire ma mère, mais il y a des moments où l'on ne peut faire honte à Mr. Piedfourchu pour qu'il reste sobre. Les Irlandais le savent, mais ce sont bien entendu les nègres blancs de Dieu, et qui sait, ils ont peut-être un point d'avance.

J' veux écrire sur la boisson et sur le diable. Vous vous souvenez de *L'Île au trésor* ? Le vieux loup de mer, l'amiral Benbow ? « *We'll do'em yet, Jacky !* » Je suis prêt à parier que le vieux saligaud y croyait. Avec le plein de rhum — ou de whisky —, on peut croire n'importe quoi.

La boisson et le diable. Très bien.

J' m'amuse parfois à me demander combien de temps je tiendrais si je décidais de publier certains de ces trucs que j'écris au cœur de la nuit. Si je sortais quelques-uns des squelettes qui traînent dans les placards de Derry. Il y a un conseil d'administration de la bibliothèque. Onze types, en tout. L'un d'eux est un écrivain de soixante-dix ans qui a eu une hémorragie cérébrale il y a deux ans et qu'il faut le plus souvent aider à trouver à quel moment il doit intervenir dans l'ordre du jour imprimé (et que l'on a aussi parfois observé en train d'extirper de considérables crottes de nez de ses narines poilues pour les déposer délicatement dans le creux de ses oreilles, en lieu sûr, en somme). Il y a également une femme arrogante venue de New York avec son mari médecin, lancée dans un perpétuel monologue gémissant sur le provincialisme indécrottable de Derrry, sur le fait qu'ici personne ne comprend l'EXPÉRIENCE JUIVE et sur celui qu'il faille aller jusqu'à Boston pour trouver une robe mettable. La dernière fois que cette cinglée d'anorexique m'a adressé la parole sans le service d'un intermédiaire remonte à la soirée de Noël du conseil d'administration. Elle avait consommé une certaine quantité de gin et m'avait demandé si seulement quelqu'un, à Derry, comprenait l'EXPÉRIENCE NOIRE. J'avais également consommé une certaine quantité de gin et je lui ai répondu : « Mrs. Gladry, les juifs constituent peut-être un grand mystère, mais tout le monde comprend les nègres. » Elle faillit s'étouffer sur son verre et fit un demi-tour si brutal que sa robe s'envola et révéla un instant sa petite culotte (vision sans grand intérêt ; dommage que ce ne fût pas Carole Danner !) ; ainsi se termina ma première conversation privée avec Mrs. Ruth Gladry. La perte n'est pas énorme.

Les autres membres du bureau sont des descendants des seigneurs du bois en grume. Le soutien qu'ils apportent à la bibliothèque est une forme d'expiation héritée : ils ont pillé les forêts et s'occupent maintenant des livres comme un libertin pourrait décider, l'âge venant, de s'occuper des bâtards qu'il a joyeusement conçus dans sa jeunesse. Ce sont les grands-pères et les arrière-grands-pères de ces hommes qui ont, très concrètement, fait reculer la forêt au nord de Derry et de Bangor et violé ces vierges parées de vert avec leurs haches. Ils ont coupé, taillé, débité, sans jamais un seul regard en arrière. Ils ont déchiré l'hymen de ces grandes forêts à l'époque où Grover Cleveland était président, et le travail était à peu près achevé au moment où Woodrow Wilson fit son hémorragie cérébrale. Ces ruffians en rubans et dentelles ont violé les grands bois, ont sali leurs sols de débris et de sciure, et transformé Derry : de la petite ville endormie ils ont fait un bastringue à la croissance anarchique, où les débits à gin ne fermaient jamais et où les putes faisaient des passes à longueur de nuit. Un vieux de la vieille, Egbert Thoroughgood, aujourd'hui âgé de quatre-vingt-treize ans, m'a raconté comment il s'était envoyé une pute maigre comme un coucou dans un claque de Baker Street (une rue qui n'existe plus ; un ensemble de résidences de standing moyen s'élève à l'endroit où elle se trouvait auparavant).

« Ce n'est qu'après avoir tiré mon coup que je me suis rendu compte qu'elle baignait dans une mare de foutre qui devait bien faire deux centimètres. On aurait dit un truc comme de la gelée. " Dis donc, la môme, que je lui fais, ça t'arrive jamais de te laver ? " Alors elle a regardé et tu sais ce qu'elle m'a dit ? " Je vais changer les draps si tu veux remettre ça. Doit y en avoir une paire dans la commode du hall, je crois. Je vois bien dans quoi je suis jusqu'à neuf ou dix heures, mais après minuit, j'ai le con tellement engourdi qu'il pourrait tout aussi bien être à dix bornes de là. " »

Telle était donc la ville de Derry pendant les vingt premières années, en gros, du XXe siècle ; une ville champignon où la gnole et le sperme coulaient à flots. La Penobscot et la Kenduskeag débordaient de bois en grume, depuis le dégel d'avril jusqu'à ce que les glaces reprennent, en général en novembre. Les affaires commencèrent à péricliter au cours des années 20, une fois privées de l'impulsion donnée par la guerre ; elles s'arrêtèrent complètement avec la Crise. Les seigneurs du bois en grume placèrent leur fric dans les banques de New York ou de Boston qui avaient survécu au Krach, et laissèrent l'économie de Derry se débrouiller pour survivre ou crever. Ils se replièrent dans leurs riches demeures de West Broadway et envoyèrent leurs enfants dans les écoles privées chics du New Hampshire, du Massachusetts ou de New York. Et ils vécurent de leurs intérêts et de leurs relations politiques.

Tout ce qui restait de leur suprématie, soixante-dix années et quelques après qu'Egbert Thoroughgood se fut soulagé de son besoin d'amour avec une pute à un dollar, dans un lit baigné de sperme de la défunte Baker Street, se réduisait à des forêts massacrées et embroussaillées dans les comtés de Penobscot et d'Aroostook, aux grandes baraques victoriennes qui s'élevaient entre deux coins de rue sur West Broadway… et, bien entendu, à ma bibliothèque. Sauf que ces bonnes gens de West Broadway me feraient tricard de ma bibliothèque en trois coups de cuillère à peau (noire, évidemment, jeu de mots on ne peut plus volontaire) si je publiais quoi que ce fût sur la Légion de la Décence, l'incendie du Black Spot, le massacre de la bande à Bradley… ou sur l'affaire de Claude Héroux et du Silver Dollar.

Le Silver Dollar était un caboulot où l'on servait de la bière, et c'est au Silver Dollar qu'a eu lieu ce qui reste peut-être comme la plus étrange affaire de l'histoire américaine en matière de meurtres en masse, en septembre 1905. On trouve encore quelques anciens, à

Derry, qui prétendent s'en souvenir, mais le seul récit qui m'inspire confiance est celui de Thoroughgood, qui avait dix-huit ans lors des événements.

Thoroughgood vit maintenant à la maison de retraite Paulson. Il n'a pas de dents, et son accent (une variante franco-canadienne, celle de la vallée de la Saint-Jean) est tellement épais que seul un folkloriste averti du Maine pourrait comprendre ses discours si on les rapportait phonétiquement. C'est d'ailleurs Sandy Ives, folkloriste à l'université du Maine et à qui j'ai déjà fait allusion plus haut dans ces pages décousues, qui m'a aidé à retranscrire mes enregistrements*.

À en croire Thoroughgood, Claude Héroux était une « espèce de fils de pute qui te regardait avec de gros yeux affolés de jument au clair de lune ».

Thoroughgood m'a dit qu'il croyait (comme tous ceux qui avaient approché Héroux) que l'homme était aussi matois qu'un renard voleur de poules... ce qui rend son massacre à la hache du Silver Dollar encore plus surprenant : il n'est pas dans l'esprit du personnage. Jusqu'à ce jour-là, les talents de Héroux, au dire des bûcherons de Derry, se réduisaient surtout à allumer des incendies dans les bois. Le plus important de tous, qu'il admit plus tard lui-même avoir provoqué en posant simplement une bougie allumée au milieu d'un tas de débris de bois et de branchettes, eut lieu dans la forêt de Big Injun près de Haven. Il détruisit vingt mille arpents de bois de haute futaie, et on pouvait sentir l'odeur de la fumée à cinquante kilomètres de là ; c'était l'époque où les tramways qui grimpaient Up-Mile Hill, à Derry, étaient encore tirés par des chevaux.

Au printemps de cette année-là, il avait été plus ou moins question de la création d'un syndicat. Quatre bûcherons s'étaient lancés dans un travail d'organisation (quoiqu'il n'y eût guère à organiser ; les travailleurs du Maine étaient alors des antisyndicalistes notoires, comme ils le sont encore majoritairement à l'heure actuelle). L'un de ces hommes était Claude Héroux, qui vit probablement dans l'activité syndicale une occasion d'ouvrir sa grande gueule et de passer beaucoup de temps à boire dans les troquets de Baker et Exchange Streets. Héroux et ses trois camarades se dénommaient les « organisateurs » ; les patrons les appelaient des « meneurs ». Ils firent afficher des avis sur la cabane des

* Le traducteur a renoncé à transposer en français cette prononciation (tout comme l'accent irlandais de la voix de Richie T.) car l'effet, ridicule et horripilant à la lecture, avait pour résultat d'entraver la progression du récit.

cuistots dans tous les camps de la forêt, de Haven Village jusqu'à Millinocket en passant par Summer Plantation, informant les bûcherons que tous ceux que l'on entendrait parler de syndicat seraient immédiatement licenciés.

En mai, il y eut une courte grève près de Trapham Notch ; et même s'il y fut mis fin vigoureusement, à la fois par des briseurs de grève et par des « policiers municipaux » (une chose assez étonnante, figurez-vous, étant donné qu'il y eut en action quelque trente « policiers municipaux » brandissant des manches de haches et pelant nombre de scalps, alors qu'avant cette belle journée de mai, on aurait eu bien des difficultés à en trouver un seul dans Trapham Notch, où l'on avait recensé quatre-vingt-dix habitants en 1900), Héroux et ses camarades organisateurs n'en considéraient pas moins que c'était là une grande victoire pour leur cause. En conséquence, ils débarquèrent à Derry pour s'enivrer et pour poursuivre leur tâche d' « organisateurs » ou de « meneurs », selon le point de vue. Peu importe, d'ailleurs, c'était un boulot à faire à jeun, de toute façon. Ils accostèrent à presque tous les bars du Demi-Arpent d'Enfer et finirent par échouer au Silver Dollar, se tenant par les épaules, ivres à se pisser dessus, chantant alternativement des chansons syndicalistes et des airs — grotesques par contraste — comme *Les yeux de ma mère me regardent depuis le ciel.* Je me dis que si leurs mères avaient en effet jeté un coup d'œil sur leurs gamins et les avaient vus dans cet état-là, elles auraient été bien excusables de regarder ailleurs.

À en croire Egbert Thoroughgood, une seule chose pouvait expliquer la présence de Claude Héroux dans ce mouvement : Davey Hartwell. Hartwell était l'organisateur des « organisateurs » ou le meneur des « meneurs », comme on voudra, et Héroux l'idolâtrait. Il n'était pas le seul ; la plupart des sympathisants à la cause syndicale aimaient Hartwell profondément et passionnément, de cet amour orgueilleux que les hommes éprouvent pour ceux de leur sexe dotés d'un magnétisme qui leur donne quelque chose de divin. Comme le disait Thoroughgood, dans son langage imagé : « Davey Hartwell était un homme qui marchait comme si la moitié du monde lui appartenait, et comme s'il avait une option sur l'autre moitié. »

Héroux avait suivi Hartwell dans cette histoire de syndicat tout comme il l'aurait suivi s'il avait décidé d'aller sur les chantiers de construction navale de Brewer ou de Bath, ou dans le bâtiment dans le Vermont — il l'aurait suivi si son héros avait voulu rétablir les lignes du Pony Express dans l'Ouest. Héroux était un hypocrite et un saligaud, et je suppose que dans tout roman digne de ce nom, cela l'empêcherait de se voir attribuer la moindre qualité. Parfois, cependant, quand un homme a passé sa vie à se méfier d'individus qui se méfiaient de lui, a constamment vécu en solitaire (ou en éternel perdant) à la fois par choix et du fait de l'opinion que la société se faisait de lui, il arrive qu'il trouve un ami ou soit pris de passion et qu'il ne vive plus que pour la personne qui lui inspire cette amitié ou cette passion, comme un chien ne vit que pour son maître. C'est ainsi que les choses semblent s'être passées entre Héroux et Hartwell.

Bref, ces quatre gaillards allèrent passer le reste de la nuit au Brentwood Arms Hotel, que les bûcherons appelaient alors le Chien Flottant (pour quelque raison engloutie, comme l'hôtel lui-même, dans les ténèbres du temps). Des quatre, aucun ne ressortit sur ses pieds et par la porte le lendemain matin. L'un d'eux, Andy DeLesseps, s'évanouit complètement, corps et biens. Pour ce que l'histoire en révèle, il peut très bien avoir passé le reste de sa vie à se la couler douce à Portsmouth, mais quelque chose me dit qu'il n'en est rien. On retrouva deux des autres « meneurs », Amsel Bickford et Davey Hartwell lui-même, flottant sur le ventre dans la Kenduskeag. Bickford n'avait plus de tête ; un coup d'une grande cognée de bûcheron l'avait séparée du corps. Quant à Hartwell, il lui manquait les deux jambes, et ceux qui le découvrirent jurèrent n'avoir jamais vu une telle expression de terreur et d'horreur sur un visage humain. Quelque chose lui distendait la mâchoire et lui gonflait les joues ; quand on le retourna et qu'on voulut lui refermer la bouche, sept de ses orteils tombèrent dans la boue. Certains pensaient qu'il avait perdu les trois autres à l'époque où il maniait la hache dans les bois ; d'autres étaient d'avis qu'il les avait avalés avant de mourir.

Un papier était épinglé au dos de leur chemise, avec écrit dessus un seul mot : SYNDICAT.

Claude Héroux ne comparut jamais devant un tribunal pour ce qui se passa au Silver Dollar dans la soirée du 9 septembre 1905, si bien qu'il n'y a aucun moyen de savoir par quel miracle il échappa au sort de ses camarades, en cette nuit de mai. On ne peut que faire des suppositions ; il avait longtemps vécu en solitaire, il avait appris à filer au quart de tour, ou encore il avait développé ce talent qu'ont certaines fripouilles pour disparaître quand les ennuis sérieux commencent. Mais pourquoi n'a-t-il rien fait pour Hartwell ? A-t-il été conduit dans les bois avec les trois autres « agitateurs » ? Peut-être l'avait-on gardé pour la bonne bouche, et avait-il trouvé moyen de fausser compagnie à leurs ravisseurs pendant que retentissaient les hurlements de Hartwell (hurlements de plus en plus étouffés au fur et à mesure qu'on lui fourrait ses orteils dans la bouche) au cœur de la nuit, réveillant les oiseaux perchés sur leurs arbres. Il n'y a aucun moyen de le savoir, d'avoir une certitude, même si cette dernière hypothèse est celle qui me paraît la plus vraisemblable.

Claude Héroux devint quelque chose comme un spectre. Il arrivait tranquillement dans un camp de forêt de la vallée de la Saint-Jean, par exemple, se mettait en rang devant la cabane du cuistot avec le reste des bûcherons, se faisait servir une assiettée de ragoût, la mangeait et disparaissait avant que quiconque eût remarqué qu'il ne faisait pas partie de l'équipe. Quelques semaines plus tard, il réapparaissait dans un caboulot de Winterport, parlait syndicalisme et jurait qu'il vengerait ses amis et trouverait leurs assassins : les noms de Hamilton Tracker, William Mueller et Richard Bowie étaient ceux qui revenaient le plus souvent. Tous vivaient à Derry, et leurs maisons à multiples pignons, coupoles et avant-toits se dressent encore aujourd'hui sur West Broadway. Des années plus tard, eux et leurs descendants mettraient le feu au Black Spot.

On ne peut douter qu'il n'y eût des gens qui auraient bien aimé être débarrassés de Claude Héroux, en particulier après le début des incendies, en juin de cette année. Cependant, on avait beau apercevoir souvent le personnage, celui-ci était rapide et possédait un sens du danger quasi animal. Je n'ai rien trouvé qui laisse à penser qu'un magistrat avait émis un mandat d'arrestation portant son nom ; quant à la police, elle ne se mêla jamais de cette histoire. Peut-être craignait-on les déclarations de Héroux, au cas où on l'enverrait devant la justice en tant qu'incendiaire.

Toujours est-il que les incendies de forêt se multiplièrent autour de Derry et Haven au cours de l'été, qui fut très chaud. Des enfants disparurent, il y eut davantage de bagarres et de meurtres que d'habitude, et un drap funèbre de peur, aussi réel que la fumée que l'on pouvait sentir d'en haut de Up-Mile Hill, recouvrit la ville.

La pluie arriva finalement le 1er septembre, et elle ne cessa de tomber de toute la semaine. La ville basse fut inondée, ce qui n'avait rien d'exceptionnel, mais les grandes maisons de West Broadway dominaient ce secteur et il dut se pousser des soupirs de soulagement dans nombre d'entre elles. Ce cinglé de Héroux n'a qu'à se cacher pendant tout l'hiver dans les bois, si cela lui chante, auraient-ils pu dire. Son boulot estival est terminé, et on l'attrapera avant que la sécheresse revienne.

Puis arriva le 9 septembre. Je suis incapable d'expliquer ce qui s'est passé ; Thoroughgood en est tout aussi peu capable ; à ma connaissance, personne ne l'est. Je dois me contenter de relater les événements tels qu'ils se sont produits.

Le Silver Dollar regorgeait de monde, essentiellement des bûcherons en train de boire de la bière. À l'extérieur, une nuit brumeuse commençait à tomber. La Kenduskeag, très haute, ses eaux d'un gris plombé sinistre, remplissait son lit à ras bord. D'après Egbert Thoroughgood, il soufflait un vent capricieux, du genre « qui trouve toujours le moindre trou dans votre pantalon et vous souffle jusque dans le trou du cul ». Les rues n'étaient que fondrières. Au fond de la salle, une partie de cartes allait bon train autour d'une table ; les joueurs étaient les hommes de William Mueller. Ce Mueller était l'un des propriétaires de la GS & WM, une ligne de chemin de fer, et l'un des potentats de l'exploitation du bois ; il possédait des millions d'arpents de forêts de haute futaie, et les hommes qui jouaient au poker au Silver Dollar travaillaient comme bûcherons à temps partiel, cheminots à temps partiel et fouteurs de merde à plein temps. Deux d'entre eux, Tinker McCutcheon et Floyd Calderwood, avaient fait de la prison. Avec eux se trouvaient Lathrop Rounds (dont le surnom, aussi obscur que celui du Chien Flottant, était El Katook), David « Strugley » Grenier et Eddie King — un barbu dont les lunettes avaient des verres en cul de bouteille aussi rebondis que sa bedaine. Il paraît très vraisemblable qu'au moins quelques-uns d'entre eux aient passé les deux mois et demi précédents à guetter Claude Héroux ; il paraît tout aussi vraisemblable — bien qu'il n'y ait pas l'ombre d'une preuve — qu'ils étaient de la fête lors de la petite soirée d'abattage de mai, qui vit la fin atroce de Bickford et Hartwell.

Le bar était plein à craquer, donc, lorsque entra Claude Héroux. Il tenait à la main une grande cognée de bûcheron à double lame. Il s'avança jusqu'au comptoir et joua des coudes pour se faire une place. Egbert Thoroughgood se trouvait juste à sa gauche ; Héroux, dit-il, dégageait un parfum de ragoût au putois. Le barman lui apporta un distingué de bière, deux œufs durs dans un bol et une salière. Héroux le paya avec un billet de deux dollars et rangea la monnaie — un dollar quatre-vingt-cinq — dans l'une des poches de sa veste de bûcheron. Il sala ses œufs et les mangea. Il sala aussi sa bière, en siphonna une bonne rasade et lâcha un rot.

« Tu sais que c'est la vérité », déclara soudain Héroux, ce qui, avec son accent, devait prendre des consonances curieuses.

Il commanda un deuxième distingué, le vida et rota derechef. Au bar, les conversations se poursuivaient. Plusieurs personnes interpellèrent Claude, qui hocha la tête et les salua de la main, mais sans sourire. Thoroughgood expliquait qu'il avait l'air d'un homme à demi plongé dans un rêve. À la table du fond, la partie de poker continuait. El Katook misait fort. Personne ne se soucia d'avertir les joueurs que Claude Héroux se trouvait dans le bar... bien que, étant donné que le nom de Claude avait été vociféré par plus d'une de ses connaissances et que la table de jeu était à moins de dix mètres du bar, il paraisse difficile de comprendre comment ils ont pu poursuivre la partie sans s'inquiéter des dangers potentiels que représentait sa présence. C'est pourtant ainsi que les choses se sont passées.

Après avoir vidé son deuxième distingué de bière, Héroux s'excusa auprès de Thoroughgood, saisit sa hache à double lame et se dirigea vers la table où les hommes de Mueller tapaient le carton. Et il se mit à l'abattage.

Floyd Calderwood venait de se verser un verre de whisky et reposait la bouteille au moment où Héroux arriva ; il eut la main coupée à la hauteur du poignet. Calderwood regarda son moignon et se mit à hurler ; la main tenait toujours la bouteille sans être rattachée à quoi que ce soit, s'ouvrant sur une plaie béante de cartilages ensanglantés et de vaisseaux qui pendouillaient. Pendant un instant, les doigts serrèrent le goulot encore plus fort, puis le membre retomba sur la table comme une araignée morte, tandis qu'un jet de sang giclait du bras amputé.

Au bar, quelqu'un commanda une autre bière tandis qu'un autre consommateur demandait au barman, qui s'appelait Jonesy, s'il se teignait les cheveux. « Jamais fait ça, répondit celui-ci, qui tirait vanité de sa chevelure.

— J'ai rencontré une pute chez la mère Courtney qui m'a dit que ce qui te poussait autour de la bite était blanc comme neige, répliqua le consommateur.

— C'est des bobards, protesta Jonesy.

— Baisse ton froc et montre-nous », intervint alors un bûcheron du nom de Falkland, avec lequel Egbert Thoroughgood avait parié une tournée avant l'arrivée de Claude Héroux. Il y eut un rire général.

Derrière eux, Floyd Calderwood hurlait. Quelques-uns des hommes au bar jetèrent un regard indifférent dans la direction de la table de jeu, suffisamment tôt pour voir Héroux enfoncer sa grande hache dans la tête de Tinker McCutcheon. Tinker était une espèce de grand balèze dont l'épaisse barbe noire virait au gris. Il se leva à moitié, des ruisseaux de sang sur le visage, puis se rassit. Héroux retira la hache de sa tête. Tinker voulut de nouveau se lever, et Héroux balança sa hache de côté ; la lame vint s'enfoncer dans le dos du bûcheron avec un son, d'après Thoroughgood, rappelant un sac de linge sale qu'on laisse tomber sur un tapis. Tinker s'effondra sur la table, les cartes lui échappant des mains.

Les autres joueurs rugissaient, vociféraient. Calderwood, toujours hurlant, essayait d'attraper sa main droite avec la gauche, tandis que s'écoulait sa vie avec le flot régulier de sang qui jaillissait de son moignon. Strugley Grenier possédait ce que Thoroughgood appelait un « pétard planqué » (autrement dit un automatique dans un holster de poitrine) et s'efforçait sans succès de l'extirper de sa gaine. Eddie King voulut se lever et ne réussit qu'à se prendre les pieds dans sa chaise et à tomber sur le dos. Avant qu'il eût le temps de se relever, Héroux l'avait enjambé et brandissait sa hache. King hurla et tendit les mains en un geste de défense et de prière.

« Je t'en prie, Claude, je viens de me marier le mois dernier ! » gémit-il.

La hache tomba, et le fer disparut presque complètement dans la considérable bedaine de King. Le jet de sang fut d'une telle puissance qu'il alla jusqu'au plafond du Silver Dollar. Eddie se mit à reculer sur le sol comme une écrevisse. Claude retira la hache de ses entrailles à la manière dont un bon bûcheron retire une lame d'un bois tendre, avec un mouvement d'avant en arrière pour affaiblir la prise du bois plein de sève. Quand elle fut libérée, il la souleva de nouveau au-dessus de sa tête pour la laisser aussitôt retomber. Eddie King s'arrêta de hurler. Héroux n'en avait cependant pas terminé avec lui, car il se mit à le débiter comme on prépare du bois pour le feu.

Au bar, la conversation s'était maintenant portée sur l'hiver qu'on allait avoir. Vernon Stanchfield, un fermier de Palmyra, prétendait qu'il serait doux : il avait pour dicton que les pluies d'automne annoncent les hivers sans neige. Alfie Naugler, qui possédait une ferme près de Derry sur Naugler Road (ferme qui a maintenant disparu ; là où Alfie faisait pousser ses petits pois et ses haricots, passe la prolongation de l'autoroute avec ses six voies), se permit de ne pas être d'accord. Il prédit que l'hiver allait être terrible. Il avait compté jusqu'à huit anneaux sur certaines chenilles, prétendit-il, quelque chose que l'on n'avait jamais vu. Un autre pariait pour des mois de gadoue, un autre pour des vents d'enfer. On évoqua évidemment le blizzard de 1901. Jonesy propulsait les chopes d'un demi-litre de ses distingués et les bols pleins d'œufs durs sur le zinc de son bar. Derrière eux, les hurlements continuaient tandis que le sang ruisselait partout.

A ce stade de mon interrogatoire, j'arrêtai l'enregistrement du magnétophone et demandai à Egbert Thoroughgood : « Comment est-ce possible ? Êtes-vous en train de me dire que vous ne saviez pas ce qui se passait, ou que vous le saviez mais n'interveniez pas, ou quoi ? »

Je vis le menton du vieillard s'abaisser jusqu'à toucher le premier bouton de sa veste tachée de débris de nourriture. Ses sourcils se rapprochèrent. Le silence de la petite chambre encombrée et empestant la pharmacie se prolongea tellement que j'étais sur le point de répéter ma question lorsqu'il me répondit : « Nous le savions. Mais on aurait dit que ça n'avait aucune importance. Un peu comme de la politique, d'une certaine manière. Ouais, comme ça. Comme les micmacs de la commune. Autant laisser les gens qui comprennent la politique s'en occuper et les gens qui comprennent les micmacs de la ville s'occuper de cela. Il vaut mieux que les travailleurs ne se mêlent pas de certaines choses.

— Êtes-vous bien en train de me parler fatalité, en ayant juste un peu peur d'employer le mot ? » lui demandai-je soudain. La question s'était présentée d'elle-même, et je me dis sur le coup que Thoroughgood, qui était âgé, lent et presque illettré, en dépit de son langage souvent imagé, ne serait pas capable d'y répondre... et cependant il le fit, sans manifester la moindre surprise.

« Ouais, ouais, c'est bien possible. »

Tandis qu'au bar les hommes continuaient à parler de la pluie et du beau temps, Claude Héroux poursuivait l'abattage. Strugley Grenier avait finalement réussi à dégager le pistolet de son étui. La hache s'abattit une fois de plus sur Eddie King, qui n'était plus que morceaux sanguinolents. La première balle tirée par Grenier ricocha sur le fer de la hache, arrachant une étincelle, et partit en bourdonnant.

El Katook se remit sur ses pieds et commença à reculer. Il tenait toujours les cartes qu'il distribuait l'instant d'avant, et certaines tombaient au sol en tourbillonnant. Claude se jeta sur lui. El Katook tendit les mains. Strugley Grenier tira une deuxième fois, mais la balle passa à plus de trois mètres de Claude Héroux.

« Arrête, Claude ! » l'implora El Katook. D'après Thoroughgood, ce dernier esquissa même un sourire. « Je n'étais pas avec eux. Je me mêle pas de ces histoires. »

Héroux se contenta de grogner.

« J'étais à Millinocket, reprit El Katook, dont la voix commençait à monter dans les aigus. *J'étais à Millinocket, je le jure sur la tête de ma mère ! Demande à qui tu veux si tu ne me crois pas...* »

Claude leva la hache dégoulinante de sang et El Katook lui jeta au visage ce qui lui restait de cartes dans la main. La lame s'abattit avec un sifflement ; l'homme l'esquiva. Elle alla s'enfoncer dans la paroi de bois — le mur du fond du Silver Dollar. El Katook voulut s'enfuir, mais Claude dégagea la hache et (à l'aide du manche qu'il jeta entre les chevilles de sa victime) le fit trébucher et s'étaler par terre. Strugley Grenier tira une troisième fois, avec plus de succès ce coup-ci. Il avait visé la tête du bûcheron devenu fou ; la balle alla se ficher dans la partie charnue de sa cuisse.

Pendant ce temps, El Katook rampait aussi vite qu'il pouvait en direction de la porte de l'établissement, les cheveux lui pendant devant les yeux. Héroux brandit une fois de plus sa hache, avec un ricanement fait de sons incohérents, et l'instant suivant, la tête décapitée d'El Katook roulait dans la sciure qui recouvrait le plancher, langue bizarrement tirée entre les dents. Elle alla s'arrêter contre la botte d'un bûcheron du nom de Varney, lequel avait passé le plus clair de la journée au Silver Dollar, et qui, au stade où il en était, se trouvait dans un état d'inconscience si exquis qu'il ne savait plus si c'était la terre ou si c'était la mer. Il écarta la tête d'un coup de pied sans même la regarder, et demanda une nouvelle bière à Jonesy d'une voix tonitruante.

El Katook rampa encore sur un mètre, le sang jaillissant violemment de son cou, avant de se rendre compte qu'il était mort et de s'effondrer. Restait Strugley. Mais celui-ci était allé s'enfermer dans les chiottes.

Héroux s'ouvrit un chemin à coups de hache, avec des cris, des grognements, des paroles sans suite, de la bave lui coulant sur le menton. Quand il pénétra dans les cabinets, Strugley avait disparu, alors que la minuscule pièce glaciale ne possédait pas de fenêtres. Héroux resta planté là quelques instants, tête baissé, ses bras solides aspergés d'un sang gluant, puis, avec un rugissement, il souleva le couvercle du siège à trois trous — juste à temps pour voir les bottes de Strugley qui disparaissaient en dessous des planches de bois inégales qui masquaient, mal, la descente de l'installation. Strugley Grenier partit en courant le long d'Exchange Street, couvert de merde de la tête aux pieds, s'égosillant à crier qu'on l'assassinait. Il survécut à la partie d'abattage du Silver Dollar — il fut le seul — mais au bout de trois mois de plaisanteries sur sa méthode « merdique » pour fuir, il quitta définitivement la région de Derry.

Héroux sortit alors des toilettes et resta immobile sur le pas de la porte défoncée, tête baissée, comme un taureau qui vient de charger, tenant encore la hache à la main. Il respirait fort, haletait, et du sang le couvrait de la tête aux pieds.

« Ferme la porte, Claude, ces chiottes puent davantage que l'enfer », lui dit Thoroughgood. L'homme laissa tomber sa hache sur le sol et fit ce qu'on lui avait demandé. Il se dirigea vers la table aux cartes éparpillées, où ses victimes étaient assises une ou deux minutes avant, écartant l'une des jambes coupées d'Eddie King au passage. Puis il s'assit et posa la tête sur les bras. Partout dans le bar, les conversations reprirent et l'on se remit à boire. Cinq minutes plus tard, une vague de nouveaux arrivants se présenta au Silver Dollar ; parmi eux se trouvaient trois ou quatre flics du bureau du shérif (leur chef était le père de Lal Machen, et quand il vit le carnage il eut une attaque cardiaque ; on dut l'emporter jusqu'au cabinet du Dr Shratt). On emmena Claude Héroux, qui suivit docilement les forces de l'ordre, l'air plus endormi que réveillé.

Ce soir-là, dans tous les bars d'Exchange et Baker Streets, les conversations roulèrent, de plus en plus bruyamment, de plus en plus tapageuses, sur le massacre du Silver Dollar. Une espèce de rage alcoolisée et vertueuse se mit à grandir, et lorsque les bars fermèrent, on vit un groupe fort d'au moins soixante-dix hommes se diriger vers la prison et le tribunal du centre-ville. Certains tenaient des torches et des lanternes ; d'autres portaient des armes à feu, des haches, ou des masses.

Le shérif du comté, qui venait de Bangor, n'était pas attendu avant midi le lendemain : il était bel et bien absent ; quant à Goose Machen, il se remettait de son attaque cardiaque dans l'infirmerie du Dr Shratt. Les deux adjoints qui se trouvaient de service sur place, en train de jouer à la belote, entendirent arriver la populace et dégagèrent en vitesse. La bande d'ivrognes ne fit pas de détail, cassa tout et arracha Claude Héroux à sa cellule. Ce dernier ne protesta pas beaucoup ; il avait l'air sonné, absent.

Les émeutiers le transportèrent sur leurs épaules comme le héros d'une équipe de football ; ils se rendirent ainsi jusqu'à la hauteur de Canal Street, où ils le pendirent à la branche d'un vieil orme qui surplombait le canal. « Il était déjà tellement dans les vapes qu'il ne donna que deux coups de pied », dit Egbert Thoroughgood. Ce fut, du moins d'après les archives de la ville, le seul lynchage qui eût jamais lieu dans cette partie du Maine. Et, est-il besoin de le préciser, il ne fut pas signalé dans les colonnes du *Derry News*. Nombre de ceux qui avaient continué à boire tranquillement pendant que Héroux maniait sa hache à tout va au Silver Dollar étaient de la partie de corde de chanvre qui se termina par sa pendaison. À minuit, leur humeur avait sans doute changé.

Je posai à Thoroughgood une ultime question : N'avait-il pas aperçu un inconnu pendant les violences de cette journée ? Quelqu'un qui l'aurait frappé par son étrangeté, son côté bizarre, déplacé... clownesque ? Quelqu'un que l'on aurait vu en train de boire au bar l'après-midi, quelqu'un qui se serait peut-être mêlé à la foule des lyncheurs cette nuit-là ?

« C'est bien possible », répondit le vieillard. Il commençait à être fatigué, à ce moment-là ; sa tête tombait, et il était prêt pour sa sieste de l'après-midi. « C'était il y a très, très longtemps, Mr. Hanlon. Très très longtemps.

— Mais vous vous souvenez de quelque chose, pourtant.

— Oui, je me rappelle qu'il devait y avoir à ce moment-là une foire sur la route de Bangor, admit Thoroughgood. À six portes du Silver Dollar, il y avait un autre troquet, le Bucket. Et dedans un type... un drôle de type marrant... qui faisait des pirouettes et des cabrioles... qui jonglait avec les verres... des tours... il posait quatre pièces sur son front sans les faire tomber... un comique, quoi... »

Son menton osseux vint de nouveau s'appuyer contre sa poitrine. Il était sur le point de s'endormir sous mes yeux. Un peu de salive se mit à faire des bulles au coin de sa bouche, aussi plissée et ridée qu'une bourse à cordons.

« J' l'ai aperçu ici et là, de temps en temps, depuis, ajouta finalement le vieil homme. J' me suis dit qu'il avait dû décider de rester dans le secteur.

— Ouais, il y est resté un bon bout de temps », dis-je.

Un ronflement léger fut sa seule réponse. Thoroughgood s'était endormi dans son fauteuil, près de la fenêtre, sur le rebord de laquelle s'alignaient ses médicaments, dernières lignes de défense du grand âge. Je coupai l'enregistrement et restai assis quelques instants à le contempler ; il me faisait l'effet d'un homme qui aurait voyagé dans le temps, venu d'une époque où n'existaient ni automobiles, ni ampoules électriques, ni avions, et où l'Arizona ne faisait pas encore partie de l'Union. Grippe-Sou était déjà là, à la tête du cortège pour un nouveau sacrifice spectaculaire — un de plus dans la longue liste des sacrifices spectaculaires de Derry. Celui-ci, qui eut donc lieu en septembre 1905, servit de prélude à une période de terreur redoublée, dont le couronnement serait l'explosion des aciéries Kitchener à Pâques, l'année suivante.

Voici qui soulève quelques questions intéressantes (et pour autant que je sache, des questions d'une importance vitale). Qu'est-ce que Ça mange, réellement, par exemple ? Je sais que quelques-uns des enfants ont été partiellement dévorés ; ils présentent des traces de morsure, au moins. Mais peut-être est-ce nous qui poussons Ça à agir ainsi. Il ne fait aucun doute que tous nous savons depuis l'enfance ce que nous fait le monstre lorsqu'il nous attrape au fond des bois : il nous dévore. C'est peut-être la chose la plus épouvantable que nous sommes capables de concevoir. Mais en fait, c'est de foi et de croyance que vivent les monstres, non ? Je suis irrésistiblement conduit à cette conclusion : la nourriture donne peut-être la vie, mais la source de la puissance se trouve dans la foi, non dans la nourriture. Et qui est davantage capable d'un acte absolu de foi qu'un enfant ?

Le problème, cependant, est que les enfants grandissent. Dans l'Église, la perpétuation et le renouvellement du pouvoir se font au cours de cérémonies rituelles périodiques. Il semble en aller de même à Derry. Se pouvait-il que Ça se protège du simple fait que, comme les enfants deviennent des adultes, ils deviennent également soit incapables d'un acte de foi, soit handicapés par une sorte de dégénérescence spirituelle, une atrophie de l'imagination ?

Oui. Je crois que tel est le secret, ici. Et si je lance ces appels, combien se souviendront ? Dans quelle mesure croiront-ils ? Suffisamment pour mettre un terme définitif à cette horreur, ou juste assez pour se faire à leur tour massacrer ? Nous avons bien failli le tuer par deux fois, et à la fin nous l'avons repoussé jusqu'au fond de sa tanière, parmi ses tunnels et ses hypogées puants, sous la ville. Mais je crois avoir découvert un autre secret. Bien que Ça soit peut-être immortel (ou presque), nous ne le sommes pas. Il lui suffit d'attendre jusqu'à ce que l'acte de foi qui a fait de nous des tueurs de monstres potentiels soit devenu impossible. Vingt-sept ans. Peut-être une période de sommeil pour lui, aussi bref et roboratif que le serait pour nous une petite sieste. Et quand Ça se réveille, il est inchangé alors qu'un tiers de notre vie vient de s'écouler. Nos perspectives sont devenues plus étroites ; notre foi dans la magie, qui seule rend la magie possible, s'est aussi usée que le brillant d'une paire de chaussures neuves après une longue journée de marche.

Pourquoi nous rappeler ? Pourquoi ne pas simplement attendre notre mort ? Parce que nous avons bien failli le tuer, parce que Ça a peur de nous, je crois. Parce que Ça veut se venger.

Et maintenant, maintenant que nous ne croyons plus au Père Noël, à la petite souris, à Hansel et Gretel ou aux trois petits cochons, Ça se sent prêt à nous affronter. *Revenez donc*, nous dit Ça. *Revenez donc et finissons-en de notre petit différend. Venez donc avec vos billes et vos yo-yo ! On va jouer ! Revenez et vous verrez si vous vous souviendrez de la chose la plus simple de toutes : ce que c'est que d'être un enfant, sûr de ses convictions et donc ayant peur du noir.*

Sur ce dernier point au moins, j'ai dix sur dix : je suis terrifié Fichtrement terrifié.

CINQUIÈME PARTIE

LE RITUEL DE CHÜD

*Cela n'est pas à faire. Les infiltrations ont
pourri le rideau. Les mailles se
décomposent. Affaissées les chairs
de la machine, ne construis plus de
ponts. Au travers de quel air voleras-tu
pour rejoindre les continents ? Laisse les mots
tomber en tout sens, qu'ils heurtent,
obliques, l'amour. Voilà qui sera une rare
visitation. Ils veulent trop en sauver,
l'inondation a fait son travail.*

William Carlos Williams
Paterson

*Regarde et souviens-toi. Regarde cette terre,
Loin, loin au-delà des usines et des champs.
Sûrement, là-bas, sûrement on te laissera passer.
Alors parle, demande la forêt et la terre grasse.
Qu'entends-tu ? Qu'exige le pays ?
La terre est prise : ceci n'est pas chez toi.*

Karl Shapiro,
Travelogue for Exiles

CHAPITRE 19

Aux petites heures de la nuit

1

Bibliothèque de Derry, 1 h 15 du matin

Lorsque Ben Hanscom eut achevé l'histoire des billes d'argent, tous voulurent parler, mais Mike exigea qu'ils aillent prendre un peu de sommeil. « Vous en avez assez encaissé pour la soirée », dit-il. C'était lui, cependant, qui paraissait le plus épuisé et Beverly se demandait s'il n'était pas malade.

« Mais on n'en a pas terminé, objecta Eddie. Qu'est-ce qui est arrivé ensuite ? Je ne me souviens toujours pas…

— Mike a r-raison, le coupa Bill. Soit n-nous nous en souviendrons, soit ça ne nous reviendra pas. J-Je crois que ç-ça nous reviendra. Nous n-nous souviendrons de t-tout ce dont nous aurons b-besoin.

— De ce qui nous sera utile, peut-être ? suggéra Richie.

— Nous nous retrouverons demain, fit Mike en acquiesçant, avant de regarder l'horloge. Ou plutôt un peu plus tard aujourd'hui, je veux dire.

— Ici ? » demanda Beverly.

Mike secoua lentement la tête. « Je propose que nous nous retrouvions sur Kansas Street. À l'endroit où Bill cachait habituellement sa bicyclette.

— Nous descendrons dans les Friches, autrement dit », murmura Eddie avec un frisson.

Mike acquiesça de nouveau.

Il y eut quelques instants de silence pendant lesquels ils se regardèrent les uns les autres. Puis Bill se leva et tous en firent autant.

« Je vous demande d'être particulièrement prudents pour le reste de la nuit, dit Mike. On a vu Ça ici et Ça peut être là où vous serez. Mais je me sens mieux, après cette réunion. » Il regarda Bill. « Je dirais que c'est toujours possible, qu'en penses-tu, Bill ? »

Bill acquiesça lentement. « Oui. Je crois que nous pouvons toujours y arriver. Ça ne va pas l'ignorer, aussi, et Ça fera tout son possible pour piper les dés en sa faveur.

— Que fait-on, si Ça nous tombe dessus ? demanda Richie. On se pince le nez, on ferme les yeux, on tourne trois fois sur soi-même, on ne pense qu'à des choses bien ? On lui souffle de la poudre de perlimpinpin à la figure ? On lui chante un vieux tube d'Elvis Presley ? Quoi ? »

Mike secoua la tête. « Si je pouvais te répondre, il n'y aurait plus de problème, n'est-ce pas ? Tout ce que je sais, c'est qu'il existe une autre force — en tout cas, il en existait une lorsque nous étions mômes — qui voulait que nous restions en vie pour faire le travail. Elle est peut-être toujours là. » Il haussa les épaules ; le geste trahissait une grande fatigue. « J'avais redouté que deux d'entre vous, peut-être trois, ne fassent pas leur réapparition à la réunion de ce soir. Soient manquants ou morts. Le seul fait de vous voir tous arriver m'a donné raison d'espérer. »

Richie regarda sa montre. « Une heure et quart. Comme le temps passe vite, quand on s'amuse ! Pas vrai, Meule de Foin ?

— Bip-bip, répondit Ben en esquissant un sourire.

— Veux-tu q-que nous rentrions en-ensemble à pied à l'hôtel, Beverly ? demanda Bill.

— D'accord. » Elle passait son manteau. Le silence de la bibliothèque, sa pénombre, maintenant, avaient quelque chose de menaçant. Bill sentit la tension accumulée de ces deux derniers jours lui tomber dessus, lui écraser le dos. Si cela n'avait été encore que de la fatigue... mais il y avait autre chose : une impression de rupture, de rêve, de fantasmes paranoïaques. La sensation d'être surveillé. *Peut-être ne suis-je pas du tout ici. Peut-être est-ce que je me trouve dans l'asile de fous du Dr Seward, à côté du manoir en ruine du comte, avec Renfield juste au bout du hall, lui avec ses mouches et moi avec mes monstres, tous deux convaincus que se déroule la grande soirée et tirés à quatre épingles pour l'occasion, c'est-à-dire habillés d'une camisole de force et non pas d'un smoking.*

« Et toi, R-Richie ? »

Celui-ci secoua la tête. « Meule de Foin et Kaspbrak se chargeront de me ramener. D'accord, les gars ?

— Bien sûr », dit Ben. Il jeta un bref coup d'œil à Beverly, qui se tenait à côté de Bill, et fut traversé d'une sensation douloureuse qu'il avait presque oubliée. Un nouveau souvenir s'esquissa, parut presque à sa portée, et s'évanouit.

« Et t-toi, M-Mike ? Veux-tu nous accompagner, Beverly et m-moi ? »

Mike secoua la tête. « Il faut que je... »

C'est à cet instant-là que Beverly cria, un son aigu dans le silence. Le dôme voûté s'empara de son cri et le répercuta en échos comme un rire de sorcière qui aurait voleté à grands battements d'ailes autour d'eux.

Bill se tourna vers elle ; Richie laissa tomber sa veste de sport, qu'il venait de retirer du dossier de sa chaise ; il y eut un bruit de verre brisé — celui de la bouteille de gin jetée à terre par Eddie, d'un geste brusque du bras.

Beverly s'éloignait à reculons, mains tendues, le visage d'un blanc de craie. Entre ses paupières d'un mauve foncé, ses yeux s'exorbitaient. « Mes mains ! hurla-t-elle, mes mains !

— Qu'est-ce... ? » commença Bill, qui vit alors le sang qui dégoulinait de ses doigts pris de tremblements. Il fit un pas en avant et éprouva soudain une douleur dans ses propres mains. Elle n'était pas très forte ; elle était semblable à ces sensations de chaleur que l'on ressent parfois dans les blessures guéries depuis longtemps.

Les anciennes cicatrices de ses paumes, celles qui étaient réapparues en Angleterre, venaient de s'ouvrir et saignaient. Il regarda vers les autres et vit Eddie Kaspbrak qui contemplait ses mains d'un air stupide. Elles saignaient aussi. Comme celles de Mike, celles de Richie, celles de Ben.

« On est bons pour aller jusqu'au bout, non ? » pleurnicha Beverly. Ses sanglots retentissaient, amplifiés par le silence absolu de la bibliothèque ; le bâtiment lui-même avait l'air de pleurer avec elle. Bill pensa que s'il devait entendre ce bruit trop longtemps, il allait devenir fou. « Que Dieu nous vienne en aide, on est bons pour aller jusqu'au bout... » Elle sanglota de plus belle, et un filet de morve apparut à l'une de ses narines. Elle l'essuya du dos de l'une de ses mains tremblantes et du sang en tomba sur le sol.

« V-Vi-Vite ! s'écria Bill en saisissant la main d'Eddie.

— Qu'est-ce...

— Vite ! »

Il tendit son autre main, que Beverly prit après une brève hésitation. Elle pleurait toujours.

« Oui », dit Mike. Il avait l'air sonné, comme drogué, presque. « Oui, c'est bien ça, non ? Ça recommence, hein, Bill ? Ça repart de zéro.

— O-Oui, je crois... »

Mike prit la main d'Eddie et Richie celle de Beverly. Pendant un instant, Ben ne fit que les regarder, puis, agissant comme en rêve, il leva ses mains ensanglantées et vint se placer entre Mike et Richie et saisit leur main libre. Le cercle se referma.

(Ah Chüd c'est le rituel de Chüd et la Tortue ne peut pas nous aider.)

Bill voulut crier, mais aucun son ne sortit de sa gorge. Il vit la tête d'Eddie se renverser, les tendons et les veines de son cou se gonfler. Les hanches de Bev se cambrèrent violemment par deux fois, comme si elle était prise d'un orgasme aussi bref et aigu qu'une détonation de pistolet. La bouche de Mike s'agita de manière étrange, paraissant rire et grimacer en même temps. Dans le silence de la bibliothèque des portes s'ouvrirent et se refermèrent bruyamment, avec un grondement roulant comme des boules de bowling. Dans la salle des périodiques, une tornade sans vent dispersa les journaux, tandis que dans le bureau de Carole Danner, la machine à écrire se mettait à ronronner et à écrire toute seule :

leschemises
leschemisesdel'archi
leschemisesdel'archiduchesse
leschemisesdel'archiduchessesontellessèches

La sphère de la machine se paralysa. Il y eut un sifflement et un rot électronique dans les circuits en surcharge. Dans l'allée n° 2, les livres d'occultisme se mirent à tomber des étagères et les œuvres d'Edgar Cayce, de Nostradamus, de Charles Fort et des apocryphes s'éparpillèrent partout.

Bill éprouva une exaltante sensation de puissance. Il avait vaguement conscience d'être en érection et d'avoir tous ses cheveux qui se dressaient sur la tête. L'impression de force, dans le cercle reconstitué, était incroyable.

Toutes les portes de la bibliothèque se refermèrent bruyamment à l'unisson.

L'horloge comtoise, derrière le bureau de prêt, carillonna une fois.

Puis il n'y eut plus rien, comme si quelqu'un venait de couper un circuit.

Ils lâchèrent leurs mains et se regardèrent, sonnés. Personne ne dit mot. Tandis que refluait l'impression de puissance, le sentiment du destin funeste qui était le leur s'empara de Bill de manière insidieuse. Il regarda les visages blêmes et tendus de ses amis, puis ses mains. Elles étaient barbouillées de sang, mais les entailles pratiquées à l'aide d'un éclat de bouteille de Coca-Cola en août 1958 par Stan Uris s'étaient refermées, et il n'en restait plus que deux lignes claires, tordues comme des brins de ficelle défaits. Il pensa : *C'était la dernière fois où nous nous sommes trouvés tous les sept ensemble... le jour où Stan nous a fait ces entailles, dans les Friches. Stan n'est plus ici ; il est mort. Et c'est la dernière fois que nous nous retrouvons tous les six ensemble. Je le sais, je le sens.*

Beverly se pressait contre lui, tremblante. Bill passa un bras autour de ses épaules. Tous le regardèrent, les yeux agrandis et brillants dans la pénombre. La longue table autour de laquelle ils s'étaient assis, jonchée de bouteilles, de verres et de cendriers débordant de mégots, était un îlot de lumière.

« Ça suffit, déclara Bill d'une voix enrouée. On s'est assez amusés pour ce soir. On remet la grande soirée dansante à une autre fois.

— Je me souviens », dit Beverly. Elle leva les yeux vers Bill. Ses joues pâles étaient mouillées. « Je me souviens de tout. Mon père qui découvre que je fréquente votre bande. Comment j'ai couru. Bowers, Criss, Huggins. Ma fuite. Le tunnel... les oiseaux... Ça... Je me souviens de tout.

— Ouais, dit Richie, moi aussi. »

Eddie acquiesça. « La station de pompage...

— Et comment Eddie...

— Rentrez, maintenant, les interrompit Mike. Prenez du repos. Il est tard.

— Accompagne-nous, Mike, dit Beverly.

— Non. Il faut que je ferme. Et j'ai quelques notes à prendre... les minutes de la réunion, si vous voulez. Ce ne sera pas long. Partez devant. »

Ils se dirigèrent vers la sortie, sans beaucoup parler. Bill et Beverly ouvraient la marche, suivis de Richie, Ben et Eddie. Bill tint la porte pour Bev, qui murmura un remerciement. Comme elle s'avançait vers les marches de granit, Bill se fit la réflexion qu'elle paraissait jeune et vulnérable... Il avait tristement conscience d'être capable de retomber amoureux d'elle. Il essaya de penser à Audra, mais celle-ci paraissait bien loin. Elle devait dormir en ce moment dans leur maison de Fleet, à cette heure où le soleil se levait sur l'Angleterre et où le laitier commençait sa tournée.

Les nuages avaient de nouveau envahi le ciel de Derry, et des nappes d'un brouillard bas roulaient en torsades denses le long des rues désertes de la ville. Un peu plus haut, la Maison communale de Derry, étroite, haute, victorienne, semblait ruminer dans l'obscurité. Le bruit de leurs pas sonnait démesurément fort. La main de Beverly effleura la sienne, et Bill la prit avec gratitude.

« Ça a commencé avant que nous ne soyons prêts, dit-elle.

— A-t-on j-jamais été ré-réellement p-prêts ?

— Toi tu l'aurais été, Grand Bill. »

Il trouva brusquement le contact de sa main à la fois merveilleux et nécessaire. Il se demanda quel effet cela lui ferait de lui toucher les seins — pour la deuxième fois de sa vie — et soupçonna qu'il le saurait avant la fin de cette longue nuit. Il les trouverait plus pleins, plus mûrs... et sa main effleurerait une toison en se refermant sur son mont de Vénus. Il pensa : *Je t'aimais, Beverly... Je t'aime. Ben t'aimait... Il t'aime. Nous t'aimions tous, jadis... nous t'aimons tous, encore. Il vaut mieux, parce que ça ne fait que commencer. Aucune issue de secours, maintenant.*

Il jeta un coup d'œil derrière lui et vit la bibliothèque, à quelque distance. Richie et Eddie se tenaient sur la marche supérieure, Ben sur celle du bas, tourné vers eux. Il avait les mains enfoncées dans les poches, le dos voûté, et à travers les lambeaux de brume, il aurait presque pu avoir de nouveau onze ans. S'il avait été capable de lui transmettre un message télépathique, voici ce que Bill lui aurait dit : *Cela n'a pas d'importance, Ben. L'amour, voilà ce qui importe, l'amour et la tendresse... c'est toujours le désir, jamais le moment. Peut-être est-ce là tout ce que nous emportons avec nous quand nous quittons la lumière pour les ténèbres. Maigre réconfort, diras-tu, mais mieux que pas de réconfort du tout.*

« Mon père était au courant, dit tout d'un coup Beverly. Je suis revenue un jour des Friches, et il savait, simplement. Je ne t'ai jamais raconté ce qu'il disait d'habitude, quand il devenait furieux ?

— Quoi ?

— " Je m'inquiète pour toi, Bevvie. Je m'inquiète beaucoup. " » Elle rit et frissonna en même temps. « Je crois qu'il voulait me faire mal, Bill. Je veux dire... il m'avait déjà fait mal, mais cette fois-ci, c'était différent. Il était... c'était un homme étrange, de bien des façons. Je l'aimais. Je l'aimais même beaucoup, cependant... »

Elle le regarda, attendant peut-être qu'il finisse la phrase à sa place. Mais c'était quelque chose qu'elle devait se dire à elle-même, tôt ou tard. Mensonges et illusions étaient des boulets qu'ils ne pouvaient se permettre de traîner.

« ... je le haïssais, aussi. (Elle lui étreignit convulsivement la main pendant une seconde ou deux.) C'est la première fois de ma vie que j'avoue cela à quelqu'un. J'avais peur d'être foudroyée sur place si je le disais à voix haute.

— Redis-le, alors.

— Non. Je...

— Si, vas-y. Cela te fera mal, mais ça fait trop longtemps que ce truc-là t'empoisonne. Répète-le.

— Je haïssais mon père, dit-elle, se mettant à sangloter de manière incontrôlée, je le détestais, il me terrorisait, je le détestais, j'avais beau faire tout ce que je pouvais, jamais je n'étais une bonne fille pour lui, je le haïssais, oh oui, mais je l'aimais en même temps. »

Il s'arrêta et la tint serrée dans ses bras, Beverly s'agrippa à lui dans un geste de panique. Ses larmes vinrent mouiller le cou de Bill. Il n'avait que trop conscience du corps épanoui et ferme de la jeune femme. Il se dégagea légèrement, ne voulant pas qu'elle sente l'érection qui le gagnait... mais elle se serra de nouveau contre lui.

« On avait passé la matinée là en bas, à jouer à chat perché ou quelque chose comme ça. Un jeu parfaitement innocent. Nous n'avions même pas parlé de Ça ce jour-là, du moins pas encore... d'habitude, on finissait toujours par en parler à un moment ou un autre, chaque jour. Tu t'en souviens ?

— Oui, à-à un m-moment ou un autre. Je m'en souviens.

— Le ciel était à l'orage... il faisait chaud. Je suis revenue à la maison vers onze heures et demie. J'avais l'intention de manger un sandwich et de prendre une douche avant de retourner jouer. Mes parents travaillaient tous les deux. Mais lui était là. À la maison. Il

2

Main Street, 11 h 30

la balança à travers la pièce avant qu'elle eût seulement le temps de franchir le seuil. La surprise lui arracha un cri d'effroi, brutalement interrompu quand elle heurta, avec une violence qui l'étourdit, le mur en face. Elle s'effondra sur le canapé, jetant des regards affolés autour d'elle. La porte d'entrée se referma violemment. Son père l'avait attendue derrière.

« Je m'inquiète pour toi, Bevvie. Parfois, je m'inquiète même beaucoup. Tu le sais pourtant. Je te l'ai déjà dit et répété, non ?

— Mais Papa, qu'est-ce... »

Il se dirigea lentement vers elle à travers le séjour, une expression songeuse, triste et chargée d'une terrible menace sur le visage. Elle aurait voulu ne pas voir cette menace, mais elle y était bien, comme le reflet mat de la boue à la surface d'une eau tranquille. Il se mordillait pensivement la main droite à la hauteur d'une articulation. Il était encore en salopette, et quand elle baissa les yeux, elle vit que ses chaussures montantes laissaient des traces sur le tapis de sa mère. *Il va falloir que je sorte l'aspirateur*, pensa-t-elle de façon incohérente. *Pour nettoyer ça. S'il me laisse en état de le faire. S'il...*

C'était de la boue. De la boue noire. Son esprit s'emballa de manière alarmante. Elle était de nouveau dans les Friches avec Bill, Richie et les autres. Il y avait ce même genre de boue que celle qu'elle voyait sur les chaussures de son père, dans les Friches, dans la zone marécageuse où poussaient, blancs et squelettiques, ce que Richie appelait des bambous. Quand le vent soufflait, les troncs émettaient un son creux en s'entrechoquant qui faisait penser à des tambours vaudou... Son père serait-il allé dans les Friches ? Serait-il... ?

BAM !

Sa main décrivit une orbite large et vint atterrir sur le visage de Beverly, dont la tête alla porter contre le mur. Il glissa les pouces dans sa ceinture et se mit à la regarder avec une expression de curiosité déconnectée à faire frémir. Elle sentit un filet de sang couler du coin gauche de ses lèvres.

« Je t'ai vue devenir grande... », commença-t-il. Elle crut qu'il allait ajouter autre chose, mais il n'en fit rien.

« De quoi parles-tu, Papa ? demanda-t-elle d'une voix tremblante.

— Si jamais tu me mens, je te battrai jusqu'au moment où je serai sur le point de te tuer, Bevvie. » Elle se rendit compte avec horreur que ce n'était pas elle qu'il regardait, mais la gravure sur le mur au-dessus de sa tête. Son esprit battit de nouveau la campagne et elle se revit à quatre ans, assise dans son bain, avec le bateau bleu en plastique et le savon en forme de Popeye ; son père, immense, adoré, était agenouillé à côté d'elle, habillé d'un pantalon de serge grise et d'un gilet de corps à bretelles ; il tenait un gant de toilette d'une main et un verre de jus d'orange de l'autre, et lui savonnait le dos tout en lui disant : *Laisse-moi voir ces oreilles, Bevvie, Maman a besoin de patates pour le dîner.* Et elle entendit ses roucoulades de bébé, tandis qu'elle levait les yeux vers son visage où déjà grisonnait le poil, un visage qui était alors pour elle celui de l'éternité.

« Je... je ne mentirai pas, Papa, dit-elle. Qu'est-ce qu'il y a ? » Les larmes brouillaient de tremblements l'image de son père, devant elle.

« T'es descendue dans les Friches avec une bande de garçons, hein ? »

Son cœur fit un bond ; ses yeux retournèrent à ses chaussures couvertes de boue. Cette boue noire et collante. Si on s'y enfonçait trop, on pouvait y laisser une tennis ou une basket, même... et Richie et Bill prétendaient qu'au milieu, elle produisait un effet de sables mouvants.

« Je vais y jouer quel... »

BAM ! La main aux dures callosités s'abattit de nouveau violemment sur elle. Elle hurla de douleur et de peur. L'expression de son visage la terrifiait, comme la terrifiait cette façon qu'il avait de ne pas la regarder. Quelque chose allait de travers chez lui. Il ne faisait qu'empirer... et s'il avait réellement eu l'intention de la tuer ? S'il

(oh arrête ça Beverly c'est ton PÈRE et les PÈRES ne tuent pas leurs FILLES)

perdait tout contrôle. S'il...

« Qu'est-ce que tu leur as laissé te faire ? »

— Faire ? Qu'est-ce que... » Elle n'avait aucune idée de ce qu'il voulait dire.

« Enlève ton pantalon. »

Sa confusion fut à son comble. Rien de ce qu'il disait ne semblait avoir de rapport. Essayer de le suivre la rendait malade... comme si elle avait le mal de mer, presque.

« Qu'est-ce que... pourquoi... ? »

Sa main se leva ; elle se recroquevilla. « Enlève-le, Bevvie. Je veux voir si tu es intacte. »

Une nouvelle image lui traversa l'esprit, plus folle encore que les précédentes : elle se vit retirant son jean, une de ses jambes venant avec. Son père la frappant à coups de ceinture tandis qu'elle le fuyait à cloche-pied dans la pièce, sur sa jambe restante. Son père lui criant : *Je le savais que tu n'étais pas intacte, je le savais !*

« Mais Papa, je ne sais pas ce que... »

Sa main retomba de nouveau, serrée en un poing, cette fois-ci. Elle s'enfonça dans son épaule avec une force furieuse. Elle hurla. Il la releva, et pour la première fois la regarda directement dans les yeux. Ce qu'elle vit dans les siens la fit hurler de nouveau. Il n'y avait... rien. Son père était parti. Et Beverly comprit soudain qu'elle était seule dans l'appartement avec Ça, seule avec Ça en cette matinée somnolente d'août. Elle n'éprouvait pas la puissante impression de force et de mal apparaissant sans voiles qu'elle avait ressentie un peu plus d'une semaine auparavant dans la maison de Neibolt Street — l'humanité fondamentale de son père avait en quelque sorte dilué cette impression — mais Ça était bel et bien présent et œuvrait par son intermédiaire.

Il la jeta de côté. Elle heurta la table à café, trébucha dessus et alla s'étaler sur le plancher avec un cri. *C'est comme ça que ça se passe, songea-t-elle. Je le dirai à Bill pour qu'il comprenne. C'est partout dans Derry. Ça... Ça remplit simplement les endroits vides, c'est tout.*

Elle roula sur elle-même. Son père se dirigeait vers elle. Elle se fit glisser sur le fond de son jean pour lui échapper, les cheveux dans les yeux.

« Je sais que t'es allée en bas, on me l'a dit. Je ne l'ai pas cru. Je n'ai pas cru que ma petite Bevvie irait traîner avec une bande de garçons. Et c'est pourtant ce que j'ai vu de mes yeux ce matin : ma Bevvie avec une bande de galopins. Pas même douze ans et déjà à traîner avec les garçons ! »

Cette dernière remarque eut l'air de le lancer dans une nouvelle transe de rage qui fit trembler son corps décharné comme une décharge électrique. « Pas même douze ans ! » rugit-il en lui donnant un coup de pied qui la fit hurler. Ces mâchoires mâchaient les mots et cette idée comme les mâchoires d'un chien affamé mâcheraient un morceau de viande. « Pas même douze ans ! Pas même douze ans ! Pas même DOUZE ANS ! »

Nouveau coup de pied. Beverly s'éloigna frénétiquement. Ils venaient d'arriver dans la partie cuisine de l'appartement. Sa grosse chaussure de travail heurta le tiroir dans le bas de la cuisinière ; chaudrons et poêles, à l'intérieur, se mirent à ferrailler.

« Et n'essaie pas de m'échapper, Bevvie. Ne va surtout pas faire ça, ou il va t'en cuire. Crois-moi, maintenant. Crois ton papa. Je suis très sérieux. Traîner avec les garçons, les laisser te faire Dieu seul sait quoi — pas même douze ans ! —, c'est très sérieux, par le Christ. » Il l'empoigna par l'épaule et la remit brutalement sur ses pieds.

« Tu es une jolie fille. Y a plein de types qui ne demandent qu'à s'occuper des jolies filles. Et plein de jolies filles qui ne demandent que ça, qu'on s'occupe d'elles. T'as été faire la pute avec ces garçons, hein, Bevvie ? »

Enfin elle comprenait ce que Ça lui avait mis dans la tête... Sauf qu'au fond d'elle-même, elle se doutait que cette idée n'était peut-être pas nouvelle pour lui ; que Ça n'avait probablement fait qu'utiliser les instruments à sa disposition, attendant d'être ramassés.

« Non, Papa ! Non, Papa !

— Je t'ai vue fumer ! » meugla-t-il. Cette fois-ci, il la frappa de la paume de la main, assez durement pour l'envoyer tanguer à reculons comme une ivrogne contre la table de la cuisine, sur laquelle elle s'étala, un élancement douloureux aux reins. Salière et poivrier roulèrent au sol. Le poivrier explosa. Des fleurs noires s'épanouirent et disparurent devant ses yeux. Les bruits avaient quelque chose de trop creux. Elle vit son visage ; ou plutôt, une expression sur son visage. Il regardait sa poitrine. Elle se rendit soudain compte que sa blouse venait de s'ouvrir et qu'elle ne portait pas de soutien-gorge — elle n'en possédait d'ailleurs encore qu'un seul, pour le sport. Son esprit, une fois de plus, fit une plongée dans le passé, un passé récent : elle était dans la maison de Neibolt Street, lorsque Bill lui avait donné sa chemise. Elle avait eu conscience de la manière dont ses seins pointaient sous la fine étoffe de coton, mais leurs brefs coups d'œil occasionnels ne l'avaient pas gênée ; ils lui avaient paru parfaitement naturels. Et il y avait eu dans le regard de Bill quelque chose de plus que naturel, une chaleur, un désir, peut-être un profond danger.

Un sentiment de culpabilité venait maintenant se mêler à celui de terreur. Son père était-il aussi pervers que cela ? N'était-ce pas elle qui se faisait

(T'as été faire la pute avec ces garçons...)

des idées ? de mauvaises idées ? Des idées sur ce dont il parlait, quoi que ce fût ?

Ce n'est pas la même chose ! Ce n'est pas la même chose que la façon

(T'as été faire la pute)

dont il me regarde maintenant ! Pas la même

Elle fourra la blouse dans le pantalon.

« Bevvie ?

— On faisait que jouer, Papa. C'est tout. On jouait... on... on faisait rien de mal. On...

— Je t'ai vue fumer », répéta-t-il, s'approchant d'elle. Ses yeux se déplacèrent de sa poitrine à ses hanches étroites qu'aucune courbe ne dessinait encore. Il se mit soudain à psalmodier, d'une voix aiguë de petit garçon qui ne fit que l'effrayer davantage : « *Une fille qui prend du chewing-gum fumera ! Une fille qui fume boira ! Et une fille qui boit, tout le monde sait ce qu'elle finit par faire !*

— MAIS JE N'AI RIEN FAIT ! » lui cria-t-elle de toutes ses forces tandis que ses grosses mains s'abaissaient vers ses épaules. Mais il ne la pinça pas, ne lui fit pas mal. Ses mains étaient douces. Ce fut ce qui mit le comble à sa terreur.

« Beverly, reprit-il avec la logique folle de ceux qui sont en proie à une obsession absolue. Je t'ai vue avec des garçons. Peux-tu me dire ce qu'une fille fait avec des garçons dans ces buissons si ce n'est pas ce qu'elle fait sur le dos ?

— Laisse-moi tranquille ! » cria-t-elle. Une flambée de colère monta en elle d'un puits dont elle n'avait jamais soupçonné l'existence ; une flambée de colère comme une flamme bleu-jaune dans sa tête, qui menaçait de carboniser ses pensées. Chaque fois il lui faisait peur ; chaque fois il lui faisait honte ; chaque fois, il lui faisait mal. « Laisse-moi tranquille !

— On ne parle pas comme ça à son père, répliqua-t-il, l'air surpris.

— Je n'ai pas fait ce que tu dis ! Jamais !

— Peut-être. Peut-être pas. Je vais vérifier, pour être sûr. Je sais comment. Enlève ton jean.

— Non. »

Les yeux d'Al Marsh s'agrandirent, laissant voir un cercle de cornée jaunâtre autour des iris d'un bleu profond. « Qu'est-ce que tu as dit ?

— J'ai dit non. » Peut-être vit-il, dans son regard qu'elle ne baissait pas, la colère qui y brûlait, la poussée éclatante de la rébellion. « Qui te l'a dit ?

— Bevvie...

— Qui t'a dit que nous jouions en bas ? Un étranger ? Ce n'était pas un homme habillé d'un costume orange et argenté ? Il ne portait pas de gants ? Est-ce qu'il n'avait pas l'air d'un clown même si ce n'était pas un clown ? Comment il s'appelait ?

— Est-ce que tu va arrêter, Bevvie...

— Non, c'est toi qui vas arrêter », rétorqua-t-elle.

Il balança sa main, non pas ouverte, cette fois, mais fermée en un poing n'ayant qu'un but : casser. Beverly l'esquiva. Le poing alla heurter le mur. Al Marsh poussa un cri, la lâcha et porta la main à la bouche. Elle recula à petits pas rapides.

« Reviens ici !

— Non ! Tu veux me faire mal. Je t'aime, Papa, mais je te déteste quand tu es comme ça. Il n'est plus question que tu le fasses. C'est Ça qui te pousse à le faire, mais tu lui as ouvert la porte.

— Je comprends rien à ce que tu me racontes, mais tu ferais mieux de venir ici tout de suite. Je ne vais pas te le demander une fois de plus.

— Non, répéta-t-elle, se mettant de nouveau à pleurer.

— Ne m'oblige pas à venir te chercher, Bevvie. Je te dis que tu le regretteras, si tu fais ça. Viens ici.

— Dis-moi qui te l'a dit, et je viendrai. »

Il bondit sur elle avec une telle agilité féline que, bien qu'elle eût soupçonné l'imminence de son geste, elle faillit se laisser prendre. Elle s'empara à tâtons de la poignée de la porte de la cuisine, l'ouvrit juste assez pour s'y couler et partit au triple galop le long du couloir vers la porte de l'entrée, courant comme dans un cauchemar de panique, comme elle courrait encore une fois devant Mrs. Kersh vingt-sept ans plus tard. Derrière elle, son père s'écrasa sur la porte qu'il referma de son poids, et fit craquer en son milieu.

« REVIENS ICI TOUT DE SUITE, BEVVIE ! » rugit-il en l'ouvrant violemment et en se lançant à sa poursuite.

Le loquet était mis sur la porte de devant ; elle était arrivée par celle de derrière. D'une main tremblante, elle s'évertuait sur le loquet tandis qu'elle secouait inutilement la poignée de l'autre. Derrière, son père hurlait de nouveau ; c'était un bruit

(Enlève ce jean, petite pute !)

de bête. Elle finit par réussir à manœuvrer la serrure et la porte s'ouvrit. C'était un air brûlant qui montait et descendait dans sa gorge. Elle jeta un coup d'œil par-dessus son épaule et le vit juste derrière elle, tendant un bras vers elle, un sourire qui était une grimace sur le visage, ses dents jaunâtres, chevalines, s'ouvrant sur une bouche comme un piège à ours.

Beverly bondit comme un éclair à travers la moustiquaire et sentit ses doigts qui glissaient sur le dos de sa blouse sans arriver à l'agripper. Elle vola par-dessus les marches, perdit l'équilibre et alla s'étaler sur le trottoir de ciment en s'arrachant la peau aux deux genoux.

« REVIENS ICI TOUT DE SUITE, BEVVIE, OU DEVANT DIEU, JE JURE QUE TU SERAS FOUETTÉE JUSQU'AU SANG ! »

Il descendit à son tour les marches et elle se releva précipitamment, des trous à chacune des jambes de son pantalon,

(Enlève ton pantalon)

du sang dégoulinant des rotules, ses terminaisons nerveuses chantant *En avant soldats du Christ*. Elle regarda derrière elle et le vit lancé à sa poursuite, lui, Al Marsh, concierge et gardien, homme grisonnant habillé d'une salopette kaki et d'une chemise kaki avec deux poches à rabat, un trousseau de clefs retenu par une chaîne à la ceinture, les cheveux au vent. Mais il était absent de son propre regard : n'était plus là l'être qui lui avait lavé le dos et donné des coups de poing à l'estomac et avait fait l'un et l'autre parce qu'il s'inquiétait, s'inquiétait beaucoup pour elle, l'être qui avait une fois essayé de lui tresser les cheveux lorsqu'elle avait sept ans et qui avait tellement saboté le travail qu'il avait pouffé de rire avec elle en voyant les mèches partir dans tous les sens, l'être qui savait comment préparer un sabayon à la cannelle, le dimanche, bien meilleur que tout ce que l'on pouvait trouver pour vingt-cinq cents chez le glacier de Derry, l'être-père, l'incarnation masculine de sa vie, celui qui lui faisait parvenir des messages ambigus depuis son autre horizon sexuel. Aucun de ces êtres n'était maintenant dans son regard. Elle n'y lisait que le meurtre à l'état pur. Elle n'y découvrait que Ça.

Elle courut. Elle courut pour fuir Ça.

Mr. Pasquale, en train d'arroser son gazon, leva les yeux, surpris. Les garçons Zinnerman arrêtèrent de briquer la vieille Hudson Hornet qu'ils avaient achetée pour vingt-cinq dollars et qu'ils lavaient tous les jours ou presque. L'un d'eux tenait un tuyau, l'autre un seau plein d'eau savonneuse, mais tous deux étaient bouche bée. Mrs. Denton regarda ce qui se passait depuis la fenêtre du premier, l'une des robes de ses six filles à la main, le panier de linge à repriser à côté d'elle sur le sol, la bouche pleine d'aiguilles. Le petit Lars Theramenius eut le réflexe de tirer sur la ficelle de sa petite voiture et de se réfugier sur la pelouse pelée de Bucky Pasquale. Il éclata en sanglots lorsqu'il vit Beverly, qui avait consacré toute une matinée, ce printemps-là, à lui montrer comment lacer ses baskets de façon à ce que le nœud ne se défasse pas, passer comme une flèche à côté de lui, hurlante, les yeux exorbités. Suivie, l'instant suivant, de son père beuglant après elle. Et Lars, qui avait alors trois ans et mourrait douze ans plus tard dans un accident de moto, vit quelque chose d'effroyable et d'inhumain sur le visage de Mr. Marsh, au point qu'il en eut des cauchemars pendant trois semaines ; il voyait Mr. Marsh se transformer en araignée sous ses vêtements.

Beverly fonça. Elle avait parfaitement conscience que sa vie était peut-être en jeu. Si jamais son père la rattrapait maintenant, peu importait qu'ils fussent dans la rue. Il arrivait que les gens fissent des choses démentes à Derry, parfois ; elle n'avait pas besoin de lire les journaux ou de connaître l'histoire particulière de la ville pour le savoir. S'il l'attrapait, il l'étoufferait, la battrait, la bourrerait de coups de pied. Et quand ce serait terminé, quelqu'un viendrait le prendre et il se retrouverait dans une cellule, comme le beau-père d'Eddie Corcoran, hébété, ne comprenant rien.

Elle courut vers le centre-ville, croisant de plus en plus de gens au fur et à mesure. Ils les regardaient — elle, tout d'abord, puis son père —, l'air surpris, parfois stupéfié ; mais cela n'allait pas plus loin. Ils regardaient, oui, et retournaient à leurs affaires. L'air qui circulait dans ses poumons devenait maintenant plus lourd.

Elle traversa le canal, ses pieds sonnant sur le trottoir de ciment tandis qu'à sa droite les voitures faisaient gronder les épaisses lattes de bois du pont. Sur sa gauche, elle apercevait le demi-cercle de pierre sous lequel s'engouffrait la rivière pour franchir le centre-ville.

Elle coupa soudain Main Street, sans se soucier des furieux coups d'avertisseurs et des grincements de freins. Elle prenait sur sa droite parce que les Friches étaient dans cette direction. Elles se trouvaient à encore un bon kilomètre, et si elle voulait s'y réfugier, elle allait devoir distancer son père sur le redoutable raidillon de Up-Mile Hill (ou emprunter l'une des rues latérales, où la pente était encore plus prononcée). Mais quel choix avait-elle ?

« REVIENS SALE PETITE GARCE JE T'AVERTIS ! »

Comme elle bondissait sur le trottoir, de l'autre côté de la rue, elle jeta un coup d'œil derrière elle, ce qui fit ondoyer la masse de sa crinière rousse sur ses épaules. Son père traversait la rue, aussi insouciant de la circulation qu'elle l'avait été, le visage écarlate et brillant de sueur.

Elle se faufila dans une ruelle qui passait derrière Warehouse Row. Elle se retrouva à l'arrière des bâtiments qui s'alignaient sur Up-Mile Hill, où l'on conditionnait et conservait la viande en gros : Star Beef, Armour Meatpacking, Hemphill Storage & Warehousing, Eagle Beef & Kosher Meats. La ruelle était étroite et pavée, et les multiples poubelles et sacs d'ordures pleins de détritus fumants la rétrécissaient encore. Il régnait un mélange d'odeurs — certaines fades, d'autres prenantes, d'autres suffocantes — qui parlait d'une seule chose : de sang et de mort. D'innombrables débris rendaient les pavés glissants. Des nuages de mouches bourdonnaient. De l'intérieur des bâtiments, elle entendait le gémissement à glacer le sang des scies à ruban entaillant les os. Ses pieds perdaient leur sûreté sur les pavés poisseux. De la hanche, elle heurta une poubelle en tôle galvanisée, et des paquets de tripes, enveloppés dans du papier journal, en tombèrent comme de gigantesques fleurs charnues et exotiques.

« REVIENS TOUT DE SUITE ICI BEVVIE NOM DE DIEU ! ÇA SUFFIT MAINTENANT ! LES CHOSES SERONT ENCORE PIRES POUR TOI SI TU CONTINUES ! »

Deux hommes flemmardaient dans l'entrée de service de Kirshner Packing Works, mastiquant d'énormes sandwichs, la gamelle à portée de la main. « T'es dans de sales draps, la môme, dit l'un d'eux gentiment. On dirait bien que ton paternel va te filer une trempe. » L'autre rit.

Il gagnait du terrain. Elle entendait son pas pesant et sa respiration bruyante jusque derrière elle, maintenant ; jetant un coup d'œil sur sa droite, elle vit l'aile noire de son ombre portée sur la palissade qui courait de ce côté. Puis elle entendit son hurlement de fureur : il venait de glisser et de tomber rudement sur les pavés. Il se remit aussitôt debout, ne rugissant plus d'imprécations, mais se contentant de pousser des cris de rage pour le plus grand plaisir des deux garçons bouchers, qui riaient et se tapaient mutuellement dans le dos.

La ruelle faisait un crochet à gauche... et Beverly dérapa et s'arrêta, manquant tomber, une expression catastrophée sur le visage. Une benne à ordures était garée à la sortie de la ruelle. Il n'y avait pas trente centimètres d'espace de chaque côté. Le moteur tournait au ralenti. Par-dessous ce bruit, elle entendait le murmure d'une conversation : celle des éboueurs, aussi arrêtés pour la pause casse-croûte. On était à deux ou trois minutes de midi ; l'horloge du tribunal n'allait pas tarder à sonner les douze coups.

Elle l'entendit qui se rapprochait de nouveau. Elle se jeta à terre et commença à ramper sous la benne, sur ses coudes, sur ses genoux déjà meurtris. La puanteur de l'échappement et du diesel se mêlait à l'odeur de la viande avariée et lui donnait la nausée à lui faire tourner la tête. D'une certaine manière, sa progression était encore pire, elle glissait sur un magma poisseux de détritus boueux. Elle continua d'avancer, cependant, et se redressa un peu trop, à un moment donné, si bien que son dos heurta le pot d'échappement brûlant. Elle dut ravaler un cri.

« Beverly ? T'es là-dessous ? » dit-il d'une voix entrecoupée : il était hors d'haleine. Elle se retourna et rencontra son regard comme il inspectait le dessous de la benne.

« Laisse...-moi tranquille ! réussit-elle à dire.

— Sale petite garce ! » répliqua-t-il d'un ton âpre et étranglé. Il se jeta à plat ventre dans un tintement de clefs et commença à ramper après elle, se servant de grotesques mouvements de natation pour avancer.

Beverly poursuivit sa reptation jusqu'en dessous de la cabine du camion, s'agrippa à l'un des énormes pneus — ses doigts s'enfoncèrent jusqu'à la deuxième articulation dans un rainurage — et se souleva à la force des bras. Elle se heurta le coccyx contre le pare-chocs avant de la benne, ce qui ne l'empêcha pas de partir en courant vers Up-Mile Hill, la blouse et le jean maculés d'une matière visqueuse innommable et dégageant une puanteur infernale. Elle jeta un coup d'œil en arrière et vit les mains et les bras couverts de taches de rousseur de son père dépasser d'en dessous de la cabine de la benne, comme les serres de ces monstres que l'on imagine, enfant, surgissant d'en dessous de son lit.

Rapidement, sans prendre le temps de réfléchir, elle fonça entre le bâtiment de Feldman Storage et celui de l'annexe des frères Tracker. Ce passage couvert, trop étroit pour seulement mériter le nom de ruelle, débordait de caisses brisées, de mauvaises herbes, de tournesols même, et bien entendu de monceaux de détritus. Beverly plongea derrière une pile de cageots et se tapit là. Quelques instants plus tard, elle vit en un éclair son père qui passait en courant devant l'entrée du passage et fonçait vers le haut de la colline.

Elle se leva et se précipita vers l'autre issue du passage, fermée par un grillage. Elle l'escalada, passa par-dessus, redescendit de l'autre côté. Elle se trouvait maintenant sur le terrain du séminaire de théologie de Derry. Elle remonta en courant la pelouse au gazon soigneusement tondu et arriva à l'un des angles du bâtiment. À l'intérieur, quelqu'un jouait un morceau classique à l'orgue. Les notes semblaient se graver harmonieusement, avec calme, dans l'air paisible.

Une haute haie séparait le séminaire de Kansas Street. Elle regarda au travers et ne tarda pas à repérer son père de l'autre côté de la rue, soufflant comme un phoque, de larges taches de transpiration assombrissant sa chemise sous les bras. Il scrutait les alentours, mains sur les hanches. Son trousseau de clefs renvoyait des éclairs lumineux au soleil.

Beverly l'observa, respirant fort elle aussi, le cœur battant la chamade dans sa poitrine. Elle mourait de soif, et la puanteur qui montait de ses vêtements lui soulevait l'estomac. *Si j'étais un dessin de BD*, songea-t-elle tout à trac, *on verrait monter de moi des petits traits ondulés.*

Son père traversa lentement la rue pour venir du côté du séminaire.

Beverly s'arrêta de respirer.

Mon Dieu, je vous en prie, je ne peux plus courir, mon Dieu aidez-moi, ne le laissez pas me trouver !

Al Marsh remonta lentement le trottoir et passa juste à la hauteur de sa fille accroupie de l'autre côté de la haie.

Mon Dieu, faites qu'il ne sente pas mon odeur !

Il ne sentit rien — peut-être simplement parce qu'après avoir lui-même roulé dans la ruelle et rampé sous la benne à ordures, Al sentait aussi mauvais qu'elle. Il s'éloigna. Elle le vit redescendre Up-Mile Hill, et bientôt elle le perdit de vue.

Beverly se releva lentement. Elle était couverte d'ordures, elle avait le visage crasseux et son dos lui faisait mal à l'endroit où elle s'était brûlée contre le pot d'échappement. Mais ces malheurs pâlissaient à côté de l'extrême confusion de ses pensées, qui tourbillonnaient en tout sens : elle avait l'impression de s'être aventurée aux limites du monde, et aucun des modes habituels de comportement qu'elle connaissait ne semblait s'appliquer. Elle ne pouvait imaginer retourner chez elle ; mais elle ne pouvait pas non plus imaginer ne pas retourner chez elle. Elle avait défié son père, elle l'avait défié, lui...

Elle dut repousser cette idée qui la rendait faible et tremblante, lui révulsait l'estomac. Elle aimait son père. Cela ne faisait-il pas partie des dix commandements : « Honore ton père et ta mère, afin que tes jours se prolongent dans le pays que l'Éternel, ton Dieu, te donne » ? Oui. Mais il n'était pas lui-même. Ce n'était pas son père. Il s'était agi de quelqu'un de complètement différent. D'un imposteur. Ça...

Elle se glaça soudain, comme une question lui venait à l'esprit : et si cela arrivait aux autres ? Cela, ou quelque chose de similaire ? Il fallait les avertir. Ils avaient blessé Ça, et qui sait si Ça n'était pas en train de prendre des mesures pour que cela ne se reproduise pas ? Et de fait, vers qui aller, sinon ? Ils étaient ses seuls amis. Bill. Bill saurait ce qu'il fallait faire. Bill lui dirait comment agir, Bill lui fournirait le mode d'emploi pour la suite.

Elle s'arrêta à l'endroit où l'allée du séminaire rejoignait le trottoir et jeta un coup d'œil furtif au-delà de la haie. Son père était vraiment reparti. Elle tourna à droite et se dirigea vers les Friches en empruntant Kansas Street. Sans doute n'y trouverait-elle personne à l'heure qu'il était ; ils seraient tous chez eux, pour le déjeuner. Mais ils reviendraient. En attendant, elle pourrait se glisser dans la fraîcheur du Club souterrain et essayer de retrouver un minimum de contrôle de soi. Elle laisserait ouverte la petite fenêtre afin de bénéficier d'un peu de soleil, et peut-être pourrait-elle même dormir. Son corps fatigué et son esprit épuisé par la tension approuvèrent joyeusement cette idée. Dormir, oui, cela lui ferait du bien.

Elle passa en se traînant, tête basse, devant le dernier groupe de maisons avant que la pente ne devînt trop raide et ne tombât dans les Friches — les Friches où, aussi incroyable que cela lui parût, son père avait rôdé pour l'espionner.

Elle n'entendit aucun bruit de pas derrière elle. Les garçons prenaient bien garde d'être silencieux. Ils s'étaient déjà fait distancer, et ils n'avaient pas l'intention de se faire avoir une deuxième fois. Ils se rapprochèrent de plus en plus d'elle, silencieux comme des chats. Le Roteur et Victor souriaient, mais le visage de Henry n'avait qu'une expression sérieuse, vacante. Il avait les cheveux en bataille ; ses yeux n'étaient fixés sur rien, comme ceux d'Al Marsh dans la maison. Il porta un doigt à ses lèvres pour exiger encore plus de silence tandis qu'ils réduisaient la distance de vingt-cinq, à quinze puis à dix mètres.

Tout au long de cet été, Henry s'était de plus en plus avancé au-dessus de quelque chose comme un abysse mental, engagé sur un pont qui devenait de plus en plus étroit. Le jour où il s'était laissé caresser par Patrick Hockstetter, le pont s'était rétréci au point de se réduire à une corde raide. Mais ce matin-là, la corde avait cassé. Il était sorti dans la cour, nu si l'on excepte son caleçon en haillons, et avait regardé vers le ciel. Le fantôme lunaire de la nuit dernière y rôdait encore et sous ses yeux, le disque pâle s'était changé en une tête de mort ricanante. Henry était tombé à genoux devant cette apparition, pris d'une exaltation faite de terreur et de joie. Des voix fantomatiques lui vinrent de la lune. Des voix qui changeaient, semblaient parfois se confondre en un léger babil à peine compréhensible... mais il sentait la vérité, laquelle était simplement que toutes ces voix n'étaient qu'une voix, qu'une intelligence. Elles lui dirent de récupérer Huggins et Victor puis de se rendre au coin de Kansas Street et Costello Avenue vers midi. Elles ajoutèrent qu'il saurait alors ce qu'il aurait à faire. Et ça n'avait pas raté, la petite conne s'était ramenée. Il attendit pour savoir ce que la voix allait lui dire de faire ; la réponse arriva alors qu'ils se rapprochaient toujours. Elle arriva cette fois non point de la lune, mais d'une bouche d'égout auprès de laquelle ils passaient. Elle parlait bas, mais distinctement. Huggins et Victor jetèrent un regard hébété, presque hypnotisé, à la grille d'égout, puis revinrent sur Beverly.

Tuez-la, avait dit la voix sortie des égouts.

Henry Bowers mit la main à la poche de son jean et en retira un mince instrument de trente centimètres de long incrusté, sur les côtés, d'imitations d'ivoire. Un petit bouton chromé brillait à l'une des extrémités de ce douteux objet d'art. Henry le poussa. Une lame de vingt centimètres de long en jaillit, et il fit sauter le cran d'arrêt dans sa paume. Il commença à marcher un peu plus vite. Victor et le Roteur, l'air toujours hypnotisé, accélérèrent aussi pour rester à sa hauteur.

On ne peut pas dire que Beverly les ait réellement entendus ; ce n'est pas cela qui lui fit tourner la tête alors que Henry Bowers réduisait l'écart qui les séparait. Genoux ployés, le pied prudent, un sourire figé au visage, Henry était aussi silencieux qu'un Sioux. Non ; c'était simplement l'impression, trop claire, trop directe et puissante pour être rejetée, qu'on

3

Bibliothèque de Derry, 1 h 55 du matin

la regardait.

Mike Hanlon posa sa plume et parcourut des yeux la salle principale de la bibliothèque. Il vit les îlots de lumière projetés par les globes suspendus ; il vit les livres qui se perdaient dans l'obscurité ; il vit la gracieuse spirale de l'escalier de fer monter jusqu'aux rayons du haut. Il ne vit rien qui ne fût à sa place.

Et néanmoins, il ne croyait pas être seul. Ou du moins, il ne croyait plus être seul.

Après le départ des autres, Mike avait nettoyé l'endroit avec un soin qui n'était dû qu'à l'habitude. Il avait agi en pilotage automatique, l'esprit à des millions de lieues — et à vingt-sept ans — de là. Il vida les cendriers, jeta les bouteilles d'alcool vides (en les couvrant de détritus moins voyants pour ne pas choquer Carole Danner) et plaça celles qui étaient consignées dans un carton, sous son bureau. Puis il prit le balai et fit disparaître les débris de la bouteille de gin cassée par Eddie.

Une fois la table propre, il se rendit dans la salle des périodiques et ramassa les journaux dispersés. En accomplissant ces simples corvées, son esprit filtrait les histoires qu'ils s'étaient racontées, se concentrant peut-être avant tout sur ce qui n'avait pas été dit. Ils croyaient se souvenir de tout ; il pensait que c'était presque le cas pour Bill et Beverly. Mais il y avait autre chose. Cela leur reviendrait... si Ça leur en laissait le temps. En 1958 ils n'avaient eu aucune possibilité de se préparer. Ils avaient parlé interminablement — leurs bavardages seulement interrompus par la bataille de cailloux et leur tentative héroïque, en groupe, au 29, Neibolt Street — et en fin de compte n'avaient peut-être rien fait d'autre que cela : bavarder. Puis était arrivé le 14 août, jour où Henry et ses acolytes les avaient ni plus ni moins pourchassés jusque dans les égouts.

J'aurais peut-être dû leur dire, songea-t-il en remettant un dernier magazine en place. Mais quelque chose s'était fortement opposé à cette initiative — la voix de la Tortue, supposait-il. Peut-être cela en faisait-il partie, tout comme le sentiment de circularité. Peut-être l'acte allait-il se rejouer, remis au goût du jour, comment savoir ? Il avait soigneusement mis de côté des lampes-torches et des casques de mineur en prévision du lendemain ; il avait les plans du système des égouts et de drainage de Derry proprement enroulés et retenus par des élastiques dans le même placard. Mais, quand ils étaient enfants, toutes leurs parlotes, tous leurs plans à peine ébauchés ou non s'étaient traduits par un résultat nul. En fin de compte, ils s'étaient trouvés refoulés dans les égouts et poussés à la confrontation qui avait suivi. Qu'allait-il se passer ? La même chose ? Foi et puissance, en était-il venu à croire, étaient interchangeables. L'ultime vérité serait-elle encore plus simple ? Se pourrait-il qu'aucun acte de foi ne fût possible tant que l'on n'était pas brutalement poussé dans le vortex hurlant des choses, tel un nouveau-né parachutiste qui plongerait dans le vide au sortir du sein de sa mère ? Une fois que l'on tombait, on était bien obligé de croire à la chute, non ?

Mike nettoya, rangea, classa, pensa, tandis qu'une autre partie de son cerveau espérait qu'il allait bientôt en terminer et se trouver assez fatigué pour avoir envie de rentrer chez lui prendre quelques heures de repos. Mais lorsque tout fut impeccable, il s'aperçut qu'il était encore parfaitement réveillé. Il se rendit donc dans le seul secteur qui fût barricadé de la bibliothèque : la réserve située derrière son bureau ; il déverrouilla la grille avec l'une des clefs de son trousseau et y pénétra. Cette réserve, qui en principe pouvait résister à l'incendie lorsque l'on abaissait et fermait une porte comme une écoutille, contenait les livres de valeur de la bibliothèque, les premières éditions, les livres avec la signature d'écrivains morts depuis longtemps (parmi ceux-ci, on trouvait un *Moby Dick* autographié par Melville, un *Leaves of Grass* de Walt Whitman), les ouvrages historiques relatifs à la ville et les papiers personnels de quelques-uns des rares écrivains qui avaient vécu et œuvré à Derry. Mike espérait, si jamais cette histoire se finissait bien, que Bill léguerait ses manuscrits à la bibliothèque de Derry. Empruntant la troisième rangée de la réserve, sous les ampoules protégées d'abat-jour de tôle, au milieu des odeurs familières d'humidité, de poussière et de papier vieillissant, il pensa : *Quand je mourrai, je parie que je partirai en tenant une carte d'abonnement d'une main et le tampon EN RETARD de l'autre. Bof, il y a sans doute pis que cela.*

Il s'arrêta à mi-chemin le long de cette allée. Son carnet de notes aux coins écornés, où se trouvaient consignés les événements de Derry et ses propres divagations, se camouflait entre deux ouvrages sur l'histoire de la ville et de la région ; poussé tout au fond de l'étagère, il restait pratiquement invisible et n'avait guère de chances d'être découvert par hasard.

Mike le prit et retourna s'installer à la table de la réunion, après avoir fermé les lumières dans la réserve et en avoir verrouillé la porte. Il parcourut les pages déjà écrites, songeant à ce que ce témoignage pouvait avoir d'étrange et de discutable : en partie histoire, en partie scandale, en partie journal, en partie confession. Sa dernière intervention remontait au 6 avril. *Il va falloir attaquer bientôt un nouveau carnet,* se dit-il en feuilletant les quelques pages blanches qui restaient. Un instant il évoqua, amusé, le premier jet d'*Autant en emporte le vent,* rédigé par Margaret Mitchell sur toute une pile de cahiers d'écolier. Puis il dévissa son stylo et écrivit *31 mai,* deux lignes en dessous de sa dernière note. Il fit une pause, laissant son regard errer dans la bibliothèque déserte avant de se mettre à consigner tout ce qui était arrivé depuis les trois derniers jours, en commençant par son appel téléphonique à Stan Uris.

Il écrivit calmement pendant un quart d'heure, puis il commença à perdre de sa concentration. Sa plume resta de plus en plus suspendue en l'air. L'image de la tête coupée de Stan dans le frigidaire l'assaillait ; la tête ensanglantée de Stan, la bouche ouverte et bourrée de plumes, tombant du réfrigérateur et roulant vers lui sur le sol. Il la repoussa avec effort et se remit à écrire. Cinq minutes plus tard il sursauta et regarda autour de lui, convaincu qu'il allait voir la tête rouler sur le sol carrelé en rouge et noir, les yeux aussi vitreux et avides que ceux d'une tête empaillée de cerf.

Il n'y avait rien. Pas de tête et aucun bruit, sinon les battements étouffés de son propre cœur.

Faut que tu te reprennes, Mikey. C'est nerveux ton truc, c'est tout. Rien d'autre.

Effort inutile. Les mots lui échappaient, les idées le narguaient, hors de portée. Quelque chose pesait de plus en plus sur sa nuque.

L'impression d'être observé.

Il posa son stylo et se leva. « Y a quelqu'un ici ? » lança-t-il. L'écho de sa voix se répercuta sous la rotonde, et il sursauta une nouvelle fois. Il se passa la langue sur les lèvres et recommença. « Bill ?... Ben ? »

Bill-ill-ill... Ben-en-en...

Mike eut soudain très envie de se retrouver chez lui. Il n'avait qu'à simplement emporter le carnet. Il tendit la main... et entendit le glissement presque imperceptible d'un pas.

Il leva de nouveau les yeux. Des flaques de lumière entourées de lagons de pénombre allant s'épaississant. Rien d'autre... en tout cas, rien d'autre qu'il pût voir. Il attendit, le cœur battant.

Le bruit de pas se reproduisit et cette fois-ci il le localisa. Il provenait du passage tout en vitres qui reliait la bibliothèque des adultes à celle des enfants. Là. Quelqu'un. Ou quelque chose.

Se déplaçant sans précipitation, Mike se rendit jusqu'au comptoir de sortie des livres. La porte à double battant qui donnait sur le passage était maintenue ouverte par des cales en bois, et il en voyait donc une partie. Il crut deviner ce qui lui parut être des pieds et, pris d'un soudain sentiment d'horreur à en perdre connaissance, il se demanda si Stan n'allait pas sortir de l'ombre avec son guide des oiseaux sous le bras, le visage d'un blanc de craie, les lèvres violettes, poignets et bras entaillés. *J'ai fini par venir*, dirait Stan. *Cela m'a pris un certain temps, parce qu'il a fallu que je sorte de mon trou dans la terre, mais je suis finalement venu...*

Il y eut un autre pas, et Mike fut sûr de voir des chaussures — des chaussures et le bas déchiré d'un pantalon de toile. Des fils d'un bleu délavé pendaient sur des chevilles nues. Et dans l'obscurité, à plus d'un mètre quatre-vingts au-dessus de ces pieds, il distinguait deux yeux qui luisaient.

Sa main se mit à tâtonner à la surface du comptoir semicirculaire, arriva de l'autre côté, et tomba en contrebas sur le coin d'une petite boîte — les cartes des ouvrages en retard. Puis sur une autre boîte (bouts de papier, rubans adhésifs). Ses doigts arrivèrent sur quelque chose en métal qu'ils saisirent : un coupe-papier avec les mots JÉSUS SAUVÉ écrits sur le manche. Un objet fragile, offert par l'Église baptiste dans le cadre d'une campagne de collecte de fonds. Cela faisait quinze ans que Mike ne mettait plus les pieds à l'Église, mais sa mère avait été baptiste et il leur avait envoyé cinq dollars, plus qu'il ne pouvait se permettre. Il avait envisagé de jeter le coupe-papier qui était finalement resté au milieu du désordre qui régnait de son côté du comptoir (le côté de Carole était toujours d'une netteté impeccable) jusqu'à maintenant.

Il l'empoigna fermement, scrutant l'obscurité du passage.

Il y eut un autre pas... puis un autre. Le pantalon en haillons était maintenant visible jusqu'aux genoux. Il devinait la silhouette de celui à qui il appartenait : grande, massive. Les épaules voûtées. Une impression de cheveux hirsutes. Une tête simiesque.

« Qui êtes-vous ? »

La silhouette s'était immobilisée et le contemplait.

Bien qu'il fût toujours effrayé, Mike avait chassé l'idée paralysante qu'il pût s'agir de Stan Uris, sorti de sa tombe et rappelé à la vie par les cicatrices de ses paumes, sous l'effet de quelque horrible magnétisme ayant fait de lui un zombie, comme dans un film d'épouvante de Hammer. Qui que ce fût, il ne s'agissait pas de Stan Uris, qui n'avait jamais dépassé le mètre soixante-dix.

La silhouette fit un autre pas ; maintenant, la lumière du globe le plus proche de la porte éclairait la taille du jean, que ne serrait aucune ceinture.

Soudain, Mike sut qui était là ; même avant que la silhouette eût prononcé un mot, il le savait.

« Salut, négro. Alors, on lance plus des cailloux aux gens ? Tu veux savoir qui a empoisonné ton putain de clébard ? »

Nouveau pas en avant. La lumière tomba sur le visage de Henry Bowers. Il était devenu gras et flasque ; sa peau présentait une nuance malsaine de suif ; ses bajoues tombantes étaient recouvertes d'un chaume court avec autant de blanc que de noir. Des plis onduleux — trois — creusaient son front au-dessus de sourcils broussailleux. D'autres plis encadraient la bouche aux lèvres épaisses. Au milieu de leur sac de chairs affaissées, les yeux étaient petits et méchants, injectés de sang, ne reflétant aucune pensée. C'était le visage d'un homme vieilli avant l'âge, un homme de trente-neuf ans allant directement sur ses soixante-treize. Mais c'était également le visage d'un gamin de douze ans. Les vêtements de Henry étaient encore maculés de vert, celui des buissons parmi lesquels il s'était dissimulé toute la journée.

« Alors, on dit plus bonjour, négro ? demanda Henry.

— Bonjour, Henry. » Il vint vaguement à l'esprit de Mike que cela faisait deux jours qu'il n'avait pas écouté les informations à la radio, ni même lu les journaux, ce qui était pourtant un rituel chez lui. Trop de choses s'étaient passées. Trop occupé.

Trop bête.

Henry émergea complètement du corridor qui reliait les deux bibliothèques et s'immobilisa là, scrutant Mike de ses yeux porcins. Ses lèvres s'ouvrirent sur un sourire immonde, révélant des dents pourries.

« Les voix, dit-il. T'as jamais entendu de voix, négro ?

— De quelles voix parles-tu, Henry ? » Mike mit les deux mains derrière le dos, comme un écolier interrogé par son maître, et fit passer le coupe-papier de sa main gauche à sa main droite. La comtoise, un cadeau de Horst Mueller fait en 1923, égrenait solennellement les secondes dans le doux lac de silence de la bibliothèque.

« Des voix de la lune, répondit Henry en mettant une main dans sa poche. Elles viennent de la lune. Des tas de voix. (Il se tut, fronça légèrement les sourcils et secoua la tête.) Des tas, mais en réalité une seule. Ce sont ses voix.

— Est-ce que tu as vu Ça, Henry ?

— Ouaip. Frankenstein. Il a arraché la tête de Victor. T'aurais dû entendre ça. Un bruit comme une grande fermeture Éclair. Après, il a couru derrière le Roteur. Le Roteur s'est battu avec.

— Vraiment ?

— Ouaip. C'est comme ça que je me suis tiré.

— Tu l'as laissé se faire massacrer.

— J' t'interdis de dire ça ! » éructa Henry, dont les joues s'empourprèrent. Il fit deux pas en avant. Plus il s'éloignait du cordon ombilical reliant les deux bibliothèques, plus Mike lui trouvait l'air jeune. Il vit toujours la même vieille méchanceté sur le visage de l'homme, mais aussi quelque chose d'autre : l'enfant qu'avait élevé ce cinglé de Butch Bowers sur une bonne ferme devenue un vrai terrain vague avec les années. « J' t'interdis de dire ça ! Ça m'aurait tué, aussi !

— Ça ne nous a pas tués, nous. »

Une lueur d'humour rance brilla dans l'œil de Henry. « Pas encore. Mais ça viendra. À moins que je ne lui en laisse pas un seul de votre bande. » Il sortit la main de sa poche. Il tenait un mince instrument de trente centimètres de long incrusté, sur les côtés, d'imitations d'ivoire. Un petit bouton chromé brillait à l'une des extrémités de ce douteux objet d'art. Henry le poussa. Une lame de vingt centimètres de long en jaillit, et il fit sauter le cran d'arrêt dans sa main. Puis il se mit à avancer un peu plus vite en direction du comptoir.

« Regarde ce que j'ai trouvé, dit-il. Je savais où le chercher. » Il lui adressa un clignement d'œil obscène, d'une paupière tombante. « C'est l'homme dans la lune qui me l'a dit. » Il exhiba de nouveau ses dents. « J' m' suis caché, aujourd'hui. J'ai fait du stop, la nuit dernière. Un vieux. J'ai cogné. Mort, peut-être. M' suis foutu dans le fossé avec la bagnole à Newport. Juste à l'entrée de Derry, j'ai entendu cette voix. J'ai regardé dans une bouche d'égout. Y avait ces frusques. Et le couteau. Mon vieux couteau.

— Tu oublies quelque chose, Henry. »

Henry, toujours souriant, secoua la tête.

« On s'en est tirés, et tu t'en es tiré. Si Ça nous veut, Ça te veut aussi.

— Non.

— Je crois que si. Peut-être ta bande de mabouls a fait son sale boulot, mais on ne peut pas dire que Ça vous a à la bonne, hein ? Il s'est payé deux de tes copains, et pendant que Huggins se battait avec lui, tu t'es tiré. Mais maintenant, tu es de retour. Je pense que tu fais partie du boulot que Ça n'a pas terminé, Henry. Sincèrement.

— Non !

— C'est peut-être bien Frankenstein que tu vas voir. Ou le loup-garou. Ou un vampire. Ou le clown, qui sait ? Ou alors, tu vas voir à quoi il ressemble vraiment, Henry. Nous, nous l'avons vu. Tu veux que je te raconte ? Tu veux que je...

— La ferme ! » hurla Henry en se lançant sur Mike.

Mike fit un pas de côté et tendit la jambe. Henry trébucha dessus et alla glisser sur le carrelage usé. Sa tête vint heurter l'un des pieds de la table où s'étaient réunis les Ratés un peu plus tôt pour se raconter leurs histoires. Il resta quelques instants étourdi, le couteau pendant dans sa main.

Mike se rua sur lui, sur le couteau. Il aurait alors pu achever Henry ; il aurait eu le temps de planter le coupe-papier JÉSUS SAUVE venu par la poste de l'Église à laquelle appartenait sa mère dans la nuque de Henry. Après il aurait appelé la police. On aurait eu droit à un certain nombre de déclarations officielles toutes plus absurdes les unes que les autres, mais pas tant que cela, pas à Derry, où ce genre d'événements bizarres et violents n'était pas tout à fait exceptionnel.

Ce qui arrêta son geste fut la prise de conscience, tellement brutale qu'elle relevait davantage de la sensation que de la compréhension, que s'il tuait Henry, il ferait la besogne de Ça tout comme Henry la ferait en le tuant, lui. Puis il y avait quelque chose d'autre : cette expression différente qu'il avait entr'aperçue sur le visage de Henry, cette expression fatiguée et terrifiée d'un enfant maltraité jeté sur une trajectoire infernale pour quelque objectif inconnu. Henry avait grandi dans le rayonnement contaminant de l'esprit de Butch Bowers ; il avait certainement appartenu à Ça avant même d'en soupçonner l'existence.

C'est pourquoi, au lieu de planter le coupe-papier dans la nuque vulnérable de Henry, il se laissa tomber à genoux et lui arracha le couteau à cran d'arrêt. L'arme se tordit dans sa main — de sa propre volonté, aurait-on dit — et ses doigts se refermèrent sur la lame. La douleur ne vint pas tout de suite ; il n'y eut qu'un sang bien rouge coulant entre ses doigts jusqu'aux cicatrices de sa paume.

Il tira, mais Henry roula sur lui-même et arracha le couteau à sa prise. À genoux, les deux hommes se firent face, l'un saignant du nez, l'autre de la main. Henry secoua la tête, et des gouttelettes de sang allèrent se perdre dans l'obscurité.

« Dire qu'on vous croyait si brillants ! gronda Henry d'une voix rauque. Rien qu'une bande de poules mouillées, oui ! On vous aurait fichu la trempe dans un combat à la loyale !

— Pose ce couteau, Henry, dit Mike d'un ton calme. Je vais

appeler la police. Ils vont venir te chercher et te ramèneront à Juniper Hill. Tu seras loin de Derry. Tu seras en sécurité. »

Henry voulut parler mais n'y arriva pas. Il ne pouvait pas expliquer à ce foutu négro qu'il ne serait pas plus en sécurité à Juniper Hill qu'à Los Angeles ou à Tombouctou. Tôt ou tard la lune se lèverait, blanche comme l'os, froide comme la neige, et les voix fantômes se mettraient à parler, et la face de la lune se transformerait en son visage, le visage de Ça, babillant, riant, donnant des ordres. Il avala une gorgée de sang poisseux.

« Vous vous êtes jamais battus à la loyale !

— Et vous ?

— Espècedesalenègreretournedoncsurtonarbreavectesfranginsles-singes ! » rugit Henry en bondissant sur Mike.

Celui-ci se pencha en arrière pour tenter d'éviter cette charge maladroite, mais il s'étala sur le dos. Henry heurta de nouveau la table, rebondit, fit demi-tour et saisit Mike au poignet gauche. Mike fit décrire un arc de cercle au coupe-papier qui vint s'enfoncer dans l'avant-bras de Henry, profondément. Henry hurla mais, loin de relâcher sa prise, il le serra plus fort. Il se hissa vers Mike, les cheveux dans les yeux, le sang coulant de son nez brisé jusque dans sa bouche.

Mike essaya de repousser Henry du pied mais l'évadé de Juniper Hill se servit à son tour de son couteau, enfonçant les vingt centimètres de la lame dans la cuisse de Mike. Elle y pénétra sans effort, comme dans un pain de beurre tiède. Henry la retira, dégoulinante de sang et avec un cri où douleur et effort se mêlaient, Mike le repoussa.

Il se remit péniblement sur ses pieds, mais Henry fut plus rapide et Mike eut tout juste le temps d'éviter la nouvelle charge du fou furieux. Il sentait le sang qui coulait le long de sa jambe à un rythme alarmant et venait remplir sa chaussure de sport. *Il m'a eu à l'artère fémorale, c'est sûr. Seigneur, il m'a salement amoché. Du sang partout. Du sang sur le sol. Mes godasses seront foutues, merde, je les ai achetées il y a deux mois...*

Henry chargea une fois de plus, soufflant et haletant comme un taureau après les banderilles. Mike réussit à s'écarter d'un pas titubant, non sans lui porter un coup de coupe-papier. L'arme improvisée déchira la chemise de Henry et lui fit une profonde estafilade à hauteur des côtes. Henry poussa un grognement au moment où Mike, pour la troisième fois, le repoussait.

« Espèce de nègre aux doigts crasseux ! se mit à geindre Henry. Regarde ce que tu as fait !

— Lâche ce couteau, Henry. »

Il y eut un petit rire venant de derrière eux. Henry regarda... et poussa un cri d'horreur pure, portant les mains à ses joues comme une vieille fille offensée. Le regard de Mike se porta, affolé, vers le comptoir. Il y eut un bruit violent qui résonna sourdement, et la tête de Stan Uris en jaillit, juchée sur un ressort en tire-bouchon qui s'enfonçait dans son cou dégoulinant. Un fond de teint d'un blanc plâtreux lui faisait un teint livide, accentué par deux taches rouges aux joues. Deux gros pompons orange fleurissaient dans les orbites à la place des yeux. La grotesque tête de diable-Stan dans sa boîte oscillait d'avant en arrière au bout de son ressort comme l'un des tournesols géants de la maison de Neibolt Street. Sa bouche s'ouvrit et se mit à chantonner d'une voix grinçante et ricanante, « Tue-le, Henry ! Tue ce négro, tue ce bougnoul, tue-le, tue-le, TUE-LE ! »

Mike eut un mouvement de recul vers Henry, se rendant vaguement compte avec chagrin qu'il venait de se faire avoir, se demandant encore plus vaguement la tête que Henry avait bien pu voir, de son côté, s'agiter au bout du ressort : celle de Stan ? celle de Victor Criss ? celle de son père, peut-être ?

Henry hurla et se jeta de nouveau sur Mike, agitant le cran d'arrêt comme monte et descend l'aiguille d'une machine à coudre. « Gaaaaah, négro ! hurlait-il. Gaaaaah, négro ! Gaaaah, négro ! »

Mike partit en marche arrière, mais sa jambe blessée lui fit subitement défaut et il s'effondra sur le sol. Il ne sentait presque plus rien dans cette jambe ; elle lui paraissait simplement froide, lointaine. Son pantalon couleur crème, vit-il, était maintenant d'un rouge éclatant.

La lame de Henry passa comme un éclair à la hauteur de son nez.

Mike frappa à son tour avec le coupe-papier JÉSUS SAUVÉ au moment où Henry prenait son élan pour lui porter un coup mieux ajusté, si bien qu'il se jeta sur l'arme de fortune comme un insecte sur une aiguille. Un sang chaud vint arroser les doigts de Mike. Il y eut un bruit sec, et lorsque Mike voulut retirer sa main, elle ne tenait plus que le manche du coupe-papier. Le reste dépassait de l'estomac de Henry.

« Gaaaaah ! Négro ! » vociféra le dément en refermant la main sur le tronçon de métal. Du sang se mit à couler entre ses doigts. Il le regarda avec des yeux exorbités par l'incrédulité. Au bout de son ressort qui oscillait et grinçait, la tête partit d'un rire criard. Mike qui se sentait sur le point de s'évanouir lui jeta un coup d'œil et vit que c'était maintenant celle de Huggins le Roteur, bouchon de champagne humain coiffé d'une casquette de l'équipe de base-ball des Yankees de New York tournée à l'envers. Il poussa un grognement, mais le son eut quelque chose de lointain, comme un écho dans ses propres oreilles. Il se rendait compte qu'il était assis dans une mare de sang. *Si je ne pose pas un garrot sur ma jambe, je suis un homme mort.*

« Gaaaaaaaaah Négrooooooo ! » éructa Henry. Tenant toujours son estomac dégoulinant de sang d'une main et le couteau à cran d'arrêt de l'autre, il partit en titubant vers les portes de la bibliothèque. Il zigzaguait comme un ivrogne d'un bord à l'autre de l'allée, et avança au milieu de la grande salle comme la bille d'un billard électrique. Il heurta un fauteuil et le renversa. Sa main tâtonnante fit basculer un présentoir à journaux. Il atteignit enfin les portes, écarta l'un des battants et plongea dans la nuit.

Mike commençait à perdre conscience. Il s'acharnait sur la boucle de sa ceinture avec des doigts qu'il sentait à peine. Il réussit enfin à la défaire et à la dégager des passants. Puis il l'enroula autour de sa cuisse juste en dessous de l'aine et serra aussi fort qu'il put. La tenant d'une main, il entreprit de ramper jusqu'au comptoir, à l'endroit où était le téléphone. Il ne savait pas très bien comment il l'atteindrait, mais pour l'instant, son problème était seulement de parvenir jusqu'à sa hauteur. Le monde tanguait, se brouillait et se dissipait en vagues grises autour de lui. Il tira la langue et se la mordit sauvagement. Douleur immédiate, exquise. Les formes retrouvèrent leur acuité. Il se rendit compte qu'il tenait encore la poignée du coupe-papier et la jeta. Enfin il arriva en dessous du comptoir, qui lui parut aussi haut que l'Éverest.

Mike glissa sa bonne jambe sous lui et poussa, s'aidant de sa main libre, agrippée au bord de la partie bureau. Sa bouche s'étirait en une grimace tremblotante, ses yeux n'étaient plus que deux fentes. Il finit par se redresser complètement. Il resta là, planté comme une cigogne, et tira le téléphone à lui. Retenu sur le côté par un adhésif, un rectangle de papier où figuraient trois numéros : la police, les pompiers et l'hôpital. D'un doigt tremblant qui lui parut bouger à dix kilomètres de lui, Mike composa celui de l'hôpital : 553 3711. Il ferma les yeux au moment où la sonnerie commença... pour les ouvrir brusquement en grand : lui répondait la voix de Grippe-Sou le Clown.

« Salut, négro ! s'exclama Grippe-Sou avant d'éclater d'un hurlement de rire aussi aigu qu'un morceau de verre cassé dans l'oreille de Mike. Comment ça va ? Je crois que t'es cuit, qu'est-ce que t'en penses ? Je crois bien que Henry a fait le boulot pour moi ! Tu veux un ballon, Mikey ? Tu veux un ballon ? Comment ça va ? Salut, mon vieux ! »

Les yeux de Mike se tournèrent vers l'horloge comtoise, l'horloge de Mueller, et il ne fut pas surpris de voir qu'à la place du cadran il y avait la tête de son père, ravagée par les effets du cancer. Tournés vers le haut, les yeux exorbités ne montraient que le blanc. Soudain la tête tira la langue et l'horloge se mit à sonner.

Mike lâcha prise ; le bord du plateau lui échappa. Il oscilla un instant sur sa bonne jambe et s'écroula. Le combiné pendait devant lui au bout de son fil comme une amulette destinée à l'hypnotiser. Il avait de plus en plus de difficultés à maintenir la ceinture en place.

« Salut, le mec ! » fit la voix éclatante de Grippe-Sou dans l'appareil. Ici le martin-pêcheur qui te parle ! Le roi des pêcheurs de Derry, exactement, mon vieux, c'est la vérité ! C'est pas ce que tu dirais, mon gars ?

— S'il y a quelqu'un là derrière, croassa Mike, une voix réelle derrière celle que j'entends, je vous en supplie, aidez-moi. Je m'appelle Michael Hanlon et je suis à la bibliothèque de Derry. Je perds mon sang très vite. Si vous êtes là, je ne peux pas vous entendre. Il ne m'est pas permis d'entendre votre voix. Si vous êtes là, je vous en supplie, dépêchez-vous. »

Il s'allongea sur le côté et se recroquevilla jusqu'à ce qu'il fût en position fétale. Il enroula la ceinture de deux tours à sa main droite et consacra toute son énergie à la maintenir en place, tandis que le monde s'estompait en nuages gris, cotonneux et ballonnés.

« Salut, l' mec ! Comment qu' ça va ? s'égosilla Grippe-Sou dans le combiné qui oscillait.

— Comment qu' ça va, sale bougnoul ? Salut,

4

Kansas Street, 12 h 20

gonzesse, dit Henry Bowers. Comment qu' ça va, petite connasse ? »

Beverly réagit instantanément, et se tourna pour foncer. Une réaction plus vive que ce à quoi ils s'attendaient. Elle faillit de peu réussir à leur filer sous le nez... mais il y avait ses cheveux. Henry tendit la main, attrapa une partie des longues boucles ondoyantes et tira. Il grimaça un sourire à quelques centimètres d'elle ; il avait une haleine chaude, épaisse, fétide.

« Comme qu' ça va ? reprit-il. Où tu te barres, hein ? Tu vas retrouver tes trous-du-cul de copains pour faire joujou ? J'ai bien envie de te couper le nez et de te le faire bouffer. Ça te plairait, non ? »

Elle se débattit pour se libérer. Henry éclata de rire et lui secoua la tête d'avant en arrière, par les cheveux. Dans son autre main, le couteau lançait des éclairs menaçants au soleil embrumé d'août.

Soudain, une voiture donna un long coup d'avertisseur.

« Hé là ! Qu'est-ce que vous êtes en train de faire, les garçons ? Laissez cette fille tranquille ! »

C'était une vieille dame, au volant d'une Ford 1950 encore en excellent état. Elle s'était arrêtée le long du trottoir et se penchait sur son siège recouvert d'une couverture pour regarder par la vitre du passager. À la vue de ce visage honnête et en colère, l'expression hébétée s'estompa pour la première fois dans les yeux de Victor Criss. « Qu'est-ce...

— S'il vous plaît ! cria Beverly d'une voix suraiguë, il tient un couteau ! Un couteau ! »

Sur le visage de la vieille dame, la colère fit place à de l'inquiétude, de la surprise, mais aussi de la peur. « Mais qu'est-ce que vous faites donc ? Laissez-la tranquille ! »

De l'autre côté de la rue — Bev vit parfaitement la scène —, Hubert Ross quitta sa chaise longue, sous le porche de sa maison, et s'approcha de la balustrade pour regarder. Son visage était aussi dépourvu d'expression que celui de Huggins. Il replia son journal, fit demi-tour et entra tranquillement chez lui.

« Laissez-la tranquille ! » répéta la vieille dame, s'égosillant, cette fois.

Découvrant les dents, Henry courut brusquement vers la voiture, traînant Beverly derrière lui par les cheveux ; elle trébucha, tomba sur un genou, fut tirée tout de même. Son cuir chevelu la faisait souffrir de manière intolérable. Elle sentit des cheveux qui cédaient.

La vieille dame poussa un hurlement et remonta frénétiquement la vitre du côté passager. Henry frappa, et le cran d'arrêt vint grincer contre le verre. À ce moment-là, le pied de la conductrice lâcha la pédale d'embrayage et le véhicule avança en trois à-coups violents dans la rue, allant heurter le rebord du trottoir contre lequel il s'arrêta, moteur calé. Henry courut derrière, tirant toujours Beverly en remorque. Victor se passa la langue sur les lèvres et regarda autour de lui. Le Roteur repoussa sa casquette de base-ball des Yankees de New York sur sa tête et se mit à farfouiller dans son oreille avec un geste curieux.

Bev aperçut un instant le visage terrorisé de la vieille femme, qui s'était mise à verrouiller précipitamment les portes, côté passager tout d'abord, de son côté ensuite. Le moteur de la Ford ronronna et repartit. Henry leva un pied botté et donna un coup au feu de position arrière.

« Barre-toi d'ici, espèce de vieille sorcière ! »

C'est dans un hurlement de pneus que la vieille dame revint sur la chaussée. Une camionnette qui arrivait en face dut faire une embardée pour l'éviter, protestant à coups d'avertisseur. Henry se retourna alors vers Bev et se remit à sourire ; à cet instant-là elle lança son pied chaussé d'une tennis directement dans ses couilles.

Le sourire se transforma en grimace d'angoisse. Henry laissa tomber le cran d'arrêt sur le trottoir. Son autre main abandonna sa prise dans les cheveux emmêlés de Bev (non sans tirer une dernière fois, douloureusement) et il s'effondra à genoux, essayant de crier, se tenant l'entrejambes. Elle vit des mèches cuivrées de ses cheveux restées entre ses doigts et tout d'un coup, ce qui était terreur en elle se transforma en haine. Elle prit une grande respiration hoquetante et largua un glaviot d'une taille exceptionnelle sur la tête du garçon.

Puis elle fit demi-tour et courut.

Le Roteur fit trois lourdes enjambées à sa poursuite et s'arrêta. Victor et lui se dirigèrent vers Henry, qui les repoussa et se remit debout en chancelant, les deux mains toujours posées en coupe sur ses couilles ; pour la deuxième fois, cet été-là, elles venaient de morfler.

Il se pencha et ramassa le cran d'arrêt. « ... Y va, siffla-t-il.

— Quoi, Henry ? » fit Huggins, d'un ton anxieux.

Henry leva vers lui un visage d'où suintaient une telle douleur et une haine tellement féroce qu'il recula d'un pas. « J'ai dit... Allons-y ! » réussit-il à gronder. Sur quoi, d'un pas lourd et encore mal assuré, il se lança sur les traces de Beverly, se tenant toujours l'entrejambes.

« On ne pourra plus l'attraper, maintenant, Henry, remarqua Victor, mal à l'aise. Bordel, tu peux à peine marcher !

— On la chopera », haleta Henry. Sa lèvre supérieure se levait et s'abaissait inconsciemment, comme la babine d'un chien montrant les dents. Des gouttes de transpiration perlèrent à son front et coulèrent sur ses joues empourprées. « On la chopera, j' vous dis. Parce que je sais où elle va. Elle va dans les Friches, retrouver ses trous-du-cul de

5

Derry Town House, 2 heures du matin

copains, dit Beverly.

— Hmmm ? » fit Bill en la regardant. Il avait laissé vagabonder ses pensées tandis qu'ils marchaient, la main dans la main, dans un silence complice où se glissait un attirance mutuelle. Il n'avait saisi que ses derniers mots. Devant eux, à un coin de rue, brillaient les lumières de leur hôtel, le Town House, au milieu des nappes de brouillard bas.

« Je disais que vous étiez mes meilleurs amis. Les seuls amis que j'avais, à l'époque. » Elle sourit. « Me faire des amis n'a jamais été mon fort, je crois, même si j'ai une excellente amie à Chicago. Une femme du nom de Kay McCall. Je crois qu'elle te plairait, Bill.

— Probablement. J'ai toujours eu du mal à me faire des amis, moi aussi. » Il répondit à son sourire. « À l'époque, c'était tout ce dont nous avions besoin. » Il vit scintiller des gouttelettes d'humidité dans ses cheveux et fut ému par le halo de lumière qui auréolait sa tête. Une expression grave dans les yeux, elle tourna la tête vers lui.

« J'ai besoin de quelque chose, maintenant.

— D-De quoi ?

— Que tu m'embrasses. »

Il pensa à Audra, et pour la première fois de sa vie, il lui vint à l'esprit qu'elle ressemblait à Beverly. Il se demanda si cette attirance inconsciente n'avait pas joué dès le premier jour, n'était pas ce qui lui avait donné le culot d'inviter Audra à la fin de cette soirée hollywoodienne au cours de laquelle il l'avait rencontrée. Il ressentit une brusque pensée de culpabilité honteuse... puis il prit dans ses bras Beverly, son amie d'enfance.

Ses lèvres étaient fermes, chaudes, douces. Ses seins s'écrasèrent contre sa chemise — sa veste était ouverte — et ses hanches vinrent s'appuyer sur lui avant de s'éloigner et de revenir encore. Il plongea alors les deux mains dans sa chevelure et se pressa à son tour contre elle. Quand elle le sentit qui se durcissait, elle poussa un petit soupir bref et plongea le visage au creux de son cou. Il sentit des larmes chaudes couler sur sa peau.

« Viens, dit-elle, vite. »

Il la reprit par la main et ils parcoururent la courte distance qui les séparait de l'hôtel. Vieux, encombré de plantes vertes, le hall dégageait un certain charme rétro. Sa décoration avait un côté très bûcheron XIXᵉ. À cette heure, il était désert, mis à part l'employé de service à la réception, que l'on distinguait à peine dans le bureau attenant, les pieds sur le bureau, en train de regarder la télé. Bill poussa le bouton du troisième étage avec un index qui tremblait légèrement — excitation ? nervosité ? culpabilité ? Ou les trois ? Oh oui, bien sûr, sans parler d'une espèce de joie malsaine et d'une peur qui ne l'était pas moins. Ces sentiments ne faisaient pas un mélange agréable, mais paraissaient inévitables. Il la conduisit jusqu'à sa chambre, décidant de façon confuse que s'il devait se montrer infidèle, il ne devait pas faire les choses à moitié et consommer l'acte dans ses quartiers à lui et non dans les siens. Il eut une pensée pour Susan Browne, son premier agent littéraire, mais aussi, alors qu'il n'avait pas encore vingt ans, sa première maîtresse.

Tromper. Je vais tromper ma femme. Il essaya de se mettre cette idée dans la tête, mais elle lui semblait à la fois réelle et irréelle. Le mal du pays était ce qu'il éprouvait le plus fortement — un sentiment démodé de reniement. Audra venait sans doute de se lever ; elle préparait du café qu'elle boirait assise à la table de la cuisine, en robe de chambre, tout en étudiant ses répliques ou en lisant un roman de Dick Francis.

Sa clef tourna bruyamment dans la serrure de la chambre 311. S'ils étaient allés dans la chambre de Beverly, au cinquième, ils auraient vu clignoter sur le téléphone la lumière qui annonçait qu'un message l'attendait : rappeler son amie Kay à Chicago. Les choses auraient alors pu prendre un cours différent. Ils auraient pu tous les cinq ne pas se trouver recherchés par la police de Derry aux premières lueurs du jour. Mais ils se rendirent dans celle de Bill — il en avait peut-être été décidé ainsi.

La porte s'ouvrit. Une fois à l'intérieur, elle le regarda, les yeux brillants, les joues en feu, sa poitrine se soulevant et s'abaissant rapidement. Il la prit dans ses bras et se trouva submergé par le sentiment que c'était juste — que le cercle qui reliait passé et présent se refermait sans qu'on voie de point de jonction. Il referma la porte d'un coup de talon, maladroitement, et son rire fut un souffle d'haleine tiède dans sa bouche.

« Mon cœur... », dit-elle, posant la main de Bill sur son sein gauche. Sous tant de douceur ferme et affolante, il le sentit qui battait la chamade.

« Ton cœur...

— Mon cœur... »

Ils se retrouvèrent sur le lit, toujours habillés, se mangeant de baisers. La main de Beverly glissa dans la chemise de Bill, en ressortit. Du doigt elle suivit la rangée de boutons, s'attarda à la taille... puis descendit plus bas, suivant le contour à la rigidité de pierre de son pénis. Des muscles dont il n'avait jamais eu conscience se mirent à tressaillir et sauter dans son bas-ventre. Il interrompit ses baisers et écarta son corps de celui de Beverly sur le lit.

« Bill ?

— Faut que j'a-arrête u-une minute, dit-il. Sans quoi, j-je vais tout l-lâcher dans mon p-pantalon comme un g-gamin. »

Elle rit de nouveau doucement, et le regarda. « Ah, c'est ça ? Ou bien as-tu des remords ?

— Des r-remords, j'en ai toujours eu.

— Pas moi. Je le hais. »

Il regarda son sourire qui s'éteignait.

« Il n'y a que deux jours que j'ai clairement pris conscience de cela, ajouta-t-elle. Oh, bien sûr, je le savais depuis longtemps, d'une certaine manière. Il me frappait, il me faisait mal. Je l'ai épousé parce que... parce que mon père s'inquiétait aussi beaucoup pour moi, je suppose. J'avais beau faire tout ce que je pouvais, il s'inquiétait. Et quelque chose me dit qu'il aurait approuvé Tom et que je m'en doutais. Car Tom s'inquiétait aussi pour moi. Il s'inquiétait *beaucoup*. Et tant que quelqu'un s'inquiétait pour moi, j'étais en sécurité. Plus qu'en sécurité : j'existais. » Elle le regarda, solennelle. Les pans de sa blouse s'étaient dégagés de son pantalon et révélaient une bande de peau blanche. Il avait envie de l'embrasser là. « Mais cette existence n'en était pas une. C'était un cauchemar. Comment quelqu'un pourrait-il désirer vivre cela, Bill ? Comment quelqu'un pourrait-il de gaieté de cœur s'enfoncer dans un cauchemar ?

— Je n-ne vois qu'une r-raison, répondit Bill. On retourne à s-ses cauchemars q-quand on est à-à la recherche de s-soi-même.

— Mais le cauchemar est ici, à Derry. Tom est un nain comparé à cela. Je m'en rends mieux compte, maintenant. Je n'ai que mépris pour moi, à l'idée d'avoir passé toutes ces années avec lui. Tu n'imagines pas... toutes les choses qu'il m'a fait faire et qu'en plus j'étais heureuse de faire, sais-tu, parce qu'il s'inquiétait pour moi. Je devrais en pleurer... Mais parfois la honte est trop forte. Comprends-tu ?

— Ne pleure pas », dit-il calmement, posant les mains sur elle. Elle l'étreignit de toutes ses forces. Ses yeux brillaient anormalement, mais aucune larme n'en coulait. « Tout le m-monde fait des c-conneries. Mais il ne s'agit p-pas d'un e-examen. On se dé-débrouille du m-mieux qu'on peut, c'est t-tout.

— Ce que je veux dire, c'est que je ne suis pas en train de tromper

Tom, ou d'essayer de me servir de toi pour prendre le dessus sur lui ; non, rien de cela. Pour moi, ce doit être quelque chose de... sain, de normal, de tendre. Mais je ne veux pas te faire de mal, Bill. Ou t'impliquer dans quelque chose que tu pourrais regretter par la suite. »

Il réfléchit à ce qu'elle venait de dire ; il y réfléchit avec le plus grand sérieux. Mais le vieil exercice — les chemises de l'archiduchesse, et ainsi de suite — se remit à mouliner dans sa tête, dispersant ses pensées. La journée avait été longue. L'appel de Mike, l'invitation à déjeuner au restaurant chinois, tout cela paraissait à des années-lumière. Tant de choses s'étaient produites entre-temps ! Tant de souvenirs avaient resurgi, comme les photographies dans l'album de George.

« Des amis ne se jouent pas des tours de c-ce genre », répondit-il en s'inclinant sur elle. Leurs lèvres se touchèrent et il commença à déboutonner sa blouse. Bev passa une main derrière la nuque de Bill pour l'attirer à elle, tandis que l'autre descendait la fermeture Éclair de son pantalon. Pendant un instant, il laissa la main sur son estomac, tiède ; puis sa culotte disparut dans un souffle. Il poussa du bassin et elle le guida.

Comme il la pénétrait, elle arqua doucement le dos à la poussée de son sexe et murmura : « Sois mon ami... Je t'aime, Bill.

— Je t'aime aussi », dit-il avec un sourire adressé à son épaule nue. Ils commencèrent lentement et il sentit la sueur couler de ses pores tandis qu'elle accélérait le rythme sous lui. Son être conscient se trouva aspiré vers le bas, de plus en plus puissamment centré sur le lien physique qui les soudait l'un à l'autre. Dilatés, les pores de Beverly dégageait à profusion une délicieuse odeur musquée.

Elle sentit venir l'orgasme. Elle courut au-devant de lui, elle s'agita pour lui, sans douter un instant de sa jouissance. Son corps se trouva soudain pris d'une sorte de tressaillement violent et parut bondir en l'air, atteignant non pas l'orgasme mais une plage d'intensité bien au-dessus de tout ce qu'elle avait jamais ressenti avec Tom ou les deux amants qu'elle avait eus avant lui. Elle prit conscience qu'elle n'allait pas seulement jouir, mais qu'elle devait se préparer à l'explosion d'un engin nucléaire tactique. Elle eut un peu peur... mais son corps l'emporta de nouveau de son rythme effréné. Elle sentit le corps longiligne de Bill se raidir contre elle, comme s'il devenait tout entier aussi dur que la partie de lui fichée en elle ; à cet instant-là arriva l'orgasme — ou plutôt le début de l'orgasme. Plaisir tellement intense qu'il frisait l'angoisse, angoisse soudain libérée par des écluses dont elle n'avait jamais soupçonné l'existence. Elle le mordit à l'épaule pour étouffer ses cris.

« Oh, mon Dieu ! » fit simplement Bill ; mais bien qu'elle ne pût en être sûre par la suite, il lui sembla sur le moment qu'il pleurait. Il eut un mouvement de recul et elle crut qu'il allait se retirer d'elle ; elle essaya alors de se préparer à cet instant, qui lui donnait toujours un inexplicable sentiment de perte et de vide, quelque chose comme une empreinte de pas, mais au lieu de cela, il s'enfonça de nouveau en elle, profondément. Elle eut sur-le-champ un deuxième orgasme, quelque chose dont elle ne se serait jamais crue capable ; la fenêtre du souvenir s'ouvrit une fois de plus et elle vit des oiseaux, des milliers d'oiseaux venir se poser sur les toits et les lignes téléphoniques de Derry, oiseaux de printemps sur un ciel blanc d'avril. Elle éprouva un mélange de douleur et de plaisir, mais en sourdine, tout comme un ciel d'avril peut paraître bas. Essentiellement en sourdine. Une légère douleur physique mêlée à une légère sensation de plaisir et un délirant sentiment d'affirmation de soi. Elle avait saigné... elle avait... elle...

« *Vous tous ?* » s'écria-t-elle soudainement, les yeux agrandis, stupéfaite.

Il recula et se retira d'elle, cette fois, mais le choc de la révélation avait été tel que c'est à peine si elle s'en rendit compte.

« Quoi ? Beverly ? Est-ce que ça va...

— *Vous tous ? J'ai fait l'amour avec vous tous ?* »

Elle vit le choc de la surprise se peindre sur le visage de Bill, sa mâchoire qui se détendait... et soudain l'éclair de compréhension. Mais il n'était pas dû à ce qu'elle avait révélé ; même dans l'état de choc où elle se trouvait, elle s'en rendit compte. Il venait du rappel de son propre souvenir.

« Nous...

— Bill ?

— C'est le moyen que tu avais trouvé pour nous sortir de là », dit-il. Ses yeux brillaient avec une telle intensité qu'elle en fut effrayée. « Beverly, est-ce que t-tu comprends ? C'est c-comme cela que t-tu nous en a ti-tirés ! Nous tous... Mais nous n'avions... » Soudain lui aussi parut avoir peur, n'être plus sûr de lui.

« Est-ce que tu te souviens du reste, maintenant ? » demanda-t-elle.

Il secoua lentement la tête. « Pas des dé-détails. Mais... » Il la regarda, et elle vit qu'il était sérieusement effrayé. « Mais cela se résume à une chose : nous avons trouvé *la sortie en la désirant*. Et je ne suis pas sûr... Beverly, je ne suis pas sûr que des adultes puissent y arriver. »

Elle le regarda sans rien dire pendant un long moment, puis elle s'assit sur le bord du lit sans avoir conscience de ce qu'elle faisait. Elle avait un corps tout de douceur, délicieux, et c'est à peine si l'on distinguait, dans la pénombre, les saillies de sa colonne vertébrale quand elle se pencha pour enlever les mi-bas de nylon qu'elle n'avait pas encore retirés. Ses cheveux étaient une lourde torsade fauve sur son épaule. Il se dit qu'il la désirerait encore avant le matin, en ressentit de nouveau de la culpabilité ; celle-ci n'était atténuée que par l'idée rassurante et honteuse qu'un océan le séparait d'Audra. *Mets une autre pièce dans le juke-box. Histoire de jouer l'air* Ce qu'elle ignore ne peut lui faire de mal. *Mais ça fait tout de même mal quelque part. Dans les intervalles d'espace qui existent entre les gens, peut-être.*

Beverly se leva et ouvrit le lit. « Viens te coucher. Nous avons autant besoin de dormir l'un que l'autre.

— D'a-accord. » Rien n'était plus vrai. Plus que tout il voulait dormir... mais pas tout seul, pas cette nuit. Déjà le dernier choc éprouvé s'estompait — trop vite, peut-être, mais il se sentait tellement fatigué, tellement à bout de forces. La réalité des secondes qui s'écoulaient avait la qualité d'un rêve et en dépit de sa culpabilité, il sentait qu'ils se trouvaient en lieu sûr. Il serait possible de dormir quelques heures ici, de dormir dans ses bras. Il voulait sa chaleur et sa tendresse. L'une et l'autre des choses sexuellement explosives, mais au point où ils en étaient, cela ne pouvait plus leur faire de mal.

Il se débarrassa de ses chaussettes et de sa chemise et se coula près d'elle dans le lit. Elle se pressa contre lui ; ses seins étaient tièdes, ses longues jambes fraîches. Bill l'étreignit, conscient des différences : plus grande qu'Audra, son corps était plus plein à la hauteur de la poitrine et des hanches. Mais aussi agréable à étreindre.

C'est Ben qui devrait être avec toi, songea Bill, somnolent. Il me semble que c'est ainsi que les choses auraient dû se passer, en fait, Pourquoi n'est-ce pas Ben ?

Parce qu'à l'époque c'était toi et que c'est encore toi, maintenant, c'est tout. Parce que ce qui s'est produit se répète, comme l'a dit Bob Dylan, je crois... ou peut-être bien Ronald Reagan. Moi maintenant parce que Ben est celui qui ramènera la dame à la maison...

Beverly se tortilla contre lui, non point pour l'exciter (même si, tandis qu'elle dérivait vers le sommeil, elle sentit une érection le gagner), mais pour mieux profiter de sa chaleur. Elle dormait elle-même à moitié. Son bonheur d'être près de lui, après tant d'années, était réel. L'arrière-goût d'amertume de ce bonheur le lui disait. Il y avait cette nuit, et peut-être encore quelques heures demain matin. Puis ils descendraient dans les égouts comme ils l'avaient fait autrefois, et ils trouveraient Ça. Le cercle se refermerait, plus serré que jamais, et leur existence actuelle se confondrait en douceur avec leur propre enfance ; ils deviendraient comme des créatures prises sur une démentielle bande de Moebius.

Ou bien ils mourraient en bas.

Elle se retourna. Il passa un bras sous elle et sa main vint se refermer délicatement sur l'un de ses seins. Nul besoin de rester réveillée, tendue, à se demander si la caresse n'allait pas se changer en un brutal pincement.

Avec le sommeil qui la gagnait, ses pensées s'éparpillèrent. Comme toujours, elle entrevit des motifs éclatants de fleurs sauvages au passage — des quantités et des quantités de fleurs, s'agitant, multicolores, sous un ciel bleu. Elles s'estompèrent, remplacées par une impression de chute — du même type que celles qui l'arrachaient brusquement du sommeil, enfant, un cri dans la gorge, en sueur. Les rêves de chute sont courants chez les enfants, avait-elle lu dans un manuel de psychologie.

Mais elle ne se réveilla pas en sursaut, cette fois-ci. Elle baignait dans la chaleur et le poids réconfortants de Bill, elle sentait sa main englobant son sein. Elle pensa que si elle tombait, au moins ne tomberait-elle pas seule.

Puis elle toucha le fond. Elle courait : ce rêve, quel qu'il fût, changeait vite. Elle courut derrière lui, à la poursuite du sommeil, du silence, peut-être simplement du temps. Les années se mirent à défiler plus rapidement, puis à courir. Si l'on tenait à faire demi-tour et à courir après sa propre enfance, on avait intérêt à se défoncer. Vingt-neuf ans, l'âge où elle s'était décoloré des mèches. Plus vite. Vingt-deux, celui où elle était tombée amoureuse d'un joueur de football du nom de Greg Mallory qui n'avait pas été loin de la violer après un banquet d'équipe. Plus vite, plus vite. Seize, elle s'enivre avec deux de ses copines au point de vue panoramique de Bluebird Hill qui domine Portland. Quatorze... douze...

Plus vite, plus vite, plus vite...

Elle courut dans le sommeil, rattrapant douze ans, franchissant la barrière de la mémoire que Ça avait dressée dans la tête de chacun d'eux (elle avait un goût de brouillard froid dans les poumons haletants de son rêve), remontant jusqu'à sa onzième année, courant, courant à un train d'enfer, courant pour battre le diable, regardant maintenant derrière elle, regardant

6

par-dessus son épaule pour voir si elle était suivie tandis qu'elle fonçait dans les broussailles du talus. Rien, en tout cas pour l'instant. Elle ne l'avait « vraiment pas raté », comme disait parfois son père… et le seul fait de penser à lui la submergea d'une nouvelle vague de culpabilité et de découragement.

Elle regarda sous le pont branlant, dans l'espoir d'y voir Silver, mais il n'y avait pas trace de la bicyclette. En dehors de leur cache de jouets (des revolvers qu'ils ne se souciaient pas de ramener chez eux), il n'y avait rien. Elle s'engagea sur le sentier, jeta un coup d'œil derrière elle… et ils étaient là, Huggins et Victor soutenant Henry entre eux, debout au bord du haut talus comme des sentinelles indiennes dans un western de Randolph Scott. Henry était affreusement pâle. Il la montra du doigt. Victor et le Roteur l'aidèrent à entamer la descente. De la terre et des graviers roulaient sous leurs pieds.

Beverly les regarda longuement, comme hypnotisée. Puis elle fit demi-tour et bondit dans le ruisseau qui coulait en dessous du pont, ignorant les pas de pierre disposés par Ben, ses chaussures de sport faisant jaillir des gerbes plates d'eau. Elle courut le long du sentier, la respiration lui brûlant la gorge. Les muscles de ses jambes tremblaient. Elle n'avait plus guère qu'une seule ressource, maintenant : le Club souterrain. Si elle avait le temps d'y arriver, peut-être y serait-elle en sécurité.

Les branches qui s'avançaient sur le sentier la fouettaient et lui mettaient encore plus de feu aux joues ; l'une d'elles l'atteignit à l'œil et la fit pleurer. Elle coupa sur sa droite, fonça dans le fouillis des taillis et fit irruption dans la clairière. La trappe et la petite fenêtre étaient ouvertes ; un air de rock and roll en sortait. Au bruit qu'elle fit en arrivant, la tête de Ben Hanscom émergea. Il tenait une boîte de *Junior Mints* d'une main, une bande dessinée de l'autre.

Il resta tout d'abord bouché bée en voyant Bev. En d'autres circonstances, elle aurait trouvé son expression irrésistiblement comique. « Nom de Dieu, Bev, qu'est-ce… »

Elle ne se soucia même pas de lui répondre. Derrière elle, et pas tellement loin, elle entendait un bruit de branches cassées et agitées. Il y eut un juron étouffé. Comme si Henry retrouvait sa vitalité. Elle se précipita donc par la trappe, ses cheveux, dans lesquels feuilles et branchettes se mêlaient maintenant à la gadoue qu'ils avaient ramassée sous la benne à ordures, volant derrière elle.

Ben la vit débouler comme le premier régiment de parachutistes et sa tête disparut aussi vite qu'elle avait jailli du sol. Beverly sauta et il la rattrapa maladroitement.

« Ferme tout, dit-elle, haletante, dépêche-toi, pour l'amour du ciel ! Ils arrivent.

— Qui ?

— Henry et ses copains ! Henry est devenu fou, il a un couteau... »

Ben n'en demanda pas davantage. Il laissa tomber bonbons et bande dessinée. Il ferma la trappe avec un grognement. Les mottes herbeuses qui la recouvraient tenaient encore remarquablement bien. Beverly se mit sur la pointe des pieds et referma la petite fenêtre. Ils se trouvèrent plongés dans l'obscurité.

Elle chercha Ben à tâtons, le trouva et l'étreignit, paniquée, de toutes ses forces. Au bout d'un instant, il lui rendit son étreinte. Ils étaient tous deux à genoux. Soudain, avec horreur, Beverly prit conscience du transistor qui continuait à jouer quelque part dans le noir ; Little Richard chantait les filles « qui ne peuvent rien y faire ».

« Ben ! La radio... ils vont l'entendre...

— Oh, bon Dieu ! »

Il la bouscula de sa hanche bien enrobée ; Bev entendit l'appareil tomber au sol pendant qu'elle reprenait l'équilibre. « Les filles ne peuvent rien y faire si les types s'arrêtent pour les regarder », proclamait Little Richard avec son enthousiasme enroué habituel. « Rien y faire, ajoutaient les choristes, les filles ne peuvent rien y faire ! » Bev haletait, maintenant. Une vraie machine à vapeur. Soudain il y eut un bruit d'écrasement... et le silence.

« Et merde, maugréa Ben. Je l'ai démoli. Richie va piquer sa crise. » Il tendit la main vers elle dans l'obscurité. Il atteignit l'un de ses seins, et la retira aussi vivement que s'il venait de se brûler. Ce fut au tour de Ben de tâtonner à sa recherche ; elle l'attrapa par la chemise et l'attira à elle.

« Beverly, qu'est-ce...

— Chuuut ! »

Il se tut. Ils restèrent assis, se tenant dans les bras l'un de l'autre, regardant en l'air. L'obscurité n'était pas totale ; une étroite bande de lumière passait par l'un des côtés de la trappe et trois lignes fines délimitaient la petite fenêtre. L'une de celles-ci était cependant assez large pour laisser entrer un rayon de soleil jusqu'au fond du Club souterrain. Elle n'avait plus qu'une chose à faire : prier qu'ils ne voient rien.

Elle les entendait qui se rapprochaient. Ils parlaient. Elle ne distingua pas les mots, au début ; puis elle le put. Elle étreignit Ben encore plus étroitement.

« Si elle est passée dans les bambous, on pourra suivre facilement sa piste, disait Victor.

— D'habitude, ils jouent ici », répondit Henry. Sa voix sortait difficilement ; les mots étaient entrecoupés, comme s'ils exigeaient de grands efforts pour passer. « C'est ce qu'a dit Boogers Taliendo. Et le jour de la bataille de cailloux, ils venaient d'ici.

— Ouais, ils jouent aux cow-boys, des trucs comme ça », dit le Roteur.

Soudain, il y eut un bruit de pas juste au-dessus de leurs têtes ; le couvercle camouflé de mottes de terre oscilla de haut en bas, et de la terre tomba sur le visage de Beverly. Ils étaient au moins deux sur le toit du Club, sinon tous les trois. Un point de côté lui vrilla brutalement le ventre ; elle dut se mordre la lèvre pour retenir un cri. Ben passa une main derrière la nuque de Beverly et lui enfonça le visage contre son bras.

« Ils ont une planque, disait Henry. C'est ce que Boogers m'a dit. Une cabane dans les arbres ou un truc comme ça. Ils l'appellent le Club.

— On va te les déplanquer s'ils sont planqués », déclara Victor, ce qui provoqua la bruyante hilarité de Huggins.

Boum, boum, boum, sur leurs têtes. Le lourd couvercle bougea un peu plus, cette fois. Ils allaient certainement s'en rendre compte ; un sol normal n'avait pas cette élasticité.

« Allons voir à la rivière, dit Henry. Je parie qu'elle est là-bas.

— D'accord », dit Victor.

Boum, boum. Ils partaient. À travers ses dents serrées, Bev laissa passer un minuscule soupir de soulagement... et c'est alors que Henry ajouta : « Tu restes ici pour garder le chemin, Roteur.

— D'accord », répondit le garçon qui se mit à faire les cent pas, passant et repassant sur le toit du Club. De la terre en tombait. Les yeux habitués à la pénombre, Ben et Bev se regardaient, le visage tendu — sous la crasse, dans le cas de Bev. Bev se rendit compte qu'il y avait une autre odeur que celle, tenace, de la fumée dans le réduit : une puanteur de sueur et d'ordures. *C'est moi*, pensa-t-elle, déconfite. En dépit de cela, elle n'en continua pas moins à étreindre Ben. Sa masse imposante devenait soudain accueillante, rassurante, et elle était ravie d'avoir un tel volume à serrer dans ses bras. Sans doute n'était-il qu'un bon gros garçon apeuré au début des vacances, mais ce n'était plus le cas maintenant ; comme tous les autres, il avait changé. Si jamais Huggins les découvrait là, il risquait d'avoir une mauvaise surprise.

« On va te les déplanquer s'ils sont planqués », dit le Roteur tout haut avec un petit rire. Un petit rire grave avec quelque chose de méchant dans la voix. « Les déplanquer s'ils sont planqués. Elle est bien bonne, vraiment bien bonne. »

Elle se rendit compte que le buste de Ben se soulevait en petits mouvements brefs et secs ; il aspirait l'air et le relâchait en petites bouffées. Pendant un instant, elle craignit de le voir se mettre à pleurer, puis, l'examinant mieux, elle s'aperçut qu'en fait il luttait contre le fou rire. Les yeux pleins de larmes de Ben rencontrèrent ceux de Bev, roulèrent follement, et se détournèrent. Dans la pénombre de l'abri, elle se rendit compte qu'il était écarlate à force de se retenir.

« Les déplanquer s'ils sont planqués », marmonna Huggins en s'asseyant en plein milieu du toit, qui, cette fois-ci, trembla de façon alarmante ; Bev distingua un craquement, léger mais peu rassurant, en provenance d'un des supports. Le couvercle du Club avait été conçu pour supporter le poids des mottes de terre de camouflage... mais pas les soixante-dix kilos du Roteur qui venaient de s'y ajouter.

S'il ne sort pas de là il va atterrir sur nos genoux, songea Bev, que gagnait le fou rire de Ben. Fou rire qui tentait des sorties bouillonnantes et que trahissaient des braiments contenus. Elle s'imagina soudain en train de soulever le fenestron juste assez pour passer une main afin de pincer les fesses du Roteur, assis dans la brume de l'après-midi à grommeler et ricaner tout seul. Elle enfonça son visage contre l'épaule de Ben dans un ultime effort pour retenir la marée montante de son hilarité.

« Chuuut ! souffla Ben. Pour l'amour du ciel, Bev... »

Crrraaac. Plus fort, cette fois.

« Ça va tenir ? murmura-t-elle à son tour.

— Ça devrait, s'il ne pète pas », répondit Ben. L'instant suivant, le Roteur en lâchait justement un — une puissante et pulpeuse détonation claironnante qui parut se prolonger pendant au moins trois secondes. Ils s'étreignirent encore plus étroitement, étouffant mutuellement les spasmes de fou rire qui les assaillaient. Beverly avait tellement mal à la tête qu'elle se demanda si elle n'allait pas avoir une attaque.

Puis elle entendit Henry qui, de loin, hélait Huggins.

« Quoi ? » cria le Roteur en réponse. Il se leva lourdement et son coup de botte fit encore tomber de la terre dans l'abri.

Henry lui cria à son tour quelque chose. Beverly ne distingua que deux mots : *rives* et *buissons*.

« D'accord ! » brailla Huggins. Et pour la dernière fois, il traversa le toit du Club. Il y eut un ultime craquement, bien plus fort, cette fois-ci, et un éclat de bois vint atterrir sur les genoux de Bev. Stupéfaite, elle le ramassa.

« Cinq minutes de plus, fit Ben toujours à voix basse, et tout s'effondrait.

— T'as entendu ça, quand il a pété ?

— On aurait cru le début de la Troisième Guerre mondiale », répondit Ben.

Tous deux se mirent à rire. Ce fut un soulagement de pouvoir se laisser aller et ils s'esclaffèrent furieusement, s'efforçant de ne pas faire trop de bruit.

Finalement, sans même savoir ce qu'elle allait dire, Beverly déclara : « Merci pour le poème, Ben. »

Ben s'arrêta instantanément de rire et la regarda, l'air grave, prudent. Il prit un mouchoir dans sa poche-revolver et s'essuya lentement le visage. « Le poème ?

— Le haïku. Le haïku sur la carte postale. C'est bien toi qui l'as envoyé ?

— Non, répondit Ben. Je ne t'ai pas envoyé de haïku. Parce que si un type comme moi — un gros plein de soupe comme moi — faisait un truc comme ça, la fille se moquerait probablement de lui.

— Je ne me suis pas moquée. Je l'ai trouvé très beau.

— Je suis incapable d'écrire quelque chose de beau. Bill, peut-être. Pas moi.

— Bill deviendra écrivain, admit-elle. Mais il n'écrira jamais quelque chose d'aussi beau que ça. Est-ce que tu peux me prêter ton mouchoir ? »

Il le lui tendit et elle se mit à se nettoyer la figure du mieux qu'elle put.

« Comment as-tu deviné que c'était moi ? finit-il par demander.

— Je ne sais pas. Comme ça. »

Ben déglutit de façon convulsive et se mit à examiner ses mains. « Je ne voulais rien te dire de spécial par là. »

Elle le regarda, l'air grave. « Ne viens pas me raconter un truc pareil, dit-elle. Sinon, tu vas vraiment me gâcher la journée et je peux te dire qu'elle l'est déjà sérieusement, gâchée. »

Il continua d'étudier ses doigts et finit par parler, d'une voix presque inaudible. « Eh bien, je voulais dire que je t'aime, Beverly, mais je ne veux rien gâcher du tout.

— Ça ne gâche rien, dit-elle en le prenant dans ses bras. J'ai besoin de tout l'amour qu'on peut me donner, en ce moment.

— Mais tu aimes mieux Bill.

— Peut-être, au fond. Sauf que cela n'a pas d'importance. Ça en aurait peut-être un peu plus si nous étions adultes. Mais c'est vous tous que j'aime mieux. Vous êtes les seuls amis que j'aie. Je t'aime aussi, Ben.

— Merci », dit Ben. Il garda quelques instants le silence, fit une première tentative et réussit finalement à ajouter : « C'est moi qui ai écrit le poème », sans la regarder.

Ils restèrent un moment assis sans parler. Beverly se sentait en sécurité, protégée. Les images du visage de son père et du couteau de Henry se faisaient moins nettes et menaçantes lorsqu'ils étaient ainsi serrés l'un contre l'autre. Ce sentiment d'être protégée était difficile à définir et elle n'essaya pas, même si elle découvrit plus tard l'origine de sa puissance : elle se trouvait dans les bras d'un mâle prêt à mourir pour elle sans hésitation. Un fait qu'elle percevait parfaitement : il émanait des arômes qui montaient de sa peau, quelque chose de profondément primitif à quoi ses propres glandes réagissaient.

« Les autres devaient revenir, dit soudain Ben. Et s'ils se font prendre ? »

Elle se redressa, consciente d'avoir été sur le point de s'endormir. Bill, se souvint-elle, avait invité Mike Hanlon à déjeuner chez lui. Stan avait de même été invité chez Richie à manger des sandwichs. Quant à Eddie, il avait promis de ramener son jeu indien de Parcheesi. Ils n'allaient pas tarder à revenir, sans se douter un instant que Henry et ses acolytes rôdaient dans les Friches.

« Il faut absolument les joindre, dit Beverly. Henry n'en a pas qu'après moi.

— Si nous sortons et que jamais ils reviennent...

— Oui, mais au moins nous savons qu'ils sont dans le coin, nous. Pas Bill ni les autres. Eddie ne peut même pas courir, ils lui ont déjà cassé le bras.

— Jésouille de Jésouille. Je crois qu'il faut courir le risque.

— Ouais. » Elle déglutit et jeta un coup d'œil à sa Timex. Elle n'arrivait à distinguer le cadran qu'avec peine, dans la pénombre, mais il lui sembla qu'il était une heure passée. « Ben ?

— Oui ?

— Henry est réellement devenu fou. Il est comme le jeune dans

Graine de violence. Il voulait vraiment me tuer et les autres étaient prêts à l'aider.

— Bon Dieu, non, tout de même ! Henry est fou, mais pas à ce point. Il est juste...

— Juste quoi ? » Elle repensa à Henry et Patrick au milieu des épaves de voitures, dans la lourde lumière de l'été. Au regard vide de Henry.

Ben ne répondit pas. Il réfléchissait. Les choses avaient changé, non ? Quand on était partie prenante d'un changement, il était plus difficile à distinguer. Il fallait prendre du recul pour cela... essayer, au moins. Après le dernier jour de classe, il avait eu peur de Henry, mais seulement parce qu'il était plus grand que lui et qu'il avait une réputation de brute — le genre à prendre un petit, à lui tordre le bras et à l'envoyer bouler, en larmes. C'était tout. Puis il avait gravé son initiale sur le ventre de Ben. Puis il y avait eu la bataille de cailloux, et Henry avait jeté des M-80 à la tête des gens. On pouvait tuer quelqu'un avec ce genre d'engin. Il avait commencé à paraître différent... comme envoûté, presque. On aurait dit que désormais, il fallait être constamment sur ses gardes vis-à-vis de lui, de même qu'il faut constamment être sur ses gardes vis-à-vis des tigres et des serpents venimeux lorsqu'on se promène dans la jungle. On finit cependant par s'y habituer. S'y habituer même au point que cela paraît faire partie de l'ordre normal des choses. Mais Henry était bel et bien cinglé. Absolument. Ben avait compris cela dès le premier jour des vacances, si ce n'est qu'il avait refusé de l'admettre et de s'en souvenir. Ce n'était pas le genre de choses que l'on avait envie d'admettre ou de se rappeler. Et soudain une pensée — si puissante qu'elle avait le poids de la certitude — germa d'un seul coup dans son esprit, tout armée, aussi glacée que la boue d'octobre.

Ça se sert de Henry. Peut-être aussi des autres, mais par l'intermédiaire de Henry. Et si c'est vrai, alors Bev a sans doute raison. Il ne s'agit plus de « frites » sur les fesses, de nattes tirées en classe en fin d'heure d'étude, quand Mrs. Douglas lit à son bureau, il ne s'agit pas de bourrades ou de horions dans la cour de récréation où l'on se retrouve par terre, un genou écorché. Si Ça se sert de lui, alors Henry se servira de son couteau. Sûr.

« Une vieille dame les a vus qui essayaient de me battre, était en train de lui expliquer Beverly. Henry lui a couru après. Il a cassé un feu de position de sa voiture à coups de pied. »

Ce détail inquiéta Bill plus que tout. Il comprenait instinctivement, comme la plupart des enfants, qu'ils vivaient tous en dessous de la ligne d'horizon — et donc de la zone de réflexion — de la majorité des adultes ; quand un adulte arpente le trottoir, plongé dans ses réflexions de grande personne sur son travail, ses rendez-vous, la nouvelle voiture à acheter, bref tous les trucs auxquels pensent les grandes personnes, il ne fait jamais attention aux gamins qui jouent à la marelle, aux gendarmes et aux voleurs, à saute-mouton ou à chat perché. Les grosses brutes comme Henry pouvaient aller leur chemin et brutaliser les autres mômes très régulièrement, si elles prenaient soin de rester en dessous de cette ligne d'horizon. Au pire, un adulte pouvait dire en passant : « Vous allez arrêter, un peu ? », et continuer à arpenter le trottoir sans même attendre de voir si le brimeur s'arrêtait effectivement ou non. En général, le brutal attendait que l'adulte ait tourné au coin de la rue pour revenir à ses petites affaires. C'était comme si les grandes personnes pensaient que la vie réelle ne commençait pour quelqu'un que du jour où il dépassait un mètre cinquante.

En se lançant à la poursuite d'une vieille dame, Henry passait au-dessus de la ligne d'horizon et devenait visible. Et cela, aux yeux de Ben, sous-entendait plus que tout qu'il était définitivement cinglé.

Beverly vit se peindre sa nouvelle conviction sur le visage de Ben et se sentit envahie par une impression de soulagement. Elle n'aurait pas besoin d'ajouter comment Mr. Ross s'était contenté de replier son journal et de rentrer chez lui. Elle ne voulait pas lui en parler. Cela faisait trop peur.

« Montons jusqu'à Kansas Street, dit Ben en poussant aussitôt la trappe. Sois prête à courir. »

Il se leva dans l'ouverture et regarda tout autour de lui. Le silence régnait sur la clairière. On entendait le babil de la Kendus-keag, pas très loin, le chant d'un oiseau, le *ta-boum, ta-boum, ta-boum* d'un diesel poussif venant de la gare de triage. Mais rien d'autre, et cela le mettait mal à l'aise. Il se serait senti bien mieux s'il avait pu entendre Henry, Victor et le Roteur s'ouvrir un chemin à coups de jurons dans les taillis épais qui bordaient le cours d'eau. Mais il n'y avait pas le moindre signe du trio.

« Viens ! » dit-il en aidant Beverly à sortir. Elle regarda également autour d'elle, tout aussi mal à l'aise que lui, repoussa ses cheveux en arrière et fit la grimace en sentant combien ils étaient poisseux.

Il la prit par la main et ils s'enfoncèrent au milieu des buissons, en direction de Kansas Street. « Il vaut mieux rester en dehors du chemin.

— Non, répondit-elle. Nous devons nous presser. »

Il acquiesça. « D'accord. »

Ils débouchèrent donc sur le sentier. À un moment donné, Beverly trébucha contre une pierre et

7

Parc du séminaire, 2 h 17

tomba lourdement sur le trottoir qu'argentait la lune. Un grognement lui échappa, accompagné d'un filet de sang qui éclaboussa le ciment craquelé. Ce sang, dans la lumière de la lune, avait l'air aussi noir que celui d'un coléoptère. Henry le contempla pendant un long moment, hébété, puis leva la tête pour regarder autour de lui.

Le silence des petites heures de la nuit régnait sur Kansas Street et les maisons, fermées, noires, n'étaient éclairées que par quelques lampadaires.

Ah. Il venait d'apercevoir une bouche d'égout.

À l'une des barres de la grille, était accroché un ballon, un sourire dessiné dessus. Le ballon oscillait et plongeait dans la légère brise.

Henry se remit de nouveau sur ses pieds, une main poisseuse appuyée contre le ventre. D'accord, le négro ne l'avait pas raté, mais Henry lui en avait filé un encore plus sérieux. Oui, m'sieur. Pour ce qui était du négro, Henry avait l'impression que son compte était bon.

« Il est foutu », grommela Henry qui passa en chancelant auprès de la grille et de son ballon. Du sang frais se mit à briller sur sa main ; l'hémorragie continuait. « Tous foutus, les mômes. J'ai poinçonné cet enfoiré. J' vais tous les poinçonner. Leur apprendre, moi, à jeter des cailloux. »

Le monde avançait vers lui par grandes vagues ralenties, en énormes rouleaux comme ceux qu'il avait l'habitude de voir à la télé, dans son pavillon, au commencement de chaque épisode de *Hawaii Five-O*

(Colle-leur une amende, Danno, ha-ha, très bien, Jack Fucking Lord. Rudement bien, Jack Fucking Lord)

et Henry pouvait Henry pouvait Henry pouvait presque

(écouter le tapage que faisaient ces gros balèzes d'Oahu tandis qu'à force de le secouer ils éparpillaient la réalité de ce monde

(secouer, secouer, secouer

(« Pipeline. » Chantays. Tu te souviens de Pipeline ? Il était rudement bien, Pipeline. « Wipe-out. » Rires de cinglé, au début. On

aurait dit Patrick Hockstetter. Foutu pédé. S'est fait avoir lui aussi et
pour ce que j'en sais
    (c'était encore foutrement mieux que bien, c'était tout simplement
sensationnel, aussi sensationnel que
    (d'accord Pipeline fonce c'est pas le moment de rester en arrière
attrape la vague mon garçon
    (attrape
    (fonce fonce fonce
    (attrape une vague et surfe sur le trottoir avec moi
    (attrape la vague attrape le monde mais garde)

ça le tarabustait cette oreille dedans sa tête : il n'arrêtait pas
d'entendre ce bruit, *ka-spanggg* ; cet œil dedans sa tête : il n'arrêtait
pas de voir celle de Victor au bout de son ressort, des rosettes de sang
épanouies sur ses paupières, son front et ses joues.

Henry jeta un regard trouble sur sa gauche et se rendit compte
qu'une haute haie noire remplaçait maintenant les maisons, haie
dominée par l'étroit et sombre pilier victorien du séminaire de
théologie. Pas une fenêtre n'était éclairée. Le séminaire avait délivré
ses derniers diplômes en juin 1974. Il avait fermé définitivement ses
portes cet été-là et ceux qui le parcouraient maintenant le faisaient
seuls... ou bien avec la permission du caquetant club de femmes de la
ville qui s'était attribué le titre ronflant de Société historique de
Derry.

Il arriva à la hauteur de l'allée qui conduisait à l'entrée principale.
Une lourde chaîne la fermait. Un écriteau y était suspendu : ENTRÉE
INTERDITE PAR ORDRE DE LA POLICE DE DERRY.

Henry se prit les pieds à cet endroit et s'effondra lourdement sur le
trottoir. Un peu plus loin, devant lui, un véhicule s'engagea dans
Kansas Street, venant de Hawthorne. Ses phares balayèrent la rue.
Henry combattit l'éblouissement suffisamment pour distinguer les
gyrophares, sur le toit. C'était une caisse à poulets.

Il rampa sous la chaîne et, se déplaçant comme un crabe, alla se
mettre à l'abri de la haie. Sur son visage en feu, la rosée nocturne était
délicieuse. Allongé visage contre terre, il tournait la tête d'un côté et
de l'autre, se mouillant les joues, buvant ce qu'il pouvait boire.

Le véhicule de la police passa à côté de lui sans ralentir.

Puis, brusquement, le gyrophare se mit à clignoter, perçant
l'obscurité d'éclairs bleus erratiques. Il n'y avait nul besoin de mettre
la sirène dans ces rues désertes, mais Henry entendit soudain l'engin
qui se déclenchait, lancé à plein régime. La gomme des pneus arracha
un hurlement de surprise au macadam.

Pris, je suis pris, paniqua son esprit... puis il se rendit compte que la voiture des flics s'éloignait de lui et remontait Kansas Street. Quelques instants plus tard, un you-you synthétique à la modulation infernale remplit la nuit, en provenance du sud et se rapprochant de lui. Il imagina quelque énorme panthère noire, soyeuse, yeux verts et pelage souple, Ça sous une nouvelle forme, venu pour lui, venu pour l'engloutir.

Peu à peu (et seulement lorsque les you-you commencèrent à s'éloigner) il comprit qu'il s'agissait d'une ambulance qui se dirigeait dans la même direction que la voiture de flics. Il resta gisant dans l'herbe mouillée, pris de frissons car elle était trop froide maintenant, luttant pour ne pas vomir. Il redoutait de dégueuler réellement tripes et boyaux... alors qu'il y en avait encore cinq autres à choper.

Une ambulance, une caisse à poulets. Où diable vont-elles? À la bibliothèque, évidemment. Le bougnoul. Mais ce sera trop tard. J'l'ai poinçonné. Vous pouvez autant arrêter vos sirènes, les gars. Il va pas les entendre. Il est aussi mort qu'une bûche. Il...

L'était-il vraiment?

Henry passa une langue desséchée sur ses lèvres qui pelaient. S'il était mort, ils n'auraient pas mis les sirènes dans la nuit. Il fallait que le négro les eût appelés. Autrement dit, il n'était peut-être pas mort. Peut-être.

« Non », fit Henry dans un souffle. Il roula sur le dos et regarda le ciel et ses millions d'étoiles. Ça en était venu, il le savait. De quelque part là-haut dans le ciel... Ça

(venait de l'espace lointain plein de concupiscence pour les femmes de la Terre Ça venait pour enlever toutes les femmes et pour violer tous les hommes disait Frank tu crois pas que tu veux plutôt dire violer toutes les femmes et voler tous les hommes, espèce de crétin? Victor avait l'habitude d'en sortir une bien bonne là-dessus)

venait des espaces entre les étoiles. Lever la tête vers le ciel constellé lui donnait les boules : c'était trop vaste, trop noir. Il n'était que trop facile de l'imaginer devenant rouge sang, que trop facile de se figurer un Visage se dessinant en lignes de feu...

Il ferma les yeux, parcouru de frissons, se tenant le ventre de ses bras croisés et pensa : *Il est cané, ce nègre. Quelqu'un nous a entendus nous battre et a envoyé les flics voir ce qui se passait, c'est tout.*

Mais alors, pourquoi l'ambulance?

« La ferme, la ferme », grogna Henry. Une fois de plus, il ressentait sa vieille rage, sa frustration d'autrefois ; il se souvenait comment ils l'avaient battu et rebattu en d'autres temps — d'autres temps qui lui paraissaient maintenant si proches et avoir une importance si vitale —, comment à chaque fois il avait cru les tenir et comment ils lui avaient mystérieusement filé entre les doigts. Cela s'était passé ainsi jusqu'au dernier jour, quand le Roteur avait aperçu la nénette qui filait vers les Friches. Il se le rappelait, oh oui, il se le rappelait fort clairement. Quand on reçoit un coup de pied dans les couilles, on ne l'oublie pas comme ça. Un été à coups de pied dans les couilles qu'il avait vécu, oui.

Il lui fallut déployer de pénibles efforts pour se mettre en position assise ; il grimaça à l'impression de coup de poignard dans le ventre qu'il ressentit.

Victor et le Roteur l'avaient aidé à descendre dans les Friches. Il avait marché aussi vite qu'il avait pu, en dépit de l'insupportable douleur qui lui tirait l'aine et le bas du ventre. Le moment était venu d'en finir. Ils avaient suivi le chemin jusqu'à une clairière d'où partaient cinq ou six autres sentiers, comme les fils d'une toile d'araignée. Oui, des gamins avaient joué dans le secteur ; pas besoin d'être Sherlock Holmes pour s'en rendre compte. Il y avait des emballages de confiserie un peu partout. Et quelques bouts de planche et de la sciure de bois, comme si on avait construit quelque chose par là.

Il se souvint d'être resté au milieu de la clairière et d'avoir parcouru les arbres des yeux, à la recherche de leur cabane de morpions dans les branches. Dès qu'il l'aurait repérée, il monterait à l'arbre, trouverait la fille qui s'y cachait et lui couperait la gorge et peloterait ses nichons, tranquille comme Baptiste, jusqu'à ce qu'elle arrête de bouger.

Mais il n'avait pu repérer la moindre cabane suspendue, pas plus que Victor ou Huggins. La vieille frustration familière lui remonta dans la gorge. Ils avaient laissé le Roteur monter la garder dans la clairière pendant qu'ils allaient explorer la rivière. Là non plus, pas trace de la fille. Il se souvenait de s'être penché, d'avoir ramassé un caillou et

8

Les Friches, 12 h 55

de l'avoir lancé loin dans l'eau, furieux et dérouté. « Où at-elle bien pu aller, cette salope ? » demanda-t-il d'un ton impérieux à Victor.

Celui-ci secoua lentement la tête. « J'en sais rien. Dis, tu saignes, Henry. »

Henry baissa les yeux et vit une tache sombre de la taille d'une pièce de vingt-cinq cents, sous la braguette de son jean. La douleur s'était réduite à des élancements sourds et réguliers, mais son slip lui donnait l'impression d'être trop étroit et trop serré. Ses couilles enflaient. Il sentit de nouveau en lui cette colère, une colère comme une corde hérissée de nœuds entortillée autour de son cœur. C'était elle qui lui avait fait cela.

« Où est-elle ? siffla-t-il.

— Sais pas », répéta Victor du même ton de voix morne. Il paraissait hypnotisé, victime d'une insolation — pas vraiment présent. « Elle a filé, sans doute. Depuis le temps, elle est peut-être déjà arrivée à Old Cape.

— Impossible. Elle se planque. Ils ont un coin à eux, et elle se planque là. Ce n'est peut-être pas une cabane suspendue. C'est peut-être quelque chose d'autre.

— Et quoi ?

— J'en... sais... rien ! » hurla Henry. Victor eut un mouvement de recul.

Henry se tenait debout dans la Kenduskeag, l'eau froide bouillonnant au-dessus de ses tennis, et examinait attentivement les alentours. Ses yeux se portèrent sur un cylindre qui venait en surplomb au-dessus de la rive à une dizaine de mètres de là — une station de pompage. Il sortit du cours d'eau et s'en approcha, sentant une sorte d'inévitable répulsion s'installer en lui. Sa peau lui donnait l'impression de se tendre et ses yeux de s'élargir ; il devenait ainsi capable de voir de plus en plus de choses ; il pouvait presque sentir les poils microscopiques de ses oreilles s'agiter et onduler comme les algues dans le courant de la marée.

Un bourdonnement grave provenait de la station de pompage ; derrière elle, un flot régulier d'eaux usées giclait du tuyau et se mêlait à celles de la Kenduskeag.

Il se pencha sur la plaque de fer qui fermait le haut du cylindre.

« Henry ? lui lança nerveusement Victor. Qu'est-ce que tu fabriques ? »

Henry l'ignora. Il mit un œil à l'un des trous ronds de la plaque mais ne vit rien, que des ténèbres. À la place de l'œil, il mit une oreille.

« *Attends...* »

La voix montait vers lui depuis ces ténèbres, et Henry sentit sa température interne se rapprocher dangereusement du point de congélation, ses veines et ses artères se pétrifier en tubes de glace cristallisée. Mais ces sensations s'accompagnèrent d'un sentiment qui lui était presque inconnu : l'amour. Ses yeux s'agrandirent. Un sourire clownesque lui étira les lèvres en un arc béat. C'était la voix de la lune. Maintenant, Ça se trouvait dans la station de pompage... en bas, dans les égouts.

« *Attends... regarde...* »

Il attendit, mais il n'y eut rien d'autre : rien que le ronronnement régulier et soporifique de la machinerie. Il revint vers l'endroit de la rive où l'attendait Victor — lequel l'observait craintivement. Henry l'ignora et beugla le nom du Roteur. Peu après, ce dernier arrivait.

« Venez, dit Henry.

— Qu'est-ce qu'on va faire ? demanda le Roteur.

— Attendre. Observer. »

Ils revinrent en catimini jusqu'à la clairière et s'assirent. Henry essaya d'écarter son slip de ses couilles douloureuses, mais cela lui faisait trop mal.

« Henry, qu'est-ce...

— Chuuut ! »

Huggins se tut sans un murmure. Henry avait des Camel mais il n'en distribua pas. Il ne voulait pas que la petite salope sente la fumée de cigarette si elle se trouvait dans le secteur. Il aurait pu s'expliquer, mais ce n'était pas nécessaire. La voix ne lui avait adressé que deux mots, mais ils semblaient tout expliquer. Les mômes jouaient ici. Les autres n'allaient pas tarder à rappliquer. Pourquoi s'exciter juste sur la petite salope, alors qu'ils pouvaient choper les sept bâtons merdeux d'un coup ?

Ils attendirent, ils observèrent. Victor et Huggins paraissaient dormir les yeux ouverts. L'attente ne fut pas très longue, mais suffisante, cependant, pour que Henry eût le temps de penser à des tas de choses. Comment il avait trouvé le cran d'arrêt, par exemple. Ce n'était pas le même que celui qu'il possédait au moment de la fin des classes et qu'il avait égaré quelque part. Celui-ci avait l'air beaucoup plus chouette.

Il était arrivé par la poste.

En quelque sorte.

Il se trouvait sur le porche et contemplait leur vieille boîte aux lettres en piteux état, essayant de comprendre ce qu'il voyait. Elle débordait de ballons. Deux étaient attachés au crochet de métal auquel le facteur suspendait parfois les colis ; les autres au drapeau de plastique que l'on relevait pour indiquer la présence de courrier. Des bleus, des rouges, des jaunes, des verts. Comme si quelque cirque étrange avait subrepticement emprunté Witcham Road au creux de la nuit, laissant ce signe.

En approchant de la boîte, il vit que des têtes étaient dessinées sur les ballons — celles des mômes qui lui avaient empoisonné l'existence tout l'été, les mômes qui ne rataient jamais une occasion, semblait-il, de se payer sa tête.

Il avait contemplé ces appartitions bouche bée, puis les ballons avaient explosé l'un après l'autre. Très satisfaisant : comme s'il les avait fait éclater rien qu'en y pensant, les tuant avec son esprit.

Le guichet de la boîte aux lettres s'abaissa tout d'un coup. Henry se rapprocha encore et regarda à l'intérieur. Le facteur avait beau ne jamais passer aussi loin dans sa tournée avant le milieu de l'après-midi, Henry n'éprouva aucune surprise en découvrant un paquet plat et rectangulaire. Il le retira. Il était adressé à Mr. HENRY BOWERS, Route rurale numéro 2, Derry, Maine. Il y avait même quelque chose comme une adresse d'expéditeur : Mr. ROBERT GRAY, Derry Maine.

Il déchira le paquet, laissant le papier d'emballage tomber sur le sol. Une boîte blanche. Il l'ouvrit. Le couteau à cran d'arrêt était posé sur un petit matelas de coton. Il le prit et rentra chez lui.

Son père était allongé sur sa paillasse, dans la chambre qu'ils partageaient, entouré de canettes de bière vides, le ventre débordant de son caleçon jaunâtre. Henry s'agenouilla à côté de lui, écoutant les ronflements et les soupirs de la respiration de son père, regardant sa bouche lippue se mettre en cul-de-poule pour rejeter l'air.

Henry plaça l'extrémité ouverte pour le passage de la lame contre le cou décharné de Butch. Celui-ci bougea un peu et se rendormit de son sommeil d'ivrogne. Henry resta au moins cinq minutes ainsi, le regard pensif, perdu au loin, tandis que du gras du pouce il caressait le bouton d'argent serti dans la garde du cran d'arrêt. La voix de la lune lui parla — dans un murmure semblable au vent de printemps, tiède avec une lame de fraîcheur enfouie en son milieu, dans un ronflement de nid de frelons dérangés, avec des marchandages de politicien à la voix éraillée.

Tout ce que la voix lui disait semblait tout à fait au poil à Henry et il appuya sur le bouton d'argent. Il y eut un *clic!* à l'intérieur du couteau quand le ressort-suicide se libéra ; quinze centimètres d'acier s'enfoncèrent dans le cou de Butch Bowers. Aussi facilement que les deux dents d'une fourchette à servir dans le blanc d'un poulet cuit à point. La pointe de la lame ressortit de l'autre côté, dégoulinante.

Les yeux de Butch Bowers s'ouvrirent en grand et restèrent fixés au plafond. Sa mâchoire inférieure tomba. Deux filets de sang surgirent aux coins de sa bouche et coulèrent sur ses joues jusqu'à ses oreilles. Il commença à gargouiller. Une large bulle sanguinolente gonfla entre ses lèvres écartées et éclata. L'une des mains de l'homme rampa jusqu'au genou de Henry qu'elle serra convulsivement. Henry s'en fichait. Puis la main se détendit et tomba. Les gargouillis s'arrêtèrent quelques instants plus tard. Butch Bowers était mort.

Henry retira le couteau et essuya la lame sur le drap sale de la paillasse avant de la repousser dans son logement. Il jeta au cadavre de son père un coup d'œil dénué d'intérêt. La voix lui avait expliqué à quelle tâche il devait s'atteler pour le reste de la journée pendant qu'il était resté agenouillé, le couteau contre la gorge de son père. Tout expliqué. Il alla donc dans l'autre pièce et appela Victor et le Roteur.

Ils étaient maintenant ici tous les trois, et même si ses couilles lui faisaient encore horriblement mal, le couteau formait un renflement réconfortant dans la poche gauche de son pantalon. Quelque chose lui disait que la séance de poinçonnage n'allait pas tarder à commencer. La voix dans la lune avait tout détaillé tandis qu'il était agenouillé, et pendant tout le chemin jusqu'en ville, il avait été incapable de quitter des yeux son disque pâle dans le ciel. Il vit qu'il y avait effectivement un homme dans la lune — un visage fantomatique effroyable avec des trous de cratères en guise d'yeux et un sourire glabre qui semblait lui remonter jusqu'au milieu des joues. Il lui parla

(Nous flottons là en bas Henry nous flottons tous tu flotteras toi aussi)

pendant tout le chemin. Tue-les tous, Henry, lui disait la voix fantôme en provenance de la lune — et Henry pigeait, Henry sentait qu'il pouvait renouveler cette émotion. Il les tuerait tous, ceux qui le tourmentaient, et alors ces sentiments — celui de perdre prise, de se rapprocher inexorablement d'un monde plus vaste qu'il ne serait pas capable de dominer comme il avait dominé la cour de récréation de l'école de Derry, sentiment que dans ce monde plus vaste, le gros tas de lard, le négro et le bafouilleur dingo risquaient peut-être de devenir plus costauds, tandis que lui ne ferait que devenir plus vieux — tous ces sentiments s'évanouiraient.

Il les tuerait tous et les voix — celle à l'intérieur et celle qui lui parlait depuis la lune — le laisseraient tranquille. Il les tuerait tous et puis il retournerait à la maison ; là il s'installerait sous le porche de derrière, le sabre japonais de son père sur les genoux. Il boirait l'une des bières favorites de Butch. Il écouterait aussi la radio, mais pas le base-ball. Le base-ball était un authentique truc de beauf. Au lieu de cela, il écouterait du rock and roll. Bien que Henry ne le sût pas (l'eût-il su qu'il s'en serait foutu), les Ratés et lui étaient au moins d'accord sur ce point : le rock and roll, c'était au poil. Tout irait alors sur des roulettes, tout serait au poil, parfaitement au poil, et peu importait ce qui arriverait ensuite. La voix prendrait soin de lui — cela, il le sentait. Si l'on s'occupait de Ça, Ça s'occupait de vous. Il en avait toujours été ainsi à Derry.

Mais il fallait arrêter les gosses, les arrêter sans tarder, les arrêter aujourd'hui même. C'était ce qu'avait dit la voix.

Henry sortit son nouveau couteau de sa poche et l'examina, le tournant d'un côté et de l'autre, admirant les reflets du soleil sur le revêtement chromé. Quand soudain Huggins le prit par le bras et lui dit : « Regarde-moi ça 'Henry, Jésouille de Nouille !' Garde-moi ça ! »

Henry regarda et la lumière limpide de la compréhension l'envahit. Un carré du sol de la clairière était en train de s'ouvrir par magie, révélant un fragment de ténèbres allant s'agrandissant. Pendant un bref instant, il éprouva une bouffée de terreur à l'idée que le propriétaire de la voix allait peut-être en sortir... car Ça vivait sans aucun doute en dessous de la ville. Puis il entendit le grincement de la terre dans les gonds et comprit. S'il n'avait pas pu voir la cabane suspendue, c'est parce qu'il n'y en avait pas.

« Nom de Dieu, on était juste sur leur tête ! » grogna Victor. Et comme la tête et les épaules de Ben apparaissaient dans l'écoutille carrée au centre de la clairière, il fit mine de charger. Henry l'attrapa et le retint.

« On va pas les choper, Henry ? demanda Victor alors que Henry se levait à son tour.

— Si, on va les choper. » Henry avait répondu sans quitter le gros lard des yeux. Encore un qui lui avait tapé dans les couilles. *Je vais t'en filer un qui va te les envoyer tellement haut que tu pourras les porter comme boucles d'oreilles espèce de gros enfoiré. Attends un peu et tu vas voir si je le fais pas.* « T'en fais pas. »

Le gros lard aidait la petite salope à sortir de leur trou. Elle regarda tout autour d'elle avec suspicion, et Henry crut un instant qu'elle le regardait droit dans les yeux. Puis son regard se déplaça. Ils murmurèrent quelque chose, s'enfoncèrent dans l'épaisseur des taillis et disparurent.

« Venez, dit Henry quand le bruit des branches froissées ou écrasées devint presque inaudible. On va les suivre. Mais on reste en arrière et on la ferme. Je les veux tous. »

Le trio traversa la clairière comme des soldats en patrouille, pliés en deux, les yeux grands ouverts, jetant des regards partout.

Le Roteur s'arrêta pour étudier le Club souterrain et secoua la tête, comme émerveillé. « Dire que j'étais assis juste sur leur tête ! » dit-il.

D'un geste impatient, Henry lui fit signe d'avancer.

Ils empruntèrent le sentier, pour faire moins de bruit. Ils étaient à mi-chemin de Kansas Street lorsque la petite salope et le gros lard, se tenant par la main (*Voyez ça comme ils sont mignons !* se dit Henry, au bord de l'extase) émergèrent directement devant eux.

Heureusement, ils tournaient le dos au groupe de Henry, et aucun des deux n'eut l'idée de regarder derrière. Henry, Victor et Huggins se pétrifièrent sur place, puis allèrent se fondre dans l'ombre de la lisière du chemin. Bientôt, Ben et Beverly ne furent plus que deux chemises que l'on distinguait à peine dans le fouillis des buissons et des ronces. Le trio reprit la poursuite... prudemment. Henry sortit son couteau et

9

Henry se fait faire un bout de conduite, 2 h 30

appuya sur le bouton chromé de la poignée. La lame jaillit. Il la contempla rêveusement dans le clair de lune. Il aimait la façon dont la clarté tombée du ciel jouait sur elle. Il n'avait aucune idée du temps qui s'écoulait. Il passait maintenant d'un bord à l'autre de la réalité.

Un son finit par atteindre sa conscience, un son qui grandissait. Un moteur d'automobile. Il se rapprocha. Dans l'obscurité, les yeux de Henry s'agrandirent. Il serra le couteau, attendant le passage de la voiture.

Au lieu de continuer son chemin, elle se gara le long de la haie du séminaire et s'immobilisa là, moteur tournant au ralenti. Avec une grimace (une raideur lui gagnait maintenant tout le ventre ; il devenait dur comme une planche et le sang qui coulait entre ses doigts avait la consistance de la sève au moment où l'on arrête de la recueillir sur les érables à sucre, fin mars début avril), il se mit à genoux et repoussa les branches raides de la haie. Il vit les phares et la silhouette de la voiture. Des flics ? Sa main pressait et relâchait le couteau, le pressait et le relâchait, le pressait et le relâchait.

Je t'ai envoyé un taxi, Henry, lui murmura la voix. *Enfin, un genre de taxi, si tu peux piger cela. Après tout, nous devons nous arranger pour que tu sois au Town House assez rapidement. La nuit se fait vieille.*

La voix émit un petit rire sec et bref et se tut. On n'entendait plus que les grillons et le ronronnement régulier du moteur au ralenti.

Henry se mit maladroitement debout et rebroussa chemin jusqu'à l'allée du séminaire. Il jeta un coup d'œil à la voiture. Ce n'était pas une caisse à poulets. Pas de cerise sur le toit, et sa forme était toute bizarre... ancienne.

Henry crut entendre encore le petit rire ; mais c'était peut-être simplement le vent.

Il émergea de l'ombre de la haie, se glissa péniblement sous la chaîne et s'avança en direction du véhicule qui sortait d'un monde en noir et blanc de photo Polaroïd, un monde de clair de lune et de ténèbres insondables. Henry était dans un état lamentable : sa chemise était noire de sang et son jean trempé jusqu'aux genoux. Son visage n'était qu'une tache blanche sous une coupe de cheveux à la para.

Il arriva jusqu'au trottoir et examina le véhicule, s'efforçant de se faire une idée de la masse qui se tenait derrière le volant. Mais c'est la voiture qu'il reconnut en premier : celle que son père s'était promis de s'offrir un jour, une Plymouth Fury de 1958. Elle était rouge et blanc et Henry savait (son père le lui avait suffisamment répété) que le moteur qui ronronnait doucement était un V-8 327 développant 255 chevaux, capable d'atteindre cent vingt kilomètres à l'heure en neuf secondes départ arrêté et doté d'un carburateur quatre-corps qui ne s'alimentait qu'au super. *Je vais me la payer, cette bagnole,* aimait à dire Butch, *et quand je crèverai, on m'enterrera dedans...,* sauf qu'il ne s'était jamais offert la Plymouth et que l'État l'avait enterré à ses frais après qu'on eut emmené Henry, en plein délire, hurlant des choses à propos de monstres, à la ferme aux mabouls.

Si c'est lui là-dedans, j' crois pas que je pourrais monter, songea Henry dont les doigts étreignaient le couteau et qui oscillait d'avant en arrière, étudiant la forme derrière le volant.

La porte côté passager de la Fury s'ouvrit alors, allumant le plafonnier, et le conducteur se tourna pour le regarder. C'était Huggins le Roteur. Son visage était un vrai massacre. Il lui manquait un œil et on apercevait une rangée de dents noircies par un trou pourri de sa joue parcheminée. Il portait, perchée sur sa tête, la même casquette de base-ball des Yankees de New York que le jour de sa mort. Elle était posée à l'envers. Une pourriture d'un gris verdâtre coulait lentement le long de la visière.

« Roteur ! » s'exclama Henry. L'éclair brûlant d'un élancement monta du bas de son ventre, lui arrachant un cri inarticulé.

Les lèvres exsangues du Roteur s'étirèrent en un sourire qui s'ouvrit comme une draperie aux replis grisâtres. Il tendit une main sarmenteuse en un geste d'invitation vers la porte ouverte.

Henry hésita puis se traîna le long de la Plymouth, touchant au passage l'emblème du V-8 comme il le touchait à chaque fois que son père l'amenait dans le hall d'exposition du constructeur, à Bangor, quand il était petit. La grisaille l'envahit au moment où il gagnait le côté du passager, en une vague molle qui l'obligea à s'accrocher à la porte pour garder l'équilibre. Il resta un moment immobile, tête baissée, respirant par à-coups. Finalement le monde se remit en place — partiellement au moins — et il réussit à faire le tour de la portière pour aller s'affaler sur le siège. La douleur zigzagua de nouveau dans ses entrailles, et un jet de sang frais jaillit entre ses doigts. On aurait dit de la gelée tiède. Il renversa la tête en arrière et grinça des dents, tandis que saillaient les tendons de son cou. Finalement la douleur diminua un peu.

La porte se referma d'elle-même. Le plafonnier s'éteignit. Henry vit l'une des mains pourries de Huggins se refermer sur le levier de vitesses et enclencher la première. Le paquet de nœuds blancs des articulations luisait à travers la chair en décomposition des doigts.

La Fury prit la direction de Up-Mile Hill.

« Comment ça va, Roteur ? » Henry s'entendit-il demander. Question stupide, évidemment — le Roteur ne pouvait pas être ici, les morts ne peuvent pas conduire de voitures — mais c'était tout ce qu'il avait trouvé.

Huggins ne répondit pas. Son orbite creuse fixait la route. Ses dents lançaient leur reflet maladif par le trou dans sa joue. Henry se rendit vaguement compte que ce bon vieux Roteur dégageait une odeur plutôt avancée. Le bon vieux Roteur puait en fait comme un panier de tomates trop mûres abandonné sous un évier.

La boîte à gants s'ouvrit d'un coup sec, heurtant les genoux de Henry ; à la lumière de la petite lampe qui se trouvait à l'intérieur, il aperçut une bouteille à demi pleine de Texas Driver. Il la prit, l'ouvrit, et s'en envoya une grande rasade. Elle descendit comme un ruban de soie fraîche qui se transforma en une éruption de lave lorsqu'elle toucha son estomac. Un frisson le secoua des pieds à la tête, il gémit... puis commença à se sentir légèrement mieux, un peu plus en contact avec le monde.

« Merci », dit-il.

La tête du Roteur se tourna vers lui. Dans son cou on voyait les tendons dénudés ; le bruit était celui de gonds rouillés. Huggins le regarda ainsi pendant un certain temps de son regard borgne de mort, et Henry observa pour la première fois que l'essentiel de son nez avait disparu. On aurait dit que quelque chose s'était attaqué au pif de ce bon vieux Huggins. Un chien, peut-être. Ou des rats. Plus vraisemblables, les rats. Les boyaux dans lesquels ils avaient pourchassé les mômes ce jour-là étaient infestés de rats.

Bougeant toujours aussi lentement, la tête du Roteur se tourna de nouveau vers la route. Henry se sentit soulagé. Il n'avait pas trop apprécié la manière dont le bon vieux Huggins l'avait regardé. Il y avait eu quelque chose dans l'œil restant, enfoncé au creux de son orbite, qui ne lui avait pas plu. Un reproche ? De la colère ? Quoi ?

C'est un môme clamsé qui est au volant de cette bagnole.

Henry baissa les yeux sur son avant-bras, et vit qu'il était hérissé de chair de poule. Il avala rapidement une deuxième gorgée à la bouteille. Celle-ci lui fit un peu moins mal et répandit sa chaleur un peu plus loin.

La Plymouth descendit Up-Mile Hill et s'engagea dans le rond-point qui le terminait et que ne commandaient plus que des feux orange clignotants, baignant la rue déserte et les immeubles environnants de leurs éclats jaunâtres réguliers. Le silence était tel que Henry eut l'impression d'entendre le cliquetis des relais dans les boîtiers... ou était-ce son imagination ?

« Jamais eu l'intention de te laisser en arrière ce jour-là, Roteur, dit Henry. Je veux dire, si c'est ce que tu as à l'esprit, tu comprends. »

De nouveau, le même grincement de tendons. Huggins le regarda une fois de plus de cet œil engoncé au fond de son orbite. Et le sourire qui distendit ses lèvres, terrible, révéla des gencives d'un gris tirant sur le noir sur lesquelles s'épanouissait tout un jardin de pourriture. Qu'est-ce que c'est que ce sourire ? se demanda Henry, tandis que la voiture remontait Main Street dans un ronronnement soyeux, passant devant Freese's d'un côté, Nan's Luncheonette et le cinéma Aladdin de l'autre.

Est-ce un sourire d'absolution ? Un sourire de vieux copain ? Ou est-ce un sourire du genre : je vais t'avoir, Henry, je vais t'avoir pour nous avoir laissés en plan, Victor et moi ? Quel genre de sourire ?

« Faut que tu comprennes comment ça s'est passé », commença Henry ; mais il n'alla pas plus loin. Comment ça s'était passé, au juste ? Son esprit n'était que confusion, on aurait dit les pièces emmêlées d'un puzzle, comme ceux que l'on renversait sur les tables de jeu merdiques de Juniper. Comment, exactement ? Ils avaient suivi le gros lard et la petite salope jusqu'à Kansas Street et avaient attendu dans les buissons tandis que les deux mômes montaient en haut du talus. S'ils avaient disparu, ils auraient renoncé à se dissimuler et les auraient ouvertement poursuivis ; deux, c'était mieux que rien du tout. Ils pourraient choper les autres, le moment voulu.

Mais ils n'avaient pas disparu. Ils s'étaient simplement appuyés contre la barrière pour surveiller la rue tout en bavardant. Ils jetaient de temps en temps un coup d'œil vers les Friches, mais Henry et ses acolytes étaient bien cachés.

Le ciel, se souvenait Henry, s'était couvert de nuages, des nuages venant de l'est, et l'atmosphère s'était alourdie. Il allait pleuvoir dans l'après-midi.

Et ensuite ? Ensui...

Une main osseuse, cuireuse, se referma sur l'avant-bras de Henry, qui hurla. Il venait une fois de plus de dériver dans la grisaille cotonneuse, mais l'abominable contact du Roteur et la douleur en coup de poignard que son cri avait provoquée dans son ventre le ramenèrent à la réalité. Il tourna la tête. Le visage de Huggins n'était qu'à quelques centimètres du sien ; il eut une inspiration de suffocation qu'il regretta aussitôt. Ce bon vieux Roteur pourrissait vraiment de partout. L'image du panier de tomates putréfiées dans un coin revint à l'esprit de Henry. Son estomac se souleva.

Il se rappela tout d'un coup la fin. Du moins la fin pour Vic et pour Huggins. Comment quelque chose avait surgi des ténèbres tandis qu'ils se trouvaient dans un boyau, en dessous d'une grille d'égout, se demandant quelle direction prendre. Quelque chose... il aurait été incapable de dire quoi. Jusqu'au cri de Victor : « Frankenstein, c'est Frankenstein ! » Et c'était bien le monstre de Frankenstein qu'il avait vu, avec des boulons qui lui sortaient du cou et la profonde cicatrice bordée de points de suture sur le front, s'avançant d'un pas lourd avec aux pieds des chaussures commes des cubes.

« Frankenstein ! avait hurlé Vic, Fr... » Puis Vic n'avait plus eu de tête. Celle-ci venait de voler à travers le boyau pour aller s'écraser contre la paroi d'en face avec un bruit sourd et gluant. Les yeux jaunes et aqueux du monstre étaient alors tombés sur Henry, lequel s'était pétrifié. Il n'avait pu contenir sa vessie et avait senti un liquide chaud lui couler le long de la jambe.

La créature s'était avancée de son pas lourd vers lui et Huggins avait... il avait...

« Écoute, je sais que j'ai fichu le camp, admit Henry. Je n'aurais pas dû. Mais... tu comprends... »

Le Roteur le regardait.

« Je me suis perdu », murmura Henry, comme pour dire à ce bon vieux Roteur que lui aussi avait payé. Un peu faible, comme s'il disait : *Ouais, je sais que t'as été tué, Roteur, mais moi, j'ai eu une putain d'écharde sous le pouce.* Pourtant il en avait bavé... rudement bavé. Il avait erré dans un monde de ténèbres puantes pendant des heures et avait fini par se mettre à hurler. À un moment donné, il était tombé — une longue chute vertigineuse pendant laquelle il avait eu le temps de penser qu'au bout l'attendait la mort — puis il s'était retrouvé dans un courant rapide qui l'entraînait. Sous le canal, avait-il pensé. Il s'était retrouvé dans la lumière du soleil en train de se coucher, s'était débattu jusqu'à ce qu'il regagne la rive et était finalement sorti de la Kenduskeag à moins de cinquante mètres de l'endroit où Adrian Mellon allait se noyer vingt-six ans plus tard. Il avait glissé, était tombé, se cognant la tête, et avait perdu connaissance. Il faisait déjà nuit quand il s'était réveillé. Il avait fini par regagner la Route numéro 2 et quelqu'un l'avait ramené chez lui en voiture. Et là il était tombé sur les flics qui l'attendaient.

Mais c'était dans le temps et on était aujourd'hui. Le Roteur s'était avancé sur le monstre de Frankenstein, lequel lui avait pelé le côté gauche du visage jusqu'à l'os. Henry n'avait pas attendu d'en voir davantage pour s'enfuir. Mais maintenant le Roteur était de retour, et celui-ci lui montrait quelque chose.

Henry s'aperçut qu'ils venaient de s'arrêter en face du Derry Town House, et soudain il comprit parfaitement. Le Town House était le seul véritable hôtel restant à Derry. L'Eastern Star et le Traveller's Rest, qui existaient encore en 1958, avaient disparu tous les deux au cours des travaux de rénovation de la ville ; Henry, qui lisait fidèlement le *Derry News* tous les jours à Juniper Hill, était au courant. En dehors du Town House, on trouvait seulement une poignée de motels minables en bordure de la nationale.

C'est certainement là qu'ils sont, se dit-il. *Tous ceux qui restent. En train de dormir dans leur lit avec des rêves de bonbons — ou d'égouts — leur tournant dans la tête. Et je vais les avoir. Un par un, je les aurai.*

Il sortit de nouveau la bouteille de Texas Driver et en prit un coup. Il sentait du sang frais couler goutte à goutte sur son ventre, et sous lui, le siège était poisseux : mais avec le vin, il se sentait mieux ; avec le vin, ça n'avait plus d'importance. Il aurait préféré un bon bourbon, mais le Texas Driver était mieux que rien.

« Écoute, dit-il au Roteur, je m'excuse d'avoir fichu le camp. Je sais pas pourquoi j'ai fait ça. S'il te plaît..., ne m'en veux pas. »

Huggins parla, pour la première et dernière fois, mais la voix n'était pas la sienne. La voix qui sortait de la bouche en décomposition était basse, puissante, terrifiante. Henry ne put retenir un gémissement en l'entendant. C'était celle de la lune, celle du clown, celle qu'il avait entendue dans ses rêves d'égouts et de boyaux dans lesquels coulaient des flots impétueux et incessants.

« Ferme-la et chope-les, c'est tout.

— Bien sûr, pleurnicha Henry. Bien sûr, entendu, je ne demande pas mieux, pas de problème... »

Il remit la bouteille dans la boîte à gants ; son col claqua brièvement comme des dents. Il vit alors le papier dans lequel la bouteille avait été rangée. Il le prit et le déplia, laissant des traces de sang aux angles. En manière de titre, on voyait cet en-tête écarlate :

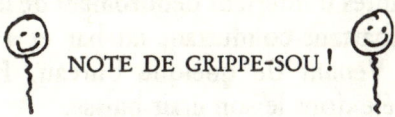 NOTE DE GRIPPE-SOU !

Et en dessous, soigneusement rédigé en lettres capitales :

BILL DENBROUGH	311
BEN HANSCOM	404
EDDIE KASPBRAK	609
BEVERLY MARSH	518
RICHIE TOZIER	217

Les numéros des chambres. C'était parfait. Du temps de gagné. « Merci, le Ro... »

Mais il n'y avait plus de Roteur. Le siège du conducteur était vide. À la place, il n'y avait plus que la casquette des Yankees de New York, la visière engluée d'une croûte de pourriture, et quelque chose de visqueux sur le levier de vitesses.

Le regard fixe, Henry sentait son cœur battre follement dans sa poitrine... puis il crut entendre bouger et s'agiter sur le siège arrière. Il ouvrit la porte et sortit rapidement, non sans manquer s'étaler dans sa hâte. Il prit au large pour faire le tour de la Fury, dont le double pot d'échappement ronronnait doucement.

Il lui était pénible de marcher ; chaque pas tirait sur son ventre, y déchirait quelque chose. Il gagna cependant le trottoir et resta planté là à contempler le bâtiment de huit étages, tout en brique, le seul, avec le cinéma Aladdin et la bibliothèque, dont il se souvenait clairement. Il n'y avait pratiquement plus de lumière dans les étages mais les globes de verre dépoli qui encadraient l'entrée principale brillaient doucement dans la pénombre, au milieu d'un halo d'humidité due au brouillard bas.

Il avança avec difficulté entre eux et poussa l'un des battants de la porte de l'épaule.

Le silence des petites heures de la nuit régnait dans le hall d'entrée. Un tapis turc défraîchi recouvrait le sol. Une fresque gigantesque, datant de la grande époque de l'exploitation du bois à Derry, ornait le plafond de ses panneaux rectangulaires. Il y avait des canapés trop rembourrés, des fauteuils et une grande cheminée dont le foyer était éteint, une bûche de hêtre posée sur les chenets (une vraie bûche, pas un simulacre) ; l'âtre du Town House n'était pas un simple motif décoratif. Des plantes d'intérieur débordaient de leur pot. Les portes vitrées à double battant conduisant au bar et à la salle à manger étaient fermées. Venant de quelque bureau, Henry entendit le murmure d'une télé dont le son était baissé.

Il avança d'un pas vacillant, ensanglanté de la taille aux genoux. Du sang avait séché dans les lignes de ses mains ; des traînées de sang, sur ses joues et son front, lui faisaient comme des peintures de guerre. Il avait les yeux exorbités. Quiconque l'aurait aperçu dans le hall se serait enfui en hurlant. Mais il n'y avait personne.

Les portes de l'ascenseur s'ouvrirent dès qu'il appuya sur le bouton. Il regarda le papier qu'il tenait à la main, puis le panneau des numéros des étages. Après avoir délibéré un instant, il appuya sur le 6 et les portes se refermèrent. L'ascenseur s'éleva dans un léger bourdonnement de moteur.

Aussi bien commencer par le plus haut et continuer en descendant.

Il s'accota à la paroi de l'ascenseur, les yeux mi-clos. Le bourdonnement avait quelque chose d'apaisant ; comme celui des stations de pompage du système des égouts. Ce jour-là..., il ne cessait de lui revenir à l'esprit. Comment tout semblait avoir été disposé à l'avance, comme si chacun d'eux n'avait été qu'un acteur avec son rôle à jouer. Comment Vic et ce bon vieux Huggins lui avaient paru... eh bien, presque drogués. Il se souvenait...

L'ascenseur s'arrêta avec une secousse qui provoqua une nouvelle onde de douleur dans son abdomen. Les portes s'ouvrirent. Henry sortit dans le couloir silencieux (encore des plantes, dans des vases suspendus, des plantes arachnéennes qu'il n'avait aucune envie de toucher, surtout pas ces choses grimpantes d'où perlait un liquide qui lui rappelait trop les choses qui pendaient dans le noir, là-bas en bas). Il vérifia de nouveau le papier. Kaspbrak était dans la 609. Henry partit dans cette direction, non sans prendre appui sur le mur, laissant une légère traînée de sang sur le papier peint (ah, mais il faisait un écart chaque fois qu'il arrivait à la hauteur des plantes ; pas question de seulement les frôler). Il respirait péniblement, la gorge brûlante.

La 609. Henry prit le cran d'arrêt dans sa poche et passa la langue sur ses lèvres parcheminées. Puis il frappa à la porte. Rien. Il frappa à nouveau, plus fort cette fois.

« Qu'est-ce c'est ? » Voix endormie. Parfait. Il serait en pyjama, mal réveillé. Et quand il ouvrirait la porte, Henry n'aurait qu'à enfoncer la lame dans le creux du cou, ce creux vulnérable juste en dessous de la pomme d'Adam.

« La réception, m'sieur. Un message de votre femme », répondit Henry. Kaspbrak était-il marié ? Peut-être avait-il dit une ânerie. Il attendit, froid, en alerte. Il entendit un bruit de pas — des pieds chaussés de pantoufles.

« De Myra ? » Il avait l'air inquiet. Excellent. Il le serait bien davantage dans quelques secondes. Une veine battait régulièrement à la tempe de Henry.

« Je suppose, monsieur. Il n'y a pas de nom. On dit juste que c'est votre femme. »

Il y eut un silence, puis un bruit métallique quand Eddie manipula la chaîne. Souriant, Henry pressa le bouton chromé du manche. *Clic.* Il tint la lame à la hauteur de sa joue, prête. Le verrou tourna. Dans un instant, il allait plonger dans la gorge de ce petit minable décharné. Il attendit. La porte s'ouvrit et Eddie

10

Les Ratés tous unis, 13 h 20

vit Stan et Richie qui débouchaient de l'épicerie de Costello Avenue, chacun d'eux grignotant une Rocket sur son bâton. « Hé ! cria-t-il, hé, attendez ! »

Ils se retournèrent, et Stan lui fit signe de la main. Eddie courut les rejoindre aussi vite qu'il put, c'est-à-dire, en réalité, pas très rapidement. Il avait un bras pris dans un plâtre, et portait la planche du Parcheesi sous l'autre.

« Qu'avez-vous dit, Eddie, qu'avez-vous dit, mon garçon ? demanda Richie avec sa voix de gentleman allemand. Ah, le pauvre garçon a un bras cassé. Regardez-moi ça, Stan, il a un bras cassé. Soyez compatissant, portez-lui sa planche de Parcheesi !

— Je peux la porter, protesta Eddie, un peu essoufflé. Est-ce que je peux avoir un peu de la Rocket ?

— Ta maman ne voudrait pas, Eddie », fit Richie d'un ton triste. Il se mit à lécher plus vite. Il venait juste d'arriver à la partie chocolatée de la glace, celle qu'il préférait. « Les microbes, mon garçon ! N'oublie pas que tu peux attraper des microbes en mangeant après quelqu'un !

— Je cours le risque. »

À regret, Richie tendit sa Rocket vers la bouche d'Eddie... et la retira vivement dès que le garçon eut donné deux coups de langue.

« Si tu veux le reste de la mienne, je te la donne, intervint Stan. J'ai déjà assez mangé à table.

— Les juifs ne mangent pas beaucoup, remarqua Richie. Ça fait partie de leur religion. » Le trio marchait dans une ambiance amicale, en direction de Kansas Street et des Friches. Derry semblait s'enfoncer dans la somnolence embrumée de l'après-midi. Les stores étaient baissés à presque toutes les fenêtres ; des jouets gisaient sur les pelouses, abandonnés, comme si on avait hâtivement rappelé les enfants pour leur faire faire une sieste. À l'ouest, l'orage grondait avec une puissance contenue.

« C'est vrai ? demanda Eddie à Stan.

— Non, Richie te fait marcher, répondit Stan. Les juifs mangent comme tout le monde. Comme lui, ajouta-t-il en montrant Richie du doigt.

— Tu sais, t'es vraiment salaud avec Stan, Richie. T'aimerais ça, toi, si on racontait toutes ces conneries simplement parce que t'es catholique ?

— Oh, les catholiques en font aussi de belles, se défendit Richie. Mon père m'a raconté que Hitler était catholique et qu'il avait tué des millions de juifs. Pas vrai, Stan ?

— Oui, je crois, répondit Stan, l'air gêné.

— Ma mère était furax quand mon père m'a dit cela, reprit Richie avec un léger sourire à l'évocation de ce souvenir. Absolument furax. Nous autres catholiques, on a eu l'Inquisition, ce truc avec les brodequins, les clous sous les ongles et tout le bazar. Je me dis que toutes les religions sont plus ou moins bizarres.

— Moi aussi, approuva Stan calmement. Nous ne sommes pas des croyants orthodoxes, ni rien comme ça. Je veux dire, on mange du jambon, par exemple. Je ne sais même pas exactement ce que cela veut dire, d'être juif. Je suis né à Derry et j'ai parfois été à la synagogue de Bangor pour le Yom Kippour ou des trucs comme ça, mais... » Il haussa les épaules.

« Du jambon ? » Eddie, dont la mère était méthodiste, ne comprenait pas.

« Les juifs orthodoxes ne mangent pas de trucs comme ça. C'est écrit quelque part dans la Torah qu'il ne faut pas manger des animaux qui rampent dans la boue ou marchent au fond de l'océan. Je ne sais pas exactement comment c'est dit. Toujours est-il que le porc et le homard sont interdits, mais mes parents en mangent, et moi aussi.

— Vraiment bizarre ! fit Eddie en éclatant de rire. Je n'avais jamais entendu parler d'une religion qui disait ce qu'il fallait manger ou ne pas manger. Bientôt, on va te dire quel genre d'essence acheter.

— De l'essence kascher, pardi ! » répondit Stan en riant à son tour. Ni Eddie ni Richie ne comprenaient ce qui le faisait rire.

« Tu dois bien admettre, dit Richie, que c'est tout de même bizarre de ne pas pouvoir manger une saucisse juste parce qu'on est juif.

— Ah oui ? Et toi, tu manges de la viande, le vendredi ?

— Bon Dieu, non ! s'exclama Richie, choqué. On ne mange pas de viande le vendredi parce que... » Il esquissa un sourire. « Bon, d'accord, je vois ce que tu veux dire.

— Est-ce que les catholiques vont vraiment en enfer s'ils mangent de la viande le vendredi ? » demanda Eddie, fasciné, totalement inconscient que ses propres grands-parents, des Polonais pratiquants, n'auraient pas plus mangé de la viande le vendredi qu'ils se seraient promenés tout nus.

« Je vais te dire un truc, Eddie, répondit Richie. Je n'arrive pas à croire que Dieu m'enverrait rôtir pour l'éternité juste pour avoir mangé un sandwich au saucisson cuit un vendredi. Mais pourquoi courir le risque ? Tu comprends ?

— Bien sûr... mais cela paraît tellement... » Il avait été sur le point d'ajouter « stupide », mais il s'était souvenu d'une histoire que Mrs. Portleigh leur avait racontée à l'école du dimanche quand il était petit. D'après elle, un méchant garçon avait un jour volé du pain consacré lorsque le plateau de la communion était passé devant lui. Il l'avait ramené chez lui et jeté dans la cuvette des toilettes pour voir ce qui arriverait. Aussitôt — du moins d'après ce qu'avait raconté Mrs. Portleigh aux enfants fascinés —, l'eau était devenue d'un rouge éclatant. C'était le sang du Christ, avait-elle dit, et il était apparu à ce petit garçon parce qu'il avait commis une très vilaine action : un BLASPHÈME. Il était apparu pour l'avertir qu'en jetant la chair de Jésus dans les toilettes, il faisait courir à son âme immortelle le danger d'aller brûler en enfer.

Jusqu'alors, Eddie avait apprécié la communion, qu'il ne pratiquait que depuis un an à peine. Les méthodistes utilisaient du jus de raisin à la place du vin, et des cubes de pain Wonder caoutchouteux étaient censés représenter le corps du Christ. Il aimait l'idée de ce rite religieux où l'on prenait de la boisson et de la nourriture. Mais du fait de l'histoire de Mrs. Portleigh, sa terreur mystique devant ce rite avait acquis une dimension d'effroi plus profonde. Le seul fait de tendre la main pour les cubes de pain devint un acte qui exigeait du courage, comme s'il avait redouté un choc électrique... ou pire : que par exemple le pain change brusquement de couleur dans sa main, se transformant en un caillot de sang, tandis qu'une voix désincarnée tonnerait dans l'église : *Indigne! Indigne! Condamné à l'enfer! Condamné à l'enfer!* Souvent, après avoir pris la communion, sa gorge se serrait, sa respiration commençait à siffler et il attendait avec une impatience de plus en plus proche de la panique la fin de la bénédiction, afin d'aller dans le vestibule se servir de son inhalateur.

Tu es vraiment trop bête, se dit-il quand il fut plus grand. *Ce n'était rien qu'une histoire, et Mrs. Portleigh n'était certainement pas une sainte. Maman a dit qu'elle avait divorcé à Kittery et qu'elle jouait au loto à Bangor, à Saint Mary, alors que les vrais chrétiens ne jouent pas et laissent ça aux païens et aux catholiques.*

Tout cela tombait sous le sens, mais il n'en fut pas soulagé pour autant. L'histoire du pain de communion se transformant en sang lui trottait dans l'esprit et l'inquiétait parfois au point de lui faire perdre le sommeil. Il se fit la remarque, une nuit, que la seule façon de venir à bout de cette obsession consistait à prendre lui-même un morceau de pain consacré et à le jeter dans les toilettes pour voir ce qui se produirait.

Mais il était loin d'avoir le courage nécessaire pour procéder à une telle expérience ; sa raison ne tenait pas devant l'image sinistre du sang se gonflant en un nuage accusateur assorti de la menace d'une damnation éternelle. Elle ne tenait pas devant l'invocation magique comme un talisman : « *Ceci est mon corps, prends et mange ; ceci est mon sang, répandu pour toi...* »

Non, il n'avait jamais procédé à cette expérience.

« Je crois que toutes les religions sont bizarres », disait maintenant Eddie. Mais aussi puissantes, ajouta-t-il en esprit, presque magiques... ou bien était-ce un BLASPHÈME ? Il se mit à penser à la chose qu'ils avaient vue sur Neibolt Street, et pour la première fois il y vit un parallèle dément — après tout, le loup-garou était bel et bien sorti des toilettes.

« Bon sang, on dirait que tout le monde roupille, fit Richie en jetant le bâtonnet de sa Rocket dans le caniveau. Jamais vu la ville aussi calme. Ils sont tous partis pour Bar Harbor ou quoi ?

« — H-H-Hé, les g-g-gars ! cria Bill Denbrough derrière eux. A-Attendez-m-m-moi ! »

Eddie se retourna, comme toujours ravi d'entendre la voix du Grand Bill, lequel pédalait vigoureusement sur Silver et venait de déboucher de Costello Avenue, distançant Mike dont la Schwinn était pourtant flambant neuve ou presque.

« Ya-ouh, Silver, EN AVANT ! » vociféra Bill. Il roula jusqu'à eux en faisant bien du trente à l'heure, dans le crépitement furieux des cartes à jouer fixées sur la fourche. Puis il partit en rétro-pédalage, bloqua les freins, et laissa sur la chaussée une splendide marque de dérapage.

« Hé, Bill le Bègue ! lui lança Richie. Comment qu' ça va, mec ? Ah, dis donc... ah, dis donc ! Comment qu' ça va ?

— T-Très bien. Vu B-Ben ou Be-Beverly ? »

Mike rejoignit le groupe à ce moment-là, le visage couvert de gouttelettes de sueur. « Mais à combien elle roule, cette bécane, au juste ? »

Bill éclata de rire. « Au j-juste, je s-sais pas. A-Assez vi-vite.

— Je ne les ai pas vus, répondit Richie. Ils doivent être en bas, à traîner. Ou à chanter en duo : " Ch-boum, ch-boum, ya-da-da-da-da-da-da... tu es un rêve devenu réalité, mon cœur ! " »

Stan Uris fit des bruits de dégueulis.

« Il est jaloux, c'est tout, dit Richie à Mike. Les juifs ne sont pas foutus de chanter.

— B-B-B...

— Bip-bip, Richie », fit Richie à la place de Bill, et tous éclatèrent de rire.

Ils repartirent en groupe pour les Friches, Mike et Bill poussant leur bicyclette. La conversation, tout d'abord animée, devint languissante. Eddie décela, sur le visage de Bill, une expression de malaise, et se sentit lui aussi gagné par l'envie de se taire. Il savait bien que Richie n'avait voulu que plaisanter, mais on aurait vraiment dit que tout le monde, à Derry, était parti passer la journée à Bar Harbor... ou n'importe où. Pas une voiture ne descendait la rue ; pas une seule vieille dame ne tirait son panier de commissions à roulettes.

« C'est vrai que c'est bougrement calme », risqua Eddie. Bill se contenta d'acquiescer.

Ils traversèrent Kansas Street pour gagner le trottoir qui longeait les Friches, et c'est alors qu'ils virent Ben et Beverly, qui couraient vers eux en criant. Eddie fut choqué de l'aspect de Beverly — elle qui était habituellement impeccablement mise, les cheveux lavés et attachés en queue de cheval, était couverte, maintenant, de ce qui avait l'air de toutes les sortes de cochonneries imaginables. Elle avait les yeux agrandis, le regard affolé, une joue égratignée. Des ordures collaient à son jean et sa blouse était déchirée.

Ben arriva derrière elle, soufflant comme un phoque, l'estomac ballottant.

« On peut pas aller dans les Friches, fit Beverly, haletante. Les garçons... Henry... Victor..., ils sont quelque part en bas... le couteau... il a un couteau...

— D-Doucement », fit Bill, qui prit la situation en main sans effort, sans même paraître en avoir conscience. Il jeta un coup d'œil à Ben qui venait de s'arrêter, écarlate, sa vaste poitrine se soulevant violemment.

« Elle dit que Henry est devenu fou, expliqua Ben.

— Merde, tu veux dire qu'il ne l'était pas jusqu'ici ? ricana Richie en crachant entre ses dents.

— La f-ferme, Ri-Richie, dit Bill, et tous les yeux se tournèrent de nouveau vers Beverly. R-Raconte. »

La main d'Eddie se glissa subrepticement dans sa poche et vint toucher l'inhalateur. Il ignorait ce que cela signifiait, mais à coup sûr, ce n'était pas bon signe.

Se forçant à parler aussi calmement que possible, Beverly s'arrangea pour leur présenter une version expurgée de ses mésaventures, version qui commençait au moment où Henry, Victor et Huggins lui étaient tombés dessus dans la rue. Elle ne parla pas de son père : la honte qu'elle en ressentait touchait au désespoir.

Lorsqu'elle eut fini, Bill garda le silence pendant un moment, mains dans les poches, menton baissé, le guidon de Silver appuyé contre sa poitrine. Les autres attendaient non sans jeter de fréquents coups d'œil par-dessus la rambarde métallique qui courait le long du haut du talus. Bill réfléchit longtemps, mais personne ne le dérangea. Eddie prit conscience, soudainement et sans effort, qu'il s'agissait peut-être du dernier acte. C'est bien ce qu'exprimait le silence qui régnait, non ? Cette impression que la ville s'était vidée de ses habitants, qu'il n'y restait que les coquilles vides de ses bâtiments.

Richie pensait à la photo de l'album de George qui avait soudain prit vie.

Beverly pensait à son père, à la pâleur de ses yeux.

Mike pensait à l'oiseau.

Ben pensait à la momie, et à une odeur comme de l'antique cannelle.

Stan Uris pensait à des blue-jeans, noirs et dégoulinants, ainsi qu'à des mains aussi blanches que du papier froissé.

« V-Ve-Venez, finit par déclarer Bill. On y-y d-descend.

— Mais Bill, protesta Ben, l'air troublé, Beverly dit que Henry était vraiment cinglé. Qu'il avait vraiment l'intention de tuer...

— C-Ce n'est p-pas à eux », le coupa Bill avec un geste en direction des Friches, geste qui englobait les bosquets touffus d'arbres, les bambous, le scintillement des eaux. « C-Ce n'est p-pas leur pro-propriété. » Il les regarda, une expression sinistre sur le visage. « J'en ai m-marre d'avoir p-peur d'eux. On les a-a b-battus pendant la ba-bataille de c-cailloux, et s'il l-le faut, on l-les b-battra en-encore.

— Et si ce n'est pas seulement *eux*, Bill ? » hasarda Eddie.

Bill se tourna vers Eddie, qui reçut un choc en se rendant compte à quel point son ami avait le visage fatigué, les traits tirés : il y avait quelque chose d'effrayant dans son expression, mais ce ne fut que bien plus tard, alors qu'adulte il s'enfonçait dans le sommeil après la réunion de la bibliothèque, qu'il comprit pourquoi elle lui avait paru aussi effrayante : c'était celle d'un garçon poussé aux limites de la folie, un garçon qui n'était peut-être pas davantage sain d'esprit ou maître de ses décisions que ne l'était Henry. Cependant, Bill était bien présent, les regardant de ce regard hanté... un Bill en colère, déterminé.

« Et s-si c'est seu-seulement e-eux ? »

Personne ne lui répondit. Le tonnerre gronda, plus proche, maintenant. Eddie leva les yeux vers le ciel et vit les nuages d'orage, d'énormes cumulus, arriver de l'ouest en bataillons noirs et serrés. Il allait tomber des hallebardes, comme sa mère se plaisait parfois à le dire.

« J'ai au-autre chose à v-vous di-dire, reprit Bill en parcourant leur groupe des yeux. Aucun de v-vous n'est o-obligé de venir s'il n-ne veut p-pas. Chacun dé-décide pour s-soi.

— Je viens, Grand Bill, dit calmement Richie.

— Moi aussi, ajouta Ben.

— Évidemment », fit Mike avec un haussement d'épaules.

Beverly et Stan acquiescèrent. Restait Eddie.

« Je crois qu'il vaut mieux pas, dit Richie. Ton bras n'est pas, euh, en état. »

Eddie regarda Bill.

« Je v-veux qu'il vienne, dit Bill. T-Tu marcheras à-à côté de m-moi, Eddie. J-Je te s-sur-surveillerai.

— Merci, Bill », répondit Eddie. Le visage fatigué et à demi fou de

Bill lui parut soudain plein de charme, fait pour être aimé. Il ressentit un vague émerveillement. *Je parie que je mourrais pour lui, s'il me le demandait. Qu'est-ce que c'est que ce pouvoir ? S'il vous fait la tête de Bill aujourd'hui, il n'est peut-être pas si agréable que cela de le détenir.*

« Ouais, Bill dispose de l'arme absolue, commenta Richie. La bombe puante. » Il souleva le bras gauche et s'éventa l'aisselle de la main droite. Ben et Mike rirent un peu. Eddie esquissa un sourire.

Le tonnerre gronda de nouveau, si proche et si fort, cette fois, qu'ils sursautèrent et se regroupèrent instinctivement. Le vent se leva, et fit rouler des débris dans le caniveau. L'avant-garde des gros nuages noirs passa devant le disque embrumé du soleil et leurs ombres s'estompèrent. Ce vent était froid et glaça la transpiration sur le bras découvert d'Eddie. Il frissonna.

Bill regarda Stan et lui dit quelque chose de particulier :

« T'as t-ton en-encyclopédie d-des oiseaux, Stan ? »

Celui-ci se tapota la poche.

Bill les regarda de nouveau tour à tour. « A-Allons-y », dit-il.

Ils descendirent la ravine à la file indienne, sauf Bill qui, comme il l'avait dit, se tenait à côté d'Eddie. Il laissa Richie piloter Silver et une fois en bas, il l'installa à sa place accoutumée sous le pont. Puis ils se regroupèrent, regardant autour d'eux.

La tempête qui approchait n'entraîna pas d'obscurité ; pas même exactement un assombrissement. Mais la qualité de la lumière changea, et les choses apparurent dans une sorte de relief acéré, comme en songe, sans ombre et pourtant claires, ciselées. Eddie sentit une bouffée d'horreur et d'appréhension lui tordre le ventre quand il prit conscience que cet éclairage lui était famililer : c'était le même que celui du jour du 29, Neibolt Street.

Le zigzag d'un éclair tatoua les nuages, assez aveuglant pour le faire grimacer. Il porta une main à son visage et se mit à compter mentalement : *Un... deux... trois...,* et le tonnerre claqua, un seul aboiement, un son explosif, semblable à un pétard M-80, et ils se rapprochèrent encore les uns des autres.

« Les prévisions météo ne parlaient pas d'orage, ce matin, dit Ben, mal à l'aise. Sur le journal, il y avait chaud et brumeux. »

Mike parcourait le ciel des yeux. Les nuages, là-haut, étaient des quilles de bateau enduites de poix, hautes et lourdes, envahissant vivement la brume bleuâtre qui recouvrait le ciel d'un horizon à l'autre lorsqu'il était sorti de chez les Denbrough avec Bill, après le déjeuner. « Il monte vite, dit-il. Jamais vu un orage arriver aussi vite. » Et comme pour confirmer ses propos, le tonnerre craqua de nouveau.

« A-Allons-y, dit Bill. On m-mettra le P-Parcheesi d'E-E-ddie d-dans le Club. »

Ils s'engagèrent sur le sentier que leurs passages répétés avaient fini par battre depuis l'affaire du barrage. Bill et Eddie ouvraient la marche, leurs épaules frôlant les grosses feuilles vertes des buissons, les autres suivaient derrière. Il y eut une nouvelle rafale de vent qui fit murmurer le feuillage des arbres comme des buissons. Un peu plus loin, les bambous émirent leurs cliquetis mystérieux, semblables à des tambours dans un conte de la jungle.

« Bill ? fit Eddie à voix basse.

— Quoi ?

— Je croyais que c'était juste dans les films, mais... (il rit un peu) j'ai l'impression qu'on nous observe.

— D'accord, i-ils s-sont là, i-ils sont l-là. »

Eddie regarda nerveusement autour de lui et serra un peu plus le jeu sous son bras valide. Il

11

La chambre d'Eddie, 3 h 05

ouvrit la porte sur un monstre de bande dessinée.

L'apparition qui se tenait devant lui, couverte de sang, ne pouvait être que Henry Bowers. Il avait l'air d'un cadavre qui vient de sortir de la tombe, avec sur le visage un masque de sorcier pétrifié fait de haine et d'envie de meurtre. Il avait la main droite levée à la hauteur de la joue et tandis que les yeux d'Eddie s'exorbitaient, cette main jaillit en avant, la lame du cran d'arrêt brillant comme de la soie.

Sans réfléchir — pas le temps : réfléchir aurait été synonyme de mourir —, Eddie claqua la porte. Elle heurta l'avant-bras de son assaillant, détournant la lame dont l'arc furieux n'en passa pas moins à quelques centimètres du cou d'Eddie.

Il y eut un craquement lorsque la porte écrasa le bras de Henry contre le montant. Le dément poussa un cri étouffé. Sa main s'ouvrit. Le couteau tomba sur le sol. Eddie lui donna un coup de pied. Il alla glisser sous le poste de télé.

Henry se jeta de tout son poids contre la porte. Il faisait une cinquantaine de kilos de plus qu'Eddie qui, repoussé en arrière comme un pantin, heurta le bord du lit de ses mollets et s'effondra dessus. Henry pénétra dans la chambre et claqua la porte d'un coup de talon. Puis il mit le verrou tandis que Kaspbrak se rasseyait, les yeux exorbités, un sifflement déjà dans la gorge.

« D'accord, pédé », dit Henry. Son regard erra quelques instants sur le sol, à la recherche du couteau. Il ne le vit pas. À tâtons, Eddie prit sur sa table de nuit l'une des deux bouteilles de Perrier qu'il avait fait monter à son arrivée. C'était la pleine ; il avait bu l'autre avant de se rendre à la bibliothèque pour se calmer les nerfs et une crise d'hyperacidité. Le Perrier était bon pour sa digestion.

Henry renonça à trouver le couteau et marcha sur lui. Saisissant la bouteille verte par le col, Eddie la cassa contre le rebord de la table de nuit qui se couvrit d'eau pétillante, inondant la plupart de ses boîtes de médicaments.

Du sang, frais et à demi séché, poissait la chemise et le pantalon de Henry, dont la main droite pendait maintenant selon un angle bizarre.

« Sale petit pédé ! dit Henry. J' vais t'apprendre, moi, à lancer des cailloux. »

Il atteignit le lit et tendit une main vers Eddie qui commençait à peine à se rendre compte de ce qui lui arrivait. Il s'était passé moins de quarante secondes depuis l'instant où il avait ouvert la porte. Comme la main de Henry s'approchait, Eddie lui porta un coup à la figure avec le tesson pointu de verre, lui ouvrant la joue droite, dont un morceau se mit à pendre comme un rabat, et lui crevant l'œil.

Henry poussa un gémissement, souffle coupé, et partit en arrière, chancelant. Dans un écoulement de fluide blanc jaunâtre, l'œil entaillé glissa hors de son orbite, y restant suspendu par des filaments. Une fontaine de sang s'était ouverte dans sa joue, vermeille. Le cri d'Eddie fut plus fort. Il se leva du lit et se dirigea vers Henry — pour l'aider, peut-être, il ne savait pas très bien — mais l'autre se jeta de nouveau vers lui. Eddie se servit de nouveau de sa bouteille de Perrier comme d'un sabre ; cette fois-ci, les pointes de verre s'enfoncèrent dans la main gauche de Henry, profondément, lui cisaillant les doigts. Du sang se mit à couler. L'évadé de Juniper lâcha un grognement épais, presque le bruit de quelqu'un qui s'éclaircit la gorge, et donna un coup à Eddie de sa main droite.

Eddie perdit l'équilibre et alla heurter l'écritoire. Dans une fausse position, derrière lui, son bras gauche reçut tout son poids lorsqu'il tomba dessus. Il ressentit un élancement violent, à vomir, lorsque l'os céda le long de l'ancienne fracture. Il dut serrer les dents pour retenir un cri d'effroi.

Une ombre lui cacha la lumière.

Henry Bowers le dominait de toute sa taille, oscillant d'avant en arrière. Ses genoux ployèrent. Du sang coulait de sa main gauche sur la robe de chambre d'Eddie.

Ce dernier s'était accroché au fragment de la bouteille de Perrier qu'il pointa devant lui au moment où les genoux de Henry cédèrent complètement, les fragments pointus tournés vers son assaillant, le goulot appuyé contre son sternum. Henry s'effondra comme un arbre et vint s'empaler sur la bouteille. Eddie la sentit qui éclatait dans sa main, tandis qu'un atroce éclair de douleur lui sciait de nouveau son bras gauche toujours prisonnier. Du sang frais cascada sur lui ; le sien ou celui de Henry, il ne savait pas.

Henry tressaillit comme une truite qu'un pêcheur vient de décrocher de l'hameçon. Ses chaussures tambourinaient sur le sol, presque en mesure, sur un rythme syncopé. L'odeur de son haleine fétide parvint à Eddie. Puis il se raidit et roula sur le côté. La bouteille pointait au milieu de son buste, goulot vers le plafond, grotesque, comme si elle avait poussé là.

« Gueug ! » dit Henry, les yeux tournés vers le plafond. Eddie le crut mort.

Il dut lutter contre l'évanouissement. Il se mit à genoux, et réussit finalement à se hisser sur ses pieds. Une nouvelle sensation de douleur monta de son bras gauche quand il le ramena devant lui, ce qui lui éclaircit un peu la tête. Sifflant, luttant pour respirer, il atteignit la table de nuit. Il ramassa son inhalateur au milieu des dernières bulles de Perrier, se l'enfonça dans la bouche et appuya sur la détente. Il eut un frisson, et en prit une deuxième giclée. Il regarda le corps étendu sur la moquette. Cela pouvait-il être Henry ? Était-ce possible ? Oui. Henry devenu vieux, les cheveux plus gris que noirs, le corps empâté, blanc, ramolli. Et Henry était mort. À la fin des fins, Henry était...

« Gueug », dit Henry en se mettant sur son séant. Ses mains griffèrent l'air, à la recherche de prises qu'il aurait été seul à voir. Du fluide perlait de son œil crevé qui pendait maintenant, énorme, sur la joue entaillée. Il regarda autour de lui de son autre œil, vit Eddie qui essayait de s'enfoncer dans le mur et tenta de se lever.

Il ouvrit la bouche, mais c'est un flot de sang qui en sortit. Puis il s'effondra de nouveau.

Le cœur battant à tout rompre, Eddie saisit le téléphone d'une main tremblante et ne réussit qu'à le faire tomber sur le lit. Il le reprit et fit le zéro. À l'autre bout, une sonnerie retentit interminablement.

Réponds, bon Dieu, pensa Eddie, qu'est-ce que tu fous en bas, tu te branles ? Réponds, bordel, décroche ce foutu téléphone !

Il sonnait toujours. Eddie ne quittait pas Henry des yeux, s'attendant à le voir essayer à tout instant de se remettre sur pied. Et tout ce sang, Seigneur Dieu, tout ce sang !

« Réception, finit par répondre une voix pâteuse et chargée de reproches.

— Passez-moi la chambre de Mr. Denbrough, aussi vite que possible. » Tout en répondant, il tendait son oreille libre aux bruits en provenance des autres chambres. Avaient-ils fait beaucoup de tapage ? Quelqu'un n'allait-il pas cogner à la porte et demander ce qui se passait ici ?

« Vous êtes sûr que je dois appeler ? Il est trois heures dix, objecta l'employé.

— Oui, je vous dis ! » fit Eddie, criant presque. La main qui tenait le combiné était agitée de tremblements saccadés, convulsifs. Dans son autre bras, montait un horrible bourdonnement de guêpes dérangées. Henry ne venait-il pas de bouger encore ? Non, sûrement pas.

« D'accord, d'accord, répondit l'employé, calmez-vous, mon vieux. »

Il y eut un *clic !* puis le ronflement enroué d'une sonnerie de chambre. *Réponds, Bill, allez, réponds...*

Soudain, une hypothèse qui n'avait rien d'invraisemblable lui traversa l'esprit. Et si Henry avait commencé par la chambre de Bill ? Ou celle de Richie ? Ou celle de Ben ? Ou celle de Bev ? À moins qu'il n'ait fait une petite visite à la bibliothèque d'abord ? Il avait sûrement commencé par quelqu'un d'autre ; car si personne ne l'avait sérieusement amoché auparavant, ce serait lui, Eddie, qui serait allongé là par terre, avec le manche d'un cran d'arrêt dépassant de sa poitrine comme le goulot de la bouteille de Perrier dépassait de celle de Henry. Et si jamais il était déjà passé partout, les ayant tous surpris dans leur sommeil, comme il avait failli le surprendre ? S'ils étaient tous morts ? Une idée tellement horrible qu'Eddie crut qu'il allait crier si quelqu'un ne décrochait pas rapidement le téléphone.

« Je t'en supplie, Grand Bill, murmura Eddie, je t'en supplie, sois là, mec. »

On décrocha et, d'un ton prudent qui ne lui était pas habituel, Bill fit : « A-Allô ?

— Ah, Bill, répondit Eddie, bafouillant presque. Grâce à Dieu, t'es là.

— Eddie ? » La voix de Bill se fit momentanément plus faible ; il parlait à quelqu'un d'autre, disant qui appelait. Puis elle redevint normale. « Q-Qu'est-ce qui se p-passe, E-Eddie ?

— Henry Bowers », expliqua Eddie, en jetant de nouveau un coup d'œil sur le corps. N'avait-il pas changé de position ? Cette fois-ci, il eut plus de mal à se persuader qu'il n'avait pas bougé. « Il est venu ici, Bill... et je l'ai tué. Il avait un couteau. Je crois (il baissa la voix)... je crois que c'est le même que l'autre fois. Quand on était dans les égouts. Tu t'en souviens ?

— J-Je m'en souviens. Écoute-moi, Eddie. Va dire à

12

Les Friches, 13 h 55

B-Ben de s-se p-pointer i-ici.

— Entendu, Bill. » Ils approchaient de la clairière. L'orage grondait dans le ciel chargé et les buissons soupiraient dans la brise qui se levait.

Ben le rejoignit au moment où ils pénétraient dans la clairière. La trappe du Club était restée ouverte, improbable carré de ténèbres dans le vert de l'herbe. On entendait très clairement le babil de la rivière, et Bill fut soudain envahi d'une certitude insensée : c'était la dernière fois qu'il voyait ce lieu, entendait ce son, dans son enfance. Il prit une profonde inspiration, et sentit une odeur de terre à laquelle se mêlait l'âcre parfum de suie de la décharge, fumant comme un volcan assoupi qui ne se décide pas à entrer en éruption. Il vit un vol d'oiseau franchir la voie ferrée et prendre la direction d'Old Cape. Il leva les yeux vers le bouillonnement des cumulus.

« Qu'est-ce qu'il y a ? demanda Ben.

— P-Pourquoi n'ont-ils p-pas essayé de n-nous avoir ? s'interrogea Bill. Ils sont i-ici. E-Eddie avait rai-raison là-dessus. Je p-peux les s-sentir.

— Ouais, répondit Ben. Ils sont peut-être assez bêtes pour croire que nous allions retourner dans le Club. Comme ça, on aurait été piégés.

— P-Peut-être », dit Bill, qui se sentit pris de rage à son incoercible bégaiement : impossible de parler vite. Il y avait cependant des choses qu'il aurait sans doute trouvées impossibles à exprimer — l'impression, par exemple, qu'il voyait presque par les yeux de Henry Bowers et que, bien qu'appartenant à des partis adversaires, pions contrôlés par des forces antagonistes, Henry et lui étaient devenus très proches.

Henry attendait d'eux qu'ils restent et se battent.

Ça attendait qu'ils restent et se battent.

Et se fassent tuer.

Ce fut comme si explosait une lumière blanche et glacée dans sa tête. Ils allaient être victimes du tueur qui arpentait Derry depuis la mort de George — tous les sept. On retrouverait leurs corps, ou non. Tout dépendait d'une chose : dans quelle mesure Ça voudrait ou pourrait protéger Henry, Huggins et Victor. *Oui. Pour les autres, pour le reste des habitants de cette ville, nous ne serons que de nouvelles victimes du tueur. Et au fond, c'est vrai, d'une manière plutôt comique. Ça veut notre mort. Henry est l'instrument chargé d'accomplir cette tâche pour que Ça n'ait même pas besoin de se montrer. Moi en premier, je crois. Beverly et Richie seraient capables de tenir les autres, mais Stan a la frousse, ainsi que Ben, bien que je le croie plus solide que Stan. Quant à Eddie, il a un bras cassé. Mais pourquoi les avoir fourrés dans ce pétrin ! Mon Dieu, pourquoi ?*

« Bill ? » dit Ben d'un ton anxieux. Les autres les rejoignirent autour du Club. Il y eut un nouveau coup de tonnerre, violent, et les buissons s'agitèrent plus nerveusement. Dans la lumière blafarde de l'orage, les bambous cliquetaient.

« Bill... » C'était Richie, cette fois.

« Chut ! » Les autres se turent, mal à l'aise sous l'éclat de son regard hanté.

Il contemplait le sous-bois et le chemin qui s'y enfonçait, sinueux, pour rejoindre Kansas Street. Il sentit soudain son esprit grimper d'un degré, déboucher sur un plan plus élevé. Aucun bégaiement dans son esprit ; ses pensées étaient comme portées sur un flot d'intuitions insensées — comme si tout venait vers lui.

George à une extrémité ; mes amis et moi à l'autre. Et alors Ça s'arrêtera

(une fois de plus)

une fois de plus, oui, une fois de plus parce que c'est déjà arrivé et qu'il y a toujours eu une sorte de sacrifice à la fin, une chose épouvantable qui l'arrêtait, j'ignore comment je peux le savoir mais je le sais et ils... et ils...

« Ils l-le laissent f-faire, grommela Bill, regardant sans le voir le bout de sentier tortillé en queue de cochon. É-Évidemment, ils laissent f-faire Ça.

— Bill ? » fit Beverly à son tour. Stan se tenait à côté d'elle, impeccable en polo bleu et pantalon assorti. De l'autre côté, Mike regardait Bill intensément, comme s'il lisait dans ses pensées.

Ils l'ont laissé faire, comme toujours, après quoi les choses se calment, reprennent leur cours normal, et Ça... Ça

(s'endort)

s'endort... ou Ça hiberne comme un ours... et puis Ça recommence et ils savent... les gens savent... Ils savent qu'il faut qu'il en soit ainsi pour que Ça existe.

« J-J-Je v-v-v-v-ous... »

Oh mon Dieu je vous en prie je vous en prie mon Dieu les chemises laissez-moi de l'archiduchesse sont-elles sèches oh Dieu, oh Seigneur Jésus je vous en prie JE VOUS EN PRIE LAISSEZ-MOI PARLER !

« Je v-vous ai a-amenés ici p-p-parce qu'il n'y a-a aucun en-endroit s-sûr », finit par dire Bill, la bave aux lèvres. Il s'essuya du dos de la main. « D-D-Derry, c'est Ça. V-Vous me c-comprenez ? Où-Où qu'on a-aille... q-quand Ça nous re-re-trouve, ils ne v-voient *rien* — i-ils n'en-entendent r-*rien*, ils n-ne savent r-*rien*. » Il leur jeta un regard suppliant. « V-Vous voyez p-pas co-comment Ça m-marche ? Il n'y a-a qu'u-une ch-chose à f-faire, t-t-terminer ce q-qu'on a co-commencé. »

Beverly revit Mr. Ross se lever, la regarder, replier son journal et rentrer tranquillement chez lui. *Ils ne voient rien, ils n'entendent rien, ils ne savent rien. Et mon père*

(Enlève ce pantalon petite pute)

avait voulu la tuer.

Mike pensa au déjeuner chez Bill. La mère de Bill n'était pas sortie de son monde de songes ; on aurait dit qu'elle ne les voyait pas, plongée qu'elle était dans un roman de Henry James tandis que les garçons, au comptoir, se préparaient des sandwichs qu'ils engloutissaient au fur et à mesure. Richie pensa à la maison impeccable de Stan — impeccable mais désespérément vide. Stan avait paru surpris, sa mère était toujours là ou presque à l'heure du déjeuner. Et si elle s'absentait, elle lui faisait un mot disant où il pouvait la joindre. Il n'y avait pas eu de mot ce jour-là. La voiture n'était pas dans le garage, c'était tout. « Elle a dû aller faire des courses avec son amie Debbie », avait dit Stan avec un léger froncement de sourcils ; sur quoi il avait entrepris de préparer des sandwichs salade-œufs durs. Richie avait oublié l'incident ; jusqu'à maintenant. Eddie pensa à sa mère. Quand il était sorti avec le Parcheesi sous le bras, il n'avait eu droit à aucune des recommandations habituelles de faire attention, de se couvrir en cas de pluie, de ne pas jouer à des jeux brutaux. Elle ne lui avait même pas demandé s'il n'avait pas oublié son inhalateur ni indiqué l'heure à laquelle il devait rentrer, ni mis en garde contre la brutalité « de ces garçons avec lesquels tu joues ». Elle avait continué de regarder son feuilleton à la télé comme s'il n'existait même pas.

Comme s'il n'existait même pas.

Une version différente de la même histoire leur traversa l'esprit : à un moment donné, entre l'heure du lever et celle du déjeuner, ils étaient devenus des fantômes.

Des fantômes.

« Dis-donc, Bill, fit Stan d'un ton rude, si nous coupions directement vers Old Cape ? »

Bill secoua la tête. « J-Je s-suis pas d'a-accord. On s-serait c-coincés dans l-les b-b-bambous... ou d-dans les sa-sables m-mouvants... ou y aurait un v-vrai pi-pirahna d-dans la K-K-Kenduskeag... ou j-je sais p-pas quoi. »

Chacun avait sa vision personnelle d'une même fin. Ben imagina des buissons se transformant soudain en plantes carnivores anthropophages. Beverly, des sangsues volantes comme celles qui étaient sorties du réfrigérateur. Stan, le sol bourbeux de la bambuseraie vomissant les cadavres vivants des enfants pris dans ses sables mouvants légendaires. Mike, des reptiles du jurassique avec d'horribles dents comme des scies bondissant du cœur d'arbres pourris, les attaquant et les mettant en charpie. Et Eddie, qu'ils grimpaient le talus d'Old Cape pour se trouver nez à nez avec le lépreux et ses chairs flasques grouillant de vermines et de bestioles.

« Si seulement on pouvait sortir de la ville... », murmura Richie qui fit la grimace lorsqu'un violent coup de tonnerre lui répondit un « Non ! » furieux dans le ciel. La pluie se mit à tomber — un simple grain, qui ne tarda pas à se transformer en déluge. L'espèce de paix embrumée du début de la journée était bel et bien terminée, comme si elle n'avait jamais existé. « On serait en sécurité si seulement on pouvait foutre le camp de cette foutue ville.

— Bip-b... », commença Beverly, mais à cet instant précis, un caillou vola des buissons et vint frapper Mike sur le côté de la tête. Il partit en arrière, chancelant, tandis que du sang coulait sous la trame serrée de ses cheveux crépus. Il serait tombé si Bill ne l'avait pas retenu.

« J' vais vous apprendre à jeter des cailloux, moi ! » leur parvint la voix de Henry, moqueuse.

Bill les voyait jeter des coups d'œil affolés autour d'eux, prêts à filer dans six directions différentes. Si jamais ils faisaient cela, c'en était fini d'eux.

« B-B-Ben ! » hurla-t-il.

Ben le regarda. « Il faut se barrer, Bill. Ils... »

Deux autres cailloux arrivèrent des buissons. L'un d'eux atteignit Stan sur le haut de la cuisse. Il cria, plus surpris qu'autre chose. Beverly évita le deuxième. Il tomba au sol et alla rouler dans le Club par la trappe ouverte.

« Est-ce q-que v-vous vous s-s-souvenez du p-premier jour où n-nous s-sommes venus i-ici ? hurla Bill par-dessus le tonnerre. À la f-fin des c-cl-classes ?

— Mais Bill ! » cria Richie.

Bill brandit le poing sous son nez, sans cependant quitter Ben des yeux, le clouant sur place.

« L-Les égouts, la s-st-station de p-pompage. C'est là que n-nous de-devons a-a-aller. E-Emmène-nous !

— Mais...

— Emmène-nous là ! »

Une grêle de cailloux vint s'abattre sur eux depuis les buissons et Bill aperçut un instant le visage de Victor Criss, l'air effrayé, drogué et avide en même temps. Puis une pierre l'atteignit à la joue, et ce fut à Mike de le soutenir. Il resta un moment la vision brouillée, une sensation d'engourdissement au visage — sensation qui se transforma en élancements douloureux, tandis que du sang commençait à lui couler sur la joue. Il s'essuya, grimaça en sentant le nœud endolori qui gonflait là, et se nettoya sur son jean. Sa chevelure s'agitait sauvagement dans le vent qui fraîchissait.

« J' vais t'apprendre à jeter des cailloux, espèce de trou-du-cul de bafouilleur ! lui lança Henry dans un ricanement hurlé.

— Emmène-nous ! » hurla Bill. Il comprenait maintenant pour quelles raisons il avait envoyé Eddie chercher Ben. C'était à cette station de pompage qu'ils devaient se rendre, celle-là même et pas une autre, et seul Ben savait exactement où elle se situait ; elles étaient disposées le long de la Kenduskeag à intervalles irréguliers. « C'est l'en-endroit, l'en-entrée ! L'entrée p-pour tr-trouver Ça !

— Tu ne peux pas savoir cela, Bill ! » lui cria Beverly.

Il cria à son tour, furieux, à elle et aux autres : « Si, je le sais ! »

Ben resta quelques instants immobile, se mouillant les lèvres, sans quitter Bill des yeux. Puis il bondit vers le milieu de la clairière en direction de la Kenduskeag. Blanc-violet, un éclair aveuglant zébra le ciel, aussitôt suivi d'un craquement de tonnerre qui fit sursauter Bill. Une pierre de la taille d'un poing siffla sous son nez et vint toucher Ben au derrière. Il émit un aboiement de douleur et porta la main à la fesse.

« Ah, ah, gros lard ! » brailla Henry, toujours de la même voix entre hurlement et ricanement. Bruits de frottements et d'écrasement dans les buissons qui s'écartent : Henry fit son apparition au moment où la pluie, cessant de chipoter, se mit à tomber en trombe.

De l'eau coulait sur la tête rasée à la para du fils Bowers, et dégoulinait le long de ses sourcils et de ses joues. Il souriait de toutes ses dents.

« Courez ! hurla Bill. S-Suivez B-Ben ! »

Il y eut d'autres bruissements dans le feuillage et tandis que les Ratés se précipitaient dans le sillage de Ben Hanscom, Victor et Huggins apparurent et se lancèrent, à la suite de leur chef, à leur poursuite.

Même plus tard, lorsque Ben voulut reconstituer ce qui s'était passé, il ne put évoquer qu'un embrouillamini d'images de leur course au milieu des buissons. Il se souvenait de branches lourdes de feuilles dégoulinantes de pluie le giflant au passage et l'aspergeant d'eau froide ; il se souvenait que tonnerre et éclairs se succédaient sans interruption, aurait-on dit, et que les vociférations de Henry, qui leur intimait de faire demi-tour pour venir se battre à la loyale, semblaient se confondre avec la rumeur de la Kenduskeag, au fur et à mesure qu'ils s'en rapprochaient. À chaque fois qu'il ralentissait, Bill lui donnait une bonne claque dans le dos pour le faire repartir.

Et si je ne peux pas la trouver ? Si je n'arrive pas à retrouver cette station de pompage particulière ?

Sa respiration lui râpait la gorge, brûlante, avec un goût de sang. Un point de côté lui vrillait les flancs. Sa fesse meurtrie chantait sa propre chanson. Beverly lui avait dit que Henry et ses amis voulaient les tuer. Ben la croyait, maintenant ? Oui, il la croyait.

Il arriva si brusquement au bord de la rivière qu'il faillit basculer dedans. Il réussit à conserver l'équilibre, mais la berge, minée par le gonflement des eaux de la décrue, s'effondra sous son poids et il tomba tout de même, dérapant jusqu'au bord de l'eau qui dévalait vite, chemise retroussée dans le dos, se maculant de boue argileuse.

Bill pila contre lui et le remit vigoureusement debout.

Les autres jaillirent des buissons qui surplombaient le cours d'eau les uns après les autres. Richie et Eddie les derniers, Richie un bras passé autour de la taille d'Eddie, ses lunettes dégoulinantes de pluie en équilibre précaire sur le bout de son nez.

« Où, m-maintenant ? » cria Bill.

Ben regarda à gauche, puis à droite, conscient de ne disposer que d'un instant pour se décider. Suicidaire. La rivière paraissait déjà plus haute et le ciel noir de pluie lui donnait une menaçante couleur ardoise tandis qu'elle s'écoulait en bouillonnant. Les rives étaient encombrées de broussailles et de souches d'arbres et toutes les branches dansaient follement à la musique du vent. Il entendait Eddie reprendre sa respiration à grands sanglots haletants.

« Où, maintenant ? répéta Bill.

— Je ne sais... » Et c'est alors qu'il aperçut l'arbre incliné et l'abri creusé en dessous par l'érosion. Celui où il s'était caché, le premier jour. Il s'y était assoupi, pour entendre Bill et Eddie faire les idiots quand il s'était réveillé. Après quoi les grosses brutes étaient arrivées. Avaient vu. Avaient vaincu. *Un barrage de bébé...*

« Par là, s'écria-t-il, par là ! »

La foudre frappa à nouveau, et cette fois-ci, Ben put l'entendre — un bruit comme un transformateur en surcharge. Elle frappa l'arbre et un feu bleu électrique fusa de sa base noueuse, la faisant voler en éclats, cure-dents pour géants de conte de fées. Il tomba en travers de la rivière avec un craquement de bois déchiré, faisant jaillir un geyser d'écume. Ben eut un hoquet d'effroi tandis qu'une odeur chaude, putride et sauvage assaillait ses narines. Une boule de feu remonta le fût de l'arbre abattu, parut devenir plus éclatante et disparut. Le tonnerre explosa, non pas au-dessus d'eux mais autour, comme s'ils avaient été au centre de la déflagration. La pluie redoubla de violence.

Bill le frappa dans le dos, l'arrachant à sa contemplation hébétée. « F-Fonce ! »

Ben fonça, trébuchant dans l'eau qui jaillissait en gerbes sous ses pas, les cheveux dans les yeux. Il atteignit l'arbre — l'abri creusé en dessous s'était effondré —, grimpa par-dessus et s'écorcha les mains et les coudes en escaladant son écorce mouillée.

Bill et Richie aidèrent Eddie à le franchir à son tour, Ben se chargeant de le rattraper de l'autre côté, mais ils roulèrent tous deux sur le sol. Eddie cria.

« Ça va ? lui demanda Ben.

— Je crois », répondit Eddie en se redressant. Il tâtonna à la recherche de son inhalateur et faillit le lâcher. Ben le rattrapa avant, ce qui lui valut un regard de gratitude d'Eddie tandis que celui-ci s'en envoyait une giclée.

Richie passa à son tour, puis Stan, puis Mike. Bill aida Beverly à grimper sur le tronc et Richie la réceptionna de l'autre côté, les cheveux collés à la tête, son jean maintenant noir de boue.

Bill franchit l'obstacle en dernier ; au moment où il balançait une jambe par-dessus, il aperçut Henry et ses acolytes qui arrivaient en pataugeant. Tout en se laissant retomber de l'autre côté, il cria : « Des c-cailloux ! L-Lancez des cailloux ! »

Ce n'étaient pas les galets qui manquaient sur la berge, et l'arbre abattu par la foudre constituait une barricade parfaite. En un instant, tous les sept se retrouvèrent en train de bombarder Henry et ses potes, qui avaient presque atteint l'arbre ; autant dire qu'ils furent mitraillés à bout portant. Cette contre-attaque de cailloux qui les atteignaient partout, au visage, aux membres, à la poitrine, les obligea à rebrousser chemin avec des hurlements de rage et de douleur.

« J' vais t'apprendre à lancer des cailloux ! » les nargua Richie en en tirant un de la taille d'un œuf de poule à Victor. Il l'atteignit à l'épaule et rebondit en chandelle. Victor hurla. « Ah, dis donc, ah, dis donc ! Venez donc nous apprendre, les mecs... On apprend vite, hein ?

— Ouais ! renchérit Mike dans un rugissement. Alors, ça vous plaît, les gars ? Ça vous plaît ? »

Ils n'obtinrent pas de réponse. Les trois assaillants battirent en retraite jusqu'à ce qu'ils soient hors de portée et se regroupèrent. Puis ils grimpèrent sur la partie surélevée de la berge, que parcourait déjà tout un réseau de ruisselets, s'accrochant aux branches pour garder l'équilibre.

Ils disparurent alors dans les taillis.

« Ils vont nous contourner, Grand Bill, dit Richie en repoussant ses lunettes sur son nez.

— C'est p-parfait. A-Allons-y, B-Ben. On t-te s-suit. »

Ben partit en trottinant le long de la rive, s'arrêta (s'attendant à voir à tout instant le trio de leurs poursuivants surgir sous son nez) et vit la station de pompage qui se dressait à vingt mètres de lui en aval. Les autres le rejoignirent. On apercevait également deux autres cyclindres sur la rive opposée, l'un tout proche, l'autre à une quarantaine de mètres en contrebas. Tous les deux régurgitaient des torrents d'eau boueuse dans la Kenduskeag, mais un simple filet sortait du tuyau en provenance de la première. Ben remarqua qu'aucun bourdonnement ne montait de cette station ; le système de pompage devait être en panne.

Il regarda Bill, songeur... et un peu effrayé.

Bill s'était tourné vers Richie, Stan et Mike. « F-Faut s-s-soulever le c-couvercle, dit-il. Ai-Aidez-moi. »

La plaque de fer comportait des prises pour les mains, mais la pluie les avait rendues glissantes, sans compter que la plaque elle-même était incroyablement pesante. Ben vint se mettre à côté de Bill qui lui ménagea de la place. On entendait des gouttes tomber à l'intérieur — un bruit répercuté en échos, désagréable, bruit de fond de puits.

« M-M-Maintenant ! » hurla Bill. Les cinq garçons poussèrent à l'unisson. Le couvercle bougea avec un horrible bruit de frottement.

Beverly vint se placer près de Richie et Eddie poussa de son bras valide.

« Un, deux, trois, poussez ! » chantonna Richie. Au sommet du cylindre, la plaque dérapa de quelques centimètres, laissant apparaître un croissant de ténèbres.

« Un, deux, trois, poussez ! »

Le croissant grossit.

« Un, deux, trois, poussez ! »

Ben poussa jusqu'à ce que des points rouges se mettent à danser devant ses yeux.

« Reculez ! cria Mike. Il va tomber, il va tomber ! »

Tous firent un pas en arrière et regardèrent la lourde plaque perdre l'équilibre et basculer. Le bord creusa un profond sillon dans l'herbe mouillée et il atterrit à l'envers, comme un échiquier géant. Des bestioles se mirent à filer dans tous les sens vers l'herbe.

« Beurk ! » fit Eddie.

Bill sonda l'intérieur du cylindre. Des barreaux de fer descendaient jusqu'à une flaque circulaire d'eau noire, dont la surface se piquait maintenant de gouttes de pluie. Au milieu, à demi submergée, méditait la pompe silencieuse. Il vit l'eau qui pénétrait dans la station par le boyau d'arrivée et se dit, non sans ressentir un creux à l'estomac : *C'est là-dedans que nous devons aller. Là-dedans.*

« E-E-Eddie, a-a-accroche-t-toi à m-moi. »

Eddie le regarda, sans comprendre.

« Je vais te porter sur le d-d-dos. T-Tu te t-tiendras avec ton b-bon bras. » Il joignit le geste à la parole.

Eddie comprit, mais ne manifesta aucun enthousiasme.

« Vite ! fit sèchement Bill. I-Ils v-vont a-arriver ! »

Eddie passa le bras autour du cou de Bill ; Stan et Mike le soulevèrent de façon à ce qu'il enserrât la taille de Bill de ses jambes. Quand Bill se hissa maladroitement au-dessus du rebord du cylindre, Ben vit qu'Eddie avait les yeux fermés.

En dépit du crépitement de la pluie, d'autres bruits leur parvenaient : branches qui fouettaient, tiges qui se rompaient, voix. Henry, Victor et le Roteur. La plus immonde des charges de cavalerie.

« J'ai la trouille, Bill, murmura Eddie.

— M-Moi au-aussi. »

Passant par-dessus le rebord de ciment, il saisit le premier échelon. Malgré Eddie qui l'étouffait à moitié et paraissait avoir pris vingt kilos d'un seul coup, Bill s'immobilisa un instant, pour parcourir des yeux les Friches, la Kenduskeag et les nuages en fuite. Une voix en lui — non pas effrayée, mais au contraire ferme — lui avait intimé d'en profiter, au cas où il ne reverrait jamais le monde d'en haut.

Il regarda donc, puis commença à descendre, Eddie accroché à son dos.

« Je ne vais pas tenir bien longtemps, souffla Eddie.

— P-Pas de pr-problème, on a-a-arrive. »

Un de ses pieds s'enfonça dans l'eau glacée. Il chercha le barreau suivant et le trouva. Il y en eut encore un, puis plus rien. L'échelle s'arrêtait là. Il se tenait à côté de la pompe, de l'eau jusqu'aux genoux.

Il s'accroupit, grimaçant lorsque l'eau trop froide se mit à imbiber son pantalon, et laissa glisser Eddie de son dos. Il prit une grande inspiration. L'odeur n'était pas précisément délicieuse, mais c'était bon de ne plus avoir le bras d'Eddie lui écrasant la gorge.

Il regarda vers l'ouverture du cylindre, à quelque trois mètres au-dessus de sa tête ; les autres, regroupés autour, le regardaient aussi.

« V-Venez ! cria-t-il. Un par un ! G-Grouillez-v-vous ! »

Beverly arriva la première, passant facilement par-dessus le rebord, suivie de Stan et des autres. Richie s'engagea en dernier, s'arrêtant, l'oreille tendue, pour suivre la progression de Henry et sa troupe. Au tapage qu'ils faisaient, il estima qu'ils passeraient légèrement à gauche de la station de pompage, mais cependant pas assez loin pour que cela changeât quelque chose.

À cet instant-là, Victor beugla : « Henry ! là ! Tozier ! »

Richie tourna la tête et les vit qui se précipitaient vers lui. Victor était en tête... mais Henry le repoussa si violemment que l'autre tomba à genoux. Henry tenait un couteau, un vrai coutelas, ouais ; des gouttes d'eau tombaient de la lame.

Richie regarda à l'intérieur du cylindre, vit Ben et Stan aider Mike à quitter l'échelle, et balança ses jambes par-dessus le rebord. Henry comprit ce qu'il faisait et lui cria quelque chose. Avec un rire dément, Richie lui adressa ce qui doit être l'un des plus vieux gestes du monde : un bras d'honneur. Et pour être sûr que Henry comprenne, il tint le majeur bien droit au milieu des autres doigts repliés.

« Vous allez crever là-dedans ! cria Henry.

— Prouve-le ! » rétorqua Richie, riant toujours. Il était terrifié à l'idée de descendre dans ce gosier de béton sans pouvoir cependant s'arrêter de rire. Et, prenant la voix du flic irlandais, il beugla : « Sûr comme deux et deux font quatre, mon bon ami, un Irlandais n'est jamais au bout de sa chance ! »

Henry glissa sur l'herbe mouillée et s'étala sur les fesses, à moins de dix mètres de l'endroit où se tenait Richie, un pied sur le premier des barreaux métalliques boulonnés sur la paroi incurvée de ciment, dépassant de tout son torse.

« Hé, t'as toujours tes godasses en peau de banane, je vois ! »

hurla-t-il, délirant d'une joie triomphale, avant de dévaler précipitamment l'échelle. Les barreaux étaient glissants, et il faillit bien perdre l'équilibre. Puis Bill et Mike l'attrapèrent et il se retrouva dans l'eau jusqu'aux genoux avec les autres, se tenant en cercle autour de la pompe. Il tremblait de tout son corps, des frissons alternativement glacés et brûlants le parcouraient, et néanmoins il n'arrivait pas à arrêter son fou rire.

« T'aurais dû le voir, Grand Bill, toujours aussi adroit, notre Henry. Même pas foutu de tenir debout... »

À ce moment-là, la tête de Henry apparut au sommet du cylindre. Les ronces lui avaient égratigné les joues dans tous les sens. Sa bouche s'agitait, et il les fusillait du regard.

« D'accord ! » leur cria-t-il. Ses mots produisaient une sorte de résonance plate dans le cylindre, pas tout à fait un écho. « J'arrive. Je vous tiens, maintenant. »

Il passa une jambe par-dessus le rebord, chercha le premier barreau du pied, le trouva, passa l'autre jambe.

Parlant fort, Bill dit : « Quand i-il arrivera a-assez p-près, on l'a-attrapera. On le ti-tirera. On lui f-foutra la t-tête sous l'eau. P-Pigé ?

— Bien compris, mon général, fit Richie en portant une main tremblante à son front.

— Pigé », dit Ben.

Stan adressa un clin d'œil à Eddie, qui ne comprenait pas ce qui se passait — sauf qu'il avait l'impression que Richie était devenu fou. Il riait comme un demeuré alors que Henry Bowers — le tant redouté Henry Bowers — se préparait à descendre à son tour et à les tuer tous comme des rats.

« On est tous prêts à le réceptionner, Bill ! » s'écria Stan.

Henry se pétrifia à la hauteur du troisième barreau. Il regarda par-dessus son épaule la bande des Ratés. Pour la première fois, une expression de doute se peignit sur son visage.

Soudain, Eddie comprit. Ils ne pouvaient descendre qu'un à la fois. C'était trop haut pour sauter, en particulier à cause de la présence de la pompe, et ils étaient là à l'attendre tous les sept, en un cercle serré.

« Eh b-bien, v-viens, Henry ! dit Bill d'un ton moqueur. Qu'est-ce q-que t'a-attends ?

— C'est vrai, ça, fit à son tour Richie d'un ton suave. T'adores battre les petits, non ? Alors viens donc, Henry.

— Nous t'attendons, Henry, intervint à son tour Bev, encore plus suavement. Je ne suis pas sûre que ça te plaira, mais viens toujours, si tu en as envie.

— Sauf si t'es une poule mouillée », ajouta Ben en se mettant à glousser. Richie fit immédiatement chorus et bientôt tous les sept caquetaient avec conviction. Les gloussements moqueurs se répercutaient sur la paroi dégoulinante d'eau. Henry les regardait, étreignant le couteau d'une main, le visage couleur de brique. Il endura leurs cris pendant une trentaine de secondes puis ressortit du cylindre de béton, poursuivi par les vociférations et les insultes des Ratés.

« B-Bon, ça v-va, dit Bill à voix basse. On p-part par ce b-boyau. Vi-Vite.

— Pourquoi ? » demanda Beverly, mais Bill se vit épargner l'effort d'une réponse. Henry réapparut sur le rebord de la station de pompage et jeta une pierre de la taille d'un ballon de football dans le puits. Beverly poussa un hurlement et Stan repoussa Eddie contre la paroi avec un cri rauque. La pierre heurta le capot rouillé de la machinerie, dont il tira un *bonggg !* musical, rebondit sur la gauche et alla frapper la paroi de béton à moins de vingt centimètres d'Eddie. Un éclat de ciment vint lui entailler douloureusement la joue. La pierre tomba dans l'eau avec un gros *plouf !*.

« V-V-Vite ! » cria à nouveau Bill. Tous se massèrent auprès du conduit d'admission de la station de pompage. Il mesurait environ un mètre cinquante de diamètre. Bill les fit passer l'un après l'autre (des images de cirque — une ribambelle de clowns descendant d'une voiture minuscule — traversèrent son esprit comme un météore ; des années plus tard il se servirait de cette même image dans un livre intitulé *Les Rapides des ténèbres*) et s'y engagea le dernier, non sans avoir évité une deuxième pierre. De l'abri du boyau, ils virent d'autres cailloux venir rebondir dans toutes les directions depuis le capot de la pompe.

Quand l'avalanche s'arrêta, Bill passa la tête et vit Henry qui descendait l'échelle, aussi vite qu'il le pouvait. « Ch-Chopez-l-le ! » hurla-t-il. Richie, Ben et Mike se précipitèrent à la suite de Bill. Richie sauta assez haut pour saisir Henry à la cheville. Celui-ci poussa un juron et secoua sa jambe comme pour se débarrasser d'un petit chien doté de fortes dents — un terrier, par exemple, ou un pékinois. Richie s'empara d'un barreau, se hissa encore plus haut et enfonça effectivement ses dents dans la cheville de Henry, qui hurla et remonta le plus vite qu'il put. Il perdit ce faisant une de ses tennis qui tomba dans l'eau et coula immédiatement.

« Y m'a mordu ! beuglait Henry. Y m'a mordu ! Ce branleur m'a mordu !

— Ouais ! Heureusement que j'ai été vacciné contre le tétanos il n'y a pas longtemps ! rétorqua Richie.

— Bousillez-les ! rugit Henry. Bousillez-les à coups de cailloux, comme à l'âge de pierre, écrabouillez-leur la cervelle ! »

D'autres rochers volèrent. Les garçons retraitèrent rapidement dans le boyau. Un petit caillou atteignit Mike au bras ; il se le tint serré, grimaçant, jusqu'à ce que la douleur faiblisse.

« On est dans une impasse, remarqua Ben. Ils ne peuvent pas descendre, mais nous ne pouvons pas sortir.

— On n'est pas censés so-sortir, dit calmement Bill. Et v-vous le sa-savez t-tous. N-Nous ne s-sommes même p-pas censés j-jamais re-ressortir. »

Tous le regardèrent, une expression blessée et effrayée dans les yeux. Personne ne dit mot.

La voix de Henry, avec un ton moqueur qui cherchait à dissimuler sa rage, flotta jusqu'à eux : « On peut attendre en haut toute la journée, les mecs ! »

Beverly s'était tournée et regardait vers l'intérieur du conduit. La lumière y baissait rapidement, et elle ne voyait pas grand-chose. En tout et pour tout, un tunnel de béton dans le tiers inférieur duquel coulait une eau impétueuse. Le niveau avait monté, se rendit-elle compte, depuis le moment où ils s'y étaient réfugiés pour la première fois. Cela tenait à ce que la pompe ne fonctionnait pas ; seule une partie de l'eau ressortait vers la Kenduskeag. Elle sentit la claustrophobie lui serrer la gorge. Si jamais le niveau continuait de monter, ils se noieraient tous.

« Est-ce qu'il le faut, Bill ? »

Il haussa les épaules. Ce geste disait tout. Oui, il le fallait ; sinon, quoi d'autre ? Être massacrés par Henry, Victor et Huggins dans les Friches ? Ou par quelque chose d'autre, d'encore pire, peut-être, dans la ville ? Elle avait parfaitement compris ; aucun bégaiement dans ce haussement d'épaules. Autant aller affronter Ça. En finir une fois pour toutes, comme dans l'ultime confrontation d'un western. Plus net. Plus courageux.

Richie dit alors : « C'est quoi, ce rituel dont tu nous as parlé, Grand Bill ? Celui dans le bouquin de la bibliothèque ?

— Ch-Ch-Chüd, répondit Bill, esquissant un sourire.

— Oui, Chüd, acquiesça Richie. Tu lui mords la langue, il te mord la tienne, c'est ça ?

— E-Exact.

— Et tu racontes des blagues. »

Bill acquiesça.

« Marrant, reprit Richie en examinant le boyau qui s'enfonçait dans l'obscurité. Je n'arrive pas à m'en rappeler une seule.

« — Moi non plus », dit Ben. La peur pesait de tout son poids sur sa poitrine ; elle le suffoquait presque. Mais il y avait deux choses qui l'empêchaient de s'asseoir dans l'eau et de se mettre à patauger comme un bébé dans son bain (ou tout simplement de devenir fou) : la présence de Bill, avec son air calme et sûr de lui... et celle de Beverly. Il aurait préféré mourir que de lui laisser voir à quel point il avait peur.

« Est-ce que tu sais où donne ce tunnel ? » demanda Stan à Bill. Ce dernier secoua la tête.

« Est-ce que tu sais comment trouver Ça ? »

De nouveau, Bill secoua la tête.

« Nous le saurons quand nous n'en serons pas loin, intervint soudain Richie, qui prit une longue inspiration frissonnante. Puisqu'il le faut, n'attendons pas. Allons-y. »

Bill acquiesça. « J'ou-ouvrirai la m-marche. Puis E-Eddie, B-Ben, Be-Beverly, S-Stanec le Mec, M-Mi-Mike. Toi en d-dernier, R-Richie. Ch-Chacun garde l-la m-main sur l'épaule d-de celui q-qui est d-devant l-lui. Il va f-faire n-noir.

— Alors, vous sortez ? leur cria Henry.

— T'en fais pas, on va sortir quelque part, grommela Richie. J'espère. »

Ils se mirent en file indienne, comme une parabole d'aveugles. Bill jeta un coup d'œil derrière lui, s'assurant que chacun avait bien mis la main sur l'épaule de celui qui le précédait. Puis, légèrement incliné en avant pour lutter contre la force du courant, Bill Denbrough entraîna ses amis dans ces ténèbres où avait été englouti, presque un an auparavant, le bateau de papier qu'il avait fabriqué pour son frère.

CHAPITRE 20

Le cercle se referme

1
Tom

Tom Rogan venait de faire un cauchemar complètement dingue. Il avait rêvé qu'il tuait son père.

Une partie de son esprit comprenait à quel point c'était insensé ; son père était mort alors que Tom était au cours moyen. Euh… mort n'était peut-être pas le terme exact, « s'était suicidé » aurait mieux convenu. Ralph Rogan s'était concocté un cocktail à base de gin et de soude caustique ; le gin pour la route, sans doute. Tom s'était retrouvé avec la responsabilité nominale de son frère et de ses sœurs et avait commencé à tâter du fouet si quelque chose allait de travers.

Il ne pouvait donc pas avoir tué son père… sauf qu'il s'était vu, dans ce rêve abominable, tenant un objet qui ressemblait à une poignée inoffensive à la hauteur du cou de son père…, poignée pas si inoffensive que cela, cependant. Elle se terminait par un bouton qu'il suffisait de pousser pour qu'en jaillisse une lame. Laquelle se ficherait dans la gorge de son père. *Ne t'inquiète pas, Papa, jamais je ne ferais un truc pareil*, dit-il dans son rêve, juste avant que son doigt appuie sur le bouton. La lame bondit. Son père dormait : ses yeux s'ouvrirent et restèrent fixés au plafond ; sa mâchoire tomba et il sortit un gargouillis sanglant de sa bouche. *Papa, ce n'est pas moi qui l'ai fait !* cria son esprit. *Quelqu'un d'autre…*

Il se débattit pour se réveiller, n'y arriva pas. Le mieux qu'il avait à faire était de se glisser dans un nouveau rêve (ce qui ne se révéla pas une réussite). Dans cet autre cauchemar, il pataugeait péniblement dans un long tunnel noir. Ses couilles lui faisaient mal et son visage, couvert d'égratignures, le picotait. Il n'était pas seul, mais les autres se réduisaient à des formes vagues. Peu importait, de toute façon. N'importaient que les mômes, devant. Ils devaient payer. Il fallait les

(*fouetter*)

punir.

Quel que fût ce purgatoire, il empestait. De l'eau gouttait dans un écho démultiplié de *plic-ploc.* Son pantalon et ses chaussures étaient trempés. Ces sales petits morpions se trouvaient quelque part dans ce labyrinthe de tunnels et peut-être s'imaginaient-ils que

(*Henry*)

Tom et ses amis se perdraient, mais la plaisanterie se retournerait contre eux

(*un bon* ah-ha *pour toi!*)

car il avait un autre ami, oh oui, un ami spécial, lequel avait balisé le chemin qu'il devait emprunter avec... avec...

(*des ballons-lunes*)

des machinstrucschoses gros et ronds et éclairés du dedans on ne savait pas très bien comment, répandant une lueur comme celle des antiques becs de gaz des rues. Ils flottaient à chaque intersection, avec sur un côté une flèche dessinée, indiquant l'embranchement du tunnel que lui et

(*le Roteur et Victor*)

ses amis invisibles devaient prendre. Et c'était le bon chemin, oh oui : il entendait les autres avancer, devant, l'écho de l'eau éclaboussée lui parvenait, ainsi que le murmure déformé de leurs voix. Ils se rapprochaient, ils gagnaient du terrain. Et lorsqu'ils les rattraperaient... Tom baissa les yeux et vit qu'il tenait toujours le cran d'arrêt à la main.

Il fut saisi de terreur pendant un instant — c'était comme dans l'une de ces folles expériences astrales dont on lit parfois les récits dans la presse à sensation, expériences dans lesquelles l'esprit quitte le corps pour entrer dans celui de quelqu'un d'autre. D'ailleurs la forme de son corps lui semblait différente, comme s'il n'était pas Tom mais

(*Henry*)

quelqu'un d'autre, de plus jeune que lui. Il commença à se débattre pour échapper à ce rêve, pris de panique, mais alors une voix s'adressa à lui, apaisante, dans un murmure : *Peu importe quand cela se passe, et peu importe qui tu es. Une seule chose importe : Beverly est là devant, Beverly est avec eux, mon brave ami, et tu sais quoi ? Elle a fait bien pis, bien foutrement pis que de fumer en cachette. Tu*

sais quoi ? Elle s'est fait baiser par son vieil ami Bill Denbrough !
Exactement, mon vieux ! Elle et cette espèce de cinglé de bègue, ils se
sont...

C'est un mensonge ! voulut-il crier. *Elle n'aurait pas osé !*

Mais il savait bien que ce n'en était pas un. Elle avait pris une
ceinture et elle lui avait

(filé un coup de pied dans les)

donné un coup dans les couilles, après quoi elle s'était enfuie et elle
l'avait trompé, cette espèce

(de petite pute)

de groseille à maquereau l'avait trompé et oh, bons amis et voisins,
elle allait recevoir la torgnole des torgnoles — elle tout d'abord, et
ensuite ce Denbrough, son copain qui écrivait des romans. Et tous
ceux qui se mettraient sur son chemin y auraient droit aussi.

Il accéléra le pas, en dépit de sa respiration de plus en plus
haletante. Un peu plus loin devant lui, il apercevait un autre globe
lumineux dansant dans l'obscurité, un autre ballon-lune. Il entendait
la voix de ceux qui étaient devant lui, et le fait que ce soient des voix
d'enfants ne le gênait plus. Comme lui avait dit la voix : Peu
importait où, quand et qui. Beverly se trouvait là, et, mes bons amis
et voisins...

« Allez les gars, magnez-vous le cul ! » dit-il, et même le fait que sa
voix fût celle d'un jeune garçon n'avait pas d'importance.

Puis, comme il approchait du ballon-lune, il regarda autour de lui
et vit ses compagnons pour la première fois. Ils étaient morts tous les
deux. L'un n'avait pas de tête. Le visage de l'autre était fendu en
deux, comme par une serre géante.

« On va aussi vite qu'on peut, Henry », répondit le garçon au
visage fendu, ses lèvres bougeaient en deux parties mal synchronisées, grotesques ; et dans un hurlement, Tom fit alors exploser le
cauchemar. Il revint à lui-même, titubant au bord de ce qui semblait
être un vaste espace vide.

Il se débattit pour conserver l'équilibre, le perdit et tomba sur le
sol — un sol moquetté —, mais la chute provoqua un horrible
élancement de douleur dans son genou et il étouffa un second cri
dans le creux de son bras.

Où suis-je ? Mais putain, où suis-je ?

Il se rendit compte qu'il y avait quelque part une lumière, pas très
forte mais blanche, et pendant un moment, affolé, il crut qu'il était de
retour dans le cauchemar et que la lumière était celle de l'un de ces
horribles ballons. Puis il se souvint avoir laissé la porte de la salle de
bains entrouverte, le tube fluo allumé. Pratique habituelle chez lui,

quand il dormait dans un endroit inconnu ; cela évitait de se cogner les genoux s'il fallait se lever la nuit pour pisser.

Ce déclic remit la réalité en place. Il venait de faire un cauchemar, un cauchemar insensé, c'était tout. Il était au Holiday Inn. À Derry, dans le Maine. Il était aux trousses de sa femme et, au milieu de ce cauchemar incohérent, il était tombé du lit. C'était absolument tout.

Ce n'était pas un simple cauchemar.

Il sursauta, comme si les mots avaient été prononcés à côté de son oreille et non pas dans sa tête. Cela ne ressemblait pas à sa voix intérieure, pas du tout. C'était une voix froide, étrangère... avec cependant un pouvoir hypnotique, qui faisait qu'on y croyait.

Il se releva lentement, prit d'une main peu sûre un verre d'eau sur la table de nuit et le vida. Ses doigts tremblaient quand il les passa ensuite dans ses cheveux. À son chevet, la pendule de voyage indiquait trois heures dix.

Retourne au lit. Attends le matin.

Mais la voix étrangère répondit : *Attention, il y aura du monde, le matin. Trop de gens. Et puis, tu pourras les battre cette fois, là en bas.*

Là en bas ? Il pensa à son cauchemar : l'eau, le *plic-ploc* des gouttes, l'obscurité.

La lumière, soudain, lui parut plus brillante. Il tourna la tête, geste qu'il fut incapable d'arrêter alors qu'il n'avait pas voulu le faire. Il laissa échapper un grognement. Un ballon se trouvait attaché au bouton de porte de la salle de bains, flottant au bout d'une ficelle d'un mètre de long. Il luisait et répandait une lumière blanche fantomatique ; on aurait dit le feu follet d'un marais flottant rêveusement entre des arbres d'où pendraient de grandes draperies de mousse. Une flèche, d'un rouge écarlate, était dessinée sur la peau gonflée du ballon.

Elle indiquait la porte qui conduisait dans le corridor.

Peu importe qui je suis, fit la voix d'un ton apaisant. Tom se rendit alors compte qu'elle ne venait ni de l'intérieur de sa tête ni d'à côté de son oreille mais du ballon, du centre de cette étrange et délicieuse lumière blanche. *Ce qui importe est que je vais veiller à ce que tout marche de manière à te satisfaire, Tom. Je veux que tu la voies recevoir le fouet ; je veux que tu les voies tous recevoir le fouet. Ils se sont trouvés une fois de trop sur mon chemin... et beaucoup trop tard pour eux. C'est pourquoi il faut que tu m'écoutes, Tom. Que tu m'écoutes très attentivement. Tous ensemble, maintenant... Suis la balle qui rebondit...*

Tom écouta. La voix du ballon expliqua.

Elle expliqua tout.

Quand ce fut fait, il éclata dans un ultime éclair de lumière et Tom entreprit de s'habiller.

2
Audra

Audra fit aussi des cauchemars.

Elle s'éveilla en sursaut, se retrouvant assise toute droite dans le lit, le drap à la hauteur de la taille, ses petits seins bougeant au rythme précipité de sa respiration.

Comme pour Tom, ses rêves avaient été un micmac pénible. Comme lui, elle avait eu l'impression d'être quelqu'un d'autre — ou plutôt, que sa propre conscience avait été déposée (et en partie submergée) dans un autre corps et un autre esprit. Elle s'était retrouvée dans un lieu obscur avec un certain nombre de personnes autour d'elle, consciente d'une oppressante sensation de danger — ces personnes s'enfonçaient délibérément vers ce qui les menaçait et elle voulait leur crier d'arrêter, leur expliquer ce qui se passait... mais celle avec laquelle elle se confondait semblait le savoir, et croire que c'était nécessaire.

Elle avait également conscience que ces gens étaient poursuivis et que peu à peu leurs poursuivants gagnaient du terrain.

Bill s'était aussi trouvé dans le rêve mais sans doute ce qu'il lui avait raconté sur son enfance oubliée devait-il être présent dans l'esprit d'Audra, car elle l'avait vu petit garçon, entre dix et douze ans — il avait tous ses cheveux ! Elle lui tenait la main, et avait vaguement conscience qu'elle l'aimait énormément, que si elle acceptait de l'accompagner, c'était parce qu'elle était fermement convaincue qu'il les protégerait, elle et tous les autres, que Bill, le Grand Bill, trouverait le moyen de les sortir de là et de les rendre à la lumière du jour.

Mais elle était terrifiée au-delà de tout.

Ils arrivèrent à un embranchement de plusieurs tunnels et Bill s'immobilisa, les regardant les uns après les autres ; celui qui avait un bras dans le plâtre (ce plâtre faisait une lueur spectrale dans l'obscurité) parla : « Celui-là, Bill. Celui du fond.

— T-T'en es s-sûr ?

— Oui. »

Et ainsi ils avaient pris cette direction et étaient arrivés à une porte, une minuscule porte de bois qui ne faisait pas plus d'un mètre de haut, du genre de celles que l'on décrit dans les contes de fées, une porte avec une marque dessus. Elle n'arrivait pas à se souvenir de ce qu'elle représentait — rune ou symbole étrange. Mais sa terreur avait alors atteint un point culminant et elle s'était arrachée à cet autre corps, à ce corps de fillette, qui qu'elle

(Beverly — Beverly)

eût été. Et c'est ainsi qu'elle s'était réveillée dans un lit inconnu, en sueur, les yeux grands ouverts, haletant comme si elle venait de courir un mille mètres. Elle porta les mains à ses jambes, s'attendant presque à les trouver froides et humides à cause de l'eau dans laquelle elle pataugeait dans son rêve. Mais elles étaient sèches.

S'ensuivit un moment de désorientation : elle n'était ni à leur domicile de Topanga Canyon, ni dans leur maison de location de Fleet. Elle n'était nulle part — dans des limbes meublés d'un lit, d'une penderie, de deux chaises et d'une télé.

« Oh, mon Dieu, voyons, Audra ! »

Elle se frotta méchamment le visage des mains et l'écœurante sensation de vertige mental s'atténua. Elle se trouvait à Derry. Derry, dans le Maine, la ville dans laquelle son époux avait vécu une enfance dont il prétendait ne garder aucun souvenir. Un endroit qui ne lui était ni familier, ni même particulièrement agréable, mais qui au moins lui était connu. Elle y était parce que Bill s'y trouvait et elle le verrait demain au Derry Town House. Quelle que fût la chose terrible qui se passait ici, quelle que fût la signification de l'apparition des cicatrices sur ses mains, ils y feraient face ensemble. Elle l'appellerait, lui dirait qu'elle était ici et le rejoindrait. Après quoi… eh bien…

En réalité, elle n'avait aucune idée de ce qui viendrait après. Le vertige, la sensation d'être dans un endroit qui était nulle part la menaçaient de nouveau. À dix-neuf ans, elle avait participé à une tournée théâtrale avec une compagnie minable qui visitait les bleds perdus, pour quarante représentations d'une production qu'il valait mieux oublier d'*Arsenic et Vieilles Dentelles*. Tout cela en quarante-sept jours qui n'avaient rien eu de drôle. Et au milieu, dans un patelin du fin fond du Nebraska ou de l'Iowa, elle s'était ainsi réveillée en pleine nuit, désorientée jusqu'à la panique, incapable de dire dans quelle ville elle se trouvait, le jour qu'il était ou pour quelles raisons elle était là et non ailleurs. Même son nom lui avait paru irréel.

Cette sensation était de retour. Ses mauvais rêves l'avaient poursuivie jusque dans la veille et elle éprouvait un flottement terrorisé cauchemardesque. La ville paraissait s'être enroulée sur elle-même comme un python. Elle le sentait, et c'était une sensation qui ne lui procurait aucun bien. Elle se prit à regretter de ne pas avoir suivi le conseil de Freddie : rester en dehors de tout cela.

Elle se concentra sur Bill, s'accrochant à cette représentation de lui comme une noyée s'accrocherait à un espar, une bouée de sauvetage, n'importe quoi

(nous flottons tous là en bas, Audra)

pourvu que ça flotte.

Un frisson glacé la secoua et elle croisa les bras sur sa poitrine nue ; elle vit la chair de poule cheminer sur sa peau. Pendant un instant, elle eut l'impression d'avoir entendu parler à voix haute, mais à l'intérieur de sa tête. Comme s'il s'y trouvait une présence étrangère.

Est-ce que je deviens folle ? Mon Dieu, est-ce cela ?

Non, lui répondit son esprit. *Simple désorientation... décalage horaire... inquiétude pour Bill. Personne ne parle dans ta tête. Personne...*

« Nous flottons tous là en bas, Audra », dit une voix depuis la salle de bains. Une vraie voix, aussi réelle qu'une maison. Réelle et sournoise. Sournoise, immonde, diabolique. « Tu flotteras, toi aussi. » La voix émit un petit rire pulpeux qui descendit dans les graves et finit par sonner comme des bulles crevant dans un tuyau de vidange bouché. Audra poussa un cri... puis pressa les mains contre sa bouche.

« Je n'ai pas entendu cela. »

Elle avait parlé tout haut, défiant la voix de la contredire. Mais la pièce resta silencieuse. Quelque part, au loin, un train siffla dans la nuit.

Elle éprouva soudain un tel besoin d'être auprès de Bill qu'il lui parut impossible d'attendre le jour. Elle était dans une chambre de motel standardisée semblable, exactement, aux trente-neuf autres qu'il comportait, mais tout d'un coup ce fut trop. Tout. Quand on commence à entendre des voix, c'est trop. Trop angoissant. Elle avait l'impression de glisser à nouveau vers le cauchemar auquel elle venait de s'arracher. Elle se sentait terrifiée et abominablement seule. *C'est pire que cela*, pensa-t-elle. *J'ai l'impression d'être morte.* Soudain, son cœur sauta deux battements dans sa poitrine, la faisant hoqueter et tousser de peur. Elle connut un instant de pure claustrophobie à l'intérieur de son propre corps et se demanda si après tout, toutes ces terreurs n'auraient pas une origine stupidement physique : peut-être allait-elle avoir une attaque cardiaque. Ou celle-ci avait-elle déjà commencé.

Son cœur retrouva, non sans peine, un rythme normal.

Audra alluma la lampe de chevet et consulta sa montre. Trois heures douze. Il devait dormir, mais maintenant, ça n'avait plus d'importance pour elle : rien n'en avait, sinon entendre sa voix. Elle voulait finir la nuit avec lui. S'il se trouvait à côté d'elle, sa tocante finirait par se synchroniser avec la sienne et par se calmer ; les cauchemars seraient tenus en respect. Aux autres, il vendait des cauchemars : c'était son bisness. Mais à elle, il ne lui avait jamais donné que la paix de l'âme. En dehors de cette étrange pépite froide enfouie dans son imagination, il ne semblait être fait que pour répandre ce sentiment de paix. Elle saisit les Pages jaunes, trouva le numéro du Derry Town House et le composa.

« Derry Town House.

— S'il vous plaît, pouvez-vous me passer la chambre de Mr. Denbrough ? Mr. William Denbrough ?

— Y reçoit donc jamais d'appels dans la journée, ce type ? » grommela le réceptionniste. Mais avant qu'elle ait pu lui demander ce qu'il voulait dire par là, l'homme avait fait le branchement. Le téléphone sonna une, deux, trois fois. Elle l'imaginait, enfoui sous les couvertures, seul le sommet du crâne dépassant ; elle imaginait sa main cherchant le téléphone à tâtons — elle l'avait déjà vu faire une fois, et un sourire ému s'esquissa sur ses lèvres. Il commença à s'évanouir à la quatrième sonnerie... et disparut avec la cinquième et la sixième. Au milieu de la septième, la liaison fut coupée.

« Cette chambre ne répond pas.

— Pas de blagues, Sherlock, dit Audra, plus effrayée et bouleversée que jamais. Êtes-vous sûr d'avoir appelé la bonne chambre ?

— Et comment ! Mr. Denbrough vient de recevoir un appel d'une autre chambre, il y a moins de cinq minutes. Je sais qu'il a répondu, parce que la lumière est restée allumée une minute ou deux au tableau. Sans doute s'est-il rendu dans la chambre de la personne.

— Quel numéro, cette chambre ?

— Je ne m'en souviens pas. Au sixième étage, il me semble. Mais... »

Elle laissa retomber le combiné sur sa fourche. Une bizarre certitude l'envahit : c'était une femme. Une femme l'avait appelé... et il était allé la rejoindre. Et maintenant, Audra ? Qu'est-ce qu'on fait ?

Elle sentait les larmes lui monter aux yeux ; elles lui piquaient le nez, tandis que la boule d'un sanglot grossissait dans sa gorge. Pas de colère, du moins pas encore... rien qu'un sentiment atroce de perte, de déréliction.

Reprends-toi, Audra. Tu sautes un peu vite à la conclusion. On est au milieu de la nuit, tu viens de faire un cauchemar et maintenant tu imagines Bill avec une autre femme. Ce n'est pas forcément la bonne explication. Tu vas commencer par t'asseoir — de toute façon, tu ne pourras pas te rendormir — et finir le roman que tu as amené pour lire dans l'avion. Tu te souviens de ce que dit Bill ? La drogue la plus suave, le Livralium. Assez déconné comme cela. Fini les fantasmes et les voix. Dorothy Sayers et Lord Peter, voilà le bon numéro. The Nine Tailors. *J'en aurais bien jusqu'à l'aube. Avec ça...*

Soudain, la lumière de la salle de bains s'alluma ; elle la vit en dessous de la porte. Il y eut un cliquetis dans le loquet et la porte s'ouvrit d'elle-même. Elle ne pouvait en détacher les yeux, des yeux qui s'agrandissaient, et elle se cacha de nouveau instinctivement la poitrine. Son cœur se mit à cogner contre ses côtes et le goût amer de l'adrénaline vint lui emplir la bouche.

Basse, traînante, la voix de tout à l'heure dit : « Nous flottons tous là en bas, Audra », prononçant son nom dans une sorte de cri grave et prolongé — Audraaaaaa — qui se termina une fois de plus en un gargouillis de bulles crevant dans une évacuation bouchée, gargouillis qui se voulait un rire.

« Qui est là ? » cria-t-elle, reculant sur le lit. *Ce n'était pas mon imagination, impossible. Vous n'allez pas me dire que...*

La télé s'alluma d'elle-même. Elle se tourna vivement et vit sur l'écran un clown en costume argenté avec de gros boutons orange. Il avait deux orbites creuses et noires à la place des yeux et quand ses lèvres maquillées s'étirèrent sur un sourire qui s'agrandissait indéfiniment, elles découvrirent des dents comme des rasoirs. Il tenait à la main une tête coupée, dégoulinante de sang ; on ne lui voyait que le blanc des yeux et la bouche pendait, béante, mais elle reconnut immédiatement Freddie Firestone. Le clown se mit à rire et à danser. Il balançait la tête dans tous les sens, et des gouttes de sang vinrent s'écraser sur la partie interne de l'écran de télévision. Elle les entendait grésiller.

Audra voulut crier, mais ne réussit qu'à émettre un faible vagissement. À tâtons, elle prit la robe et le sac à main qu'elle avait posés à côté, sur la chaise, fonça dans le couloir et claqua la porte derrière elle ; le visage d'un blanc de craie, elle haletait tout en enfilant sa robe par-dessus la tête, après avoir laissé tomber son sac à ses pieds.

« Flotte », fit derrière elle une voix basse et ricanante tandis qu'un doigt froid venait caresser son talon nu.

Elle émit un nouveau vagissement étouffé et s'éloigna d'un bond de la porte. Des doigts cadavériques en dépassaient, tâtonnant avec avidité, les ongles arrachés exhibant une chair d'un blanc violet exsangue. Ils produisaient comme un murmure rauque en frottant sur le poil rude de la moquette du couloir.

Audra empoigna son sac par la bandoulière et courut, pieds nus, jusqu'à la porte qui fermait le couloir. Saisie d'une panique aveugle, elle n'avait maintenant qu'une pensée : trouver le Derry Town House et Bill. Peu importait qu'il fût au lit avec assez de femmes pour constituer un harem. Elle le retrouverait et l'obligerait à l'emporter loin de l'innommable chose qui hantait cette ville.

Elle courut le long du trottoir jusqu'au parking, cherchant désespérément sa voiture des yeux. Paralysé, son esprit resta un moment incapable de se souvenir du véhicule qu'elle avait loué. Puis ça lui revint : une Datsun, brun tabac. Elle la repéra, flottant dans le brouillard qui rampait sur le sol à la hauteur des enjoliveurs et se dépêcha de la rejoindre. Impossible de retrouver les clefs dans sa bourse. Elle se mit à farfouiller avec une panique croissante au milieu des Kleenex, produits de beauté, monnaie, lunettes de soleil et barres de chewing-gum, ne faisant qu'accroître le désordre. Elle ne remarqua pas le break Ford en piteux état garé nez à nez avec la Datsun, et encore moins l'homme installé derrière le volant. Elle ne remarqua pas que la portière de la Ford s'ouvrait, que l'homme en sortait ; elle tentait de se faire à l'idée qu'elle avait laissé les clefs de sa voiture dans la chambre. Or il n'était pas question d'y retourner, pas question.

Ses doigts touchèrent enfin une petite pièce métallique dentelée, sous une boîte de bonbons à la menthe ; elle s'en empara avec un petit cri de triomphe. Pendant un affreux instant, elle se demanda s'il ne s'agissait pas des clefs de leur Rover, actuellement stationnée dans le parking de la gare de Fleet, à plus de cinq mille kilomètres de là, puis elle sentit le porte-clefs en plastique de la société de location. Elle introduisit d'une main tremblante la clef dans la serrure, respirant à petits coups rapides et violents, et tourna. À cet instant-là, une main s'abattit sur son épaule et elle hurla… elle hurla cette fois-ci de toutes ses forces. Quelque part, un chien aboya une réponse, et ce fut tout.

La main, dure comme de l'acier, mordit cruellement sa chair et l'obligea à se retourner. La figure qu'elle vit s'incliner sur elle était gonflée, bosselée. Les yeux luisaient. Quand ses lèvres boursouflées s'écartèrent en un sourire grotesque, elle se rendit compte que quelques-unes de ses dents de devant étaient cassées. Les chicots déchiquetés donnaient une impression de sauvagerie.

Elle essaya de parler et en fut incapable. La main serra plus fort, s'enfonçant davantage.

« Est-ce que je ne vous ai pas vue dans des films ? » murmura Tom Rogan.

3
La chambre d'Eddie

Beverly et Bill s'habillèrent rapidement, sans échanger un mot, et se rendirent dans la chambre d'Eddie. Tandis qu'ils approchaient de l'ascenseur, ils entendirent une sonnerie de téléphone derrière eux. Un son étouffé, comme venu d'ailleurs.

« Ce n'était pas chez toi, Bill ?

— C'est p-possible. L'un des au-autres qui a-appelle, peut-être. » Il appuya sur le bouton.

Blême, tendu, Eddie leur ouvrit la porte. Son bras gauche faisait un angle à la fois particulier et étrangement évocateur de l'ancien temps.

« Ça va, dit-il. J'ai pris deux Darvon. La douleur est moins forte, maintenant. » Manifestement, ça n'allait pas si fort, cependant. Réduites à une ligne, ses lèvres serrées étaient violettes, sous l'effet du choc.

Bill regarda derrière lui et vit le corps allongé sur le sol. Un coup d'œil lui suffit pour en tirer deux conclusions : il s'agissait bien de Henry Bowers et il était mort. Il alla s'agenouiller à côté du cadavre. En s'enfonçant, la bouteille de Perrier avait entraîné le tissu de la chemise dans le corps. Henry avait les yeux vitreux, à demi ouverts. Un ricanement était resté figé sur sa bouche, dans laquelle se coagulait un caillot de sang. Ses mains étaient comme des griffes.

Une ombre passa sur lui et Bill leva les yeux. C'était Beverly. Elle regardait le cadavre sans la moindre expression.

« Il nous au-aura pourchassés j-jusqu'à la f-fin », dit Bill.

Elle acquiesça. « Il n'a pas l'air si vieux. Tu te rends compte, Bill ? Il n'a pas l'air vieux du tout. » Ses yeux revinrent soudain vers Eddie, qui s'était assis sur le lit. Eddie, lui, avait l'air vieux. Vieux et hagard. Son bras gisait sur ses genoux comme un morceau de bois mort. « Il faut appeler un médecin pour Eddie.

— Non ! firent en chœur Bill et Eddie.

— Mais il est blessé ! Son bras...

— C'est c-comme l'autre f-fois, la coupa Bill qui se leva et la prit par les bras, la regardant droit dans les yeux. S-Si nous f-faisons a-appel à l'extérieur..., si n-nous impliquons la v-ville...

— On m'arrête pour meurtre, acheva Eddie, sinistre. Ou on nous arrête tous pour meurtre. On nous met au violon, ou n'importe quoi. Alors il y aura un accident. L'un de ces accidents particuliers comme il ne s'en produit qu'à Derry. Un des flics piquera une crise monumentale et nous tuera tous dans notre cellule. À moins que nous ne mourrions tous de ptomaïne ou que nous ne décidions de nous pendre dans notre cellule.

— Eddie ! C'est absurde ! C'est...

— Crois-tu ? Souviens-toi : nous sommes à Derry.

— Mais nous sommes des adultes, maintenant ! Tu ne crois tout de même pas... Je veux dire, il est arrivé au milieu de la nuit... il t'a attaqué...

— Avec quoi ? demanda Bill. Où est l-le c-couteau ? »

Elle regarda autour d'elle, ne vit rien et se mit à genoux pour inspecter le dessous du lit.

« Ne te donne pas cette peine, lui dit Eddie toujours sur le même ton, faible et tendu. J'ai claqué la porte sur son bras quand il a essayé de me larder. Il a laissé tomber le poignard que j'ai envoyé valser d'un coup de pied sous la télé. Il a disparu, maintenant. J'ai déjà regardé.

— A-Appelle les autres, B-B-Beverly. Je c-crois que je v-vais pouvoir m-mettre une a-attelle au bras d'E-Eddie. »

Elle le regarda pendant un long moment, puis ses yeux se portèrent de nouveau sur le cadavre. Elle dut admettre que le tableau raconterait une histoire parfaitement cohérente pour tout flic doté d'un peu de cervelle. On aurait dit qu'un cyclone venait de dévaster la chambre. Eddie avait le bras cassé, et un homme gisait, mort. Il s'agissait d'un cas très clair de légitime défense contre un maraudeur nocturne. Puis elle se souvint de Mr. Ross se levant, refermant son journal et rentrant chez lui, tout simplement.

Si nous faisons appel à l'extérieur..., si nous impliquons la ville...

Du coup, lui revint un souvenir de Bill enfant : le visage blême, l'air à demi fou, Bill disait : *Derry, c'est Ça. Vous me comprenez ?... Où qu'on aille..., quand Ça nous retrouve... ils ne voient rien, ils n'entendent rien, ils ne savent rien. Vous voyez pas comment ça marche ? Il n'y a qu'une chose à faire, terminer ce qu'on a commencé.*

Maintenant, tandis qu'elle regardait le cadavre de Henry, elle pensait : *Ils disent tous les deux que nous allons redevenir des fantômes. Que ça va recommencer. Tout. Gosse, je pouvais l'accepter, parce que les gosses sont presque des fantômes. Mais...*

« En êtes-vous sûrs ? demanda-t-elle désespérément. En es-tu sûr, Bill ? »

Il s'était assis sur le lit à côté d'Eddie et lui manipulait délicatement le bras.

« T-Tu ne l'es p-pas encore ? Après t-tout ce qui est a-arrivé au-jourd'hui ? »

Oui. Tout ce qui était arrivé. La fin macabre de leur réunion. La ravissante vieille dame qui s'était transformée en horrible sorcière sous ses yeux, la série d'histoires, dans la bibliothèque, et tous les phénomènes qui les avaient accompagnées. Tout cela. Et cependant... son esprit lui criait désespérément d'arrêter cela tout de suite, car sinon ils finiraient à tout coup la nuit par une descente dans les Friches, pour y trouver une certaine station de pompage et...

« Je ne sais pas, dit-elle. Je... je ne sais pas. Même après tout ce qui s'est passé, il me semble que nous pourrions appeler la police. Peut-être.

— A-Appelle les autres, répéta-t-il. Nous v-verrons ce qu'ils en p-pensent.

— D'accord. »

Elle appela tout d'abord Richie, puis Ben. Tous deux acceptèrent aussitôt de venir. Aucun ne demanda ce qui s'était passé. Elle trouva le numéro de téléphone de Mike dans l'annuaire et le composa. Il n'y eut pas de réponse ; elle laissa sonner une douzaine de coups et raccrocha.

« E-Essaye la bi-bibliothèque », dit Bill. À l'aide des baguettes rigides qui commandaient les rideaux, il avait commencé à faire une paire d'attelles qu'il attacha au moyen de la ceinture du peignoir d'Eddie, renforcée du cordon de son pyjama.

Avant que Beverly ait pu trouver le numéro, on frappa à la porte. Ben et Richie arrivèrent ensemble, Ben en jean, les pans de sa chemise flottant librement, Richie habillé d'un pantalon de coton gris très chic et de son haut de pyjama. Il parcourut la pièce d'un regard prudent, derrière ses lunettes.

« Bon Dieu, Eddie, qu'est-ce...

— Seigneur ! s'exclama Ben, en voyant le cadavre sur le sol.

— S-Silence ! Et fermez cette p-porte », fit Bill d'un ton sec.

Richie obtempéra, sans pouvoir détacher ses yeux du corps. « Henry ? »

Ben fit trois pas en direction du cadavre et s'immobilisa, comme s'il craignait encore d'être mordu. Il jeta un regard impuissant à Bill.

« R-Raconte, dit ce dernier à Eddie. J-Je bé-bégaye de p-plus en plus, bordel. »

Eddie leur résuma ce qui s'était passé pendant que Beverly trouvait le numéro de la bibliothèque et appelait. Elle s'attendait à ce que Mike se fût endormi là-bas ; peut-être disposait-il même d'une couchette dans son bureau. Mais elle n'avait pas prévu ce qui se produisit : on décrocha le téléphone dès la

deuxième sonnerie et une voix qu'elle ne connaissait pas lui dit :
« Allô ?

— Allô, répondit-elle, regardant vers les autres en leur faisant signe de se taire. Mr. Hanlon est-il ici ?

— Qui est à l'appareil ? » demanda la voix.

Elle se mouilla les lèvres. Bill l'observait intensément. Ben et Richie s'étaient tournés vers elle. Les prémices d'une véritable inquiétude commencèrent à l'agiter.

« Et vous, qui êtes-vous ? Vous n'êtes pas Mr. Hanlon.

— Andrew Rademacher, chef de la police de Derry, répondit la voix. Mr. Hanlon se trouve en ce moment même à l'hôpital de la ville. Il a été attaqué et grièvement blessé il y a de cela peu de temps. Maintenant, qui êtes-vous, s'il vous plaît ? Donnez-moi votre nom. »

Mais c'est à peine si elle entendit les deux dernières phrases du policier. Des ondes de choc la parcouraient, lui donnaient le vertige, la jetaient hors d'elle-même. Les muscles de son ventre, de ses bras, de ses jambes devinrent ramollis, engourdis et elle pensa avec détachement : *Ce doit être ce qui arrive, lorsque les gens ont tellement peur qu'ils mouillent leur pantalon. Évidemment. On perd tout simplement le contrôle de ses muscles...*

« Grièvement ? C'est-à-dire, grièvement ? » s'entendit-elle demander d'une voix en papier pelure — puis Bill fut à côté d'elle ; il posa une main sur son épaule, et il y eut Ben, il y eut Richie et elle éprouva un élan de gratitude pour eux. De sa main libre, elle prit celle de Bill ; Richie posa une main sur celle de Bill et Ben la sienne sur celle de Richie. Eddie les avait rejoints et en fit autant.

« Votre nom, s'il vous plaît », reprit Rademacher d'un ton autoritaire et pendant un instant, la petite poltronne habile à parer les coups qui était en elle, celle qui avait été fabriquée par son père et entretenue par son mari, fut sur le point de répondre la vérité.

« Je... je crains de ne pouvoir vous le dire. Pas encore.

— Que savez-vous de ce qui s'est passé ?

— Mais rien ! dit-elle, choquée. Qu'est-ce qui vous fait penser que je sais quelque chose ? Seigneur Dieu !

— Vous avez sans doute l'habitude de téléphoner à la bibliothèque tous les matins vers trois heures trente, rétorqua Rademacher, hein ? Gardez vos conneries pour vous, ma petite dame. Il s'agit d'agression avec voies de fait, et il s'agira peut-être de meurtre d'ici l'aube. Je vous le demande encore une fois : qui êtes-vous au juste ? »

Elle ferma les yeux, étreignit la main de Bill de toutes ses forces et répéta sa question : « Il risque de mourir ? Vous ne dites pas cela simplement pour me faire peur ? Il pourrait vraiment mourir ? Je vous en prie, dites-moi la vérité.

— La vérité, je vous l'ai dite : il est grièvement blessé. Cela devrait suffire à vous faire peur, il me semble, mademoiselle. Et maintenant je veux savoir qui vous êtes et comment il se fait... »

Comme dans un rêve, elle vit sa main flotter dans l'espace et reposer le combiné sur l'appareil. Elle regarda en direction de Henry et ressentit un choc aussi aigu que la claque d'une main glacée. Le bon œil de Henry s'était à demi fermé. De l'autre, celui qui était crevé, s'écoulait toujours un liquide gluant.

On aurait dit que Henry lui adressait un clin d'œil.

4

Richie appela l'hôpital. Bill conduisit Beverly jusqu'au lit où elle s'assit à côté d'Eddie, les yeux perdus dans le vide. Elle crut qu'elle allait pleurer, mais les larmes ne vinrent pas. Pour l'instant une seule chose l'affectait avec force : la présence du cadavre de Henry. Si seulement quelqu'un avait pu le recouvrir... Cet air de cligner de l'œil était atroce.

Pendant deux minutes bouffonnes, Richie devint un journaliste du *Derry News*. Il avait cru comprendre que Mr. Hanlon, bibliothécaire en chef de la bibliothèque municipale, avait été agressé alors qu'il travaillait tard. L'hôpital pouvait-il lui donner des informations sur son état ?

Richie écouta la réponse, hochant la tête.

« Je comprends, Mr. Kerpaskian — votre nom s'écrit-il avec un ou deux k ? Bon. D'accord. Et vous êtes... »

Il écouta encore, tellement pris au jeu qu'il bougeait une main comme s'il écrivait quelque chose sur un bloc.

« Oui... euh, euh... oui. Oui, je comprends. Eh bien, en général, dans des cas comme celui-ci, nous vous citons comme une " source bien informée ". Ensuite, plus tard... nous pouvons... euh, euh... exact ! Exact ! » Richie rit de bon cœur et essuya la transpiration qui lui coulait sur le front. Il écouta de nouveau. « D'accord, Mr. Kerspakian. Oui, je... oui, je l'ai bien pris, K-E-R-S-P-A-K-I-A-N. Juif d'origine tchèque, n'est-ce pas ? Vraiment ! C'est... c'est peu courant. Oui, je le ferai. Bonne nuit. Merci. »

Il raccrocha et ferma les yeux. « Seigneur Jésus ! s'écria-t-il d'une voix grave et rauque. Seigneur, Seigneur, Seigneur ! » Il mima le geste de balayer le téléphone de la table puis laissa retomber sa main, avant d'enlever ses lunettes et de les essuyer à sa veste de pyjama.

« Il est en vie, mais son état est très sérieux, dit-il aux autres. Henry l'a découpé comme une dinde de Noël et l'un des coups lui a ouvert l'artère fémorale. Il a perdu tout ce qu'un homme peut perdre de sang en restant tout de même en vie. Mike a réussi à se poser une sorte de garrot, sans quoi ils n'auraient trouvé qu'un cadavre en arrivant. »

Beverly se mit à pleurer. Pleurer comme une enfant, les deux mains sur le visage. Pendant quelques instants, ses sanglots et la respiration rapide et sifflante d'Eddie furent les seuls bruits dans la chambre.

« Mike n'est pas le seul à avoir été découpé comme une dinde de Noël, finit par dire Eddie. Henry avait l'air d'être passé dans un moulin à légumes quand il s'est pointé.

— V-Veux-tu t-toujours a-a-appeler la p-police, B-Beverly ? »

Il y avait bien des Kleenex sur la table de nuit, mais le Perrier les avait transformés en une masse détrempée et informe. Elle se rendit dans la salle de bains, décrivant un grand cercle autour du cadavre, prit une serviette qu'elle imbiba d'eau fraîche et se la passa sur son visage gonflé. L'impression était délicieuse. Elle sentait qu'elle pouvait penser de nouveau de manière cohérente — pas rationnelle, non, cohérente. Elle éprouva la certitude soudaine qu'ils courraient à leur perte si jamais ils voulaient penser les choses rationnellement, au stade où ils en étaient. Ce flic, Rademacher. Il s'était montré soupçonneux. Et pourquoi pas ? Était-il normal d'appeler une bibliothèque à trois heures et demie du matin ? Il avait supposé qu'elle savait quelque chose de pas net. Et qu'allait-il supposer, si jamais il apprenait qu'elle l'avait appelé depuis une pièce dans laquelle gisait un cadavre, le goulot d'une bouteille de Perrier dépassant de son estomac ? Qu'elle et quatre autres étrangers étaient justement arrivés la veille en ville pour une petite réunion, au moment où ce type venait y faire un petit tour ? Avalerait-elle une telle histoire si quelqu'un d'autre la lui racontait ? Qui la goberait ? Bien entendu, ils pouvaient toujours conforter leur version des faits en précisant qu'ils étaient venus achever le monstre qui hantait les égouts de la ville. Voilà qui ne manquerait pas d'ajouter une note d'un réalisme abrasif !

Elle sortit de la salle de bains et regarda Bill. « Non, dit-elle, pas question d'aller à la police. Je pense qu'Eddie a raison. Quelque chose risque de nous arriver. Quelque chose de définitif. Mais ce n'est pas la seule raison. (Elle regarda les quatre autres.) Nous avons juré, leur rappela-t-elle. Nous avons juré. Le frère de Bill... Stan... tous les autres... et maintenant, Mike. Je suis prête, Bill. »

Bill regarda Ben, Richie et Eddie.

Richie acquiesça. « D'accord, Grand Bill. Essayons.

— Le moment est pourtant mal choisi, objecta Ben. Nous ne sommes plus que cinq, maintenant. »

Bill ne dit rien.

« D'accord, reprit Ben. Elle a raison. Nous avons juré.

— E-Eddie ? »

Eddie eut un faible sourire. « Je parie que je vais encore descendre cette foutue échelle sur ton dos, hein ? Si elle est toujours là, bien sûr.

— L'avantage, c'est qu'il n'y aura personne pour nous lancer des cailloux, cette fois, remarqua Beverly. Ils sont morts. Tous les trois.

— Est-ce qu'on y va tout de suite, Bill ? demanda Richie.

— O-Oui. Je pense qu'il est temps.

— Puis-je dire quelque chose ? intervint soudain Ben.

— Ce que t-tu v-veux, répondit Bill, esquissant un sourire.

— Vous avez été, tous, les meilleurs amis que j'aie jamais eus, dit alors Ben. Indépendamment de la manière dont on s'en sortira cette fois. Je voulais simplement... simplement que vous le sachiez. »

Il les regarda les uns après les autres, et tous lui rendirent son regard, gravement.

« Je suis heureux de ne pas vous avoir oubliés. » Richie renifla. Beverly pouffa. Puis tous éclatèrent de rire, se regardant comme autrefois, en dépit du fait que Mike était à l'hôpital, peut-être agonisant ou même déjà mort, en dépit du fait qu'Eddie avait (encore) un bras cassé, en dépit du fait que l'on était aux petites heures du matin.

« Tu as vraiment l'art de trouver les mots, Meule de Foin, dit Richie en s'essuyant les yeux. C'est lui qui aurait dû être l'écrivain, Grand Bill. »

Et toujours souriant, Bill conclut : « Et c'c'est sur cette n-n-note que... »

5

Ils prirent la limousine qu'Eddie avait empruntée. Richie conduisait. Le brouillard bas s'était épaissi, se coulant dans les rues comme de la fumée de cigarette, mais n'atteignait pas encore le haut des lampadaires encapuchonnés. Au-dessus de leurs têtes, les étoiles faisaient comme de brillants éclats de glace — des étoiles de printemps... — cependant, en passant la tête par la vitre, côté passager, Bill crut entendre gronder au loin un orage estival. La pluie était en route et allait venir de l'un des coins de l'horizon.

Richie mit la radio et tomba sur Gene Vincent en train de chanter *Be-Bop-A-Lula*. Il changea de station et obtint Buddy Holly. Troisième essai : Eddie Cochran dans *Summertime Blues*.

« J'aimerais t'aider, fiston, mais tu es trop jeune pour voter », fit une voix grave.

« Coupe ce truc, Richie », dit doucement Beverly.

Il tendit la main, mais arrêta son geste en chemin. « Restez à l'écoute pour d'autres succès du groupe Richie Toziet, les Clamsés & Co, le grand spectacle rock ! » brailla la voix ricanante du clown au-dessus des rythmes et des accords d'Eddie Cochran. « Touchez pas à ce bouton, restez à l'écoute du festival rock, allez, les gars et les filles, allez, venez tous ! On joue tous les grands tubes là en bas ! Tous les grands tubes ! Et si vous ne me croyez pas, écoutez donc le disc-jockey de service pour le tour de garde de nuit, le tour de garde qu'on appelle des cimetières, le disc-jockey George Denbrough ! Raconte-leur, Georgie ! »

Et soudain, la voix du frère de Bill se mit à gémir dans la radio :

« *Tu m'as envoyé dehors et Ça m'a tué ! Je croyais qu'il était dans la cave, mais Ça se tenait dans les égouts, dans les égouts, et Ça m'a tué, tu as laissé Ça me tuer, Grand Bill, tu as laissé Ça...* »

Richie coupa la radio d'un geste si violent que le bouton se détacha et alla rouler sur le tapis de sol.

« Le rock à la campagne, c'est vraiment le bagne, dit-il, mais sa voix était loin d'être assurée. Bev a raison, on laisse tomber, d'accord ? »

Personne ne répondit. La figure de Bill était pâle, calme, réfléchie dans la lumière croissante et décroissante des lampadaires ; et quand le tonnerre grommela de nouveau à l'ouest, tous l'entendirent.

6

Dans les Friches-Mortes

Le même vieux pont.

Richie se gara à côté ; ils sortirent, allèrent s'appuyer au parapet — le même vieux parapet — et regardèrent en bas.

Les mêmes vieilles Friches.

Au bout de vingt-sept ans, elles paraissaient intactes ; aux yeux de Bill, la bretelle d'autoroute qui les entamait, et qui était la seule chose nouvelle, avait quelque chose d'irréel, d'aussi éphémère qu'une peinture sur sable ou un effet d'écran pendant un film. De petits arbres minables et des buissons tordus brillaient vaguement dans l'écheveau du brouillard et Bill songea : *Sans doute est-ce ce que l'on entend lorsque l'on parle de la persistance de la mémoire ; cela, ou quelque chose de semblable, quelque chose que l'on voit au bon moment et sous le bon angle, des images qui propulsent les émotions comme un turbocompresseur. Quelque chose que l'on distingue si clairement que tous les événements qui se sont produits entre-temps s'évanouissent. Si le désir est ce qui referme le cercle entre le monde et le manque, alors le cercle s'est refermé.*

« A-A-Allons-y », dit-il en enjambant le parapet. Ils le suivirent dans la ravine, faisant rouler terre et cailloux. Quand ils arrivèrent en bas, Bill vérifia automatiquement si Silver était bien à sa place, ce qui le fit rire. La bicyclette était appuyée contre le mur du garage de Mike. Silver ne semblait avoir aucun rôle à jouer dans cet acte, bien que cela fût étrange, vu la façon dont il l'avait retrouvée.

« C-Conduis-nous », dit-il à Ben.

Ben le regarda et Bill lut ses pensées dans son regard — *Cela fait vingt-sept ans, Bill, on croit rêver* — puis il acquiesça et les entraîna dans les taillis.

Le sentier — leur sentier — avait disparu depuis longtemps sous la végétation et ils devaient se frayer un chemin au milieu des broussailles, des ronces et d'hydrangéas sauvages si odorants qu'ils en étaient écœurants. Tout autour d'eux, des grillons stridulaient paresseusement, et quelques lucioles, premiers annonciateurs des fêtes charnelles de l'été, trouaient l'obscurité. Bill songea que des enfants devaient encore jouer ici, mais ils devaient posséder leurs propres chemins secrets.

Ils arrivèrent à l'endroit où ils avaient creusé le Club souterrain, mais la clairière avait complètement disparu. Les buissons et les pins rabougris avaient reconquis tout le terrain.

« Regardez », dit Ben dans un murmure en traversant la clairière (qui, dans leur souvenir, se trouvait toujours là, simplement masquée par un décor peint). Il tira sur quelque chose. C'était la porte d'acajou qu'ils avaient trouvée aux limites de la décharge, celle qui leur avait permis d'achever le toit du Club. Elle avait été jetée de côté, et on aurait dit que personne ne l'avait touchée depuis dix ou douze ans, sinon plus. Du lierre était solidement accroché à sa surface sale.

« Laisse ça tranquille, Meule de Foin, murmura Richie. C'est vieux.

— C-conduis-nous là-bas, Ben », répéta simplement Bill derrière eux.

Ils rejoignirent donc la Kenduskeag en le suivant, en prenant à gauche de la clairière qui n'existait plus. Le bruit de l'eau devenait de plus en plus fort, mais ils faillirent une fois de plus tomber dans la rivière avant de la voir ; la végétation croissait de manière follement enchevêtrée jusque sur ses bords. La berge céda sous les bottes de cow-boy de Ben et Bill le rattrapa par la peau du cou.

« Merci, dit Ben.

— *De nada*. Au-Autrefois, t-tu m'aurais en-entraîné a-a-avec toi. P-Par là ? »

Ben acquiesça et les conduisit le long de la rive disparaissant sous les plantes, luttant pour se frayer un chemin dans le fouillis de ronces et de buissons, non sans se dire que c'était infiniment plus facile lorsque l'on mesurait moins d'un mètre cinquante et que l'on pouvait passer sous presque toutes les choses inextricables (celles que l'on avait dans la tête comme celles qui bouchaient le chemin) en se baissant avec nonchalance. Au fond, tout changeait. *Notre leçon d'aujourd'hui, jeunes gens, jeunes filles, sera que plus les choses changent, plus elles changent. Quiconque prétend que plus ça change, plus c'est pareil, souffre manifestement d'un important retard mental. Car...*

Son pied se prit sous quelque chose et il tomba lourdement, manquant de peu se heurter la tête au cylindre de béton de la station de pompage, presque entièrement enfoui au milieu des ronces. En se remettant debout, il se rendit compte que les épines l'avaient égratigné en une douzaine d'endroits différents.

« Mettons deux douzaines, grommela-t-il, sentant des gouttes de sang couler le long de sa joue.

— Quoi ? demanda Eddie.

— Rien. » Il se pencha pour voir sur quoi il avait trébuché. Une racine, sans doute.

Non, pas une racine. Le couvercle de la bouche d'égout. Quel-qu'un l'avait poussé.

Nous, évidemment, pensa Ben. *Il y a vingt-sept ans.*

Mais il se rendit compte que c'était stupide, même avant d'avoir remarqué les traces métalliques brillantes et récentes au milieu de la rouille du couvercle. La pompe ne fonctionnait pas ce jour-là. Tôt ou tard, quelqu'un était venu la réparer et avait dû remettre le couvercle en place par la même occasion.

Il se redressa et tous les cinq se rassemblèrent autour du cylindre de béton et regardèrent à l'intérieur. On entendait un bruit menu de gouttes d'eau, c'était tout. Richie avait emporté toutes les pochettes d'allumettes de la chambre d'Eddie. Il en fit flamber une entière et la jeta dedans. Ils aperçurent pendant quelques instants la paroi intérieure humide et la masse silencieuse de la pompe. Rien d'autre.

« Elle est peut-être en panne depuis longtemps, remarqua Richie, mal à l'aise. Ce n'est pas nécessairement arrivé ré...

— C'est arrivé récemment, le coupa Ben. Depuis les dernières pluies. » Il prit l'une des pochettes, enflamma une allumette et indiqua les traces brillantes dans le métal.

« Il y a-a- q-quelque ch-chose en de-dessous, dit Bill, comme Ben éteignait l'allumette.

— Quoi ?

— P-Peux pas d-dire. On au-aurait d-dit u-une s-sangle. Aidez-moi à-à le re-retourner. »

Les trois hommes valides retournèrent le couvercle comme une pièce géante. Cette fois-ci, c'est Beverly qui craqua l'allumette et Ben ramassa prudemment le sac qui s'était trouvé pris sous le lourd cercle de métal. Il le souleva par sa bandoulière. Beverly commença à secouer l'allumette pour l'éteindre et regarda Bill. Elle se pétrifia. Il fallut que la flamme vînt lui lécher le bout des doigts pour qu'elle lâchât l'allumette avec un petit cri. « Bill ? Qu'est-ce qu'il y a ? Qu'est-ce qui ne va pas ? »

Les yeux de Bill lui brûlaient. Il n'arrivait pas à les détacher de cette bourse de cuir éraillée avec sa longue bandoulière. Il se souvint brusquement du titre de la chanson qui passait dans l'arrière-boutique du magasin où il la lui avait achetée. *Sausalito Summer Nights.* C'était une bizarrerie archi-démente. Il n'avait plus une goutte de salive dans la bouche, et sa langue, son palais et l'intérieur de ses joues étaient aussi lisses et secs que du chrome. Il entendait les grillons, voyait les lucioles et sentait de profondes ténèbres vertes s'accumuler de manière incontrôlée autour de lui et il se dit : *C'est encore un tour, encore une autre illusion, elle est en Angleterre et c'est un petit tour minable parce que Ça a peur, oh oui. Ça n'est peut-être plus aussi sûr de lui que quand Ça nous a appelés, et vraiment, Bill, soyons sérieux, combien crois-tu qu'il existe de bourses de cuir avec une longue bandoulière de ce type dans le monde ? Un million ? Dix ?*

Probablement davantage. Mais seulement une comme celle-ci. Il l'avait achetée dans une maroquinerie de Burbank pendant que la radio diffusait *Sausalito Summer Nights* dans l'arrière-boutique.

« Bill ? » Beverly avait posé la main sur son épaule et le secouait. Loin. À vingt-sept lieues sous la mer. Quel était donc le nom du groupe qui chantait *Sausalito Summer Nights* ? Richie devait le savoir.

« Je sais, dit Bill avec un sourire adressé à Richie qui le regardait, les yeux écarquillés, l'air effrayé. Il s'appelait Diesel. Ça c'est de la mémoire, non ? » Il n'avait pas bégayé.

« Qu'est-ce qui cloche, Bill ? » murmura Richie.

Bill poussa un hurlement, arracha les allumettes à Beverly, en alluma une, et arracha le sac à Ben.

« Bill, au nom du ciel ! »

Il ouvrit la bourse et la renversa. Ce qui en tomba révélait tellement Audra qu'il resta quelques instants trop désorienté pour crier encore. Parmi les Kleenex, les plaques de chewing-gum et les produits de maquillage, il vit une petite boîte de bonbons à la menthe... et le poudrier d'orfèvrerie que lui avait offert Freddie Firestone lorsqu'ils avaient signé pour le film.

« M-Ma f-femme est là-là-dedans », dit-il en se mettant à genoux pour remettre les objets dans le sac. Sans s'en rendre compte, il chassa de devant ses yeux des cheveux qu'il n'avait plus depuis longtemps.

« Ta femme ? Audra ? » Les yeux agrandis, Beverly paraissait sonnée sous le choc.

« C'est s-son sac. Ses a-affaires.

— Seigneur Jésus, Bill ! marmonna Richie. C'est impossible, tu sais que... »

Il venait de trouver son portefeuille en croco. Il l'ouvrit et le leur tendit. Richie alluma une nouvelle allumette et contempla un visage qu'il avait vu dans une demi-douzaine de films. La photo d'identité d'Audra, sur son permis de conduire, était moins flatteuse, mais parfaitement convaincante.

« M-Mais Henry est m-mort, V-Vic aussi, et le R-Roteur... Alors, qui ? » Il se leva, les interrogeant tous fébrilement du regard. « Qui l'a... ? »

Ben posa une main sur l'épaule de Bill. « Autant descendre et aller voir, non ? »

Bill tourna la tête, comme s'il se demandait qui était Ben, puis son regard s'éclaircit. « O-Oui, dit-il. E-Eddie ?

— Je suis désolé, Bill.

— P-Pourras-tu m-monter ?

— Je l'ai déjà fait une fois. »

Bill se pencha et Eddie passa un bras autour de son cou. Ben et Richie l'aidèrent à entourer de ses jambes la taille de Bill. Et tandis que Bill, maladroitement, lançait une jambe par-dessus le rebord du cylindre, Ben vit qu'Eddie fermait les yeux, très fort... et pendant un instant, il crut entendre la plus abominable des charges de cavalerie du monde foncer au milieu des buissons. Il se tourna, s'attendant à voir l'affreux trio surgir du brouillard et des ronces, mais il n'entendit qu'un son, celui, musical, des bambous qui frottaient les uns contre les autres à quelques centaines de mètres de là, dans la brise qui venait de se lever. Leurs anciens ennemis avaient disparu.

Bill agrippa le rebord de béton et, tâtonnant du pied, trouva le premier barreau, puis les autres. Eddie l'étreignait de son bras droit, et c'est à peine s'il pouvait respirer. *Son sac, Seigneur, comment son sac a-t-il pu atterrir ici ? Peu importe. Mais si Tu existes, mon Dieu, et si Tu écoutes les requêtes, fais qu'il ne lui soit fait aucun mal, qu'elle n'ait pas à souffrir des conséquences de ce que Bev et moi avons fait cette nuit ou de ce que j'ai fait un certain été quand j'étais petit garçon... et si c'était le clown ? Si c'était Bob Gray ? Si oui, je me demande si Dieu Lui-même peut lui venir en aide.*

« J'ai la trouille, Bill », dit Eddie d'une petite voix.

Du pied, Bill toucha l'eau froide et immobile. Il y pénétra, se souvenant de la sensation et de l'odeur nauséabonde, se souvenant de l'impression de claustrophobie qu'il avait ressentie là... et au fait, que leur était-il arrivé ? Comment s'en étaient-ils sortis, dans ces tunnels et ces boyaux ? Où s'étaient-ils exactement rendus, et comment avaient-il réussi à ressortir ? Impossible de se rappeler quoi que ce soit ; il ne pouvait penser qu'à une chose : Audra.

« M-moi aussi », répondit-il. Il s'accroupit avec une grimace lorsque l'eau glacée pénétra dans son pantalon et atteignit ses couilles, et laissa glisser Eddie. Ils se tenaient dans l'eau à mi-mollet, regardant les autres qui descendaient à leur tour.

CHAPITRE 21

Sous la ville

1

Le 1er août 1958

Quelque chose de nouveau s'était produit.

Pour la première fois depuis la nuit des temps, quelque chose de nouveau.

Avant l'univers, il n'y avait eu que deux choses. L'une était Ça même et l'autre la Tortue. La Tortue était une antique vieille chose stupide qui ne sortait jamais de sa carapace. Ça pensait que la Tortue était peut-être morte, morte depuis le dernier milliard d'années, à peu près. Même si elle ne l'était pas, ce n'en était pas moins une vieille chose stupide, et même si la Tortue avait vomi l'univers au grand complet, cela ne changeait rien.

Ça était venu ici longtemps après que la Tortue se fut retirée dans sa carapace, ici sur la Terre, et Ça y avait découvert une profondeur d'imagination qui était presque nouvelle, presque inquiétante. Cette qualité d'imagination donnait une grande richesse à la nourriture. Ses dents déchiraient des chairs raidies de terreurs exotiques et de voluptueux effrois : rêves de monstres nocturnes, de boues mouvantes ; contre leur volonté ses victimes contemplaient des gouffres sans fond ni fin.

Sur ce riche terreau nourricier, Ça existait selon un cycle simple de réveils pour manger et de sommeils pour rêver. Ça avait créé un endroit à sa propre image que Ça contemplait avec satisfaction grâce aux lumières-mortes qui étaient ses yeux. Derry était son abattoir, les

gens de Derry son troupeau. Les choses s'étaient maintenues ainsi.
Puis... ces enfants.

Quelque chose de nouveau.

Pour la première fois, de toute éternité.

Quand Ça avait fait irruption dans la maison de Neibolt Street
avec l'intention de les tuer tous, vaguement mal à l'aise à l'idée qu'il
n'avait pas encore été capable d'y arriver (et ce sentiment de malaise
avait indiscutablement été la première chose nouvelle), s'était produit
quelque chose de totalement inattendu, impensable, et il avait ressenti
une douleur, une grande douleur rugissante au travers de toute la
forme qu'il avait empruntée, et pendant un instant il avait également
connu la peur, car la seule chose que Ça eût en commun avec la vieille
et stupide Tortue et la cosmologie du macronivers à l'extérieur de
l'œuf chétif de cet univers était ceci : toutes les formes vivantes
doivent respecter les lois des formes qu'elles habitent. Pour la
première fois, Ça avait pris conscience que peut-être son talent pour
changer de forme pouvait non plus jouer en sa faveur, mais contre lui.
Jamais encore, il n'avait connu la souffrance, et pendant un instant, il
avait cru être sur le point de mourir — la tête remplie d'une grande
douleur argentée, lancinante, il avait rugi, grondé, feulé, et les
enfants avaient réussi à s'enfuir.

Or maintenant ils revenaient. Ils pénétraient dans son domaine en
dessous de la ville, sept mômes insensés avançant à tâtons dans
l'obscurité, sans lumières ni armes. Ça allait les tuer, aujourd'hui,
certainement.

Ça venait de faire une grande découverte sur lui-même. Il refusait
à jamais toute nouveauté. Ça voulait seulement manger, dormir,
manger, dormir.

À la suite de la douleur et de ce bref éclat de peur, Ça avait connu
une nouvelle émotion (car toutes les émotions authentiques étaient
nouvelles pour lui, même si Ça était un grand simulateur d'émo-
tions) : la colère. Ça tuerait ces enfants qui, par quelque stupéfiant
accident, l'avaient fait souffrir pendant quelques instants.

Venez donc, pensait Ça, les écoutant se rapprocher. Venez à moi,
enfants, et voyez comment nous flottons tous, là en bas... comment
nous flottons tous.

Et cependant, une pensée s'insinuait insidieusement en Ça, une
pensée que Ça n'arrivait pas à repousser. Elle disait simplement : si
toutes choses découlaient de Ça (comme c'était certainement le cas
depuis le temps où la Tortue avait dégobillé l'univers avant de se
recroqueviller dans sa carapace), comment une créature de ce monde
(ou de tout autre monde) pouvait-elle déjouer Ça, faire mal à Ça,

aussi légèrement et brièvement que ce fût ? Comment était-ce possible ?

Et finalement quelque chose de nouveau avait surgi en Ça, non pas une émotion, mais une froide spéculation : et si Ça n'était pas seul, comme il l'avait toujours cru ?

S'il y avait un Autre ?

Et si ces enfants n'étaient que les agents de cet Autre ?

Supposons... supposons...

Ça commença à trembler.

La haine était nouvelle. La souffrance était nouvelle. Être contrarié dans ses projets était nouveau. Mais la chose la plus terrible restait la peur. Non pas la peur des enfants, celle-là lui avait passé, mais celle de ne plus être seul.

Non. Il n'y avait pas d'Autre. Sûrement pas. Comme il s'agissai. d'enfants, leur imagination possédait une sorte de pouvoir brut que Ça avait un instant sous-estimé. Mais maintenant qu'ils arrivaient, Ça allait les laisser venir. Ils viendraient, et Ça les jetterait les uns après les autres dans le macronivers... dans les lumières-mortes de ses yeux.

Oui.

Quand ils arriveraient, Ça les jetterait, hurlant, déments, dans les lumières-mortes.

2

Dans les boyaux, 14 h 15

Bev et Richie possédaient peut-être dix allumettes à eux deux, mais Bill ne voulut pas les laisser s'en servir. Pour le moment, ils bénéficiaient d'une vague lueur dans le conduit. Il faisait sombre, certes, mais ils pouvaient distinguer les formes à un peu plus d'un mètre devant eux et tant qu'ils y arriveraient, on économiserait les allumettes.

Bill supposa que le peu de lumière qui leur arrivait devait venir des évents de la structure, voire même des ouvertures circulaires ménagées dans les couvercles des bouches. Il lui paraissait d'une indicible étrangeté de penser qu'ils se trouvaient actuellement sous la ville ; pourtant c'était maintenant certainement le cas.

Le niveau de l'eau montait. Par trois fois ils avaient croisé, charriés par le courant, des cadavres d'animaux : un rat, un chaton et une chose gonflée et brillante qui aurait tout aussi bien pu être un morceau de bois. Il entendit l'un des autres maugréer des paroles de dégoût au passage de la chose.

Jusque-là, le courant contre lequel ils avaient à lutter n'était pas très fort, mais ce calme relatif n'allait pas durer : un grondement sourd et régulier leur parvenait d'un endroit qui ne devait pas être bien loin, devant eux. Il se fit puissant et monta d'un cran. Le boyau tourna à droite et ils se retrouvèrent face à trois autres conduits qui se déversaient dans le leur, trois conduits placés verticalement, comme des feux de signalisation. Le boyau se terminait ici, en cul-de-sac. Il y faisait à peine un peu plus clair. Bill leva la tête et se rendit compte qu'ils se trouvaient dans un puits de section carrée, en pierres, d'environ cinq mètres de haut. Il se terminait par une grille d'égout et c'est à pleins seaux que l'eau leur tombait dessus, comme dans une douche primitive.

Bill examina, impuissant, les trois conduits. Celui du haut rejetait une eau presque parfaitement claire, en dépit des feuilles et des débris divers qu'elle charriait — mégots, emballages de chewing-gums, des choses comme ça. Le conduit intermédiaire recrachait une eau grise ; et le conduit inférieur un magma brunâtre et nauséabond.

« E-Eddie ! »

Le garçonnet vint en pataugeant à sa hauteur. Les cheveux lui collaient à la tête ; son plâtre détrempé était dans un état lamentable.

« L-L-Lequel ? »

Si l'on voulait savoir comment construire quelque chose, on demandait à Ben ; si on voulait savoir quelle direction prendre, on demandait à Eddie. Ils n'en avaient jamais parlé, mais tout le monde le savait. Si l'on se trouvait dans un quartier inconnu, Eddie vous ramenait sans problème, tournant à droite et à gauche sans hésiter, jusqu'à ce que l'on en soit réduit à le suivre aveuglément en espérant qu'il savait ce qu'il faisait... ce qui semblait être à peu près toujours le cas. Bill avait une fois confié à Richie qu'au début où ils avaient commencé à venir jouer dans les Friches, Eddie et lui, il redoutait constamment de se perdre. Eddie, jamais : il retrouvait toujours son chemin et ramenait Bill à l'endroit exact où il avait dit qu'il le ramènerait. « S-Si je me p-perdais dans la f-forêt de Hainesville a-avec E-Eddie, je ne m'en f-ferais p-pas plus que ç-ça. E-Eddie s-sait, un point c'est t-tout. Mon p-père dit qu'il y a-a des g-gens, ils ont u-ne boussole d-dans la tête. E-Eddie est c-comme ça. »

« J'entends rien ! cria Eddie.

— J'ai d-dit, l-lequel ?

— Quoi, lequel ? » Eddie étreignait son inhalateur dans sa main valide et Bill trouva qu'il ressemblait en fait davantage à un rat musqué noyé qu'à un garçon de onze ans.

« Lequel on p-prend ?

— Eh bien, ça dépend où on veut aller », répondit Eddie à Bill qui l'aurait volontiers étranglé, même si la question était parfaitement pertinente. Il regardait, dubitatif, les trois conduits ; ils pouvaient s'engager tout aussi bien dans l'un des trois, sauf que celui du bas était rien moins qu'appétissant.

Bill fit signe aux autres de faire cercle. « Où s-se t-trouve ce f-fumier de Ça ? leur demanda-t-il.

— Au milieu de la ville, répondit immédiatement Richie. Exactement en dessous du centre-ville. Près du canal. »

Beverly hocha la tête pour acquiescer ; puis Ben, puis Stan.

« M-Mike ?

— Oui. C'est bien là que Ça se trouve. Près du canal. Ou en dessous. »

Bill se tourna de nouveau vers Eddie. « L-Lequel ? »

À contrecœur, Eddie lui indiqua le conduit inférieur... et si Bill sentit son cœur se serrer, il ne fut pas surpris. « Celui-là.

— Oh, la chiasse, s'exclama Stan, un tuyau à merde !

— Nous ne... », commença Mike, qui s'interrompit et tendit soudain l'oreille. Son visage prit une expression alarmée.

« Qu'est-ce... », fit Bill, mais Mike porta un doigt à ses lèvres. À son tour, Bill entendit des bruits de pas ; on pataugeait derrière eux. Grognements, mots étouffés. Se rapprochant. Henry n'avait pas abandonné la poursuite.

« Vite, dit Ben, allons-y. »

Stan regarda dans le boyau par lequel ils étaient arrivés, puis se tourna vers le conduit inférieur. Il serra les lèvres et acquiesça. « Allons-y, oui, fit-il. La merde, ça se lave.

— Stanec le Mec vient d'en lâcher une bien bonne ! s'exclama Richie. Ha, ha, ha !

— Tu vas la fermer, oui, Richie ? » siffla Beverly.

Bill entra le premier dans le boyau secondaire, grimaçant à l'odeur, penché en avant. Cette puanteur : c'était bien celle d'un égout, de la merde, mais il y avait autre chose, non ? Une odeur plus faible, mais plus vivante. Si un grognement d'animal avait pu avoir eu une odeur (et, supposa Bill, si l'animal en question avait mangé ce qu'il fallait), il aurait eu cette sous-odeur. *Nous sommes dans la bonne direction, pas d'erreur. Ça est passé par là..., il est beaucoup passé par là.*

À peine avaient-ils parcouru dix mètres que l'air était devenu irrespirable de puanteur. Il avançait lentement au milieu d'une matière qui n'était pas de la boue. Il jeta un coup d'œil par-dessus son épaule et dit : « T-Tu restes b-bien derrière m-moi, E-Eddie. J'aurai b-besoin de t-t-toi. »

La lumière baissa pour devenir sépulcrale, resta un moment ainsi puis il n'y eut plus rien et ils se retrouvèrent dans les ténèbres. Bill avançait péniblement au milieu de la puanteur avec l'impression de s'y enfoncer physiquement, mains tendues, quelque chose au fond de lui-même s'attendant à tomber à n'importe quel instant sur une toison hirsute et des yeux verts comme des lampes qui s'ouvriraient dans le noir. Et la fin viendrait comme un élancement douloureux et brûlant, quand Ça lui arracherait la tête des épaules.

Ces ténèbres étaient remplies de sons amplifiés et répercutés. Il entendait ses amis se déplacer lourdement derrière lui, grommelant parfois quelque chose. Bruits de gargouillis, étranges grognements métalliques. À un moment donné, des eaux d'une chaleur répugnante passèrent en mascaret, mouillant Bill jusqu'aux cuisses, et manquè-rent le déséquilibrer. Il sentit Eddie s'accrocher frénétiquement au dos de sa chemise, puis la petite inondation s'atténua. De l'autre bout de la colonne, Richie gronda avec une bonne humeur désespérée : « Je crois qu'on vient de se faire pisser dessus par le Géant vert, Bill. »

Bill entendait de l'eau — normale ou usée — s'écouler en jets contrôlés dans le réseau des canalisations plus petites qui devait maintenant se trouver au-dessus de leurs têtes. Il se rappelait sa conversation avec son père sur le système de drainage de Derry et croyait savoir ce qu'était ce réseau : celui chargé de gérer les débordements qui se produisaient lors des fortes pluies ou à l'époque des inondations. Ce qui circulait au-dessus quittait Derry en allant se jeter dans la Torrault ou dans la Penobscot ; la ville n'aimait pas trop refouler sa merde dans la Kenduskeag parce que dans ces cas-là, le canal empestait. Mais toutes les eaux dites simplement « usées » allaient dans la Kenduskeag, et s'il y en avait trop pour le système normal d'égouts, il y avait une dérivation..., comme celle qui venait de se produire. S'il y en avait eu une, il pouvait y en avoir plusieurs. Il leva les yeux, inquiet, sans rien voir, mais sachant qu'il devait y avoir des grilles à intervalles réguliers dans le haut du boyau, ou encore sur les côtés, et qu'à n'importe quel moment...

Il ne s'était pas rendu compte qu'il venait d'atteindre la fin du conduit. Il tomba en avant, moulinant des bras pour conserver l'équilibre. Il atterrit sur le ventre dans une sorte de masse compacte située environ à soixante centimètres en dessous de l'ouverture du boyau. Quelque chose lui courut sur la main en couinant. Il poussa un cri, s'assit et serra contre lui sa main qui le chatouillait ; il gardait encore la sensation abominable du contact de la queue sans poil du rat.

Il essaya de se relever et se cogna la tête contre le plafond bas de ce nouveau conduit. Un choc violent qui l'expédia de nouveau à genoux tandis que dans les ténèbres des fleurs rouges explosaient devant ses yeux.

« F-Faites a-attention ! » s'entendit-il crier. Écho plat des mots. « Y a un ch-changement de ni-niveau i-ici ! E-Eddie ! Où es-tu ?

— Ici ! » La bonne main d'Eddie effleura le nez de Bill « Aide-moi, Bill, j'y vois rien ! C'est... »

Il y eut un énorme bruit aqueux, éclaboussant, et Beverly, Mike, Ben et Richie hurlèrent tous à l'unisson. En temps normal, leur parfaite harmonie aurait été comique ; là en bas dans le noir, dans les égouts, elle était terrifiante. Soudain, tous se retrouvèrent en train de dégringoler. Bill prit Eddie dans ses bras pour tenter de le protéger.

« Oh, Seigneur, gémit Richie, j'ai bien cru que j'allais me noyer ! On s'est fait doucher, tu parles d'une douche de merde ! Faudrait faire une visite organisée avec la classe, on pourrait demander à Mrs. Carson de la conduire...

— Et à Miss Jimmison de nous faire un cours d'hygiène ensuite », acheva Ben d'une voix tremblante, et tous éclatèrent d'un rire suraigu. Quand les rires cessèrent, Stan éclata soudain en sanglots désespérés.

« Pleure pas, mec, dit Richie en passant une main tâtonnante par-dessus les épaules gluantes de Stan. Tu vas tous nous faire chialer, sinon.

— Ça va très bien ! s'exclama Stan entre deux sanglots. Je peux supporter d'avoir la frousse, mais j'ai horreur d'être sale comme ça, j'ai horreur de ne pas savoir où je suis...

— C-Crois-tu que les al-allumettes sont en-encore b-bonnes, R-Richie ? demanda Bill.

— J'ai donné les miennes à Bev. »

Bill sentit une main toucher la sienne dans le noir et lui passer une pochette ; elle paraissait sèche au toucher.

« Je les ai gardées au creux du bras, dit-elle. Elles sont peut-être encore bonnes. Tu peux toujours essayer. »

Bill détacha une allumette et la frotta au revers. Elle prit feu, et il la tint haute. Ses amis se pressaient les uns contre les autres, clignant des yeux au brusque éclat de lumière. Ils étaient tous couverts d'ordures et avaient l'air très jeune et très effrayé. Derrière eux, il distingua le boyau par lequel ils venaient d'arriver. Celui dans lequel ils se trouvaient était encore plus petit ; il partait dans deux directions, tout droit, et des couches de sédiments ignobles recouvraient son sol. Et...

Il émit un sifflement entre les dents et secoua l'allumette qui lui brûlait les doigts. Il tendit l'oreille et entendit le bruit de l'eau, dévalant rapidement, de l'eau coulant goutte à goutte, le rugissement occasionnel d'une vanne de dégorgement qui s'ouvrait et envoyait un lot supplémentaire d'ordures dans la Kenduskeag — laquelle se trouvait maintenant loin derrière eux, Dieu seul savait où. Il n'entendit pas Henry, ni ses acolytes. Pas encore.

Calmement, Bill dit : « I-Il y a-a un ca-cadavre sur m-ma droite. À en-environ t-trois mètres de n-nous. Je c-crois que ç-ça p-pourrait ê-ête P-P-P-P...

— Patrick ? demanda Beverly, les tremblements de sa voix frisant l'hystérie. Patrick Hockstetter ?

— Ou-Oui. Est-ce q-que vous v-voulez que j'a-allume u-une autre a-a-allumette ?

— Il le faut, Bill, répondit Eddie. Si je ne vois pas comment s'écoule le conduit, je ne saurai pas quelle direction prendre. »

Bill enflamma l'allumette. À sa lueur, ils virent tous la forme gonflée et verdâtre qui avait été Patrick Hockstetter. Dans la pénombre, le cadavre leur adressait un sourire horriblement complice, mais avec la moitié du visage seulement. Les rats d'égout avaient dévoré le reste. Les livres des cours d'été étaient éparpillés autour de lui, rendus aussi épais que des dictionnaires par l'humidité.

« Seigneur, fit Mike, la voix enrouée, les yeux écarquillés.

— Je les entends encore, dit alors Beverly, Henry et les autres. »

Sans doute une bizarrerie acoustique avait-elle dû porter sa voix jusqu'à eux ; Henry se mit à rugir dans le boyau, et pendant un instant ce fut comme s'il était tout près.

« *On vous auraaaaaaaa !*

— C'est tout droit ! cria Richie, le regard brillant, agité, fébrile. Viens donc un peu, semelles en peau de banane ! On se croirait à la piscine municipale, ici ! Viens ! »

Puis il y eut un hurlement trahissant une telle épouvante et une telle souffrance, que l'allumette qui brasillait entre les doigts de Bill tomba et s'éteignit. Eddie étreignait Bill de son bras valide ; Bill le serra contre lui et sentit son petit corps trembler comme une corde de guitare, tandis que Stan se rencognait contre lui de l'autre côté. Le cri monta, monta... puis il y eut un bruit de claquement, épais, obscène, et le cri fut coupé net.

« Y en a un qui s'est fait avoir par quelque chose, s'écria Mike d'une voix étouffée, horrifiée. Quelque chose... un monstre... Bill, il faut que tu nous tires de là... Bill, je t'en prie... »

Bill entendait qu'on venait sur sa gauche — une ou deux personnes, avec l'écho, c'était impossible à déterminer —, on venait en trébuchant et en heurtant les parois du boyau. « Vers où E-Eddie ? demanda-t-il avec une note d'urgence dans la voix. Est-ce q-que tu s-sais ?

— Vers le canal ? demanda Eddie, secouant le bras de Bill.

— Oui !

— Alors vers la droite. En passant à côté de Patrick. Ou par-dessus. » Sa voix se durcit soudain. « Après tout, je m'en fous. C'est l'un de ceux qui m'ont cassé le bras. Il m'a aussi craché à la figure.

— A-Allons-y, dit Bill en jetant un dernier coup d'œil dans le boyau qu'ils venaient de quitter. À l-la fi-file indienne ! G-Gardez le c-contact a-avec ce-celui qui est d-de-devant, comme a-avant ! »

Il démarra à tâtons, frottant de son épaule droite contre la paroi boueuse en céramique du boyau, grinçant des dents ; pas question de marcher sur Patrick, ou de buter sur lui.

Ils reprirent donc leur reptation dans les ténèbres, tandis qu'autour d'eux se précipitaient des trombes d'eau et qu'à l'extérieur la tempête arpentait le paysage, parlant haut et fort, jetant sur Derry le voile d'un crépuscule précoce — crépuscule dont le vent était les gémissements et les feux électriques les bégaiements, et qui s'enfonça dans la nuit au fracas d'arbres foudroyés, tombant au sol dans un hurlement de mort de créatures préhistoriques.

3

Ça — Mai 1985

Voici que maintenant ils revenaient, et alors que tout s'était passé à peu près comme Ça l'avait prévu, quelque chose que Ça n'avait pas prévu était également de retour : cette peur qui l'affolait et le taraudait... cette impression d'un Autre. Ça haïssait la peur ; Ça se serait jeté sur elle et l'aurait dévorée, si Ça l'avait pu... mais la peur, moqueuse, virevoltait hors de portée et Ça ne pouvait la tuer qu'en les tuant.

Certainement, rien ne justifiait cette peur ; ils étaient actuellement plus âgés, leur nombre réduit de sept à cinq. Cinq restait un chiffre de pouvoir, mais il n'avait cependant pas la qualité de talisman mystique de sept. Il était exact que sa marionnette n'avait pas été fichue de tuer le bibliothécaire, mais celui-ci mourrait à l'hôpital. Plus tard, avant que l'aube ne vînt éveiller le ciel, Ça lui enverrait un infirmier accro aux petites pilules pour finir le travail.

La femme de l'écrivain se trouvait maintenant avec Ça, vivante et cependant non vivante pour lui — son esprit avait été ravagé gravement en voyant Ça dans sa réalité, dépouillé de tous ses petits masques et colifichets qui n'étaient que des miroirs, bien entendu, des miroirs qui renvoyaient au spectateur terrifié ce qu'il y avait de plus épouvantable au fond de son esprit.

Maintenant, l'esprit de la femme de l'écrivain se trouvait avec Ça, en Ça, au-delà de la frontière du macronivers ; dans les ténèbres au-delà de la Tortue ; dans les territoires extérieurs au-delà de tout territoire.

Elle était dans l'œil, dans l'esprit de Ça.

Elle se trouvait dans les lumières-mortes.

Oh, mais les colifichets étaient amusants. Prenez Hanlon, par exemple. Il ne s'en souvenait pas consciemment, mais sa mère aurait pu lui dire d'où venait l'oiseau qu'il avait vu aux aciéries. Alors qu'il n'avait que six mois, elle l'avait laissé endormi dans son berceau, d'un côté de la cour, pendant qu'elle étendait draps et couches sur le fil à linge. Elle avait accouru à ses cris. Un gros corbeau s'était posé sur le rebord du berceau et picorait le bébé comme une créature diabolique dans un conte de fées. Il hurlait de souffrance et de terreur, incapable de chasser l'oiseau qui avait senti la faiblesse de sa proie. Elle avait frappé l'oiseau du poing et constaté qu'il avait fait saigner Mikey à deux ou trois endroits du bras. Elle l'avait emmené chez le Dr Stillwagon pour qu'il lui fasse une piqûre contre le tétanos. Ce souvenir était resté enfoui dans la mémoire profonde de l'enfant — bébé minuscule, oiseau gigantesque — et lorsque Ça l'avait attaqué, Mike avait vu de nouveau le monstre d'autrefois.

Mais lorsque son autre marionnette, le mari de l'autre fille, lui avait apporté la femme de l'écrivain, Ça n'avait endossé aucun costume. Chez lui, Ça ne s'habillait pas. Le mari-marionnette lui avait donné un seul coup d'œil et était mort sous le choc, le visage gris, les yeux se remplissant du sang qui venait de gicler dans sa tête en une douzaine d'endroits différents. La femme de l'écrivain avait eu le temps de se faire une réflexion horrifiée — OH MON DIEU C'EST UNE FEMELLE — puis toute pensée avait cessé sous son crâne. Elle nageait dans les lumières-mortes. Ça descendit de son antre et prit soin de ses restes physiques, les préparant pour s'en repaître ultérieurement. Audra Denbrough était maintenant suspendue au milieu des choses, dans un croisillon de fils de soie, la tête ballottant sur l'épaule, les yeux grands ouverts, le regard vitreux, les orteils pointant vers le bas.

Mais ils détenaient encore un certain pouvoir ; moins grand, mais toujours actif. Ils étaient venus jusqu'ici enfants, et mystérieusement, contre toute logique, contre toute attente, contre tout ce qui aurait pu ou dû être, ils lui avaient fait terriblement mal, ils avaient failli le tuer, ils l'avaient forcé à se réfugier au plus profond de la terre où il s'était recroquevillé, blessé, tremblant, plein de haine, au milieu de la flaque grandissante de son propre sang étrange.

Encore une nouvelle chose, si vous le voulez bien : pour la première fois de son interminable histoire, Ça devait imaginer un plan d'action ; pour la première fois, Ça se trouvait effrayé à la seule idée de prélever ce qu'il voulait dans Derry, sa réserve de chasse privée.

Ça s'était toujours agréablement alimenté d'enfants. Beaucoup d'adultes pouvaient être utilisés sans qu'ils sachent qu'ils l'étaient, et il lui était même arrivé de se nourrir des plus âgés, au cours des années — les adultes ont leurs propres terreurs et il était possible de faire sécréter à leurs glandes les toxines de la peur qui venaient saler la viande en envahissant le corps. Mais leurs terreurs sont la plupart du temps trop complexes ; celles des enfants, en revanche, sont plus simples, et d'ordinaire plus puissantes. Un seul visage suffisait le plus souvent à soulever la peur chez un enfant... et s'il fallait un appât, eh bien, quel était l'enfant qui n'aimait pas les clowns ?

Ça comprenait vaguement que ces enfants-ci avaient, d'une manière ou d'une autre, retourné ses propres instruments contre lui ; que, par coïncidence (certainement pas intentionnellement, certainement pas guidés par la main d'un Autre) et grâce aux liens formés entre sept esprits extraordinairement imaginatifs, ça s'était retrouvé dans une zone de grands dangers. N'importe lequel de ces sept aurait pu lui fournir nourriture et boisson, et s'ils ne s'étaient pas présentés ensemble, Ça les aurait cueillis sans difficulté un par un, attiré qu'il était par la qualité de leur esprit comme un lion est attiré vers un trou d'eau par l'odeur du zèbre. Mais ensemble, ils avaient découvert un inquiétant secret dont même Ça n'avait pas eu conscience : que les croyances ont un second versant — si dix mille paysans du Moyen Âge créent les vampires en croyant qu'ils existent, un seul suffit (probablement un enfant) pour imaginer le pieu qui permet de les tuer. Mais un pieu n'est qu'un stupide morceau de bois ; l'esprit est le maillet qui permet de l'enfoncer.

À la fin, cependant, Ça s'était échappé ; il s'était enfoncé loin, et les enfants, terrifiés, épuisés, avaient choisi de ne pas le suivre alors *qu'il n'avait jamais été aussi vulnérable ; ils avaient préféré le croire mort ou mourant et avaient battu en retraite.*

Ça n'ignorait pas leur serment, et avait su qu'ils reviendraient tout comme un lion sait que le zèbre reviendra fatalement au trou d'eau. Ça avait commencé à dresser ses plans dès que Ça s'était assoupi. À son réveil, Ça serait guéri, rajeuni, alors qu'eux auraient brûlé leur jeunesse comme se seraient consumées sept chandelles. L'ancien pouvoir de leur imagination se serait affaibli, se serait tu. Ils ne se figureraient plus qu'il y avait des piranhas dans la Kenduskeag, qu'en marchant sur une fissure du sol on pouvait vraiment rompre le cou à sa mère ou qu'en tuant une coccinelle qui atterrissait sur sa chemise la maison prendrait feu la nuit suivante. Au lieu de cela, ils croiraient aux assurances. Au lieu de cela, ils croiraient aux repas accompagnés de vin — quelque chose de bien mais de pas trop prétentieux, que penseriez-vous d'un pouilly-fuissé 83, et laissez-le s'aérer un peu, garçon, voulez-vous ? Au lieu de cela, ils croiraient que les petites pastilles du Dr Machin détruisent quarante-sept fois leur poids d'acidité excessive de l'estomac. Au lieu de cela, ils croiraient à la télévision publique, à Gary Hart faisant de la course à pied pour lutter contre les maladies cardiaques et renonçant à la viande rouge pour éviter le cancer du côlon. Ils croiraient au Dr Ruth quand il s'agirait de bien baiser et au révérend Jerry Falwell quand il s'agirait d'être bien sauvé. Et avec chaque année qui passait, leurs rêves deviendraient plus médiocres. Et quand Ça se réveillerait, Ça les rappellerait à lui, oui, à lui, car la peur était fertile : son enfant s'appelait fureur et la fureur criait vengeance.

Ça les rappellerait à lui et les tuerait.

Si ce n'est que maintenant qu'ils arrivaient, la peur était aussi revenue. Ils avaient grandi et leur imagination s'était affaiblie, mais pas autant que Ça l'aurait cru. Ça avait senti un menaçant accroissement de leur pouvoir lorsqu'ils s'étaient réunis et Ça s'était pour la première fois demandé s'il n'avait pas commis une erreur.

Mais pourquoi voir tout en noir ? Les dés étaient jetés et tous les augures n'étaient pas aussi mauvais. L'écrivain était à moitié fou à cause de sa femme, ce qui était une bonne chose. L'écrivain était le plus fort, celui qui, d'une certaine façon, avait entraîné son esprit au cours des années en vue de cette confrontation ; et lorsque l'écrivain serait mort, les tripes lui pendant du ventre, lorsque leur si précieux « Grand Bill » y serait passé, les autres lui appartiendraient rapidement.

Il allait se nourrir copieusement... et peut-être descendrait-il de nouveau profondément dans les entrailles de la terre.

Pour dormir. Dormir un certain temps.

4

« Bill ! » cria Richie. L'écho répercuta son appel dans le boyau. Il allait aussi vite qu'il le pouvait, c'est-à-dire pas très vite. Il se souvenait qu'enfants, ils avaient marché courbés en deux dans ce tunnel qui s'éloignait de la station de pompage des Friches. Ils rampaient presque, maintenant, et le boyau paraissait insupportablement étroit. Ses lunettes n'arrêtaient pas de glisser sur l'arête de son nez, et il n'arrêtait pas de les remonter. Derrière lui, il entendait Bev et Ben.

« Bill ! brailla-t-il à nouveau. Eddie !

— Je suis là, lui parvint la voix d'Eddie.

— Et Bill ?

— Devant ! » répondit Eddie. Il était maintenant plus proche et Richie sentit plus qu'il ne vit qu'il était juste devant lui. « Il n'a pas voulu attendre ! »

La tête de Richie vint buter contre la jambe d'Eddie. L'instant suivant, la tête de Bev heurtait les fesses de Richie.

« Bill ! » hurla Richie à pleins poumons. La canalisation véhicula son appel et le lui renvoya ; il en eut mal à ses propres oreilles. « Bill, attends-nous ! Nous devons rester ensemble, l'as-tu oublié ? »

Faiblement, doublée d'échos, la voix de Bill : « Audra ! Audra ! Où es-tu ?

— Grand Bill de mes deux ! » fit Richie, plus doucement. Ses lunettes tombèrent. Il jura, les chercha à tâtons et les remit, dégoulinantes, sur son nez. Il inspira profondément et cria encore : « Tu vas te perdre sans Eddie, espèce d'enfoiré de trou-du-cul ! Attends ! Attends-nous ! Tu m'entends, Bill ? ATTENDS-NOUS, NOM DE DIEU ! »

Il y eut quelques instants d'un angoissant silence. On aurait dit que tous retenaient leur respiration. Richie n'entendait que le goutte à goutte de l'eau ; le boyau était sec, cette fois, en dehors de quelques flaques ici et là.

« Bill ! » Il passa une main tremblante dans ses cheveux et dut lutter contre les larmes. « REVIENS... JE T'EN PRIE, MEC ! JE T'EN PRIE ! »

Et encore plus faiblement, la voix de Bill leur parvint : « Je v-vous attends.

— Dieu soit loué pour ses petits cadeaux », grommela Richie. Il donna une claque à Eddie. « Vas-y.

— Je ne sais pas combien de temps je pourrai tenir avec un seul bras, fit Eddie sur un ton d'excuse.

— Vas-y tout de même. » Eddie se remit à ramper.

Bill, l'air hagard, presque à bout de forces, les attendait dans le puits où les trois canalisations s'alignaient verticalement comme les feux éteints d'un carrefour. Là ils avaient suffisamment de place pour se tenir debout.

« Par là, dit Bill. C-Criss. Et Hu-Huggins. »

Ils regardèrent. Beverly poussa un gémissement et Ben passa un bras autour de ses épaules. Le squelette du Roteur, en haillons pourris, paraissait à peu près intact. Il n'y avait pas de tête, en revanche, à ce qui restait de Victor. Bill regarda de l'autre côté du puits et vit un crâne qui souriait.

C'était la partie manquante. *Vous auriez dû le laisser seul, les mecs*, pensa-t-il avec un frisson.

Cette section du système de drainage n'était plus en service, pour une raison qui parut évidente à Richie : l'usine de retraitement des eaux usées avait pris le relais. Pendant toutes ces années où ils avaient été occupés à apprendre à se raser, à conduire, à fumer et à déconner plus ou moins, tous ces trucs-là, était née l'Agence pour la protection de l'environnement, laquelle avait décidé que le rejet des eaux usées et de la merde dans les rivières était à proscrire. Si bien que cette partie des égouts était tout simplement tombée en ruine et que les cadavres de Victor Criss et de Huggins le Roteur avaient fait de même sur place. Comme dans Peter Pan, les deux garçons n'avaient jamais grandi. Les petits cadavres s'étaient décomposés dans les haillons qui restaient de leur T-shirt et de leur jean. De la mousse avait poussé sur le xylophone tordu de la cage thoracique de Victor, ainsi que sur l'aigle qui ornait la boucle de son ceinturon militaire.

« Le monstre les a eus, dit doucement Ben. Vous vous rappelez ? Nous avons tout entendu.

— Audra est morte, fit Bill d'un ton de voix machinal. J'en suis sûr, maintenant.

— Rien ne te permet d'en être sûr ! cria Beverly avec une telle fureur que Bill se tourna pour la regarder. Une seule chose est sûre, c'est que beaucoup d'autres personnes sont mortes, la plupart du temps des enfants. » Elle s'approcha de lui, les mains sur les hanches. Elle avait le visage et les bras couverts de crasse, les cheveux poisseux de vase. Richie trouva qu'elle était splendide. « Et tu sais qui est responsable.

— Je n'aurais j-jamais dû l-lui dire où j'allais, murmura Bill. P-Pourquoi je l'ai f-fait ? J... »

Les mains de Beverly bondirent comme deux pistons et vinrent le saisir par la chemise. Stupéfait, Richie la vit qui se mettait à le secouer.

« Arrête ça ! Tu sais pourquoi nous sommes venus, hein ? Nous avons juré, et nous allons le faire. Est-ce que tu me comprends, Bill ? Si elle est morte, elle est morte... mais Ça est vivant ! On a besoin de toi. Tu piges ? Nous avons besoin de toi ! » Elle criait, maintenant. « Alors tu vas te mettre à notre tête, comme autrefois, sans quoi aucun d'entre nous ne sortira vivant d'ici ! »

Il la regarda longtemps sans parler, et Richie se retrouva en train de penser : *Allez, Grand Bill, allez, mon vieux, allez...*

Bill se tourna alors vers les autres et acquiesça. « E-Eddie.

— Je suis là, Bill.

— Tu t-te souviens t-toujours quel est le b-bon tunnel ? »

Eddie indiqua un point au-delà de Victor et répondit : « Celui-là. M'a l'air drôlement petit, non ? »

De nouveau, Bill acquiesça. « Pourras-tu y a-arriver ? Avec ton b-bras cassé ?

— Pour toi je pourrai, Bill. »

Bill sourit : le sourire le plus fatigué, le plus terrible qu'ait jamais vu Richie. « C-conduis-nous, E-Eddie. Au t-travail. »

5

Dans les tunnels, 4 h 55

Tout en rampant, Bill se souvint du changement de niveau au bout du boyau : il se laissa cependant surprendre. À un moment donné, ses mains traînaient sur la croûte desséchée du conduit, l'instant suivant elles voltigeaient dans l'air. Il bascula en avant et roula instinctivement en boule, atterrissant sur son épaule qui émit un douloureux craquement.

« A-Attention ! cria-t-il aussitôt. La dénivellation ! E-Eddie ?

— Ici ! » L'une des mains d'Eddie vint effleurer le front de Bill. « Peux-tu m'aider à sortir ? »

Il passa les bras autour des épaules d'Eddie et l'aida à franchir le passage, prenant soin de ne pas lui faire mal. Ben arriva ensuite, suivi de Bev et de Richie.

« As-tu d-des a-allumettes, R-Richie ?

— Moi, j'en ai », intervint Beverly. Bill sentit une main venir toucher la sienne dans l'obscurité et lui passer une pochette. « Il n'en reste que huit ou dix, mais Ben en a d'autres. Prises dans les chambres.

— Les a-avais-tu g-gardées au creux du b-bras, B-Bev ?

— Pas cette fois », répondit-elle, passant un bras au-dessus de ses épaules dans le noir. Il l'étreignit très fort, les yeux fermés, essayant désespérément de trouver le réconfort qu'elle aurait tant aimé lui apporter.

Il la relâcha doucement et enflamma une allumette. Telle était la puissance du souvenir qu'ils regardèrent tous sur leur droite. Ce qui restait du cadavre de Patrick Hockstetter était toujours là au milieu de choses boursouflées et couvertes de moisissures qui avaient peut-être été des livres. La seule chose reconnaissable était un demi-cercle de dents, dont deux ou trois avaient des plombages.

Et quelque chose à côté. Un anneau brillant à peine dans la faible lumière de l'allumette.

Bill la secoua et en alluma une autre. Il ramassa l'anneau. « L'alliance d'Audra », dit-il, d'un ton de voix creux, vide d'expression.

L'allumette s'éteignit entre ses doigts.

Dans l'obscurité revenue, il passa la bague à son petit doigt.

« Bill ? fit Richie d'une voix hésitante, est-ce que tu as une

6

Dans les tunnels, 14 h 20

idée du temps que nous avons passé dans ces tunnels depuis l'endroit où nous avons vu le cadavre de Patrick Hockstetter... ? »

Mais Bill était sûr qu'il serait incapable de trouver le chemin du retour. Il n'arrêtait pas de penser à ce qu'avait déclaré son père : on peut y marcher pendant des semaines. Si jamais le sens de l'orientation d'Eddie venait à leur faire défaut maintenant, ils déambuleraient jusqu'à leur mort... à moins qu'auparavant, ayant pris la mauvaise direction, ils ne se noient dans un boyau inondé, comme des rats dans un tonneau.

Mais Eddie ne semblait nullement inquiet. Il demandait de temps en temps à Bill d'allumer l'une de leurs allumettes de réserve, regardait autour de lui, l'air réfléchi, et se remettait en route. On aurait dit qu'il tournait au hasard à droite et à gauche. Les conduits étaient parfois si énormes que Bill n'arrivait pas à en toucher le haut, même en tendant la main. Parfois il leur fallait ramper à quatre pattes et ils durent même une fois, pendant cinq horribles minutes (qui leur parurent s'éterniser) avancer à plat ventre en se tortillant comme des vers, Eddie en tête, les autres suivant, le nez dans les talons du prédécesseur.

La seule chose avérée, pour Bill, était qu'ils venaient de parvenir, d'une manière ou d'une autre, dans une partie désaffectée du tout-à-l'égout de Derry. Ils avaient laissé loin derrière eux, ou au-dessus d'eux, le secteur actif. Le grondement de l'eau s'écoulant s'était réduit à un roulement lointain. Ces canalisations étaient plus anciennes et revêtues, au lieu de céramiques cuites au feu, d'une matière argileuse friable, et trouée par endroits de sortes d'évents d'où sortait un fluide à l'odeur nauséabonde. Les odeurs d'excréments humains — ces puissantes odeurs de gaz qui les avaient quasiment suffoqués — s'étaient atténuées, mais pour être remplacées par une autre, jaune et ancienne, qui était pire.

Ben trouva que c'était l'odeur de la momie. Pour Eddie, c'était celle du lépreux. Pour Richie, celle de la plus antique veste de flanelle du monde, en train de moisir et de pourrir, une veste de bûcheron, une très grande veste, suffisante pour un personnage comme Paul Bunyan, peut-être. Pour Beverly, elle évoquait le tiroir à chaussettes de son père. Mike y voyait la senteur forte et sèche des plumes dans un nid abandonné. Quant à Stan Uris, cette odeur éveilla en lui un horrible souvenir de sa petite enfance — souvenir bizarrement juif pour un garçon qui n'avait qu'une très vague idée de sa judéité. Cela sentait comme de l'argile mêlée à de l'huile et évoquait pour lui un démon sans yeux et sans bouche appelé Golem, un être pétri d'argile que des juifs renégats auraient créé pendant le Moyen Âge pour les sauver des *goyim* qui les volaient, violaient leurs filles et les maltraitaient.

Quand ils atteignirent finalement l'extrémité de l'étroit boyau, ils débouchèrent, se tortillant comme des anguilles, dans une autre canalisation à la surface incurvée, qui partait selon un angle oblique par rapport à celle dont ils sortaient, et s'aperçurent qu'ils pouvaient de nouveau se redresser. Bill tâta les têtes d'allumettes qui restaient dans la pochette. Quatre. Sa bouche se serra, et il préféra ne pas dire aux autres qu'ils étaient sur le point de ne plus avoir de lumière.

« C-Comment ç-ça va, les g-g-gars ? »

Ils murmurèrent des réponses, et il acquiesça dans le noir. Pas de panique, et pas de larmes depuis la crise de Stan. Une bonne chose. Il tâtonna pour trouver leurs mains et ils restèrent ainsi quelque temps dans l'obscurité, échangeant quelque chose dans ces contacts. Bill se sentait exulter ce faisant, convaincu qu'ensemble ils étaient davantage que la seule addition de leurs sept individualités ; ils constituaient ainsi un tout plus puissant.

Il alluma l'une des allumettes restantes, et ils virent un tunnel étroit qui partait en pente douce devant eux. Des toiles d'araignées pendaient à l'entrée en festons, plus ou moins endommagées par l'eau. Un frisson de peur atavique saisit Bill en les voyant. Si le sol était sec, ici, il était cependant recouvert d'une épaisse couche d'anciennes moisissures et par ce qui avait pu être des feuilles et des champignons... ou d'inimaginables déchets. Plus loin, il aperçut des ossements empilés et des bouts de haillons verdâtres. Quelque chose qui aurait très bien pu être la toile épaisse dans laquelle on coupait les salopettes d'ouvrier. Bill imagina un travailleur du Service des eaux usées de Derry se perdant, errant jusqu'ici et découvert par...

L'allumette brasilla. Il orienta la tête vers le bas, pour profiter des ultimes instants de lumière.

« Est-ce que t-tu sais où n-nous so-sommes ? » demanda-t-il à Eddie.

Ce dernier indiqua l'entrée du tunnel légèrement incliné. « Le canal est par là, répondit-il. À moins de huit cents mètres, sauf si ce truc tourne dans une autre direction. Nous sommes juste en dessous de Up-Mile Hill en ce moment, je crois. Pourtant, Bill... »

L'allumette brûla les doigts de Bill qui la laissa tomber. Ils étaient de nouveau dans l'obscurité. Quelqu'un — Bill crut qu'il s'agissait de Bev — poussa un soupir. Mais avant que la flamme ne s'éteigne, il avait pu voir le visage inquiet d'Eddie.

« Quoi ? qu'est-ce q-qu'il y a-a ?

— Quand je dis que nous sommes en dessous de Up-Mile Hill, je veux dire que nous sommes vraiment en dessous. Nous avons descendu pendant un sacré bout de temps. Jamais on ne creuse des égouts à une telle profondeur. À cette profondeur, un tunnel s'appelle un boyau de mine.

— À combien crois-tu que nous soyons, Eddie ? demanda Richie.

— Quatre cents mètres. Peut-être plus.

— Seigneur Jésus, murmura Beverly.

— De toute façon, nous ne sommes pas dans un égout. On peut le dire rien qu'à l'odeur. Ça pue, mais ce n'est pas une odeur d'égout, intervint Stan, derrière eux.

« — Je crois que je préfère l'odeur des égouts, dit Ben. Ça sent comme... »

Un cri vint flotter jusqu'à eux, par le conduit qu'ils venaient de quitter, et Bill sentit ses cheveux se hérisser sur sa nuque. Ils se blottirent tous les sept les uns contre les autres, s'étreignant mutuellement.

« ... *vais vous choper, moi, enfants de putains. On va vous choper-é-é-é-é-é...* »

« Henry, fit Eddie dans un souffle. Oh, mon Dieu, il est encore là.

— J'en suis pas surpris, commenta Richie. Il est plus entêté qu'une mule, cet animal. »

Ils entendaient son lointain halètement, le frottement de ses chaussures, celui, plus léger, de ses vêtements.

« A-Allons-y », dit Bill.

Ils s'engagèrent dans le boyau en pente, avançant deux par deux, sauf Mike qui fermait la marche : Bill avec Eddie, Richie avec Bev, Ben avec Stan.

« C-Crois-tu que He-Hen-Henry s-soit l-loin de n-n-nous ?

— Difficile à dire, Grand Bill, répondit Eddie. Avec tous ces échos. » Puis il ajouta à voix plus basse : « Tu as vu ce tas d'os ?

— Ou-oui, fit Bill, baissant aussi la voix.

— Il y avait un ceinturon à outils parmi les vêtements. Je crois que c'était un type du Service des eaux.

— M-Moi aussi.

— Depuis combien de temps crois-tu... ?

— Au-Aucune i-idée. »

Eddie referma sa main valide sur le bras de Bill, dans les ténèbres.

Un quart d'heure s'était peut-être écoulé lorsqu'ils entendirent quelque chose venir vers eux dans le noir.

Richie s'arrêta, pétrifié sur place, un vrai bloc de glace. Tout d'un coup il n'eut plus que trois ans. Il tendit l'oreille vers ces mouvements d'écrasement (se rapprochant d'eux, se rapprochant d'eux !) et vers le bruit de ramure agitée par le vent qui les accompagnait ; avant même que Bill fît craquer une allumette, il savait ce qu'il allait voir.

« L'Œil ! hurla-t-il. Mon Dieu, c'est l'Œil rampant ! »

Pendant un instant, les autres ne surent pas très bien ce qu'ils voyaient (Beverly eut l'impression que son père venait de la trouver, même ici en bas, et Eddie eut la vision fugitive de Patrick Hockstetter revenu à la vie, sauf que Patrick les aurait contournés pour arriver de face). Mais le cri de Richie, sa conviction absolue, gela cette forme pour tous. Ils voyaient ce que voyait Richie.

Un Œil gigantesque emplissait le tunnel. Noire et vitreuse, la pupille faisait soixante centimètres de diamètre, et l'iris était d'une couleur roussâtre boueuse. La cornée gonflée, membraneuse, était parcourue de capillaires rouges qui pulsaient régulièrement. Une horreur sans paupières et sans cils, gélatineuse, qui se déplaçait sur un matelas de tentacules à l'aspect rugueux. Ils s'agitaient au-dessus du sol friable du tunnel dans lequel ils s'enfonçaient comme des doigts, si bien que l'impression donnée, dans la lueur vacillante de l'allumette, était celle d'un œil à la base duquel auraient poussé des mains.

L'Œil les fixait avec une avidité fiévreuse et neutre. L'allumette s'éteignit.

Dans l'obscurité, Bill sentit les tentacules venir lui caresser les chevilles, les tibias... mais il était incapable de bouger. Son corps était pétrifié. Il sentait Ça approcher, il sentait la chaleur qui en rayonnait, il entendait le pouls humide du sang qui humectait ses membranes. Il imagina l'impression collante qu'il ressentirait lorsque Ça le toucherait : et pourtant, il resta incapable de crier. Même lorsque de nouveaux tentacules s'enroulèrent autour de sa taille et vinrent s'accrocher dans les passants de son jean pour le tirer en avant, il resta silencieux et inerte. Une somnolence mortelle semblait s'être emparée de lui.

Beverly sentit à son tour l'un des tentacules venir s'accrocher au lobe de son oreille, qu'elle serra brusquement. Dans un élancement douloureux elle fut tirée en avant, se tordant et gémissant : on aurait dit qu'une vieille institutrice acariâtre l'entraînait au fond de la classe pour la mettre au coin avec le bonnet d'âne sur la tête. Stan et Richie essayèrent de battre en retraite, mais une forêt de tentacules invisibles s'agitait et murmurait maintenant autour d'eux. Ben passa un bras autour des épaules de Beverly et voulut la tirer en arrière ; elle saisit ses mains d'une étreinte pleine de panique.

« Ben... Ben, il me tient...

— Non, Ça ne t'a pas... Attends... Je vais tirer... »

Il y mit toute sa force et Beverly hurla de douleur lorsque son oreille se déchira et que le sang se mit à couler. Sec et dur, un tentacule vint se frotter sur la chemise de Ben, s'arrêta, puis se tordit en un nœud douloureux sur son épaule.

Bill tendit une main et vint heurter une masse molle et poisseuse. *L'Œil !* hurla-t-il dans sa tête. *J'ai mis ma main dans l'Œil ! Oh, mon Dieu, oh, mon Dieu ! l'Œil ! Ma main dans l'Œil !*

Il commença à se débattre, mais les tentacules le tiraient inexorablement. Sa main disparut dans cette chaleur avide et humide. Puis son avant-bras s'enfonça jusqu'à la hauteur du coude. D'un instant à l'autre, c'était tout son corps qui risquait de s'engluer sur la surface collante, et il comprit qu'il deviendrait fou sur-le-champ. Il se mit à lutter frénétiquement, coupant les tentacules de sa main libre.

Eddie restait sans bouger comme dans une paralysie de rêve, écoutant les sons assourdis et les cris qui provenaient de l'affrontement. Des tentacules étaient venus l'effleurer, mais aucun ne s'était encore agrippé à lui.

Tire-toi! lui hurlait son esprit. *À la maison! Chez Maman, Eddie! Tu pourras retrouver le chemin!*

Bill hurla dans les ténèbres — un cri aigu, désespéré, qui fut suivi de bruits mous et hideux de succion.

La paralysie d'Eddie disparut instantanément — Ça essayait de prendre le Grand Bill!

« Non! » rugit Eddie — oui, un vrai rugissement. Jamais on n'aurait pu soupçonner qu'un tel cri de guerrier viking pût sortir d'une poitrine aussi étroite, de la poitrine d'Eddie Kaspbrak, des poumons d'Eddie Kaspbrak, lesquels souffraient bien entendu du cas d'asthme le plus sévère de tout Derry. Il bondit en avant, sautant par-dessus des tentacules sans même les sentir, le plâtre détrempé de son bras cassé venant heurter son torse. Il fouilla dans sa poche de sa main valide et en tira son inhalateur.

(De l'acide, voilà le goût que ça a, de l'acide, de l'acide de batterie)

Il heurta Bill Denbrough dans le dos et le repoussa de côté. Il y eut un bruit visqueux d'arrachement, suivi d'un miaulement prolongé, bas, qu'Eddie sentit davantage avec son esprit qu'il l'entendit avec ses oreilles. Il brandit son inhalateur.

(De l'acide c'est de l'acide si je veux alors bouffes-en bouffes-en bouffes-en)

« ACIDE DE BATTERIE, SALOPERIE! » vociféra Eddie en appuyant sur la détente; en même temps, il donna un coup de pied dans l'ŒIL. Sa chaussure s'enfonça profondément dans la gelée de la cornée. Un flot de liquide chaud lui coula sur la jambe. Il retira son pied, ne se rendant que vaguement compte qu'il avait perdu sa tennis.

« BARRE-TOI! FOUS LE CAMP FERNAND! TIRE-TOI! TU TE CASSES CONNASSE! METS LES BOUTS! BARRE-TOI! »

Il sentit des tentacules hésitants venir l'effleurer; il déclencha de nouveau l'inhalateur, recouvrant tout l'ŒIL, et entendit/sentit à nouveau ce miaulement... puis un son qui exprimait surprise et souffrance.

« Battez-vous! lança Eddie aux autres, farouche. Ce n'est rien qu'un putain d'Œil! Battez-vous! Vous m'entendez? Bats-toi, Bill!

Faites-lui rendre tripes et boyaux, à coups de pied, de poing ! Bon Dieu de bon Dieu bande de lopettes, je suis en train d'en faire de la purée de patates et c'est MOI QUI AI UN BRAS CASSÉ ! »

Bill sentit ses forces lui revenir. Il arracha son bras dégoulinant à l'Œil... puis le frappa du poing. L'instant suivant, Ben se joignait à lui, fonçant sur l'Œil, ce qui lui arracha un cri de surprise et de dégoût, mais le bombardant de coups sur toute sa surface gélatineuse. « Lâche-la ! rugit-il. Tu m'entends ? Lâche-la ! ! Barre-toi d'ici ! Barre-toi d'ici !

— Rien qu'un Œil ! Rien qu'un putain d'Œil ! » braillait Eddie, au comble de l'excitation. Il déclencha une fois de plus son inhalateur et sentit Ça qui reculait. Les tentacules qui s'étaient posés sur lui retombèrent. « Richie ! Richie ! Cogne ! C'est rien qu'un Œil ! »

Richie s'avança, trébuchant, n'arrivant pas à croire à ce qu'il faisait : s'approcher du monstre le plus terrible, le plus abominable au monde. Et pourtant il s'approchait.

Il ne lui porta qu'un coup de poing mal assuré et sentit sa main s'enfoncer dans l'Œil — sensation d'épaisseur humide et cartilagineuse qui lui fit vomir tout ce qu'il avait dans l'estomac en une seule convulsion sans saveur. Il émit un hoquet bruyant, et l'idée qu'il venait de vomir sur l'Œil le fit recommencer. Il n'avait porté qu'un coup affaibli, mais étant donné que c'était lui qui avait créé ce monstre particulier, peut-être cela suffisait-il. Les tentacules disparurent soudain ; on entendait Ça qui se retirait... puis il n'y eut plus que les halètements d'Eddie et les sanglots étouffés de Beverly, une main à l'oreille.

Bill alluma l'une des trois allumettes qui restaient et ils se regardèrent les uns les autres ; tous avaient des expressions hébétées, choquées. Sur le bras de Bill coulait un magma visqueux qui ressemblait à un mélange de blanc d'œuf à moitié battu et de morve. Des gouttes de sang tombaient lentement sur le cou de Beverly, et Ben avait une estafilade à la joue. Richie repoussa lentement ses lunettes sur son nez.

« Est-c-ce que ç-ça v-v-va ? demanda Bill d'une voix enrouée.

— Et toi, Bill ? répondit Richie.

— Ç-Ça v-va. » Il se tourna vers Eddie et étreignit le plus petit d'entre eux avec une farouche intensité. « Tu m'as s-sauvé l-la vie, m-mec !

— Ça t'a bouffé une tennis, dit Beverly avec un éclat de rire hystérique. C'est scandaleux !

— Je t'offrirai une nouvelle paire de Keds quand on sortira de là, le consola Richie, lui tapant sur l'épaule dans l'obscurité. Comment as-tu fait ça, Eddie ?

— Je lui ai filé un bon coup d'inhalateur. Je lui ai fait croire que c'était de l'acide. C'est le goût que prend ce truc, vous savez, les mauvais jours. Ça a bien marché !

— Je suis en train d'en faire de la purée de patates et c'est MOI QUI AI UN BRAS CASSÉ ! dit Richie en s'esclaffant nerveusement. Elle est pas mauvaise, Eds. Mérite même quelques bons ah-ah.

— J'ai horreur que tu m'appelles Eds.

— Je sais, répondit Richie en le serrant fort contre lui. Mais faut bien que quelqu'un te mène à la dure, Eds. Quand tu quitteras cette vie protégée de l'enfance pour devenir un homme, ah dis donc ! ah dis donc ! Tu vas trouver que la vie n'est pas si facile que cela, mon gars ! »

Eddie hurlait de rire. « C'est la voix la plus merdique de ton répertoire, Richie !

— En tout cas, lâche pas ton inhalateur, lui conseilla Beverly, on pourrait encore avoir besoin de ce sacré truc !

— Tu n'as pas vu Ça ? demanda Mike. Quand tu as allumé l'allumette ?

— Ça est p-p-parti, répondit Bill, qui ajouta d'un ton dur : M-Mais n-nous nous en r-rapprochons. D-De l'en-en-droit où Ça s-se cache. Et j-je c-crois qu'on l-lui a f-fait mal c-cette f-fois.

— Henry se ramène encore, fit Stan, la voix basse et enrouée. Je l'entends marcher.

— Alors bougeons d'ici », conclut Ben.

Le tunnel s'enfonçait régulièrement en pente douce dans le sol, et l'odeur — cette puanteur insidieuse et sauvage — devenait peu à peu plus forte. Ils entendaient parfois Henry derrière eux, mais ses cris paraissaient maintenant parvenir de loin et être sans importance. Tous partageaient une même impression (semblable à cette étrange sensation diagonale de déconnexion éprouvée auparavant dans la maison de Neibolt Street), celle de s'être avancés jusqu'aux limites du monde et de s'engager dans quelque bizarre néant. Bill avait le sentiment (qu'il n'aurait encore su exprimer faute de vocabulaire) qu'ils approchaient du cœur ténébreux et délabré de Derry.

Mike Hanlon avait presque l'impression de sentir les battements arythmiques de ce cœur malade. La sensation d'une puissance maligne se faisant de plus en plus présente pénétrait Beverly, s'enroulait autour d'elle, essayant sans aucun doute de la couper des autres. Nerveusement, elle tendit les deux mains et saisit celle de Ben d'un côté, celle de Bill de l'autre. Elle eut l'impression d'avoir été obligée de tendre les bras trop loin et elle leur lança, angoissée :

« Tenons-nous par la main ! On dirait qu'on s'éloigne les uns des autres ! »

C'est Stan qui se rendit compte le premier qu'ils voyaient à nouveau. Un étrange et faible rayonnement se diffusait dans l'air. Tout d'abord il ne put voir que des mains — les siennes prises dans celle de Ben d'un côté et dans celle de Mike de l'autre. Puis il aperçut les boutons de la chemise couverte de boue de Richie ainsi que la bague du Captain Midnight — un objet de pacotille comme on en trouve dans les boîtes de céréales — qu'Eddie aimait bien porter au petit doigt.

« Est-ce que vous pouvez voir, les gars ? » demanda Stan en s'arrêtant, aussitôt imité par les autres. Bill regarda autour de lui et se rendit compte qu'en effet il le pouvait — un peu, du moins — puis s'aperçut que le tunnel s'était élargi dans des proportions fabuleuses. Ils se trouvaient maintenant dans une salle incurvée aussi vaste qu'une nef d'église, voire de cathédrale.

Ils se tordirent le cou pour repérer le plafond, qui était à vingt mètres au-dessus d'eux, sinon davantage, et que soutenaient des sortes de contreforts de pierre comme les côtes d'une cage thoracique. Des toiles d'araignées pendaient entre ces côtes. Le sol était fait de dalles de pierre, mais une telle accumulation de débris et de poussières anciennes le recouvrait que le bruit de leurs pas n'avait pas changé. Les parois incurvées étaient bien à une vingtaine de mètres l'une de l'autre au niveau du sol.

« Y devaient être cinglés, les types qui ont fait ce truc, dit Richie avec un rire nerveux.

— On dirait une cathédrale, remarqua doucement Beverly.

— Mais d'où vient la lumière ? se demanda Ben.

— Di-Directement d-des murs.

— J'aime pas trop cela, grommela Stan.

— A-Allons-y. On a-a Hen-Henry s-sur les t-talons... »

Un cri puissant comme un hennissement perça la pénombre, suivi d'un fort bruissement d'ailes. Une forme surgit de l'obscurité, un œil lançant des éclairs, l'autre comme une lampe éteinte.

« L'oiseau ! hurla Stan. Regardez, c'est l'oiseau ! »

L'oiseau plongea sur eux comme un avion de combat obscène, son bec corné orange s'ouvrant et se refermant pour révéler les chairs roses, à l'intérieur, aussi douillettes d'aspect qu'un coussin de satin dans un cercueil.

Ça fonça tout droit sur Eddie.

Son bec vint entailler l'épaule du petit garçon et une brûlure douloureuse comme une coulée d'acide s'enfonça dans sa chair. Le sang se mit à couler sur sa poitrine. Il hurla, tandis que les grands battements d'ailes de l'oiseau propulsaient un air méphitique à sa figure. Il volait à reculons, son œil unique brillant d'une lueur malveillante tout en roulant dans son orbite ; seuls les battements de la membrane nictitante atténuaient par instants son expression de méchanceté. Les serres cherchaient Eddie, lequel s'esquiva avec un nouveau hurlement. Elles déchirèrent comme des lames de rasoir le dos de sa chemise et laissèrent deux sillons écarlates peu profonds à la hauteur de ses omoplates. Toujours hurlant, Eddie essya de s'éloigner en rampant, mais l'oiseau continuait de reculer à grands battements d'ailes.

Mike bondit, tout en fouillant dans sa poche dont il sortit un couteau à une lame. Et comme l'oiseau plongeait encore une fois sur Eddie, il porta un coup vif, en un arc tendu, à l'une des serres de l'oiseau. Il l'entailla profondément, et du sang en jaillit. L'oiseau vira sur une aile, prit de l'élan et replongea vers eux, ailes repliées pour prendre de la vitesse. Mike se laissa choir de côté au dernier moment, portant un coup de couteau en même temps. Mais il manqua sa cible, tandis que la serre de l'oiseau heurtait son poignet si violemment qu'il en eut la main engourdie et parcourue de picotements — l'ecchymose qui lui resta jaunit sa peau presque jusqu'à la hauteur du coude. Le couteau lui échappa et disparut dans l'obscurité.

L'oiseau revint, poussant des cris de triomphe, et Mike se roula contre Eddie en attendant le pire.

Mais pendant que l'oiseau virait, Stan s'était avancé vers les deux garçons massés sur le sol. Debout, minuscule, l'air impeccable en dépit de la boue qui lui encrassait mains et bras, chemise et pantalon, il leva soudain les mains en un geste curieux : paumes en l'air, doigts tournés vers le bas. L'oiseau poussa un nouveau cri et le frôla à toute vitesse, ne le manquant que de quelques centimètres ; l'air déplacé souleva les cheveux de Stan, qui fit demi-tour sur place pour faire face de nouveau à Ça.

« Je crois au mainate écarlate même si je n'en ai jamais vu un seul », dit-il d'une voix haute et claire. L'oiseau cria et vira brusquement pour s'éloigner comme s'il venait de recevoir un coup de fusil. « Je crois aussi aux vautours, à l'alouette de Nouvelle-Guinée et aux flamants du Brésil. » L'oiseau se mit à caqueter sauvagement, s'éleva et s'enfonça soudain dans le tunnel. « Je crois à l'aigle chauve d'Amérique ! hurla Stan à pleins poumons derrière Ça. Et je crois même que le phénix pourrait bien exister quelque part. Mais je ne crois pas en toi, alors fous le camp d'ici ! Barre-toi ! Mets les voiles, salopard ! »

Il se tut sur ces mots, et le silence parut soudain très vaste.

Bill, Ben et Beverly vinrent entourer Mike et Eddie ; ils aidèrent ce dernier à se remettre sur pied et Bill examina les coupures. « P-Pas très p-pro-profondes, mais j-je parie qu'elles f-fon- r-r-rudement mal.

— Ça m'a mis la chemise en lambeaux, Grand Bill. » Des larmes brillaient sur les joues d'Eddie, et il avait de nouveau sa respiration sifflante. Les croassements barbares s'étaient tus ; il paraissait difficile de croire qu'ils les avaient presque assourdis un instant auparavant. « Qu'est-ce que je vais dire à ma mère ? »

Bill ne put retenir un léger sourire. « A-Attends donc d'être de-dehors pour t-t-t'en inquiéter. F-File-toi p-plutôt un b-bon coup de t-ton truc. »

Eddie prit une giclée d'HydrOx, inhala avec force puis respira plus librement.

« C'était magnifique, Stanec le Mec, dit Richie. C'était tout simplement magnifique ! »

Stan tremblait de tout son corps. « Les oiseaux comme celui-là n'existent pas, c'est tout. Il n'y en a jamais eu et il n'y en aura jamais.

— On arrive ! » hurla Henry quelque part au loin. Sa voix était celle d'un dément ; il hurlait, hululait, on ne savait pas exactement. On aurait dit un enragé qui se serait échappé par une fissure dans le toit de l'enfer. « Moi et le Roteur ! On arrive et on va vous baiser, bande de petits merdeux ! Vous pourrez pas vous tailler ! »

Bill hurla à son tour : « B-B-Barre-toi, H-Henry ! Tant qu'il est encore temps ! »

Pour toute réponse, Henry lâcha un cri creux et inarticulé. Ils entendirent un bruit de pas et dans une bouffée de lucidité, Bill comprit que Henry était mortel, était réel et ne pouvait être arrêté par un inhalateur, ou un catalogue d'oiseaux. La magie n'agirait pas sur lui. Il était trop bête.

« A-A-Allons-y. Il f-faut garder n-notre a-a-avance sur l-lui. »

Ils reprirent leur marche, se tenant par la main, les pans en lambeaux de la chemise d'Eddie flottant derrière lui. La lumière devint plus forte, le tunnel encore plus énorme ; bientôt le plafond, à force de s'élever, devint presque invisible. Ils avaient maintenant l'impression d'avancer non pas dans un tunnel mais au milieu de la cour souterraine et titanesque de quelque château cyclopéen. La lumière des parois s'était transformée en un feu bondissant vert-jaune. L'odeur était plus forte, et ils commencèrent à ressentir une vibration dont ils ignoraient si elle était réelle ou imaginaire ; elle était régulière et rythmée.

Un battement de cœur.

« On arrive au bout ! s'écria Beverly. Regardez : un mur aveugle ! »

Mais comme ils se rapprochaient, de vraies fourmis, maintenant, sur ce vaste sol de blocs de pierre sales dont chacun paraissait plus grand que Bassey Park, ils se rendirent compte qu'en réalité ce mur n'était pas complètement aveugle. Une porte unique s'y ouvrait. Et alors que la paroi s'élevait peut-être à une centaine de mètres au-dessus d'eux, cette porte était minuscule. À peine faisait-elle un mètre de haut. On aurait dit une porte de conte de fées, avec ses épaisses planches de chêne bardées de croisillons métalliques en X. C'était une porte, comprirent-ils, faite pour des enfants.

Une voix spectrale, celle de la jeune bibliothécaire, s'éleva dans l'esprit de Ben : *Qui heurte si fort à ma porte ?* Et il crut voir les enfants penchés en avant, l'éternelle fascination brillant dans leurs yeux : le monstre serait-il vaincu... ou bien se repaîtrait-il ?

Une marque figurait sur la porte au pied de laquelle s'entassaient des ossements. Des os de petite taille. Les os de Dieu seul savait combien d'enfants.

Ils venaient d'arriver dans l'antre même de Ça.

Mais la marque, sur la porte, que signifiait-elle ?

Pour Bill, c'était un bateau de papier.

Stan y vit un oiseau qui s'élevait vers le ciel — un phénix, peut être.

Michael y découvrit un visage encapuchonné — celui de ce cinglé de Butch Bowers, s'il avait pu en distinguer les traits.

Pour Richie, il y avait là deux yeux derrière des lunettes.

Beverly y décela une main serrée en poing.

Eddie crut qu'il s'agissait du visage du lépreux, yeux enfoncés dans leurs orbites, bouche ridée et ricanante, visage marqué par la maladie et la décomposition.

À Ben Hanscom s'imposa l'idée d'un tas de bandelettes, et il lui sembla sentir une odeur âpre d'épices trop vieilles.

Plus tard, quand il arriva à la même porte avec les cris de Huggins résonnant encore sous son crâne, Henry Bowers y vit la lune, une lune pleine, rebondie... et noire.

« J'ai la frousse, Bill, dit Ben d'une voix chevrotante. Est-ce qu'il faut vraiment... ? »

Bill toucha les ossements du bout de sa chaussure, et se mit soudain à les éparpiller ; il en monta un nuage poudreux. Lui aussi avait la frousse... mais il y avait le souvenir de George. George dont Ça avait arraché le bras. Les os délicats de ce petit bras n'étaient-ils pas dans ce tas ? Bien entendu, ils y étaient mêlés.

Ils se trouvaient là au nom des propriétaires de ces restes, de George et de tous les autres — tous ceux qui avaient été traînés jusqu'ici, tous ceux qui auraient pu aussi y finir, tous ceux qui avaient été simplement laissés à pourrir sur place.

« Il le faut, dit Bill.

— Et si c'est fermé à clef ? demanda Beverly d'une petite voix.

— E-Elle ne l'est p-pas », répondit Bill, qui ajouta quelque chose venant du plus profond de lui-même : « Des endroits c-comme ce-celui-là n-ne sont j-ja-jamais f-fermés. »

Il posa le bout des doigts de sa main droite contre le battant et poussa. Il s'ouvrit sur un flot de lumière d'un vert-jaune à vomir. L'odeur de zoo se rua sur eux, incroyablement puissante maintenant.

Un par un, ils franchirent la porte de conte de fées pour pénétrer dans l'antre même de Ça. Bill

7

Dans les tunnels, 4 h 59

s'arrêta si brusquement que les autres pilèrent comme des wagons de marchandises quand la locomotive freine brusquement. « Qu'est-ce qu'il y a ? demanda Ben.

— C'é-était i-ici. L'Œil. V-Vous vous s-souvenez ?

— Oui, je m'en souviens, dit Richie. Eddie l'a arrêté avec son inhalateur. En lui faisant croire que c'était de l'acide. Il a ajouté quelque chose d'assez marrant, mais je ne me rappelle pas quoi exactement.

— C'est s-sans importance. N-Nous ne v-verrons rien de ce que n-nous a-avons vu l-l-la p-première f-fois », remarqua Bill. Il craqua une allumette et regarda les autres. Les visages avaient quelque chose de lumineux dans la lueur de la petite flamme, de lumineux et de mystique. Et ils paraissaient très jeunes. « C-Comment ç-ça va, les g-gars ?

— Ça va, Grand Bill », répondit Eddie, dont les traits étaient cependant tirés par la souffrance. Les attelles de fortune posées par Bill commençaient à se défaire. « Et toi ?

— Ç-Ça v-va, dit Bill, qui secoua l'allumette pour l'éteindre avant que son visage ne le trahisse.

— Mais comment cela a-t-il pu se produire ? lui demanda Beverly en lui touchant le bras dans l'obscurité. Comment a-t-elle pu, Bill… ?

— Parce que j'ai m-mentionné le nom de la v-ville. Elle m'a s-suivi. P-Pendant que je le l-lui di-disais, quelque chose en m-moi me conseillait de la f-fermer. Mais j-je n'ai p-pas écouté. » Il secoua la tête, geste invisible pour les autres dans le noir. « Mais m-même si el-elle a réussi à v-venir à Derry, ce que j-je n'arrive pas à-à comprendre, c'est c-comment elle a p-pu se re-retrouver là en bas. Si Hen-Henry ne l'y a p-pas amenée, qui l'a-a f-fait ?

— Ça, dit Ben. Il n'est pas obligé de prendre un déguisement sinistre ; il lui suffisait de se montrer et de lui dire que tu étais en difficulté. Il l'a conduite ici avec l'idée… de te faire perdre les pédales, je suppose. De nous foutre le moral à zéro. Parce que c'est toujours toi qui nous as donné le moral de continuer, Grand Bill. Notre moral, c'était toi.

— Tom ? murmura Beverly d'une voix presque rêveuse.

— Q-Qu-Quoi ? » Bill craqua une nouvelle allumette.

Elle le regarda avec dans les yeux une sorte d'honnêteté désespérée. « Tom. Mon mari. Il savait, aussi. Du moins, je crois avoir mentionné le nom de la ville devant lui, comme tu as fait devant Audra. Je… Je ne sais pas s'il a entendu ou non. Il était particulièrement furieux contre moi à ce moment-là.

— Seigneur ! s'exclama Richie. On se croirait dans un feuilleton de série B où tout le monde surgit au moment critique !

— Non, pas un mauvais feuilleton, le reprit Ben, l'air d'être sur le point de vomir. Un spectacle. Un spectacle de cirque. Bev a grandi et a épousé Henry Bowers. Quand elle est partie, pourquoi ne l'aurait-il pas suivie ? Après tout, le véritable Henry l'a fait.

— Non, dit Beverly, je n'ai pas épousé Henry. J'ai épousé mon père.

— S'il te tapait dessus, quelle est la différence ? remarqua Eddie.

— V-Ve-Venez autour de m-moi. A-Approchez », dit Bill.

Ils obéirent. Bill tendit une main de chaque côté, trouva la main valide d'Eddie et l'une des mains de Richie. Bientôt ils se tinrent en cercle, comme ils l'avaient fait à une époque où ils étaient encore sept. Eddie sentit quelqu'un passer un bras par-dessus ses épaules. Une sensation familière, pleine de chaleur et de réconfort.

Bill éprouva ce sentiment de puissance dont il se souvenait d'autrefois, mais comprit, non sans désespoir, que les choses avaient changé. Ce sentiment de puissance était bien loin d'être aussi fort : il luttait et vacillait comme la flamme d'une chandelle dans une atmosphère confinée. Les ténèbres paraissaient plus épaisses, plus refermées sur eux, plus triomphantes. Et il pouvait sentir Ça. *Au bout de ce tunnel, pensa-t-il, et pas terriblement loin maintenant, se trouve une porte avec une marque apposée dessus. Qu'y avait-il derrière cette porte ? C'est la seule chose dont je ne me souvienne toujours pas. Je me rappelle avoir raidi mes doigts pour les empêcher de trembler, et je me rappelle avoir poussé la porte. Je me rappelle même le flot de lumière qui en est sorti et comme il paraissait presque vivant, comme si ce n'était pas seulement de la lumière mais des serpents fluorescents. Je me souviens de l'odeur, odeur de cage aux singes d'un zoo, en pire. Et puis... plus rien du tout.*

« Est-ce que l'un d-de v-vous a le s-souvenir de ce qu'était r-réellement Ça ?

— Non, dit Eddie.

— Je crois..., commença Richie — et Bill devina qu'il secouait la tête dans le noir. Non.

— Non, dit Beverly.

— Hum, fit Ben. C'est la seule chose dont je n'arrive pas à me souvenir. Ce qu'était Ça... et comment nous l'avons combattu.

— Chüd, reprit Beverly. C'est avec cela que nous l'avons combattu. Mais je ne me souviens pas de ce que cela veut dire.

— N-Ne me l-laissez p-pas tomber, dit Bill et je n-ne vous l-laisserai p-p-pas t-tomber.

— Bill ? fit Ben, d'un ton parfaitement calme. Quelque chose arrive. »

Bill tendit l'oreille. Il entendit un bruit de pas qui traînaient et hésitaient, se rapprochant dans le noir... et il eut peur.

« A-Au-Audra ? » lança-t-il, sachant aussitôt que ce n'était pas elle.

Quoi que ce fût qui vint vers eux de ce pas lourd, ce n'était pas Audra.

Bill craqua une allumette.

8

Derry, 5 heures du matin

La première bizarrerie qui se produisit en cette journée de fin de printemps 1985 eut lieu deux minutes avant l'heure officielle du lever du soleil. Il eût fallu, pour comprendre à quel point elle était bizarre, connaître deux faits qui ne l'étaient guère que de Mike Hanlon (lequel gisait inconscient sur un lit d'hôpital au moment où le soleil se leva), tous deux concernant l'église baptiste qui se dressait à l'angle de Witcham et Jackson depuis 1897. Le clocher de cette église était surmonté d'une élégante pointe blanche, apothéose de toutes les églises protestantes de la Nouvelle-Angleterre qui se respectaient. Sur ses quatre côtés, le clocher comportait également un cadran d'horloge, l'horloge elle-même ayant été construite en Suisse et convoyée par bateau en 1898. La seule autre horloge identique se trouvait dans le parc municipal de Haven Village, à soixante kilomètres de là.

Stephen Bowie, l'un des rois du bois en grume de West Broadway, avait fait don de cette horloge à la ville ; il lui en avait coûté dix-sept mille dollars, une dépense qu'il pouvait cependant se permettre. Fidèle dévot et assidu, il avait été diacre pendant quarante ans (ainsi que président du chapitre de la Légion de la Décence blanche au cours des dernières années de son diaconat). Il était également célèbre pour ses pieux sermons de la fête des Mères, à laquelle il faisait toujours allusion avec respect sous le nom de Dimanche des Mamans.

Du jour de son installation jusqu'au 31 mai 1985, cette horloge avait fidèlement sonné chaque heure et chaque demi-heure, à une seule et notable exception près. Elle n'avait pas sonné les douze coups de midi le jour de l'explosion des aciéries Kitchener. Les habitants avaient cru que le révérend Jollyn l'avait arrêtée en signe de deuil pour les enfants morts, et Jollyn ne les avait jamais désabusés, bien que cela fût faux. Le mécanisme n'avait pas fonctionné.

Elle ne sonna pas non plus à cinq heures du matin, le 31 mai 1985.

À cet instant-là, tous les anciens de Derry ouvrirent les yeux et s'assirent dans leur lit, troublés par quelque chose qui leur échappait. On avala des médicaments, on replaça des dentiers, on alluma des pipes ou des cigares.

Les vieux veillèrent.

L'un d'entre eux, Norbert Keene, alla à petits pas jusqu'à sa fenêtre et observa le ciel qui s'assombrissait ; la veille, la météo avait annoncé du beau temps clair, mais ses vieux os lui disaient qu'il allait pleuvoir, et copieusement, encore. Tout au fond de lui, il ressentait une sorte d'effroi ; il se sentait obscurément menacé, comme si un poison remontait lentement et inexorablement vers son cœur. Il pensa tout d'un coup au jour où la bande à Bradley s'était jetée tête baissée dans le piège que Derry lui avait tendu, au milieu d'un cercle de soixante-quinze fusils ou pistolets. Ce genre de boulot laissait à un homme une sorte d'impression de chaleur et de paresse à l'intérieur, comme si tout... comme si tout était confirmé, d'une certaine façon. Il n'aurait su le dire mieux que cela, même pour lui-même. Un boulot comme ça vous laissait avec l'impression que l'on pourrait vivre éternellement, et Norbert Keene la justifiait amplement. Il fêterait ses quatre-vingt-seize ans le 24 juin prochain, et il parcourait ses cinq kilomètres tous les jours. Mais ce matin, il ressentait de l'effroi.

« Ces gosses, dit-il en regardant par la fenêtre, sans se rendre compte qu'il avait parlé à voix haute. Qu'est-ce qu'ils peuvent bien mijoter ? Quel coup nous préparent-ils, encore ? »

Egbert Thoroughgood, l'homme qui s'était trouvé au Silver Dollar lorsque Claude Héroux avait accordé sa hache et entamé sa version personnelle de *La Danse macabre* (un exécutant pour quatre exécutés), centenaire à un an près, s'éveilla au même instant, s'assit sur son séant et émit un cri rouillé que personne n'entendit. Il venait de rêver de Claude, sauf que Claude se précipitait sur lui, cette fois ; la hache s'était abattue et Thoroughgood, l'instant suivant, avait vu sa tête tranchée tressauter et rouler sur le comptoir.

Y a quelque chose qui cloche, pensa-t-il de manière vaseuse, effrayé et tremblant dans ses caleçons longs tachés d'urine. *Quelque chose qui cloche salement.*

Dave Gardener, qui avait découvert le corps mutilé de George Denbrough en octobre 1957 et dont le fils avait trouvé la première victime de ce nouveau cycle un peu plus tôt ce printemps, ouvrit les yeux à cinq heures pile et pensa, avant même d'avoir jeté un coup d'œil à la pendule de la commode : *L'horloge de l'église n'a pas sonné... Qu'est-ce qui cloche ?* Sur quoi il fut saisi d'une peur vaste et mal définie. Dave avait prospéré, avec les années ; il avait acheté le Shoeboat, le magasin de chaussures, et avait ouvert une succursale au nouveau centre commercial ainsi qu'une autre à Bangor. Soudain toutes ces choses — ces choses pour lesquelles il avait travaillé toute sa vie — lui parurent en danger. *Mais d'où vient ce danger ?* songea-t-il en regardant sa femme endormie. *Et pourquoi suis-je aussi nerveux simplement parce que l'horloge n'a pas sonné l'heure ?* Mais il n'y avait pas de réponse.

Il se leva et s'approcha de la fenêtre en se grattant à la hauteur de la taille. Il vit un ciel agité de nuées qui se bousculaient, arrivant de l'ouest ; Dave sentit grandir son inquiétude. Pour la première fois depuis très très longtemps, il repensa aux cris qui l'avaient attiré sur son porche, vingt-sept ans auparavant, puis vers cette silhouette qui se tordait dans son ciré jaune. Il regarda les nuages qui accouraient et pensa : *Nous sommes en danger. Nous tous. Tout Derry.*

Le chef Andrew Rademacher, qui estimait sincèrement avoir fait de son mieux pour tenter de résoudre cette nouvelle flambée de meurtres d'enfants qui frappait Derry, se tenait sur son porche, les pouces passés dans son ceinturon, le nez levé vers les nuages, et éprouva le même malaise. *Quelque chose ne va pas tarder à se passer. On dirait qu'il va pleuvoir à seaux, pour commencer.* Mais ce n'est pas tout. Il frissonna... et tandis qu'il restait debout sur le porche, tandis que lui parvenait à travers la moustiquaire de la porte l'odeur du bacon frit que lui préparait sa femme, les premières grosses gouttes de pluie se déposèrent comme des taches noires sur le trottoir devant son agréable maison de Reynolds Street et, quelque part au-dessus de l'horizon en direction de Bassey Park, le tonnerre gronda.

De nouveau, Rademacher frissonna.

9

George, 5 h 01

Bill leva l'allumette... et poussa un long hurlement tremblant de désespoir.

C'était George qui avançait vers lui en titubant dans le tunnel, George, toujours habillé de son ciré jaune éclaboussé de sang. Une manche pendait, vide, inutile. Son visage était aussi blanc que du fromage frais et un éclat d'argent brillait dans ses yeux, qui se fixèrent sur ceux de Bill.

« Mon bateau ! » La voix perdue de Georgie s'éleva, hésitante, dans le tunnel. « J'arrive pas à le trouver, Bill, j'ai regardé partout et j'arrive pas à le trouver et maintenant je suis mort et c'est ta faute, ta faute, TA FAUTE !

— Geo-Georgie ! » cria Bill. Il sentait son esprit vaciller, s'arracher à ses amarres.

George tituba-trébucha vers lui ; son bras restant s'éleva vers son frère, la menotte qui le terminait transformée en griffe, les ongles sales et avides.

« Ta faute », murmura George avec un sourire. Ses dents étaient des crochets qui s'ouvraient et se refermaient lentement, comme les griffes d'un piège à ours. « Tu m'as envoyé dehors et tout est... de ta faute...

— Non, Georgie ! hurla Bill. J-J-Je n-ne s-s-savais p-p-pas...

— J' vais te tuer ! » brailla George. Sur quoi, un mélange de cris d'animaux jaillit de sa gorge, aboiements, gémissements, hurlements. Quelque chose comme un rire. Bill le sentait, maintenant, sentait l'odeur de George en décomposition. Une odeur de cave humide et grouillante, la pestilence de quelque monstre ultime se tenant vautré dans un coin, l'œil jaune, prêt à mettre à l'air les entrailles d'un petit garçon.

Les dents de George s'entrechoquèrent avec un bruit de boules de billard se heurtant. Un pus jaunâtre commença à s'écouler de ses yeux et à goutter sur ses joues... et l'allumette s'éteignit.

Bill sentit ses amis disparaître — ils s'enfuyaient, bien entendu ils s'enfuyaient en le laissant seul. Ils rompaient avec lui, comme ses parents l'avaient fait avant, parce que George avait raison : tout était de sa faute. Il n'allait pas tarder à sentir cette main unique se refermer sur sa gorge, il n'allait pas tarder à sentir ces crochets le déchirer, et rien ne serait plus juste. Il avait envoyé George à la mort et il avait passé toute sa vie d'adulte à écrire des livres sur l'horreur de cette trahison — certes, il lui avait donné de nombreux visages, presque autant de visages que Ça en avait endossé pour eux, mais il n'y avait qu'un seul monstre au fond de toutes choses, George, George courant le long des caniveaux de la décrue à côté de son bateau enduit de paraffine. Et aujourd'hui venait l'expiation.

« Tu mérites de mourir pour m'avoir tué », murmura George, très proche maintenant. Bill ferma les yeux. Puis une lumière jaune emplit le tunnel et il les rouvrit. Richie brandissait une allumette enflammée. « Combats Ça, Bill ! lui cria Richie. Pour l'amour du ciel, combats Ça ! »

Que faites-vous ici ? Bill les regarda, stupéfait. En fin de compte, ils n'avaient pas couru. Comment était-ce possible ? Comment, après avoir vu de quelle manière ignoble il avait assassiné son propre frère ?

« Bats-toi avec Ça ! cria à son tour Beverly. Oh, Bill, bats-toi ! Tu es le seul à pouvoir faire quelque chose contre celui-là ! Je t'en supplie... »

George se trouvait maintenant à moins de deux mètres de lui. Il tira soudain la langue vers Bill. Elle grouillait d'excroissances. Bill hurla à nouveau.

« Tue-le, Bill ! hurla Eddie. Ce n'est pas ton frère ! Tue Ça pendant qu'il est petit ! TUE-LE MAINTENANT ! »

George jeta un coup d'œil à Eddie, un bref regard latéral, deux éclats d'argent, et Eddie recula, heurtant la paroi, comme si on venait de le pousser. Bill restait hypnotisé, regardant son frère se diriger sur lui, George de nouveau après toutes ces années, George à la fin comme il y avait eu George au début, oh oui, il entendait les chuintements du ciré jaune au fur et à mesure qu'il se rapprochait, le tintement des boucles métalliques de ses caoutchoucs, il sentait quelque chose comme l'odeur des feuilles mouillées, comme si en dessous du ciré le corps de George en était pétri, comme si les pieds, dans les galoches de George, n'étaient que deux amas de feuilles, oui, comme s'il n'était lui-même qu'un amas de feuilles, tel était George, son visage un ballon pourri et son corps un tas de feuilles mortes, comme celles qui engorgent les égouts, parfois, après une inondation.

Il entendit, très loin, Beverly qui criait.

(Les chemises de l'archiduchesse)

« *Bill, je t'en supplie, Bill...* »

(sont-elles sèches)

« Nous allons chercher mon bateau ensemble », dit George.

Parodie de larmes, un épais pus jaune coula le long de ses joues. Il tendit la main vers Bill, la tête inclinée d'un côté, ses lèvres découvrant les crochets.

(archi-sèches archi-sèches ARCHI-SÈCHES)

« Nous le trouverons », reprit George, et Bill sentit l'haleine de Ça, une odeur comme un animal éventré gisant sur une autoroute à minuit. Dans le bâillement de la bouche de George, il aperçut des choses qui grouillaient. « C'est toujours là en bas, tout flotte là en bas, nous flotterons, Bill, nous flottons tous... »

La main en ventre de poisson de George se referma sur le cou de Bill.

(SÈCHES ARCHI-SÈCHES TOUTES SÈCHES VRAIMENT SÈCHES...).

Le visage torve de George dériva vers le cou de Bill.

« *flottons...* »

« *Les chemises de l'archiduchesse sont-elles sèches, archi-sèches !* » vociféra Bill. Sa voix était plus grave, à peine reconnaissable, et dans un éclair brûlant de souvenir, Richie se rappela que Bill ne bégayait jamais quand il imitait une autre voix.

La chose-George se rétracta en sifflant, porta les mains à son visage : un geste pour se protéger.

« Tu l'as ! hurla Richie, délirant. Tu l'as, Bill ! Démolis Ça !
Démolis Ça !

« Les chemises de l'archiduchesse sont-elles sèches archi-sèches !
tonna Bill, avançant vers la chose-George. Tu n'es pas un fantôme !
George sait bien que je n'ai jamais voulu sa mort ! Mes parents se
trompaient ! Ils m'ont collé ça sur le dos, mais ils ont eu tort ! Est-ce
que tu m'entends ? »

La chose-George fit un brusque demi-tour en couinant comme un
rat. Elle commença à onduler et dégouliner sous le ciré jaune. Le ciré
lui-même paraissait se diluer en grosses coulures d'un jaune brillant.
Ça perdait sa forme, devenait amorphe.

« Les chemises de l'archiduchesse sont-elles sèches, archi-sèches !
Espèce de saloperie ! hurla de nouveau Bill Denbrough, archi-
sèches ! » Il bondit alors sur Ça et enfonça les doigts dans le ciré
jaune qui n'était plus un ciré. Il eut l'impression de saisir une matière
tiède à la mollesse de caramel qui fondait entre ses doigts dès qu'il les
refermait dessus. Il tomba à genoux. À cet instant, Richie poussa un
jappement : l'allumette venait de lui brûler les doigts. Ils se
retrouvèrent une fois de plus dans le noir total.

Bill sentit quelque chose grossir dans sa poitrine, quelque chose de
brûlant, d'étouffant et douloureux comme des orties. Il agrippa ses
genoux et les remonta vers le menton, dans l'espoir de soulager cette
souffrance, ou de l'arrêter ; il était quelque part reconnaissant pour
l'obscurité, soulagé que les autres ne vissent pas son angoisse.

Il entendit un bruit de gorge, un gémissement vacillant, sortir de sa
bouche. Il y en eut un deuxième, puis un troisième. « George ! cria-
t-il. Je suis désolé, George ! Jamais je n'ai v-voulu qu'il t'a-arrive qu-
quelque chose de m-mal ! »

Peut-être aurait-il dû dire autre chose, mais cela lui fut impossible.
Il sanglotait, allongé sur le dos, un bras sur les yeux, se souvenant du
bateau, se souvenant du crépitement régulier de la pluie contre les
vitres de sa fenêtre, se souvenant des médicaments et des mouchoirs
sur la table de nuit, de la diffuse douleur de la fièvre dans sa tête et
dans son corps, se souvenant avant tout de George : George, le petit
George dans son ciré jaune à capuchon.

« Je suis désolé, George ! cria-t-il à travers ses larmes. Je suis
désolé ! Je t'en supplie, je suis désolé ! »

Puis ils furent autour de lui, ses amis ; personne ne craqua
d'allumettes et quelqu'un le serra contre soi, Beverly, peut-être, à
moins que ce ne fût Ben ou Richie. Ils étaient avec lui, et pour ce bref
moment les ténèbres furent miséricordieuses.

10

Dès cinq heures trente, il pleuvait à verse. Les stations de radio de Bangor qui donnaient les prévisions météo manifestèrent une certaine surprise et présentèrent de vagues excuses à tous ceux qui avaient prévu d'aller pique-niquer ou se promener en se fiant à leurs indications de la veille. Coup dur, les gars ; encore une de ces bizarreries climatiques soudaines comme il s'en produit de temps en temps dans la vallée de la Penobscot.

Sur la station WZON, le météorologue Jim Witt décrivit ce qu'il appela un système de basses pressions extraordinairement discipliné. C'était un euphémisme. Le temps était nuageux sur Bangor ; il pleuvait fort sur Hampden, il bruinait sur Haven et il pleuvait, mais faiblement, sur Newport. À Derry, en revanche, soit à seulement quarante-cinq kilomètres de Bangor, c'était un vrai déluge. Les automobilistes qui avaient emprunté la Route numéro 7 se déplaçaient dans vingt centimètres d'eau, par endroits, et un peu au-delà de la ferme Ruhlin, une telle quantité d'eau recouvrait la chaussée, les évacuations étant bouchées, que le secteur était infranchissable. Dès six heures, la patrouille de la police de la route de Derry avait installé une signalisation d'urgence de part et d'autre de la cuvette.

Ceux qui attendaient sous l'abri le premier bus du matin pour aller au travail, sur Main Street, regardaient par-dessus le garde-fou du canal, où les eaux montaient de façon menaçante entre les parois de béton. Il n'y aurait pas d'inondation, bien sûr ; là-dessus tout le monde était d'accord. Le niveau oscillait encore à un mètre vingt en dessous de la marque de 1977, et il ne s'était produit aucune inondation cette année-là. Mais la pluie s'abattait avec opiniâtreté, sans relâche, et le tonnerre grondait dans les nuages bas. L'eau dévalait en ruisseaux Up-Mile Hill et s'enfonçait avec des rugissements dans les bouches d'égout.

Pas d'inondation, ils en convenaient, et cependant une expression d'inquiétude se lisait sur tous les visages.

À cinq heures quarante-cinq, un transformateur, près du dépôt abandonné de camions des frères Tracker, explosa en haut de son poteau dans un éclair de lumière violette, éparpillant des débris tordus de métal sur le toit de bardeaux de l'établissement. L'un des éclats coupa un câble à haute tension, lequel tomba également sur le toit, gigotant et se tordant comme un serpent ; il en jaillissait un véritable flot d'étincelles. Le toit prit feu en dépit de la pluie et l'incendie se propagea rapidement à tout le dépôt. Le câble électrique tomba du toit et atterrit sur la portion herbeuse qui donnait sur le périmètre où les enfants jouaient autrefois au base-ball. Les pompiers de Derry sortirent ce jour-là pour la première fois à six heures deux ; ils arrivèrent sept minutes plus tard au dépôt Tracker. L'un des premiers à sauter à bas du véhicule fut Calvin Clark, un des jumeaux Clark avec lesquels Ben, Beverly, Richie et Bill avaient été à l'école. À son troisième pas, il posa la semelle de sa botte de cuir sur le câble. Il fut électrocuté pratiquement sur-le-champ. Sa langue jaillit de sa bouche et son épais ciré caoutchouté de pompier commença à fondre en cramant. Il s'en dégagea la même odeur que celle des pneus brûlés, dans la décharge.

À six heures cinq, les résidents de Merit Street, dans le lotissement d'Old Cape, ressentirent quelque chose qui s'apparentait à une explosion souterraine. Des assiettes tombèrent des étagères, des tableaux des murs. À six heures six, toutes les toilettes de la rue explosèrent en un geyser de merde et d'eau d'égout, comme si quelque inimaginable renversement de sens venait de se produire dans les canalisations qui alimentaient la nouvelle station de retraitement des eaux, dans les Friches. Explosion parfois d'une telle violence que certains plafonds de salles de bains s'écroulèrent. Une femme du nom d'Anne Stuart fut tuée lorsqu'un ancien levier de vitesses fut catapulté par les toilettes en même temps que la masse liquide. Le levier de vitesses traversa le verre dépoli de la porte de la douche et se ficha dans sa gorge pendant qu'elle se lavait les cheveux. Elle s'en trouva presque décapitée. Le levier de vitesses était en réalité une relique des aciéries Kitchener et était passé dans les égouts près de trois quarts de siècle auparavant. Une autre femme mourut lorsque le violent reflux des égouts, provoqué par une poche de méthane en expansion, fit exploser ses toilettes comme une bombe. La malheureuse, qui se trouvait assise dessus à cet instant-là, en train de lire le dernier catalogue de Banana Republic, fut mise en pièces.

À six heures dix-neuf, la foudre frappa le soi-disant pont des Baisers, qui reliait Bassey Park à l'école secondaire de Derry. Les éclats de bois volèrent dans les airs avant de retomber dans le canal qui les emporta de toute sa fougue.

Le vent se leva. À six heures trente, la sonde située au-dessus du tribunal enregistra sa vitesse : vingt-quatre kilomètres à l'heure. À six heures quarante-cinq, il soufflait à trente-huit kilomètres à l'heure.

À six heures quarante-six, Mike Hanlon s'éveilla dans sa chambre de l'hôpital de Derry. Son retour à la conscience se fit comme une sorte de lente dissolution — il crut un long moment être en train de rêver. Étrange rêve, dans ce cas, rêve d'anxiété, aurait déclaré son ancien prof de psycho, Doc Abelson. Il ne lui semblait avoir aucune raison d'être anxieux, et pourtant l'anxiété était bel et bien présente ; la chambre toute blanche n'était qu'un hurlement de menace.

Il se rendit peu à peu compte qu'il était réveillé. La pièce toute blanche était une chambre d'hôpital. Des bouteilles pendaient au-dessus de sa tête, l'une pleine d'un liquide clair, l'autre d'un liquide d'un rouge profond. Du sang. Il aperçut ensuite l'écran éteint d'une télévision sur le mur d'en face et prit conscience du crépitement régulier de la pluie contre la fenêtre.

Mike voulut remuer les jambes. L'une bougea sans peine, mais l'autre, la droite, ne se déplaça pas d'un millimètre. Il ne lui parvenait qu'une très faible sensation de cette jambe et il comprit qu'un bandage étroit la comprimait.

Peu à peu sa lucidité lui revint. Il s'était installé pour prendre des notes dans son cahier et Henry Bowers était arrivé. Sacré retour de manivelle du passé. Il y avait eu une bagarre, et...

Henry ! Où l'animal était-il allé ? Aux trousses des autres ?

Mike tâtonna pour saisir la sonnette. Elle était enroulée au montant du lit et il l'avait à la main lorsque la porte s'ouvrit. Un infirmier fit son apparition. Deux boutons de sa blouse étaient ouverts et ses cheveux noirs et ébouriffés lui donnaient un faux air de Ben Casey. Une médaille de saint Christophe pendait à son cou. Même dans sa demi-somnolence vaseuse, Mike l'identifia immédiatement. En 1958, une adolescente de seize ans du nom de Cheryl Lamonica avait été tuée par Ça. Elle avait un frère plus jeune de deux ans, l'homme qui se tenait actuellement ici.

« Mark ? fit Mike faiblement. Il faut que je te parle.

— Chut, fit Mark, qui gardait une main dans sa poche. Faut pas parler. »

Il s'avança dans la pièce et lorsqu'il se trouva au pied du lit, Mike vit, avec un frisson de désespoir, que les yeux de l'homme étaient complètement vides. Il avait la tête légèrement redressée, comme s'il écoutait une musique lointaine. Il sortit la main de sa poche ; elle tenait une seringue.

« Ça va te faire dormir », dit Mark en remontant vers la tête du lit.

11

Sous la ville, 6 h 49

« Chuuut ! » fit brusquement Bill, alors que l'on n'entendait pas d'autres bruits que ceux, légers, de leurs pas.

Richie enflamma une allumette. Les parois du tunnel s'étaient éloignées et leur petit groupe paraissait encore plus petit dans ce vaste espace en dessous de la ville. Ils serrèrent les rangs et Beverly éprouva une profonde impression de déjà-vu en remarquant les gigantesques dalles du sol et les accumulations de toiles d'araignées qui pendaient. Ils étaient proches, maintenant. Proches.

« Qu'as-tu entendu ? » demanda-t-elle à Bill, essayant de regarder partout avant que ne s'éteigne l'allumette dans la main de Richie, redoutant quelque nouvelle surprise qui serait arrivée en se traînant ou en volant de l'obscurité. Ronda, peut-être ? l'Alien de ce film épouvantable avec Sigourney Weaver ? Un rat gigantesque avec des yeux orange et des dents d'argent ? Mais il n'y avait rien — rien que l'odeur de moisi de l'ombre et, très loin, le grondement des eaux gonflées, comme si les canalisations se remplissaient.

« Qu-Quelque chose c-cloche. Mike...

— Mike ? reprit Eddie. Qu'est-ce qu'il y a, Mike ?

— Je le sens aussi, dit Ben. C'est... est-ce qu'il est mort, Bill ?

— Non », répondit Bill. Son regard embrumé restait lointain et ne trahissait aucune émotion ; toute son inquiétude se manifestait par le ton de sa voix et l'attitude défensive de son corps. « Il... I-I-Il... » Il déglutit avec un petit bruit de gorge. Ses yeux s'agrandirent. « Oh ! Oh non !

— Bill ! s'écria Beverly, inquiète. Qu'est-ce qu'il y a, Bill ?

— P-Prenez m-m-mes mains ! cria-t-il. V-Vite ! »

Richie lâcha l'allumette et prit l'une des mains de Bill. Beverly saisit l'autre et tâtonna pour prendre la main affaiblie du bras cassé d'Eddie, tandis que Ben s'emparait de sa main valide et complétait le cercle en attrapant la main restée libre de Richie.

« Envoyez-lui notre pouvoir ! cria Bill de la même voix profonde et étrange qu'auparavant. Envoyez-lui notre pouvoir, envoyez-lui notre pouvoir ! Tout de suite ! Tout de suite ! »

Beverly sentit quelque chose qui partait d'eux et allait vers Mike. Sa tête roula sur son épaule en une sorte d'extase, et le sifflement rauque de la respiration d'Eddie se confondit avec le grondement précipité de l'eau dans les égouts.

12

« Maintenant », fit Mark Lamonica à voix basse. Il soupira — le soupir d'un homme qui sent approcher l'orgasme.

Mike ne cessa de presser le bouton d'appel dans sa main. Il entendait la sonnerie dans la salle des infirmières, au bout du couloir, mais personne ne venait. Quelque chose comme une diabolique double vue lui fit imaginer les infirmiers et les infirmières assis là-bas, en train de lire les journaux du matin en buvant leur café, entendant la sonnerie sans l'entendre, l'entendant sans réagir — ils ne réagiraient que plus tard, quand tout serait terminé, car c'était ainsi que les choses se passaient à Derry. À Derry, il y avait des choses qu'il valait mieux ne pas voir, ne pas entendre... tant que tout n'était pas fini.

Mike laissa retomber le bouton d'appel de sa main.

Mark se pencha sur lui ; le bout de la seringue brillait. Sa médaille de saint Christophe se balançait, hypnotique, tandis qu'il soulevait le drap.

« Juste là, murmura-t-il, au sternum. » De nouveau il soupira.

Mike sentit soudain des forces fraîches l'envahir — une sorte de puissance primitive qui se concentrait dans son corps comme des volts. Il se raidit et ses doigts se tendirent, comme pris de convulsions. Ses yeux s'élargirent. Il émit un grognement et l'épouvantable impression de paralysie qui le bloquait fut chassée de lui, aussi brusquement que s'il avait reçu un coup de poing.

Sa main droite vola jusqu'à la table de nuit, sur laquelle étaient posés un pichet en plastique et un lourd verre à eau. Ses doigts se refermèrent sur le verre. Lamonica sentit le changement ; la lueur rêveuse et satisfaite disparut de son œil pour être remplacée par une expression de confusion inquiète. Il recula un peu : Mike leva le verre et le frappa au visage.

Lamonica poussa un cri et partit à reculons en titubant, lâchant la seringue. Il porta les mains à son visage dégoulinant ; du sang descendit le long de ses poignets et sur sa blouse blanche.

L'impression de force disparut aussi vite qu'elle était venue. D'un œil flou, Mike vit les éclats du verre brisé éparpillés sur le lit, sur son pyjama d'hôpital, sur sa propre main ensanglantée. Il entendit le couinement de semelles de crêpe avançant d'un pas vif dans le couloir.

Ils arrivent maintenant, pensa-t-il. *Oh oui, maintenant. Et quand ils seront repartis, qui va surgir derrière eux ? Qui ou quoi ?*

Et tandis que faisaient irruption dans sa chambre les infirmiers et infirmières restés tranquillement assis dans leur salle tandis que retentissait, frénétique, la sonnerie d'appel, Mike ferma les yeux et pria pour que tout fût terminé. Il pria pour ses amis sous la ville, il pria pour qu'ils allassent bien, il pria pour qu'ils missent un terme à Ça.

Il ne savait pas très précisément qui il priait ainsi... mais il n'en priait pas moins.

13

Sous la ville, 6 h 54

« Il v-v-va b-bien », déclara Bill.

Ben n'avait aucune idée du temps qu'ils étaient restés dans l'obscurité, se tenant par la main. Il avait l'impression d'avoir ressenti quelque chose — quelque chose qui venait d'eux, de leur cercle — qui jaillissait et revenait. Mais il ignorait où cette chose — si elle existait bien — était allée et ce qu'elle avait fait.

« En es-tu sûr, Grand Bill ? demanda Richie.

— Ou-Oui, dit Bill en relâchant sa main ainsi que celle de Beverly. M-Mais nous d-devons a-achever notre t-t-tâche aussi r-rapidement que p-po-possible. V-Venez. »

Ils reprirent leur progression, Richie ou Bill allumant de temps en temps une allumette. *Nous n'avons même pas un lance-chiques de potache comme arme*, songea Ben dans son for intérieur. *Mais cela fait partie du jeu, non ? Chüd... qu'est-ce que cela signifie ? Qu'est-ce qu'était Ça, exactement ? Quel était son ultime visage ? Et même si nous ne l'avons pas tué, nous l'avons amoindri. Comment avons-nous procédé ?*

La salle qu'ils traversaient — qu'il n'était plus question d'appeler un tunnel — devenait de plus en plus vaste. Le bruit de leurs pas résonnait en échos. Ben se rappela l'odeur, cette puissante odeur de zoo. Il se rendit soudain compte que les allumettes n'étaient plus indispensables — il y avait de la lumière, ou du moins une certaine sorte de lumière : une phosphorescence spectrale qui allait croissant. Dans cet éclairage de marécages, tous ses amis avaient l'air de cadavres ambulants.

« Un mur devant, Bill, dit Eddie.

— J-Je sais. »

Ben sentit son cœur commencer à accélérer. Un goût amer lui

monta dans la bouche et une sourde migraine envahit son crâne. Il se sentait lent, effrayé. Il se sentait gros.

« La porte », murmura Beverly.

Oui, on y était. Une fois, déjà, ils avaient pu la franchir, la franchir en n'ayant rien d'autre à faire qu'à baisser la tête. Ils allaient devoir se courber complètement, cette fois, voire passer à quatre pattes. Ils avaient grandi ; là se trouvait la preuve ultime, s'il était besoin.

À son cou et à ses poignets, le pouls de Ben se tendit, devint chaud ; son cœur avait adopté un rythme léger et rapide proche de l'arythmie. Un *pouls de pigeon*, songea-t-il en se passant la langue sur les lèvres.

Une lumière vert-jaune brillante passait par-dessous la porte et lançait un rayon par le trou de la serrure tarabiscotée, un rayon de forme aussi tarabiscotée qui paraissait suffisamment dense pour couper.

La marque était sur la porte, et une fois de plus, chacun vit quelque chose de différent dans ce signe étrange. Beverly, le visage de Tom. Bill, la tête coupée d'Audra qui le fixait d'un horrible regard accusateur. Eddie, un crâne grimaçant placé entre deux tibias croisés, symbole du poison. Richie, le visage barbu d'un Paul Bunyan dégénéré, les yeux réduits à deux fentes meurtrières. Et Ben, Henry Bowers.

« Sommes-nous assez forts, Bill ? demanda-t-il. Sommes-nous capables de faire une chose pareille ?

— J-Je n'en s-sais r-r-rien.

— Et si c'est fermé à clef ? » demanda Beverly d'une petite voix. Le visage de Tom se moqua d'elle.

« E-Elle ne l'est p-pas. Des endroits c-comme ce-celui-là ne s-sont ja-jamais f-fermés. » Bill posa la pointe de ses doigts de la main droite sur le battant (il fut obligé de se courber pour cela) et poussa. Il s'ouvrit sur un flot de lumière d'un vert-jaune à vomir. L'odeur de zoo se rua sur eux, l'odeur du passé devint le présent, admirablement vivante, d'une vie obscène.

Dévale, roue, pensa Bill tout d'un coup en regardant les autres. Puis il se mit à quatre pattes. Beverly le suivit, puis Richie, puis Eddie. Ben passa le dernier, la peau agitée de frissons au contact des débris gréseux sans âge du sol. Il franchit le seuil, et comme il se redressait dans la bizarre phosphorescence de feux qui allaient et venaient verticalement sur les parois dégoulinantes, semblables à des serpents de lumière, l'ultime souvenir du passé l'envahit avec la violence soudaine d'un bélier psychologique.

Il cria, partit à reculons, une main au visage, et sa première et incohérente pensée fut : *Pas étonnant que Stan se soit suicidé ! Oh Seigneur, j'aurais dû !* Il découvrit la même expression d'horreur hébétée liée au rappel du même souvenir sur le visage des autres ; l'ultime clef ouvrait l'ultime serrure.

Puis Beverly se mit à hurler, s'accrochant à Bill tandis que Ça descendait à toute allure le rideau arachnéen de sa toile, araignée de cauchemar venue d'au-delà du temps et de l'espace, d'au-delà de ce qu'aurait pu imaginer l'esprit enfiévré du dernier des pensionnaires de l'enfer.

Non, se dit Bill froidement, *ce n'est pas non plus une araignée, mais cette forme ne fait pas partie de celles que Ça a puisées dans nos esprits ; c'est simplement la plus proche de celles que nos esprits peuvent concevoir comme étant celle*

(des lumières-mortes)

de Ça, sa vraie forme.

Ça faisait peut-être cinq mètres de haut et était aussi noir qu'une nuit sans lune. Chacune de ses pattes était aussi grosse qu'une cuisse de culturiste. Ses yeux étaient des rubis à la lueur malveillante, dépassant d'orbites remplies d'un fluide couleur de chrome. Ses mandibules en cisailles s'ouvraient et se refermaient, s'ouvraient et se refermaient, bavant de longs rubans d'écume. Pétrifié d'extase et de terreur, oscillant aux limites de la plus complète démence, Ben observa avec un calme d'œil au milieu du cyclone que cette écume était vivante ; elle heurta les dalles crasseuses du sol et se mit à progresser dans les fissures avec un tortillement de protozoaire.

Mais il y a autre chose, il existe quelque forme ultime, une forme que l'on peut presque voir comme l'on devine la forme d'un homme qui se déplace derrière un écran de cinéma pendant la projection, une autre forme, mais je ne veux pas voir Ça, mon Dieu je Vous en prie, ne me laissez pas voir Ça...

Et cela était sans importance, non ? Ils voyaient ce qu'ils voyaient, et Bill comprit sans trop savoir comment que Ça se trouvait emprisonné dans sa forme finale, celle de l'Araignée, du fait de leur vision partagée, une vision non voulue et sans paternité. C'était en affrontant Ça qu'ils vivraient ou mourraient.

La créature couinait et miaulait et Ben acquit la certitude qu'il entendait le son deux fois : dans sa tête, puis dans son oreille une fraction de seconde plus tard. *Je lis dans son esprit*, pensa-t-il, *par télépathie*. L'ombre de la créature était un œuf trapu courant sur les parois antiques de ce donjon qui était son antre. Son corps était recouvert d'une épaisse toison et Ben vit que Ça possédait un dard assez long pour empaler un homme. Un fluide clair en dégoulinait, fluide également vivant ; comme la salive, le poison du dard s'infiltrait dans les fissures du sol en se tortillant. Son dard, oui... mais en dessous, son ventre faisait un renflement grotesque, traînait presque sur le sol que Ça venait de gagner, pour changer légèrement de direction et se diriger tout droit vers leur chef, vers le Grand Bill.

C'est son sac à œufs, pensa Ben ; il eut l'impression que son esprit hurlait vu ce que cela impliquait. *Quel que soit Ça au-delà de ce que nous voyons, sa représentation est au moins correcte sur un plan symbolique : Ça est une femelle, et cette femelle est grosse... Elle l'était déjà la dernière fois et aucun d'entre nous, à l'exception de Stan, oh Seigneur Jésus OUI, c'était Stan, pas Mike, qui avait compris, Stan qui nous avait expliqué... C'est pour cela qu'il nous fallait revenir, à tout prix, parce que Ça est un être femelle, une femelle grosse d'une inimaginable portée... et la mise bas est proche, maintenant.*

Sous les yeux incrédules des autres, Bill s'avança à la rencontre de Ça.

« Non, Bill ! hurla Beverly.

— R-Restez en a-arrière ! » leur cria Bill sans détourner la tête. Puis Richie se retrouva courant à côté de lui, hurlant son nom, puis Ben sentit ses jambes se mettre en mouvement. Il crut aussi sentir un estomac fantôme ballotter devant lui, sensation qu'il accueillit avec plaisir. *Faut redevenir un môme,* pensa-t-il, hagard. *Seule façon de ne pas devenir cinglé. Faut redevenir un môme... faut l'accepter, n'importe comment.*

Ben court, il crie le nom de Bill, il a vaguement conscience d'Eddie qui galope à côté de lui, son bras cassé agité de soubresauts, la ceinture de peignoir qui retenait les attelles traînant maintenant par terre.

Eddie tenait son inhalateur. Il faisait penser à un cow-boy sous-alimenté et barjot armé d'un pétard bizarroïde.

Ben entendit Bill vociférer : « Tu as t-tué m-mon frère, espèce de sa-saloperie d'o-ordure ! »

Puis Ça se redressa au-dessus de Bill, l'enfouit dans son ombre, pattes battant l'air. Ben entendit son miaulement avide et plongea le regard dans ses yeux rouges, diaboliques, intemporels... et pendant un instant, il vit la forme sous la forme : les lumières, une chose rampante, poilue, interminable, faite de lumière et de rien d'autre, une lumière orange, une lumière morte qui singeait la vie.

Le rituel commença pour la seconde fois.

CHAPITRE 22

Le rituel de Chüd

1

Dans le repaire de Ça, 1958

C'est Bill qui les contraignit à rester regroupés lorsque la grande Araignée noire descendit en courant le long de sa toile, engendrant une brise délétère qui leur ébouriffa les cheveux. Stan se mit à pousser des hurlements de bébé, les yeux exorbités, les doigts lui labourant les joues. Ben recula lentement jusqu'à l'instant où son ample derrière vint heurter la paroi à la gauche de la porte. Il sentit le feu glacé des lumières le brûler à travers son pantalon et fit un pas en avant, mais rêveusement. Rien de tout cela, d'évidence, ne pouvait arriver ; il faisait simplement le cauchemar le plus abominable du monde. Il s'aperçut qu'il était incapable de lever les mains, comme si deux poids énormes y étaient accrochés.

Richie ne pouvait détacher les yeux de la toile ; pendus ici et là, partiellement enroulés dans des écheveaux de soie qui paraissaient animés d'une vie propre, on apercevait un certain nombre de corps putréfiés, à demi dévorés. Il crut reconnaître Eddie Corcoran près de la voûte, même s'il lui manquait les deux jambes et un bras.

Beverly et Mike s'accrochaient l'un à l'autre comme Hansel et Gretel dans les bois, pétrifiés, regardant l'Araignée qui atteignait le sol et courait en crabe vers eux, son ombre déformée galopant le long de la paroi.

Grand, dégingandé, son T-shirt blanc disparaissant sous les ordures et la boue, en jeans et Keds bourbeux, Bill les regarda. Ses cheveux lui retombaient sur le front, ses yeux étincelaient. Il parcourut leur groupe, parut le rejeter, et se tourna vers l'Araignée. Et, sous leur regard incrédule, il s'avança à sa rencontre, sans courir mais d'un pas vif, coudes levés, avant-bras tendus, poings serrés.

« T-Tu as t-tué m-m-mon frère !

— Non, Bill ! hurla Beverly, se dégageant de l'étreinte de Mike pour courir après lui, ses cheveux roux ondoyant derrière elle. Laisse-le tranquille ! cria-t-elle à l'Araignée. N'essaye pas de le toucher ! »

Merde ! Beverly ! se dit Ben, qui se mit à courir à son tour, l'estomac ballottant devant lui, les jambes comme des pistons. Il avait vaguement conscience d'Eddie Kaspbrak courant à sa gauche, tenant son inhalateur dans sa bonne main, comme un pistolet.

Puis Ça se redressa au-dessus de Bill, qui était désarmé ; Ça l'enfouit sous son ombre, pattes battant l'air. Ben saisit Beverly à l'épaule. Sa main la heurta, puis glissa. Elle se tourna vers lui, les yeux fous, les lèvres lui découvrant les dents.

« Aide-le ! hurla-t-elle.

— Comment ? » répondit-il sur le même ton. Il fonça vers l'Araignée, entendit son miaulement avide et plongea son regard dans ses yeux rouges, diaboliques, intemporels, et vit une forme en dessous de la forme : quelque chose de pire qu'une araignée. Quelque chose qui n'était que lumière démente. Il sentit son courage vaciller... mais c'était Bev qui le lui avait demandé. Bev, qu'il aimait.

« Saloperie, laisse Bill tranquille ! » rugit-il.

L'instant suivant, une main le frappait si sèchement à l'épaule qu'il faillit tomber ; c'était Richie qui, en dépit des larmes qui lui coulaient sur les joues, souriait comme un dément. Les coins de sa bouche donnaient l'impression de remonter jusqu'à ses oreilles, de la bave coulait entre ses dents. « Chopons-la, Meule de Foin ! lui hurla-t-il. Chüd ! Chüd ! »

Pourquoi en parle-t-il au féminin ? pensa stupidement Ben, *Pourquoi dit-il « la » ?*

Et à voix haute : « D'accord, mais qu'est-ce que c'est ? C'est quoi, Chüd ?

— Du diable si je le sais ! » lui lança Richie, qui partit en courant vers Bill, vers l'ombre de Ça.

Ça s'était plus ou moins accroupi sur ses pattes arrière. Celles de devant battaient l'air au-dessus de la tête de Bill. Et Stan Uris, forcé d'approcher, obligé d'approcher en dépit de tout ce qui dans sa tête et son corps lui criait de fuir, vit que Bill, la tête levée, fixait de ses yeux bleus les yeux orange et inhumains de Ça, des yeux d'où jaillissait cette abominable lumière cadavérique. Stan s'arrêta, comprenant que le rituel de Chüd, quel qu'il fût, venait de commencer.

2

Bill dans le vide, un

Qui es-tu, et pourquoi viens-tu à moi ?

Je m'appelle Bill Denbrough. Et tu sais qui je suis et pourquoi je suis venu. Tu as tué mon frère et je suis ici pour te tuer. Il ne fallait pas t'attaquer à lui, saloperie.

Je suis éternelle. Je suis la Dévoreuse des Mondes.

Ah oui ? Eh bien, dans ce cas, tu viens de faire ton dernier repas, frangine.

Tu es sans pouvoir ; de mon côté se trouve le pouvoir ; éprouve-le, morveux, et viens ensuite me raconter comment tu prétends tuer l'Éternelle. Crois-tu m'avoir vue ? Tu n'as vu que ce que ton esprit te permet de voir. Aimerais-tu me voir ? Viens donc, alors ! Viens, morveux, viens !

Lancé...

(les)

Non, pas lancé, tiré comme une balle vivante, comme le Boulet de Canon humain du cirque qui passait tous les ans à Derry, en mai. Il fut soulevé et emporté à travers le repaire de l'Araignée. *C'est seulement dans mon esprit, mon corps se tient toujours au même endroit sans lâcher Ça des yeux, sois courageux, sois honnête, tiens le coup, tiens le coup...*

(chemises)

Filant comme un obus dans un tunnel noir et dégoulinant aux parois carrelées en décomposition, vieilles de cinquante, cent, mille, un million de milliards d'années, allez savoir, fonçant dans un silence mortel à travers les intersections parfois éclairées de feux vert-jaune, parfois par des ballons pleins d'une lumière blanche spectrale au milieu d'autres d'un noir absolu, il se trouva projeté à une vitesse de mille kilomètres à l'heure parmi des entassements d'ossements, certains humains, d'autres non ; il était comme un missile dans une soufflerie, dirigé maintenant vers le haut, non pas vers la lumière mais vers l'obscurité, quelque obscurité titanesque,

(chemises)

avant d'exploser à l'extérieur, dans les ténèbres absolues, des ténèbres qui étaient tout, des ténèbres qui étaient le cosmos et l'univers ; et le sol de ces ténèbres était dur, dur, il était comme de l'ébène polie sur laquelle il glissait sur la poitrine, le ventre et les cuisses, semblable à un galet de shuffleboard sur la glace. Il filait sur le plancher de la salle de bal de l'éternité, et l'éternité était *noire*.

(sont-elles)

Arrête cela, pourquoi dis-tu cela ? Cela ne t'aidera pas, stupide garçon

(sèches, archi-sèches)

Arrête !

(Les chemises de l'archiduchesse sont-elles sèches archi-sèches !)

Arrête ! Arrête ! J'exige que tu t'arrêtes, je te l'ordonne !

Pourquoi, cela ne te plaît pas ?

(Si je pouvais seulement le dire à voix haute, le dire sans bégayer, je pourrais rompre cette illusion...)

Il ne s'agit pas d'une illusion, petit garçon insensé, mais de l'éternité, l'éternité dans laquelle tu es perdu, perdu pour toujours, incapable à tout jamais de trouver le chemin du retour et condamné à errer dans les ténèbres... après que tu m'auras rencontré face à face, en vérité

Mais il y avait quelque chose d'autre, ici. Bill le sentait par tous ses sens, odorat compris : une présence immense devant lui dans l'obscurité. Une Forme. Il n'éprouvait pas de peur, mais un sentiment d'émerveillement religieux : là se trouvait une puissance qui ridiculisait celle de Ça, et Bill eut seulement le temps de penser, de façon incohérente : *Je vous en prie, je vous en prie, qui que vous soyez, souvenez-vous que je suis très petit...*

Il se précipita vers la forme et vit qu'il s'agissait d'une grande Tortue à la carapace constellée de couleurs éclatantes. Son antique tête reptilienne en surgit et Bill se dit qu'elle paraissait éprouver une vague surprise méprisante pour la chose qui l'avait propulsé là. On lisait la bonté dans les yeux de la Tortue. Bill songea qu'elle devait être la chose la plus vieille que l'on pût imaginer, infiniment plus vieille que Ça qui prétendait pourtant être éternel.

Qui es-tu ?

Je suis la Tortue, fils. J'ai fait l'univers, mais je t'en prie, pas de reproches ; j'avais mal au ventre.

Aide-moi ! Je t'en prie, aide-moi !

Je ne prends pas parti dans ces questions.

Mon frère...

Possède sa propre place dans le macronivers ; l'énergie est éternelle et même un enfant comme toi doit comprendre

Il longeait en volant la Tortue, maintenant, et même à la vitesse folle à laquelle il passait, la carapace de l'entité paraissait ne jamais vouloir se finir. Il songea vaguement qu'il était un peu comme dans un train qui en croiserait un autre, un train si long, cependant, qu'il en paraissait immobile ou même avancer à reculons. Il entendait encore la voix de Ça, tonitruante et bavarde, une voix aiguë et coléreuse, inhumaine, pleine d'une haine démente. Mais lorsque la Tortue parla, la voix de Ça fut complètement coupée. La Tortue parla dans la tête de Bill, et Bill comprit sans trop savoir comment, qu'il existait encore un Autre et que cet Autre ultime demeurait dans un vide au-delà de celui-ci. Cet Autre ultime était peut-être le créateur de la Tortue, laquelle veillait, simplement, et de Ça, lequel seulement dévorait. Cet Autre était une force au-delà de l'univers, un pouvoir au-delà de tous les pouvoirs, l'auteur de toute existence.

Soudain il pensa avoir compris : l'intention de Ça était de le projeter à travers quelque paroi à l'extrémité de l'univers pour le précipiter en un autre lieu,

(celui que cette vieille Tortue appelait le macronivers)

lieu où Ça vivait réellement ; où Ça existait, noyau titanesque et lumineux, tout en n'étant peut-être rien de plus qu'un moucheron infime dans l'esprit de cet Autre ; il verrait Ça dans sa nudité, une chose faite d'une lumière informe et destructrice ; et là, il serait soit miséricordieusement anéanti, soit laissé en vie pour l'éternité, dément et cependant conscient, prisonnier de cet être affamé, homicide, sans fin ni forme.

Je t'en prie, viens à mon aide ! Pour les autres...

Tu dois t'aider toi-même, fils.

Mais comment ? Je t'en supplie, dis-moi comment ! Comment ? Comment ?

Il était maintenant à la hauteur des pattes arrière aux écailles épaisses de la Tortue ; il eut le temps d'observer ses chairs gigantesques et anciennes, le temps d'être frappé par les ongles puissants qui terminaient ses pattes — ongles d'un étrange jaune bleuâtre dans chacun desquels il vit tourbillonner des galaxies.

Je t'en prie, tu es bonne, je sens et crois que tu es bonne et je t'en supplie... Est-ce que tu ne peux pas m'aider, s'il te plaît ?

Tu sais déjà ce qu'il faut faire. Il n'y a que Chüd. Et tes amis.

Je t'en prie, oh, je t'en prie !

Fils, il faut que les chemises de l'archiduchesse soient sèches, archi-sèches, c'est tout ce que je peux te dire... Une fois que l'on est lancé dans ce genre de merdier cosmologique, on peut foutre en l'air tous les manuels d'instructions

Il se rendit compte que la voix de la Tortue s'affaiblissait. Il passait au-delà, filant comme un obus dans des ténèbres plus que profondes, insondables. La voix de la Tortue était étouffée, engloutie celle, sardonique et ricanante, de la chose qui l'avait projeté dans ce vide noir — la voix de l'Araignée, la voix de Ça.

Alors, mon petit ami, est-ce que cela te plaît, ici? Apprécies-tu? Aimes-tu ça? Lui donnerais-tu dix-huit sur vingt car le rythme est bon et que tu pourrais danser dessus? Est-ce qu'il ne te fait pas tressauter les amygdales, un coup à droite, un coup à gauche? La rencontre avec mon amie la Tortue t'a-t-elle fait plaisir? Je croyais que cette vieille conne stupide était morte depuis longtemps, et pour tout le bien qu'elle t'a fait, il aurait pu tout aussi bien en être ainsi, crois-tu donc qu'elle a pu t'aider?

Non non non non les chemises les che-che-che-che-mises non

Arrête de babiller! Le temps nous manque. Parlons tant que c'est encore possible. Parle-moi de toi, mon petit ami... dis-moi, est-ce que tu aimes toute cette obscurité noire et froide ici? Prends-tu plaisir à ce grand voyage dans le néant qui s'étend à l'Extérieur? Attends un peu de le franchir, mon petit ami! Attends un peu le moment où tu atteindras le lieu où je demeure! Attends cela! Attends les lumières-mortes!! Tu les verras et tu deviendras fou... mais tu vivras... tu vivras... tu vivras à l'intérieur... en dedans de moi...

Ça partit d'un rire malveillant, et Bill prit conscience que la voix de Ça commençait à la fois à s'atténuer et à enfler, comme si, à la fois, il passait hors de sa portée et se précipitait vers lui. Et n'était-ce pas ce qui était en train de se passer? Oui; il le croyait. Car, alors que les voix étaient parfaitement synchronisées, celle vers laquelle il se précipitait maintenant sonnait totalement étrangère à son oreille, émettant des syllabes qu'aucune gorge et langue humaine n'auraient pu reproduire. *Telle est la voix des lumières-mortes, pensa-t-il.*

Le temps nous manque. Parlons tant que c'est encore possible.

La voix humaine de Ça s'estompait comme s'estompaient les émissions de la radio de Bangor lorsqu'on les captait en voiture en roulant vers le sud. Il fut saisi d'une aveuglante flambée de terreur. Il n'allait pas tarder à ne plus être en communication rationnelle avec Ça... Quelque chose en lui le comprenait, car en dépit de ses rires et de ses sarcasmes, c'était bien ce que Ça voulait. Non pas simplement l'expédier là où il se trouvait réellement, mais rompre leur communication mentale. Si elle cessait, il en serait détruit, complètement ravagé... Passer au-delà de la communication était passer au-delà de tout salut; il comprenait fort bien cela à la façon dont ses parents s'étaient comportés vis-à-vis de lui après la mort de George. C'était la seule leçon qu'il pouvait tirer de leur froideur de congélateur.

Quitter Ça... et approcher Ça. Mais le quitter restait d'une certaine façon le plus important. Si Ça voulait dévorer les petits enfants là-bas, ou les y entraîner, ou il ne savait pas quoi, pourquoi Ça ne les y avait-il pas tous envoyés ? Pourquoi seulement lui ?

Parce qu'il devait débarrasser son soi-Araignée de lui, telle était la raison. D'une manière mystérieuse, le Ça-Araignée et le Ça qui se désignait lui-même comme lumières-mortes étaient liés. Quelle que fût la chose qui vivait dans ces ténèbres, elle y était peut-être invulnérable... mais Ça se trouvait également sur la terre, sous Derry, dans un organisme physique. Aussi repoussant qu'il fût, à Derry, la présence de Ça était physique... et ce qui était physique pouvait être tué.

Bill filait-glissait dans l'obscurité, sa vitesse augmentant constamment. *Qu'est-ce qui me fait comprendre que l'essentiel de ce que Ça raconte n'est que du bluff, une vaste mascarade ? Pourquoi faut-il qu'il en soit ainsi ? Et comment est-ce possible ?*

Il crut le comprendre... peut-être.

Il n'y a que Chüd, avait déclaré la Tortue. Et si c'était vrai, s'ils s'étaient mordu mutuellement la langue, non pas physiquement, mais mentalement, spirituellement ? Et en supposant que Ça arrive à envoyer Bill suffisamment loin dans le vide, c'est-à-dire assez près de son soi éternel désincarné, le rituel ne prendrait-il pas fin ? Ça l'aurait arraché, tué, et aurait tout gagné en même temps.

Tu t'en sors pas mal, fils, mais bientôt il sera trop tard...

Ça a peur ! Peur de moi ! Peur de nous tous !

Il glissait, glissait, et il y avait une paroi devant lui, il la sentait, il la sentait approcher dans l'obscurité, la paroi à l'extrémité du continuum et au-delà l'autre forme, les lumières-mortes...-

Ne me parle pas, fils, et ne te parle pas à toi-même, tu ne fais que te déchirer. Mords si tu veux, mords si tu l'oses, si tu peux avoir ce courage, si tu peux supporter... mords dedans, fils !

Bill mordit — non pas avec ses dents, mais avec les incisives de son esprit.

Avec une voix abaissée d'une octave, une voix qui n'était pas la sienne (il avait en fait adopté la voix de son père, mais il irait jusqu'à la tombe sans le savoir ; certains secrets restent tels, et sans doute vaut-il mieux), et après avoir pris une grande inspiration, il cria : « *LES CHEMISES DE L'ARCHIDUCHESSE SONT SÈCHES ARCHI-SÈCHES !* »

Il sentit Ça qui hurlait dans son esprit, hurlement de rage et de frustration... mais aussi de peur et de souffrance. Ça n'était pas habitué à ne pas être maître de la situation ; jamais rien de tel ne lui était arrivé et jusqu'aux événements les plus récents de son existence, il n'avait pas soupçonné que cela puisse lui arriver.

Bill le sentit qui se tordait contre lui, non pas le tirant, mais le poussant, essayant de se débarrasser de lui !

LES CHEMISES DE L'ARCHIDUCHESSE SONT SÈCHES ARCHI-SÈCHES, J'AI DIT !

ARRÊTE !

RAMÈNE-MOI ! TU ES OBLIGÉ DE ME RAMENER ! JE TE L'ORDONNE ! JE L'EXIGE !

Ça hurla de nouveau, souffrant maintenant avec plus d'intensité, peut-être en partie parce que alors que Ça avait passé sa longue existence à infliger des souffrances, à s'en nourrir, Ça n'en avait jamais éprouvé lui-même.

Ça essaya tout de même de le repousser, de se débarrasser de lui, voulant, avec un entêtement aveugle, absolument gagner, comme Ça l'avait toujours fait par le passé. Il poussa... mais Bill sentit que sa vitesse diminuait et une image grotesque lui vint à l'esprit : la langue de Ça, couverte de cette bave vivante, étirée comme une épaisse bande de caoutchouc, se craquelant, saignant. Il se vit lui-même accroché des dents à la pointe de cette langue, l'entaillant petit à petit, le visage inondé du fluide convulsif qui était son sang, se noyant dans sa mortelle puanteur et pourtant tenant toujours ferme, tenant accroché à quelque chose tandis que Ça se débattait dans ses souffrances aveugles et sa rage croissante pour ne pas laisser sa langue abandonner...

(*Chüd, c'est cela, Chüd, tiens le coup, sois courageux, sois honnête, tiens pour ton frère, tiens pour tes amis; crois, crois en toutes les choses en lesquelles tu as déjà cru, crois que si tu dis à un policier que tu es perdu, il te ramènera sain et sauf à la maison, crois qu'il existe une petite souris qui vit dans un énorme palais d'émail, crois que le Père Noël habite au pôle Nord, et qu'il fabrique des jouets aidé par une ribambelle d'elfes, crois aussi que le marchand de sable pourrait être bien réel, bien réel en dépit de Carlton, le grand frère de Calvin et Cissy Clark, qui dit que tout ça c'est des bêtises pour les bébés, crois que ton père et ta mère t'aimeront à nouveau, que le courage est possible, que les mots te viendront tout le temps avec facilité; fini les Râtés, les Perdants, fini de se terrer au fond d'un trou dans le sol en le baptisant Club souterrain, fini d'aller pleurer dans la chambre de Georgie parce que tu n'as pas pu le sauver et ne savais pas, crois en toi-même, crois en la chaleur de ce désir !*)

Il se mit soudain à rire dans les ténèbres, non pas d'un rire hystérique, mais d'un rire qui exprimait un ravissement émerveillé absolu.

« ET MERDE, JE CROIS EN TOUS CES TRUCS ! » clama-t-il, et c'était vrai : même à onze ans, il avait déjà remarqué que les choses tournaient bien, une invraisemblable quantité de fois. Une lumière flamboya autour de lui. Il tendit les bras au-dessus de sa tête, leva le visage, et sentit soudain un torrent de puissance le traverser.

Il entendit Ça qui hurlait à nouveau... et brusquement il se trouva tiré en arrière de même qu'il était venu, toujours accroché à l'image de ses dents plantées profondément dans la chair étrange de la langue de Ça, ses dents verrouillées comme dans la grimace de la sinistre vieille mort. Il fila dans les ténèbres, les lacets de ses tennis volant derrière lui comme des bannières, le vent de ce lieu vide sifflant à ses oreilles.

Il repassa près de la Tortue et vit qu'elle avait rentré la tête sous sa carapace ; sa voix en émergeait, creuse et déformée, comme si même sa retraite était un puits profond de plusieurs éternités :

Pas si mal, fils, mais il faut finir le travail, maintenant ; ne laisse pas Ça s'échapper. L'énergie a une manière à elle de se dissiper, vois-tu ; ce qui peut être fait lorsque l'on a onze ans, souvent, ne peut pas l'être par la suite.

La voix de la Tortue diminua, diminua, diminua. Il n'y eut plus qu'une obscurité torrentielle... puis l'embouchure du tunnel cyclopéen... les odeurs de la décrépitude et de la décomposition... des toiles d'araignées lui caressant le visage comme les rideaux de soie en lambeaux d'une maison hantée... flou de carrelages s'émiettant... croisements, tout noirs maintenant, ballons-lunes disparus, et Ça hurlait, hurlait :

Laisse-moi partir laisse-moi partir je ne reviendrai jamais laisse-moi PARTIR ÇA FAIT MAL ÇA FAIT MAL ÇA FAIT MAAAALLLL !!!

« *Duchesse sont sèches !* » rugit Bill, presque pris de délire. Il voyait devant lui une lumière, une lumière qui s'affaiblissait, qui brasillait comme une grande bougie au bout de sa mèche... et pendant un instant, il se revit, lui et les autres se tenant par la main, Eddie d'un côté, Richie de l'autre. Il vit son propre corps affaissé, sa tête qui ballottait sur ses épaules, les yeux plongés dans ceux de l'Araignée, laquelle tourbillonnait et se tordait comme un derviche, ses pattes épineuses battant le sol, du poison s'écoulant de son dard.

Ça hurlait à l'agonie, dans les affres de la mort.

Du moins Bill le croyait-il, candide.

Puis il vint s'encastrer dans son propre corps avec la violence d'une balle de base-ball dans un gant lors d'un coup direct, avec une telle force que ses mains s'arrachèrent à celles d'Eddie et de Richie et qu'il fut projeté à genoux, glissant sur les dalles jusqu'à toucher le bas de la toile d'araignée. Il tendit sans y penser une main vers un fil et cette main fut immédiatement envahie par un engourdissement, comme si elle venait de recevoir une pleine ampoule de novocaïne ; le fil lui-même avait l'épaisseur d'un fil téléphonique.

« Ne touche pas ce truc, Bill ! » lui cria Ben, et Bill dut tirer plusieurs coups rapides pour en arracher la main ; une partie de sa paume, à la hauteur des premières phalanges, resta à vif. Elle se remplit de sang et il se remit sur pied en titubant, surveillant l'Araignée de l'œil.

Elle reculait en crabe devant eux, maintenant, et se dirigeait vers le coin le plus sombre de la salle, dont l'éclairage baissait peu à peu. Elle laissait des flaques de sang noir sur son passage ; mystérieusement, la confrontation avait entraîné la rupture d'organes internes à une douzaine, peut-être même à une centaine d'endroits différents.

Il recula, levant la tête, tandis que des fils de la toile tombaient vers le sol qu'ils venaient frapper autour de lui comme des serpents blancs et adipeux. Ils perdaient forme instantanément et s'infiltraient dans les fissures entre les dalles. La toile s'effondrait, se détachait de ses nombreux points d'ancrage. L'un des corps, encoconné comme une mouche, vint heurter le sol avec le bruit flasque et répugnant d'une calebasse pourrie.

« L'Araignée ! cria Bill. Où est-elle passée ? »

Il entendait encore Ça dans sa tête, miaulant et gémissant de douleur, et il comprit obscurément qu'elle s'était retirée dans le même tunnel où elle l'avait projeté auparavant... mais s'y était-elle réfugiée pour regagner le lieu sans nom où elle avait projeté d'expédier Bill... ou pour s'y cacher jusqu'à leur départ ? Pour y mourir ? Ou pour y panser ses plaies ?

« Seigneur, les lumières ! s'écria Richie. Les lumières s'éteignent ! Qu'est-ce qui s'est passé, Bill ? Où es-tu allé ? Nous t'avons cru mort ! »

Confusément, Bill comprit que c'était faux : s'ils l'avaient réellement cru mort, ils se seraient enfuis, dispersés, et Ça les aurait cueillis sans peine, un par un. Ou peut-être serait-il plus juste de dire qu'ils avaient *pensé* qu'il était mort, mais l'avaient *cru* vivant.

Il faut vérifier, être sûr ! Si Ça est en train de mourir, ou est retourné de l'endroit dont il est issu, où se trouve le reste de Ça, c'est parfait. Mais s'il est simplement blessé ? S'il arrive à s'en sortir ? Et si...

Le cri de Stan fit éclater le fil de ses pensées comme une vitre. Dans la lumière mourante, Bill vit que l'un des fils de la toile venait de tomber sur l'épaule de Stan. Mais avant que Bill ait pu l'atteindre, Mike s'était jeté sur le garçonnet plus petit que lui-même, le heurtant de plein fouet. Il emporta Stan dans son élan et le fil cassa, arrachant un fragment du polo de Stan.

« Reculez ! leur cria Ben. Éloignez-vous, tout s'écroule ! » Lui-même saisit la main de Beverly et la tira en direction de la porte minuscule tandis que Stan se remettait sur pied, jetait autour de lui un regard hébété et saisissait Eddie par son bras valide. Ils se dirigèrent ensemble vers Ben et Beverly, se soutenant mutuellement, l'air de deux fantômes dans le reste de lumière.

Au-dessus de leurs têtes, la toile d'araignée continuait de s'affaisser, de tomber sur elle-même, de perdre son épouvantable symétrie. Les corps prisonniers tournoyaient dans l'air, paresseusement, comme de cauchemardesques bouchons au bout d'une canne à pêche. Les fils entrecroisés tombaient — barreaux pourris d'étranges et complexes échelles. Les bouts détachés heurtaient les dalles, sifflaient comme des chats, perdaient leur forme et se mettaient à s'épancher.

Mike Hanlon suivit un chemin zigzaguant entre eux comme entre près d'une douzaine de lignes de défense adverses dans un match de football, tête baissée, esquivant, se faufilant. Richie le rejoignit. Chose incroyable, ce dernier riait alors qu'il avait les cheveux dressés sur la tête comme des épines de porc-épic. Les lumières baissèrent encore ; les phosphorescences qui se tordaient sur les murs mouraient une à une.

« Bill ! cria Mike. Ramène-toi ! Tire tes fesses de là !

— Et si jamais Ça n'est pas mort ? s'égosilla Bill. Il faut lui courir après, Mike ! Il faut être sûr ! »

Un fouillis de fils se détacha comme un parachute et tomba en produisant un horrible bruit de chairs déchirées. Mike saisit Bill par le bras et le poussa de côté, le faisant trébucher.

« Ça est mort ! » cria Eddie, les rejoignant. Ses yeux étaient deux lumignons fébriles, sa respiration le sifflement d'un vent d'hiver glacé dans sa gorge. Les débris de la toile, en le heurtant, avaient gravé d'étranges scarifications dans le plâtre de son bras. « Je l'ai entendu, Ça mourait, ce n'est pas le genre de bruit que l'on fait en allant à une partie de châtaignes, Ça crevait, j'en suis sûr ! »

Les mains de Richie s'avancèrent à tâtons dans la pénombre grandissante, s'emparèrent de Bill et l'étreignirent convulsivement. Puis il se mit à lui marteler le dos, extatique. « Moi aussi, je l'ai entendu, Ça crevait, Grand Bill, j'en suis sûr ! Et tu ne bégaies plus, tu ne bégaies plus du tout. Comment as-tu fait cela ? Comment diable... ? »

La tête de Bill lui tournait. Les mains lourdes et maladroites de l'épuisement pesaient sur lui. Il ne se souvenait pas s'être jamais senti aussi fatigué... Mais dans son esprit, il entendait la voix traînante et comme à bout de forces de la Tortue : *... il faut finir le travail, maintenant, ne laisse pas Ça s'échapper... ce qui peut être fait lorsque l'on a onze ans, souvent, ne peut pas l'être par la suite.*

« Mais il faut être sûr... »

Les ombres se rejoignaient et l'obscurité était maintenant presque totale. Cependant, avant que le noir ne fût complet, il crut lire le même doute infernal sur le visage de Beverly... et dans les yeux de Stan. Et quand la dernière lueur eut disparu, ils purent pourtant entendre les chuintements suivis d'un bruit sourd de l'innommable toile tombant en morceaux.

3

Bill dans le vide, deux.

Tiens, te voilà donc de retour, mon petit pote ! Mais qu'est-ce qui est arrivé à tes cheveux ? Tu es aussi chauve qu'une boule de billard, ma parole ! C'est bien triste ! Bien triste, la brièveté de ces vies humaines ! Chacune n'est qu'un court récit écrit par un idiot ! Sans compter...

Je m'appelle toujours Bill Denbrough. Tu as tué mon frère George et Stanec le Mec, mon ami ; tu as essayé de tuer Mike. Et moi je vais te dire quelque chose : aujourd'hui je ne m'arrêterai que lorsque le boulot sera achevé.

La Tortue était stupide, trop stupide pour mentir. Elle t'a dit la vérité, mon petit pote... c'est une chance qui ne se présente qu'une fois. Tu m'as fait mal. Tu m'as surpris. C'est fini, cela. C'est moi qui t'ai rappelé. Moi.

Tu m'as rappelé, si tu veux, mais tu n'es pas le seul...

Ton amie la Tortue... elle est morte il y a quelques années. Elle a dégobillé dans sa carapace et s'est étouffée à en crever sur une galaxie ou deux. Bien triste, tu ne trouves pas ? Mais aussi bien bizarre. Mérite une place dans Le Livre des records, non ? C'est arrivé à peu près au moment où tu as connu ce blocage d'écriture. Sans doute l'as-tu sentie partir, mon petit pote.

Cela, je ne le crois pas davantage.

Oh, tu finiras par le croire... tu verras. Cette fois-ci, mon petit pote, j'ai prévu de tout te montrer. Y compris les lumières-mortes.

Il sentit la voix de Ça qui s'élevait, qui grondait, un véritable tintamarre — et il éprouva enfin sa fureur dans toute son étendue. Il fut terrifié. Il rechercha la langue de son esprit, se concentrant, s'efforçant désespérément de retrouver dans toute sa plénitude ses convictions enfantines et comprenant en même temps la mortelle vérité des paroles de Ça : la dernière fois, Ça était non préparé. Aujourd'hui... même si Ça n'avait pas été le seul à le rappeler, Ça l'avait incontestablement attendu.

Néanmoins...

Il sentit monter sa propre fureur, nette, chantante, tandis que ses yeux se fixaient sur les yeux de Ça. Il sentit ses anciennes cicatrices, il sentit qu'il avait été gravement atteint, il sentit qu'il souffrait encore.

Et lorsque Ça le propulsa, au moment où il fut arraché à son propre corps, il se concentra de tout son être pour s'emparer de sa langue... *mais manqua sa prise.*

4

Richie

Les quatre autres regardaient, paralysés. C'était la répétition exacte de ce qui s'était déjà passé une première fois. Du moins au début. L'Araignée, qui semblait sur le point de s'emparer de Bill et de l'engloutir, s'immobilisa soudain. Les yeux bleus de Bill, ceux, rubis, de l'Araignée, s'étaient trouvés et ne se lâchaient plus. Les quatre sentirent que s'établissait un contact... un contact à peine au-delà de leur capacité de pressentiment. Mais ils percevaient un combat, un affrontement de volontés.

C'est alors que Richie leva les yeux vers la nouvelle toile et vit la première différence.

Certes, il y avait, comme autrefois, des cadavres suspendus, à demi dévorés, à demi putréfiés... mais plus haut, dans un coin, se trouvait un autre corps qui parut tout récent à Richie, peut-être encore vivant. Beverly n'avait pas levé les yeux — son regard ne quittait pas l'affrontement de Bill et de l'Araignée — mais même dans son épouvante, Richie s'aperçut de la ressemblance qui existait entre elle et la femme dans la toile. Elle avait de longs cheveux roux ; ses yeux, ouverts, restaient vitreux et immobiles. Un filet de salive avait coulé sur son menton du coin gauche de sa bouche. Elle avait été attachée à l'un des câbles principaux de la toile par un harnais arachnéen qui passait autour de sa taille et sous ses bras, si bien qu'elle pendait, penchée en avant, bras et jambes se balançant mollement. Elle avait les pieds nus.

Richie aperçut alors un autre corps tout recroquevillé au pied de la toile, celui d'un homme qu'il ne connaissait pas... puis son esprit releva, presque inconsciemment, une vague ressemblance avec feu le peu regretté Henry Bowers. Du sang avait coulé des yeux de l'homme et une écume rouge séchée lui barbouillait la bouche et le menton. Il...

C'est à cet instant que Beverly cria : « Quelque chose cloche ! Quelque chose est allé de travers, il faut réagir, pour l'amour du ciel est-ce que quelqu'un va réagir ? »

Le regard de Richie revint brusquement sur Bill et l'Araignée... et il crut entendre/sentir un rire monstrueux. De manière subtile, le visage de Bill s'étirait. Sa peau avait pris un teint jaunâtre de vieux parchemin. On ne voyait plus que le blanc de ses yeux.

Oh Bill, où es-tu ?

Sous les yeux de Richie, des bulles de sang jaillirent brusquement du nez de Bill tandis que sa bouche se tordait, essayant de crier... et l'Araignée qui, de nouveau, avançait sur lui ! Elle se tournait, de manière à présenter son dard.

Elle veut le tuer... tuer son corps, du moins... pendant que son esprit se trouve quelque part ailleurs. Elle veut le faire taire pour toujours. Elle est en train de gagner... Bill, où es-tu ? Pour l'amour du ciel, où es-tu ?

Alors, venant d'une distance inimaginable, Richie entendit Bill crier faiblement... et les mots, bien que dépourvus de sens, étaient de la clarté du cristal et débordaient d'un épouvantable

(la Tortue est morte oh mon Dieu la Tortue est vraiment morte)
désespoir.

Bev hurla de nouveau et porta les mains à ses oreilles comme pour faire taire cette voix affaiblie. Le dard de l'Araignée se souleva et Richie bondit vers Ça, un grand sourire sur les lèvres, et l'interpella avec la voix du flic irlandais à son meilleur :

Allons, allons voyons ma petite dame ! Par le diable et l'enfer, que croyez-vous donc que vous allez faire ? Rentrez-moi cet engin et plus vite que cela avant que j'aille tirer sur vos cotillons et défriser un peu vos bouclettes !

L'Araignée arrêta de rire et Richie sentit monter en elle un hurlement de colère et de douleur. *Je l'ai blessée !* pensa-t-il triomphalement. *Je l'ai blessée, qu'est-ce que vous en dites les mecs,*

hein ? Et devinez quoi ! JE LUI AI CHOPÉ LA LANGUE ! JE CROIS QUE BILL
L'A MANQUÉE MAIS PENDANT UN MOMENT DE DISTRACTION DE ÇA J'AI...

C'est alors que Ça jeta sur lui, avec des vociférations, une ruche
d'abeilles en furie qui se mirent à tourbillonner dans sa tête ; il se
trouva arraché à lui-même et plongé dans les ténèbres, ayant
vaguement conscience que Ça essayait de le détacher de lui à grandes
secousses. Et Ça s'en sortait pas mal, à vrai dire. L'épouvante envahit
Richie, bientôt remplacée par un sentiment d'absurdité cosmique. Il
se rappela Beverly avec son yo-yo, quand elle lui avait montré
comment le faire « dormir » au bout de son fil, comment lui faire
faire le « toutou », le « tour du monde ». Et c'était maintenant lui,
Richie le yo-yo humain, qui pirouettait au bout de la langue de Ça.
Et la figure qu'il faisait n'était pas la promenade du toutou, mais
plutôt celle de l'Araignée — c'était d'une grande drôlerie, non ?

Richie éclata de rire. Il était mal élevé de rire la bouche pleine, bien
sûr, mais le *Guide des bonnes manières* ne devait guère compter de
lecteurs là où il se trouvait.

Idée qui le fit rire et mordre encore plus fort.

L'Araignée hurla et le secoua de plus belle, clamant sa colère de
s'être ainsi laissé surprendre une deuxième fois — elle s'était imaginé
que seul l'écrivain était en mesure de la défier, et voici que cet homme
qui s'esclaffait comme un potache venait de lui tomber dessus au
moment où elle s'y attendait le moins.

Richie se sentit glisser.

*Attendez ouné pétite minoute, Señorita, qué on va sortir d'ici
ensemblé, ou alors yé né vous vends pas ouné seul billet dé la loteria,
qué tous ils gagnent, qué yé lé joure sour la tête de ma mama.*

Il sentit ses dents s'enfoncer de nouveau, plus solidement cette fois
— mais aussi une très légère douleur quand les crocs de Ça
s'enfoncèrent dans sa propre langue. Bon sang, cela restait tout de
même rigolo, malgré tout. Même dans les ténèbres, se retrouver
propulsé derrière Bill avec seulement la langue de cet innommable
monstre pour le relier à son monde, même avec la douleur de la
morsure de ses crocs empoisonnés qui lui envahissait l'esprit comme
un brouillard rouge, c'était bougrement rigolo. *Visez-moi un peu ça,
les mecs : le premier disc-jockey volant de l'histoire !*

Bon, très bien, il volait.

Richie se trouvait dans des ténèbres encore plus profondes que ce
qu'il avait jamais connu ; des ténèbres dont il n'aurait même jamais
soupçonné l'existence, et fonçait à ce qui lui semblait être la vitesse de
la lumière tout en étant secoué comme un rat par un chien ratier. Il
sentit qu'il y avait quelque chose en avant de lui, quelque cadavre

titanesque. Était-ce la Tortue sur le sort de laquelle Bill s'était lamenté d'une voix de plus en plus faible ? Sans doute. Ce n'était qu'une carapace, une coquille vide. Elle fut rapidement derrière lui et il poursuivit sa course dans l'obscurité.

Ça déménage, maintenant, pensa-t-il, et il éprouva l'irrésistible besoin de se remettre à caqueter.

Bill, Bill ! Est-ce que tu m'entends ?

Il est parti, il est dans les lumières-mortes, lâche-moi, LÂCHE-MOI ! (Richie)

Incroyablement loin, loin dans les ténèbres.

Bill ! Bill ! Je suis là ! Trouve une prise ! Pour l'amour de Dieu, trouve une prise !

Il est mort, vous êtes tous morts, vous êtes trop vieux, ne comprenez-vous pas cela ? Et maintenant, lâche-MOI !

Et non, salope, on n'est jamais trop vieux pour la danse de Saint-Guy !

LÂCHE-MOI !

Amène-moi près de lui et on verra

Richie

Plus près, grâce à Dieu il était plus près, maintenant...

Voilà, j'arrive, Grand Bill ! La Grande Gueule à la rescousse ! Pour tirer tes vieilles fesses pelées de là ! J'te devais bien ça depuis l'affaire de Neibolt Street, non ?

Lâche-MOIIII !

Ça souffrait terriblement, maintenant, et Richie comprit à quel point il l'avait pris par surprise — Ça avait cru n'avoir affaire qu'à Bill. Eh bien, c'était parfait, absolument parfait. Pour l'instant, Richie ne se souciait pas de tuer Ça ; il n'était d'ailleurs pas sûr qu'il pût être tué. Mais Bill, lui, pouvait l'être, et Richie sentait que le temps qui lui restait était très, très limité. Bill se rapprochait à toute allure d'une pénible surprise, de quelque chose sur quoi il valait mieux ne pas s'appesantir.

Richie ! Non ! Retourne-t'en ! Ce sont les limites de toutes choses, ici ! Les lumières-mortes !

Ma parolé ! qué on dirait qué tou es sour ouné canasson dé minouit, Señorrr... et où qué t'es, mon bonhomme ? Souris, qué yé vois où qué t'es !

Et soudain Bill fut là, glissant d'un côté

(le gauche, le droit ? Il n'y avait aucune direction, ici)

ou de l'autre. Et au-delà de lui, arrivant très vite, Richie vit/sentit quelque chose qui tarit instantanément la source de son rire. Une barrière, quelque chose avec une forme étrange, non géométrique,

que son esprit ne pouvait saisir. Il la traduisit donc du mieux qu'il put, comme avait été traduite en Araignée la forme de Ça, et Richie la vit donc sous celle d'une colossale paroi grise en pieux de bois fossilisé. Ces pieux se prolongeaient éternellement vers le haut et vers le bas, comme les barreaux d'une cage ; et derrière, brillait une grande lumière aveugle. Elle flamboyait et se déplaçait, souriait et ricanait. La lumière vivait,

(*lumières-mortes*)

était plus que vivante : débordante d'une force — magnétisme, gravité, peut-être quelque chose d'autre. Richie se sentit soulevé et lâché, tiré et lancé comme une toupie, comme s'il s'était trouvé au milieu de rapides dans une gorge étroite. Il sentait la lumière se déplacer avec avidité sur son visage... et la lumière *pensait*.

C'est Ça, c'est Ça, le reste de Ça.

Lâche-moi, tu m'as promis de me LÂCHER !

Je sais mais parfois, ma petite dame, il m'arrive de mentir, même que ma maman elle m'a battu pour ça ; mon paternel, lui, il a laissé tomber !

Il sentit Bill culbuter vers l'une des ouvertures de la paroi, il sentit les doigts mauvais de la lumière se tendre vers lui et, avec un ultime effort désespéré, il se tendit vers son ami.

Bill ! Ta main ! Donne-moi ta main ! TA MAIN NOM DE DIEU TA MAIN !

Bill tendit la main ; ses doigts s'ouvraient et se fermaient, le feu vivant rampant et se tordant sur son anneau de mariage et y traçant des runes primitives — roues, croissants, étoiles, svastikas, cercles enchaînés qui peu à peu l'emmaillotaient. La même lumière courait sur le visage de Bill, qui paraissait tatoué. Richie s'étira autant qu'il le put, tandis que Ça hurlait et gémissait.

(*Je l'ai manqué oh mon Dieu je l'ai manqué il va être propulsé à travers !*)

Les doigts de Bill se replièrent alors sur ceux de Richie qui referma sa main en poing. Les jambes de Bill passèrent par l'une des ouvertures entre les pieux pétrifiés, et pendant quelques instants de pure folie, Richie se rendit compte qu'il voyait tous les os, toutes les veines et les artères, tous les capillaires à l'intérieur, comme si son ami venait d'être placé dans la plus puissante machine à rayons X du monde. Richie eut l'impression que les muscles de son bras s'allongeaient comme du caramel et entendit son épaule craquer et gémir, protestant au fur et à mesure qu'augmentait l'effet de traction.

Faisant appel à ses ultimes réserves de force, il cria alors : « *Ramène-nous ! Ramène-nous ou je te tue... je te vitupère à mort !* »

L'Araignée poussa un hurlement strident, et Richie sentit brusquement une sorte de claquement de fouet géant lui traverser le corps. Son bras se réduisait à une barre douloureuse chauffée à blanc ; il commença à lâcher prise sur la main de Bill.

« *Tiens le coup, Grand Bill !*

— *Je te tiens, Richie, je te tiens !* »

T'as intérêt, pensa Richie, sarcastique, *parce que tu pourrais bien marcher pendant dix milliards de kilomètres sans trouver un seul chiotte payant, je te le dis !*

Ils refluèrent à toute allure, la lumière démente faiblit, se réduisit bientôt à quelques trous d'aiguille scintillants, puis disparut. Ils fonçaient à nouveau dans les ténèbres comme deux torpilles, Richie les dents toujours solidement plantées dans la langue de Ça, et tenant toujours d'une main douloureuse Bill par le poignet. Ils croisèrent la Tortue ; en un clin d'œil ils la dépassèrent.

Richie se rendit compte qu'ils se rapprochaient de ce qui était pour eux le monde réel (quoi que ce fût, et bien qu'il crût n'être plus jamais à même de le considérer comme véritablement réel ; il ne pourrait plus le voir que comme un habile décor de théâtre soutenu par tout un entrecroisement de câbles et de montants... des câbles comme les fils d'une toile d'araignée). *On va s'en sortir, pourtant*, pensa-t-il. *On va revenir. On...*

C'est alors que commença la grande bousculade — coups de fouet, coups de boutoir, projections d'un côté et de l'autre — Ça essayant une dernière fois de se débarrasser d'eux tant qu'ils étaient encore à l'Extérieur. Richie sentit qu'il était sur le point de lâcher prise ; il entendit le cri guttural de triomphe de Ça et se concentra sur ses mâchoires... mais elles continuaient de se desserrer. Il mordit, mordit frénétiquement, mais on aurait dit que la langue de l'Araignée perdait substance et réalité, qu'elle devenait comme la soie de sa toile.

« *À l'aide ! s'égosilla Richie. Je le perds ! À l'aide ! Que quelqu'un nous vienne en aide !* »

5

Eddie

Eddie se rendait partiellement compte de ce qui se passait ; il le sentait plus ou moins, le voyait plus ou moins, mais comme à travers un voile de gaze. Quelque part, Bill et Richie luttaient pour revenir. Leurs corps se trouvaient ici, mais le reste, c'est-à-dire l'essentiel d'eux-mêmes, se trouvait infiniment loin.

Il avait vu l'Araignée se tourner pour empaler Bill de son dard, puis Richie courir vers lui, insultant Ça avec ce ridicule accent, sa voix du flic irlandais, celle qu'il aimait à imiter autrefois... sauf que Richie avait bougrement amélioré son numéro avec les années, car son timbre ressemblait de façon époustouflante à celui du brave Mr. Nell de l'ancien temps.

L'Araignée s'était alors tournée vers Richie, et Eddie avait vu ses immondes yeux couleur de rubis saillir dans leurs orbites. Richie cria encore, prenant cette fois la voix de Pancho Vanilla, et Eddie avait entendu l'Araignée hurler de douleur. Ben poussa un jappement rauque lorsqu'il s'aperçut que s'ouvrait, le long d'une des cicatrices laissées par leur premier affrontement, une plaie fraîche dans la toison hirsute du monstre. Un flot de chyle, noir comme du brut d'Arabie, se mit à en dégouliner. Richie avait commencé à dire autre chose... puis sa voix s'était mise à diminuer, comme à la fin de certaines chansons pop ; la tête renversée en arrière, il était resté le regard fixé sur les yeux de Ça. L'Araignée s'était de nouveau calmée.

Eddie n'avait aucune idée du temps qui s'était ensuite écoulé. Richie et l'Araignée ne se quittaient pas des yeux ; Eddie sentait qu'ils étaient en quelque sorte verrouillés l'un à l'autre, et que quelque part, très loin, se déroulait un dialogue violent chargé d'émotions. Il n'en distinguait rien avec clarté, mais ressentait les choses comme des tonalités, des nuances de couleurs.

Bill gisait sur le sol, saignant du nez et des oreilles, les doigts agités de légers tressaillements, son long visage blême, les yeux fermés.

L'Araignée perdait maintenant son sang en quatre ou cinq endroits différents, grièvement blessée, mais encore dangereusement vivante, et Eddie pensa : *Qu'est-ce que nous faisons là, à attendre sans rien faire ? On pourrait affaiblir Ça pendant que l'Araignée est occupée avec Richie ! Pourquoi personne ne bouge, pour l'amour du ciel ?*

Il éprouva alors un sentiment de triomphe sauvage — une sensation claire et précise comme aucune encore. Sensation de proximité, aussi. *Ils reviennent !* avait-il envie de crier. *Ils reviennent !*

La tête de Richie commença à se tourner lentement d'un côté et de l'autre. Son corps donna l'impression d'onduler sous ses vêtements. Ses lunettes restèrent quelques instants accrochées au bout de son nez... puis tombèrent et se brisèrent en morceaux sur les dalles de pierre.

L'Araignée bougea dans un cliquetis sec de pattes cornées heurtant le sol. Eddie l'entendit pousser son horrible cri de triomphe puis il y eut la voix de Richie, claire et sonore dans sa tête :

(*À l'aide ! Je le perds ! Que quelqu'un nous vienne en aide !*)

Eddie courut vers eux, extirpant son inhalateur de sa poche de sa main valide, lèvres étirées en grimace, l'air passant en sifflant dans sa gorge douloureuse réduite (du moins il en avait l'impression) à un trou d'épingle. Le visage de sa mère se mit à danser, grotesque, devant lui, gémissant : *Ne t'approche pas de cette chose, Eddie ! Ne t'en approche pas ! Des choses comme ça donnent le cancer !*

« La ferme, M'man ! » fit Eddie dans un cri suraigu, un cri de toute la voix qui lui restait. La tête de l'Araignée se tourna vers ce bruit, ses yeux abandonnant momentanément Richie.

« Par ici ! hulula Eddie de sa voix étranglée. Par ici, goûte donc à ce truc ! »

Il bondit vers Ça en déclenchant en même temps l'inhalateur et pendant un instant, toute sa confiance d'enfant dans le produit lui revint ; c'était le médicament qui pouvait tout résoudre, qui lui permettait de se sentir mieux quand les grands le tarabustaient ou lorsqu'il se faisait renverser dans la bousculade des sorties de classe — ou encore quand il était obligé de faire tapisserie sur le terrain des frères Tracker, pendant que les autres jouaient au base-ball, ce que sa mère lui interdisait sans appel. C'était un bon médicament, un médicament puissant, et, tandis qu'il sautait à la tête de l'Araignée, assailli par son immonde puanteur jaune, se sentant lui-même submergé par la fureur et la détermination avec lesquelles Ça s'efforçait de tous les massacrer, il propulsa une giclée d'Hydr0x dans l'un des yeux rubis.

Il sentit / entendit son cri — non pas de rage, cette fois, seulement de douleur, un épouvantable cri d'angoisse. Il vit la brume des gouttelettes se poser sur ce gonflement écarlate, ces gouttelettes virer au blanc et s'enfoncer comme l'aurait fait une giclée d'acide phénique ; il vit l'énorme œil se mettre à s'aplatir comme un jaune d'œuf sanglant et s'écouler en ruisselets horribles, mélange de sang vivant, de chyle et de pus.

« Reviens à la maison maintenant, Bill ! » cria-t-il avec ce qui lui restait de voix. Puis il frappa Ça. Sa méphitique chaleur monta le long de son bras, cuisante, humide, atroce ; il prit alors seulement conscience qu'il avait enfoncé son bras valide dans la gueule de l'Araignée.

Il déclencha une nouvelle fois l'inhalateur, projetant la giclée droit dans sa gorge, ce coup-ci, droit dans cet abominable œsophage puant la décomposition et il eut un brusque élancement de douleur, aussi net que si un couperet venait de s'abattre, lorsque les mâchoires de Ça se refermèrent sur son bras et le déchirèrent à la hauteur de l'épaule.

Eddie retomba sur le sol, des jets de sang giclant du moignon de son bras, et se rendit vaguement compte que Bill se remettait debout, vacillant, que Richie venait vers lui, en titubant et trébuchant comme un ivrogne à la fin d'une longue nuit de beuverie.

« Eds... »

Très loin. Sans importance. Avec le sang de sa vie, tout s'écoulait de lui... toute la rage, toute la douleur, toute la peur, toute la confusion, tout ce qui était blessé en lui. Il supposa qu'il était en train de mourir et cependant il se sentait... ah, mon Dieu, il se sentait si lucide, si transparent, comme une vitre que l'on vient de faire et qui laisse pénétrer la lumière redoutablement glorieuse d'une aube que l'on n'aurait pas soupçonnée ; la lumière, oh, mon Dieu, cette lumière d'une parfaite rationalité qui éclaire l'horizon quelque part sur la Terre à chaque seconde.

« Eds oh mon Dieu Bill Ben quelqu'un il a perdu un bras, son... »

Eddie ouvrit les yeux, vit Beverly qui pleurait, ses larmes qui couraient le long de ses joues couvertes de crasse tandis qu'elle passait un bras sous lui ; il se rendit compte qu'elle venait d'enlever sa blouse et s'en servait pour tenter de contenir l'hémorragie et que c'était elle qui criait à l'aide. Puis il aperçut Richie et se passa la langue sur les lèvres. Tout s'estompait, tout s'éloignait, tandis qu'il devenait de plus en plus transparent ; toutes les impuretés s'écoulaient de lui pour qu'il pût devenir plus limpide, pour que la lumière pût le traverser et s'il avait eu le temps, il aurait su faire tout un sermon là-dessus. *Ce n'est pas si mal*, aurait-il commencé, *pas si mal du tout*. Mais il avait quelque chose à dire auparavant.

« Richie, murmura-t-il.

— Quoi ? » Richie était à quatre pattes à côté de lui, et le regardait avec désespoir.

« Ne m'appelle pas Eds », fit Eddie avec un sourire. Il leva lentement la main gauche et vint toucher la joue de son ami. Richie pleurait. « Tu sais que je... je... » Eddie ferma les yeux, songeant à la façon de finir sa phrase, et mourut pendant qu'il réfléchissait.

6

Derry, entre 7 et 9 heures

Vers sept heures, le vent atteignit à Derry la vitesse de soixante kilomètres à l'heure, avec des pointes à soixante-dix. Harry Brooks, un météorologue de l'aéroport international de Bangor, avisa, alarmé, l'antenne de la météorologie nationale d'Augusta. Les vents, disait-il, arrivaient de l'ouest et soufflaient selon un modèle semi-circulaire, quelque chose qu'il n'avait encore jamais vu... cela lui faisait de plus en plus l'effet d'une variété bizarre de mini-ouragan, car le phénomène se limitait à Derry et ses abords. À sept heures dix, les principales stations de radio de Bangor diffusèrent les premiers avertissements et mises en garde. L'explosion du transformateur du terrain des frères Tracker avait provoqué une coupure d'électricité pour toute la partie de Derry située du côté Kansas Street des Friches. À sept heures dix-sept, un vieil et vénérable érable, du côté Old Cape des Friches, s'abattit avec un bruit assourdissant de bois déchiré et aplatit un débit de boissons au coin de Merit Street et Cape Avenue. Un client âgé, Raymond Fogarty, fut tué par la chute d'un réfrigérateur à bière. Il s'agissait du même Fogarty qui, en tant que pasteur de la First Methodist Church de Derry, avait présidé aux funérailles de George Denbrough en octobre 1957.

La chute de l'érable géant entraîna la rupture de suffisamment de câbles électriques pour priver de courant non seulement le quartier d'Old Cape mais aussi celui, un peu plus chic, de Sherburn Woods. L'horloge du clocher de l'église méthodiste n'avait sonné ni six heures ni sept heures. Vers sept heures vingt, trois minutes après la chute de l'érable et environ une heure et quart après l'explosion de toutes les toilettes du quartier d'Old Cape, elle se mit à sonner treize coups. Une minute plus tard, la foudre, en un éclair bleu-blanc, vint s'abattre sur le clocher. Heather Libby, la femme du pasteur, qui regardait à ce moment-là par la fenêtre de sa cuisine, dans le presbytère, déclara que le clocher avait « explosé comme s'il avait été bourré de dynamite ». Planches blanchies à la chaux, poutres et chevrons en morceaux et fragments du mécanisme de l'horloge suisse retombèrent en averse dans la rue.

Des torrents d'eau écumeuse commençaient à dévaler les artères en pente convergeant vers le secteur commercial du centre-ville. Sous Main Street, les eaux gonflées du canal se trahissaient par un grondement sourd et un léger tremblement du sol ; les gens se regardaient, mal à l'aise. À sept heures vingt-cinq, alors que l'explosion titanesque du clocher baptiste résonnait encore dans les oreilles, l'homme qui venait tous les matins (sauf le dimanche) faire le ménage au Wally's Spa vit dans l'établissement quelque chose qui le jeta, hurlant, dans la rue. Ce personnage, déjà alcoolique à son entrée à l'université du Maine, onze ans auparavant, était payé une misère pour ses services — étant entendu que son véritable salaire était constitué par le droit absolu de finir tout ce que les tonneaux de bière mis en perce la veille contenaient encore. Richie Tozier aurait peut-être pu se souvenir de lui ; il s'agissait de Vincent Caruso Taliendo, mieux connu par ses anciens camarades de classe sous le nom de Boogers Taliendo. Tandis qu'il poussait son balai, en cette apocalyptique matinée, se rapprochant progressivement du bar, il vit les sept robinets à bière — trois Budweiser, deux Narragansett, une Schlitz (mieux connue sous l'appellation de Slitz par les pochards du Wally's) et une Miller Lite — s'incliner de la tête, comme tirés par des mains invisibles. La bière s'écoula en écume blanche et bulles dorées. Vince se précipita, car loin de penser à des fantômes, il ne voyait qu'une chose : ses bénéfices matinaux partaient par le trou d'évacuation. Puis il fit un arrêt brusque, dérapant, et un cri, sorte de gémissement d'horreur, s'éleva du trou à rats vide et empestant la bière qu'était le Wally's Spa.

À la place de la bière, coulait un flot de sang artériel. Il tourbillonna dans les bacs chromés, déborda et se mit à ruisseler le long du bar ; c'est alors que les robinets commencèrent à vomir des cheveux et des morceaux de chair. Boogers Taliendo contemplait ce spectacle, paralysé d'effroi, incapable de trouver suffisamment de force pour hurler de nouveau. Puis il y eut une explosion sourde et mate sous le comptoir, lorsque éclata l'un des tonneaux de bière ; toutes les portes basses qui le fermaient s'ouvrirent en même temps et une fumée verdâtre — celle que pourrait produire un magicien au moment fort de son tour — en sortit par bouffées.

Boogers en avait suffisamment vu. Retrouvant ses poumons, il fonça vers la rue transformée maintenant en cours d'eau peu profond. Il tomba sur les fesses, se releva et jeta un coup d'œil terrifié par-dessus son épaule. L'une des fenêtres de l'établissement vola en éclats avec une détonation comme un coup de fusil. Des fragments de verre passèrent en sifflant près de ses oreilles. Un instant plus tard, une deuxième fenêtre explosait. Une fois de plus, il en sortit miraculeusement indemne. C'est alors qu'il décida, vu la tournure que prenaient les choses, que le moment était venu pour lui d'aller rendre visite à sa sœur, à Eastport. Il se mit en route sur-le-champ, et son odyssée pour atteindre les limites de la ville constituerait une saga à elle seule... qu'il suffise de dire qu'il réussit finalement à sortir de la ville.

Tout le monde n'eut pas autant de chance. Aloysius Nell, qui venait de fêter ses soixante-dix-sept ans, regardait en compagnie de sa femme la tempête qui s'abattait sur Derry, assis dans son salon. À sept heures trente-deux, il mourut d'une crise cardiaque. Mrs. Nell raconta plus tard à son frère qu'Aloysius avait laissé tomber sa tasse de café sur le tapis, s'était raidi sur sa chaise et, les yeux agrandis, fixes, s'était écrié : « Allons, allons, ma petite dame ! Par le diable et l'enfer, que croyez-vous donc que vous allez faire ? Rentrez-moi cet engin plus vite que cela avant que j'aille tirer sur vos cotilllll... » Sur quoi il était tombé de son siège, écrasant la tasse de café sous lui. Maureen Nell, qui n'ignorait pas que la tocante de son époux était en fort mauvais état depuis quelques années, comprit immédiatement que tout était terminé pour lui, et après avoir desserré son col, elle courut au téléphone appeler le père McDowell. Mais le téléphone était en dérangement. Il n'en sortait qu'un bruit curieux comme celui d'une sirène de voiture de police. C'est ainsi, bien qu'elle eût su qu'il s'agissait probablement d'un blasphème, qu'elle avait tenté elle-même de lui octroyer les derniers sacrements. Elle avait le sentiment qu'il lui faudrait en rendre compte à saint Pierre, le jour où son tour viendrait, mais, dit-elle à son frère, elle était sûre que Dieu se montrerait compréhensif si saint Pierre ne l'était pas. Aloysius avait été un bon mari et un bon compagnon, et s'il lui arrivait de boire plus que de raison, c'était à cause de son ascendance irlandaise.

À sept heures quarante-neuf, une série d'explosions secoua le centre commercial de Derry, situé sur l'emplacement des anciennes aciéries Kitchener. Personne ne fut tué ; le centre n'ouvrait pas avant dix heures, et les cinq hommes de l'équipe de nettoyage n'arrivaient qu'à huit heures (et par une telle matinée, on peut se demander s'il s'en serait présenté un seul, de toute façon). Plus tard, une escouade d'investigateurs arriva à la conclusion que l'on ne pouvait retenir l'hypothèse d'un sabotage ; ils laissèrent entendre — plutôt vague-ment — que les explosions avaient sans doute eu pour origine l'inondation du système électrique du centre.

Toujours est-il que les clients n'allaient pas se bousculer au centre commercial pendant un bon bout de temps. L'une des explosions avait complètement détruit une bijouterie. Il y eut une véritable averse de bagues, de bracelets, de gourmettes, de colliers, de broches, de rangs de perles, d'alliances et de montres numériques Seiko, averse brillante, étincelante. Une boîte à musique vola jusqu'au bout de l'allée est et atterrit dans la fontaine d'un magasin, où elle joua quelques mesures pétillantes du thème de *Love Story* avant de rendre l'âme. La même explosion détruisit le mur de séparation avec le magasin voisin — un Baskin-Robbins — et les trente et un parfums de crème glacée ne tardèrent pas à se transformer en un magma qui se mit à couler en ruisselets épais et opaques sur le sol.

La déflagration qui se produisit chez Sear's ouvrit un trou dans le toit ; le vent s'empara du fragment, le fit tournoyer comme un cerf-volant avant de l'abandonner à un millier de mètres du centre. Il s'abattit sur un silo qu'il ouvrit en deux, celui d'un fermier du nom de Brent Kilgallon. Le fils adolescent de Kilgallon se précipita avec son Kodak et prit un cliché ; le *National Enquirer* le lui acheta pour soixante dollars, qui servirent au garçon à acheter deux pneus neufs pour sa Yamaha.

Une troisième explosion éventra un magasin de vêtements pour jeunes et expédia des chemises en flammes, des jeans et des sous-vêtements jusque sur le parking inondé. Et la dernière déflagration ouvrit comme un melon trop mûr la succursale du Fonds commun de placement agricole. Un fragment du toit de la banque fut aussi emporté. Les systèmes d'alarme se déclenchèrent, et leurs braiments ne s'arrêtèrent que lorsque fut enfin coupé leur système électrique indépendant, quatre heures plus tard. Formulaires de prêt ou de dépôt, matériel et petite monnaie, paperasses diverses, tout s'envola dans le ciel et fut emporté par la tornade qui se levait. Des billets aussi : surtout des coupures de dix et vingt dollars, vaillamment secondées par d'autres de cinq et un soupçon de cinquante et de cent. Plus de soixante-quinze mille dollars partirent ainsi dans les airs, d'après la comptabilité... Plus tard, après d'importants bouleversements dans la direction de la banque, certaines personnes admirent (tout à fait confidentiellement) que la somme approchait plutôt les deux cent mille dollars. Une femme de Haven Village, Rebecca Paulson, trouva un billet de cinquante dollars sur le paillasson de sa porte de derrière (paillasson sur lequel était écrit « Bienvenue »), deux coupures de vingt dans sa cage à oiseaux et une de cent collée par la pluie au chêne du fond de son jardin. Les Paulson utilisèrent cette manne céleste à accélérer le remboursement de leur emprunt pour un Skidoo Bombardier.

Le Dr Hale, médecin à la retraite qui vivait sur West Broadway depuis près de cinquante ans, fut tué à huit heures. Le Dr Hale aimait à se vanter d'avoir fait tous les jours sa promenade de trois kilomètres autour du Derry Park depuis les vingt-cinq dernières années. Rien ne l'arrêtait : ni la pluie, ni la grêle, ni la neige, ni le blizzard du nord-est hurlant, ni les froids en dessous de moins dix. Il sortit le matin du 31 mai, en dépit des mises en garde inquiètes de sa gouvernante. Ses dernières paroles en ce bas monde, lancées par-dessus l'épaule alors qu'il franchissait la porte d'entrée en enfonçant son chapeau sur ses oreilles, furent : « Ne soyez donc pas aussi stupide, Hilda. C'est tout juste une bonne averse. Vous auriez dû voir ça, en 1957 ! *Ça*, c'était une vraie tempête ! » Comme le Dr Hale s'engageait dans West Broadway, une plaque d'égout bondit en l'air comme une fusée. Elle décapita le bon médecin avec la rapidité et la précision d'une guillotine, si bien qu'il fit encore trois pas avant de s'effondrer sur le trottoir, mort sur le coup.

Et le vent continua à forcir.

7

Sous la ville, 16 h 15

Eddie les conduisit dans les ténèbres des galeries pendant une heure, peut-être une heure et demie, avant d'admettre, d'un ton qui exprimait davantage la stupéfaction que l'effroi, que pour la première fois de sa vie il venait de se perdre.

Ils entendaient encore le grondement lointain de l'eau dans les canalisations, mais l'acoustique de ces boyaux était telle qu'il était impossible de dire si le son venait de devant ou de derrière, de droite ou de gauche, d'en dessus ou d'en dessous. Ils n'avaient plus une seule allumette ; ils étaient perdus dans le noir.

Bill avait la frousse... une frousse terrible. La conversation qu'il avait eue avec son père ne cessait de lui revenir à l'esprit. *Ce sont cinq kilos de plans qui se sont un jour évanouis dans la nature... À mon avis, personne ne sait où donnent exactement ces foutus égouts et toutes les canalisations, ni pourquoi elles sont faites comme ça. Quand le système fonctionne, tout le monde s'en fiche. Quand il bloque, t'as trois ou quatre couillons du Service des eaux qui doivent se débrouiller pour trouver la pompe qui est en rideau ou l'endroit du bouchon... Il y fait noir, ça pue, sans compter les rats. Autant de bonnes raisons de ne pas y mettre les pieds, mais la meilleure de toutes, c'est qu'on risque bel et bien de s'y perdre. C'est déjà arrivé.*

C'est déjà arrivé. Déjà arrivé. Déjà...

Et comment ! Ce tas d'ossements et de lambeaux de coton qu'ils avaient trouvé sur le chemin de la tanière de Ça, par exemple.

Bill sentit la panique tenter de le gagner et lutta contre elle ; elle recula, mais comme à regret. Il la sentait qui mijotait pas loin, comme une chose vivante se tordant à la recherche d'une issue. À cela s'ajoutait l'irritante question de savoir si oui ou non ils avaient tué Ça. Richie prétendait que oui, ainsi que Mike et Eddie. Mais il n'avait pas du tout aimé l'expression de doute et d'effroi de Bev et de Stan, au moment où mourait la lumière et où ils rampaient pour franchir la petite porte, fuyant la chute froufroutante de la toile d'araignée.

« Bon, qu'est-ce qu'on fait, maintenant ? » demanda Stan. Le léger tremblement de frayeur dans la voix du petit garçon n'échappa pas à Bill, qui comprit aussi que la question lui était directement adressée.

« Ouais, fit Ben, qu'est-ce qu'on fait ? Bon Dieu ! Si seulement nous avions une lampe de poche… ou même une bou…bougie. » Bill crut reconnaître un sanglot étouffé dans cette hésitation ; cela l'épouvanta plus que tout. Ben aurait été étonné de l'apprendre, mais Bill le jugeait coriace et plein de ressources, plus solide que Richie et moins sujet aux effondrements soudains que Stan. Si Ben était sur le point de craquer, c'est que leur situation commençait à devenir extrêmement périlleuse. Ce n'était pas au cadavre du type du Service des eaux que l'esprit de Bill revenait sans cesse, mais au récit de Mark Twain, lorsque Tom Sawyer et Becky Thatcher sont perdus dans la grotte McDougal. Il avait beau repousser cette image, elle revenait avec insistance.

Quelque chose d'autre le troublait, mais le concept restait trop vaste et trop vague pour que l'esprit fatigué du garçonnet pût le saisir. Peut-être était-ce sa simplicité même qui rendait cette idée aussi insaisissable : le lien qui les rattachait était en train de se dissoudre ; ils s'éloignaient les uns des autres. Ils avaient affronté Ça, ils l'avaient vaincu. Ça était peut-être mort, comme le pensaient Eddie et Richie, ou au moins blessé au point qu'il dormirait pendant un siècle, mille ans ou dix mille ans. Ils avaient affronté Ça, ils l'avaient obligé à jeter bas son dernier masque ; et certes, le spectacle avait été assez horrible : mais une fois qu'on l'avait vu, sa forme physique était supportable et Ça perdait l'usage de ses armes les plus puissantes. Après tout, ils avaient tous déjà vu des araignées. Elles possédaient quelque chose de son étrangeté, c'étaient de répugnantes bestioles rampantes, et il se disait que sans doute aucun d'entre eux ne pourrait jamais

(s'ils sortaient d'ici)

en revoir une sans un frisson de répulsion. Mais une araignée, après tout, n'était qu'une araignée. Peut-être qu'en fin de compte, lorsque tombaient les masques de l'horreur, n'y avait-il rien que l'esprit humain ne pût supporter. C'était une pensée réconfortante. Il n'y avait rien, sauf

(les lumières-mortes)

le je-ne-sais-quoi qui se trouvait là-bas au fond ; mais qui sait si cette innommable lumière vivante accroupie sur le seuil du macronivers n'était-elle pas morte ou mourante ? Les lumières-mortes, ainsi que le voyage dans les ténèbres pour en gagner le site, tout cela commençait à devenir brumeux dans son esprit, un souvenir de plus en plus évanescent. De toute façon, là n'était pas la question. La question (il le sentait s'il n'aurait su l'exprimer) était que leur camaraderie complice finissait... elle finissait et ils étaient toujours dans le noir. Cet Autre, par le biais de leur amitié, avait peut-être été capable de faire d'eux plus que des enfants. Mais ils redevenaient des enfants, maintenant. Bill le ressentait tout autant que les autres.

« Et maintenant, Bill ? lui demanda Richie, disant finalement tout haut ce que chacun pensait à part soi.

— J-Je ne s-sais p-p-pas », répondit Bill. De nouveau il bégayait, copieusement. Il le remarqua, les autres aussi, tandis qu'ils restaient paralysés dans l'obscurité et que montait à leurs narines l'arôme puissant et humide de leur panique grandissante. Combien de temps allait-il se passer avant que l'un d'eux (Stan, vraisemblablement) mette les pieds dans le plat en disant : *Comment, tu ne sais pas ? Mais c'est toi qui nous as embarqués là-dedans !*

« Et Henry ? demanda tout d'un coup Mike, inquiet. Est-il toujours là-dedans, ou bien... ?

— Oh, Seigneur ! fit Eddie d'une voix gémissante. Je l'avais oublié, celui-là. Évidemment, qu'il est ici, quelque part. Aussi perdu que nous. On risque de lui tomber dessus n'importe quand... Bon Dieu, Bill, t'as pas une idée ? Ton paternel travaille ici ! T'as pas une petite idée, quelque chose ? »

Bill tendit l'oreille vers le lointain grondement sarcastique de l'eau et s'efforça de faire jaillir dans sa tête l'idée que tous étaient en droit d'attendre de lui. Parce que oui, en effet, il était celui qui les avait embarqués dans cette galère et il avait la responsabilité de les en sortir. Mais rien ne vint. Rien.

« Moi, j'ai une idée », dit Beverly d'un ton calme.

Dans le noir total, Bill entendit un bruit léger qu'il ne reconnut pas sur le coup. Une sorte de froufrou qui n'avait rien de spécialement inquiétant. Puis il y eut un autre bruit, plus facile à identifier... une fermeture à glissière. *Qu'est-ce que c'est ?* pensa-t-il. Puis il comprit. Elle se déshabillait. Pour il ne savait quelle raison, Beverly se déshabillait.

« Mais qu'est-ce que tu fabriques ? demanda Richie, et sa voix, tant il était choqué, se brisa sur le dernier mot.

— Il y a quelque chose que je sais, répondit Beverly dans le noir, d'une voix qui parut soudain plus âgée à Bill. Je le sais, parce que mon père me l'a dit. Je sais comment reformer notre cercle. Et si nous ne le refermons pas, jamais nous ne sortirons d'ici.

— Quoi ? demanda Ben, au comble de la stupéfaction, mais aussi terrifié. De quoi parles-tu ?

— De quelque chose qui va nous réunir pour l'éternité. Quelque chose qui va montrer...

— N-N-Non, B-Beverly ! s'exclama Bill, qui tout d'un coup venait de comprendre — de tout comprendre.

— Qui va montrer que je vous aime tous, reprit Beverly, que vous êtes tous mes amis.

— Qu'est-ce qu'elle... ? » commença Mike.

Calmement, Beverly le coupa. « Qui veut commencer ? demanda-t-elle. Je crois

8

Dans l'antre de Ça, 1985

qu'il est en train de mourir, sanglota Beverly. Son bras, Ça lui a mangé le bras ! » Elle tendit les mains vers Bill, s'accrocha à lui, mais d'une secousse, Bill se sépara d'elle.

« Ça s'échappe encore ! » rugit-il. Il avait les lèvres et le menton ensanglantés. « V-Venez ! R-Richie ! B-Ben ! Cette f-fois-ci, il f-faut en fi-finir ! »

Richie fit tourner Bill vers lui, et le regarda comme s'il délirait. « Il faut s'occuper d'Eddie, Bill. Lui poser un tourniquet, le sortir d'ici ! »

Mais Beverly s'était assise, la tête d'Eddie sur les genoux, le soutenant avec douceur. Elle lui avait fermé les yeux. « Va avec Bill, dit-elle. Si vous le laissez mourir pour rien..., si Ça revient encore dans vingt-cinq ou cinquante ou même deux mille... ! je vous jure que je viendrai martyriser vos fantômes. Partez ! »

Richie la regarda un instant, indécis. Puis il se rendit compte que son visage perdait de sa définition, se réduisait à une forme pâle dans l'ombre qui grandissait. La lumière faiblissait. Cela le décida. « Parfait, dit-il à Bill. Cette fois-ci, c'est la curée. »

Ben se tenait de l'autre côté de la toile d'araignée qui, une seconde fois, s'était mise à se décomposer ; il avait vu aussi la forme prisonnière dans le haut qui oscillait, et il pria pour que Bill ne lève pas les yeux.

Ce qui se produisit, cependant, lorsque des lambeaux de toile commencèrent à tomber sur le sol.

« AUDRA ! hurla-t-il.

— Allez Bill, viens ! » cria Ben.

Des fragments de la toile tombaient maintenant autour d'eux, heurtant sourdement le sol et se mettant aussitôt à couler. Richie prit soudain Bill par la taille et le propulsa en avant, dans un trou de trois mètres de haut entre le sol et le fil horizontal le plus bas de la toile en cours d'affaissement. « On y va, Bill, on y va !

— Mais c'est Audra ! cria Bill d'un ton de voix désespéré. C-C'est AUDRA !

— Audra ou le pape, j'en ai rien à foutre, répliqua Richie avec une rudesse impitoyable. Eddie est mort et nous allons tuer Ça, si Ça vit encore. Nous allons finir notre boulot cette fois, Grand Bill. Ou bien elle vit, ou bien elle est morte. Et maintenant, amène-toi ! »

Bill résista encore quelques instants, puis des instantanés des enfants, de tous les enfants morts, parurent venir flotter dans son esprit comme les photographies perdues de l'album de George, AMIS DE CLASSE.

« T-Très b-bien. A-Allons-y. D-D-Dieu me p-pardonne. »

Richie et lui coururent sous le fouillis de fils quelques secondes avant son effondrement, et retrouvèrent Ben de l'autre côté. Ils se lancèrent aux trousses de Ça pendant qu'Audra se balançait et oscillait à plus de quinze mètres au-dessus des dalles de pierre, emmaillotée dans le cocon engourdissant suspendu à la toile en décomposition.

9

Ben

Ils le suivirent à la trace. À la trace de son sang noir, de cette espèce de chyle huileux qui s'infiltrait dsans les craquelures des dalles. Mais alors que le sol commençait à s'élever vers une ouverture noire semi-circulaire à l'extrémité de la salle, Ben vit quelque chose de nouveau : la piste s'enrichissait d'œufs. Sombres, la coquille épaisse, ils avaient à peu près la taille d'œufs d'autruche. Il en émanait une lumière cireuse ; Ben comprit qu'ils étaient translucides et se rendit compte qu'il devinait les formes noires qui s'agitaient à l'intérieur.

Ses petits, pensa-t-il, sentant sa gorge se soulever. *Ses résidus de fausses couches ! Oh, mon Dieu, mon Dieu !*

Richie et Bill s'étaient arrêtés et contemplaient les œufs, avec une expression hébétée, émerveillée, stupide.

« Continuez, continuez ! leur cria Ben. Je vais m'en occuper ! Chopez Ça !

— Tiens, attrape ! » répondit Richie en lui lançant une pochette d'allumettes aux armes du Derry Town House.

Ben les saisit. Bill et Richie reprirent leur course. Ben les regarda un instant s'éloigner dans la lumière qui baissait toujours. Ils s'enfoncèrent dans les ténèbres du chemin qui avait servi à la fuite de Ça et il les perdit de vue. Alors il regarda à ses pieds, vers le premier des œufs à la coquille fine, aux formes noires et semblables à des mantes, à l'intérieur, et il sentit sa détermination vaciller. C'était... eh, les mecs, c'était trop. Trop horrible. D'ailleurs, ces... choses allaient sûrement mourir sans son aide ; ces œufs avaient été abandonnés plutôt que pondus.

Mais le moment de l'éclosion n'est pas loin... et si un seul arrive à survivre... juste un seul...

Faisant appel à tout son courage, évoquant le visage blême d'Eddie mourant, Ben enfonça l'une de ses bottes Desert Driver dans le premier œuf. Il se rompit avec un borborygme mouillé et une sorte de placenta puant vint s'écouler sur la botte. Puis il vit une araignée de la taille d'un rat se traîner péniblement sur le sol, dans un effort pour s'éloigner, et Ben l'entendit dans sa tête, entendit ses miaulements aigus comme la musique d'une scie égoïne que l'on agite vivement, musique de spectre.

Ben se dirigea vers la bestiole sur des jambes en coton qui lui semblaient être des échasses et abaissa de nouveau le pied. Il sentit le corps de l'araignée broyé et réduit en bouillie par le talon de la botte. Un nouveau hoquet le secoua et cette fois il ne put se retenir. Il vomit, puis tourna le talon, enfonçant la chose entre les dalles, écoutant les cris s'éteindre dans sa tête.

Combien ? Combien d'œufs ? N'avait-il pas lu quelque part que les araignées pouvaient en pondre des milliers... ou des millions ? Je ne vais pas pouvoir continuer cela longtemps, je vais devenir fou.

Il le faut. Il le faut. Allez, Ben, mon vieux... Reprends-toi !

Il alla jusqu'à l'œuf suivant et répéta le processus dans la lumière mourante. Tout recommença : l'éclatement visqueux, le borborygme liquide, le coup de grâce final. Puis le suivant. Puis le suivant. Le suivant. Il écrasa, avançant lentement vers l'arche noire sous laquelle venaient de disparaître ses deux amis. L'obscurité était maintenant totale ; Beverly et la toile en décomposition se trouvaient quelque part derrière lui ; il entendait encore le bruit des fils qui tombaient.

Les œufs formaient des taches décolorées dans le noir ; lorsqu'il en atteignait un, il craquait une allumette et l'écrasait. Chaque fois, il avait le temps de suivre la fuite de l'araignée et de la tuer avant que la lumière ne s'éteignît. Il n'avait aucune idée de ce qu'il allait faire s'il se trouvait à court d'allumettes avant d'avoir broyé le dernier œuf et mis à mort son innommable contenu.

10

Ça, 1985

Encore à ses trousses.

Il les sentait qui le poursuivaient, qui gagnaient du terrain, et sa peur croissait. Peut-être après tout Ça n'était-il pas éternel ? Peut-être devait-il envisager de penser l'impensable ? Pis, Ça sentait la mort de ses petits. Un troisième de ces haïssables hommes-garçons remontait avec régularité le sillon de la naissance, presque fou d'écœurement mais continuant néanmoins à broyer du talon l'embryon de vie de chaque œuf.

Non ! gémit Ça, cahotant d'un côté et de l'autre, sentant s'écouler ses forces vives par cent blessures, aucune mortelle à elle seule, mais chacune une mélopée de souffrance, chacune le ralentissant un peu plus. L'une de ses pattes ne tenait plus que par un lambeau tordu de chair. Il avait perdu l'un de ses yeux. Ça sentait qu'une terrible rupture s'était produite en lui, conséquence du poison (mais lequel ?) que l'un de ces hommes-garçons avait réussi à lui enfoncer dans la gorge.

Et ils n'avaient pas abandonné ; ils se rapprochaient ! Comment cela était-il possible ? Ça gémissait et miaulait et quand Ça sentit qu'ils étaient juste derrière lui, Ça fit la seule chose qui lui restait à faire : Ça se retourna pour combattre.

11

Beverly

Avant que l'obscurité ne fût totale, elle vit la femme de Bill plonger de sept ou huit mètres et rester suspendue à cette nouvelle hauteur. Elle s'était mise à tournoyer, ses longs cheveux déployés. *Sa femme*, pensa-t-elle. *Mais j'ai été son premier amour, et s'il s'est imaginé qu'une autre a été la première, c'est seulement parce qu'il a oublié... oublié Derry.*

Puis elle se retrouva dans les ténèbres, seule, avec le bruit mou de la toile qui tombait et le poids immobile d'Eddie sur les genoux. Elle ne voulait pas le lâcher, elle refusait de le laisser allongé sur le sol ignoble de cet endroit ; c'est pourquoi elle avait pris sa tête dans le creux de son bras, qui commençait à sérieusement s'ankyloser. De la main, elle avait chassé les cheveux d'Eddie de son front moite. Elle pensa aux oiseaux... elle supposa que c'était quelque chose qu'elle devait à Stan. Pauvre Stan, qui avait été incapable de faire de nouveau face à Ça.

Tous... elle avait été leur premier amour à tous.

Elle essaya de se souvenir — c'était quelque chose qu'elle trouvait bon de se rappeler dans toute cette obscurité, où l'on ne pouvait même pas repérer les bruits. Elle se sentait moins seule. Au début, le souvenir ne vint pas ; l'image des oiseaux s'interposait — corbeaux, grues, étourneaux —, oiseaux de printemps qui revenaient on ne savait d'où, alors que la gadoue de la fonte des neiges salissait encore les rues et que les derniers tas de neige à la croûte noire s'accrochaient, sinistres, dans les coins à l'ombre.

Il lui semblait que c'était toujours par une journée couverte que l'on entendait et voyait pour la première fois ces oiseaux du printemps, et elle se demanda où ils pouvaient bien passer l'hiver. Soudain ils étaient de retour à Derry et remplissaient l'air blanc de leurs caquetages rauques. Ils s'alignaient sur les fils électriques ou le faîtage des toits des maisons victoriennes de West Broadway ; ils se disputaient les places sur les branches d'aluminium de l'antenne compliquée au-dessus du Wally's Spa ; ils s'entassaient sur les branches noires et humides des ormes de Lower Main Street. Et une fois installés, ils bavardaient entre eux avec le babil criard de vieilles campagnardes au loto hebdomadaire de la paroisse ; puis, à quelque signal inaccessible aux humains, ils prenaient leur vol d'un seul coup, décrivaient un grand cercle dans le ciel et allaient se poser un peu plus loin.

Oui, les oiseaux... j'y pensais parce que j'avais honte. C'est mon père qui m'a rendue honteuse, je crois, et peut-être est-ce ce que fait Ça en ce moment. Peut-être.

Le souvenir revint — le souvenir au-delà des oiseaux — mais il restait vague et déconnecté. Peut-être en serait-il toujours ainsi de celui-ci. Elle avait...

Le fil de ses pensées se rompit lorsqu'elle se rendit compte qu'Eddie

12

Amour et désir, le 10 août 1958

vient le premier vers elle, parce que c'est lui qui est le plus effrayé. Il vient vers elle non pas comme vers son amie de tout l'été, ou comme vers l'amante d'un instant, mais comme il se serait réfugié auprès de sa mère encore seulement trois ou quatre ans auparavant, pour être consolé ; il n'a aucun mouvement de recul au doux contact de sa nudité et elle se demande au début s'il ressent la moindre chose. Il tremble, et bien qu'elle le tienne, l'obscurité est tellement profonde qu'elle ne distingue rien de lui ; s'il n'y avait pas son plâtre rugueux, il pourrait tout aussi bien être un fantôme.

« Qu'est-ce que tu veux ? *lui demande-t-il.*

— Il faut que tu mettes ta chose dans moi », *répond-elle.*

Il tente de s'éloigner, mais elle le retient et il s'abandonne de nouveau contre elle. Elle a entendu quelqu'un — Ben, croit-elle — pousser un profond soupir.

« Je peux pas faire cela, Bevvie. Je ne sais pas comment...

— C'est facile, j'en suis sûre. Mais il faut te déshabiller. »

Elle pense aux difficultés qu'il pourrait rencontrer avec la chemise et le plâtre. « Ton pantalon, au moins.

— Non, je peux pas ! » *Mais elle pense que quelque chose en lui le peut et le veut, car son tremblement a cessé et elle sent quelque chose de petit et de dur qui se presse contre le côté droit de son ventre.*

« Si, tu peux ! » *affirme-t-elle en le repoussant vers le bas. Le sol, sous ses jambes et son dos nus, est ferme, sec et argileux. Le lointain grondement de l'eau a un effet calmant, assoupissant. Elle l'attire contre elle. Un instant, le visage de son père s'interpose, dur, menaçant*

(je veux voir si tu es intacte)

puis elle referme ses bras autour de son cou, joue tendre contre joue tendre et, tandis qu'il porte une main timide à l'un de ses seins, elle soupire et pense pour la première fois : C'est Eddie ; *elle se rappelle alors un jour de juillet — comment, seulement un mois ? — où personne n'était venu dans les Friches sauf Eddie et elle. Il était arrivé avec tout un paquet de bandes dessinées de* Little Lulu *qu'ils avaient lues presque tout l'après-midi (la petite Lulu qui part cueillir des bidouillettes et qui se retrouve dans toutes sortes de situations absurdes, la sorcière Hazel, tous ces personnages...). Ils s'étaient bien amusés.*

Elle pense aux oiseaux ; en particulier aux grues, aux étourneaux et aux corbeaux qui reviennent avec le printemps. Ses mains vont à la ceinture d'Eddie, la desserrent, et il répète qu'il ne pourra pas y arriver ; elle lui répond que si, qu'elle en est sûre et ce n'est plus de l'appréhension ou de la honte qu'elle ressent mais un sentiment de triomphe, en quelque sorte.

« Où ? » murmure-t-il, et cette chose dure pousse avec insistance sur l'intérieur de sa cuisse.

« Ici, dit-elle.

— Mais je vais te tomber dessus, Bevvie ! » souffle-t-il. Elle entend sa respiration qui commence à siffler laborieusement.

« Je crois que c'est plus ou moins l'idée », répond-elle en le prenant avec douceur et en le dirigeant. Il donne une poussée trop vive et elle a mal.

Sssss... elle aspire l'air entre ses dents et se mord la lèvre inférieure ; de nouveau elle pense aux oiseaux, aux oiseaux de printemps qui se juchent sur le faîte des toits et s'envolent tous ensemble sous le ciel plombé de mars.

« Beverly ? demande-t-il, incertain. Tout va bien ?

— Va plus lentement, explique-t-elle. Tu respireras plus facilement. » Il ralentit ses mouvements et au bout d'un moment sa respiration s'accélère, mais elle comprend que cela n'a rien à voir avec son asthme.

La douleur s'estompe. Brusquement il se met à bouger plus vite ; puis il s'arrête, se raidit et fait un bruit — un drôle de bruit. Elle subodore qu'il vient de lui arriver quelque chose, quelque chose de tout à fait spécial, d'extraordinaire, un peu comme... s'il s'était envolé. Elle se sent puissante : elle éprouve un sentiment de triomphe grandissant. Est-ce donc cela, dont son père avait tant peur ? Eh bien, il n'avait pas tort ! C'est un acte de pouvoir, il est vrai, un pouvoir capable de rompre toutes les chaînes, même les plus solides. Elle ne ressent aucun plaisir physique, mais une sorte d'extase purement mentale. Elle sent à quel point ils sont proches. Il enfonce son visage dans son cou et elle le serre contre elle. Il pleure. Elle le tient. Elle sent cette partie de sa chair qui les reliait devenir moins présente. On ne peut pas dire exactement qu'elle se retire ; elle s'estompe, en quelque sorte.

Quand enfin il se déplace, elle s'assied et lui touche le visage dans l'obscurité.

« Est-ce que tu as... ?

— Quoi ?

— Je ne sais pas exactement. »

Il secoue la tête — elle sent le mouvement de la main contre sa joue.

« Il me semble que ce n'était pas exactement... tu sais, comme disent les grands. Mais c'était... c'était vraiment quelque chose. » Il baisse la voix pour que les autres ne l'entendent pas. « Je t'aime, Bevvie. »

Il y a alors une rupture dans sa conscience. Elle est tout à fait sûre que les échanges continuent, certains à voix haute, d'autres à voix basse, mais ne peut se souvenir de ce qui est dit. C'est sans importance. Est-ce qu'il faut qu'elle les refasse tous passer par là au moyen de la parole, sans rien oublier ? Oui, probablement ; mais c'est sans importance. Il faut que la parole les ramène à cela, à ce lien humain essentiel entre le monde et l'infini, à ce seul point de rencontre entre le flot sanguin et l'éternité. Peu importe. Ce qui importe, c'est l'amour et le désir. Cet endroit, dans les ténèbres, convient aussi bien que n'importe quel autre. Mieux, peut-être.

Mike vient à elle, puis Richie, et l'acte est recommencé. Elle ressent maintenant un certain plaisir, une vague chaleur dans son sexe — sexe de fillette, pas encore épanoui — et elle ferme les yeux lorsque Stan à son tour l'approche, elle pense aux oiseaux, au printemps et aux oiseaux, elle les voit et revoit, se posant tous en même temps, remplissant les arbres dénudés par l'hiver, avant-garde de choc sur la proue mobile de la plus violente saison de la nature, elle les voit s'envoler et s'envoler encore, le froufroutant battement de leurs ailes comme le claquement du linge sur le fil, et elle pense : Dans un mois, tous les enfants iront faire voler leur cerf-volant dans Derry Park ; ils devront courir pour éviter que les ficelles ne s'emmêlent. *Elle pense encore :* C'est cela, voler.

Avec Stan comme avec les autres, elle ressent aussi cette triste impression d'une chose qui s'évanouit, qui s'en va, jointe au sentiment que quelle que soit la chose dont ils ont réellement besoin par cet acte — sa fin ultime —, celle-ci est proche mais non encore atteinte.

« Est-ce que tu as... ? » demande-t-elle une fois de plus, et même si elle ne sait pas exactement dire ce dont il s'agit, elle sait qu'il « n'a pas ».

Il y a une longue attente, et Ben vient à elle.

Il tremble de tout son corps, mais pas de ce tremblement de peur qu'elle a senti chez Stan.

« Je ne peux pas, Beverly, dit-il d'un ton qui se veut raisonnable, mais qui est tout sauf cela.

— Tu peux, toi aussi. Je le sens. »

Et pour le sentir, elle le sent ; il y a encore plus de cette dureté ; encore plus de lui. Elle sent sous la poussée délicate de son ventre. Ses proportions soulèvent sa curiosité et elle effleure ce renflement de chair d'une main légère. Il grogne contre son cou et son souffle donne la chair de poule au corps nu de Beverly. Elle sent les premiers signes d'une vraie chaleur la parcourir — et soudain l'impression, en elle, devient immense ; elle se rend compte que c'est trop gros

(et n'est-il pas trop gros, pourra-t-elle faire pénétrer cela en elle ?)

et trop l'affaire des grandes personnes pour elle. C'est comme les M-80 de Henry : quelque chose qui n'est pas destiné aux enfants, qui risque d'exploser, de vous détruire. Mais ce n'est ni le lieu ni le moment de s'inquiéter ; ici, il n'y a que l'amour, le désir et l'obscurité. S'ils ne jouaient pas sur les deux premiers, il ne leur resterait plus que le dernier.

« Non, Beverly, ne...

— Si.

— Je...

— Montre-moi comment m'envoler », *murmure-t-elle avec un calme qu'elle n'éprouve pas, pleinement consciente, à la tiédeur qui inonde son cou, qu'il s'est mis à pleurer. « Montre-moi, Ben.*

— Non...

— Si tu as écrit le poème, montre-moi. Touche mes cheveux si tu en as envie, Ben. Je veux bien.

— Beverly... je... je... »

Son tremblement s'est transformé en de grands frissons qui le secouent des pieds à la tête. Mais elle comprend encore que ce n'est pas entièrement de la peur — il s'agit en partie des signes précurseurs de cette petite mort au centre même de l'acte. Elle pense

(aux oiseaux)

à son visage, son cher visage, si tendre, si sérieux, et sait qu'il ne s'agit pas de peur ; c'est un désir qu'il ressent, un désir profond et passionné qu'il ne maîtrise plus qu'avec la plus grande peine ; elle éprouve de nouveau ce sentiment de puissance, quelque chose comme s'envoler, quelque chose comme regarder d'en haut et voir tous les oiseaux sur les toits des maisons, sur l'antenne de télé du Wally's Spa, regarder les rues s'allonger comme sur les cartes, oh le désir, oui ! Cela, c'est quelque chose, c'est l'amour et le désir qui vous apprennent à voler.

« Oui, Ben, oui ! » *crie-t-elle soudain* — *et les digues sont emportées.*

Elle ressent de nouveau la douleur et la sensation, pendant un instant d'angoisse, d'être comme écrasée. Puis il se soulève sur les mains et la sensation disparaît.

Il est gros, oh oui, et la douleur revient, il s'enfonce bien plus profondément que lorsque Eddie, le premier, l'a pénétrée. Elle doit de nouveau se mordre la lèvre et penser aux oiseaux jusqu'à ce que la brûlure s'arrête ; elle est alors capable de lever une main et de toucher sa lèvre du doigt. Il gémit.

La chaleur revient, et elle sent soudain sa puissance passer en lui ; elle lui abandonne joyeusement et l'accompagne. Elle a tout d'abord la sensation d'être bercée, d'une délicieuse douceur en spirale qui lui fait tourner la tête involontairement à droite et à gauche ; un fredonnement atonal monte de ses lèvres closes, voilà, elle vole, voler c'est cela, ô amour, ô désir, voici quelque chose d'impossible à nier, qui relie, qui donne, qui structure un cercle puissant : qui relie, qui donne... qui vole.

« Oh Ben, oh toi, oui ! » murmure-t-elle, sentant la sueur perler sur son visage, sentant leur lien physique, quelque chose de solidement en place, quelque chose comme l'éternité, comme le chiffre 8 renversé sur le côté. « Je t'aime tellement, Ben. »

Et elle sent la chose qui commence à se produire — une chose dont les filles qui murmurent avec le fou rire quand elles parlent entre elles de sexe n'ont aucune idée, au moins pour ce qu'elle en sait ; elles ne savent que ricaner sur le côté poisseux de l'acte, et Beverly prend maintenant conscience que pour nombre d'entre elles, le sexe doit ressembler à quelque monstre mal défini — elles en parlent d'ailleurs comme de « ça ». Est-ce que tu ferais « ça », toi ? Est-ce que ta sœur a fait « ça » avec son petit ami ? Est-ce que ton père et ta mère font encore « ça » ? Elles, non, elles ne feraient jamais « ça » ! Oh oui, on pourrait croire que toute la gent féminine de la classe n'est que vieilles filles en puissance ; pour Beverly, il est évident qu'aucune ne soupçonne ce qu'il en est réellement... cette conclusion ; et elle ne se retient de crier que pour éviter que les autres n'entendent et ne s'imaginent qu'elle a très mal. Elle se prend le gras de la main dans la bouche et mord avec force. Elle comprend mieux maintenant les rires hystériques de Greta Bowie et Sally Mueller et de toutes les autres : ne viennent-ils pas, tous les sept, de passer l'essentiel de cet été si long et si effrayant à rigoler comme des cinglés ? On rit, parce que ce qui fait peur et ce qui est inconnu est aussi amusant, on rit comme rit et pleure en même temps un petit enfant lorsqu'un clown cabriolant s'approche de lui, sachant qu'il est censé être drôle... mais il y a aussi l'inconnu, cet inconnu plein d'un mystérieux pouvoir éternel.

Mordre la main ne va pas l'empêcher de crier, et elle ne peut rassurer les autres — et Ben — qu'en extériorisant son adhésion.

« Oui ! Oui ! Oui ! » De glorieuses images d'envolées lui emplissent la tête, se confondant avec les cris rauques des grues et des

étourneaux ; ces bruits deviennent la musique la plus douce du monde.

Ainsi vole-t-elle, s'élève-t-elle, et maintenant la puissance n'est plus en elle ou en lui mais quelque part entre eux deux et elle gémit ses cris, et elle sent les bras de Ben qui tremblent et elle se cambre sous lui, l'enfonçant en elle, éprouvant son spasme, son contact, cette fuyante intimité partagée dans l'obscurité. Ils font ensemble irruption dans la lumière vivante.

Puis c'est terminé ; ils se retrouvent dans les bras l'un de l'autre et lorsqu'il tente de dire quelque chose — peut-être quelque excuse stupide qui ne ferait qu'amoindrir son souvenir, quelque stupide excuse qui le verrouillerait comme des menottes —, elle l'arrête d'un baiser et le renvoie.

Bill vient en dernier.

Il tente de dire quelque chose, mais son bégaiement est maintenant cataclysmique.

« Tais-toi, tais-toi », lui dit-elle doucement, sûre de ce qu'elle vient d'apprendre, mais consciente de la fatigue qui la gagne. Et non seulement est-elle fatiguée, mais aussi en mauvais état. L'intérieur et l'arrière de ses cuisses sont collants, et elle pense que c'est peut-être parce que Ben est allé jusqu'au bout, ou peut-être parce qu'elle saigne. « Tout va parfaitement bien se passer.

— T-T-T'es s-s-s-sû-û-re ?

— Oui, répond-elle en passant les mains derrière son cou, où elle sent les cheveux collés par la transpiration. Je te parie ce que tu veux.

— Est-c-c-ce q-q-que c-c-ce-ce...

— Chuuut... »

Cela ne se passe pas comme avec Ben ; il y a de la passion, mais pas du même ordre. Être maintenant avec Bill est la meilleure conclusion qui pouvait être donnée. Il est doux, tendre, presque calme. Elle sent son désir, mais tempéré et tenu en laisse par le souci qu'il prend d'elle, peut-être aussi parce que Bill est le seul, avec elle, à se rendre compte de l'énormité de ce qu'ils font, du fait qu'il ne faudra jamais en parler, ni à personne d'autre, ni même entre eux.

À la fin, elle est prise par surprise par l'irruption soudaine de ce quelque chose et elle a le temps de penser : Oh, ça va recommencer, et je me demande si je vais pouvoir le supporter !

Mais ses réflexions sont balayées par l'envahissante douceur de « ça » et c'est à peine si elle l'entend qui murmure : « Je t'aime, Bev, je t'aime, je t'ai toujours aimée », répétant et répétant la phrase sans bégayer une fois.

Elle l'étreint et pendant un moment ils restent ainsi, sa joue douce appuyée contre la sienne.

Il se retire d'elle sans rien dire et elle se retrouve seule quelques instants ; elle récupère ses vêtements qu'elle enfile avec lenteur, à l'écoute des élancements douloureux que les six garçons, du fait de leur sexe, ne connaîtront jamais, consciente aussi d'un certain plaisir épuisé, et du soulagement que tout soit terminé. Il y a maintenant un vide dans son corps, et bien qu'elle se sente contente que son sexe soit de nouveau à elle, ce vide s'accompagne d'une sorte de mélancolie étrange qu'elle serait incapable d'exprimer... sauf en pensant à des arbres dénudés sous un ciel blanc d'hiver, des arbres vides attendant les merles — les merles qui doivent venir à la fin de mars présider comme des prêtres à la mort de la neige.

Elle les retrouve à tâtons.

Pendant un moment personne ne parle, et quand quelqu'un ouvre la bouche, elle n'est pas surprise que ce soit Eddie : « Je crois que lorsque nous avons tourné à droite, deux croisements avant, on aurait dû tourner à gauche. Bon Dieu, je le savais, pourtant, mais j'étais tellement à cran...

— T'as été à cran toute ta vie, Eds », lui lance Richie. Sa voix est sans tension. La pointe vive de la panique ne se fait plus sentir.

« On s'est aussi trompés à d'autres endroits, reprend Eddie en l'ignorant, mais c'est celle-là notre plus grosse erreur. Si je peux arriver à retourner jusque-là, on doit pouvoir se tirer d'affaire. »

Ils se mettent maladroitement à la file indienne, Eddie en premier, Beverly à la deuxième place, maintenant, la main sur l'épaule d'Eddie, celle de Mike sur la sienne. Ils reprennent leur marche, plus vite cette fois. Eddie ne manifeste pas de nervosité comme auparavant.

Nous rentrons à la maison, *pense-t-elle*, et un frisson de soulagement et de joie la traverse. Oui, à la maison. Et ce sera bon. Nous avons fait notre boulot, celui pour lequel nous sommes venus, et maintenant, on peut revenir et n'être plus que des mômes, comme avant. Et cela aussi sera bon.

Et comme ils avancent dans les ténèbres, elle se rend compte que le grondement de l'eau se rapproche.

CHAPITRE 23

Dehors

1

Derry, entre 9 h et 10 heures

À neuf heures vingt, on relevait à Derry une vitesse moyenne du vent de plus de quatre-vingts kilomètres à l'heure, avec des pointes à cent dix. L'anémomètre du tribunal enregistra un maximum de cent douze, après quoi l'aiguille redescendit jusqu'à zéro : le vent venait d'arracher la coupelle tourbillonnante et son montant du toit du tribunal, et l'appareil se perdit dans la pénombre striée de pluie. Comme le bateau de George Denbrough, jamais on ne le revit. À neuf heures trente, le phénomène que le Service des eaux de Derry avait formellement déclaré impossible non seulement paraissait devoir être envisagé, mais encore de manière imminente : l'inondation du centre-ville, pour la première fois depuis août 1958, quand une grande partie des anciens égouts s'étaient bouchés ou éboulés lors d'un orage monstrueux. À dix heures moins dix, des hommes, la mine sinistre, débarquèrent d'automobiles ou de camionnettes des deux côtés du canal, leurs cirés secoués comme des drapeaux par le vent déchaîné. Et pour la première fois depuis octobre 1957, on commença à empiler des sacs de sable sur les rebords bétonnés du canal ; l'arche sous laquelle s'engageait la Kenduskeag, à la hauteur de la triple intersection qui marquait le centre de la ville, débitait l'eau presque jusqu'à sa limite supérieure ; on ne pouvait franchir Canal Street, Main Street et le bas de Up-Mile Hill qu'à pied, et ceux qui se précipitaient en pataugeant vers l'endroit où l'on montait les sacs de sable sentaient sous leurs bottes les rues elles-mêmes qui tremblaient sous la ruée frénétique de l'eau, comme tremble un pont autoroutier lorsque deux poids lourds le franchissent en même temps. Mais c'était une vibration régulière, et les hommes préféraient le côté nord, loin de ce grondement constant que l'on sentait davantage qu'on ne l'entendait.

À grands cris, Harold Gardner demanda à Alfred Zitner (de l'agence immobilière Zitner, côté ouest de la ville) si les rues n'allaient pas s'effondrer. Zitner lui répondit sur le même ton que l'enfer serait pris dans les glaces avant qu'un tel événement se produise. Harold imagina brièvement Adolf Hitler et Judas Iscariote enfilant des patins à glace et retourna à ses sacs de sable. L'eau arrivait maintenant à moins de dix centimètres du rebord en ciment du canal. Dans les Friches, la Kenduskeag avait déjà quitté son lit et vers midi, sa végétation luxuriante de broussailles et d'arbrisseaux se retrouverait à demi engloutie dans un vaste lac peu profond mais puant. Les hommes continuèrent leur travail de fourmis, ne s'arrêtant que lorsqu'ils furent à court de sacs de sable... C'est alors qu'ils entendirent un bruit terrible de déchirement, d'éclatement. Harold Gardner raconta plus tard à sa femme qu'il s'était demandé si la fin du monde ne venait pas de commencer.

Ce n'était pas le centre-ville qui s'affaissait dans le sol — pas encore — mais le château d'eau qui s'effondrait. Seul Andrew Keene, le petit-fils de Norbert Keene, assista au spectacle ; mais il avait tellement abusé d'un hash colombien ce matin-là qu'il se crut tout d'abord victime d'une hallucination. Il arpentait les rues de Derry balayées par la tornade depuis environ huit heures du matin (l'heure à laquelle le Dr Hale était monté rejoindre la grande famille céleste de la médecine). Il était mouillé jusqu'aux os, n'ayant sur lui de sec que la pochette de plastique qui contenait ses quarante grammes de hash, mais il ne s'en rendait absolument pas compte. Ses yeux s'agrandirent d'incrédulité. Il venait d'atteindre Memorial Park, situé sur le côté du château d'eau. Et à moins qu'il eût des visions, la construction penchait au moins autant que la foutue tour de Pise que l'on retrouvait sur tous les paquets de macaronis. « Nom de Dieu ! » s'exclama Andrew Keene, dont les yeux s'agrandirent encore plus — ils étaient tellement exorbités, maintenant, qu'on les aurait crus montés sur des petits ressorts très costauds — quand les craquements commencèrent. La gîte que prenait le château d'eau devenait de plus en plus prononcée tandis qu'il restait planté là, le jean collé à ses cuisses décharnées, le bandeau qui retenait ses cheveux laissant dégouliner l'eau dans ses yeux. Les bardeaux blancs sautaient comme des bouchons de champagne côté centre-ville du réservoir... Une lézarde bien visible venait de faire son apparition à environ six ou sept mètres au-dessus des fondations de pierre du château d'eau ; l'eau se mit brusquement à en jaillir, et les bardeaux étaient maintenant emportés par le jet qui allait les recracher plus loin dans le vent. Un fracas déchirant parvint de l'édifice qu'Andrew vit bouger, comme l'aiguille d'une horloge géante qui passerait de midi à une heure, puis deux. Le sachet d'herbe lui en tomba du creux du bras, et il le remit machinalement dans sa chemise, à la hauteur de la ceinture. Il était complètement fasciné. Des sortes de coups de gong vibrants provenaient de l'intérieur du château d'eau, comme si cassaient une à une les cordes de quelque guitare titanesque ; c'étaient les câbles, chargés d'équilibrer la pression de l'eau, qui se rompaient les uns après les autres.

L'édifice se mit à basculer de plus en plus rapidement, dans un arrachement de planches et de madriers dont les fragments volaient dans tous les sens en tourbillonnant. « PUTAIN DE BORDEL ! » s'exclama Andrew Keene, mais ses vociférations extatiques se perdirent dans l'effondrement final du château d'eau et le rugissement de près de trois millions de litres d'eau se déversant par l'ouverture béante qui venait d'apparaître dans son flanc. Ils s'abattirent comme une grande lame de fond grise, et si Andrew Keene s'était trouvé du mauvais côté, il aurait bien entendu quitté ce bas monde à la même vitesse que le Dr Hale deux heures avant. Mais il existe un dieu pour les ivrognes, les petits enfants et ceux qui se pètent au hash. D'où il était, Andrew pouvait admirer le spectacle sans en recevoir la moindre éclaboussure. « NOM DE DIEU DE PUTAINS D'EFFETS SPÉCIAUX ! » brailla-t-il tandis que l'eau dévalait Memorial Park comme si elle était un élément solide, balayant au passage le cadran solaire près duquel un petit garçon du nom de Stan Uris était souvent venu observer les oiseaux à l'aide des jumelles de son père. « STEVEN SPIELBERG PEUT ALLER SE RHABILLER ! » Le bain pour oiseaux en pierre ne résista pas davantage. Andrew l'aperçut quelques instants qui roulait sur lui-même, puis il disparut.

L'alignement d'érables et de frênes qui séparait Memorial Park de Kansas Street fut renversé comme les quilles d'un jeu de boules. Les troncs entraînèrent dans leur chute des écheveaux spasmodiques de fils électriques. L'eau traversa la rue, commençant à s'étaler en largeur, ayant à présent perdu cette apparence perturbante de consistance solide qu'elle présentait lorsqu'elle avait emporté le cadran solaire, le bain pour oiseaux et quelques arbres, mais gardant néanmoins suffisamment de force pour arracher à leurs fondations près d'une douzaine de maisons de l'autre côté de Kansas Street — maisons qui se retrouvèrent dans les Friches. Elles glissèrent avec une aisance à faire peur, la plupart d'entre elles restant entières. Andrew Keene reconnut celle de la famille Massenik. Karl Massenik avait été son instituteur en septième, un vrai père Fouettard. Comme la maison basculait sur le talus, Andrew se rendit compte qu'il voyait encore une bougie allumée briller à l'une des fenêtres et se demanda un instant si son imagination ne lui jouait pas des tours.

Il y eut une explosion dans les Friches, une flamme jaune fusa pendant un court instant ; sans doute la lampe à gaz de quelqu'un venait-elle de mettre le feu à quelque tuyau de fuel rompu. Andrew n'arrivait pas à détacher les yeux de ce côté de Kansas Street où, quarante secondes avant, s'alignait une rangée bien nette de maisons proprettes. À la place : rien, et pourtant, tout cela était bel et bien réel, mon bon. Ou plutôt, mieux que rien : les trous laissés par les caves, qui ressemblaient à des piscines.

Andrew aurait voulu soumettre à l'approbation générale l'opinion que ça décoiffait un peu trop, mais il n'y avait personne à qui s'adresser. Et en plus, il semblait en panne de cordes vocales, sans parler de son diaphragme soudain saisi de faiblesse et devenu inutilisable pour crier. Il entendit une série d'explosions et de craquements, le fracas que pourrait faire un géant descendant un escalier les chaussures pleines de crackers. C'était le château d'eau qui, à son tour, dévalait la colline, énorme cylindre blanc recrachant encore ce qui lui restait d'eau, les câbles épais qui l'avaient maintenu jusqu'ici debout volant dans les airs avant de revenir, cinglants comme des fouets d'acier, cravacher le sol dans lequel ils creusaient des sillons qui se remplissaient aussitôt d'eau de pluie.

Sous les yeux d'Andrew bouche bée (son menton lui touchait presque la poitrine), le château d'eau, c'est-à-dire une structure de plus de quarante mètres de long, rebondit dans les airs. Il sembla y rester un instant pétrifié, image surréaliste qui paraissait sortir tout droit de la chambre capitonnée d'un asile d'aliénés, tandis que la pluie crépitait sur ses parements défoncés, ses fenêtres brisées, ses éléments qui pendaient, et que continuait de lancer ses éclairs le phare qui, à son sommet, était destiné à le signaler aux avions de tourisme volant bas. Puis il retomba dans la rue dans un ultime et assourdissant craquement.

Kansas Street avait retenu une grande quantité d'eau, qui se précipitait maintenant vers le bas de la ville par Up-Mile Hill. *Dire qu'il y avait des maisons ici*, songea Andrew Keene qui se sentit soudain des jambes de coton. Il s'assit lourdement, ou plutôt se laissa tomber. Il n'arrivait pas à croire ce qu'il voyait : les fondations veuves de leur château d'eau, ce bâtiment qu'il avait toujours vu à cet endroit. Il se demanda si quelqu'un allait croire un truc pareil.

Il se demanda d'ailleurs s'il le croyait lui-même.

2

La mise à mort, 10 h 02, le 31 mai 1985

Bill et Richie la virent se retourner vers eux, ses mandibules s'ouvrant et se renfermant, tandis que les fusillait son œil de borgne, et Bill se rendit compte que Ça produisait sa propre source de lumière, effroyable luciole géante. Mais cette lumière vacillait, incertaine. Ça se trouvait en très mauvais état. Dans sa tête, les idées bourdonnaient et se bousculaient,

(laissez-moi, laissez-moi partir et vous pourrez avoir ce que vous avez toujours désiré, argent, célébrité, fortune, pouvoir — je peux vous donner tout cela)

incohérentes.

Bill s'avança, les mains vides, le regard attaché à l'œil unique et rouge de Ça. Il sentait une puissance croître en lui, l'investir, nouant en cordages les muscles de ses bras, remplissant chacun de ses poings serrés d'une force neuve. Richie marchait à côté de lui, les lèvres étirées sur un rictus.

(Je peux te rendre ta femme — je suis seul à pouvoir le faire, elle ne se souviendra de rien, comme vous ne vous êtes souvenus de rien, tous les sept.)

Ils étaient près, très près, maintenant. Bill sentait à plein nez la puanteur qui s'en dégageait et prit conscience avec horreur que c'était là l'arôme des Friches, l'odeur qu'ils avaient prise pour celle des égouts, des cours d'eau pollués et de la décharge en feu... mais avaient-ils jamais réellement cru qu'il n'y avait que cela ? C'était l'odeur de Ça, et sans doute était-elle plus forte dans les Friches, mais elle restait suspendue au-dessus de Derry comme un nuage et les gens ne la sentaient pas davantage que les gardiens de zoo ne sentent les animaux sauvages, allant même parfois jusqu'à s'étonner de voir les visiteurs se pincer le nez.

« Tous les deux », murmura-t-il à Richie, lequel acquiesça sans détourner les yeux de l'Araignée qui, maintenant, reculait devant eux dans le cliquetis de ses abominables pattes épineuses, enfin acculée.

(Je ne peux pas vous donner la vie éternelle mais je peux vous

toucher et vous vivrez très, très longtemps — deux cents ans, trois cents, peut-être cinq cents —, je peux faire de vous des dieux sur la Terre, si vous me laissez partir, si vous me laissez partir, si vous me laissez...)

« Bill ? » fit Richie d'une voix rauque.

Un cri montant en lui, montant, montant de plus en plus violemment, Bill chargea. Richie courut avec lui, au coude à coude. Ils frappèrent ensemble de leur poing droit, mais Bill comprit que ce n'était pas avec leurs deux poings, en réalité, qu'ils frappaient ; c'était avec leurs forces combinées, augmentées des forces de cet Autre ; avec la force du souvenir et du désir, avec, par-dessus tout, la force de l'amour et des souvenirs retrouvés de l'enfance, lancée comme un grand volant.

Le hurlement de l'Araignée remplit la tête de Bill qui eut l'impression qu'elle allait éclater. Il sentit son poing s'enfoncer dans des moiteurs agitées de soubresauts péristaltiques. Son bras suivit jusqu'à l'épaule. Il le retira, dégoulinant du sang noir de l'Araignée ; du chyle s'écoula du trou qu'il venait d'ouvrir.

Il vit Richie qui se tenait presque en dessous de son corps boursouflé, couvert des éclaboussures sombres du sang de Ça, se tenant dans la pose classique du boxeur, tandis que ses poings d'où gouttait l'immonde liquide ne cessaient de frapper.

L'Araignée tenta de les fouetter de ses pattes. Bill sentit l'une d'elles lui râper les flancs ; elle déchira sa chemise, déchira sa chair. Son dard pompait, inutile, tourné vers le sol. Ses hurlements étaient des gongs claironnant dans sa tête. Elle lança une attaque maladroite et voulut le mordre ; mais au lieu de battre en retraite, Bill fonça en avant, se servant non pas de ses seuls poings mais de tout son corps transformé en torpille. Il se jeta dans ses entrailles comme un pilier de rugby pris dans une mêlée ouverte, la tête dans les épaules.

Un instant, il sentit la chair puante de Ça qui ployait simplement sous son effort, comme s'il allait rebondir au loin. Avec un cri inarticulé, il poussa plus fort, poussa des bras et des jambes, s'acharnant de ses poings. Il réussit à rompre l'enveloppe du corps monstrueux et les fluides de Ça l'inondèrent. Ils dégoulinèrent sur son visage, dans ses oreilles ; ils remontèrent dans ses narines en fins tortillons.

Il se trouvait de nouveau dans le noir, enfoncé jusqu'aux épaules dans le corps convulsé de l'Araignée. Par ses oreilles bouchées, il entendait un son assourdi comme le battement régulier d'une grosse caisse : *wak-WAK-wak-WAK* — comme celles que l'on voit parfois à la tête des parades de cirque, lorsqu'elles font leurs spectaculaires entrées en ville, dans une débauche de monstres et de clowns cabriolants.

Le bruit de son cœur.

Il entendit Richie pousser un hurlement de douleur, son qui se transforma rapidement en gémissement et se coupa net sur un hoquet. Brusquement, Bill poussa des deux poings en avant. Il s'étouffait et s'étranglait dans ce sac d'entrailles agité de pulsations aqueuses.

Wak-WAK-wak-WAK

Et tout d'un coup, il tint dans les mains une grande chose qui pulsait et pompait contre ses paumes, les soulevant à son rythme.

(NON NON NON NON NON NON NON)

« *Si !* cria Bill, s'étouffant, se noyant. *Si ! Essaye donc cela, salope ! ESSAYE DONC DE T'EN SORTIR ! AIMES-TU ÇA ? AIMES-TU ÇA ?* »

Il croisa les doigts de ses deux mains au-dessus du narthex pulsant de son cœur — paumes séparées en un V renversé — et serra, serra de toutes ses forces.

Il y eut un ultime hurlement de douleur et de peur, lorsque le cœur explosa dans ses mains, giclant entre ses doigts en filaments agités de soubresauts.

Wak-WAK-wak-WAK

Le cri s'estompa, faiblit. Bill sentit soudain le volume de Ça qui l'étreignait, comme si lui-même était un corps poisseux pris dans un gant de boxe. Puis tout se détendit. Il se rendit compte que l'Araignée s'inclinait, tombait lentement sur un côté. Au même moment il s'en retira, perdant la conscience des choses.

L'immonde chose s'effondra, énorme tas d'une chair non terrestre, ses pattes agitées de frissons violents effleurant les parois du tunnel et éraillant le sol de griffonnages indéchiffrables.

Bill recula en titubant, la respiration haletante ; il cracha, cracha, pour chasser de sa bouche le goût abominable. Il trébucha sur ses propres pieds et tomba à genoux.

Il entendit alors, distinctement, la voix de l'Autre ; la Tortue était peut-être morte, mais quoi que ce fût qu'elle eût investi vivait.

« *Fils, tu as été remarquable.* »

Puis il n'y eut plus rien. La puissance disparut avec. Il se sentit faible, révulsé, à demi fou. Il regarda par-dessus son épaule et vit le cauchemar noir agonisant de l'Araignée, toujours secoué de tressaillements intermittents.

« Richie ! s'écria-t-il d'une voix rauque, brisée. Richie ! Où es-tu, mec ? »

Pas de réponse.

Morte avec l'Araignée, la lumière avait disparu. Il tâtonna dans la poche de sa chemise détrempée, à la recherche de la dernière pochette d'allumettes ; il la trouva, mais impossible de leur faire prendre feu. Elles étaient trop imbibées de sang.

« Richie ! » cria-t-il encore, tandis que les larmes lui montaient aux yeux. Il se mit à ramper, prudemment, tâtant devant lui de la main avant d'avancer. Finalement il heurta quelque chose qui céda mollement à son contact. Ses mains explorèrent... et s'arrêtèrent, lorsqu'elles touchèrent la figure de Richie.

« Richie ! Richie ! »

Toujours pas de réponse. Se débattant dans les ténèbres, Bill passa un bras sous la nuque de Richie, un autre sous le creux de ses genoux. Il se remit laborieusement debout et entreprit de revenir sur leurs pas, Richie dans les bras.

3

Derry, 10 h 00-10 h 15

À dix heures, la vibration régulière que l'on sentait dans les rues du centre-ville se transforma en un grondement de plus en plus fort. Le *Derry News* expliquerait plus tard que les soutènements de la partie souterraine du canal, affaiblis par les assauts sauvages de ce qui avait été une inondation-éclair, s'étaient tout simplement effondrés. Certains, cependant, ne furent pas d'accord. « Moi j'étais là, et je sais ce qui s'est passé, confia Harold Gardner à sa femme. Ce ne sont pas seulement les soutènements du canal qui se sont effondrés. Il y a eu un tremblement de terre, un foutu tremblement de terre. »

Quoi qu'il en soit, les résultats furent les mêmes. Tandis que s'amplifiait régulièrement le grondement, les vitres commencèrent à éclater, le plâtre des plafonds à tomber dans le grincement inhumain des poutres gauchies et des fondations torturées — un chœur épouvantable. Comme des mains avides, des fissures se mirent à courir sur la façade grêlée de trous de balle de Machen's. Richard's Alley, la ruelle qui courait derrière la pharmacie de Center Street, se remplit soudain d'une avalanche de briques jaunes : celles de l'immeuble de bureaux Brian W. Dowd, construit en 1952, qui s'effondrait. Un lourd nuage de poussière jaunâtre s'éleva dans les airs et fut emporté comme une voile par la tempête.

Au même moment, la statue de Paul Bunyan, devant le Centre communautaire, explosa sur son socle ; on aurait dit que la menace proférée depuis longtemps par le professeur d'art venait d'être enfin mise à exécution. La tête barbue et souriante s'éleva très haut ; une des jambes donna un coup de pied, l'autre une ruade, comme si Paul se démembrait d'enthousiasme. Le torse de la statue se pulvérisa en un nuage de mitraille et le fer de la hache fila vers le ciel pluvieux d'où elle retomba sur le pont des Baisers dont elle défonça le toit, puis le plancher.

Et à dix heures deux, le centre de Derry s'effondra purement et simplement.

L'essentiel des eaux rejetées par le château d'eau avait traversé Kansas Street pour aller s'étaler dans les Friches, mais un bon nombre de mètres cubes s'était toutefois précipité vers le centre par Up-Mile Hill. Peut-être est-ce cette « goutte d'eau » qui a fait déborder le vase... à moins, comme Harold Gardner le raconta à sa femme, qu'il n'y ait eu un véritable tremblement de terre. Des fissures commencèrent à zigzaguer sur le revêtement de Main Street, tout d'abord étroites... puis elles se mirent à s'écarter comme autant de gueules affamées, tandis qu'en montait le rugissement du canal, non plus étouffé, maintenant, mais assourdissant à semer l'épouvante. Tout se mit à trembler. L'enseigne au néon devant la boutique de souvenirs Shorty Squire's alla se fracasser dans près d'un mètre d'eau ; l'instant suivant, le magasin, qui jouxtait une librairie, commença à descendre. Buddy Angstrom fut le premier à remarquer le phénomène. Il donna un coup de coude à Alfred Zitner qui en resta bouche bée avant de donner à son tour un coup de coude à Harold Gardner.

En l'espace de quelques secondes, l'opération « sacs de sable » s'interrompit. Les hommes alignés le long du canal, pétrifiés, regardaient les immeubles du centre sous la pluie battante, avec tous la même expression d'incrédulité horrifiée sur le visage. On aurait dit que la boutique de Squire's avait été bâtie sur quelque énorme ascenseur ; elle s'enfonçait au milieu du dallage de béton apparemment solide avec une pesante et majestueuse dignité. Quand elle s'arrêta, à un moment donné, on aurait pu pénétrer à quatre pattes par l'une des fenêtres du deuxième étage depuis le trottoir inondé. De l'eau jaillissait tout autour du bâtiment et bientôt Shorty lui-même apparut sur le toit, agitant follement les bras pour appeler au secours. Puis il disparut à la vue lorsque l'immeuble de bureaux voisin, celui avec la librairie au rez-de-chaussée, s'enfonça à son tour dans le sol. Malheureusement, celui-là ne descendit pas tout droit comme la boutique de Shorty ; il se mit aussitôt à s'incliner (et de fait, pendant quelques instants, il fit irrésistiblement penser à la foutue tour

penchée de Pise des paquets de macaronis). Des briques commencèrent à s'en détacher du haut et des côtés. Plusieurs frappèrent Shorty.
Harold Gardner le vit partir à reculons, les mains à la tête... puis les
trois étages supérieurs de l'immeuble glissèrent avec la même aisance
que des crêpes glisseraient d'une pile. Shorty disparut. L'un des
hommes de corvée cria, puis le fracas de l'effondrement noya tout.
Certains tombèrent, d'autres, déséquilibrés, partirent en trébuchant
comme des ivrognes. Harold Gardner vit les bâtiments qui se faisaient
face sur Main Street s'incliner les uns vers les autres comme de vieilles
dames se chicanant sur une levée de cartes. La rue elle-même
s'enfonçait, se craquelait, se déformait. De puissants jets d'eau
jaillissaient de partout. Puis, les uns après les autres, les immeubles des
deux côtés de la rue dépassèrent leur centre de gravité et s'effondrèrent
tranquillement sur la chaussée : la Northeast Bank, le Shoeboat,
Alvey's Smokes & Jokes, Bailley's Lunch, Bandler's Record et Music
Barn. Si ce n'est qu'en réalité, il n'existait plus de chaussée sur laquelle
s'effondrer. La rue s'était enfoncée dans le canal, tout d'abord en
s'étirant comme du caramel, puis en se fragmentant en gros blocs
d'asphalte qui se renversaient et se heurtaient comme les noirs icebergs
d'une débâcle. Harold vit aussi le refuge pour piétons au centre de la
triple intersection disparaître à la vue, et tandis que s'en élevait un
geyser d'eau, il comprit tout d'un coup ce qui allait se passer.

« Faut se tirer d'ici ! hurla-t-il à l'intention d'Al Zitner. Ça va
refluer ! Les eaux vont refluer, Al ! »

Rien, dans l'attitude d'Al Zitner, ne laissait supposer qu'il avait
entendu. Il avait l'air d'un somnambule, ou d'un homme plongé dans
un profond sommeil hypnotique. Il restait debout dans sa veste de
sport à carreaux rouges et bleus détrempée, sa chemise Lacoste à col
ouvert avec le petit crocodile sur le téton gauche, ses chaussettes bleues
ornées de clubs de golf entrecroisés en barrette, ses chaussures de
bateau L. L. Bean's aux semelles de caoutchouc. Il contemplait
quelque chose comme un million de dollars de ses investissements
pesonnels en train de s'enfoncer dans la rue, et trois ou quatre millions
des investissements de ses amis qui en faisaient autant. Ses amis, les
types avec lesquels il jouait au poker ou au golf, avec lesquels il skiait
dans leur multipropriété de Rangely. Soudain sa ville natale, Derry
(Maine), le ciel me pardonne, se mit à ressembler bizarrement à ces
villes à demi englouties où on fait circuler les visiteurs dans de longs
canots étroits. Les eaux bouillonnaient et refluaient entre les bâtiments
encore debout, Canal Street se terminait sur un plongeoir en dents de
scie surplombant un lac agité. Guère étonnant que Zitner n'ait pas
entendu Harold.

D'autres, néanmoins, en étaient arrivés à la même conclusion que Gardner — on ne pouvait pas jeter une telle quantité de merde dans une étendue d'eau en furie sans provoquer de sérieux ennuis. Certains lâchèrent les sacs de sable qu'ils tenaient encore pour prendre leurs jambes à leur cou. Ce fut le cas de Harold Gardner, qui survécut. D'autres n'eurent pas autant de chance et se trouvaient encore proches du canal lorsque celui-ci, engorgé jusqu'à l'étouffement de tonnes d'asphalte, de béton, de briques, de plâtre, de vitres et de marchandises diverses pour un montant de plusieurs millions de dollars, se mit à refluer et à renvoyer des tonnes d'eau par-dessus son parapet de ciment, emportant avec impartialité les sacs de sable comme les hommes.

Harold ne pouvait s'empêcher de penser que les eaux voulaient l'avoir aussi ; il avait beau courir comme un dératé, elles gagnaient du terrain sur lui. Il réussit à leur échapper en escaladant un remblai en pente raide, agrippé des ongles aux buissons qui le couvraient. Il jeta un coup d'œil en dessous de lui et aperçut une silhouette humaine dans laquelle il crut reconnaître Roger Lernerd, le responsable des prêts de la banque de Harold, qui s'efforçait de faire démarrer sa voiture dans le parking du mini-centre commercial du canal. Même avec les hurlements du vent et le grondement des eaux, Harold arrivait à entendre le bruit de machine à coudre du moteur de la petite compacte, qui hennissait, hennissait sans pouvoir démarrer tandis que les vaguelettes montaient à l'attaque du bas de caisse, des deux côtés. Alors, dans un fracas de tonnerre, la Kenduskeag rompit ses rives et vint balayer et le mini-centre commercial et la rutilante petite voiture de Roger. Harold reprit son ascension, s'accrochant aux branches, aux racines, à tout ce qui lui paraissait assez solide pour supporter son poids. Les hauteurs, là était le salut. Comme aurait pu le dire Andrew Keene, Harold Gardner n'avait qu'une idée ce matin : prendre de l'altitude. Il entendait derrière lui le centre-ville qui continuait de s'écrouler. On aurait dit le grondement d'un barrage d'artillerie.

4

Bill

« Beverly ! » cria-t-il. Il n'était qu'un bloc douloureux des bras jusqu'au dos. On aurait dit que Richie pesait au moins un quart de tonne, maintenant. *Pose-le à terre*, lui susurra son esprit. *Il est mort, tu le sais foutrement bien, pourquoi ne le poses-tu pas tout simplement à terre ?*

Mais il ne voulait ni ne pouvait s'y résoudre.

« Beverly ! cria-t-il à nouveau. Ben ! Quelqu'un ! »

Il pensa : *Voilà où Ça nous a expédiés — moi et Richie —, sauf qu'il nous a expédiés encore plus loin. Comment était-ce ? Ça se perd, j'oublie...*

« Bill ? » C'était la voix de Ben, tremblante d'épuisement, pas très loin de lui. « Où es-tu, Bill ?

— Par ici, vieux. Richie est avec moi. Il est... il est blessé.

— Continue de parler. » Ben était plus près, maintenant. « Continue de parler, Bill.

— Nous avons tué Ça, reprit Bill en se dirigeant vers la voix. On a massacré cette saloperie. Et si Richie est mort...

— Mort ? » s'exclama Ben, angoissé. Il était très près, cette fois ; sa main qui s'avançait en tâtonnant dans le noir vint se poser légèrement sur le nez de Bill. « Qu'est-ce que tu veux dire, mort ?

— Je... il... » Ben l'aidait maintenant à soutenir Richie. « Je ne distingue rien. C'est le problème. Je n'a-a-arrive pas à l-le v-v-voir !

— Richie ! cria Ben, se mettant à secouer le corps inerte. Richie, réveille-toi, mon vieux ! Secoue-toi, bordel ! » Ben avait la voix qui s'étranglait et tremblait de plus en plus. « EST-CE QUE TU VAS TE RÉVEILLER, BORDEL DE DIEU, RICHIE ? »

Et dans le noir total, du ton irrité et endormi de quelqu'un que l'on tire d'un profond sommeil, Richie lui répondit : « Ça va, ça va, Meule de Foin, ça va. Pas besoin d'en faire autant — de foin...

— Richie ! s'écria Ben. Richie, mon vieux, tu te sens bien ?

— Cette salope m'a balancé, grommela Richie toujours de la même voix endormie. Je me suis cogné sur quelque chose de dur. C'est tout... tout ce dont je me souviens. Où est Bevvie ?

— Quelque part là derrière, répondit Ben qui lui expliqua rapidement l'histoire des œufs. J'en ai écrabouillé plus de cent. Je crois que je les ai tous eus.

— Prions le ciel qu'il en soit ainsi », dit Richie. Sa voix commençait à paraître plus assurée. « Pose-moi, Grand Bill. Je peux marcher... on entend le bruit de l'eau plus fort, non ?

— En effet », dit Bill. Tous les trois se donnaient la main dans les ténèbres. « Comment va ta tête ?

— Fait mal comme l'enfer. Qu'est-ce qui s'est passé après qu'elle m'a foutu hors de combat ? »

Bill leur raconta tout ce qu'il put se résoudre à leur dire.

« Ça a crevé ! fit Richie, émerveillé. T'en es sûr, Bill ?

« — Oui. Cette fois, j'en suis absolument s-sûr.

— Dieu soit loué, dit Richie. Tiens-moi, Bill, je crois que je vais dégueuler. »

Bill l'empoigna, et lorsque Richie eut terminé, ils se remirent en route. Tous les quelques pas, leurs pieds heurtaient quelque chose de cassant qui partait rouler dans l'obscurité. Des fragments des œufs brisés par Ben, songea Richie, parcouru d'un frisson. C'était bon de savoir qu'ils allaient dans la bonne direction, mais il aimait autant ne rien voir.

« Beverly ! cria Ben. Beverly !

— Ici ! »

Sa réponse leur parvint, affaiblie, presque perdue dans le grondement constant des eaux. Ils avancèrent dans le noir, l'interpellant à intervalles réguliers, et convergèrent sur elle.

Quand finalement ils la rejoignirent, Bill lui demanda s'il ne lui restait pas d'allumettes ; elle lui mit une pochette à demi remplie dans la main. Il en craqua une et vit leurs visages surgir, fantomatiques, de l'obscurité : Ben, un bras passé autour des épaules de Richie qui se tenait voûté, du sang coulant de sa tempe gauche ; Beverly avec la tête d'Eddie sur les genoux. Puis il se tourna d'un côté. Audra gisait sur le sol comme une poupée de chiffon, jambes écartées, la tête renversée. Le cocon qui l'enserrait avait presque complètement fondu.

« Audra ! Est-ce que tu m'entends, Audra ? »

Il lui passa un bras dans le dos et l'installa en position assise. Il glissa la main sous la masse de ses cheveux et appuya les doigts contre son cou. Le pouls était là : un battement lent et régulier.

Il enflamma une autre allumette et vit à son éclat la pupille d'Audra se contracter. Mais il s'agissait là d'une fonction involontaire ; son regard resta tout aussi fixe, même lorsqu'il approcha la lumière très près de son visage. Elle était vivante, certes, mais sans réaction. Bon Dieu, c'était pire que cela et il le savait bien. Elle était catatonique.

La deuxième allumette lui brûla les doigts.

« Dis donc, Bill, je n'aime pas le bruit que fait la flotte, dit Ben. Je crois que nous ferions mieux de sortir d'ici.

— Comment, sans Eddie ? murmura Richie.

— On peut y arriver, répondit Bev. Ben a raison, Bill. Il faut sortir d'ici.

— Je la prends avec moi.

— Évidemment. Mais il faut ficher le camp tout de suite.

— Dans quelle direction ?

— Tu le sauras, l'assura doucement Beverly. Tu as tué Ça. Tu le sauras, Bill. »

Il souleva Audra dans ses bras comme il avait soulevé Richie et retourna auprès des autres. L'impression qu'elle lui donnait dans ses bras était inquiétante, angoissante, même ; on aurait dit une poupée de cire douée de respiration.

« Vers où, Bill ? demanda Ben.

— Je n-ne sais...

(Tu le sauras, tu as tué Ça. Tu le sauras, Bill.)

— Eh b-bien, allons-y. Nous verrons bien si nous trouverons ou non la sortie. Prends ç-ça, B-Beverly, ajouta-t-il en lui tendant les allumettes.

— Et Eddie ? demanda-t-elle. Il faut l'emmener avec nous.

— Et c-comment ? C'est... Tout le truc est en t-train de s'e-effondrer.

— Nous devons l'emmener avec nous, mec, dit Richie. Donne-moi un coup de main, Ben. »

Les deux hommes soulevèrent le corps d'Eddie. Beverly éclaira leur chemin jusqu'à la porte de conte de fées. Bill fit passer Audra en évitant autant que possible de la faire glisser contre le sol. Richie et Ben en firent autant avec Eddie.

« Posez-le maintenant, dit Beverly. Il peut rester ici.

— C'est trop noir, sanglota Richie. Tu comprends... il y fait trop noir. Eds... il...

— Non, ça va comme cela, intervint Ben. C'est peut-être ici qu'il doit rester, au fond. Je le crois. »

Ils le posèrent, et Richie embrassa la joue d'Eddie. Puis il leva les yeux, sans le voir, vers Ben. « Tu en es sûr ?

— Ouais. Allez, viens, Richie. »

Richie se releva et se tourna vers la porte. « Va te faire foutre, salope ! » s'écria-t-il soudain — sur quoi il envoya un coup de pied au battant pour la fermer. Il claqua sourdement et le verrou retomba.

« Pourquoi as-tu fait cela ? lui demanda Beverly.

— Sais pas », répondit Richie ; mais il le savait très bien. Il regarda par-dessus son épaule juste au moment où l'allumette que tenait Beverly s'éteignit.

« Dis donc, Bill, la marque sur la porte.

— Oui ?

— Eh bien, elle a disparu. »

5

Derry, 10 h 30

Le corridor de verre qui reliait la bibliothèque des enfants à celle des adultes explosa soudain, en un unique flamboiement éclatant. Les débris de verre allèrent larder les arbres tordus et fouettés par la tempête qui entouraient l'immeuble. Un tel mitraillage aurait pu gravement blesser ou même tuer quelqu'un, mais il n'y avait personne, ni à l'intérieur, ni à l'extérieur. La bibliothèque n'avait pas ouvert ses portes ce jour-là. Le tunnel qui avait tellement fasciné Ben Hanscom enfant ne serait pas reconstruit ; il y avait eu tellement de dégâts d'un coût exorbitant à Derry qu'on jugea plus simple de laisser les deux bâtiments séparés. Avec le temps, plus personne, au conseil municipal de Derry, ne se souvint à quoi avait bien pu servir ce cordon ombilical. Seul Ben, peut-être, aurait pu leur expliquer ce qu'il avait ressenti à l'observer de l'extérieur dans le calme glacial de janvier, le nez enchifrené, le bout des doigts gelés au fond des moufles, tandis qu'allaient et venaient les gens à l'intérieur, marchant sans manteau au cœur de l'hiver, entourés de lumières. Il aurait pu leur dire... cependant ce n'était guère le genre de propos que l'on tenait lors des réunions d'un conseil municipal. Mais ce ne sont là qu'éventualités. Les faits se résumaient à ceci : le corridor de verre explosa sans raison apparente, et personne ne fut blessé (ce qui fut une bénédiction, dans la mesure où le nombre final des victimes, après la tempête — victimes humaines, au moins — s'éleva à soixante-sept morts et plus de trois cent vingt blessés). Après le 31 mai 1985, il fallait, pour aller de la bibliothèque des adultes à celle des enfants, faire le tour par l'extérieur. Et s'il faisait froid, s'il pleuvait ou s'il neigeait, on devait enfiler son manteau.

6

À l'extérieur, 10 h 54, le 31 mai 1985

« Attendez, haleta Bill. Laissez-moi... souffler.

— Laisse-moi t'aider à la porter », lui répéta Richie. Ils venaient d'abandonner le cadavre d'Eddie à la porte de l'antre de l'Araignée, et c'était quelque chose dont aucun d'eux n'avait envie de parler. Mais Eddie était mort et Audra encore vivante — du moins, techniquement.

« J'y arriverai tout seul, répondit Bill entre deux inspirations rapprochées.

— Des clous, oui. Tu vas te filer une bonne attaque cardiaque. Laisse-moi t'aider, Grand Bill.

— Comment va ta tête ?

— Fait mal, dit Richie. Change pas de sujet. »

À contrecœur, Bill laissa Richie prendre Audra. La situation aurait pu être pire ; Audra était grande et son poids normal était de soixante kilos. Mais le rôle qu'elle devait tenir dans *Attic Room* était celui d'une jeune femme retenue en otage par un maniaque psychotique qui se prend pour un terroriste politique. Et comme Fred Firestone avait voulu filmer d'abord toutes les scènes du grenier où elle était retenue, Audra avait suivi un strict régime grillade-salade-fromage à zéro pour cent et perdu plus de huit kilos. Néanmoins, après avoir trébuché dans le noir avec elle dans les bras sur une distance de cinq cents mètres (ou de mille mètres, ou de quinze cents !), ces cinquante-deux kilos pesaient des tonnes.

« M-Merci, m-mec.

— N'en parlons plus. Le prochain coup, c'est toi, Meule de Foin.

— Bip-bip, Richie », rétorqua Ben, et Bill ne put retenir un sourire. C'était un sourire fatigué, qui ne dura qu'un instant, mais c'était mieux que rien.

« La direction, Bill ? demanda Beverly. Le bruit de l'eau est plus fort que jamais. La perspective d'être noyés comme des rats ne me sourit guère.

— Tout droit, et à gauche, répondit Bill. Peut-être pouvons-nous essayer d'aller plus vite. »

Ils poursuivirent leur progression pendant une demi-heure, Bill prenant à droite, prenant à gauche. Le grondement de l'eau continua à enfler jusqu'au moment où il parut les entourer, effrayant effet stéréo dans le noir. Bill tâtonna pour trouver son chemin à un angle, une main posée sur la brique humide, et soudain il sentit de l'eau courir sur ses chaussures. Le débit était rapide, mais le niveau bas.

« Rends-moi Audra, dit-il à Richie qui soufflait comme un phoque. On remonte le courant, maintenant. » Richie passa délicatement son chargement à Bill, qui installa Audra sur son épaule à la manière des pompiers. *Si seulement elle pouvait protester... bouger... faire quelque chose !* « Où en est-on avec les allumettes, Beverly ?

— Il en reste tout au plus une demi-douzaine, Bill... Est-ce que tu sais où nous allons ?

« — Il me s-semble que oui. En route ! »

Ils le suivirent dans le nouveau boyau. L'eau qui bouillonnait au début autour des chevilles de Bill monta bientôt à la hauteur de ses mollets, puis de ses cuisses. Le fracas tonitruant du ruissellement s'était stabilisé et n'était plus qu'un grondement régulier. Le tunnel dans lequel ils avançaient tremblait sur un rythme constant. Pendant un moment, Bill pensa que le courant allait devenir trop fort pour continuer de marcher, puis ils passèrent devant une canalisation qui déversait un énorme jet d'eau dans leur tunnel — il s'émerveilla de sa puissance blanche — et le courant se fit moins violent, même si le niveau montait toujours. On...

J'ai vu l'eau jaillir de cette canalisation ! Je l'ai vue !

« Hé ! cria-t-il. Est-ce que vous ne voyez pas quelque chose ?

— Cela fait bien un quart d'heure que c'est un peu moins sombre, répondit Beverly, criant elle aussi. Où nous trouvons-nous, Bill ? »

Je croyais le savoir, faillit-il répondre. « Non ! Venez ! »

Il avait cru qu'ils se rapprochaient de la portion bétonnée de la Kenduskeag que l'on appelait le canal... la partie qui passait sous le centre-ville et ressortait à la hauteur de Bassey Park. Mais il y avait de la lumière là où ils se trouvaient, de la lumière, chose certainement impossible dans le canal sous la ville. Et cette lumière devenait de plus en plus forte.

Bill commençait à avoir de sérieux problèmes avec Audra. Non pas avec le courant — il était plus faible — mais avec la profondeur. *Je ne vais pas tarder à la faire flotter,* songea-t-il. Il voyait Ben sur sa gauche et Beverly sur sa droite. Il lui suffisait de légèrement tourner la tête pour apercevoir Richie derrière Ben. Le fond sur lequel ils avançaient devenait décidément de plus en plus bizarre. Des détritus — des briques, aurait-on dit — s'y entassaient de plus en plus. Une boîte à cigares détrempée passa sous son nez.

« La rue s'est effondrée », murmura Bill, dont les yeux s'agrandirent. Il examina le tunnel ; au bout, la lumière était encore plus forte.

« Quoi, Bill ?

— Qu'est-ce qui s'est passé ?

— Bill, Bill ? Que...

— Toutes ces canalisations ! s'exclama sauvagement Bill. Tous ces vieux tuyaux ! Il vient d'y avoir une autre inondation ! Et je crois que cette fois... »

Il reprit la tête du groupe, tenant Audra la tête hors de l'eau. Ben, Bev et Richie lui emboîtèrent le pas. Cinq minutes plus tard, ils virent le ciel bleu en levant les yeux. Ils le virent à travers une faille qui allait en s'élargissant à partir de l'endroit où ils se tenaient, jusqu'à mesurer plus de vingt mètres de large. Devant eux, nombre d'îles et d'archipels sortaient de l'eau : tas de briques, arrière d'une Plymouth avec le coffre ouvert, parcmètres...

Il devenait presque impossible d'avancer sur le fond, imprévisible chaos de monticules et de trous sans rime ni raison. L'eau s'écoulait tranquillement à hauteur de leurs coudes.

Tranquillement maintenant, pensa Bill. *Mais il y a deux heures, ou même une heure, je crois qu'on aurait pris la baignade de notre vie.*

« Mais qu'est-ce que c'est que ce bordel, Grand Bill ? demanda Richie. Il se tenait à la gauche de Bill, le visage adouci par une expression proche de l'émerveillement, tandis qu'il contemplait la faille dans la voûte du tunnel — *sauf que ce n'est pas la voûte d'un tunnel*, songea Bill. *C'est Main Street. Enfin, c'était Main Street.*

« À mon avis, l'essentiel du centre-ville de Derry a dû s'effondrer dans le canal et doit maintenant se trouver quelque part dans la Kenduskeag. De là, il passera dans la Penobscot puis dans l'océan Atlantique, et bon débarras. Est-ce que tu peux m'aider avec Audra, Richie ? Je ne crois pas pouvoir...

— Bien sûr, Bill, bien sûr. Pas de problème. »

Il lui prit Audra. Dans la lumière, Bill la voyait mieux qu'il ne l'aurait peut-être souhaité — sa pâleur masquée mais non cachée par la boue et les ordures qui lui barbouillaient le front et les joues. Elle avait toujours les yeux grands ouverts... grands ouverts, et vides de toute expression. Ses cheveux pendaient, aplatis, mouillés. Elle aurait pu tout aussi bien être l'une de ces poupées gonflables que l'on vend dans les magasins spécialisés de rues spécialisées à New York ou à Hambourg. Seule différence, sa respiration, lente et régulière. Et encore... un mécanisme y aurait suffi.

« Comment allons-nous sortir de ce trou ? demanda-t-il à Richie.

— Dis à Ben de te faire la courte échelle. Tu feras sortir Bev, et à tous les deux, vous pourrez tirer ta femme. Ben pourra me pousser et ensuite nous le hisserons. Après quoi, je vous montrerai comment on organise un tournoi de volley-ball.

— Bip-bip, Richie !

— Bip-bip mon cul, Grand Bill. »

La fatigue montait en lui par vagues qui le balayaient régulièrement. Il croisa le regard calme de Beverly et le soutint pendant quelques instants. Elle eut un léger hochement de tête et il lui sourit.

« D'accord. Tu me fais la courte é-échelle, B-Ben ? »

Ben, qui paraissait avoir aussi atteint les limites de l'épuisement, acquiesça. L'une de ses joues était profondément entaillée. « Je crois que je pourrais tenir le coup. »

Se tenant légèrement voûté, il croisa les mains en coupe. Bill posa un pied sur ce barreau de chair et se lança en l'air. Mais c'était loin de suffire. Ben souleva alors ses mains croisées et Bill réussit à saisir le rebord supérieur du tunnel effondré. À la force des bras, il se hissa en haut. La première chose qu'il vit fut une barrière de police à rayures blanches et orange. La seconde, la foule d'hommes et de femmes qui allaient et venaient de l'autre côté ; et la troisième, le grand magasin Freese's — sauf qu'il avait un aspect étrangement mastoc et déformé — ; il lui fallut quelques secondes pour se rendre compte que près de la moitié du bâtiment s'était enfoncée dans la rue et dans le canal en dessous. La moitié supérieure pendait au-dessus de la rue et menaçait de s'effondrer comme une pile de livres mal rangés.

« Regardez ! Regardez ! Il y a quelqu'un dans la rue ! »

Une femme montrait du doigt l'endroit où la tête de Bill dépassait de la crevasse dans la chaussée écroulée.

« Dieu soit loué, il y en a un autre ! »

Elle s'élança ; c'était une femme âgée, la tête prise dans un fichu comme une paysanne. Un flic la retint. « C'est dangereux par là, Mrs. Nelson, vous le savez. Le reste de la rue peut s'effondrer à n'importe quel moment. »

Mrs. Nelson, pensa Bill. *Je me souviens de vous. Votre sœur nous gardait parfois, George et moi.* Il leva la main pour lui montrer qu'il allait bien, et quand elle lui répondit de sa propre main levée, il éprouva une soudaine bouffée de sentiments positifs — et d'espoir.

Il changea de position pour s'allonger sur la chaussée dans un effort pour distribuer son poids aussi également que possible, comme on est censé le faire sur de la glace trop fine. Il tendit la main pour Beverly. Elle le saisit au poignet et, avec ce qui lui parut être ce qui lui restait de force, il la hissa jusqu'à lui. Le soleil, qui avait un instant disparu, fit son apparition derrière un banc de nuages aux écailles brillantes et leur rendit leur ombre. Beverly leva les yeux, surprise, croisa le regard de Bill et sourit.

« Je t'aime, Bill, dit-elle. Et je prie pour qu'elle aille bien.

— M-Merci, Bevvie », et la douceur du sourire qu'il lui rendit lui fit venir les larmes aux yeux. Il l'étreignit, et la petite foule qui s'était rassemblée de l'autre côté de la barrière applaudit. Un photographe du *Derry News* prit un cliché. On le vit dans l'édition du 1er juin du journal, qui dut être imprimée à Bangor, l'eau ayant endommagé les presses. La légende était d'un tel laconisme et d'une telle vérité que Bill découpa la photo et la garda pliée dans son portefeuille pendant des années : SURVIVANTS. C'était tout, et cela suffisait.

Il était onze heures moins six à Derry, Maine.

7

Derry, plus tard, le même jour

Le corridor de verre qui reliait la bibliothèque des adultes à celle des enfants avait explosé à dix heures trente. Trois minutes plus tard, la pluie s'arrêtait. Elle n'alla pas en diminuant, mais s'interrompit d'un seul coup, comme si Quelqu'un, Là-Haut, venait de basculer un interrupteur. Le vent avait commencé à se calmer depuis un moment, et il tomba si rapidement que les gens se regardèrent les uns les autres avec une expression de malaise superstitieux. On aurait tout à fait dit le ronflement mourant de moteurs de 747, quand l'appareil vient de s'arrêter au môle de débarquement.

Le soleil fit sa première apparition à dix heures quarante-sept. Vers le milieu de l'après-midi, les nuages avaient complètement disparu et une belle fin de journée s'annonçait, assez chaude, même. Vers trois heures trente, le mercure dans le thermomètre publicitaire à l'extérieur de Rose Doccaze, Vêtements d'occase, grimpa jusqu'à vingt-huit degrés, la pointe la plus élevée depuis le début de la belle saison. Dans la rue, les gens avançaient comme des zombies, presque sans parler. L'expression qu'ils arboraient tous était remarquablement similaire : une sorte d'hébétude émerveillée qui aurait été comique si elle n'avait pas été aussi franchement pitoyable.

En fin d'après-midi, les journalistes d'ABC, CBS, NBC et CNN arrivèrent à Derry ; les bulletins d'informations donneraient leur version de la vérité ; ils rendraient leur réalité aux événements..., même si certains auraient pu faire remarquer que la notion de réalité exige la plus grande méfiance, que c'est quelque chose qui n'est peut-être pas plus solide qu'une pièce de toile tendue sur un entrecroisement de câbles comme une toile d'araignée.

Le lendemain matin, Bryant Gumble et Willard Scott, de l'émission *Today*, seraient à Derry. Il y aurait une interview d'Andrew Keene qui déclarerait : « Le château d'eau s'est effondré comme une quille et s'est mis à couler sur la pente de la colline, tout simplement. Ah, c'était quelque chose, vous voyez ce que je veux dire ? J'ai pensé, Steven Spielberg peut aller se rhabiller. Dites, j'ai toujours cru en vous voyant à la télé que vous étiez beaucoup plus grand. » Se voir et voir ses voisins à la télé — voilà qui donnerait toute leur réalité aux événements. Cela donnerait aux gens un point d'ancrage d'où saisir cette chose terrible, pour l'instant insaisissable. On avait eu droit à un *ouragan-monstre*.

Au cours des jours suivants, LE NOMBRE DES VICTIMES allait s'élever dans LE SILLAGE DE LA TEMPÊTE TUEUSE. Il s'agissait, en fait, de LA PIRE TEMPÊTE DE PRINTEMPS DE TOUTE L'HISTOIRE DU MAINE. Tous ces titres, aussi terribles qu'ils soient, avaient leur utilité : ils contribuaient à émousser la profonde étrangeté de ce qui s'était passé... peut-être, d'ailleurs, le mot « étrangeté » est-il trop faible. Sans doute faudrait-il parler d'événements insensés, délirants. Les émissions de télé allaient aider à les rendre concrets, palpables, moins fous. Mais au cours des heures qui précédèrent l'arrivée des journalistes, seuls les gens de Derry parcouraient les rues de leur ville couvertes de détritus et de boue, une expression d'incrédulité et de stupéfaction peinte sur le visage. Seuls les gens de Derry, peu bavards, examinaient les choses qu'ils ramassaient parfois pour les rejeter ensuite, essayant de comprendre ce qui s'était passé au cours des dernières sept ou huit heures. Des hommes, depuis Kansas Street, la cigarette à la bouche, contemplaient les maisons qui gisaient dans les Friches, renversées. D'autres, derrière les barrières rayées dressées par la police, regardaient le vaste trou noir de ce qui était leur centre-ville quelques heures auparavant.

Le titre du journal, le dimanche suivant, serait : NOUS RECONSTRUIRONS, PROMET LE MAIRE. Et peut-être, en effet, allaient-ils le faire. Mais au cours des semaines qui suivirent, pendant que le conseil municipal se chamaillait sur la façon de s'y prendre (par où commencer ?), l'énorme cratère continua de croître d'une manière qui, si elle n'était pas spectaculaire, avait une inquiétante constance. Quatre jours après la tempête, le bâtiment de la compagnie hydro-électrique de Bangor s'effondra dans le trou. Trois jours après cela, la Flying Doghouse, une entreprise qui vendait les meilleurs choucroutes et saucisses de toute la région est du Maine, suivit le même chemin. Les évacuations refoulaient de temps à autre dans les maisons et les immeubles d'appartements ou de bureaux. La situation sur ce plan était telle dans le lotissement d'Old Cape que les gens commencèrent à partir.

Le 10 juin était prévue la première réunion hippique de la saison au champ de courses de Bassey Park ; le premier départ devait être donné à vingt heures, en soirée, et cet événement paraissait remonter le moral de tout le monde. Mais une partie de la zone réservée aux spectateurs debout s'effondra au moment où les chevaux attaquaient la dernière ligne droite, et une demi-douzaine de personnes furent blessées. L'une d'elles était Foxy Foxworth, l'homme qui avait tenu le cinéma Aladdin. Foxy, une jambe cassée, un testicule endommagé, passa deux semaines à l'hôpital. En en sortant, il décida illico d'aller vivre chez sa sœur à Somersworth, dans le New Hampshire.

Il ne fut pas le seul à avoir cette réaction. Derry se délitait comme un arbre perd ses feuilles.

8

Ils regardèrent le brancardier fermer la porte arrière de l'ambulance et remonter sur le siège du passager. Le véhicule s'engagea dans la montée, en direction de l'hôpital de la ville. Richie l'avait obligé à s'arrêter au péril de sa vie et avait dû discuter ferme avec le conducteur, furieux, qui disait ne plus avoir de place dans son ambulance. Finalement il avait accepté d'emporter Audra, allongée sur le plancher.

« Et maintenant ? » demanda Ben. Il avait deux énormes poches brunes sous les yeux et un innommable collier de crasse autour du cou.

« Moi, je retourne au Town House, dit Bill. J'ai l'intention de dormir seize heures d'a-affilée.

— J'approuve, dit Richie. Z'auriez pas une petite cibiche, ma jolie dame ?

— Non, répondit Beverly. Je crois bien que je vais arrêter, une fois de plus.

— Ce n'est pas si bête, au fond. »

Ils commencèrent à remonter lentement la colline, côte à côte tous les quatre.

« C'est f-fi-fini », soupira Bill.

Ben acquiesça. « Nous y sommes arrivés. Ou plutôt, tu y es arrivé, Grand Bill.

— Nous y sommes tous arrivés, le reprit Beverly. Si seulement nous avions pu remonter Eddie... J'ai le cœur fendu à l'idée que nous l'avons laissé en bas. »

Ils atteignirent le coin d'Upper Main et de Point Street. Un gamin en ciré rouge et bottes de caoutchouc vert faisait voguer un bateau de papier dans le courant rapide qui gonflait encore le caniveau. Il leva les yeux, les vit qui le regardaient, et leur adressa un timide salut de la main. Bill crut reconnaître le garçon au skate

— celui dont le copain avait vu le requin des *Dents de la mer* dans le canal. Il sourit et s'avança vers le gamin.

« Tout est fini, m-maintenant », dit-il.

Le garçon l'examina gravement, puis sourit. Un sourire d'espoir, qui ensoleilla son visage. « Ouais, répondit-il, je crois.

— Un peu, mon neveu ! »

Le gamin éclata de rire.

« Est-ce que tu vas faire attention, sur ton skate ?

— Pas vraiment », répondit l'enfant. Cette fois, c'est Bill qui éclata de rire. Il réprima une envie de lui ébouriffer les cheveux — le geste aurait sans doute été mal reçu — et rejoignit les autres.

« Qui était-ce ? demanda Richie.

— Un ami », répondit Bill. Il enfonça les mains dans les poches. « Est-ce que vous vous rappelez la première fois que nous en sommes sortis ? »

Beverly acquiesça. « Eddie nous avait ramenés dans les Friches. Sauf que nous nous étions retrouvés sans trop savoir comment de l'autre côté de la Kenduskeag. Celui d'Old Cape.

— Meule de Foin et toi, vous aviez dû soulever le couvercle d'une de ces stations de pompage, précisa Richie ; vous étiez les plus lourds.

— Ouais, dit Ben, c'est exact. Il faisait beau, mais le soir tombait.

— Ouais, dit Bill, et nous étions tous là.

— Mais rien ne dure éternellement », conclut Richie. Il se retourna, et mesura la côte qu'ils venaient de monter. Puis il soupira. « Tenez, regardez cela par exemple. »

Il tendit les mains. Les minuscules cicatrices de ses paumes avaient disparu. Beverly tendit aussi les mains, imitée par Ben, puis par Bill. Toutes étaient sales, mais intactes.

« Non, rien ne dure éternellement », répéta Richie. Il leva les yeux sur Bill, et celui-ci vit des larmes rouler sur ses joues crasseuses.

« Sauf peut-être l'amour, dit Ben.

— Et le désir, ajouta Beverly.

— Et les amis, Grande Gueule, qu'est-ce que tu en penses ? demanda Bill avec un sourire.

— Eh bien, répondit Richie, lui rendant son sourire en se frottant les yeux, faudra que j'y pense, mon vieux. Ah, dis donc, dis donc, faut que j'en pince — euh — que j'y pense ! »

Bill tendit les mains, les autres en firent autant, et ils restèrent quelques instants ainsi, les sept qui n'étaient plus que quatre, mais qui parvenaient tout de même à constituer un cercle. Ils se regardaient les uns les autres. Ben pleurait aussi, maintenant ; de grosses larmes coulaient de ses yeux. Mais il souriait.

« Je vous aime tellement, tous », dit-il. Il serra la main de Richie et celle de Ben, fort, fort, fort pendant un instant, puis les laissa retomber. « Bon, est-ce qu'on ne pourrait pas voir s'il n'y a pas moyen de se faire servir un solide petit déjeuner ? Il faut appeler Mike. Lui dire comment on s'en est sortis.

— Excellente idée, Señor ! s'exclama Richie. Dé temps en temps, yé mé dis qué tou pourrais dévénir quelqu'oune de bueno. Tou crois pas, Grandé Bill ?

— Yé crois qué tou devrais aller té faire foutré ! » répondit Bill.

Ils entrèrent au Town House sur une vague de rires ; mais au moment où Bill fut sur le point de pousser la porte vitrée, Beverly vit quelque chose que, si elle n'en parla jamais, elle ne devait jamais oublier non plus. Pendant un bref instant, elle aperçut leurs reflets dans la glace ; sauf qu'il y avait six reflets et non quatre, car Eddie se trouvait derrière Richie et Stan derrière Bill, son éternel demi-sourire aux lèvres.

9

Dehors, le 10 août 1958 au crépuscule

Le soleil effleure l'horizon, boule rouge légèrement ovale qui projette une lumière plate et fiévreuse sur les Friches. Le couvercle de fer de l'une des stations de pompage se soulève un peu, retombe, se soulève à nouveau et commence à glisser.

« P-Pousse, B-Ben, ça me bou-sille l'épaule... »

Le couvercle glisse encore un peu, s'incline, et tombe dans les broussailles qui ont poussé autour du cyclindre de béton. Sept mômes en sortent un par un, clignant des yeux comme des chouettes, gardant un silence suffoqué. On dirait des enfants qui n'auraient encore jamais vu la lumière du jour.

« C'est tellement calme », dit enfin Beverly doucement.

Les seuls bruits sont le grondement régulier et fort de l'eau et le bourdonnement somnolent des insectes. La tempête est finie, mais la Kenduskeag est encore très haute. Plus près de la ville, non loin de l'endroit où la rivière est corsetée de béton et prend le nom de canal, elle a débordé de ses rives, même si l'inondation n'a rien eu de sérieux — quelques caves inondées, c'est tout. Cette fois.

Stan s'éloigne d'eux, le visage neutre, songeur. Bill regarde autour de lui, et pense tout d'abord que Stan vient d'apercevoir un petit feu sur la berge de la rivière — un feu, c'est sa première impression : un rougeoiement trop éclatant pour que l'on puisse le regarder en face. Mais lorsque Stan ramasse le feu de sa main droite, l'angle de la lumière change, et Bill se rend compte qu'il s'agit simplement d'une bouteille de Coca-Cola, l'une des nouvelles en verre blanc, que quelqu'un a dû jeter dans la rivière. Il regarde Stan la prendre à l'envers, par le goulot, et la briser contre un rocher qui dépasse de la rive. La bouteille éclate, et Bill se rend compte que tous, maintenant, observent ce que fait Stan qui, l'air absorbé et sérieux, s'est mis à trier les morceaux de verre. Finalement, il choisit un fragment effilé sur lequel le soleil couchant jette des éclats rutilants. Et de nouveau Bill pense à un feu.

Stan lève les yeux vers lui, et soudain Bill comprend : c'est pour lui parfaitement clair, et parfaitement juste. Il marche vers Stan les mains tendues, paumes vers le haut. Stan recule, et s'avance dans le courant. De petites bestioles noires ponctuent la surface de l'eau, avançant par saccades, et Bill aperçoit une libellule irisée qui zigzague entre les roseaux de l'autre rive, minuscule arc-en-ciel volant. Une grenouille se met à lancer son coassement grave et régulier, et tandis que Stan, lui prenant la main gauche, entaille sa paume avec l'arête de verre, tirant un filet de sang, Bill songe, pris d'une sorte d'extase : Il y a tellement de vie, ici !

« *Bill ?*

— *Bien sûr, les d-deux.* »

Stan lui ouvre la paume de l'autre main. Cela fait un peu mal, mais reste supportable. Un engoulevent lance quelque part son appel, un cri frais et apaisant. Bill se dit : L'engoulevent fait lever la lune.

Il regarde ses mains, qui maintenant saignent toutes les deux, puis autour de lui. Les autres sont là : Eddie avec son inhalateur serré dans la main ; Ben avec son gros ventre débordant, pâle et rebondi, des restes en lambeaux de sa chemise ; Richie, le visage étrangement nu sans ses lunettes ; Mike, silencieux et solennel, ses lèvres normalement pulpeuses réduites à une ligne fine. Et Beverly, tête redressée, les yeux agrandis, le regard clair, sa chevelure toujours aussi superbe en dépit de la boue qui l'englue.

Tous. Nous sommes tous ici.

Et il les voit, il les voit réellement, pour la dernière fois, car il comprend obscurément qu'ils ne se retrouveront jamais ensemble tous les sept — pas de cette façon. Personne ne parle. Beverly tend les mains ; peu après, c'est au tour de Richie et de Ben, puis de Mike et d'Eddie. Stan les prend l'une après l'autre tandis que le soleil commence à basculer derrière l'horizon, atténuant son flamboiement écarlate en un rose fleuri de crépuscule. L'engoulevent pousse de nouveau son cri ; Bill devine les premières volutes de brume qui montent des eaux et il est envahi de l'impression qu'il est devenu partie intégrante d'un tout plus vaste — brève extase dont il ne parlera pas davantage que Berverly ne parlera plus tard du reflet fugitif des deux morts qui, enfants, étaient leurs amis.

Un souffle d'air vient effleurer les arbres et les buissons, les fait soupirer, et il songe : C'est un endroit merveilleux que je n'oublierai jamais. Un endroit merveilleux et ils sont merveilleux ; chacun d'eux est une splendeur. L'engoulevent renouvelle son appel doux et liquide, et pendant un instant Bill sent qu'il ne fait plus qu'un avec l'oiseau, comme s'il pouvait chanter et disparaître dans le crépuscule — comme s'il pouvait s'envoler au loin, affronter l'air avec courage.

Il regarde Beverly, qui lui sourit. Elle ferme les yeux et tend les deux mains, de chaque côté. Bill lui prend la gauche, Ben la droite. Bill sent la chaleur de son sang qui se confond avec le sien. Les autres les rejoignent et ils forment un cercle, les mains scellées de cette façon particulièrement intime.

Stan regarde Bill avec quelque chose de pressant dans le regard, une sorte de crainte.

« Ju-Jurez-moi que vous r-re-reviendrez, commence Bill. J-Jurez m-moi que si Ç-Ça n'est pas m-mort, vous r-reviendrez.

— Je le jure, dit Ben.

— Je le jure, dit Richie.

— Oui, je le jure, dit Bev.

— Je le jure, grommelle Mike Hanlon.

— Ouais, je le jure, dit Eddie, d'une petite voix flûtée.

— Je le jure aussi », murmure Stan dans un souffle. Sa voix s'étrangle et il baisse les yeux.

« J-Je le j-jure. »

C'était fait ; c'était tout. Mais ils restent immobiles encore un moment, sentant la puissance qui émane du cercle, de l'unité fermée qu'il constitue. La lumière teinte les visages de nuances pâles qui s'effacent ; le soleil a disparu et le crépuscule se meurt. Ils se tiennent en cercle tandis que la pénombre s'insinue dans les Friches et engloutit les sentiers qu'ils ont parcourus tout l'été, la clairière où ils ont joué à chat perché et aux cow-boys, ainsi que les lieux secrets le long de la rive où ils se sont assis pour discuter des grands problèmes de l'enfance, pour fumer les cigarettes de Beverly ou pour contempler ensemble, dans le silence, le passage des nuages et leurs reflets dans l'eau.

Finalement Ben, le premier, laisse retomber les mains. Il commence à dire quelque chose, secoue la tête et s'éloigne. Richie le suit, puis Beverly et Mike, marchant côte à côte. Tout le monde garde le silence ; ils escaladent le haut talus de Kansas Street et prennent simplement congé les uns des autres. Et lorsque Bill y repense, vingt-sept ans plus tard, il prend conscience qu'ils ne se sont jamais retrouvés ensemble tous les sept. Il leur est souvent arrivé d'être quatre, plus rarement cinq, et peut-être six une ou deux fois. Mais jamais tous les sept.

Il est le dernier à partir. Il reste un long moment debout, les mains sur la barrière blanche branlante, les yeux perdus sur les Friches tandis qu'au-dessus de sa tête les premières étoiles viennent ensemen-cer le ciel d'été. Sous l'outremer du ciel, il contemple les ténèbres qui envahissent les Friches.

Jamais je ne retournerai jouer là en bas, songe-t-il soudain ; et il est stupéfait de se rendre compte que cette idée, loin d'être terrible ou désolante, est démesurément libératrice.

Il demeure encore quelques instants au même endroit, puis tourne le dos aux Friches-Mortes et prend le chemin de la maison, marchant le long du trottoir sombre, les mains dans les poches, et jetant de temps en temps un coup d'œil aux maisons de Derry, à leurs lumières réconfortantes qui luttent contre la nuit.

Après avoir longé un ou deux pâtés de maisons, il se met à marcher d'un pas plus vif, à l'idée du dîner qui l'attend... encore un ou deux carrefours, et il commence à siffler.

DERRY

DERNIER
INTERMÈDE

L'océan, de nos jours, se réduit à une flotte de navires ; et nous ne pouvons manquer d'en rencontrer un grand nombre sur notre route. C'est une simple traversée, dit Mr. Micawber, jouant avec sa lunette, une simple traversée. La distance est parfaitement imaginaire.

Charles Dickens,
David Copperfield

Bill est venu il y a une vingtaine de minutes et m'a apporté ce carnet — Carole l'a trouvé sur l'une des tables de la bibliothèque et le lui a donné lorsqu'il l'a demandé. J'aurais cru que Rademacher aurait voulu le prendre, mais apparemment il préfère n'en rien savoir.

Le bégaiement de Bill disparaît de nouveau, mais le pauvre vieux a pris quatre ans en quatre jours. Il m'a dit qu'il pensait qu'Audra quitterait l'hôpital de Derry (où moi-même je me morfonds) demain, pour partir en ambulance privée pour l'hôpital psychiatrique de Bangor. Physiquement, elle va très bien — elle n'a que des coupures et des ecchymoses sans gravité qui sont presque guéries. Mentalement...

« Tu lui lèves la main et elle reste en l'air », m'a dit Bill. Il était assis près de la fenêtre, et jouait machinalement avec une bouteille de soda. « Elle reste là à flotter jusqu'à ce que quelqu'un lui baisse le bras. Les réflexes sont là, mais très lents. On lui a fait un EEG où l'on voit une onde alpha sévèrement comprimée. Elle est c-ca-catonique, Mike.

— J'ai une idée. Elle n'est peut-être pas très bonne, et tu n'as qu'à le dire si elle ne te plaît pas.

— Quoi ?

— J'ai encore une semaine à tirer ici. Au lieu d'envoyer Audra à Bangor, pourquoi n'iriez-vous pas tous les deux chez moi ? Passe la semaine avec elle, Bill. Parle-lui, même si elle ne te répond pas. Est-elle... est-elle incontinente ?

— Oui, m'a répondu Bill, consterné.

— Pourrais-tu, euh...

— La changer ? » Il a souri, d'un sourire tellement douloureux que j'ai dû détourner les yeux un instant. Le même sourire que mon père lorsqu'il me racontait l'histoire de Butch Bowers et des poulets. « Oui, je crois que je pourrais faire cela.

— Je ne vais pas te dire de ne pas t'en faire pour ça alors que tu n'es manifestement pas préparé à le faire, mais n'oublie pas les conclusions auxquelles tu en es toi-même arrivé : que tout ce qui s'est passé ou presque avait été prévu d'avance. Audra avait peut-être un rôle à jouer dans ce scénario.

— J'aurais d-dû la fermer et ne p-pas dire où j'allais. »

Il vaut parfois mieux ne rien dire, et c'est ce que je fis.

« Très bien, finit-il par répondre. Si ton offre est vraiment sérieuse...

— Elle l'est. Ils ont les clefs à la réception, en bas. Il doit bien rester quelques steaks surgelés dans le congélateur. Qui sait si cela n'était pas aussi prévu ?

— Elle mange surtout des aliments mous et euh, elle prend des liquides.

— Bien. » Je retins un sourire. « Peut-être y aura-t-il une raison de faire une fête. Tu trouveras aussi une bouteille de vin sur l'étagère du haut du placard. C'est du Mondavi, un truc du coin, mais qui n'est pas mauvais. »

Il s'approcha du lit et me prit la main. « Merci, Mike.

— Quand tu voudras, Bill. »

Il lâcha ma main. « Richie a pris un avion pour la Californie ce matin. »

J'acquiesçai. « Pensez-vous rester en relations ?

— Peut-être. Au moins pendant un certain temps. Mais... (il me regarda, calmement) je pense que le phénomène va recommencer.

— L'oubli ?

— Oui. En fait, je crois même qu'il a déjà commencé. Rien que des détails, jusqu'ici, des petites choses. Mais je suis convaincu qu'il va s'amplifier.

— C'est peut-être mieux ainsi.

— Peut-être. » Il regarda par la fenêtre, tripotant toujours sa bouteille de soda ; il pensait certainement à sa femme, avec ses grands yeux, son silence, sa beauté. *Catatonique.* Le bruit d'une porte que l'on claque et que l'on verrouille, ce terme. Il soupira. « Oui, peut-être.

— Ben ? Beverly ? »

De nouveau il tourna les yeux vers moi, souriant légèrement.

« Ben l'a invitée à l'accompagner dans le Nebraska et elle a accepté d'y passer au moins un certain temps. Tu es au courant pour son amie de Chicago ? »

J'acquiesçai. Beverly l'avait raconté à Ben et Ben me l'avait dit hier. Le « merveilleux et fantastique Tom » était arrivé jusqu'à Derry en tirant l'information à coups de poing de la meilleure et seule amie de Beverly.

« Elle m'a dit qu'elle retournerait à Chicago dans quinze jours et déclarerait la disparition. La disparition de Tom, je veux dire.

— Parfaitement logique, dis-je. Personne n'ira jamais le chercher là-bas. » *Pas plus qu'Eddie,* pensai-je, mais je gardai cette réflexion pour moi.

« Je suppose que non, répondit Bill. Et quand elle retournera à Chicago, je te parie que Ben l'accompagnera. Et tu veux que je te dise quelque chose ? Quelque chose de vraiment délirant ?

— Quoi ?

— Eh bien, je ne crois pas qu'elle se souvienne réellement de ce qui est arrivé à Tom. »

Je me contentai de le fixer des yeux.

« Elle a oublié ou elle oublie, reprit Bill. Et moi-même, je n'arrive même plus à me souvenir à quoi ressemblait la petite porte. Celle qui donnait sur... son trou. Quand j'essaye d'y penser, les choses les plus dingues me passent par la tête : je vois par exemple un loup qui cogne à une porte, comme dans l'histoire des *Trois petits cochons.* Dingue, non ?

— Ils finiront bien par remonter la piste de Rogan jusqu'à Derry, tu ne crois pas ? Il a dû laisser une piste de papiers d'un kilomètre de large Billets d'avion, voitures louées, notes d'hôtel.

— Je n'en suis pas si sûr, répondit Bill en allumant une cigarette. Il est bien possible qu'il ait tout payé en liquide, et donné un faux nom pour son billet d'avion. Il a pu acheter une voiture d'occasion à bon marché, ou en voler une.

— Mais pourquoi l'aurait-il fait ?

— Allons, voyons, Mike ! Est-ce que tu crois qu'il a fait tout ce chemin simplement pour lui donner une correction ? »

Nous nous regardâmes longtemps, puis il se leva « Écoute, Mike...

— Ça me dépasse un peu, et je préfère parler d'autre chose. Mais je peux piger, tout de même. »

Ma réaction le fit rire aux éclats et quand il se fut calmé, il me dit : Merci, Mike, de me prêter ta maison.

— Je ne jurerais pas que cela va changer quelque chose pour elle.

Mon appart' ne possède pas de vertus thérapeutiques particulières, à ma connaissance.

— Eh bien… à bientôt. » Il eut alors un geste étrange, étrange mais émouvant. Il m'embrassa sur la joue. « Dieu te bénisse, Mike. Je reviendrai.

— Les choses vont peut-être s'arranger, Bill. N'abandonne pas. Elles peuvent s'arranger. »

Il sourit et acquiesça, mais je crois que le même mot nous était venu à l'esprit : *catatonique*.

Le 5 juin 1985

Ben et Beverly sont venus aujourd'hui me faire leurs adieux. Ils ne prennent pas l'avion ; Ben a loué chez Hertz une Cadillac grande comme une péniche et ils vont rentrer en voiture, sans se presser. Il y a quelque chose dans leurs yeux lorsqu'ils se regardent et je suis prêt à parier mon plan de retraite que si ce n'est déjà fait, cela le sera avant qu'ils arrivent dans le Nebraska.

Beverly m'a embrassé, m'a dit de me remettre bien vite, puis s'est mise à pleurer.

Ben m'a aussi embrassé, et pour la troisième ou quatrième fois m'a demandé si j'écrirais. Je lui ai répondu que oui, et je le ferai… au moins pendant un certain temps. Parce que le phénomène a aussi commencé pour moi, cette fois.

J'oublie les choses.

Comme l'a remarqué Bill, pour l'instant, ce ne sont que des détails, des petites choses. Mais c'est un phénomène qui donne l'impression de vouloir se développer. Il se peut que dans un mois, dans un an, ce carnet de notes soit la seule chose qui puisse me rappeler les événements qui se sont passés à Derry ces jours derniers. Et je me demande si les mots eux-mêmes ne vont pas se mettre à pâlir, et si ce carnet ne va pas se retrouver aussi vierge que le jour où je l'ai acheté chez Freese's, au rayon des fournitures scolaires. C'est une idée abominable qui paraît complètement parano dans la journée… mais aux petites heures de la nuit, figurez-vous, elle paraît parfaitement logique.

La perspective d'oublier me remplit de panique, mais offre aussi une sorte de soulagement sournois. Plus que tout, c'est elle qui me pousse à croire qu'ils ont réellement réussi à tuer Ça ; qu'il n'y a plus besoin d'un veilleur dans l'attente du déclenchement d'un nouveau cycle.

Triste panique, insidieux soulagement. C'est le soulagement que je vais choisir, je crois, insidieux ou pas.

Bill m'a appelé pour me dire qu'il avait emménagé à la maison avec Audra. Aucun changement notable.

« Je ne t'oublierai jamais », telles ont été les paroles de Beverly juste avant son départ.

Il me semble avoir lu une vérité différente dans son regard.

Le 6 juin 1985

Information intéressante, aujourd'hui, dans le *Derry News*, à la une. HENLEY ABANDONNE SON PROJET D'EXTENSION DE L'AUDITORIUM, disait la manchette. Tim Henley est un promoteur multimillionnaire qui a débarqué à Derry dans les années 60 comme une vraie tornade ; c'est lui qui, en compagnie de Zitner, a monté la société responsable de la construction du nouveau centre commercial (lequel, à en croire un autre article du journal, est considéré comme complètement perdu). Tim Henley était bien décidé à participer à la croissance de Derry. Il était certes motivé par les profits à faire, mais il n'y avait pas que cela : il avait vraiment envie de voir la ville s'épanouir. L'abandon du projet de l'auditorium suggère plusieurs choses, à mon avis. Que Henley n'ait plus le béguin pour Derry est la plus évidente. J'ai également l'impression qu'il est en train d'y perdre sa chemise du fait de la destruction du centre commercial.

Mais l'article laisse aussi entendre que Henley n'est pas seul dans cette affaire ; que d'autres investisseurs déjà implantés à Derry ou désirant s'y implanter commencent à se poser des questions sur l'avenir de la ville. Al Zitner, lui, n'a pas besoin de s'inquiéter, évidemment : Dieu l'a rappelé à lui lorsque le centre-ville s'est effondré. Parmi les autres, ceux qui pensaient comme Henley se trouvent confrontés à un problème plutôt épineux : comment reconstruire une zone urbaine qui se trouve à cinquante pour cent sous l'eau ?

Je crois pour ma part qu'après une longue existence d'une vie vampirique et crépusculaire, Derry est en train de mourir... comme la toxique et nocturne morelle noire dont le temps de la floraison est passé.

Appelé Bill Denbrough cet après-midi. Aucun changement chez Audra.

Il y a une heure, j'ai donné un autre coup de téléphone, à Richie Tozier cette fois, en Californie. Je suis tombé sur son répondeur automatique, avec en fond sonore la musique de Creedence Clearwater Revival. Ces foutues machines me perturbent toujours. J'ai commencé par laisser mon nom et mon numéro puis j'ai ajouté, après une hésitation, que j'espérais qu'il pouvait de nouveau porter ses verres de contact. J'étais sur le point de raccrocher lorsque Richie lui-même a pris le téléphone et m'a dit : « Mikey ! Comment vas-tu ? » Son ton était cordial, chaleureux... mais cependant teinté d'une note de stupéfaction. Il s'exprimait tout à fait comme quelqu'un de complètement pris au dépourvu.

« Salut, Richie. Je m'en sors très bien.

— Bon. Est-ce que tu as encore très mal ?

— Non, pas trop, ça diminue bien. Ce qui est pire, ce sont les démangeaisons. Je serai bougrement content quand ils se décideront à me débander les côtes. Dis donc, j'ai bien aimé la musique de Creedence. »

Il éclata de rire. « Ce n'est pas Creedence, merde, mais *Rock and Roll Girls* du nouvel album de Fogarty. *Centerfield*. Jamais rien entendu de celui-là ?

— Euh...

— Il faut absolument que tu te le procures, il est super. C'est juste comme... (il hésita) juste comme au bon vieux temps.

— Je me le paierai », répondis-je, ce que je ferai probablement. J'ai toujours aimé Fogarty. Je crois que mon morceau favori de Creedence a toujours été *Green River*. Les dernières paroles du morceau parlent de rentrer à la maison...

« Et Bill, comment ça va ?

— Il me garde la maison avec Audra pendant que je suis coincé ici.

— Bien, très bien. » Il se tut un moment. « Veux-tu que je te raconte quelque chose de foutrement bizarre, mon vieux Mikey ?

— Bien sûr, répondis-je, ayant déjà mon idée sur ce qu'il allait me dire.

— Eh bien..., figure-toi que j'étais assis dans mon burlingue à écouter les dernières nouveautés prometteuses, à classer des pubs, à lire des mémos... Ce sont deux montagnes en retard qui m'attendent ici et j'en ai bien pour un mois à vingt-cinq heures par jour. C'est pour cela que j'avais branché le répondeur, en gardant le son pour intercepter les appels intéressants et laisser les emmerdeurs s'égosiller sur l'enregistrement. Et si je t'ai si longtemps laissé parler...

– C'est que sur le coup tu ne savais absolument pas qui j'étais.

— Seigneur Jésus ! C'est exactement cela. Comment t'en es-tu douté ?

— Parce que de nouveau nous oublions. Tous, cette fois.

« — Tu en es sûr, Mikey ?
— Quel est le nom de famille de Stan ? »

Il y eut un silence à l'autre bout du fil, un long silence. Très faiblement, j'entendais une femme qui parlait à Omaha... ou peut-être à Rutheven (Arizona) ou à Flint (Michigan). Je l'entendais, une voix aussi menue que celle d'un voyageur de l'espace quittant le système solaire dans la tête d'une fusée qui a brûlé tout son carburant, remerciant quelqu'un pour les gâteaux secs.

Puis Richie, d'un ton incertain : « Il me semble que c'était Underwood, mais ce n'est pas un nom juif, ça ?
— C'était Uris.
— Uris ! s'exclama Richie, paraissant à la fois soulagé et secoué. Seigneur, j'ai horreur d'avoir quelque chose sur le bout de la langue et de ne pas pouvoir le sortir. Il suffit que quelqu'un se ramène avec un Trivial Pursuit pour que je lève l'ancre en inventant n'importe quoi. Mais toi tu n'oublies pas, Mikey. Comme avant.
— Faux. J'ai regardé dans mon carnet d'adresses. »
Nouveau long silence. Puis : « Tu l'avais oublié, toi ?
— Ouais.
— Sans déconner ?
— Sans déconner.
— Alors ce coup-ci, c'est vraiment terminé, ajouta-t-il avec une note de soulagement à laquelle on ne pouvait pas se tromper.
— C'est ce que je me dis. »

De nouveau un silence, aussi long que la distance qui nous séparait... tous ces kilomètres entre le Maine et la Californie. Je crois que nous pensions tous les deux à la même chose : c'était terminé, oui, et dans six semaines ou six mois, nous aurons tout oublié. C'est terminé, et il nous en a coûté notre amitié et la vie de Stan et Eddie. Je les ai déjà presque oubliés, vous vous rendez compte ? Aussi abominable que cela puisse paraître, j'ai presque oublié Stan et Eddie. Était-ce d'asthme que souffrait Eddie ou de migraine chronique ? Impossible d'en être sûr, même s'il me semble que c'était de migraine. Je demanderai à Bill. Il s'en souviendra, lui.

« Eh bien, salue Bill et sa jolie femme pour moi, reprit Richie avec un ton joyeux qui sentait le réchauffé.
— Je n'y manquerai pas, Richie », dis-je, fermant les yeux et me massant le front. Il se rappelait que la femme de Bill était à Derry... mais ni son nom, ni surtout ce qui lui était arrivé.

« Et si jamais tu passes par Los Angeles, tu as mon numéro. On ira se payer un bon petit resto.

— D'accord. » Je sentais les larmes me brûler les yeux. « Et si tu repasses par ici, c'est pareil pour toi.
— Mikey ?
— Toujours présent.
— Je t'aime, mec.
— Pareil pour moi.
— Très bien. Mets ça dans ta poche et ton mouchoir par-dessus.
— Bip-Bip, Richie ! »
Il se mit à rire. « Ouais, ouais, ouais. Alors, colle-toi-le dans une oreille, Mikey. Ah dis donc, dis donc, mon gars ! »
Sur quoi il raccrocha et j'en fis autant. Puis je m'allongeai sur mes oreillers, les yeux fermés, et restai longtemps sans les rouvrir.

Le 7 juin 1985

Le chef de la police, Andrew Rademacher, qui avait pris la succession de Borton dans les années 60, est mort. Un accident bizarre, qu'on ne peut s'empêcher d'associer à tout ce qui vient de se passer à Derry... à ce qui vient tout juste de se terminer à Derry.

L'ensemble commissariat-tribunal se trouve aux limites de la zone qui s'est effondrée dans le canal, et si l'immeuble n'a pas bougé, le glissement de terrain — ou l'inondation — a dû entraîner des dommages structurels invisibles dont on ne s'est pas aperçu.

Rademacher travaillait tard dans son bureau, la nuit dernière, explique l'article du journal, comme chaque soir depuis la tempête et l'inondation. Les bureaux du chef de la police n'étaient plus au troisième étage, comme autrefois, mais au cinquième, juste en dessous d'un grenier où sont entassés toutes sortes d'archives et d'objets appartenant à la ville devenus inutiles. L'un de ces objets était la Chaise à clochard que j'ai déjà décrite dans ces pages. Construite en fer, elle pesait dans les deux cents kilos. Le bâtiment avait évacué d'importantes quantités d'eau pendant le déluge du 31 mai, ce qui avait dû affaiblir le plancher du grenier (du moins selon la version du journal). Toujours est-il que la Chaise à clochard a traversé ce plancher pour venir s'abattre directement sur Rademacher, assis à son bureau, en train de lire des comptes rendus d'accidents. Il a été tué sur le coup. L'officier Bruce Andeen s'est précipité et l'a trouvé gisant au milieu des débris de son bureau, le stylo encore à la main.

Parlé de nouveau au téléphone avec Bill. Audra commence à prendre un peu de nourriture solide, mais à part cela, aucun changement dans son état. Je lui ai demandé si le gros problème d'Eddie avait été l'asthme ou la migraine.

« L'asthme, répondit-il aussitôt. As-tu oublié son inhalateur ?

— Bien sûr que non », répondis-je. Je m'en souvenais, oui, mais parce que Bill l'avait mentionné.

« Mike ?

— Oui ?

— Quel était son nom de famille ? »

Je regardai mon carnet d'adresses, posé sur la table de nuit, mais ne le pris pas. « Je ne me le rappelle absolument pas, Bill.

— C'était quelque chose comme Kerkorian, dit-il avec une note d'angoisse dans la voix, mais ce n'est pas du tout ça. Tu as tout écrit, n'est-ce pas ?

— En effet.

— J'en remercie le ciel.

— Pas d'idée, pour Audra ?

— Si, une. Mais elle est tellement démente que je préfère ne pas en parler.

— Tu en es sûr ?

— Tout à fait.

— Très bien.

— Ça fiche la frousse, tu ne trouves pas, Mike ? De tout oublier de cette manière ?

— Oui », répondis-je, on ne peut plus sincère.

Le 8 juin 1985

La société Raytheon, qui devait donner à Derry le premier coup de pioche de sa nouvelle usine en juillet, a décidé à la dernière minute de s'implanter plutôt à Waterville. L'éditorial de la première page du *Derry News* exprime la plus grande consternation et, si je sais lire entre les lignes, un certain effroi.

Je pense savoir quelle est l'idée de Bill. Il devra agir rapidement, avant que ce qui reste de magie à Derry n'ait disparu. Si ce n'est pas déjà fait.

J'ai bien l'impression que la folle hypothèse que j'ai avancée un peu plus haut n'est pas si parano que cela. Dans mon carnet d'adresses, les noms et les adresses des autres commencent à s'estomper. La couleur, la qualité de l'encre se combinent pour donner l'impression que ces renseignements ont été écrits un demi-siècle avant ceux qui figurent à côté. Ce phénomène s'est produit au cours des quatre ou cinq derniers jours. J'ai la conviction que noms et adresses auront totalement disparu d'ici le mois de septembre.

Je suppose que je pourrais les préserver en les recopiant régulière-ment, car je suis aussi convaincu que mes doubles s'estomperaient à leur tour ; mais cet exercice deviendrait bientôt aussi futile que de recopier cinq cents fois *Je ne lancerai plus de boulettes en papier mâché en classe.* Je me retrouverai en train d'écrire des noms qui ne signifieraient rien pour moi pour une ~~raison~~ qui m'échapperait complètement.

Laissons les choses se faire.

Agis vite, Bill, agis vite !

Le 9 juin 1985

Réveillé au milieu de la nuit, à la suite d'un terrible cauchemar — impossible de m'en souvenir ; panique, respiration coupée. Tendu la main vers le bouton d'appel, pas capable de m'en servir. Épouvanta-ble hallucination : c'est Mark Lamonica qui répond à mon appel et arrive avec son aiguille... ou Henry Bowers avec son cran d'arrêt.

J'ai attrapé mon carnet d'adresses et appelé Ben Hanscom dans le Nebraska... L'adresse et le numéro ont encore pâli, même s'ils restent toujours lisibles. Pas moyen, Bastien. Suis tombé sur un enregistre-ment du service du téléphone qui m'a annoncé que la ligne avait été supprimée.

Ben était-il gros, ou avait-il un truc du genre pied-bot ?

Resté réveillé jusqu'à l'aube.

Le 10 juin 1985

On vient de me dire que je pourrais retourner chez moi demain.

J'ai aussitôt appelé Bill pour le lui dire — je suppose que je voulais aussi l'avertir qu'il avait de moins en moins de temps. Bill est le seul dont je me souvienne bien, et je suis convaincu que je suis le seul dont il se souvienne également bien. Sans doute parce que nous nous trouvons tous deux à Derry.

« Très bien, m'a-t-il répondu. Dès demain tu ne nous auras plus sur le dos.

— Tu as toujours ton idée ?

— Oui. Je crois bien que le moment est venu d'essayer.

— Sois prudent. »

Il a ri et m'a répondu quelque chose que je comprends sans le comprendre : « On ne peut pas être prudent sur un skate, mec !

— Comment saurai-je si l'expérience s'est bien passée ?

— Tu le sauras. » Sur ces mots, il raccrocha.

Je suis de tout cœur avec tous les autres et je pense que même si nous nous oublions mutuellement, nous nous rappellerons les uns des autres dans nos rêves.

J'en ai pratiquement terminé avec ce journal, maintenant, et je me dis que c'est ce que restera ce document : un simple journal. Que l'histoire des vieux scandales et des bizarreries de Derry n'a pas d'autre place que là, dans ces pages. Voilà qui me convient parfaitement ; je crois que lorsque je sortirai d'ici, demain, il pourrait être temps, en fin de compte, de me mettre à réfléchir à une nouvelle existence... quoique je ne voie pas très bien ce qu'elle pourrait être.

Je vous ai aimés, les gars, vous savez..

Je vous ai tellement aimés !

ÉPILOGUE

BILL DENBROUGH PLUS FORT QUE LE DIABLE (II)

On ne peut pas être prudent sur un skate !

Un gamin

1

Midi, un jour de la belle saison.

Nu, Bill Denbrough regardait le reflet de son corps mince dans le miroir de la chambre de Mike Hanlon. Son crâne chauve luisait dans la lumière qui tombait de la fenêtre et projetait son ombre allongée sur le sol et le mur. Il n'avait pas de poils sur la poitrine, et sur ses cuisses et ses jambes maigres, des muscles noueux saillaient. *Cependant*, pensa-t-il, *c'est bien à un corps d'adulte que nous avons affaire ici, c'est indiscutable. Il y a un début de bedaine dû à un abus de bons steaks, de bonnes bouteilles de bière, à un excès de repas avec trop de frites et pas assez de salade. T'as aussi les fesses tombantes, Bill, mon vieux. T'es encore capable de jouer un service gagnant si tu n'as pas trop la gueule de bois et si tu as les yeux en face des trous, mais tu n'es plus capable de galoper après la balle comme lorsque tu avais dix-sept ans. Tu t'agrémentes de poignées d'amour et tes couilles commencent à avoir cet aspect pendouillant de l'âge mûr. Sans parler des rides sur ton visage, inexistantes lorsque tu avais dix-sept ans... Fichtre, elles n'y étaient même pas sur ta première photo d'auteur en quatrième de couverture, celle où tu cherchais tellement à avoir l'air d'un mec au parfum... au parfum de quoi, tu n'en avais aucune idée. Tu es trop vieux pour faire ce qui te trotte dans la tête, mon petit Billy. On va se tuer tous les deux.*

Il enfila son caleçon.

Si on avait raisonné comme cela, nous n'aurions jamais pu faire... pu accomplir ce que nous avons accompli, quoi que ce soit.

Il ne se souvenait pas vraiment de ce qu'ils avaient fait, ni pour quelles raisons Audra s'était transformée en une ruine catatonique. Il ne savait qu'une seule chose, ce qu'il devait faire maintenant et que s'il ne le faisait pas maintenant, il aurait bientôt oublié cela, aussi. Audra était assise en bas, dans le fauteuil de Mike, les cheveux pendant en mèches plates sur les épaules, regardant avec une sorte d'attention fascinée une émission de jeux à la télé. Elle ne parlait pas et ne bougeait que si on l'y obligeait.

La situation est différente. Tu es tout simplement trop vieux, mec. Crois-moi.

Pas question.

Alors tu n'as plus qu'à crever ici, à Derry. Tu parles d'une belle fin.

Il enfila des chaussettes de sport, l'unique jean qu'il avait mis dans sa valise et le haut qu'il avait acheté la veille à Bangor, un sweat-shirt d'un orange éclatant. Sur la poitrine, s'étalait en grosses lettres la question : OÙ DIABLE SE TROUVE DONC DERRY, MAINE ? Il s'assit sur le lit de Mike — celui qu'il avait partagé chaque nuit depuis une semaine avec sa femme, dont le corps, mis à part sa chaleur, était celui d'un cadavre — et chaussa ses tennis... une paire de Keds, également achetées la veille à Bangor.

Il se leva et se regarda de nouveau dans la glace. Il y vit un homme qui n'était déjà plus tout jeune habillé comme un adolescent.

Tu as l'air ridicule.

Comme tous les gamins.

Tu n'en es pas un. Laisse tomber !

« Va chier, faut bien faire un peu l'andouille », murmura Bill, puis il quitta la pièce.

2

Dans les rêves qui le visiteront au cours des années suivantes, il se verra toujours quittant Derry seul, au coucher du soleil. La ville est déserte ; tout le monde est parti. Le séminaire de théologie et les maisons victoriennes de West Broadway ont l'air de ruminer, sombres et noirs sous un ciel blafard ; on dirait un condensé de tous les crépuscules de l'été.

Il entend l'écho produit par le bruit de ses pas qui sonnent contre le ciment. Le seul autre son est celui de l'eau qui se précipite avec un bruit creux dans les bouches d'égout.

3

Il poussa Silver à la main jusque dans le passage, l'inclina sur sa béquille et vérifia de nouveau les pneus. Il alla chercher la pompe neuve que Mike avait achetée et les gonfla encore un peu. Une fois la pompe remise en place, il contrôla la fixation des cartes et des épingles à linge. Les roues produisaient toujours cet excitant crépitement de mitraillette qu'il n'avait pas oublié depuis son enfance. Fameux.

Tu es devenu cinglé.

Peut-être. On verra.

Il retourna de nouveau dans le garage, prit la burette et huila la chaîne et le pédalier. Puis il se redressa, regarda Silver et pressa la poire de la trompe, un léger coup d'essai. Le son était bon. Il hocha la tête et entra dans la maison.

4

et il voit une fois de plus tous ces endroits, intacts, tels qu'ils étaient alors : la lourde masse de l'école élémentaire de Derry, le pont des Baisers avec les initiales gravées, celles d'écoliers amoureux se sentant prêts à décrocher la lune par passion et qui ont grandi pour devenir agents d'assurances, marchands d'automobiles, serveuses ou esthéticiennes ; il voit la statue de Paul Bunyan se détacher sur le ciel sanguinolent du coucher du soleil et la barrière blanche de guingois qui court, sur Kansas Street, le long des Friches. Il voit tous ces endroits comme ils étaient alors, comme ils resteront toujours dans quelque partie reculée de son esprit... et son cœur se brise d'amour et d'horreur.

Quitter, quitter Derry, *pense-t-il.* Nous quittons Derry et s'il s'agissait d'un roman, ce seraient là les dernières pages ; sois prêt à le reposer sur l'étagère et à l'oublier. Le soleil se couche et il n'y a que le bruit de mes pas et de l'eau dans les égouts. C'est le moment de

5

À l'émission de jeu avait succédé une autre émission de jeu. Audra restait assise passivement, sans quitter l'écran des yeux.

« Audra, dit-il en s'approchant et en la prenant par la main. Viens avec moi. »

Elle ne fit pas le moindre mouvement. Sa main restait dans la sienne, chaude et molle comme de la cire. Bill lui prit l'autre main, posée sur le bras du fauteuil, et la fit se lever. Il l'avait habillée ce matin dans le même style qu'il avait adopté pour lui-même : elle portait un jean et un corsage bleu. Elle aurait été tout à fait ravissante sans l'expression vacante de ses grands yeux.

« A-Allez, viens », répéta-t-il. Il la conduisit à travers la pièce, puis dans la cuisine et dehors. Elle n'opposait aucune résistance... mais elle aurait dégringolé les marches du porche de l'arrière de la maison et se serait étalée dans la poussière, si Bill ne lui avait pas passé un bras autour de la taille pour la faire descendre.

Il la mena jusqu'à l'endroit où Silver se trouvait, appuyée sur sa béquille, dans l'éclatante lumière de midi. Audra resta plantée à côté de la bicyclette, regardant avec sérénité le mur du garage de Mike.

« Monte, Audra. »

Elle ne bougea pas. Patiemment, Bill s'évertua à lui faire passer une jambe par-dessus le porte-bagages, au-dessus du garde-boue arrière. Elle finit par se retrouver à califourchon dessus ; mais si le porte-bagages était bien entre ses jambes, il ne lui touchait même pas les cuisses. Bill lui appuya légèrement sur la tête et elle s'assit.

Il enfourcha alors Silver et releva la béquille d'un coup de talon. Il se préparait à attraper les mains d'Audra pour les nouer autour de sa taille mais celles-ci se glissèrent toutes seules en place, comme deux petites souris hébétées.

Il les contempla, le cœur battant plus fort ; on aurait dit qu'il cognait autant dans sa gorge que dans sa poitrine. C'était la première fois de la semaine qu'Audra faisait un geste d'elle-même, pour autant qu'il le sût... sa première action indépendante depuis que c'était arrivé... quelle que fût la chose qui lui était arrivée.

« Audra ? »

Il n'y eut pas de réponse. Il se tordit le cou pour essayer de la voir, sans y réussir. Il n'y avait que ses mains autour de sa taille, avec sur les ongles les dernières traces d'un vernis qui avait été posé par une jeune femme pleine de vie et de talent, dans une petite ville d'Angleterre.

« On va faire une promenade », reprit Bill, qui commença à faire rouler Silver en direction de Palmer Lane dans un bruit de gravillons écrasés. « Je veux que tu te tiennes bien, Audra. Je crois... je crois que je risque d'aller peut-être un peu vite. »

Si j'ai toujours des couilles au cul.

Il pensa au gamin rencontré un peu plus tôt durant son séjour à Derry, alors que Ça continuait encore. *On ne peut pas être prudent sur un skate,* lui avait-il fait remarquer.

On n'a jamais rien dit d'aussi vrai, môme.

« Audra ? Tu es prête ? »

Pas de réponse. Est-ce que ses mains ne s'étaient pas très légèrement resserrées sur sa taille ? Il prenait certainement ses désirs pour des réalités.

Il atteignit l'extrémité de l'allée privée et regarda à droite. Palmer Lane donnait sur Upper Main Street, d'où, en tournant à gauche, il descendrait la colline allant vers le centre-ville. La descente. Prendre de la vitesse. Il eut un frisson de peur à cette image et une pensée inquiétante

(Les vieux os cassent facilement, Billy mon gars)

lui vint à l'esprit, mais s'évanouit trop vite pour qu'il pût la saisir. Cependant...

Cependant elle n'avait pas été qu'inquiétante, non ? Il y avait eu du désir aussi... ce sentiment qu'il avait éprouvé lorsqu'il avait vu le gamin marchant avec son skate sous le bras. Le désir d'aller vite, de sentir le vent le fouetter sans savoir s'il fonçait sur quelque chose ou fuyait quelque chose, le désir de bouger. De voler.

S'inquiéter, désirer. Toute la différence entre le monde et le manque — la différence entre être un adulte qui évalue les coûts et un enfant qui se jette à l'eau, par exemple. Entre, tout un monde. Et pourtant, la différence est loin d'être aussi fondamentale que cela. Des compagnons de lit, en vérité. La manière dont on se sent dans les montagnes russes, quand la petite voiture est tout en haut de la première descente vertigineuse, là où la balade commence vraiment.

S'inquiéter, désirer. Ce que l'on veut, et ce que l'on a peur d'essayer. Ce que l'on a été, ce que l'on veut devenir. Il y a quelque chose dans un air de rock and roll sur la fille, la bagnole et le coin où être peinard que l'on veut. Mon Dieu je vous en prie, pigez cela.

Bill ferma les yeux pendant un instant, sentant le poids mort du tendre corps de sa femme derrière lui, sentant la pente plus très loin devant lui, sentant son propre cœur à l'intérieur de son torse.

Sois courageux, sois honnête, tiens le coup.

Il commença à lancer Silver. « Un peu de rock and roll, Audra, d'accord ? »

Pas de réponse. Mais c'était normal. Il était prêt.

« Alors, accroche-toi. »

Il se mit à pédaler plus fort. C'était dur, au début. Silver zigzaguait de manière alarmante, le poids d'Audra ne faisant que la déséquilibrer davantage... elle devait cependant plus ou moins lutter pour conserver l'équilibre, même inconsciemment, sans quoi ils se seraient déjà retrouvés par terre. Bill, debout sur les pédales, étreignit violemment le guidon ; il avait la tête tournée vers le ciel, les yeux comme deux fentes, les tendons du cou qui saillaient comme des cordes.

On va s'étaler en pleine rue, je sens ça, on va s'ouvrir le crâne tous les deux

(non ça n'arrivera pas fonce Bill fonce fonce nom de Dieu de nom de Dieu)

Debout sur les pédales, il mouline des jambes, sentant le poids de toutes les cigarettes qu'il a fumées au cours des vingt dernières années dans la pression trop élevée de son sang et dans les coups de pompe frénétiques de son cœur. *Va chier avec ça aussi !* se dit-il et la bouffée de folle allégresse qu'il ressent le fait sourire.

Les cartes à jouer, qui jusqu'ici tiraient au coup par coup, commencèrent à cliqueter plus vite. C'était un jeu neuf et de bonne qualité et, à sa satisfaction, elles claquaient bruyamment. Bill sentit les premières caresses de la brise sur sa calvitie, et son sourire s'élargit. *C'est moi qui produis ce vent*, pensa-t-il. *Je le produis en pompant sur ces foutues pédales.*

Au bout de la ruelle de Mike, le panneau STOP se rapprochait. Bill commença à freiner... puis (avec un sourire qui ne cessait de s'agrandir et d'exhiber de plus en plus de dents) il appuya de nouveau sur les pédales.

Ignorant le ton comminatoire du panneau, Bill Denbrough vira sur la gauche et s'engagea dans Upper Main Street, au-dessus de Bassey Park. Une fois de plus, le poids d'Audra le surprit et c'est de justesse qu'il évita la chute. La bicyclette vacilla, fit un zigzag et se redressa. Ce vent était maintenant plus fort et rafraîchissait son front dont il faisait évaporer la transpiration, grondant au passage dans ses oreilles — bruit grave et enivrant comme celui de la mer dans un coquillage et qui cependant n'était comparable à rien sur terre. Bill supposa que ce doux feulement était le son auquel était habitué le garçon au skate. *Mais c'est une musique que tu finiras par oublier* môme, songea-t-il. *Les choses ont une manière sournoise de changer. C'est un sale tour qu'elles nous jouent, alors sois prêt.*

Il pédale plus vite maintenant, et la vitesse lui redonne l'équilibre. Sur sa gauche, les ruines de Paul Bunyan, colosse écroulé. Il pousse son cri : « Ya-hou, Silver, EN AVANT ! »

Les mains d'Audra se serrent autour de sa taille ; il la sent qui bouge derrière lui. Mais il n'est pas indispensable de se tourner et d'essayer de la voir, pour l'instant... ni indispensable, ni urgent. Il accélère encore, éclatant de rire, grand type dégingandé au crâne dégarni, le nez sur le guidon de son engin afin de diminuer la résistance au vent. Les gens se retournent pour le regarder filer le long de Bassey Park.

Upper Main Street commence maintenant à descendre vers le centre défoncé de la ville selon un angle plus prononcé, et une voix murmure au fond de lui que s'il ne se met pas à freiner tout de suite, il ne sera bientôt plus en mesure de le faire ; il risque rien moins que d'aller se jeter dans le chaos effondré de la triple intersection, comme une chauve-souris surgissant de l'enfer, et de les tuer tous les deux.

Mais au lieu de freiner, il pèse de plus en plus fort sur les pédales, incitant la bicyclette à aller de plus en plus vite. Il vole maintenant dans la pente de Main Street Hill et ne tarde pas à apercevoir les barrières blanches et orange de police, ainsi que les fumigènes dont la flamme fantomatique marque les limites de l'excavation ; il voit aussi, engoncé dans la rue comme dans les délires d'une imagination de dément, le toit des immeubles qui dépasse à peine du trou.

« Ya-hou, Silver, EN AVANT !!!! » hurle Bill Denbrough comme un fou ; il fonce vers le bas de la colline, vers ce qui les attend en bas, quoi que ce soit, conscient, pour la dernière fois, que Derry c'est chez lui, conscient surtout d'être vivant sous un ciel réel et que tout est désir, désir, désir.

Il fonce dans la descente sur Silver : il fonce pour être plus fort que le diable.

6

partir.

Ainsi tu pars, et ressens le besoin de regarder en arrière, de jeter un dernier coup d'œil aux lueurs déclinantes du crépuscule, pour voir une ultime fois le sévère découpage de cette architecture de la Nouvelle-Angleterre — les clochers, le château d'eau, Paul avec sa hache à l'épaule. Mais regarder derrière soi n'est peut-être pas une si bonne idée que cela — c'est ce que disent toutes les histoires. Vois ce qui est arrivé à la femme de Loth. Mieux vaut s'abstenir. Mieux vaut croire qu'ils seront heureux et vivront très longtemps ; après tout pourquoi pas ? Pourquoi cela ne se passerait-il pas ainsi ? Parmi tous les bateaux qui s'avancent à pleines voiles dans les ténèbres, il en est qui revoient le soleil, ou qui retrouvent la main d'un enfant. Si la vie nous apprend quelque chose, c'est bien qu'il y a tellement de fins heureuses que l'on est contraint de sérieusement remettre en question la rationalité d'un homme qui croit qu'il n'y a pas de Dieu.

Tu pars, et tu pars vite quand le soleil commence à disparaître, pense-t-il dans son rêve. C'est ce que tu fais. Et s'il te vient une dernière pensée, c'est sur des fantômes que tu t'interroges... fantômes d'enfants les pieds dans l'eau au crépuscule, formant un cercle, se tenant par la main, visages jeunes et assurés, mais durs... suffisamment durs, en tout cas, pour donner naissance aux adultes qu'ils vont devenir. Le cercle se referme, la roue tourne, et c'est tout.

Tu n'as pas besoin de regarder en arrière pour voir ces enfants ; quelque chose en toi les reverra éternellement, vivra avec eux éternellement, aimera avec eux éternellement. Ils ne sont pas nécessairement ce qu'il y a de meilleur en toi, mais ils furent autrefois le sanctuaire de tout ce que tu pouvais devenir.

Enfants, je vous aime... je vous aime tellement !

Donc, pars vite, éloigne-toi vite alors que disparaissent les dernières lueurs, éloigne-toi de Derry, du souvenir... mais pas du désir. Celui-là reste, éclatant camée de tout ce que nous fûmes et de tout ce que nous crûmes, enfants, de tout ce qui brillait dans nos yeux, même lorsque nous étions perdus et que le vent soufflait dans la nuit.

Éloigne-toi, et tâche de garder le sourire au volant. Trouve un peu de rock and roll à la radio, et va vers la vie qui t'attend avec tout le courage et toute la foi que tu pourras trouver en toi. Sois honnête, sois courageux, fais face.

Tout le reste n'est que ténèbres.

7

« Hé, là !

— Hé, monsieur !

— Attention !

— Cet espèce de cinglé va... »

Il saisit des mots au vol, aussi dépourvus de signification que des oriflammes claquant dans le vent ou des ballons lâchés dans l'air. Les barrières de police sont tout près ; les effluves goudronnés des fumigènes parviennent à ses narines. Il voit l'obscurité béante à l'endroit qu'occupait naguère la rue, il entend l'eau qui s'écoule paresseusement dans le fouillis sombre des décombres, et ce bruit le fait rire.

Il vire brutalement à gauche, si près d'une barrière que son jean l'effleure. Les roues de Silver passent à moins de dix centimètres de l'endroit où le macadam a disparu et il n'a guère de place pour manœuvrer. Devant lui, l'eau a emporté toute la rue et la moitié du trottoir devant une bijouterie. Les barrières interdisent ce qui reste du trottoir, qui a lui-même été largement entamé.

« Bill ? » C'est la voix d'Audra, une voix hébétée, un peu enrouée. On dirait qu'elle se réveille d'un profond sommeil. « Où sommes-nous, Bill ? Qu'est-ce qui se passe ?

— Ya-hou, Silver ! » crie Bill, dirigeant l'espèce de chevalet à roues qu'est Silver directement sur les barrières posées perpendiculairement à la bijouterie. « Ya-hou, silver, en avant ! »

La bicyclette heurte la barrière à plus de soixante kilomètres à l'heure et la brise en morceaux qui volent dans des directions différentes. Audra pousse un hurlement et étreint Bill avec une telle énergie qu'il en a le souffle coupé. Du haut en bas de Main Street, de Canal Street et de Kansas Street, les gens regardent du pas de leur porte ou arrêtés sur le trottoir.

Silver jaillit sur le bout de trottoir en surplomb ; Bill sent sa hanche et son genou gauches racler contre la devanture de la bijouterie, puis la roue arrière de Silver qui fléchit sous leur poids. Il comprend que le trottoir est en train de s'effondrer derrière eux...

... mais l'élan accumulé par la bicyclette les propulse de nouveau sur le sol ferme. Bill donne un coup de guidon pour éviter une poubelle renversée et ramène Silver dans la rue. Les freins grincent. Il voit la calandre d'un gros camion qui s'approche, et cependant semble ne pas pouvoir s'arrêter de rire. Il fonce dans l'espace que le lourd engin va occuper dans une petite seconde après son passage. Merde, il a tout son temps !

Poussant de grands cris, les larmes jaillissant des yeux, Bill presse la poire de la corne, et écoute chacun de ses braiments rauques s'encastrer dans l'éclatante lumière du jour.

« Tu vas nous tuer tous les deux, Bill ! » lui crie Audra, et bien que sa voix exprime de la terreur, elle rit aussi.

Bill incline Silver pour virer et sent que cette fois, Audra accompagne son mouvement, ce qui lui permet de mieux contrôler sa course, de faire un bloc vivant — la bicyclette, Audra et lui — au moins pour ce fragment compact de temps.

« Tu crois ?

— J'en suis sûre ! » répond-elle, l'attrapant entre les jambes — où elle tombe sur une réjouissante et monumentale érection. « Mais ce n'est pas une raison pour t'arrêter ! »

Il n'a cependant pas son mot à dire là-dedans ; lancée dans la côte de Up-Mile Hill, Silver perd tout son élan comme un animal blessé son sang. Le crépitement assourdissant des cartes retombe à un rythme plus lent et au coup par coup. Bill fait halte, et se tourne vers

Audra. Elle est pâle, elle a les yeux écarquillés et elle est manifestement à la fois effrayée et complètement perdue... mais éveillée, consciente — et elle rit !

« Audra ! » dit-il, riant avec elle. Il l'aide à descendre de Silver, appuie la bicyclette contre un mur de brique et la prend dans ses bras. Il lui embrasse le front, les yeux, la bouche, le cou, les seins.

Elle l'étreint pendant ce temps.

« Mais qu'est-ce qui s'est passé, Bill ? Je me souviens d'être descendue de l'avion à Bangor, puis plus rien. Absolument rien. Tu vas bien ?

— Oui.

— Et moi ?

— Oui, maintenant. »

Elle le repousse un peu, pour étudier son visage. « Est-ce que tu bégaies encore, Bill ?

— Non, dit Bill, l'embrassant de nouveau. Disparu, le bégaiement.

— Pour de bon ?

— Oui. Je crois que c'est pour de bon, cette fois.

— Est-ce que tu n'as pas vaguement parlé de rock and roll ?

— Je ne sais pas. Tu crois ?

— Je t'aime. »

Il hoche la tête et sourit. Ce sourire lui donne l'air très jeune, en dépit de sa calvitie. « Je t'aime aussi, dit-il. Y a-t-il autre chose qui compte ? »

8

Il s'éveille de ce rêve, incapable de se rappeler exactement ce qu'il était, sinon qu'il se déroulait dans son enfance. Il touche la peau douce et soyeuse du dos de sa femme, plongée dans la tiédeur de son sommeil et rêvant ses propres rêves ; il pense que c'est bon d'être un enfant, mais que c'est aussi bon d'être un adulte et de rester capable de prendre en compte les mystères de l'enfance... ses croyances, ses désirs. J'écrirai un jour quelque chose là-dessus, pense-t-il, sachant qu'il ne s'agit là que d'un songe nocturne, d'une pensée née du rêve. Mais il est agréable de s'y complaire quelques instants, dans l'impeccable silence de l'aube, de se dire que l'enfance possède ses propres et doux secrets et confirme notre mortelle condition, laquelle définit tout ce qui est courage et amour. De penser que ce qui a regardé en avant doit également regarder en arrière, et que chaque vie imite à sa manière l'immortalité : une roue.

Ou du moins c'est ce que songe Bill Denbrough en ces heures du point de l'aube, après ses rêves, quand il se rappelle presque son enfance et les amis avec lesquels il l'a vécue.

Commencé à Bangor (Maine) le 9 septembre 1981,
cet ouvrage a été achevé à Bangor (Maine)
le 28 décembre 1985.

La composition de ce livre
a été effectuée par Bussière à Saint-Amand,
l'impression et le brochage ont été effectués
sur presse CAMERON
dans les ateliers de la S.E.P.C. à Saint-Amand-Montrond (Cher)
pour les Éditions Albin Michel

AM

Achevé d'imprimer en décembre 1988
N° d'édition: 10554. N° d'impression: 2615.
Dépôt légal: décembre 1988

This is the end, beautiful friends
This is the end, my only friend
The end.
It hurts to set you free,
But you'll never follow me.
The end of laughter and soft lies
The end of nights we tried to die
    This is the end.